женский почерк

женский почерк

Ольга Славникова

женский почерк

Стрекоза, увеличенная до размеров собаки

Роман

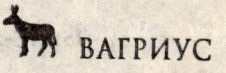

Москва
ВАГРИУС
1999

УДК 882-31
ББК 84Р7
С 47

**Дизайн серии
Андрея Бондаренко**

Охраняется законом РФ
об авторском праве.
Воспроизведение
всей книги
или любой ее части
запрещается
без письменного
разрешения издателя.
Любые попытки
нарушения закона
будут преследоваться
в судебном порядке.

ISBN 5-264-00088-3

© Издательство «ВАГРИУС», 1999
© О.Славникова, автор, 1999

Содержание

ЧАСТЬ ПЕРВАЯ   7
ЧАСТЬ ВТОРАЯ 245

женский почерк

Часть первая

Глава 1

Гроб привезли на кладбище и поставили сперва на табуретки, ушедшие ножками в черную мягкую землю, казавшуюся здесь удивительно живой. Из земли росла зеленая трава, еще прямая и толстенькая, еще сохранявшая острие, каким раздвигала земляную сладкую темноту, еще способная в приливе сил пробиться даже сквозь камень. В очертаниях деревьев между могильных оград, в том, как они наклонялись под ветром, словно пытаясь снять через голову наизнанку вывернутую листву, чудилось что-то человеческое.

Фотограф, готовый сделать последние снимки, разместил по рангу участников похорон, и Катерина Ивановна, главная здесь, стала над самым маминым лицом, которое уже трогала, знакомясь, тень ее березы. В покойной словно и теперь продолжалась ее болезнь: глаза еще больше запали со вчерашнего, на губах проступило кислое молоко — и потому Катерине Ивановне не верилось, что мама действительно умерла, что она в таком тяжелом состоянии сумела сделать то, чего человек боится всю сознательную жизнь. Все-таки гроб закрыли, забрали и опустили в яму, пышно окруженную кучами чернозема и яркой глины, в которых низкорослые копальщики, похожие на испитых гномов, оставляли круглые глубокие следы. Уже почти дойдя до конца, гроб сорвался с полотенец и сильно стукнулся о дно. Катерине Ивановне это показалось естественным: она и сама сейчас не смогла бы сесть не ушибившись.

Во все время похорон у нее было странное чувство, будто она чужая происходящему вокруг: такая же принадлежность обряда, как гроб или венки, торжественные, будто гербы потусторонних государств, встречающих покойную. Сначала Катерину Ивановну вели, потом везли, потом опять вели по сырой дорожке, где она спотыкалась о тени ветвей и могильных оград. Слезы давили ей на нос, на глаза — в нёбо словно поставили обезболивающий укол, от которого на лице образовалась онемелая подушка, но заплакать Катерина Ивановна не могла и, когда кто-нибудь на нее смотрел, только мяла в руке пропотевший платок. Двое суток не видевшая своего отражения в занавешенном зеркале, она ступала и двигала руками словно наугад, словно потеряла свое подтверждение в зазеркальной темноте, и ежилась от чувства собственного отсутствия. Ей казалось, что, если она заголосит, это выйдет фальшиво, и лучше перепоручить выражение горя другим, чтобы они попричитали за нее над ровно укрытой, гладко причесанной мамой. Черное платье на Катерине Ивановне тоже было чужое, слишком теплое, резавшее и мокнувшее под мышками: весеннее солнце будто гладило его горячим утюгом. От платья сквозь нагретую шерсть глухо пахло цветочными духами — Маргарита, что принесла его вчера Катерине Ивановне, ходила в нем в театр. Теперь она, конечно, его не заберет, это платье никогда больше не будет праздничным и останется висеть у Катерины Ивановны в шкафу, постепенно становясь ее вещью и ее настоящим трауром. Точно так же и горе, которое Катерина Ивановна пока не может ощутить, со временем созреет, и тогда ей припомнится свеженасыпанный, еще острый и голый холмик, и холод земли в горсти, полетевшей вниз крепко слипшимся пирожком, и мыльный вкус последнего поцелуя. Она понимала, что сейчас ей нужно проделать все начерно, на потом — чтобы было на что опереться воспоминаниям.

Могилу обхлопали лопатами, обставили венками, растрясли над шелковой хвоей большие цапленогие гвоздики. Взамен покупных цветов Катерина Ивановна на обратном пути набрала горячих одуванчиков — они сильно мазались желтым, и в одном цветке шевелился, загребая волосяными лапками, черный, как свежая тушь, будто только что покрашенный жучок. Было странно возвращаться налегке мимо чужих могил — глядя вокруг, Катерина Ивановна мирно думала о том, что, может быть, люди после смерти всего лишь уменьшаются в размерах и живут в своих жестяных хибарках или гранитных домах, а у некоторых есть целые старинные усадьбы с колоннами и почернелой мраморной резьбой.

В столовой, снятой для поминок, Катерина Ивановна поставила одуванчики в стакан — оборванные стебли сразу закурчавились — и стала смотреть на развалившийся букетик, подпершись и мигая редкими ресницами, между которых на левом веке сидела мягкая хлебная родинка. Есть она не могла, но от души немного отлегло. Ей показалось правильным, что на кладбище она была бесчувственная, как мать, и что теперь у нее, как и у матери, есть цветы, уже полуувядшие, с торчащим из сонных головок желтым пухом и пером. К Катерине Ивановне обращались, осторожно посматривали на нее, уступая друг другу и дожидаясь очереди. Многие здесь, конечно, знали, что Катерина Ивановна только сегодня и начинает жить. Кухня гремела, будто джазовый оркестр, в дверь со двора заглядывали пропыленные пацаны, между которых была одна девчонка в очень грязном платье, с развязавшейся лентой в овсяных волосах. Временами Катерине Ивановне чудилось, что она сидит перед своим букетом, будто тихая невеста.

Застолье, поначалу тесное и смирное, скоро распалось: гости гомонили, пересаживались на чужие места, искали, перегибаясь через спины и столы, недопитые бутылки. Окно, вечерея, очищалось от наждачного налета и словно вытаивало из рам, набухающих темнотой. Небо за окном было уже светлее домов, слившихся на ночь в одно поместительное убежище, — по нему тянулось с перерывом узкое чернильное облако, похожее на несколько зачеркнутых слов, и одно, с заглавным подъемом, было, вероятно, чье-то имя. Зеленое небо уже очистилось от всех земных, висящих и летающих предметов и теперь не принимало даже птиц, словно и они могли раствориться, когда оно, в свою очередь, растает, открывая звезды. В этом последовательном исчезновении завес было для Катерины Ивановны что-то невыразимо отрадное, и она улыбалась, сама не замечая своей расшибленной улыбки.

Но скоро Катерине Ивановне снова сделалось беспокойно. Небесная пустота как-то отвечала пустоте половины зала, откуда забрали столы для поминок, — между ними словно тянуло сквозняком. Кто-то встал, зажег электричество: одна лампочка заморгала, словно глаз, в который попала соринка, и долго не могла раскрыться, а по стенам заплясали, внезапно заострясь, размытые тени ночниц. Бабочки и мошки летели на электрический свет и выполняли в его искусственных лучах роль танцующей пыли. Эта взаимная подмена живого и мертвого и то, что мельчайшие частицы ночи были такие крупные, шуршащие, с крыльями и ногами, — все это заставило Катерину Ивановну подумать, что ночью бывает жизнь наоборот, для которой неумершие люди всего лишь неодушевленные куклы. Лица вокруг Катерины Ивановны были сплошь знакомые, но совершенно без имен и фамилий, странно от этого повеселевшие. Катерина Ивановна узнавала только Маргариту, ходившую с тяжелыми, дрожащими подносами компота, печально отворотив лицо. Был еще художник Сергей Сергеич Рябков, сидевший очень прямо, похожий на прялку со своей огромной серой бородищей: ни на кого не глядя, он сооружал из посуды какую-то абстрактную композицию, без церемоний прихватывая у соседей вилки и ножи. И всем им чего-то не хватало без мамы, какого-то правдоподобия. Многие здесь совсем не знали ее или видели пару раз, но у Катерины Ивановны было такое чувство, будто именно мать знакомила ее со всеми этими людьми, и теперь, после ее смерти, с ними прерывается всякая связь. По той же логике вещей Катерина Ивановна чувствовала себя выселенной из своей — наконец-то полностью своей — однокомнатной квартиры.

Хотя в сумке у Катерины Ивановны лежала двойная, сто раз проверенная связка ключей, ей все-таки казалось, что без матери ее домой никто не пустит. Давно, со школы, Катерине Ивановне не приходилось самой запирать квартиру и самой ее отпирать, заставая в ней свое же застоявшееся утро, когда разбросанные перед уходом вещи кажутся более неподвижными, чем диван или шифоньер. Она уже не помнила, как в воздухе квартиры, не шевелившемся несколько часов, ощущается особенный, только ему присущий запах жилья, будто встречающий хозяйку после долгого путешествия. Она забыла, что раньше квартира пахла глажеными простынями и теплым крошеным яйцом, и не знала, что теперь этот запах переменился. Всегда, когда взрослая Катерина Ивановна возвращалась домой, квартира была уже хоть немного обжита: в прихожей стояла, облегченно опустев, мамина хозяйственная сумка, на кухне лилась вода. В последние месяцы встречи сделались иными: мать вздыхала в комнате, шаркала по полу тапком, все никак не надевавшимся, — а после остался только механический перебор диванных пружин. Диван, как старая шарманка, все играл одну и ту же хроменькую музыку, когда мать пыталась перелечь на отдохнувший бок, — и теперь невозможно было представить его ровное, без груза, *отсутствующее* молчание.

Вообще так сложилось в жизни Катерины Ивановны, что с самого детства она никогда не оставалась одна. На работе ли, в троллейбусе, на улице — всюду были люди, они смотрели за ней, требовали приготовить деньги без сдачи, пробить абонемент, перепечатать доклад к понедельнику. Любая вещь вокруг Катерины Ивановны могла быть передвинута без нее, она ни за одну не отвечала. В сущности, она никогда не оказывалась наедине с неприкосновенным, цельным миром или хотя бы мирком — так, чтобы он обратился к ней всеми своими чертами и чтобы у нее в душе что-то ответно стало, прояснилось, явило себя. Может, там, внутри, было всего не меньше, чем снаружи, — просторный многоярусный пейзаж с многоярусными кучевыми облаками, небесная укладка округлых далей, дорога, извилистая, как река, не берущая на своем пути препятствий, а смиренно их обтекающая, так отыскивая на земле самую лучшую, самую добрую ее морщину, — может, там на все, большое и малое, отыскался бы ответ. Вероятно, внутренняя и внешняя области как-то сообщались между собой — в случайных разрывах того, что было для Катерины Ивановны собственно жизнью. Иногда ее опахивало пронзительно знакомым ветром, а порой тропинка, ныряющая в городской замусоренный сквер, каким-то одним, словно бы лишним изгибом, словно внезапным *собственным* движением среди глиняной неподвижности выдавала свое родство с тою одушевленной дорогой, оставляющей как есть каждый камень и куст, так проявляя свое отдельное — не меньшее, чем у них, — существование. Родство, несомненно, означало, что дорога и тропа соединяются в какой-то дальней точке: казалось, стоит ступить на эти земляные мозоли в измятой траве, как придешь туда, где ты есть в действительности.

Катерине Ивановне иногда мерещилось, что душа человека не может обитать в ноющей темноте его некрасивого тела, не может быть одета в трикотажное растянутое платье и глухое пальто. Скорее, она живет на свету, мелькает там, куда ты смотришь: иногда просто вселяется в веселую клумбу с цветами, стоящими на цыпочках, или остается, когда проходишь, в чужом, почему-то всегда зашторенном окне, где в жаркой пыли выгорают переложенные выкройками ситцы, сломанная кукла, картонка — все заброшенное, убранное с хозяйских глаз. Катерина Ивановна смутно представляла, что у одних людей душа всегда летает рядом и садится, как муха, туда и сюда, а у других, похожих на нее, живет далеко: мягкая дымка, синяя примесь воздуха во всем, что составляло ее внутреннюю область, говорили об огромном, почти сказочном удалении. И всетаки внутри и снаружи простирался единый мир, разорванный именно там, где проходила жизнь Катерины Ивановны: неровные края никак не совпадали, только перетирали разные обломки, а в обход получался астрономический круг. Может, Катерина Ивановна сама была этим разрывом, трещиной, забитой хрустким житейским крошевом. Иногда она представляла, как с ее исчезновением мир опять блаженно срастется, как напоследок, уже замирая, она проведет рукой по шелковистым, в твердых мурашках озноба, далям и облакам.

Но чаще Катерина Ивановна не верила во внутренний мир, не чувствовала его. Чаще ей казалось, что она целиком состоит из других людей, набита, будто соломой, их резкими жестами, громкими словами. Все это как-то хранилось в уме Катерины Ивановны, особенно если ей говорили что-нибудь обидное, со временем вытиралось до абстрактных углов и звуков, до какой-то голой основы, но никак не желало исчезнуть. Больше всего там было, конечно, от матери: ее вибрирующий голос, будто вызванный ударом по самым фибрам существа; ее манера возить и шаркать тапками, без конца надевая их на ходу; ее прямой указательный палец, подтыкающий на переносице очки, в то время как выцветшие слабые глаза таращились — в тарелку, в книжку. Катерина Ивановна нуждалась в том, чтобы это продолжало быть, — все, включая ползанье окостенелой руки по одеялу, оправляющей его так, будто это одежда на пуговицах, — Катерина Ивановна понимала, что не может остаться без образцов. Она все время, с детства, мысленно повторяла за матерью то и другое — просто так, безо всякой цели. Даже черты Катерины Ивановны всю жизнь послушно следовали ее чертам.

Обе, и мать и дочь, были высокие, крупные, тяжелолицые, с мужскими носами, с нежными, близко посаженными глазками, с обилием карих, черных, розовых родинок; у обеих темные косы начинались как бы низкой тенью на лбу и на висках, где сквозь редкие зачесанные волосы проступали все те же родинки, мягкие синие жилки. Порой их сходство затуманивалось на несколько лет, но неизбежно возникало снова. Катерина Ивановна, оттого что догоняла мать, все время выглядела старше и солидней, чем была: у нее рано обвисли щеки, рано обозначилась материнская, будто сделанная под лиловую копирку, сеточка морщин. Из-за того, что приходилось всегда подражать, лицо ее казалось набухшим, неестественно напряженным: она словно держалась из последних сил, чтобы не сделать за матерью нового шага. Но в последний год, когда они обе похудели чуть не до костей — мама из-за рака, Катерина Ивановна из-за переживаний и усталости, — сходство сделалось просто страшным: казалось, мать только тогда и сможет отмучиться, когда дочь будет готова в буквальном смысле остаться вместо нее, полностью ее заменить.

Теперь же Катерина Ивановна, увидав себя в забрызганном зеркале столовского туалета, невольно отступила: отражение в чужом перекошенном платье совершенно ее не слушалось, странно и сонно виляя при каждом ее движении, будто вещь, которую она уронила в воду и никак не может подцепить. Лицо отражения было белое и рыхлое, как кусок подтаявшего сахара, и Катерина Ивановна подумала, что теперь, не имея образца, оно может сделаться и вовсе никаким. Беспокойство Катерины Ивановны все росло, она не знала, как ей с этим справиться. На раковине лежал сухой обмылок в черных трещинах, из крана повис, выпрядая скудную струйку, кривой пузырь. Руки Катерины Ивановны, встретившись под этой еле мокрой водой, не узнали друг друга, и, пока она пыталась их помять, у нее возникло чувство, будто она запутывается в чем-то. Сразу же, прямо невытертыми руками, Катерина Ивановна полезла в сумку: там что-то вывалилось из газеты, которая намокла и стала мягко рваться, а ключи еще долго бушевали и брякали, прежде чем Катерина Ивановна нашарила их в углу. Вот так же она рылась в сумке сегодня утром, пристраивая ее на стул, на тумбочку в прихожей, — почему-то сумка повсюду плохо держалась, а маму уже уносили вниз, и женщины с цветами молча стояли над согнутой, загородившей всем дорогу Катериной Ивановной. Мамины ходики на стене, своими мерными щелчками словно включавшие и выключавшие время, теперь сбивались и частили, все еще не веря, что кончился ток.

Когда Катерина Ивановна, с обезображенной сумкой, будто набитой ее комковатыми страхами, вернулась в зал, Маргарита уже поджидала ее, чтобы вести к себе ночевать. У нее Катерина Ивановна жила, когда маме делали операцию, — разрéзали, посмотрели и снова зашили, как сообщила гостье Маргаритина ветхая свекровь, тонконогая и горбатая, будто комарик, с востреньким носом, словно нарочно приделанным для пущего сходства. Старуха как-то не сумела вовремя умереть и теперь сверхъестественным образом знала о многих событиях, почти не слезая со своей кровати, провисшей ячеистым брюхом до самой пыли на полу. Катерина Ивановна не хотела идти и снова смотреть, как старуха, по-комариному виясь вдоль стены, пробирается в туалет, снова лежать в ее затхлой комнате без сна, зная, что и старуха не спит и тоже глядит в потолок, на неясные полосы призрачного света.

На потолке была ночная комната, по размерам совершенно подобная своей дневной, только пустая, — и она казалась Катерине Ивановне гораздо роднее и ближе, чем та, что внизу. Катерина Ивановна подробно знала — на примере своей — этот сорт беленых комнат над головой, меблированных только серыми люстрами, где в слое невесомости колеблются байковые паутины и размытый свет ложится веерами, как бы не совсем раскрытыми, с одним особенно таинственным, еле выпростанным уголком. В этой нежной пустоте Катерина Ивановна спокойно проводила долгие бессонные часы — но двоим там было просто некуда деваться друг от друга, и возникало чувство бесприютности, особенно донимавшее Катерину Ивановну с тех самых пор, как мать перестала храпеть по ночам и стала дышать тяжело и страшно, словно кто-то раз за разом наступал на пустой бумажный мешок.

Такое случалось и прежде, особенно после ссоры, когда они в десять часов выключали электричество: по мере того как вещи, словно припоминаясь и восстанавливаясь по памяти, возникали из темноты, на обеих сходила бессонная ясность, и одна боялась потревожить бодрствование другой — более, чем самую чуткую дрему. Обе лежали не шевелясь, обе замирали, когда внезапно хлопала дверь подъезда или начинал гудеть водопровод. И в гостях у Маргариты было то же самое, только шершавое дыхание слышалось не слева, а справа, и ночные звуки возникали непривычные, объемные — скорее мутные шумы, — чувствовался пятый этаж, большой проспект с трамваями и тополями. Резкая новизна трамвайных трелей (ночью и сверху казалось, что по этим освещенным аппаратам кто-то звонит, звонит издалека) заставляла Катерину Ивановну бояться, что старуха все-таки будет потревожена, хотя она и понимала, что та как раз приучена к этим долгим безответным звонкам. Катерине Ивановне было неуютно от каменного простора, от высоты, и к этому прибавлялась странная двухкомнатность Маргаритиной квартиры. Гостье, привыкшей к одинарному жилью, вторая клетушка представлялась каким-то секретным местом, где происходит совсем не то, что на открытой половине жилья. Именно здесь Катерину Ивановну посетила смутная догадка, что ей всегда и везде полагается делить помещение со старухой, что это и есть ее настоящее место и судьба.

Она не могла объяснить почему: видимо, причина заключалась в том, что тридцатипятилетняя Катерина Ивановна еще совсем не жила и не имела своего настоящего горя, поэтому ей давались — как дополнение до целого человека — чужие немощи, болезни, сдавленные вздохи в темноте. Катерина Ивановна пыталась себе объяснить, что ей просто нужен чей-то жизненный опыт, больший, чем у подружки Маргариты, менявшейся по ходу жизни, будто насекомое, вроде бабочки или стрекозы, и не помнившей саму себя хотя бы год назад. Однако здесь заключалась не вся правда. На самом деле опыт требовался не для того, чтобы пользоваться им для каких-то целей или хотя бы знать его содержание: ему следовало просто быть и заполнять собой пустоту, которая образовалась за годы, когда детство Катерины Ивановны кончилось, а взрослая жизнь так и не началась, и не было такого события, которое не изживалось бы за единственный день. Теперь, когда мать умерла, Катерине Ивановне требовалась другая старуха, и Маргарита, увлекая ее к себе, предлагала замену — чисто механическую, зато немедленно, пока судьба не учуяла брешь.

Но Катерина Ивановна не хотела у них ночевать, сегодня она особенно боялась слюнявого бормотания Комарихи, все норовившей предостеречь ее от каких-то таинственных бед и будто гадавшей по трещинам на стенах своей помраченной комнаты. Трещины словно начинались где-то очень далеко и возникали непосредственно от ударов различных событий, а после двигались по земле, по зданиям и камням, дорастая до логова ведьмы, проникая туда со всех сторон, будто тонкие корни. Сходство с корнями заставляло думать, что Комариха вдобавок влияет на события, питая их гнилыми соками своего жилья, где на спинке кровати горой громоздятся перепревшие тряпки, а в углу мутнеют трехлитровые банки с чудовищными огурцами, похожими на заспиртованных гадов и рыб. Что-то нашептывало Катерине Ивановне, что от Комарихи следует держаться подальше, иначе подмена *действительно* произойдет, и тогда ее сознание наполнится согбенными движениями старухи, этого бесформенного сращения полумертвых таскаемых ног и страшно живых, до кости щупающих рук, — и собственная жизнь Катерины Ивановны не начнется никогда.

Все-таки Маргарита повела Катерину Ивановну с собой, крепко держа ее за локоть, отчего Катерина Ивановна не могла удобно ступать и все время спотыкалась, меняя ногу. На улице похолодало. Дождь, невидимый и почти неощутимый, будто из темноты то здесь, то там выдергивали нитку, прочертил на щеке Катерины Ивановны холодную дорожку, мелко зарябил на скудном электрическом свету. Идти было недалеко — сырым глубоким переулком, через один перекресток, обмелевший ночью до асфальтового дна, мимо подъезда Катерины Ивановны и под арку. Две сутулые женщины, большая и поменьше, шагали тесно, иногда разделяясь перед моргающей лужей, иногда исчезая из виду между редкими, не достающими друг до друга фонарями. Ничто — ни дерево, ни скамья — не было освещено сразу с двух сторон, ничто не соединяло собой фосфорические островки с узорной сеткой молодых, ядовито-прозрачных листьев, — они, эти кустистые области, словно и не были частью и протяжением улицы, поэтому каждое появление женщин из темноты казалось случайным и последним. Маргарита все время тихо говорила, что сейчас они попьют на кухне чаю, что Катерина Ивановна поживет у них в семье как своя, — и когда надо было перепрыгнуть слякотное место, ее резковатый голосок тоже прыгал.

А Катерине Ивановне казалось, что она идет к себе домой. Сначала она думала, что это из-за ее обычной слабости: на улице видная впереди вывеска магазина или просто деятельная дверь, впускавшая и выпускавшая множество народу, легко создавали у нее иллюзию, что она идет именно туда, и часто ей казалось, что все, обещанное притянувшими ее рекламными щитами или грубыми красными лозунгами, помещается именно в зданиях, на которых они висят и к которым ее несет. Но чем ближе был ее подъезд, тем Катерине Ивановне делалось яснее, что в ее жизни ничего не изменилось, просто она неизвестно почему оставила мать без присмотра на целый день.

Она заспешила — мимо жестяного гриба над сырым песком, мимо искривленных качелей, будто силящихся подтянуться на мокрой перекладине. Подъезд был распахнут и тих, на левой створе дверей поверх мозоли из бумаги и клея белело свежее объявление. Катерина Ивановна вдруг поняла, что Маргариту никоим образом не следует пускать наверх, и загородила ей дорогу, бормоча какие-то оправдания. Маргарита морщилась, щурилась, никак не хотела уходить. Ее стеклянные буски и вязаная накидка с кисточками казались Катерине Ивановне какими-то старушечьими, таящими угрозу. Наконец Маргарита смирилась, зашарила по карманам, собираясь что-то дать Катерине Ивановне, но доставая только завитые бумажки и черные копейки. Катерина Ивановна уже взбиралась на крыльцо, невпопад отвечая, что ничего не надо, пусть Маргарита не беспокоится. Обернувшись через минуту, она увидела, как мелькают над асфальтом ноги Маргариты, забрызганные грязью. Казалось, она ужасно торопится, но, может, это выглядело так из-за набравшей силу, жадно хватающей белую добычу темноты.

Подъезд был пуст голой и гулкой ночной пустотой, надписи на стенах выглядели как тени чего-то существующего, каких-то невидимых, стоящих в воздухе решеток. Руки Катерины Ивановны дрожали, и ей понадобилось минут пятнадцать, чтобы, ставя сумку то на одно, то на другое приподнятое колено, нашарить беглую связку. Еще больше времени у нее ушло, чтобы понять: то не дрожь мешает ключам ладно войти в замочную щель. Теперь, глянув внимательно, Катерина Ивановна вспомнила: то была связка от Маргаритиных замков, разболтанных и капризных, с которыми Катерина Ивановна тоже намучилась: они словно хватали вставленные ключи зубами, так что насилу удавалось расшатать их и выдернуть. Теперь, по инерции тех усилий, Катерина Ивановна еще долго продолжала клевать и царапать свои замки, пока не сообразила, что именно ей хотела отдать Маргарита. Несомненно, то была ее собственная связка: Маргарита взяла ее себе, потому что не собиралась ехать со всеми на кладбище, а оставалась у Катерины Ивановны дома, чтобы, по обычаю, вымыть за покойной тусклые полы. Маргаритина гроздь металла, с одним огромным, как римская цифра, уродом, вероятно, ничего не открывавшим, валялась на тумбочке со времен, когда Катерина Ивановна жила у добрых людей, и в тесной спешке сегодняшних утренних сборов она, похоже, опустила ее в глубину набитой сумки вместо материнской связки, пребывавшей теперь в неизвестности.

Спохватившись, Катерина Ивановна выскочила на крыльцо. На асфальтовой дорожке перед домом не было ни души, дождь капал в лужу, как лекарство в рюмку. До Маргариты было ходу пять минут, но Катерина Ивановна не могла представить, как их всех теперь перебудит, как они выйдут к ней, зажмуренные, в сквозных от ветхости ночных рубашках, висящих странно, будто остатки сна. Первые пленки сна были еще бельем, остальное не успело соткаться, — тем сильнее Катерина Ивановна боялась их повредить и нерешительно стояла на крыльце, глядя на соседние дома с пустым зиянием подъездов, простоватой изнанкой задернутых штор. Окна, стоило на них посмотреть, гасли одно за другим и проступали на стенах одинаковыми слепыми квадратами. Катерина Ивановна еще раз попробовала себя принудить и окончательно поняла, что у нее не хватит духу потревожить Маргаритину темную, темнее уличной, домашнюю ночь, видную в их абсолютно черные окна с фанерным ящиком на голом железном балкончике.

И вдруг она осознала, что может идти на все четыре стороны прямо с этого места. Просто пешком уйти за пределы нынешней жизни — у Катерины Ивановны даже заныло в груди, когда она попыталась вообразить свое освобождение. Вероятно, кварталы, где она гуляла раньше и ходила по магазинам, дадутся легко: шагая по ним, она будет делать всего-навсего то же, что делала каждый день. Потом начнутся чужие улицы, состоящие из стандартных и как бы знакомых домов, киосков, гаражей, — Катерина Ивановна догадалась, что будет очень трудно избыть эту дурную область повторений, и удивилась, что это все же достижимо простыми усилиями пешей ходьбы. Надо только шагать и шагать, не преодолевая препятствия, а плавно их огибая, — где-то по земле прочерчен предел, за которым, по судьбе, ей не суждено побывать никогда. Возможно, там, за этим пределом, удастся зажить по другим законам, никому не давая себя в обиду. Еще Катерина Ивановна вдруг поняла, что со смертью матери их связь не исчезла, и теперь они должны сделаться как бы симметричны относительно общей прежней жизни; если мать ушла далеко, то и ей надлежит уйти, набирая нужное расстояние земными километрами.

Катерина Ивановна прощально подняла глаза на свое окно и увидела, что в комнате сквозь косые складки тюля, похожие на серые паутины, вовсю пылает электричество. Ей стало неприятно, что она не может подняться и выключить люстру — хотя если бы она попала в квартиру, то первым делом поспешила бы ее зажечь. Вероятно, свет горел и сегодня утром, именно из-за него все лица были такими нездоровыми, маслянистыми, а мебель казалась немного сдвинутой с привычных мест, развернутой под каким-то теневым углом. Очень может быть, что люстра вообще не гасла с той минуты, когда Катерина Ивановна очнулась от липкого сна и увидала мамино мертвое тельце, по-детски обнявшее подушку, выставив задок, — выбравшееся на поверхность своей страдальческой бредовой постели. Сердце у Катерины Ивановны скакнуло воробьем. Внезапно ей почудилось, что кто-то стоит за обросшим побегами неопрятным тополем: там подпрыгнула ветка, посыпался мокрый шорох. Обыкновенный страх, будто глоток горячего чая, отрезвил и оживил Катерину Ивановну. Она бросилась назад в освещенный подъезд, сильно шаркая ногами по ступеням, высоко перехватывая перила онемевшей от ужаса рукой.

У своей двери на втором этаже она остановилась и долго не могла унять дыхание: грудь распирало, точно надуваемый воздушный шар. Наконец Катерина Ивановна разобрала, что за ней никто не гонится и подъезд по-прежнему пуст. Теперь умолкло даже бормотание телевизоров, прерываемое криками и пальбой, — вероятно, кончился фильм, и осталось только журчание батарей да загустевший шум дождя, а по черному зеркальному окну ползли, срываясь и замирая, набрякшие капли. В груди у Катерины Ивановны тоже что-то срывалось и замирало, исчезало, не находя разрешения. Она выпростала из сумки остатки газеты, постелила на ступеньку и неловко села, прикрыв горячие глаза. Мамино тело на подушке напоминало муху, извлеченную из компота и положенную с краешку. А была такая рослая, плечистая, ее ученики — девятиклассники, десятиклассники — не всегда дорастали до ее сердитых бровей. Терпеть не могла, если Катерина Ивановна где-нибудь задерживалась, требовала отчета до минуты, и всегда выходило так, что час или два проваливались куда-то... Какая-то туманная, разреженная жизнь, никак ее не соберешь, а ночами не спится, слушаешь тепловозные гудки, которых днем не бывает, и все внутри дрожит, и кажется, будто это в тебя, как в трубу, дует пустынная ночь. Вот опять прозвучало — жалобней и чище, чем в квартире. Катерина Ивановна попыталась привалиться к стене, подремать, но в мозгу, будто заведенные, закрутились части чужих движений и разговоров: костлявые руки надламывали упаковку таблеток, листва бросалась в окно автобуса, кто-то кого-то без конца пропускал в дверях, резко отступая, отъезжая, как каретка пишущей машинки, опять и опять начиная строку.

...Сегодня, когда ехали на кладбище, деревья и кусты, обращенные к дороге, были в ливнях засохшей грязи, а старая трава на обочине казалась войлочной, шерстистой. Катерине Ивановне чудилось, будто хлесткая слякоть отпечаталась на юных листьях внезапной майской жарой и будто все вокруг было резко остановлено как есть и теперь шевелится уже не само, а просто кто-то треплет вялую макетку. По контрасту кладбище выглядело удивительно живым, острые травины на пригреве были, будто шприцы, переполнены соком. Сквозь наплывающий сон мать посмотрела на Катерину Ивановну и со вздохом, подоткнув плечом полурасстегнутую в серой наволочке подушку, отворотилась к стене. Осердясь на дочь, она всегда брала в руки какую-нибудь случайную вещь и принималась ее гладить, голубить, будто самое дорогое на свете. Если бы можно было сейчас стереть бесконечные ссоры с ней, особенно за последние месяцы... Катерина Ивановна и мать отчужденно молчали по многу часов, но этих пауз всегда не хватало, чтобы помягчеть и заговорить по-хорошему, всегда что-нибудь зловредное подворачивалось на язык. Времени в конце концов так и не хватило. Катерине Ивановне теперь хотелось, чтобы не было новой жизни, не было морока, что затемнил ей ум в последнюю мамину ночь, чтобы все вернулось и пошло по-прежнему. Ей вдруг представилось с непреложной ясностью, что в минуту, когда человек умирает, окружающее озаряется из неизвестного угла, обливается как бы крепкой световой глазурью и после уже не может измениться или исчезнуть, потому что для умершего больше ничего не происходит. Смерть, будто некий закрепляющий раствор, мгновенно схватывает все в поле зрения человека и делает это вечным: умершего уже нельзя убрать оттуда, где он остался навсегда. Наверное, теперь тряпичная комнатка, где Катерина Ивановна с матерью прожили столько лет, окаменела, пропиталась бальзамирующими солями, и с этих пор любое движение в ней будет уже не жизнью, а изображением жизни посредством макета, где сверху по очереди переставляются предметы и фигурки людей.

...Катерина Ивановна крупно вздрогнула в полудреме, затекшая согнутая нога сорвалась со ступеньки, и от нее по телу побежал мурашливый озноб. Раскаленная лампочка над головой грубо освещала шершавую штукатурку, от тишины в ушах надувались пузыри. Катерина Ивановна неловко поднялась, одернула платье: тут же нестерпимо запестрела плитка лестничной площадки, словно кто-то тянул из-под ног побитый шашечный узор. Катерину Ивановну качнуло, покатило по стене и бросило на дверь, поплывшую куда-то с незнакомым раздирающим скрежетом.

Медленно раскрылась тусклая щель. Катерина Ивановна схватилась за ручку, чтобы не дать двери распахнуться совсем, но та внезапно вильнула, и Катерина Ивановна почти упала в прихожую, запнувшись о забытый маленький венок. Проволочный венок хлобыстнулся ничком, отряся мусор, и сразу все сделалось неестественным, клейким, дерущим, стоило чего-нибудь коснуться, будто всюду был пролит засохший пятнами густой сироп. С липким треском отдирая ноги от пола, вымытого Маргаритой, Катерина Ивановна прошла немного вперед. На тумбочке и на полу стояли банки с водой из-под цветов: в одних вода была свежая, ясно-округлая, в других почему-то закисла и стала тяжелая, будто яичный белок, и подле все было усыпано папиросными лепестками, подернуто как бы первой пленкой собственной почвы, где труха умершего букета соединялась с пылью брошенного жилья. Тихо стучали часы, на странно голом циферблате черная двойная стрела показывала полночь. Рифленое стекло на комнатной двери золотилось, зыбилось, будто там перепархивало что-то. Уже совсем не волнуясь, будто все происходит не с ней, Катерина Ивановна толкнула дверь привычным изворотом тела, как делала всегда, когда возвращалась с продуктами.

Середина комнаты была истоптана и пуста. На диване, поверх постели, перепутанной в узлы, лежала согбенная мамина фигурка в задравшейся сорочке, с распяленным по подушке синеватым ртом. Опрокинутый ночник, висящий на собственном проводе, освещал на полу черную лепеху стоптанного тапка, оцарапанные половицы, выпускал из угла косые подвижные тени, прозрачные, будто крылья гигантского насекомого. Мать оторвала измятый рот от мокрого пятна, приподнялась, натянув на шее косую жилу, и, вся двигаясь на этих жилах, как марионетка на веревочках, медленно села.

Глава 2

То была семья потомственных учителей, вернее, учительниц, потому что мужья и отцы очень скоро исчезали куда-то, а женщины рожали исключительно девочек, и только по одной. Семья жила в провинции и была провинциальна. Женщины привычно носили уродливые шляпки с обвислыми капустными полями и резиновые сапоги на литых каблуках, которые будто специально для них выпускала из года в год какая-то местная фабричка. Этих женщин словно не касалось, что город рос, обзаводился столичным хозяйством вроде цирка и метро, что электричество на улицах делалось все слаще от ночных сиропов и создавало с наступлением темноты мигающий мокренький праздник. Многоэтажные здания строились в улицы и несли на крышах по слову из гигантских надписей, направлявших потоки транспорта от начала к концу строки, — при этом читающий взгляд принужден был перелетать в пустоте, под беззвучно расползавшимися облаками. Город вообще прирастал скорее пустотой, чем стеклянной и каменной плотью. Широкие улицы и площади возникали на месте порушенных и поднятых бульдозерами в дощатые кучи трухлявых трущоб, отскобленное место застилалось асфальтом и бетонными плитами, предназначенными словно не для человеческого шага, а для шахматного передвижения других, гораздо более крупных фигур. Эти свободные пространства не возмещались объемами новых построек, и выходило так, что город занимает материал у неба, разрабатывает его, будто некое открытое месторождение. Может, из-за этого даже ухоженный центр выглядел отчасти будто горнозаводской пейзаж. Отвалы, узкоколейки и глухие корпуса окраин словно отражались в небе, и над гуляющими толпами висели взрытые породы, серые дымы.

женский почерк

Всего этого женское семейство не знало и не желало знать. Их город, где они существовали сами по себе, не развивался и не рос, напротив — становился все более захолустным. Сюда не доходили моды, не попадала дорогая бытовая техника, здесь два кудрявых мальчика — Пушкин и Володя Ульянов — одинаково сидели на разных картинках, подперев кулаками толстые щеки, и считались чем-то вроде родни. Мать Катерины Ивановны, Софья Андреевна, преподавала литературу и жила в девятнадцатом веке, изредка выбираясь в начало двадцатого, где смертельно боялась пьяного Есенина с его кабаками, неестественно горящими рябинами и гармонями колесом. Случалось, ей попадало в руки что-нибудь из современного, но там она всегда натыкалась на такое бесстыдство, что приходилось захлопывать книжку и прятать ее подальше, будто собственную тайну или преступление. Софья Андреевна просто не могла оставить на виду этот ужасный предмет, вдруг получивший гораздо больше прав на ее заботу и на принадлежность ей, чем собственные заслуженные вещи, скромно стоявшие на местах, тогда как самозванец буквально криком просился на руки. В маленькой квартирке, где хозяйкам было трудно отойти друг от друга и на десять шагов, Софья Андреевна все же умудрялась устраивать тайники: в белье, под крышкой раздвижного стола, в нагретом местечке за батареей, где с электрическим шелковым треском рвались горячие паутины и темнота искрила, щекоча ослепшую руку, грозя упрятанной вещи фантастическим исчезновением.

Некоторые книги, когда наступала пора от них избавляться, действительно исчезали куда-то, — Софья Андреевна забывала, где их искать, — и точно так же в найденных вдруг пропадали сцены, вызвавшие ее замешательство. Сколько она ни листала и ни разваливала наугад как будто правильно пронумерованные страницы — все было напрасно, все зря. Софье Андреевне мерещилось, что несколько абзацев просто выпали из книги, как могло бы выпасть засушенное растение или личное письмо, и затерялись где-то в квартире, что было еще опаснее, чем присутствие целого предмета, все-таки имевшего корки, чтобы прикрыть напечатанное безобразие. Порою она, засовывая в тайник очередного подкидыша, обнаруживала там старого квартиранта: одутловатого, сырого, прибавившего в весе или, напротив, высохшего в фанеру и раскрывавшегося с треском, теряя желтые листы.

Такие находки случались, может быть, слишком часто, и Софья Андреевна суеверно считала это наваждением. Она не знала, что многое уже припрятывает дочь, страдающая наследственной формой стыдливости и тайно влюбленная в несколько глянцевых открыток с римскими героями, чьи руки восхищали ее косами плетеных мышц, а профили в шлемах с пернатыми гребнями были, как у самых древних, детских богов, получеловечьи-полуптичьи. Софья же Андреевна все имущество в доме считала своим. Однажды, разбирая пластинки, она наткнулась на умятый в щель газетный сверток с трусиками и долго сидела, держа его на тесно сдвинутых коленях. Эти вялые трусики с растянутыми резинками, серые от застиранной крови, она когда-то прятала в кладовке старого дома среди ситцевых мешков с горбатыми сухарями — помнится, сверток был всегда пересыпан соленым хлебным песком. Розовый особнячок, вместе с соседними охряными, был давно снесен: чтобы выкорчевать их совсем, приходилось рыть глубокие ямы, являвшие из земной черноты белые раны ободранных камней, и на месте их долго бугрился пустырь, засыпанный мусором, не имевшим никакого отношения к прежним обитателям. В первые годы после переезда там еще можно было увидеть обломок колонны, кусок стены (на них отметины от повреждений обитаемых времен — нацарапанные буквы, побитая лепнина — казались поразительно исполненными жизни), но потом все заросло, подернулось битым стеклом, которое на солнце становилось жгучим и сверкало в бурьяне, а на дальних склонах переливалось и дробилось, будто пролитая ртуть. Ртутное, дурное марево поглотило прошлое Софьи Андреевны, а тайный сверток уцелел, словно воспользовался ее забывчивостью, когда она перестала прятать трусы, через четыре года после начала месячных узнав наконец о нормальной природе горячих овалов крови, исторгаемых ее естеством, — и растворился в прахе, чтобы через много лет внезапно воскреснуть. Софья Андреевна просидела над разваленным свертком до прихода дочери: пока девчонка возилась у вешалки, медленно стягивая кофту вместе с пальто, сапоги вместе с шерстяными носками, медленно все это разбирая, мать успела скомкать сверток и запихать на прежнее место. На другое утро он исчез.

Поскольку за найденные книги было уже заплачено библиотеке или знакомым, Софье Андреевне оставалось положить свою собственность обратно в тайник — или сжечь. Несколько раз в отсутствие дочери она решалась на сожжение: ставила в ванну таз и драла туда тугие страницы, из которых густо лезла мохнатая бахрома. Пламя спички долго не могло пронять спрессованных обрывков, но потом пахучий синий огонек забирал с угла, проедал дыру и взлизывал вверх неровными языками. Яркие языки, трепеща от усилия вытянуться как можно длиннее, наполняли таз, и такое же напряжение было в огромных тенях, ходивших по румяным стенам ванной и словно бы рвущихся сбросить с себя всю свою мелкую основу в виде стаканов, флаконов и пузырьков. Возле таза становилось жарко, тут и там в стекле дрожали горячие точки, наверху, у заросших труб, тихо шевелились паутины. Софья Андреевна стояла неподвижно и смотрела, как бумага, перед тем как почернеть, становится шоколадной, как проступают на ней, будто пытаясь выкрикнуть себя напоследок, исчезающие слова. Огонь, набегая, заставлял прочитывать строки справа налево, перескакивать взглядом, выхватывать, обжигаясь, отрывочный смысл. То было машинальное, напрасное занятие, ничего не удавалось по-настоящему удержать, — и когда через много лет Софье Андреевне почудилось в смерти что-то знакомое, она, не отдавая себе отчета, вспомнила именно это.

Наконец в тазу прогорало, темнело, гасло. Черный летучий ворох, остывая, ежился с легким рассыпчатым треском, и, глядя на него, никто бы не сказал, что здесь было сожжено что-то неличное, повествующее о выдуманных людях. Казалось, это любовные письма, дневники — и так много! — и так долго держался потом в квартире смолистый горький запах горелой бумаги, что даже через несколько месяцев, погружая лицо в полотенце, Софья Андреевна ощущала терпкий, влажный, как бы проросший душок. Сожжением неприличных книг она занималась довольно регулярно. Все-таки и после этого вокруг нее оставались забытые тайники, излучавшие опасность, — и в свою последнюю ночь Софья Андреевна, уже не понимая окружающее и сочувствуя только себе, воспринимала их как пятна страха на своей холодеющей коже: она не узнала, что только один большой и два поменьше действительно принадлежали ей.

Как любой человек, что провел свои первые годы в очень старом, обветшалом доме, словно уже оставляемом жильцами по частям, Софья Андреевна была мечтательна. Она не видела особой разницы между предметом и изображением: картинки в книжках были для нее все те же игрушки. Ей чудилось, что можно любую роскошь нарисовать и ею владеть, тем более что и сам доживающий дом был уже почти изображение: обстановка его комнат устоялась за десятилетия, вся мебель и даже самые малые мелочи обрели свои последние места, — и эта предельная конкретность, неподвижно позволявшая себя рассматривать, странно отдавала небытием. Дымчатые люди с желтоватых и карих настенных фотографий, семейная память о которых имела вид замысловатых рамок, обводивших для верности все новыми виньетками выцветавших женщин и мужчин, — эти люди казались и, в сущности, были истинными обитателями дома, только уменьшенными в росте по причине смерти. Вообще размер изображений из-за их вещественности, набранной за счет оцепенелых и полностью готовых исчезнуть вещей, воспринимался здесь буквально: над диваном, где висело особенно много толстеньких застекленных штук (иногда месяцами не казавших себя и являвших, с какой стороны ни глянь, одни отражения, белые блики), имелись, например, вышитая шелком стрекоза и акварельная собака одинаковой величины. В большой комнате, или зале (где жила бабуся и еще одна подселенная женщина, спавшая на полу у подножия мебели, так что многих дверец нельзя было открыть, пока она не встанет), помещалось высоченное зеркало, слегка раскисшее в верхнем углу. В нем была видна как бы заброшенная часть квартиры, темноватая, холодная, уходящая куда-то вбок, всегда открытая на ночь. Ее существование косвенно подтверждалось теснотой на посюсторонней половине жилья, в коридоре, на кухне, полной энергичных локтей и черных сковородок, — когда казалось, что все уже оттуда ушли, там обязательно копошился, брякая горелой посудой, кто-нибудь еще.

К стене, отделявшей зазеркальное крыло, снаружи лепилась сарайка, где сосед, передовой рабочий, держал мотоцикл, которым, точно плугом, перепахивал смиренные окрестные дороги с безмятежными лужицами в колеях, — и когда в пространстве, продолжавшем залу, раздавался настырный бензиновый треск, становилось жутко. Эта взрывная пальба и в тон ей взрывы куриного кудахтанья рисовали на месте видимого помещения — знакомый сарай, где были запахи бензина и помета, солнечные щели, от которых на голые руки и ноги ложились яркие полосы, прозрачно розовевшие по краям. Казалось, два пространства совмещаются и давят друг на друга, — и кривая зазеркальная комната, где светлые части обстановки выделялись как бы тоном выше, чем наяву, была гораздо слабее, гораздо печальнее. Эту комнату нельзя было оживить своим отражением, сколько ни маши руками и ни высовывай язык, — и посреди кривлянья вдруг наступала минута, когда жилая и реальная часть квартиры тоже представлялась несуществующей. Страшно было тронуть полку, статуэтку, болезненно чувствительные благодаря осевшей пыли и готовые ответить на касание испуганным пятном. Внешний мир словно уже прорастал сюда, и после Софье Андреевне мерещилось, что особняк разрушился не от работы техники, а только от напора городского мусора и жилистых сиреней, в которых ощущалась та же камнеломная сила, какую Катерина Ивановна через много лет угадала в кладбищенской траве. Словом, особняк, каким его застала на свете Софья Андреевна, уже почти целиком — зазеркальными анфиладами, зыбким темноватым воздухом под недосягаемо высокими потолками, захламленным подвалом под широченной лестницей во второй этаж, — покоился в прошлом. К прошлому каким-то образом относились и комнаты соседей, куда не разрешалось ходить, — а в настоящем самыми реальными были твердые, с занозами, как бы сохранявшие свою исконную деревянность листы бумаги. Поначалу собственные владения возводились при помощи цветных карандашей — но глупые бревнышки, вместо того чтобы закрашивать, к примеру, розовый дом, изображали на нем только собственные следы.

То же самое выходило с акварелью: грубые мокрые пятна темнели на деревьях и траве, — притом, что в стакане с водой и на бумажке, куда с набухшей кисти спускались излишки, все получалось красиво, загадочно. Словом, мир, обозначенный простым карандашом, не принимал искусственных красок: они оставались поверх него и сами по себе. Много лет спустя, в деревне, Софья Андреевна вдруг увидела то проникновение цвета в контуры, над которым так мучилась в детстве: закат и черные ели, как бы истончавшиеся тут и там на малиновом свету, — но округлый прудок, полный цветной воды, куда макались только что написавшие все это кисти, был все-таки лучше, нежнее. Каждая краска, пошедшая на пейзаж, сохранялась там в виде чудного, свободного размыва, неистраченный цвет опять торжествовал, и Софья Андреевна тогда поняла, что все это похоже на ее несчастливую жизнь, где лучшие чувства ее плывут, не умея приложиться к чему-то конкретному, не доставаясь ни дочери, ни пьянице-мужу, и реальность остается для них совершенно непроницаемой.

В детстве закрасить значило полюбить. Мать Софьи Андреевны, преподаватель рисования, пыталась ей растолковать различные приемы и даже, крепко ухватив, водила ее рукой, отчего кисточка в липких сине-зеленых пальцах кивала и брызгалась. Закон линейной перспективы, изображенный на отдельном листе, представал в виде сетчатого невода, куда попадало все, что можно было нарисовать, и невод с ужасной силой тянули к точке горизонта неизвестные ловцы. В общем, уроки не давали результата: покоробленные листы очутились на шкафу, потом исчезли неведомо куда, и предпочтение было отдано иному — вышивке.

Софья Андреевна полюбила вышивать картины. Блузки и салфетки привлекали ее гораздо меньше — из-за самодовольного господства вещи, которая, сколько ни вложи в нее труда, все останется сама собой. Картины — другое дело: они полностью забирали отрезанный для них кусок полотна и сами становились вещами, а кроме того, все олени, красавицы и серые волки, выходившие из-под иглы, были настоящие, поскольку их изображения существовали отдельно, на больших, распадавшихся по сгибам листах.

Эти рисунки, как и бо́льшая часть домашнего скарба, были наследственным имуществом семейства (бабушка Софьи Андреевны преподавала рукоделие в приюте для девочек-сирот) и хранились вместе с нитками и плотным свертком канвы, от которого всегда отстригали с краешку: при попытке его развернуть он как бы угловато вываливался сам из себя, освобождая целые вороха желтоватой вощеной сетки, так что Софья Андреевна не знала, каков кусок целиком. Запас канвы казался бесконечным, то же самое было и с нитками. Нитяной причудливый ком был пышен и шелковист, в нем попадались ленточки, витые тесемки. Поскольку внутри мотка образовались какие-то прочные узлы, он был уже не просто запас материала, а тоже самостоятельная вещь или даже живое существо: ниток из него можно было вытягивать сколько угодно, их не делалось меньше, — так из пушистой собаки вычесывают шерсть на варежки и носки. Софье Андреевне, чтобы радоваться своему рукоделию, приходилось преодолевать красоту мотка, где цвета, особенно лиловый и голубой, выглядели все-таки лучше, чем на пестрой вышивке. Катерина же Ивановна в детстве просто играла мотком, делала из него горжетку, таскала по полу на веревочке. Когда она наткнулась на руины огромной тисненой папки и в ней обнаружила то, что знала всю жизнь висящим на стене, ей стало непонятно, почему нельзя было просто наклеить порванный рисунок на что-нибудь твердое и поместить в ту же самую рамку.

Софье Андреевне, чтобы действительно овладеть областью своей фантазии, приходилось сперва затрачивать труд, и она по многу часов склонялась над пяльцами, высоко подымая руку с иглой, отчего на ее спине залегала мощная вертикальная складка. Эти плавные подъемы иглы, тянущей необыкновенно длинную, осторожно выбираемую нитку, долгая, до предела руки, протяженность крохотного стежка — вся эта избыточная, лишняя работа, происходившая в воздухе, странно одухотворяла ступенчатые части пасторали, медленно проступавшие на полотне.

Не то было с Катериной Ивановной: ее душа запросто и совершенно бесплатно вселялась в разные привлекательные вещи, легко взмывала, едва касаясь колен водосточной трубы, на любой этаж, перемахивала через визжащий тормозами, полный битого солнца поток автомобилей, — Катерине Ивановне даже казалось, что она летает, что это и есть доступное человеку умение летать. Что же до нарисованных далей и расстояний, то ими она овладевала сразу и целиком: все, что было там изображено в движении, на самом деле зависало, бесконечно продлевая миг, и от этого скорость ее полета делалась просто волшебной. Все на картине, разнообразно замерев, ожидало взгляда, как ожидает пассажира затормозившее такси; нарисованное — плохо или хорошо — было по природе отзывчивей реальных вещей, слишком занятых собою, чтобы тосковать о зрителе. Правда, много лет спустя Катерине Ивановне попались на глаза два нехороших, напряженных натюрморта, поразивших ее именно отсутствием ожидания, полным бесчувствием всех этих фиолетовых бидонов и скорченных статуэток. Странное качество никак не вытекало из достоинств или недостатков грязноватой живописи, не проявлялось ни в чем конкретном и объяснялось разве только тем, что представленные предметы могли быть собраны вместе лишь перед отправкой на свалку, когда они сделались никому не нужны, — а принадлежали натюрморты кисти художника Рябкова. В отличие от них, рукодельные картины матери, где все так трогательно призывало к себе, принимая лучшие позы, давали истинный простор для полета души. Девочка принимала их как игру: она считала, что мама, высоко поднимая иголку, делает с нею то же, что и дети, когда катают по полу машинку или водят по воздуху игрушечный самолет.

Не все найденное Катериной Ивановной между белесыми кусками папки было воплощено. Среди незнакомых преобладали листы с отвратительно красивыми красотами — все эти кущи, урны и фонтаны, живописные сами по себе и еще со всякими улучшениями рисовальщика, словно не видевшего здесь предела возможностей, были к тому же разграфлены на клетки, что уподобляло их некоему точному и выполнимому рецепту счастья. В самом низу был спрятан (Катерина Ивановна догадалась, что это было именно так) рисунок просто страшный: ночь, поле оконченной битвы под громадной, размером с закатное солнце, луной, гладко отливают кольчуги мертвых, и только хищные птицы продолжают драться — одни за русских, другие за татар. Это призрачное продолжение войны и полированный ночной закат над каменной землей подсказали девочке, что изображенная на картине степь каким-то образом превратилась в потусторонний мир, — и только после смерти матери она догадалась о механизме этого превращения. По душевной слабости девочка никак не могла избавиться от тяжелого чувства: в зоопарке она боялась маленького, с отдельной, как колпачок, вертлявой головой, желтоглазого ястреба, а в краеведческом музее — витрин со ржавыми останками мечей, выложенных так, чтобы обозначить полные размеры распавшегося оружия. Ей казалось, будто это те самые, с картины, что застряли в убитых, соединившись с ними в патетические фигуры, и разложились сами на хрупкие куски.

Зато готовые вышивки составляли для девочки целый мир, больше и лучше того, что окружал ее в действительности. Только одно окно выходило из комнаты в неинтересный двор, где железные качели и карусели были как чертежные инструменты, с глубокими дугами, проведенными по глинистой земле подошвами детей, — а вышивки буквально скрывали стены, ограничивавшие жилье, и когда рукодельные картины для чего-нибудь снимали, взгляд спотыкался на ровном месте, будто натолкнувшись на препятствие. Самая большая вышивка, размером почти с ковер, висела у девочки над кроватью. Там были округлые, как бы в шахматном порядке бледневшие к горизонту холмы, извилистая дорога, кое-где растекавшаяся на множество земляных ручейков, идиллический домик под красной черепицей, крутобокий олень. В небе поштучно стояли плотно скатанные кучевые облака: чудилось, будто пейзаж расположен не на земле, а на одном из них, тогда как другие представляли разные виды облаков в естественной среде, что придавало картине систематичность наглядного пособия.

Все-таки именно эта пышно взбитая страна, заманчиво продолжавшая жесткую и узкую, как полка вагона, постель, давала девочке перед сном несколько счастливых минут. В полумраке, в полудреме, женственно белея нежной стороной руки (днем такой короткопалой, покрытой красными цыпками, кислыми на вкус), она касалась своей заповедной страны и словно уже оттуда глядела на мать, проверявшую тетради под железной, нестерпимо яркой изнутри настольной лампой. Иногда, выставляя отметку, мать коротко шоркала локтем, иногда роняла в тетради очки и сидела задумавшись. В позе ее проступало что-то удивительно молоденькое — сведенные лопатки, скрещенные ступни, зацепившие ножку табурета, — и над ее гладко причесанной головой все было так таинственно, так невесомо стояло в сумраке, будто готовое плавно тронуться от малейшего толчка. Оттого, что мать участвовала в счастливых минутах засыпания, она и сама казалась девочке счастливой. Во всяком случае, она тогда умела, ощущая на себе дремотный девочкин взгляд, спокойно задуматься о своем, — это было так непохоже на пришедшие позднее бессонные ночи, когда мать и дочь словно сторожили друг друга, безнадежно понимая, что жизни их сцепились и застряли, желая не то разойтись, не то окончательно совместиться, чтобы засыпать одновременно, с легкостью свободного, самому себе предоставленного существа. Так, изнурительной бессонницей, выражалась их взаимная несвобода, невероятная близость, когда мать и дочь все время мешали одна другой и просто не могли не обращать друг на друга внимания. Позже доходило даже до того, что, пока одна что-нибудь делала в комнате, другая пережидала, сидя совершенно неподвижно и словно стараясь вообще исчезнуть, не дышать, — так, будто комната была невероятно тесна, будто двоим в ней было буквально не повернуться. А в детстве комната казалась такой просторной — за счет живого полумрака, растворявшего углы, за счет проемов в разные вышитые дебри и парки, за счет того, что каждая вещь, даже запертая здесь навсегда, все-таки принадлежала целому миру, в котором девочка пока не чувствовала границ.

В детстве комната, как и улица, представляла собой сквозное собрание самостоятельных вещей. По вечерам гладкий свет маминой настольной лампы объединял их гораздо естественней и лучше, чем четыре грубые стены, к тому времени как будто исчезавшие. В этом скудном пологом свете, неподвижно лежавшем тут и там, было что-то похожее на первый снег: он так же выделял высокие округлые части предметов, соединял нетронутой волной асфальт и палый лист, гранитный парапет и забытую на нем перчатку. Казалось, перчатку теперь невозможно взять, потому что снеговая скорлупа сразу сломается, пропадет, — и такая охватывала жалость к недолговечному изделию природы, готовому разрушиться, как только наследит пешеход или тронется переночевавший у подъезда старый «Запорожец». Точно так же девочка жалела вечернюю комнату — готова была не брать из нее ни яблока, ни книги, ни свитера из шкафа, только бы она оставалась такой навсегда.

Между улицей и жильем существовали и другие тонкие соответствия, о которых взрослая Катерина Ивановна позабыла. В сущности, мир тогда был для нее един, потому что она еще не особенно учитывала мать и не осознавала, что именно Софья Андреевна получила и обставила квартиру, что именно она вышила ту внутреннюю область, которую Катерина Ивановна смутно ощущала как свою подлинную родину. Собственно, Катерине Ивановне мнилось, что это ее внутренняя область послужила оригиналом для вышивки, — как для другой, висевшей над комодом, оригиналом послужил Московский Кремль. Олень и домик были, конечно, прибавлены для красоты, но взгляд сейчас же схватывал знакомые объемы, узнавал нахмуренную крутизну и складку, с какою один лесистый холм заходил за другой, тогда как пара дальних, округлых, высоко приподнятых холмов, тоже напоминавших пару бровей, в свою очередь выражала изумление.

К счастью, в папке не оказалось схемы, с которой Софья Андреевна снимала рисунок самодельного ковра. Правда, Катерина Ивановна тысячу раз видела с изнанки этот желтый лист в черных засаленных кругах: на кухне у Маргариты его подкладывали под сковородку с жареной картошкой, а две затычки пошли под ножки стола. Если бы Катерина Ивановна для чего-нибудь расправила спекшийся кухонный предмет, она бы узнала его, и внутренний мир сразу превратился бы в фальшивку. К счастью, этого не случилось, и выходило так, будто холмистая страна возникла неким фантастически-естественным путем. Между тем даже это, самое тайное, о чем Катерина Ивановна даже при желании не смогла бы рассказать известными ей словами, было у нее от матери.

Глава 3

Софья Андреевна полагала, что любит дочь: доказательством тому служили многочисленные девчонкины недостатки. Много терпения требовалось для того, чтобы сносить ее постоянную вялость, хмурость, ее привычку раскапывать пальцем дырки в мебельной обивке, ее манеру оставлять медленно тонущие ложки во всех кастрюлях и банках, откуда ей пришла охота зачерпнуть. Для выражения любви не надо было целовать и гладить по головке, следовало просто не кричать — а Софья Андреевна никогда не кричала. Материнскую любовь она воспринимала как добродетель, равную — с обратным знаком — отрицательным качествам дочери и прираставшую девчонкиными двойками, даже узлами на шнурках, которые та с каким-то рассеянным упорством затягивала до крепости камушков, а потом размазывала уличную грязь по всей прихожей, брезгуя взяться за ботинок как следует и хныча, чтобы мать разувала ее сама.

В десять-одиннадцать лет у Катерины Ивановны были ровные детские ноги, две слабые косицы, подвязанные калачиками и напоминавшие уши таксы, ровная пухлая грудка с двумя свистульками, как у резиновых игрушек, но по-женски мягкий, выпирающий живот. От живота на праздничной зеленой юбке оставались такие же неприличные складки, как на мамином платье в мелкую арифметическую клетку, которое она носила в школу, где ничем не отличалась от других помятых, перепачканных мелом учительниц. Девочка стыдилась себя, своей полноты, тридцать девятого размера косолапо стоптанной обуви, тепловатого душка от собственного тела, похожего одновременно на запах жареных орехов и соленой рыбы: ей казалось, что запах выходит из-под подола на каждом шагу. Стыд еще усиливался оттого, что мать работала завучем и словно выставляла себя напоказ: ее пожухший, словно она говорила по радио, голос раздавался в школе тут и там, перекрывая гвалт перемен. Дочери было нестерпимо видеть, как мать хватает девочек за лямки фартуков, точно это рюкзаки, как отчитывает в углу налетевшего на нее хулигана, а тот, глумливо ухмыляясь, сползает спиной по стене, и у него из брюк вылезает растерзанная рубаха.

Одноклассники, безошибочным чутьем угадывая все оттенки чужого стыда, дразнили дочь, изображая мать. Особенно хорошо получалось у рыжего Кольки, когда он, напыжившись и задрав малиновый носик, с которого сползали воображаемые очки, расхаживал по классу. Его обычно плоские, с пришлепами, шажки делались весомыми и мерными, так что какая-то обособленная частица сознания невольно принималась их считать, — и пытка достигала цифры «двести» или «триста», пока на пороге, сильно стукнув отпахнувшейся дверью, не вырастала суровая литераторша. После небольшой заминки (из класса словно улетала туча воробьев, оставляя мертвую тишину) мамины шаги между рядами подхватывали счет и доводили его до высоченных цифр, почти неприменимых в жизни одного-единственного человека, у которого не может быть столько денег, или родственников, или вещей, — цифр, пригодных разве что для измерения чувств, например для измерения нарастающей муки. После, на улице и дома, цифры продолжали прирастать: будь у Катерины Ивановны память получше, она после смерти матери смогла бы высчитать (исходя из полуметра на шаг) большую часть ее земного пути — по громадным школьным этажам, по крутым, прихотливо виляющим улочкам, где мамина нога иногда подворачивалась, проехав на шуркнувшем камушке; по проспекту, где магазины; по аллее горсада, где ветер снимал с асфальта упавшие листья, будто обертку с чего-то драгоценного... Катерине Ивановне было странно, что после смерти матери все это ничуть не изменилось и ничего не утратило, хотя даже разрозненные цифры утраты были огромны, — получалось, будто счет велся чему-то нереальному, вообще не тронувшему земной неподатливой тверди и оставшемуся только звуками в ушах. При мысли об этом Катерине Ивановне хотелось сложить все сохранившиеся цифры и выкрикнуть их перед кем-нибудь в голос: грандиозный, одной только абстрактной величиною потрясающий итог.

В этом итоге доля рыжего Кольки была невелика. Все-таки Катерина Ивановна ненавидела Кольку — вполне примирившись со взрослым тихим Николаем и даже нехотя жалея его, когда он за столом, подвыпив, ложился головой на локоть и виновато улыбался половиной сморщенного лица, — продолжала ненавидеть одноклассника, будто это был совершенно другой человек. Доходило до того, что пацаны уже не передразнивали учительницу сами, а сразу обращались к Кольке, будто имели под рукой нечто готовое и лучшее. Получалось, что Колькины грязные веснушки, похожие на семена его же сорных всклокоченных вихров, его манера, швыркнув носом, звучно глотать, его вислоплечий костюм на вырост, уже засаленный и с нитяными корешками вместо пуговиц, — все это оскорбительным образом относилось к матери. Взрослым Николай таскал по будням как будто все те же брюки, вяло спадающие на башмаки (от этого чудилось, что они готовы вот-вот свалиться), все тот же клоунский пиджачок. Казалось, чтобы избавиться от старой одежды, ему надо непременно вырасти, чего Колька, сам уже износившийся, сделать никак не мог, — а главное, его убожество относилось теперь к нему одному, не задевая даже его франтихи-жены, и это делало его, несмотря на очевидную семейность, заброшенным и одиноким.

Мать от кого-то знала — в классе думали, будто от дочери, — про Колькин цирк и частенько вызывала в школу его собственную родительницу. Она была неопрятна и толста бугристой нездоровой толщиной, тоже, как и сын, всегда в каких-то нитках: белые, бельевые, липли ей на зимнее пальто, отчего казалось, будто оно надето прямо на ночную сорочку. Ее щекастое лицо с неожиданно вострым лоснящимся носиком постоянно принимало пищевые оттенки: обычно цвета сосиски с горчицей, но когда она лезла, отдуваясь и кланяясь, по школьной лестнице, делалось похожим на переспелый помидор. Дожидаясь учительницу у окна, она никогда в него не глядела — вообще не глядела туда, куда не могла добраться или не собиралась идти, так что ее лишенный перспективы и якобы предельно конкретный мир, вероятно, был условным, как театральная декорация. Страшно представить, какими нереальными делаются сумка, или ложка, или трамвай без облака в небе или дальней горы, — но она преспокойно пользовалась всей этой бутафорией и доверяла тяжесть своего бурно дышащего тела любым перилам и любой стене, в сущности, безопорным.

Впрочем, вблизи ее припухлые глаза замечали все и смотрели цепко. Если, пока она дожидалась учительницу, мимо нее проносился, пихаясь и скользя, расхристанный ученик, она буквально повисала на нем и читала ему нотацию сладеньким голосом, не столько обращаясь к нарушителю, сколько апеллируя к подразумеваемой Софье Андреевне, словно надеясь каким-то сверхчувственным способом вместо выговора заслужить ее преподавательскую похвалу. Колькина мать работала не больше и не меньше как в бухгалтерии городской тюрьмы, в плотном пристрое новенького кирпича, словно готовом и предназначенном естественным образом вырасти в один из основных заплесневелых корпусов, уже заранее оплетенном колючей проволокой: высокие шесты на крыше несли паутинные узоры железного пуха, удивительно нежного в ясные дни, на фоне голубых небес. В бухгалтерии, однако, имелся обыкновенный коллектив, видевший зеков только издали, во дворе, где они, обритые и в ватных робах, походили на каких-то чужеземных азиатов, — и в этом коллективе прекрасно знали привычку Колькиной матери вмешиваться во все, что давало пищу ее обильным чувствам и представляло ее с хорошей стороны.

Если отмечался день рожденья, Колькина мать надевала выходную кофту яркого пунцового атласа (на которую в тон откликались словно бы ожившие в углах огнетушители и много красной мелочи по столам, а стенгазеты и плакаты, где преобладал партийный цвет, получали право полного голоса) и, нарядившись так, лучшей подружкой терлась возле именинницы. Если случались похороны, эта женщина, зареванная до багрового отека, принимала соболезнования вместе с родной покойника, зачастую вовсе ее не знавшей. Когда впоследствии кто-нибудь из озадаченных родственников пытался о ней расспрашивать, ему ничего не удавалось толком прояснить, потому что возле гроба, полуседая, грузная, с целой аптекой брякающих пузырьков, Колькина мать смотрелась пятидесятилетней теткой, кем и была в действительности, тогда как в обыкновенные дни решительные ухватки и бодрый багрец на щеках делали ее значительно моложе.

Может, она и была человеком, которого Катерине Ивановне не хватало на маминых похоронах, — тонкие ее зажмуренные причитания позволили бы дочери побыть одной в своем бесчувствии, готовясь к минуте, когда горе действительно придет. Может, если бы добрые люди свозили старуху на кладбище, у нее в сознании не разверзлась бы дыра, куда и провалилось все в конце концов, — ее не потянуло бы на изломанную от солнца, со всех сторон тормозящую машинами улицу, не повлекло бы через возникавшие из прошлого дворы — спасать учительницу. Однако старуху, с утра затеявшую стирать, закрыли дома: не сумевшая умереть в положенный срок, она утратила всякое чувство времени, и белишко сплыло у нее из переливщегося таза, затем поднялось в дымящейся ванне ситцевыми пузырями, одни из которых сверлила струя кипятку. Потом произошла авария и воду отключили — все высосалось из ванны, оставив на дне ослизлое холодное тряпье, а старуху вечером нашли на соседском балконе, куда она попала неизвестным образом. Между балконами белелась провисшая веревка, привязанная с одной стороны к ручке кастрюли с окурками, с другой к цветочному горшку, а старуха, легкая, как мошка, продолжала протягивать шнур между несоединимыми и валкими вещами, будто создавая картину своего ума, и все это, не сумевшее бы выдержать веса и пары чулок, держалось буквально на воздухе, на каком-то исступленном и бесплотном вдохновении.

Каким-то образом Колькина мамаша устроилась так, что вместо школы, куда ее вызывали по-прежнему часто, стала приходить к учительнице домой. Здесь она была уже гостья, причем единственная — Софья Андреевна много лет никого к себе не приглашала, — и потому ее присутствие изменило самый состав жилья, непривычного к чужим и беззащитного перед их вторжением. У гостьи появилась персональная тарелка, чашка в крупный горох, вилка со сведенными зубьями. Это не было знаком приязни, наоборот: ни мать, ни дочь не хотели пользоваться посудой после гостьи так же, как не хотели сидеть после нее на единственном мягком стуле, на котором Колькина мамаша ворочалась всеми бурными телесами, и стул, утратив стройность, стоял на четырех расшатанных ногах, будто собирался гадить на ковер. Такое отношение хозяек к гостье объяснялось не столько тем, что они брезговали ее манерой есть, всхрапывая и ложась на стол, или обломками ее нечистых расчесок, которые она к тому же вечно забывала на подзеркальнике. Даже самый воспитанный и опрятный чужак вызвал бы ту же самую реакцию почти физического отторжения. Он точно так же образовал бы целый набор «поганых» вещей, которые споласкивались бы отдельно, над раковиной в ванной, и к которым автоматически присоединялось бы все, приносимое гостем в квартиру, — все, что бы он ни забывал или даже дарил.

Колькина мамаша не замечала всех этих тонкостей и являлась в дверях с широченной ухмылкой, отчего ее уши становились в точности как прищепки, на которых подвешена простыня. За столом она старалась съесть как можно больше, хватала и хвалила все подряд, полагая, что учительнице это приятно и даже лестно. Точно так же она отправляла знаменитым артисткам цветочные открытки с хвалебными словами, кое-где подрисованными для исправления и красоты, — и так же считала, что они приятно разволнуются, узнав, что кто-то их одобряет так далеко от столицы. Источником горделивого трепета актрис Колькина мать полагала, разумеется, не собственную персону, как бы принимаемую ею за точку, а само расстояние между собой и звездой экрана, от которого у нее — за себя и за артистку — захватывало дух. При этом в ней не ощущалось и следа подобострастия, только степенная уважительность к себе, а если она хотела дать особенно высокую оценку какому-нибудь жирному салату — упоенный апломб. Она выспрашивала рецепты и заносила их в особую (грязнющую) тетрадку, где у нее имелись также списанные с ошибками тексты популярных песен и душевные стихи. Сбить толстокожую гостью было невозможно, как невозможно было отвадить ее от дома, куда она хоть раз проложила путь. Поскольку для Колькиной мамаши реальность вещей определялась собственным ее присутствием и поскольку то, до чего она добралась, обретало удивительно крепкую и несомненную жизнь, — материализованные таким образом твердыни, чтобы они перестали для нее существовать, следовало уничтожить физически. Девочка угадывала это каким-то подспудным чутьем и в присутствии гостьи не раз представляла на месте собственного дома взрыв, земляной многотонный куст, усыпанный черной ягодой, с развешанными тут и там обломками знакомой мебели и утвари, до которой противной тетке было бы уже не дотянуться.

Однако дом продолжал стоять, целый, крепкий и абсолютно беззащитный. Все живое и неживое, заключенное в нем, размещенное по мебельным полкам и этажам, было достижимо посредством лестниц, полов, всяческих домашних табуреток и стремянок. Ничто не зависало без опоры в недоступной высоте, ничто не парило в блаженной точке потери веса и как бы своего исчезновения. Перед Колькиной матерью имелось одно препятствие — дверь, но раз уж она возникала с той стороны, удержать ее там было немыслимо. Она беспрерывно давила кнопку звонка, и поскольку существовало расстояние между источником и звуком — верещало в беленой плошке над зеркалом, — то казалось, будто гостья уже проникла в прихожую и может делать все, что ей придет на ум.

Часто Колькина родительница являлась в отсутствие старшей хозяйки: Софья Андреевна брала в вечерней школе довольно поздние часы, и в квартире без нее было страшновато, уютно, тихо, дремотный дождь рассеянно, словно подушечками пальцев, постукивал по карнизу, ставил расплывчатые метки, — и вдруг раздавался резкий, трепещущий жалом звонок. Открывать кому бы то ни было категорически воспрещалось — Софья Андреевна несколько раз повторяла свои наказы, прежде чем уйти, — но девочке это было невыносимо, звонок точно застигал ее на месте преступления. Она замирала с ложкой или книжкой на весу, а потом осторожно, будто усыпив и боясь разбудить, откладывала их в сторонку и сама сворачивалась на диване в слепой и глухой комок. Ей казалось, что так ее как будто нет в квартире, — не оставалось вообще никакого движения, кроме тяжелого, вяжущего по рукам и ногам круговорота крови, кипящего шума в зажатых ушах. Девочке было бы легче, если бы она могла заранее предугадать приход посетительницы: она хотела бы вовремя выскользнуть и, поднявшись на пролет, сверху глядеть, как Колькина мамаша топчется перед действительно пустой квартирой, не интересуясь лестницей и имеющимися на ней людьми. Девочке казалось, что так вышло бы честнее и даже безопаснее. Конечно, окажись в подъезде злоумышленник, она, в своем халатике без нижней пуговицы и спадающих тапках, стала бы легкой добычей, моргающей жертвой в призрачной клетке теневых перил.

Все-таки ей представлялось, что ее не тронут, потому что без адреса, в нигде, она будет попросту никто. Через неизвестное время она вставала с дивана, горячая, растрепанная, с розовым жарким пятном на щеке, и снова слышала шум подбитого ветром дождя, налетавшего то на кусты, то на отвечавшие клейким треском оконные стекла. Мать, вернувшись, заставала ее сгорбленной, иззевавшейся, усталой, в соседстве оцепенелой книжки с приподнятыми страницами, словно потерявшей место, до которого ее дочитали, и от этого утратившей связность своего повествования, — либо в обществе Колькиной родительницы, дующей чай.

Девочка не всегда могла сопротивляться жестокой гостье: иногда ее звонки отличались особой деловитостью, будто в прихожей работала дрель. Девочка бежала бегом и в награду прямо у порога получала леденцового зайца на спичке, имевшей напоследок отвратительный шерстистый вкус. Освоиться с присутствием Колькиной матери было немыслимо: от ее весомых шагов вся квартира мерно побрякивала, стопки тарелок в серванте пробирало до самого нижнего донца, на кухне задыхалась и шипела облитая из чайника плита. Лишь некоторые вещи держались безучастно, вроде щелкающих ходиков или книги, чьи недоуменно расставленные страницы напоминали пальцы, растянувшие чулок, ищущие в невидимой ткани легчайшие прорехи, непрочитанные строки, где расползлось внимание хозяйки, — но девочка так не могла и невольно, одними губами, повторяла за гостьей ее громогласные наставления.

Гостья умильно внушала, что надо аккуратно готовить уроки, помогать по дому, — без конца повторяла то, что могло бы понравиться учительнице и что, по ее разумению, учительница говорила дочери сама. Девочка, помещенная против воли за свежепротертый стол с кульками гостинцев на сырой клеенке, с ужасом представляла, что, если бы кто-нибудь посторонний глядел сейчас в покрытое тяжелой моросью окно, он бы принял женщину в фартуке за ее настоящую мать, — и даже проникнув в квартиру, где уже ничто бы не отделяло его от укромной и подлинной жизни хозяев, он не заметил бы ничего такого, что опровергло бы первоначальную размытую картинку.

Воображаемый соглядатай за окном, стоявший прямо в каплющем воздухе на уровне второго этажа, вполне мог оказаться чьим-то представителем. Среди наваждений, посещавших Катерину Ивановну в детстве, было и такое, что существует некая световая сила, наблюдающая за людьми и снабдившая их электричеством, чтобы они и ночью, собираясь что-либо сделать, показывали ей себя и не знали при этом, что каждая лампа смотрит на то, что освещает, что ее направленное на людей свечение есть на самом деле ее собственный недобрый взгляд. Девочке мерещилось, что эта таинственная сила может внезапной фотографической вспышкой остановить всякое движение, всех застать врасплох, а после, в наступивших серых сумерках с какими-то пустотами, поспешно смыкающими края, разобрать ослепленных кукол на родителей и детей: как попало, как придется, лишь бы они снова завелись и пошли.

Тогда бы дочка учительницы досталась Колькиной матери — просто потому, что они оказались бы рядом и подходили бы по годам. Самая возможность этого настолько страшила девочку, что уже через полчаса унизительного плена над кружкой жидкого сорного чая остановка мира, полного беспечно отошедших друг от друга родных, начинала представляться реальной опасностью. За оконными стеклами в черных кривых потеках от рамы до рамы сгорбленный уличный фонарь, будто бы смотревший только под ноги, на свое далекое пятно, как-то подозрительно играл лучами и словно подстраивался под ровный свет терпеливо ожидающей люстры, между тем как гостья свирепо зевала и сыпала с полной ложки на клеенку сахарный песок. Девочку пугала ее медлительная лапа, лезущая в растопыренные, оставляемые в ужасных позах кульки с печеньем и сушками, и была отвратительна ее сырая, склеенная желтым тестом, неопрятно жующая пасть. Несмотря на сонливость, гостья поглощала свои же гостинцы с таким аппетитом, что чудилось, будто она должна все расти и расти и сделаться размером с гору, если доживет до девяноста лет, — и кто бы признал в ней за тем чаепитием будущую Комариху!

Глава 4

Девочка тоже думала, что очень любит мать, и если бы кто-нибудь попытался доказать ей обратное — напомнив, например, что в школе от матери попахивает кухней, что она берет руками осклизлые тряпки и сальную кухонную варежку с торчащей из нее горелой ватой, что в холода заставляет носить шерстяные рейтузы с заплатой в самом глубоком месте, сделанной из собственных штанов, — девочка восприняла бы это как страшное обвинение.

Однажды — Катерине Ивановне шел тогда двенадцатый год — мать заболела и утром не встала с постели. Она не остановила будильник, затарахтевший, как всегда, у нее в головах, и он, квадратно белея на тумбочке, продолжал спускать накопленный за жизнь слабеющий завод. Хотя снаружи, за шторой, сразу стали зажигаться и складываться один к одному золотые квадраты, в комнате было по-прежнему темно: чужие окна, сколько бы их ни набралось, не могли осветить беду и буквально тонули в сероватом свечении комнатного окна, призрачно стоявшего над маминым диваном. Какое-то время девочка еще лежала, борясь с дремотой и беспризорным звоном, но когда звук будильника задержался, будто середина завода была намотана неровно, углами, она вскочила и, прошлепав по полу, схватила его, уже пустой и замолчавший за секунду до того, как ее пальцы прижали кнопку.

От влажной маминой постели пахло как из открытой стиральной машины, где стынет наворочавшаяся серая вода. Мать простонала, подняла под одеялом большое колено, и на ее руке, лежавшей ладонью вверх, пальцы зашевелились, будто ножки раздавленного насекомого. Растерянная девочка включила люстру и сразу вернулась, прижимая к груди твердые часы. При ярком свете свербящего электричества ей показалось, что на диван навалена большая тяжесть, целый воз перепутанного скарба, как это бывает при переезде или генеральной уборке, в ожидании каких-то перемен. Девочка сразу подумала, что мама теперь умрет, и представила похороны в виде длинной процессии, где каждый, как на демонстрации, несет что-нибудь искусственное, яркое, грубо разворошенное ветром. Но какое бы количество людей она ни вообразила, делая их из внутренней тьмы и прибавляя к процессии сразу по нескольку фигур, ее одиночество не уменьшалось и было так велико, что она забеспокоилась, как будет сама копать для могилы грязную землю с камнями, сумеет ли сколотить из затоптанных досок, что валяются во дворе у сараев, приличный и правильный гроб.

Так получилось, что раньше болела только дочь, и эти дни, несмотря на озноб, на мятную чувствительность кожи, по которой, казалось, можно было писать обыкновенным пальцем светящиеся слова, — все равно эти дни были цельными, ничем не омраченными подарками. Окруженная особым уютом болезни, сокращавшей мир до постели с книгами и оставлявшей все другое, блаженно млеющее в дымке жара, за пределами забот, девочка думала, будто и мать, энергичная, накупающая полные сумки всякой всячины, так же рада вырваться из обычной жизни, как и она сама. Теперь же девочка совершенно растерялась. По эту сторону болезни было гораздо страшнее, чем по ту, — пусто и очень одиноко, несмотря на то что в подъезде густо шуршали ноги, тряслись коляски, хлопали двери: казалось, что соседи не уходят, как обычно, на работу, а покидают дом навсегда.

Надо было что-то делать, куда-то бежать — но девочка не могла представить, как она будет перед этим чистить зубы, заплетаться, натягивать чулки, комбинацию, платье, пальто. Собственные ношеные вещи показались ей противными, точно чужие. Оставалось только выскочить за помощью в ночной рубашке, босиком лететь со всеми по лестнице, по мокрым рубчатым следам ботинок и сапожищ. От бледного, светлеющего окна, затянутого будто одной папиросной бумагой, ровно исходил спокойный снежный холод и доносилось насморочное дыхание какой-то техники.

Девочка приотодвинула стылую занавеску: на улице, точно, выпал первый снег, перекопанный и разъезженный двор сделался весь рябой, на тонких тополевых ветках возле самого окна держались удивительно высокие снеговые гребни. Казалось, что дерево пустилось в зимний рост и всему этому нежному, полупрозрачному, только-только народившемуся предстоит со временем сделаться его живой и проводящей соки плотью. На другом конце двора небольшой экскаватор драл тугую глину: из глубины, куда он разболтанно забрасывал ковшик, поднимался растрепанный пар, и края у ямы — комья, проволоки, какие-то будылья — были ярко-белые и словно мохнатые. На подоконнике выложенные вдоль рам почернелые марлечки застыли и вмерзли в ледяные наплывы, получившиеся будто бы не из воды, а из разбавленного молока. Было очень страшно, страшно и противно.

Если время человеческой жизни отмеряется ему не при рождении, а позднее, когда более или менее сложатся обстоятельства и определится судьба, то дни, оставшиеся Софье Андреевне, были сочтены именно в это бесстрастное утро, когда прохожие на первом снегу, во что бы они ни были одеты, сделались черны и четки, будто печатные буквы, и так же черны и разборчивы были их ледянистые следы. Софье Андреевне тогда только сравнялось тридцать восемь, и ее вспотевшие волосы, растерзанные по подушке, были еще такие темные, что любой, кто знал ее в шестьдесят, принял бы их за крашеные. Но над ней стояла дочь, уже вполне на нее похожая, уже теснившая ее из жизни и представлявшая похороны матери с такой отчетливостью и трудной силой, волоча по вязкой дороге шеренгу за шеренгой со всеми их венками и букетами, что после, когда она побрела на уроки, ее поразило, как свободно, почти без трения, движется вокруг невыдуманный мир. Только она сама едва вытаскивала ноги из глубокой мокрой черноты асфальта, без следа поглощавшего снежные хлопья, большие, как куски батона, размоченные в воде, и чувствовала себя придуманной и сразу забытой.

Именно в это утро девочка осознала, что рано или поздно мать действительно умрет. Она поняла, что все происходящее сейчас — вот эта болезнь, и жар, и хрип — есть репетиция будущего, и, значит, каждый ее сегодняшний поступок в будущем обречен на повторение. У замерзшей девочки возникло странное чувство, будто она отражается в каком-то страшно далеком и страшно восприимчивом зеркале, причем любой ее непроизвольный жест вызывает в нем не только ответ расплывчатой женской фигуры, но и волнообразные перемены во всей обстановке, тогда как в обычном зеркале предметы, если их не трогать в действительности, остаются полностью неподвижны. Двойная цена, почти магическая сила каждого шага делали девочку скованной, неловкой, а в один момент на нее накатило чувство собственной мощи, и она, чтобы ничего не повредить, крепко зажала ладони под мышками.

Наконец она все-таки столкнула со стола железную тарелку из-под хлеба: ее вихлястая пляска перешла в громовую дрожь и внезапно оборвалась. От железного хлябанья мать приоткрыла бессмысленные глаза и попросила принести таблетку аспирина. Лекарства хранились в старой коробке из-под обуви с одним оторвавшимся бортом, сверху заваленной останками поломанных очков. Сколько девочка ни рылась в целлофановых таблеточных упаковках, иногда стянутых резинками в пачки, иногда разодранных в шелуху, — нигде не нашла даже обрывка слова «аспирин». На дне коробки, засыпанном белесой пылью и травяной лекарственной трухой, болталось множество таблеток россыпью: иные пожелтели и стали как костяные, иные мягко мазались на пальцы; между ними попадались лаковые пилюльки, побитые, но шустрые. Безымянные, они были так же опасны, как и неизвестные болезни, соответствующие им и представленные ими, подобно тому как изношенное платье бывает представлено сохранившимися пуговицами. Нервно всхлипнув, девочка выбрала между ними одну, поцелее и покрепче. Ей почудилось, что она сумеет обмануть неизбежное будущее, если притворится, будто отыскала нужное лекарство и вылечила мать.

На кухне девочка плюхнула из графина в захлебнувшийся стакан целую бульбу воды, облив себе руку и клеенку со вчерашними крошками. Внезапно ей показалось, что она действительно одна в квартире. Хрипел и жидко проливался в раковину слабенький кран, стучало на пол с толстой трубы, покрытой каплями воды и отверделой масляной краски; мутно и толсто, будто смерзшиеся в лед, зеленели на подоконнике молочные бутылки. Все вокруг сделалось чужое, ничего нельзя было трогать без хозяйки, чье отсутствие ощущалось гораздо сильнее, чем когда она уходила в вечернюю школу или в магазин. В эту минуту девочка впервые догадалась, что со временем должна покинуть этот дом, — и когда через двадцать четыре года, обнаружив и оставив потерявшуюся мать в областной онкологии, Катерина Ивановна, как была в пальто и резиновых сапогах с налипшими листьями, прошла зачем-то на кухню, она сразу узнала свое детское ощущение. На кухне капало, капало — со звоном в раковину, тупо в пол, — казалось, это уличный дождь проникает сквозь верхние этажи и заливает брошенную квартиру. Казалось, равномерный холодный дождь образовался в воздухе из давнего снега и размочил его побитые остатки в мелкие извилистые лужицы; время повернуло вспять. Лежалая осень снова развесилась по деревьям больничного городка, где мама махала Катерине Ивановне из окна своей палаты, и было такое чувство, будто ее четвертый корпус — это поезд, который вот-вот отойдет от перрона, и хотелось, чтобы скорее истекли томительные минуты прощания. Вернувшись в опустелую квартиру, Катерина Ивановна сидела праздно, будто маленькая девочка, пока Маргарита тихонько шуршала в комнате, собирая ее к себе. Дом из целой коробки вдруг превратился во что-то сквозное, в лежащую на улице груду кое-как составленных перекрытий с забытыми вещами внутри, а земля вокруг сделалась твердая и ничего не принимала на переработку, даже вода держалась в лужах будто в глиняной посуде. Катерина Ивановна подумала, что теперь все умершее и испорченное будет оставаться на поверхности и складываться в горы, угловатые и словно бы костлявые, — и тут же вспомнила, что эта мысль уже приходила в детстве, когда она впервые испугалась маминых похорон.

Наконец она, держа далеко от себя налитый с горбом, надутый водою стакан, осторожно вернулась в комнату. Мать переворачивалась на бок, собирая одеяло к животу и пытаясь прикрыть заголившуюся спину в лоснистых от жара коричневых родинках, похожих на тертый, расплывающийся в тесте шоколад. Глянув, девочка поняла, что больше всего ей хочется к маме — прилечь щекой на ее подушку и не знать никаких забот. В сущности, мать не имела права оставлять ее одну, ведь она еще маленькая, учится только в четвертом классе. Примоститься сначала с измятого краешку, а потом, повторяя мамины разбитые движения, которые та и сама повторяет почему-то по нескольку раз, как-нибудь слиться с ней, ведь они абсолютно похожи, только девочка поменьше и лицо у нее пока что гладкое, без подробностей, каким бывает изнанка лица внутри у пластмассовой куклы. И тогда, если мать решит умереть, девочка тоже умрет ее же собственной смертью: этому животному — скелету на четвереньках, с горящими глазами в дырах черепа, — придется везти двоих. «Ты принесла?» — вдруг просипела мать, приподнимаясь со страшным напряжением полной, раздутой шеи. Недоступная и некрасивая, с плоскими клочьями волос на голове, она протянула к девочке голую руку и поманила ее самыми кончиками пальцев. Уже не думая о том, что отражается в далеком зеркале, не помня себя от обиды, девочка со злостью пихнула в эти слепые пальцы екнувший стакан.

Когда девчонка наконец ушла, Софья Андреевна еще немного полежала при бледнеющем от солнца электричестве, временами принимаясь жестикулировать и роняя руки себе на грудь. Таблетка, принесенная дочерью, обнаружилась в складках пододеяльника, превратившегося в полупустой мешок, и Софья Андреевна машинально выпила ее, не почувствовав вкуса, словно таблетка была из мела. Вспомнив злое плачущее личико дочери, с каким она сунула матери лекарство, будто ее заставили проделать непосильный труд, Софья Андреевна страдальчески усмехнулась. Она вообразила — без особого страха, — как состарится и сляжет в постель, будто в первую могилу, и как родная дочь, сверкая на нее накрашенными глазками, станет швырять ей прямо на одеяло горькие от плесени куски. Тут же будет ее муж — какой-нибудь лысенький, с волосатой грудкой, вечно в огромных газетах, будто в пеленках, и какие-нибудь дети, бросающие по комнате резиновый мяч. Софья Андреевна любила воображать что-нибудь такое, сладко растравляющее обиды, которых у нее накопился потихоньку крепко запертый склад. Пососав из стакана густой воды, Софья Андреевна стала с удовольствием думать о своих похоронах. Они ей представлялись торжественными и нарядными, будто именины. Мысленно лежа под цветами и принимая покаянное любование склоненных к ней, легонько зыблющихся лиц, она на протяжении своей неосторожной мечты получила столько жалости и нежности, что теплые слезы, остывая, поползли ей в уши, защекотали в волосах.

Однако надо было вставать, почистить, что ли, картошки: девчонка ничего не умела по дому и росла принцессой, — впрочем, Софья Андреевна сама не допускала ее к участию в реальной жизни и не давала в руки даже кухонного ножа. Медленно спустив с постели захолонувшие ноги, она покрепче уперлась ими в пол и выпрямилась. На полу ничком, железными бантиками вверх, лежал и тикал позабытый будильник, рядом шероховато поблескивала разъехавшаяся куча лекарств. Софья Андреевна кое-как, выскальзывающими ворохами, свалила их обратно в коробку, попутно отложив и сразу потеряв наполовину вышелушенные лохмы ацетилсалициловой кислоты. На полу от таблеток осталось белесое пятно, тончайшая пыль — из-за нее вся комната казалась толсто обмазанной лекарственным месивом, белым на потолке, а на стенах с примесью зеленоватого травяного порошка. Софья Андреевна попыталась надеть халат и не смогла, запуталась. Тогда она завернулась в неловкий байковый кусок (ощущая в себе странную способность использовать вещи только как куски материала) и, волоча по полу ловящие друг дружку рукава, подошла к окну.

За окном проглянуло желтое солнце, и свежевыпавший снег, лежа просто и невинно на качелях, сараях, на стылой грязи двора, искрился под ним, точно это была руда, из которой можно добыть нечто еще более драгоценное. Вдруг Софья Андреевна заметила у сараев темную фигурку в острой вязаной шапочке. Спустя минуту она узнала дочь, которой давно следовало сидеть на уроке, а перед этим вызвать по телефону из учительской участкового врача. Девочка бродила согнувшись, будто что-то искала на земле, ее портфель и мешочек со сменной обувью мелко чернели поодаль, посреди пустыря, полосатого от распахавших его колес, причем старые колеи были белым-белы, а новые, пересекавшие их по дуге, — темны, влажны и отчетливо-узорны. Вот девочка присела, что-то сгребла и стала есть из распухшей горсти, и тут же мать увидела неподалеку от портфеля две голубенькие точки — брошенные варежки. Потом девчонка снова встала, задрав лицо, мокрое от ноздрей до подбородка, и зачем-то полезла, держась одной рукой за стенку сараюшки, на валкий чурбачок.

Дотянувшись до края крыши, где опасно торчали доски разной длины, она, не видя, забрала растопыренными пальцами играющего снегу, оставив на пухлой полосе следок, похожий на кошачий. Жадно проглотив, она вновь принялась возить рукой по крыше, но уже не попадала на сокровище: снег, превращаясь в пыль, только осыпал ей грудь, разъехавшийся шарфик, наморщенное лицо. Неуклюже ухнув вниз и повалив чурбан, девочка постояла, дыша на кулаки, и медленно заковыляла к кустам, опушенным необычайно густо, словно даже перепончатым от снега, — но ясно было, что стоит тронуть эту высокую роскошь, как она отрясется на землю и исчезнет, будто сон. Софье Андреевне становилось все хуже, в голове гудело, говорили по проводам какие-то голоса, и она никак не могла додумать, что же все-таки происходит на улице. Все в ней как-то ослабло, и внезапно ей сделалось жалко дочь — показалось, что девочке не хватит наесться этого мягкого, чистого снега, небрезгливо лежавшего тут и там, но уже потраченного солнцем. Под его теплеющими лучами с земли, сараек, асфальта сошла белесая морозная пелена, и, будто на переводной картинке, проявилось все влажное, яркое, — и отчетливо проступили границы снеговых островков, отчего они сразу уменьшились, превратились в разрозненные крапины и пятна. В дальнем конце пустыря парила свежая яма: девочка, временами странно замирая, уже почти добралась туда, и ее фигурку, похожую на толстенький гороховый стручок, заволакивало рассеянной мутью.

Вдруг до Софьи Андреевны дошло, что девчонка глотает снег, чтобы тоже простудиться и не ухаживать за матерью, что ей лучше лежать больной и голодной, чем принести для матери стакан воды. Именно этого Софья Андреевна от нее и ждала. Мокрая мордочка дочери показалась ей похожей на мордочку мелкого хищника, поднятую от терзаемой жертвы, только вместо крови с наморщенного рыльца капала вода. Пытаясь привлечь внимание сгорбленной фигурки, единственной живой души во всем пустом дворе, она постучала костяшками пальцев по талому стеклу: звук получился глухой, точно барабанили по чему-то непрозрачному. Софья Андреевна попробовала еще, мучительно сдерживая себя: ей показалось, что если она даст волю своему трясущемуся гневу, то попросту расколотит это слезливое стекло с белеющими понизу скобами льда, куда, к ее неудовольствию, прихватило новую кисейную занавеску. Снаружи девочка, без всякой связи с ее птичьими знаками, обратила к своим домашним окнам сердитое лицо, но не различила за гладью стекла неясную тень с наброшенной на плечи как бы звериной шкурой. Все окна в их пятиэтажке были одинаковы, и в доме напротив холодно стояли точно такие же, хотя самый дом, штукатуренный, похожий на русскую печку, был совершенно другой. Пресный снег почему-то отдавал на вкус железной дорогой, проходившей далеко, за многими длинными крышами. После каждого холодного глотка, ощущаемого до желудка, девочка грязными пальцами щупала горло, надеясь, что где-нибудь припухнет и заболит, но горло оставалось обыкновенное. Девочку подташнивало от тяжелой воды в животе, вода отдавала в нос и текла из ноздрей, так что приходилось все время швыркать и утираться.

От сипящей ямы наносило затхлым водяным теплом, от которого толстая одежда казалась отсыревшей. Все-таки одинокое ожесточение и уверенность, что, если бы не в школу, она бы рано или поздно все равно сумела простудиться, держали девочку посреди размякшего и порыжелого двора. Рассеянно отведя глаза от неувиденной матери, вообще не различив своего окна во втором этаже, девочка побрела к качелям, где снег тоже почти растаял, но где было все-таки белее от какой-то рваной бумаги, нехотя кувыркавшейся на ветру. Неприкаянная фигурка по-прежнему оставалась единственной во дворе: все время вяло блуждая, никак не могла завернуть за угол и скрыться из глаз. Это нестерпимо мучило Софью Андреевну — так, будто двор и был весь бедный внешний мир, совершенно теперь недоступный. Ей представлялось, что стекло, тихонько зудевшее в раме от каких-то дальних содроганий транспорта, ужасно ломкое, и она уже не смела по нему стучать, а только царапала ногтями лед: его прозрачные кромки мялись, ездили по стеклу, но никак не сходили, липли. Внезапно двор, весь заблестевший от удара солнца, весь пронизанный мокрой дрожью, показался ей в своей недоступности настолько странным, будто она не бывала там никогда. Сразу же в голове у Софьи Андреевны лопнул гудящий шар, и она повалилась на пол плечом, неловко подмяв под себя согнувшиеся руки.

* * *

Ближе к вечеру снег понесло пеленой, и теперь он был густой и теплый, будто из воздуха варили творог. После школы девочка долго бродила по опухающим улицам, съела в булочной резиновый пирожок и вывалившийся из него мясной комочек, похожий на куриное сердце. Постояла в соседнем дворе, наблюдая, как хулиганы наминают большими варежками мокрые снежки и вертятся, сами подбитые со всех сторон, а на кирпичную глухую стену лихо лепится снежная мякоть, пугая кошку, осторожно утекающую в подвал. Девочке не хотелось домой к бормочущей, ничего не понимающей матери, не хотелось и к матери прежней, с толстыми руками, которые чавкают в фарше, поблескивая жирным золотым кольцом. Сейчас девочка была согласна только на какую-то немыслимую близость: чтобы дома хулиганы выбили окно, и они бы с матерью целую ночь сидели обнявшись, навалив на себя одеяла, и дышали бы в одно отверстие, извергая густые клубы, будто целый вулкан.

Далеко от дома девочка тоже боялась отходить, вернее, почему-то не могла: чужие улицы, не глядя на нее, устремлялись вдаль, и даже самые ближние здания, шероховатые и грубые, уже принадлежали этой сеющейся дали, где серыми тенями ворочались троллейбусы, на мгновение зажигая в воздухе ослепительный снег. Самым дальним местом, куда она забрела, был мост через железную дорогу, убеленный и волшебно полегчавший, будто снег оттягивал его угловатую тяжесть и покоил его на весу. Глубоко под ногами, дружно набирая света на повороте, блестели стальные рельсы, по которым взгляд скользил к горизонту куда скорее, чем по обыкновенному пространству, — а там, за семафорами, моргали в темноте заманчивые огоньки. Пять огоньков кружком, потом косая цепочка и один повыше, дрожащий, со слезой, — непонятно, на чем они держались, была ли это станция, или фабрика, или какая-нибудь башня: странно было ничего не видеть там, где непременно что-то есть, чувствовать вокруг огней неизвестное сооружение, пропитанное ночью.

Внезапно девочка поняла, что перед ней простая протяженность земли, где можно раствориться, уйти навсегда в любую открытую сторону. Но гладкий и стремительный рельсовый путь лежал в глубоком желобе с крутыми откосами, где осторожная и словно бы висячая тропинка, до половины спустившись к полотну, опять карабкалась наверх и пропадала в зарослях измокшего бурьяна, — а кругом точно такими же никуда не ведущими ступенями поднимались и спускались темные дома, до того неподвижные, что перед ними можно было только стоять замерев, сохраняя за счет оцепенения хоть какой-то контакт с этой бессмысленной великанской лестницей. Зачарованно стоя на мосту, девочка думала, что ей не одолеть сопротивления пространства и даже не прошагать достаточно, чтобы простудиться или хотя бы действительно устать. Она ощутила себя заключенной в какие-то невидимые границы, где еще долго все будет продолжаться как сегодня, — неспособной просто ногами перейти в другую жизнь.

Когда же девочка, валандаясь на каждой ступеньке лестницы, все-таки добралась домой, в квартире оказалось множество врачей, которым она забыла позвонить. Один, с усами как тонкие рыбьи кости, что-то быстро писал на бумажках, левой рукой потряхивая полупустую пачку сигарет. Кто-то мимо кого-то протискивался, наддавая косо обтянутым бедром, кто-то в ванной сдирал с веревки чистое полотенце, подхватывая повалившиеся на него углами пересохшие трусы. Тут же обнаружилась и Колькина мамаша с охапкой чужих пальто и полушубков до самых зареванных глаз. Она то порывалась ухнуть одежду на койку, где все еще белела неубранная девочкина постель, то крепко обнимала ношу, прикладываясь щекою к вытертому до серой ватки песцовому воротнику. Девочку глубоко оскорбило, что в квартиру набился народ, между тем как ее раскрытая кровать, выстуженная норка с пропотевшей ночнушкой и неотстиранным пятном на простыне, оказалась у всех на виду, и кто-то кинул на нее полиэтиленовый мешок с тетрадками и бланками, даже не позаботившись натянуть поверх интимности измятое одеяло.

Мать лежала высоко на двух подушках и слабым, но отчетливым голосом отвечала на вопросы круглоплечей врачихи, обиравшей с нее какие-то проводки и сильно шаркавшей под стулом уличными сапогами. Поначалу девочку не заметили — она пробралась тихонько, дверь квартиры была приоткрыта, — и вдруг увидели все разом, больно потянули за руки, усадили, что-то схватив с сиденья, на оказавшийся в комнате кухонный табурет. Тут же, сбрякав пузырьками, к ней подъехала утренняя коробка, но все в ней было не так, как утром. Девочку теребили, словно для чего-то охорашивая, гладили по голове. Все они хотели знать, какую таблетку девочка давала маме, но дно аккуратно прибранной коробки было уже чистое, и целые упаковки лежали на голом месте. Чувствовалось, что этим понаехавшим врачам проще сделать полную уборку в развороченной ими квартире, чем разобраться, как лечить мамину болезнь. Круглоплечая врачиха, стоя перед девочкой, долго и бесполезно ее стыдила, потом отстала. Мать молча глядела поверх голов: на рыхлой ее руке повыше локтя темнела неизвестно откуда взявшаяся ссадина, явно не имевшая отношения к болезни и похожая на мазок растрепанной кистью, потерявшей при этом несколько жестких волосков. Девочка подумала, что все-таки мать заболела *нарочно* — сделала то, чего не вышло у нее, — и вдобавок стукнулась, чтобы дочери стало совестно. Девочке было нисколько не стыдно и не жалко мать, просто страшновато не чувствовать того, что полагается. Неожиданно Софья Андреевна улыбнулась, и ее отекшее лицо с кривой улыбкой, словно кто-то на нем поскользнулся подошвой, странно выделилось на подушке, будто специально положенное на белое, чтобы лучше его рассмотреть. Это она припомнила, как оскаленная дочь пихнула ей стакан: Софья Андреевна всегда подспудно знала, что, претерпевая обиды, она накапливает благо, потому что рано или поздно дочь и все остальные будут обязаны воздать ей сторицей, потому что чужие грехи перед ней только повышают ее права. Если бы она могла представить, что на самом деле ничего не возместится, все пропадет, она бы, несмотря на болезнь, сверзлась, страшная, из распахнутой жаркой постели, схватила бы первое попавшееся под руку и отходила бы девчонку за ее таблетку. Из-за этой таблетки она натерпелась позора и попреков от бригады «Скорой помощи», прилетевшей как на пожар по вызову взбудораженной Колькиной матери, неизвестно как проникшей в квартиру и нашедшей ее, будто пьяницу, на немытом полу. Получалось, что таблетка, съеденная будто незаконная конфета, стала главнейшей причиной болезни, а до нее, если и были какие-то симптомы, то они, как все законное, попадали под разделы медицинской науки. Однако Софья Андреевна лежала тихо, благостно, следила скользящим взглядом за передвижениями врачей, собиравших свои инструменты и бумаги, то и дело присаживаясь, чтобы пропустить друг друга, хмуро скапливаясь перед родственницей пациентки, которая вдруг принялась сладострастно рыдать, уткнувшись в их пальто.

Когда врачи наконец уехали, оставив в прихожей натаявшие лужи и сырые запахи весны, какие бывают в каждом доме среди самых свирепых морозов после ухода компании гостей и каких никогда не бывало в квартире матери и дочери, — наступила их первая бессонная ночь. Сперва они обе, не сказавшие друг другу ни словечка с самого утра, маялись в перегретых постелях, ища прохлады под сидячими, не желающими улечься подушками. Софья Андреевна сквозь жужжание в ушах слышала, как девчонка вскидывается и с маху падает на другой бок: глухо гудели кроватные пружины. Потом больная захрапела — провалилась в какую-то глубокую щель, куда попала рукой, — а девочка, думавшая, что без грозного присутствия матери сразу заснет, вовсе не смогла этого сделать в одиночестве и до самого рассвета поднималась и спускалась по огромным призрачным ступеням, — а внизу, на самом дне ее мучительно растянутого шага, текли огоньки.

С тех пор бессонные ночи сделались часты. Рассвет, как кислое молоко, жиденько белелся над двумя изголовьями: казалось, он не сможет разгореться, если мать и дочь не дадут ему хотя бы полчаса для его таинственной работы, совершаемой без свидетелей, — но они не могли отпустить одна другую, и кругом проступали из темноты остатки вчерашнего дня, подобно тому как весной из-под снега проступает последний день прошлогодней осени, слежавшийся и почерневший, с парой волосатых варежек, сопревших на солнцепеке, давно утративших свою голубизну. С тех пор Катерина Ивановна никогда не болела и была как заговоренная. Даже в колхозе, куда ее посылали от предприятия и где городские жили в громадном бараке с одной полураскрошенной печкой (ее негустое тепло отдавало горелой бумагой и не доходило даже до ближних нар, тогда как запах пронизывал все углы, и по ночам эта развалина под голой горящей лампочкой, заслоненная от взгляда чьим-нибудь громадным на веревке носком, казалась ненастоящей, будто на сцене), — даже там Катерина Ивановна ни разу не кашлянула и возвращалась с теплыми ногами, румяная как яблочко. С врачами она по-настоящему столкнулась только тогда, когда у матери начались обследования. Каждый раз, отправляясь узнать какой-нибудь результат или сопровождая мать на прием, Катерина Ивановна ужасно волновалась, будто шла на экзамен. Под тяжелым взглядом Софьи Андреевны она неумело красилась, приводила в порядок, размывая в раковине земляные комья с соломой и камнями, свои резиновые сапоги, подшивала чистый воротничок. Катерина Ивановна хотела понравиться врачу, задобрить его и в кабинете заискивающе поддакивала, пряча сапоги, снова мутные и мокрые от помывочной глинистой лужи около больничного крыльца, пыталась рассказывать что-то смешное в надежде, что врач как-нибудь примет ее за *свою* и по знакомству, *по блату* выдаст более или менее благоприятный из имеющихся в его распоряжении диагнозов. Однако ее старания пропадали зря: врачи, будто помнили про ту злосчастную таблетку, разговаривали с ней сквозь зубы и давали указания отрывистыми голосами. Катерине Ивановне приходилось переспрашивать и выслушивать раздраженные окрики, из которых она опять-таки мало что понимала полезного, и в конце концов ею овладела такая робость перед белыми халатами, выносившими только звуки собственных голосов и никаких других, что она ожидала от врачей единственно смерти.

Глава 5

До поры до времени мир для девочки был един, и любой предмет, будь то красная сумочка в галантерейной витрине, зачарованный облаками памятник на площади, ее собственные платьишки и туфли — все равно и безраздельно принадлежало этому миру. Мир впервые раскололся надвое, когда рассерженная мать, стоя над дочерью взрослым и правым человеком, объяснила, что все в квартире — ее, и отсюда ничего нельзя выносить без спроса. Видимо, существовала коренная разница между вещами матери и всеми остальными, пусть и неразличимая на глаз. Это были даже два враждебных лагеря вещей: материнский, поблеклый и сорный от ветхости, будто его постепенно стирали ластиком, противостоял другому, несметному, где множество предметов существовало целыми фабричными полками одинаковых солдат. Сопоставление и война были явно не в пользу матери. И все-таки вещь могла перейти из лагеря в лагерь, из разряда в разряд только ее усилием и желанием, поэтому власть над своим имуществом давала ей некоторую власть и над внешним миром — позволяла вступить в отношения не с чем-то отдельным, но со всем целиком. Иного способа добиться этого у Софьи Андреевны не было (дочь же обходилась вообще без способа, просто глазела на то, что ей нравилось, — угрюмая щекастенькая нимфа стриженой аллеи, мелкого ручейка рекламных огней). В реестре добродетелей Софьи Андреевны смутная вражда к чужим вещам, ожидание подвоха с их стороны и тем более ревнивое отстаивание своего значились как честность.

Во дворе девочку редко приглашали играть. Там из десяти подъездов набралась только одна компания подружек: все они были разного роста и этим походили на разнопородных бродячих собак, что возникают откуда-то целыми стаями и трусят по улице цугом, тыкаясь носами друг другу под хвосты. Обыкновенно подружки все собирались вокруг чего-нибудь одного — скакалки, мяча — и больше никого к себе не подпускали. Летом, в жару, они дружно вываливались во двор босиком и в купальниках: оставляя на мягком асфальте истекающие блеском, словно росистые следы, они вприпрыжку хромали за качели и там лежали на колючей, как древесная стружка, траве. Вместо загара у них на телах оставались только розовые отпечатки от всякого сора, но они продолжали валяться у всех на виду, буквально в грязи, посасывая из общих бутылок горячую газировку.

Некоторые ходили на музыку к соседке из седьмой квартиры — высокомерные барышни в плиссированных юбочках и с нотными папками на шнурках, — а девочка только видела иногда в приоткрытую дверь поднятую крышку рояля на палке да угол комнаты с углом картины, облетаемой мухами. Громадный, как озеро, зеркальный рояль, не сообразный по форме ни с чем житейским, подпускал к себе одну лишь мелкую мебель и создавал в обыкновенной квартире роскошную, почти дворцовую пустоту. Но девочка не бывала там, потому что мать не могла ей купить инструмент — даже простое, с узенькой полкой клавиш пианино «Элегия», на котором играют, почти уткнувшись в стену, перед стеной, — и вообще не любила соседку, жившую у себя как дух и все время чего-то боявшуюся.

Как ни странно, соседка, наоборот, искательно улыбалась девочке при встрече, обнажая верхнюю челюсть, выпиравшую, как круглый гребень с обломанными зубьями, и расстегивала булавку на кармане кофточки, где у нее лежали противные, с шерстинками, комья леденцов. Но оттого ли, что соседка делала это украдкой, наедине, отдергивая лапу в шишковатых кольцах, которой хотела тронуть девочку, при малейшей тревоге; или оттого, что она, совсем не старая на вид, была как старуха (еще розоволицая, но с отдельными какими-то ужасными чертами, вроде этой челюсти или дряблых ушей, больших, как полуснятые носки), — так или иначе, девочка боялась ведьмы и, едва заслышав тройной перестук ее подъема по лестнице (соседка ходила с палкой, как-то ввинчивая ее перед собою в пол, отворачивая с подъемом худой, неправильный зад и переваливаясь с одной ноги на другую), спешила укрыться у себя в квартире. А дворовые ломаки, поковыляв кривыми пальцами по клавишам, проиграв по складам одну и ту же квадратную пьеску, выходили с урока гордые, пропахшие соседкиным табачным дымом, и каждая считала за удовольствие, встретив «учительскую Катьку», показать ей большую-пребольшую земляничину языка. Если рядом вдруг оказывалась Софья Андреевна, они здоровались с нею противными голосами — уж у нее-то они учились все, и девочка нередко видела дома их опрятные, но безграмотные сочинения с заглаженными ногтем и прозрачными на свет подчистками.

Главной у девчонок была худая Любка из четвертого подъезда, углами, костями и скуластой белесой физиономией похожая на пацана, носившая, чтобы это скрыть, рукавчики-фонарики и пышные юбки в складку, присылаемые для нее из-за границы какой-то швейцарской бабушкой. Все равно она выглядела переодетым, кое-как натянувшим все эти тряпки пацаном, школьный черный фартук смотрелся на ней будто нарисованный стул, и казалось, что Любкины ноги при движении как-то связаны с лямками фартука. Если кто-то из девчонок оказывался виноват перед ней, Любка без церемоний заворачивала подруге руку за спину и пинала ее, согнутую, маленьким, как орех, удивительно твердым коленом, их юбчонки взлетали и опадали в воздухе, будто две дерущиеся бабочки-крапивницы. Еще на Любке было всегда понавешано множество цепочек, кулонов, блескучих браслеток, и Любка намекала, что все это — подарки и тайные талисманы.

Однажды «учительская Катька» набралась решимости и подарила Любке материны старые и желтые духи, флакончик размером со спичечный коробок, — потому что мать купила себе другие и потому, что девочке очень хотелось попасть на Любкин день рожденья, для которого уже накануне купили и пронесли на виду у всего двора громадный, просевший в промасленной коробке, сладко пахнувший весною именинный торт. Любка, иронически сощурив мелкие, как яблочные семечки, глаза, приняла духи и сразу, опрокидывая флакончик на прижатый палец, поставила себе за ушами аккуратные метки. Тут же незавинченный флакончик пошел по рукам, девчонки наперебой хватали и мазали на себя полосами вместе с дворовой грязью горькую жидкость, две подрались и расцарапали друг дружку в кровь. Наконец пузырек, липкий и мутный, уже наполовину пустой, снова оказался у девочки в руках: ей, будто принятой в компанию, предлагалось намазаться тоже, и она, глупо улыбаясь, сделала как все.

Мамины духи почему-то жглись на коже, как укусы пауков. Девочка, придя домой, долго оттирала с мылом шею и уши: в результате детское мыло и мокрое полотенце тоже стали пахнуть ядовитой сиренью, и мать, придя из школы, сразу потянула носом, а потом распознала на подзеркальнике пропажу, и пришлось сознаваться во всем. Мать со страшными глазами ушла от нее на кухню. Там она долго перебирала, со звоном раскидывая на блюдце, какую-то крупу, словно наполовину состоявшую из мелких камней, потом отчужденным голосом позвала девочку ужинать, но та осталась лежать, отворотившись к стене, укрыв собою свой урчащий от голода желудок, прикидывая, сколько дней сумеет продержаться без еды.

Наутро мать нарядилась в новую нейлоновую блузку, сквозь которую были видны ее нижние женские кружева, проследила, чтобы девочка тоже оделась чисто, и за руку повела ее к Любкиным родителям. У Любки, на телевизоре, показывавшем мультики, высился бело-розовый торт, сбоку у него, словно штукатурка, отвалился крем, показывая пористую хлебную середку. При виде торта девочку словно ударили в живот, и там заурчало так, что все услышали этот предательский звук. Еще ей было стыдно, что она и мать явились одетые по-праздничному, — хуже, чем незваные в свежевымытой квартире, где на голом полированном столе лежала свернутая белая скатерть и повсюду, то засасывая, то отпуская свежие занавески, тянули сквозняки. Мать сразу же прошла на кухню, где тесно передвигались, все время что-то поднимая друг у друга над головами, полнорукие растрепанные женщины, а девочка осталась в прихожей глядеть на Любку, как она завивает перед зеркальным шкафом на плойку сухие острые травины, растущие вместо волос у нее на голове, и как ей мешает в зеркале отражение молчаливой посетительницы. Скоро взрослые вышли из кухни — там без них сразу что-то начало чадить, — и Любка, ни слова не говоря, нашла среди разложенных на диване вещей — очевидно, подарков, — вчерашний злополучный пузырек. Любкина мама, стоявшая тут же, в смущении вытирала руки о фартук, очень красная, с тяжелыми, словно выступившими от натуги слезами в отведенных подальше блеклых глазах. Во флаконе едких духов оставалось пленочкой на самом дне, запах его изменился, стал каким-то шершавым, на стекле красовались мутные отпечатки пальцев. Мать с достоинством попрощалась за себя и за дочь, а дома, едва войдя в квартиру, кинула глухую грязную стекляшку в мусорное ведро: она упала со стуком в газеты и очистки, будто уличный камень.

Чтобы наказать родную мать за злодейство и заодно проверить, действительно ли она, как ей теперь поминалось при каждом случае, воровка, девочка решила своровать. Сперва она хотела что-нибудь украсть у той же Любки, на которой теперь болталось еще больше всяческих дразнящих побрякушек, — но после позорного случая ей не удавалось и близко подойти к ее компании. Если даже подружки ссорились или просто скучали каждая сама по себе, то при виде «учительской Катьки» они начинали обниматься, громко говорить и охорашивать одна другую, поднимая гвалт, на который из окон первых этажей выглядывали жирные дядьки с газетами.

Дальше на очереди у девочки был магазин. Как раз неподалеку только что открыли новый трехэтажный «Военторг»: по вечерам на нем горели неоновые ленты и солдат с мечом, как на открытках к Дню Победы. Вещи в магазине привлекали девочку тем, что были пока что ничьи: их можно было присвоить, застать врасплох. В «Военторге», помимо огромного зала самообслуживания, где все катали дребезжащие тележки, а после, освободив их от покупок, с грохотом запускали в решетчатый, сцепившийся колесами косяк, девочку поразил отдел, где продавались погоны, какие-то другие, яркие и цепкие, знаки различия, шинели, фуражки с кокардами. Если все это разрешалось покупать за деньги, значит, остальное можно было просто брать себе.

Однако дело оказалось не такое легкое. Девочка долго бродила по пустынному залу, под бесконечно длинными трубчатыми лампами, и тележка виляла, норовя уткнуться в валкие груды, осыпчивые вороха. Вдалеке, расположенные в ряд, бойко тарахтели кассы; чтобы на девочку ничего не подумали, ей тоже надо было что-то купить. Она сообразила это слишком поздно, в кармане кофты оказались только четыре щуплые копейки, и к тому же за ней давно смотрела, словно бы просто так проплывая от стеллажа к стеллажу, лупоглазая продавщица. Изо всех работающих в зале эта была самая огромная: ее будто до отказа надули воздухом, оттого она так и таращилась и словно еле сдерживала какой-то ужасающий, пронзительный крик. Постепенно продавщица подступала ближе, будто девочка в ее внушительном присутствии становилась все меньше и ее делалось все труднее разглядеть. Маленькая воровка отступала, в тупике игрушек ее окружили плюшевые чудовища, лиловые и желтые, с дерматиновыми сморщенными пятками, с капроновыми усами. У всех у них на задних лапах болтались картонки с ценой (много позже Катерина Ивановна, навещая в онкологии умирающую мать, случайно сунулась в какой-то кафельный закуток и увидала на столах неживые, словно маринованные ступни с исписанными бирками: она не вспомнила, где видела такое прежде, но ее потрясло, насколько это буднично и просто — мертвецкая; и еще ей почудилось, что на бирках проставлены цифры, точно выражающие чью-то неизвестную вину). Повертев бумажки, девочка почувствовала, что они мешают ей воровать не меньше продавщицы: цена означала точную меру ее вины, от которой потом не отопрешься. К тому же все в магазине, по ее понятиям, стоило непомерно дорого и прямо-таки раздувалось от своей дороговизны, а увеличившись по весу и материалу, снова росло в цене. Такие вещи просто нельзя было украсть — и когда от очередного заворота тележных колес в нее, басовито вякнув, свалился и свесился на обе стороны оранжевый медведь, она поспешно приткнула его на стеллаж и заюлила колесами к кассам. Отстояв небольшую очередь, девочка выбралась из зала как была: с четырьмя копейками в кармане и с чужим надорванным чеком на дне тележки; ей сделалось весело, что она ничего не взяла и всех обманула, и она даже пожалела, что продавщица и кассирша не решились ее обыскать.

Улыбаясь до ушей на все четыре стороны, девочка внезапно увидела даму. Узенькая, черноволосая, стриженная птицей, в черных острых туфлях на высоких каблуках и в очень тесном ярко-голубом костюмчике, она выделялась среди темной, временами застилавшей ее толпы, как выделяется среди природных предметов, всяких камушков и сорняков, кем-то потерянная новенькая вещь. Плотный военный в покатых погонах держал перед дамой широко раскрытый глянцевый пакет и туго наклонялся всякий раз, когда она опускала туда очередную, взятую из тележки покупку. Пакет бугрился, морщился: казалось, там упирается и хочет выбраться наружу то, что составилось из мелких свертков и кульков. Оба — военный и дама — были так поглощены своим занятием, что совершенно не смотрели на черную сумочку с ремешком, лежавшую подле них на пустом прилавке. Затаив дыхание, девочка двинулась к ней.

В расположении сумочки, в гипнотическом блеске ее застежки было что-то игривое, какое-то уклончивое приглашение: казалось, что хитрая штучка исчезнет, если ее не схватить. Все-таки девочка пробиралась медленно, пропуская людей, будто машины на проезжей части. Сердце у нее страшно и сладко теснило от незнакомого вожделения, от восторга перед хрипло смеющейся дамой, у которой, возможно, есть хорошенькая маленькая дочка в голубых кружевах. Дама между тем нахмурилась, покусывая крупную костяшку согнутого пальца: из пакета уже выпирало, мягкой трубой торчал пальтовый скрученный отрез, и что-то еще белело в тележке. Тогда они стали вытаскивать все обратно, потом опять принялись запихивать, с шумом утряхивая пакет, и опять из пакета полезло, растопырившись, округло-горбатое существо, а в это время девочка выдернула как бы из пустоты едва не растворившуюся сумку.

Спрятав ее, напряженно отверделую, под кофту, уже не смея оглянуться на даму, в которой ей померещилась другая, лучшая мать, девочка словно на чужих ногах побрела к дверям. Теперь она сделалась невнимательна, ее пихали со всех сторон, и от этого в сумке что-то глухо побрякивало. На улице ее опять никто не задержал. Вообще никто не обращал на нее внимания, будто она не сделала ничего особенного и не заслуживала даже, чтобы мельком глянуть в ее горящее лицо. Кругом рябило от ветра, отовсюду напирало слишком много беспокойного, большого воздуха, но его все равно не хватало, в боку от бега образовался твердый, цепляющий под ребра крюк. Девочка бежала, пока могла терпеть эту тупую боль. Потом она плюхнулась на скамейку, точно такую же, какие стояли вокруг универмага. Сразу же все прохожие двинулись мимо, мимо — никто на нее не смотрел.

Приманивший блеском кругленький замок тихонько щелкнул. Через небольшое время скамейка возле девочки сделалась похожа на галантерейный лоток, а сумочка, опустев, стала будто новая и как бы тоже повысилась в цене. Перед этим из нее пришлось повытрясти серебряные легкие комочки шоколадных фантиков, крошки: на питательный сор тотчас прилетели красноглазые пухлые голуби. Теперь скамейка выглядела как место, где явно что-то происходит, вываленные вещицы привлекали любопытные взгляды, бросаемые через плечо и даже как-то понизу, из-под мышки: девочка чувствовала, что замечают и ее искусанные, расчесанные ноги, на которые опять, почуяв кисло-сладкое, садились комары. Лаковые вещицы с золотыми ободками и надписями, включая бумажник на крепкой кнопке (содержимое которого девочка не смела пересчитать), были совершенно чужие. Их просто нельзя было представить лежащими где-нибудь дома — на столе, на этажерке: из-за них все остальное, имеющееся в квартире, сразу бы состарилось и пришло в негодность, превратилось бы в тряпки и дрова. Это было бы даже хуже, чем вечно мешающий островок вещей, присвоенных Колькиной матерью, благодаря которому она как бы постоянно жила у учительницы. Даже здесь, на скамейке, краденое мелкое добро, перебираемое солнцем сквозь листву, смотрелось естественнее, чем могло бы когда-нибудь выглядеть у девочки в квартире. Девочка теперь понимала, что она и мать гораздо дальше от остальных людей, чем все они между собой, что между другими людьми, наверное, не бывает таких расстояний, через которые нельзя переправить даже пустяк, обиходную вещь, сувенир.

Осторожно поворачиваясь, чтобы ничего не уронить и не смахнуть, она принялась выбирать, что бы такое оставить себе: опасливо раскрыла удивительную пудреницу, где зеркальце мечтательно горело сквозь тонкую смуглую пыль, поймала подхваченный ветром носовой платок, весь какой-то несчастный, мятый, грубо измазанный помадой и все равно похожий на астру. Внезапно зеркало показало ей бледное толстое лицо, не умещавшееся в маленький овал, — девочка вскочила и, не глядя на то, что свалилось у нее с колен, поспешно вытирая ладони о подол, едва не побежала прочь. Какая-то крупная женщина с белой челкой и в серых, как бы цементных джинсах, давно наблюдавшая за девочкой от детской коляски, которую рассеянно трясла, схватила ее, пробегавшую, за руку, что-то заговорила удивленно, — девочка вырвалась, вильнула, врезалась в кого-то еще, в чей-то урчащий, как стиральная машина, туго обтянутый живот. Уже от спасительных кустов она оглянулась и увидала, что к скамейке, опережая женщину в джинсах, устремилась другая, в ярких измятых оборках и кудерьках, с голой гнутой собачонкой на поводке, а сзади трепещущим на ветру пятном уже наплывала третья. Все они стали как-то осторожно толкаться, а неподалеку, на перекрестке, скучал, звучно укладывая полосатую палку в толстую ладонь, пожилой милиционер.

С этого дня, хоть первый опыт вышел неудачный, девочка пристрастилась воровать. Это сделалось ее маленькой тайной, о которой она сама почти не помнила среди повседневных будничных дел: что-то вроде привычки ковырять в носу и смазывать добытое на нижнюю сторону столешницы, сверху уставленной благопристойными и нужными вещами. Такие почти невинные пороки незаметно переходят из детства во взрослую жизнь: Катерина Ивановна не раз воровала на службе, прямо посреди толкотни, срываемых телефонных трубок и стеклянных стен, за которыми народу было как напущенного дыму; оставаясь всегда в своем одиночестве, она научилась делать тайное прилюдно и плавала в человеческой массе, будто в плотной, душноватой, химически подтравленной среде, где она могла дышать невидимыми жабрами.

Ей, чтобы украсть, как раз не требовалось остаться с добычей один на один. В сущности, она выбирала не вещь, в которую легко вселялась на расстоянии, а человека, героиню (никогда Катерина Ивановна не воровала у мужчин). Ее внезапные преступления были чем-то сродни любви: если девочка вдруг засматривалась на деликатную старушку в жухлом крепдешине или на розовую студентку с гитарой и рюкзаком — сразу какая-нибудь их небольшая собственность, отложенная чуть в сторонку, начинала мигать и подманивать, вызывая ответную игривость в пальцах, как бы желавших сыграть на пианино. Иногда, подхватив лукавую вещицу на краю небытия (куда теперь должна была отправиться ее хозяйка), девочка не могла себя заставить сразу отойти. Именно это ее и спасло, когда студентка, с грубым стуком отложив расчувствованно-гулкую гитару, начала искать вокруг себя зеркальные очки: сложенные неловко, не с той пластмассовой лапки, они предательски оттопыривали девочкин карман. Но студентка ничего не заметила: оттолкнув зазевавшуюся девчонку, может быть, чью-то сестру, она прошла туда-сюда по тротуару, увязываясь за самыми рысистыми пешеходами и тут же отставая с выражением растерянности на тонкокожем, наморщенном лице. По счастью, подкатил какой-то специальный автобус негородского вида. Задастый девичий отряд, только что бодренько и слабо лялякавший под суровые аккорды, потащил к ревматической дверце грушевидные и квадратные рюкзаки (квадратные и грушевидные девицы словно все переменялись между собою своей законной поклажей). Девочка в последний раз увидела *свою* студентку, как она, синеватая от автобусных стекол, боком лезет по проходу: дернувший автобус резко ее куда-то усадил.

Как безнадежны, как непрочны были эти попытки приобщиться к чужой значительной жизни, эти мимолетные привязанности! Зеркальные очки, показавшие девочке серое небо, облепленное, будто жирной кухонной паутиной, клочьями листвы, остались висеть и посверкивать на первой случайной ветке. В воровстве, как и во всяком физическом сближении с другим существом, девочке подспудно чудилось что-то неприличное. Ей с ее короткими, но необычайно, брезгливо чувствительными пальцами ничего не стоило залезть в любой фасонистый карман. Далеко не всегда поразившая ее особа выкладывала что-нибудь беспризорное, чаще она, застегнутая и замкнутая, безудержно стремилась по своим делам, нигде и ничего не оставляя, — и ничуть не изменившийся после ее прохождения пейзаж всем своим бетоном и витринами демонстрировал девочке призрачную, исчезающую природу незнакомки, ее отличие от реального мира, существующего сразу и целиком со всеми его обыкновенными обитателями. Немного по-другому было в транспорте, когда недоступные улицы исчезали сами, а незнакомка никуда не могла деться от остановки до остановки — и даже сойдя на тротуар, в отличие от прочих, сразу забывавших направление езды, беспорядочно разбегавшихся пассажиров, продолжала двигаться как бы согласованно с автобусом или троллейбусом, берущим относительно нее зеркальный поворот. В троллейбусе преступница и решилась залезть в карман. Рядом с ней на площадке оказалась бесцветная девушка с покатыми плечами и длиннейшей, густейшей косой: у нее ничего и не было хорошего, кроме этой огромной косы, кончавшейся целым, перетянутым резинкой, рыжеватым веником. Девочка захотела такую косу себе, но можно было только вытащить то, что топырилось у незнакомки в кармане коричневой юбки. Когда же ее расставленные пальцы осторожно въехали в сухую шерсть, там обнаружился не только никчемный для девочки кошелек: под тонкой дешевой тканью напрягалась, ерзала, норовила захватить мизинец в пухлявую складку чужая горячая плоть.

После этого все карманы, полные вкрадчивых конвульсий, сделались для девочки запретны. Ей осталась в добычу только ручная кладь, но и там она частенько находила такое, что, по ее понятиям, не могло путешествовать по улицам, а должно было укрываться в тайниках. Однажды девочка стянула тяжеленный черный портфель, всю ее перекосивший. Снаружи он был как футляр для одного солидного предмета — может быть, музыкального инструмента, — но внутри оказался набит вывернутыми тряпичными комками, тетрадями, консервами, и там, среди прочего, оказались как бы надувные шарики, только не красные-зеленые, а аптечного серого цвета, по штуке запечатанные в целлофан. Девочка не знала их назначения, но что-то заставило ее покраснеть над портфелем, распяленным возле широкого, как корыто, не державшего слабой проточной струйки унитаза в школьном туалете, в фанерной кабинке для учителей. Девочке уже почти не верилось, что этот портфель имел отношение к сердитой, ярко одетой женщине с шелковыми усиками, хотя и льнул к ее сапогу, пока она шнуровала и застегивала жирного первоклассника, воротившего нежный подбородок от железного крючка.

Там же, в портфеле, оказался набор открыток «Государственный Эрмитаж». Нечаянно надорвав раскладную обертку, девочка как бы по обязанности взяла его себе и поначалу даже не спрятала, выложив на парту поверх учебников. Однако на открытках вместо красноармейцев и рабочих, неотделимых, как памятники, от своей суровой одежды и составлявших главную ценность всех известных девочке картин, оказалось совсем другое.

Это девочка могла рассматривать, только оставаясь совсем одна. Повзрослев, Катерина Ивановна потеряла открытки: они полиняли от сырости в тайнике за трубой и, будучи нечаянно найдены (Катерина Ивановна полезла собирать сопливой намоченной ватой остатки разбитого шприца), изображали примерно то же, что расплывчато хранилось в памяти. Катерина Ивановна помнила странную, покорную покатость обнаженных женщин, бугристую пышность мужчин. Словно погруженные в густую сладкую среду, они едва могли пошевелиться и цепенели в блаженных позах, а сверху реяли младенцы на куцых серебряных крылышках — девочка думала, что так художник изобразил детей, которых эти люди родили, сотворили из золотого воздуха, показав друг другу голые тела.

На других картинах герои выступали в пластинчатых доспехах, в пернатых шлемах и были будто древние животные, вроде птеродактилей и черепах: девочка чувствовала, что могла бы любить этих царственных полулюдей уже как взрослая женщина. Она и ждала, и боялась одиноких, без матери, вечеров: оставшись в полутемной квартире, она шаталась от стены к стене или, крупно вздрагивая, раскидывалась на диване, а дождь все стучал и стучал по карнизу, будто по жестяному дну огромной пустоты. Ничем нельзя было наполнить эту ночь, даже бросившись в нее из окна, — туда, где на ее обнаженном дне за долгие часы кропотливого туканья едва-едва скопилось немного воды, только чуть живее и светлее мокрого асфальта. И такая это была неприкаянная мука, что хотелось, чтобы кто-нибудь побил, — но когда в прихожей раздавался трескучий звонок Комарихи или трезвый перебор материнского ключа, было так, будто оборвалось какое-то томительное наслаждение. И это было то, что девочка украла. Несколько раз она видела у школьной раздевалки хозяйку открыток и некрашеных шариков: женщина тянула за руку своего неповоротливого сына, застревавшего в толчее, и никогда не глядела на то, на что натыкалась, — девочка никак не могла попасться ей на глаза и была для нее всего лишь мягонькое препятствие. В такие минуты девочке казалось, что сближение с другим человеком невозможно вообще, и, укради она у женщины все до последней нитки, обнаружится лишь округлое верткое тело наподобие рыбьего, — тогда, чтобы хоть как-то на нее подействовать, останется только убить.

ж е н с к и й п о ч е р к

* * *

Но даже и это самое сильное воздействие, в сущности, чудо — при помощи посюстороннего предмета, пистолета или ножа, да почти любого под рукой, перевести живое существо в такую запредельность, куда не докричаться и не переправить за ним ни одну обиходную вещь, — даже такое отчаянное усилие, на которое не сразу решишься, было способно сделать другого человека только окончательно чужим. Девочка помнила, как однажды мать купила у гастронома свежепойманных окуней: гнутые мерзлые ломти плоти, колючие от снега и мелкой чешуи, они распрямлялись в маминых руках с противным сиплым писком, а потом, когда их шваркал нож, пошлепывали по доске размякшими ослизлыми хвостами. Расстояние между мертвым и живым поражало. Девочка догадывалась уже тогда, что у человека это расстояние гораздо больше, чем у рыб: человек уходит дальше, и на всей земле не хватит километров, чтобы сложить из них подобный переход, — всего мира не хватит на одну-единственную смерть. Но и между живыми она ощущала пропасти, которые не заполнить, даже если сбросить туда весь имеющийся скарб. И что бы Катерина Ивановна ни делала впоследствии для другого и с другим — обворовывала, или дружила, или даже пыталась полюбить, — этот другой только отдалялся от нее, будто вязальный клубок, который подтаскивают поближе, дергая за нитку.

Украденное, подобно мерзлой рыбе, было добычей: вещи, которые девочка вытрясала из сумок, раскладывала где придется и оставляла в неестественных положениях, казались мертвыми и отличались от живых каким-то тусклым налетом, утратой свойств. В эти вещи, пораженные распадом, уже не могла вселиться душа, более того — они не давали душе летать, обостряя чутье на мертвечину. После очередной неудачи с девочкой происходило следующее: из манящей дали, куда хотелось глядеть и глядеть, внезапно выскакивало пугало — ровненький блочный дом, похожий скорее на штабель строительного материала, железный плакат с шагающей фигурой из двух вертикальных, не совсем совместившихся половин, отчего казалось, что фигура скачет, — и девочка зажмуривала глаза, точно перед ударом о железо или бетон.

Украденное было однообразно — все зонтики да сумки, в сумках одинаковая польская помада, — эти трофеи, если не трогать и не тратить денег (деньги девочка никогда не трогала, считая это *настоящим* воровством), не могли составить обиход одного человека и подразумевали множество людей: собранные вместе, они бы буквально кричали об их отсутствии. Украденное не соединялось в семейство вещей, какое обычно образуется при одном хозяине и обладает традиционными видами родства (этажерки с книгами, стульев со столом): девочка не могла их ни к чему присоединить, потому что не имела ничего своего в материнской заставленной квартире, где даже солнечные квадраты по утрам ни на чем не могли улечься полностью и соскальзывали как нечто ненужное, разбросанное просто так. В этой квартире, где изображения преобладали над предметами, требуя непомерно много реального места, у девочки не было даже ящика или гвоздя, чтобы положить или повесить добычу. Ее собственность, умножаясь, должна была бы научиться плавать в воздухе — или ее пришлось бы все время держать в руках, и тогда девочка сделалась бы похожа на бродяжку вроде той, в искалеченных очках с толстенными линзами и в тренировочном трико, что иногда ходила побираться по подъездам. Исшорканные узлы, увязанные веревками в какие-то сложные поклажи (один, плаксиво закряхтев, вдруг оказывался ребенком, но тотчас замолкал), пугали девочку больше, чем настырные жалобы бродяжки или ее глаза, похожие за резкой оптикой на инфузорий, моргающих ресничками в своем простейшем киселе. В этих узлах девочка угадывала бродяжкин дом, подвергнутый тому уменьшению смерти, о котором Катерина Ивановна грезила на горячем от солнца кладбище, собирая толстые короткие цветы, еще пришитые, как пуговки, к земле, — и если бы девочка соорудила себе такой же сумчатый хомут, ей пришлось бы на нем и есть, и ночевать, она не смогла бы уже свалить эту мертвую ношу и расположиться в маминой квартире, которая порою выглядела так, будто в ней живет всего один человек.

В общем, у девочки — пусть она ни разу не попалась и брала что хотела, будто заколдованная, — не выходило того магического действия, через которое ее простая жизнь сделалась бы похожа на жизни упоительных, таинственно-порочных незнакомок, и девочке было обидно при мысли, что они, потеряв какие-то вещи, думают о случившемся гораздо меньше, чем она, которой вещи не дались. Временами девочке казалось, будто и у нее есть своя загадочная роль, будто она — безымянная стихия, невидимое озеро или море, что ласково слизывает с берега разные занятные игрушки и, покачав, поиграв, выкладывает на другой, бочком в струящийся, густеющий песок, где их находят босоногие счастливцы. Однако только эти счастливцы и замечали девочку, когда она, болтая руками, устремлялась прочь от обманувшего ее добра. Они, осторожно косившиеся друг на дружку и все-таки смыкавшиеся настолько быстро, что девочка иногда не успевала убежать, были все такие обыкновенные, что втроем или вчетвером уже казались толпой и странно походили на мужчин. Может, именно одинаковость (покупной одежды, лиц, а главное — чувств) подхлестывала их и делала такими жадными: плечом протиснувшись в давку, шаря вполглаза и хватая друг дружку за руки, они присваивали чужие вещи, будто знаки отличия. Порою какая-нибудь одна, подородней и с уверенной повадкой, все загребала себе. Тогда остальные тут же бросались ей помогать, подбирали с земли упавшие тюбики, полураздавленные конфеты. Видимо, эти тетки принимали девочку за свою — такую же, как они, только пришедшую первой, — и тем уничтожали ее поступок, самый факт воровства. Получалось, девочка просто сочиняла своих незнакомок — со злостной целью походить на кого-то другого, только не на собственную мать.

Глава 6

С матери все началось, на матери все замкнулось. Уже не помышляя о мести и только надеясь нарушить границу, которую материнская воля провела между своим и чужим, девочка подумывала иногда подарить ей несколько вещиц, на самом деле принадлежащих неизвестным женщинам и способных потревожить квартирный мирок, где каждый новый предмет какое-то время казался незакрепленным, готовым упасть и разбиться на куски.

Подходящими для подарков праздниками были дни

рожденья, Восьмое марта и особенно День учителя — первая суббота октября. В этот день мать всегда возвращалась из школы с цветами. Букетов набиралось столько, что она вынуждена была держать их некрасиво, как охапку дров, — в прихожей, споткнувшись, роняла за одним букетом всю влажную ношу и стояла над нею с растерянным видом, постепенно переходившим в тяжелую задумчивость. Ее отекшее лицо с закушенной ниткой волос казалось таким непривлекательным, что становилось ясно: ее никто не любит, ни один мужчина не подарил бы ей столько цветов. Все-таки ей были, вероятно, дороги эти знаки служебного уважения: жесткие, с проволокой, букеты поздней осени стояли в прокисших банках, пока не облетали совсем, пока их грубоватая сущность не оказывалась полностью истрачена. Оставались только стебли, ссохшиеся в ломкие веники, а под ними — блеклый мусор и пыльца, переходящая в пыль. Эти легкие горки праха, как бы с туманом дыхания погибших цветов, составляли удивительно печальное зрелище — но когда после уборки квартира принимала обычный трезвый вид, от которого мать и дочь успевали отвыкнуть, это было куда безрадостней, куда безнадежней.

Сами праздники тоже, впрочем, бывали безрадостны. Обыкновенно мать, набивая полное ведро овощных очисток и снятой крупными кусками яичной скорлупы, готовила не меньше пяти салатов, обязательно горячее, торт. Мать и дочь вдвоем садились за тяжко накрытый стол (Колькина родительница категорически не допускалась) и, подливая каждая себе густопенной клокчущей газировки, наедались до отвала, до вареного мутного вкуса во рту. Они почти не говорили между собой: мать не отрываясь глядела в телевизор и обязательно прослушивала праздничный доклад, а дочь запоминала зачем-то, как материнские пальцы, лиловые от свеклы и тоже словно покрытые кожурой, ворочают ложку в салате, перебирают на блузке стеклянные пуговицы.

Прежде девочка всегда дарила ей свои рисунки — грязноватые акварельки с лужами засохшей краски, с ошметками от ластика и прилипшими волосинами. На акварельках тоже изображались цветы — девочка срисовывала их с открыток, подаренных матери в прошлые праздники (чаще всего они бывали от Комарихи: на обороте она своим мелким бациллообразным почерком расписывала и расхваливала картинку с лицевой стороны, обращая внимание учительницы то на «цыплячьи пупырышки» мимозы, то на «прелесть» мясистых роз). Мать относилась в общем благосклонно к дочкиным опухшим листам (видя в ее стараниях нечто подобное своему кропотливому рукоделию), но вручить ей подарок было все равно не так-то просто. Едва заметив, что дочь что-то принесла, Софья Андреевна круто отворачивалась и хваталась за кухонную работу: все ее орудия — терки, ножи — начинали звучать, будто к ним подключали электромотор, руки Софьи Андреевны сплошь залепляла яркая овощная стружка. Сказав свое поздравление в напряженную, ходуном ходившую спину, девочка прислоняла рисунок где повидней и бочком направлялась к дверям. Но вдруг ей начинало казаться, что картинка стоит нехорошо, что на полку с банками и сухими пауками мать даже не посмотрит, а вот на холодильник посмотрит обязательно, — и тут начиналось мучение.

Девочка пристраивала рисунок то туда, то сюда, стараясь приноровиться к тяжелым материнским метаниям по кухне. Усталый листок уже нигде не держался, съезжал, а глаза у матери оставались незрячими, только временами принимались часто-часто моргать, и одновременно начинали трястись ее овощные руки. Наконец ее лицо с пылающим носом и ужасными бескровными губами обращалось к дочери в упор. Вибрирующим голосом, не повышая его ни на децибел, Софья Андреевна говорила, что все это очень неожиданно и она, конечно, рада, но стоило ли тратить время, не лучше ли было выучить физику, ведь позавчерашнюю двойку все равно придется исправлять. Стоит ли делать подарок раз в году, если в остальное время совершенно не думать о матери и держать ее за кухарку, хотя мать, между прочим, очень уважают в коллективе и чуть не на коленях просят вести открытые уроки для представителей гороно. Вместо того чтобы часами лежать животом на альбоме и пачкать красками скатерть, дочь могла бы иногда заправить суп, это не очень сложно, хотя, конечно, приятнее валяться на диване и спихивать подушки на неметеный пол. Девочка знала: чтобы чему-то научиться от матери по хозяйству, ей пришлось бы буквально силой вырывать у нее из рук продукты и орудия труда, а потом защищать от нетерпеливых нападений обструганную картофелину с остатком кожуры — именно из-за труднодоступности кулинарные навыки казались ей порой непостижимыми. Но она, конечно, не говорила этого вслух и в ответ на материнские тирады только бормотала куски своего поздравления, заученного, как из хрестоматии по литературе, наизусть.

Бывало, что все разрешалось благополучно: проговорив примерно столько, сколько она объясняла на уроке материал, мать мимоходом подцепляла пальцами листок и, близко поднеся к глазам, две секунды таращилась в него поверх очков, будто сличала с оригиналом. Потом, после густого вздоха, дочери делался знак удалиться. Теперь на кухню, где за рифленым дверным стеклом близко темнела тень висящего фартука, категорически запрещалось входить, пока мать не появлялась сама, держа перед собою самое громоздкое и украшенное из приготовленных блюд. К этому моменту подарок успевал бесследно исчезнуть и мог опять появиться только года через полтора — высунуться из-под стопы почетных грамот или разных, главным образом школьных, групповых фотографий, где мать, поскольку присутствовала на всех, казалась самой главной персоной. Подарку, по-видимому, требовалось время, чтобы выслужить у матери полные права, хотя материалы к нему — альбом и старые краски, кое-где пролизанные кисточкой до дыр, — были законным содержимым одного из ящиков комода. Во всяком случае, подарок оказывался принят. Праздничный вечер шел своим чередом, подчиняясь программе телепередач, где дикторы и артисты веселились гораздо больше, чем простые люди в стоящих под дождем или снегом, лишь немного прибавивших света домах.

Бывало гораздо, гораздо хуже. Бывало так, что мать, начав говорить, уже не могла остановиться, ее режущий голос срывался, ее руки отпихивали кастрюли и миски, словно лезущие к ней с ненужными утешениями. Пегий рисунок, прислоненный к чему-нибудь насущному из кухонной утвари, теперь казался девочке невыносимо жалким, а Софью Андреевну просто потрясало его ничтожество по сравнению с тем, вместо чего он ей предлагался и что хотел собой заменить. Она не знала, куда ей ткнуться на кухне, где во всех углах громоздились недоделанные дела, не знала, чем разрешить томление стиснутой обидами души, чтобы с грехом пополам собрать хотя бы обычный ужин. Внезапно она, уткнувшись лицом в засученный рукав, топыря перепачканные пальцы, боком протискивалась в комнату и там, налетев на крякнувший комод, вдруг затихала неизвестно где, словно бы зависала в воздухе.

Теперь уже комната делалась запретна. Девочка, брезгливо прихватывая полотенцем засаленные ручки, осторожно выключала газ. Кастрюли, еще побулькав, затихали под улегшимися крышками; приподняв их, девочка видела лопнувшие яйца в пузырях белка, со ржавой пенкой на скорлупе, гладкие горячие чернила с торчащими из них волосатыми свекольными хвостами. Не представляя, что с этим делать дальше, девочка бросала все как есть — раскрытым, испускающим слабый пар — и тихонько присаживалась на табуретку. Проходил и час, и два часа: постепенно вид в окне становился таким же тягостным, как вид полутемной кухни, черные, рано облетевшие деревья в сумерках делались нереальны, будто какие-то схемы, где ветви, отходя под разными углами от ствола, показывали направления его возможного роста. Все-таки на кухне темнело быстрее, чем на улице, поэтому казалось, что времени здесь прошло гораздо больше, чем там. Света девочка не могла зажечь, выключатель был в коридоре. От скуки она принималась есть: уминала без разбору тонкие вареные морковины, вареную картошку без соли, черпала горбушкой крем, приготовленный для торта. Из духовки, пахнувшей сладкой гарью, доставала, отбивая лопаткой от противня, тонкую коричневую лепешку и тоже съедала. Зубы увязали в спекшемся изюме, во рту возникал знакомый, только более приторный праздничный вкус. Время от времени девочка поглядывала на свой рисунок, наблюдая, как его пятна сливаются с пятнами реальных вещей; наконец рисунок исчезал, как исчезает, припав к родной коре или древесному листу, приспособленное насекомое. Видимо, он при любых обстоятельствах нашел бы способ раствориться, и девочка не жалела о нем, с усмешкой вспоминая Комариху, которая, что-нибудь подарив, продолжала ревниво контролировать судьбу своих подношений и даже просила, чтобы их держали вместе, в одной коробке или в специальном ящике стола. Софья Андреевна брезгливо с этим соглашалась: особая картонка из-под резиновых сапог всегда была готова к возврату со всем сентиментальным содержимым, и если бы девочка не лазила туда, никто бы и не помнил, как выглядят хваленые Комарихины цветы.

Запретная комната между тем оставалась в темноте. Время от времени оттуда доносились рыдания, более похожие на икоту подвыпившего мужика: девочке, при этих звуках невольно кривившей набитый рот, они казались притворными, как любой материнский воспитательный монолог. Страшнее было, когда мать внезапно начинала петь: тонко, фальшиво, протяжно, перевирая слова, — получалась словно изнанка популярной песни, то, как она на самом деле звучит в голове. Иногда неверная мелодия будто переливалась через край: это было странно, как если бы слабая струйка вдруг переполнила огромную емкость и, морщась, потекла по ее шершавому боку, все такая же скудная, еле влажная, — присутствие *незвучащих* объемов каким-то образом ощущалось в пении Софьи Андреевны, и от этого делалось неуютно. Голос матери, обычно твердый, как столб, обычно и бывший теми словами, какие он произносил, теперь переходил в иное состояние и становился безразличен к словам, как безразлична вода к плывущим по ней соломинам, палкам, пенным пузырям. Теперь этот жиденький голос мог вообще обойтись без слов, а мог подхватить и понести все, что попадется, — фразу радиопередачи, три-четыре обломанные строчки: щепку стихотворения. Звуки, шедшие из темноты, до такой степени не предполагали слушателя, не были предназначены ни для чьих ушей, что девочка на своем табурете чувствовала себя потерянной, всеми забытой. Комнатная темнота была настолько же плотней кисельного, комковатого полумрака кухни, насколько он сам казался гуще уличных сумерек: получался как бы ряд, в котором девочка могла думать о себе в лучшем случае как о неполноценной, переходной стадии между человеком — матерью — и полным уличным безлюдьем. В комнате темнота стояла будто гладкая вещь, какая-то мебель, придвинутая к дверному стеклу и закрывшая проход, и невозможно было представить, что там делает мать, какое у нее теперь лицо, — хотя бы потому, что эти тягостные обстоятельства были чуть ли не единственными, когда Софья Андреевна пела.

Сама она вообще не замечала, что поет. Как всякий, кому нельзя ничем заняться и надо на что-то смотреть, Софья Андреевна предпочитала окно, смутно полагая, что плохонькая, неглубокая даль двора все-таки сумеет своим подкрашенным объемом породить события, за счет которых время заточения провернется хотя бы на несколько зубцов. Собственная комната за спиной лежала в оцепенении и была бессмысленна для взгляда, будто старая декорация, где если что-то и могло произойти, то только сцены из прошлого, несправедливо мучившего Софью Андреевну. Синеющий, поделенный между фонарями двор тоже, впрочем, был не безобиден. Краем сознания Софья Андреевна понимала, что рядом, за стенкой, возмутительная дочь тоже глядит туда. Она ощущала присутствие дочери во дворе с такой же ясностью, как если бы девочка действительно бродила там, по обыкновению сосредоточившись на себе и словно участвуя как фигура в какой-то шахматной партии, играя — шажок туда, шажок сюда — с расставленными деревьями, качелями, фонарями и совершенно не обращая внимания на страдающую мать.

От бездушной дочери невозможно было избавиться: казалось, что девчонка, как злая кошка в засаде, подстерегает всякое шевеление во дворе. Вспоминая о двухкомнатной квартире, которую ей не выделил профком, Софья Андреевна думала, что по-настоящему просторное жилье не то, где много места внутри, а то, где каждый видит в своем окне свой отдельный пейзаж, в котором другие члены семьи могут появляться только на правах обычных прохожих. Получалось, Софье Андреевне, чтобы ужиться с дочерью, требовался целый дворец, но это ее не смущало, напротив — как-то соответствовало ее представлениям о масштабах переживаемых ею несчастий и обид. Во-первых, девчонка не должна была дарить ей акварель, имея по рисованию тройку, — делать заведомо посредственный подарок, как будто мать не стоит большего, как будто для нее не надо и стараться. Во-вторых, она и вовсе не имела права подходить с поздравлениями после того, как на математике испортила парту: весь урок обводила шариковой ручкой старые, залитые светленькой краской рисунки, отчего ее половина парты превратилась в какой-то лиловый синяк. Софье Андреевне вообще всегда казалось, что ненормальная дочь, совершая какой-то бессмысленный проступок, в действительности преследует тайную злостную цель. Она никогда не могла понять, делает девчонка дело или это у нее такие громоздкие игры: вероятно, та и сама не различала свои занятия и одинаково не доводила их до конца, равнодушно покидая кукольное хозяйство, разложенное на столе и на нескольких стульях, даже не оглядываясь на оставленную матери уборку. Больше всего Софью Андреевну злило, когда девчонка начинала ей подражать: у нее возникало ощущение, что этот крупный, тяжелый ребенок буквально виснет на ней, что она, усталая от тетрадей и сумки продуктов, должна еще двигать, шевелить эти безвольные руки и ноги, повторявшие жесты словно по слогам, делая ошибки в ударениях. Когда же у девочки получалось лучше и словно само, Софья Андреевна испытывала настоящий страх — извечный ужас оригинала перед копией, сходный со страхом смерти. Словом, ко всякому празднику у Софьи Андреевны набирались десятки примеров неблагодарного, дурацкого поведения дочери: она кропотливо, сладострастно перебирала их в уме, зная, что сама девчонка не помнит и половины, собираясь когда-нибудь выложить перед нею все накопленное, для ее же пользы сбереженное добро.

От дочери Софья Андреевна мысленно переходила к другим ученикам. Большинство из них она попросту ненавидела: за дикие драки, за стремление добраться друг до друга во время урока — гримасами, записками, плевками жеваной бумаги, за свое всегдашнее положение препятствия между ними, за все невыгоды этого положения, за свои опухшие ноги и зашитые чулки. Горько улыбаясь в темноте, Софья Андреевна припоминала все: студенистую тряпку, щекотную струйку в рукаве, когда стираешь тряпкой с доски анонимные художества большой перемены; кислый запах окурков из портфелей пацанов; два совершенно одинаковых банта на шелковой голове отличницы, тринадцатилетней дылды, стремящейся выглядеть на одиннадцать, чтобы тем больше поражать эрудицией; байковую от пудры мордашку хорошистки, стремящейся выглядеть на семнадцать; насмешки одной хладнокровной умницы из десятого «Б», аккуратной особы с ровнейшим пробором и с пластмассовой брошкой-сердечком, демонстративно приколотой на фартучек против сердца; собственные морщины в зеркале, ставшие уже настоящими и главными, в полном смысле слова, чертами лица.

Софья Андреевна нисколько не стыдилась непедагогичной ненависти: из-за этого ежечасно владеющего ею чувства многократно возрастала цена ее терпения, ее трудов, ее размеренного голоса, читающего Пушкина склоненным затылкам, немытым, пахнущим половыми органами рукам. Цена возрастала и тогда, когда Софья Андреевна встречалась с родителями. Те были по большей части ограниченные люди с низкой культурой речи, не понимавшие и половины того, что им говорилось. Мужчины, круглоголовые, как пешки, зато подпоясанные могучими ремнями; женщины с затравленными крашеными глазками, с носовыми платочками в рукавах; худые злые инженерши и холеные жены начальников в каракулевых шубах или в лисах до пояса; всех их надо было организовывать и воспитывать, потому что без воспитания родителей нет воспитания детей. Дети, конечно, не могли не сравнивать своих отцов и мам с учительницей литературы (те, кого Софья Андреевна мысленно брала в третейские судьи, получали временное отпущение грехов) — и, сравнивая, не могли не чувствовать, что, когда ими занимается учительница, они получают нечто большее, нежели то, на что имеют природное право как рожденные в своей семье.

Однако никакой благодарности Софья Андреевна от них не видела — разве что самую запоздалую, когда они являлись к ней на День учителя взрослые, гладко выбритые, пахнущие резкими одеколонами, иногда со своими детьми или даже с собаками, сутуло вилявшими возле их модно обутых ног, когда они поднимались по главной школьной лестнице с цветами. Каждый из них вступил в иную, современную жизнь, тогда как Софья Андреевна оставалась в старой, принадлежавшей безвременью, среди грубой школьной мебели из крашеных плах, среди голых стен, едва прикрытых стенгазетами, где черта между побелкой и синей масляной краской обозначала уровень, на каком всегда стояла холодная, казенно-синяя безнадежность. Софье Андреевне не о чем было говорить с этими самодовольными, парадно-скромными людьми. Она догадывалась, что к ней приходят только благополучные, без пяти минут начальники, а другие, вроде Алика Старостина, дважды пытавшегося повеситься в чужом подъезде на окраине города, где среди многосемейных жильцов так и не нашли никого, хоть как-то связанного с ним, или Иры Шипулиной, у которой без мужа родился замшевый и мягонький, единственный на город негритенок, — такие ни за что не придут, и если даже случайно увидят, перебегут на другую сторону улицы. Одна ученица Софьи Андреевны, в прошлом нежный скелетик безо всяких признаков ума или характера, теперь работала в ближайшем гастрономе, в отделе мясопродуктов, и превратилась в расписную бойкую бабенку с распорядительными руками и зычным голосом, которым она перекликалась с грузчиками и товарками через весь магазин. Только раз, перед ноябрьскими, она выделила Софье Андреевне килограмм резинового сыру и банку датской ветчины, а в остальное время старалась ее не замечать и говорила: «Женщина, не задерживайте очередь», — это было тем более оскорбительно, что директор школы отоваривалась у этой Марины чуть ли не каждый четверг.

Никто не хотел платить моральных долгов, и у Софьи Андреевны было законное чувство, что она обладает непочатым сокровищем, составленным из чужой неблагодарности, пороков, наносимых ей людьми незаслуженных обид. Софья Андреевна даже испытывала что-то вроде удовлетворения, что мир не возвращает долги по мелочам: по всем законам жизни и литературы, отражающей жизнь, ей полагалось в финале полноценное счастье, соединявшее в ее представлении мир тургеневской усадьбы и победивший космический коммунизм.

Глава 7

Самый неоплатный долг Софья Андреевна числила за мужем — и вспоминала его во всякий праздник, молодого, лобастого, с веселыми глазами цвета коньяка, воротящего намыленную челюсть от безопасной бритвы, что с мокрым шорохом проводила в пышной пене розовые чистые дорожки. Она вспоминала стук его молотка, серии ударов нарастающей частоты, переходящей в звон: когда они внезапно обрывались паузой перед новой глуховатой пробой, становились слышны сияющие в небе облака, беззвучная и трепетная путаница бабочек над мусорной кучей, куда их, казалось, вытряхнули целое ведро, но они никак не могли одолеть горячего плотного воздуха, не могли опуститься. Пронзительно вспоминались разные мелочи: грубый хлебный ломоть возле его тарелки, с крошками на скатерти возле надкушенного угла; коробка из-под дорогих папирос, куда Иван перекладывал пахнувший мокрым деревом дешевый «Север». Пропитая им прабабкина брошка, от которой осталась потертая коробочка — и превратилась в память об Иване; сколоченные им кухонные полки, от которых остались петли и шурупы, от которых остались вмятины и дырки, которые можно было теперь уничтожить, только разрушив дом.

Они расстались еще до того, как дочь появилась на свет. Только три или четыре раза Иван заявлялся пьяный — с голой вытянутой шеей, с каким-то ясным недоумением в рыжих глазах, с присохшей гадостью на рукаве пальто, из которого он, кобенясь и пачкая башмаками пол в прихожей, неторопливо вылезал. Софье Андреевне, не терпевшей, чтобы ее позорили, этого оказалось достаточно.

Знакомые, коллеги на работе твердили ей, что не стоило так сразу выгонять, что Иван Петрович мог еще исправиться, — но время показало, что Софья Андреевна была совершенно права. Иван, вернувшись в свое общежитие, ударился в беспробудное пьянство, и после Софья Андреевна встречала его, опухшего, чернозубого, все в том же черном пальтишке, истертом по швам до меловой белизны, так что Иван казался расчерченным на части, наподобие говяжьей туши на плакате, что висел над царствующей Маринкой в ее отделе гастронома. Казалось, он был обречен истираться, мяться и стариться целиком, как помнила его жена: Софье Андреевне даже почудилось, что это был не Иван, а некий бесплотный образ, обезображенный силой ее непрощающей памяти. Впрочем, на руке у него болталась незнакомая тряпичная сумка в цветочек; он бродил по узкому газону в один продымленный ряд тополей, за которым шатались, проезжая, желтые автобусы. Сначала Софья Андреевна подумала, что свихнувшийся Иван пытается в этой бумажной, засоренной бумажками траве собирать грибы. Но вдруг он быстро нагнулся, опираясь о тополиный ствол съезжающей рукой, и, запустив вторую, голую, в грубошерстную крапиву, достал бутылку. Привычно поболтав грязнющей бутылкой в воздухе, он приложился к горлышку и замер, посасывая гулкое стекло. Потом разочарованно отер запекшийся рот — в одну сторону, потом в другую — и опустил бутылку в сумку, откуда послышалось округлое толстое бряканье.

Первые ночи после ухода мужа у Софьи Андреевны выдались странные, словно полые, с одной опустевшей половиной квартиры, где гулкая акустика порождала шорохи, шелесты, звуки торопливых, исчезающих шагов. Софья Андреевна по привычке тихонько лежала у самой стены, уставив в потолок тугой беременный живот, а рядом на диване было незанятое гладкое место: рука, скользнув под несмятую подушку Ивана, ощущала сырой холодок. Софье Андреевне чудилось, что муж попросту где-то загулял, может, уснул у чужих людей — на продавленной коечке, теснимый спинами и перекошенными задами горластого застолья, — или, хуже того, на уличной скамье, растянутой щекой на голых рейках, свесив легкий клок волос в пустую кепку, свалившуюся с головы и словно ждущую щедрот от такого же пустого, продуваемого ветром неба. Вероятно, приблизительно так и происходило в действительности — с той лишь разницей, что отсутствие мужа могло теперь накапливаться бесконечно, ничем не разрешаясь, превращаясь в целые годы его непрерывной вины. Напрасно Софья Андреевна привставала на локте, хватала сонно тикавший будильник, отвечавший на сотрясение каким-то добавочным клекотом, — бессознательно надеясь узнать, сколько осталось до прихода Ивана домой. Фосфорический циферблат, стоявший в темноте словно по эту сторону часового стекла, не значил ровно ничего, и сам будильник превратился всего лишь в вещь, которую Иван со скрежетом крутил двумя руками — корпус к себе, винт от себя, — точно пытался развести, разъять будущее и прошлое, чтобы последнее, бросившись за будущим вдогонку, никогда бы не сумело его настичь.

Наутро, разбуженная робким лязгом, Софья Андреевна первым делом вспоминала, что Иван ушел. Понадобилось четыре месяца, чтобы пересечь границу между прежней жизнью и новой явью. Существование во сне отставало по времени от дневного — там, на черном фоне, все, удивительно яркое, тянулось, слипалось от собственной сладости, не хотело пропитываться бедой, — а когда это наконец произошло, Софье Андреевне приснилось, что Иван уходит от нее по серой улице, по ровному коридору из домов, замкнутому нехорошим, стенообразным небом, — уходит, уменьшаясь гораздо быстрее, чем диктует перспектива, и вдруг исчезает прямо на открытом месте, не дотянув до горизонта, прежде чем его успевает поглотить полосатая от облаков, подсвеченная синева. Софья Андреевна очнулась в поту, с обидным чувством, что Иван сумел чего-то избежать, какого-то справедливого наказания. Тут же у нее между ног хлынуло, как из распоротой грелки, а еще через три часа она родила в машине «Скорой помощи», проносясь над лиловым утренним асфальтом, под истонченными первой зеленью, нежно касавшимися друг друга ветвями лип.

Понадобилось несколько лет, чтобы наконец избавиться от горняцкой, пролетарской, жившей по всему Советскому Союзу мужниной родни. Ни разу не получив на дочку денежного перевода, Софья Андреевна регулярно получала малограмотные письма на несвежих тетрадных листках. Неизвестные прежде Ивановы тетки, дядья, племянницы (передававшие приветы от еще более туманных родственников и занимавшие их перечислением добрую треть послания) корили и стыдили Софью Андреевну, что бросила пропадать хорошего мужика, увещевали одуматься, «осознать ответственность», требовали забрать Ивана Петровича — из Ижевска, из Караганды, из деревни Капалуха. На одном листке, прилетевшем с Алтая, обнаружился даже рисованный план, как добраться от вокзала до Иванова жилья, — аккуратный, толковый, с очень острыми стрелками. Почему-то место, где обитал Иван, обозначалось на плане кружком. Что это было — бочка? башня? Не позволяя себе задумываться и тосковать, Софья Андреевна отвечала на письма только тем, что по-учительски выправляла ошибки красными чернилами и отсылала по обратным адресам.

Родня, однако, не унималась. То и дело у Софьи Андреевны норовили переночевать приезжие: красномордые, под хмельком, они обычно заявлялись безо всякого предупреждения, со множеством старых твердых чемоданов, будто со своей походной мебелью, со скуластыми женщинами в капроновых косынках, без конца эти чемоданы считавшими, отчего их беспокойные желтые глаза двигались ходами, как фишки, ни на чем не могли отдохнуть, но постепенно как бы насыщались обилием поклажи и сыто тяжелели. Будучи впущенными, гости без церемоний сдвигали пеленки, развешанные коридорами по всей квартире, закуривали, разгоняя пятернями в татуировках папиросный дым. Женщины первым делом проходили на кухню, доставали кульки, из кульков — серые складни бутербродов с вялой, облепленной крошками колбасой, мятые яйца, вареную скользкую куру, новенькую бутылку водки, которую торжественно, будто выкупанного младенчика, обтирали чистым полотенцем. Вся несвежая и слипшаяся снедь раскладывалась на бумажках и полиэтиленовых мешках, из хозяйской посуды использовались только стопки. Постепенно гости забывали про Софью Андреевну: громко продолжали прерванные ссоры, тыкали пальцами в соль, сумбурно чокались, скопом наезжая на кого-нибудь одного, крепко поставившего локоть в центр стола, и не попадая в другого, в кого безуспешно целились, в то время как он уже выглотал водку и блаженно куксился в такой же сморщенный рукав. Время от времени кто-нибудь из мужчин вставал, отдергивал кухонную шторку и, пошатываясь, глядел в отражавшую его темноту с суровой устремленностью в лице, будто в окно с искрами и ветром летящего вагона. Женщины, приняв по бодрой стопке и наскоро закусив, освобождали мужчинам простор, а сами уходили в комнату к чемоданам, где принимались сдавленно шептаться и считать трикотажные кофточки, листать за яркие углы целые стопы шелковых платков. Это был женский промысел мужниной семьи: татароватые на вид, скуластые тетки, все похожие на толстых кошек, спекулировали мелким марким ширпотребом и даже предметами искусства в виде намазанных по трафаретам «ковров», где наряду с лебедями и усатыми султанами попадались, к возмущению Софьи Андреевны, совершенно голые бабы: их цветочные телеса странным образом напоминали рисунки на школьных партах, и оттого непристойные образы казались вездесущими, словно составляли часть всеобщей, враждебной к Софье Андреевне души. Спекулянтки, по-видимому, были удачливы (та, что пользовалась самым явным уважением в семье, молодая резкая девка с носом вроде большого пальца ноги, все уговаривала поменять вышитую картину с оленем на рижский джемпер). В соединении с горняцкими зарплатами мужей у приезжей родни оказывалось ненормально много денег, они валялись, мятые, у них по карманам, неряшливо вздували бумажники и походили на увядшие картофельные очистки: получив одну или две такие бумажки в день получки, Софья Андреевна спешила их разменять.

С грехом пополам она стелила гостям на полу. По нескольку человек они перебирались на эти матрасы и старые пальто: комната наполнялась тихим храпом, густыми вздохами, кишечной вонью, а одна какая-нибудь женщина все ворочалась без сна, натягивая на бедра задиравшийся халат, изгибаясь и шлепаясь, будто толстая печальная русалка. Софья Андреевна терпела эти заселения, пока однажды, встав под утро к закряхтевшей дочке, не заметила ритмические содрогания стола и чудовище под столом, словно чрезмерно грузное, рывками силящееся приподняться. С холодным ужасом, в котором содержалось и торжество, Софья Андреевна разглядела, что первое, сжимавшееся и разжимавшееся, бледное пятно — отвислая мужская задница, снизу охваченная спущенным брючным ремнем, а второе, в глубине, — женское лицо, глядевшее на Софью Андреевну покойно, будто на плывущее облако. То была одна из лучших, из самых крепких и сладких минут ее обиды. Перешагивая через холмистые, начинавшие ворочаться тела, Софья Андреевна пробралась к выключателю: резкий свет озарил приподнятые локти, зажмуренные гримасы, мужика на четвереньках, ползущего из-под стола задом наперед, кособокое ерзанье под столом и то же лицо, что минуту назад, только темное, гораздо темнее белого женского кома, влезавшего в трусы.

Тщетно страшный мужик, коньячными глазами и жестким, с известью, вихрастым волосом вылитый Иван, — тщетно он шлепал на Софью Андреевну босыми ногами и совал ей в лицо раскрытые паспорта, доказывая, что та, затаившаяся под столом, его законная супруга. Софье Андреевне это было все равно, она твердо верила в глубине души, что муж и жена могут вот так заниматься друг другом в одном-единственном месте — в собственной кровати, что такая «любовь» — свойство скорее места, нежели самих супругов, и если уж мужу приспичило в дороге, жена должна заставить его дотерпеть. Лично Софья Андреевна никогда бы не позволила Ивану прикоснуться к себе даже в отдельном номере гостиницы, где в чужой обстановке (а для Софьи Андреевны все чужое было излишеством и роскошью) они и сами стали бы немного иными. Даже дома Софья Андреевна требовала, чтобы *это* между нею и Иваном всегда происходило одинаково (тяжко, плоско, на три больших размазанных поцелуя), и так сохранила высшую верность мужу, хотел он того или не хотел. Теперь она, конечно, имела полное право презирать бабенку, которой все-таки пришлось выбираться из своего убежища. Пару раз поддев по дороге стол, с которого закапала ожившая лужа, она выползла уже в болоньевом свистящем плащике и встала, плаксиво кривясь на палец Софьи Андреевны, твердо указующий в коридор. Ее покорное появление, ровный рядок застегнутых пуговиц возбудили в мужике новый приступ ярости: он даже замахнулся на Софью Андреевну бессильным кулаком, одновременно наступая ей на ногу холодной лапой.

Но Софья Андреевна ничуть не испугалась: потряхивая мокрую девочку, похлопывая ее по парному байковому задку, она спокойно смотрела, как хмурые гости выпрастываются из-под своего тряпья и опять влезают в него, зевая, длинно доставая до глубин растянутых рукавов. Завернутые и застегнутые все в то же дремотное тепло, не веря, что их действительно гонят, они еле-еле шевелились, и то потому, что мешали друг дружке: то тот, то этот, бормоча, присаживался на чужую одежду или чемодан, которые тут же начинали из-под него тянуть. Женщины, однако, оживали быстрее, всухую отирали лица шершавыми руками, их припухлые глаза зажигались заботой о добре. Они по очереди подходили пошептаться с героиней собачьей свадьбы, а та, вместо того чтобы сгорать от стыда, бессовестно хихикала, поджимая голые коленки, большие, как коровьи лепехи, и казалась страшно довольной. Внезапно женщины, побросав свои разинутые сумки, заговорили разом, и стоило Софье Андреевне корректно им заметить, что особа на «б» здесь вовсе не она, как незваные гостьи рассвирепели. Ввинчиваясь одна поперед другой, они принялись позорить оторопевшую Софью Андреевну последними словами и, если бы не ребенок у груди, сорвали бы с нее при своих мужьях аккуратный и отглаженный халат.

Мужики, уже приободрившись, покрикивая, похаркивая, волокли поклажу в коридор. В глазах у оскорбленной Софьи Андреевны играли пятна, и на минуту у нее возникло чувство, будто ее Иван, неузнанный среди гостей, сейчас опять бросает ее, уезжает с остальными. Никогда она не смогла понять, отчего ее, учительницу литературы, обозвали блядью и проституткой, никогда не смогла забыть, как по сереющему, светлеющему двору, по ровному и чистому, будто фарфор, асфальту ее незваные гости парами тянулись на остановку, — тянулись, кружили, вдвоем обходя, чтобы их перехватить, поставленные чемоданы, обнимались короткими ручками, — и как потом долго не было слышно автобуса, только чиликала птица в редеющих, теряющих сумрак кустах.

Наконец они действительно уехали. Покормив девчонку, сонно отпустившую длинный, как морковина, мокрый сосок, Софья Андреевна почувствовала себя не у места, будто на проходе среди сдвинутой мебели, разбросанного по полу ватного барахла. Так долго длилось предрассветное время без теней, когда все за окном призрачно редело, не набирая цвета, что казалось, будто до солнца слишком многое успеет истаять и первые лучи найдут во дворе одни железные качели да голые столбы. Чувство потери объяснялось, конечно, не уходом родни, больше к Софье Андреевне не заявлявшейся. Настоящей потерей был и остался Иван. Софья Андреевна знала, что он уехал на жительство к матери в поселок Нижний Чугулым, но ей все время чудилось, что он неподалеку. Все, что терялось из рук у Софьи Андреевны — пуговицы, лекарства, ключи от кабинета литературы, — все словно оказывалось у Ивана, обитавшего, будто домовой, там, где привычные вещи соединяются изнаночными стежками паутин, безнаказанно читавшего книги, припрятанные в тайниках. Словно некое божество, Иван отвечал за все убытки и потери Софьи Андреевны, а сам оставался незримым, — но счет его рос, и особенно по праздникам Софья Андреевна, сидя без света в ловушке своего отчаяния, верила в неизбежность расплаты, а значит, и в то, что увидит Ивана по крайней мере еще один-единственный раз.

Глава 8

Ей действительно удалось еще раз встретиться с мужем, когда дочери исполнилось двенадцать. Свекровь зазвала на майские праздники, приписав, после обычных обстоятельных сведений о погоде, что скоро умрет и не повидает внучку, что уже сейчас не может выходить со двора. Упоминание о смерти, о близком часе и точном месте ее прихода, ограниченном вполне материальным и реально существующим забором, почему-то подействовало на Софью Андреевну. Ей показалось, что смерть, не имея на этот раз, чтобы в них воплотиться, ни лихой легковушки, ни уголовника с ножом, все больше принимает облик самой свекрови и порой посматривает ее глазами, где удобней уложить старуху и слиться с нею насовсем.

Торопясь ее задобрить, Софья Андреевна уже на другое утро, в пять часов, сидела в междугороднем автобусе подле хмурой дочери, склонившей припухлое лицо к водянистым на просвет страницам новенькой книжки, не предусмотренной в программе по литературе. За окнами тоже было водянисто, одутловато, белесо. Начинался странный, нехороший день весенней зимы: мокрый снег ударял в стекло автобуса крупной оспой, жидко давился в колеях, отягчал уже пустившие ранний лист тополя и черемухи. Их грузные ветви, освещаемые фарами, необычайно низко клонившиеся к дороге, казались — как трава, как избенки окраин, весь этот маленький низенький мир — только что слепленными из глины. Не верилось, что можно отсюда сегодня же приехать в теплынь, о которой писала свекровь, — но буквально через два часа ударило солнце, засверкало спицами, словно помогая колесам автобуса одолевать расстояние, ненадолго в окнах зарябил немыслимо яркий — белое с зеленым — мелко накрошенный салат. Сразу зима сошла как по маслу, с глухими липкими шлепками, опасно сотрясавшими крышу, и вот уже мокрые шины, словно раздиравшие асфальт, сменили звук, напахнуло горячим пригорком, а где-то после трех, уже на другом автобусе, горбатеньком, с большой железной дверью на разбитой застежке, мать и дочь спустились в долину, где размочаленной пенькой, будто веревки из-под посылки, лежали улицы села.

Они прошли мимо ряда неказистых изб, наполовину скрытых в редкой и словно колючей зелени палисадов. Всюду над воротами, ниже труб и их дырявых легоньких дымов, шевелились, не в силах разлепить одну какую-нибудь вялую складку, первомайские линялые флаги. Острые двузубые флажки мелькали в руках у детей, игравших на дощатой горке, под которой уже проросла ковром короткая лиловая крапива: дети, шаркая и топоча, съезжали как могли по голым упиравшимся доскам и внизу, один за другим, присоединялись, налетая, к белобрысому губастому пацану, завороженно глядевшему на городских, приехавших к кому-то на этой улице. Через дорогу, на крыльце открытого сельмага, тесно сидели женщины в долгих кофтах и тоже глядели, совершенно не обращая внимания на своих деревенских, что, шатаясь и хватая их за плечи, пробирались между ними к магазинным дверям.

Смерть встретила Софью Андреевну с дочерью в темноватых сенцах: согбенная, трясущая маленькой, запеленутой в платок головой, одетая в какую-то затхлую балахонину, обвисшую спереди до самых калош. Очень медленно пройдя за ней на солнечную кухню, Софья Андреевна не узнала свекровь, еще недавно крупную, крикливую, ни для кого не менявшую молодого зычного голоса, любительницу кагора и детского лото. У старухи, обернувшейся от косяка, лицо было словно пересохшее русло, с наносами текучего песка на плоском камне; выцветшие клейкие глаза явно видели невестку, внучку, квадратную мебель под заскорузлыми клеенками, но руки уже не доверяли взгляду и тянулись, нашаривая упущенное зрением, канувшее в темень прожитых годов. Внучка, подведенная под этот расшатанный инструмент, была не обласкана, а одернута, застегнута, приглажена, — пытаясь что-то стереть у нее со щеки, бабка едва не попала ей в глаз перстом в обслюнявленном платке, извлеченном из каких-то мотавшихся одежных глубин и спадавшем вниз чудовищными ссохшимися клетками. После этого старуха оттолкнула красную, набыченную внучку, зло из-под волос глядевшую на мать, и, точно так же отталкивая все, что попадалось ей на пути, убрела в закуток, на широченную, как воз, никелированную койку, где из-за малости места, занимаемого старухиным телом, были навалены черные тулупы с грязно-серой шерстью, плоские, попарно связанные валенки, подушки без наволочек, в кольцах куриного пера.

Софья Андреевна уже вполне уверилась, что свекровь писала ей о внучке не для того, чтобы ту действительно привезли, а для упрека и для порядка и на праздники их вовсе не ждала. Это подтвердили ей и две молодые веселые бабы, тут же, в соседней комнате, лепившие пельмени: одна большая полная фанера уже стояла на старой радиоле, другая, густо натертая мукой, была только начата двумя неполными рядами и уже своим пустым размером говорила о величине застолья, ожидавшегося на семейный Первомай. Одна из стряпух, в которой Софья Андреевна неуверенно узнала носатую спекулянтку, предлагавшую когда-то выгодный обмен, сообщила, что Иван у матери теперь не живет, а живет у Гали-почтальонки, сейчас они, наверное, уехали в город, но вечером, как положено, будут праздновать со всей родней. Потом она сполоснула мясные руки и провела приезжих в сенцы, а оттуда в боковую дощатую чуланку с единственным крохотным оконцем под самым потолком, где сухое серое стеклышко, истонченное от старости в слюду, золотилось пляшущими пятнами, а за ним, удивительно близкая и будто летняя, играла и нежилась изумрудно-золотая пригоршня листвы. Чуланку почти целиком занимала такая же, как в комнате, железная кровать, застеленная грязным стеганым одеялом, рядом стояли оцинкованные ведра с пыльной пушистой водой, в углу вертелось на невидимой паутине крыло прошлогодней капустницы. Улыбнувшись шелковыми морщинками, которых прежде не было следа, стряпуха пожелала хорошо отдохнуть и выскользнула, осторожно прикрыв за собой грубо покрашенную дверь.

Дочь немедленно забралась на кровать с ногами, не оставив, где прилечь усталой матери. Бесцеремонно выворачивая свертки, она выдрала из сумки свой толстенный, за полдня истрепанный роман и, развалив пополам, уставилась в него неподвижным взглядом. Софья Андреевна попыталась по-хорошему выяснить причину такого настроения, которое мешало ей сосредоточиться и продумать, как теперь себя вести. Она предложила дочери бутерброд с хорошей колбасой, попыталась поправить на ней перекрученный бабкой воротник, подтянуть венгерские носки, надетые только сегодня утром, но уже испачканные так, что на следках образовались чуть ли не сапожные подошвы. Дочь отдергивалась, вскрикивала, точно прикосновения матери доставляли ей физическую боль. Из избы доносился пересыпанный смехом, как сахаром, веселый разговор, шелестящее бряканье ложек и вилок, перемываемых в тазу. В конце концов Софье Андреевне начало казаться, что в дочери все не так, неладно, неопрятно, требует немедленной насильственной переделки. Сдерживая себя, она тихонько встала и, запнувшись в сенцах о какие-то вязкие, с тяжкой посадкой, должно быть крупяные, мешки, незамеченной выбралась на улицу.

Багровый закат, стоявший вокруг какой-то сытной гущей, походил на борщ. Все на земле и в воздухе было этим закатом: длинные вялые облака, свекольные избы, рыхлая розовая церковь без купола, с разбитым грузовиком у крыльца, с нежным хрящиком колокольни. Черные березы набрякли и поникли, словно отдали свои живые соки остывающему вареву; все вокруг остановилось и стояло, загустев, только воробьи то тут, то там снимались трепещущими тучами и, внезапно расстелившись, нацелившись, разом устремлялись вниз, будто, облепляя каждый раз по-новому пригорок или пень, могли изменить томительно оцепенелое пространство. Помимо этих мелких сдвигов наблюдалось оживление людей: они собирались в кучки, размахивали руками, перебегали из дома в дом. Но чем многочисленнее были суетливые фигурки, тем становилось видней, что и они способны изменить собою пейзаж не больше, чем если бы он был нарисован на некой неуязвимой поверхности, по которой они и бегали от пятна к пятну. Казалось, они со своим Первомаем не имеют никакого отношения к тому большому, что погружалось стойма в розовую муть: их неживые флаги, вывешенные, чтобы внести свою долю нужного цвета в закат, выглядели крашеными и не совсем подходящими. Должно быть, не случайно Софья Андреевна не встретила никого вблизи. Только раз на разъехавшемся пьяном завороте улицы ей попался мужик с гармошкой: он с такой озлобленной силой драл и выворачивал ее расписные мехи, что на месте гармошки любой предмет, вовсе не предназначенный для извлечения звуков, точно так же орал бы на всю деревню; внезапно ноги мужика заплелись, и он с размаху сел на чужую лавку вместе со своей полосато размазанной музыкой.

Стоя на косо натянутом спуске от последних домов села, Софья Андреевна увидала гладкий прудок, еще слегка отечный и черновато-холодный от талой воды. Берега его местами были неясны: жесткая, будто простроченная для крепости трава простиралась от дальних кустов, только мало-помалу в ней начинало сквозить и поблескивать; немного глубже одного такого волнисто-сонного родимого пятна (их было пять, так знакомых, вероятно, местным пацанам) торчала почти стойма обведенная по воде валиком небесного цвета обыкновенная домашняя дверь, вся в шелухе коричневой краски, но сохранившая в целости удобную ручку и таинственную игру в дыре от замочной скважины.

Почувствовав вдруг непонятную радость, Софья Андреевна полегчавшими шагами сошла к пруду. Там она, не глядя и не обметая места, села на белесое от старости бревно, опустила в воду найденный у ног зеленовато-белый прутик, кем-то зачищенный от коры, и вода осторожно взяла его словно бы упругими округлыми губами. Здесь было хорошо, даже мелкие комары, сразу же занывшие во влажном сумеречном воздухе, были еще бестолковы и безвольны, как летающий пух. Солнце очень осторожно, словно придерживаясь лучами за каждую досточку щелястых облаков, спускалось в покойную выемку между двумя лесистыми вершинами; на склонах гор, покрытых хвойной шерстью, кое-где проступали огромные, нагие, словно горелые валуны. Редкий сосняк, удивительно отчетливый и чистый в своем отдалении, едва держался на крутизне: тени удлиняли стволы, из-за этого роста как бы оставшиеся без корней, и силились лечь в одну линию с другими, дотянувшимися ниже по склону, — но внезапно срывались, виляли, скользили, и это было как неверный шаг на трудном спуске, потеря здравого дневного равновесия.

Притихшая Софья Андреевна тоже ощущала странную, близкую к срыву высоту души. Вероятно, сказалось двойное удаление от обычной жизни: сперва неурочный снег, которым тяжело, как сметаной, залило предутренний город, потом многочасовая езда на автобусе прямо на юг, в эту плавную долину, где разница широт ощущалась не по деревьям и травам, а скорее по особой внятности запахов, по теплоте и сытности природных красок. Закат уже потерял свою плотскую густоту и располагался теперь на небе, но особенно был хорош цветной, задумчивый, размывчивый пруд. Несмотря на идеальную гладь, пересекаемую только одной полосой сияющей ряби, он не нес на себе никаких отражений, кроме отчетливого и словно намекающего на некий запредельный способ ее открыть преломления двери. Зато поверх и вне своей весенней, свежей черноты пруд был буквально переполнен будто распущенными кистью, нестерпимо нежно растворявшимися красками. Тут было все, что вовне: все зеленые и бурые оттенки елей на том берегу, крупное рябое золото облаков, горячая розовость каких-то длинных штукатуренных построек с геометрическим усилением цвета между голых окон (вероятно, наглядная агитация), лиловость тощего лесного огорода, похожего на недокопанную яму; имелось даже скромное пятнышко цвета лошади, что, тяжко перекидываясь на спутанных ногах, побрякивая грубым колокольцем, паслась на дальнем наклонном лугу. Красок явно хватило бы еще на один подобный закат, с прибавлением к каждому предмету каких угодно фантазий, — но насколько лучше были они, пока лежали неистраченными на самом дне темнеющей долины, в маленьком углублении, которое можно было обойти кругом за десять минут! Улыбаясь и постанывая сквозь зубы, Софья Андреевна по-книжному думала о том, что эти беззащитные краски суть ее лучшие чувства, не пошедшие ни на кого из близких, похожие на любовь неизвестно к чему. Не к этим ли мимолетным подробностям — к спутанной лошади, все короче скакавшей, все безнадежнее натыкавшейся на смутную в сумерках землю, к закопченному ковшику, кем-то забытому на мостках, полному все той же восприимчивой и красочной воды? Странно, но эти мелочи при взгляде на них обретали такие права на жизнь, так делались тождественны действительно вековым горам, валунам, что блуждающий взгляд словно прощался со всем этим почти по-человечески уязвимым миром, где небольшая прореха в чувствительном месте, крошечная дыра уже грозила обернуться гибелью. Не оттого ли разрушился старый, в пыльных персидских сиренях, незабываемый дом, что слишком были дороги облезлые супницы, разнопородные чайные чашки в коричневых трещинах, дедова сабля, безвредная, как коромысло, в прикипевших ножнах, вечно падавшая с шумом и свистом со стены за кровать, — что слишком буквально они слились с вещами, гораздо более прочными? Он мог бы, этот дом, достигнув совершенного соединения своих частей и полной непригодности для жизни, невредимым уплыть в небытие, но множеству людей просто некуда было из него деваться, их жизни нуждались в продолжении, и случилась грубая, глупая катастрофа. Разве догадывалась тогда кроткая толстушка, специально садившаяся «думать» в разные, по-разному раскрывавшиеся в пространство дома укромные углы, что потом, когда она по чьему-то злому умыслу станет такой вот Софьей Андреевной, ее волшебные чувства, сохранившись как есть, будут по-прежнему беспредметны и ей придется чуть ли не на свалке искать предмет — сказать ли? — любви... Она не могла обратить нерастраченный свет на мужа и на дочь — слишком много они были ей должны, слишком был весом запас обид, чтобы Софья Андреевна отказалась от положенной награды. Все-таки именно в присутствии Ивана у нее в душе иногда поднималась такая взволнованная жажда счастья, что оно непременно возникало где-нибудь в стороне, вдалеке, принимая иносказательный облик жарких бабочек над кучей мусора, высыхающей черной лужи, похожей на сброшенную юбку с волнистыми оборками, вот этого пруда.

Глава 9

Внезапно Софья Андреевна осознала, что увидит Ивана Петровича здесь и сейчас. В последний раз они встречались так давно, что волнистая долина, разделенная теперь такой же точно сложной линией на свет и тень, показалась Софье Андреевне странной головоломкой, какой-то немыслимой Индией. У нее возникло ощущение, что все писавшие к ней неизвестные родственники в своих обстоятельных и будто бы точных посланиях, указывая разные места пребывания Ивана Петровича, в действительности намекали на эту долину с заложенным в главную складку селом, — сообщали ее приметы через зашифрованные образы, называли то Ижевском, то Владивостоком. Теперь, представляя своими косматыми от пакли и печного дыма избами и мощными квадратами огородов эти никогда не виданные Софьей Андреевной города, село лежало перед ней будто дивный сон.

Поспешно поднявшись с бревна, пробуя онемелой ногой увертливую твердь тропинки, еще сохранившей, как все дороги и улицы поселка, гладь и гальку схлынувших ручьев, Софья Андреевна полезла вверх по косогору. Она не знала сама, убегает ли от берега, где могла случайно встретить Ивана, или устремляется его искать в подплывших, мутно-розовых переулках, кое-где перестеленных мытым песком со следами коровьих копыт. Она проковыляла полпути к свекровкиной избе, встречая по дороге только женщин и по очереди принимая их за почтальонок, как вдруг с крылечка давешнего магазина поднялась, шатаясь, лежавшая фигура и принялась слабосильно попинывать, шаркая по крашеному железу, запертую дверь. Невольно Софья Андреевна отпрянула за чью-то поленницу — спряталась вместо Ивана, как поняла она через минуту, потому что он не мог, не должен был представать перед нею в подобном виде, жалком даже сравнительно с его последним городским. Спина его сделалась узкой, стариковской, висячие руки — непомерно длинными. Голова на ощипанной шее торчала из ворот землистых лохмотьев, так жестоко изодранных, что казалось, будто тело под ними тоже покрыто рваными ранами, — не верилось сквозящей в прорехах одутловатой, немытой, но все же целой белизне. Софья Андреевна, с ударом крови в лицо, внезапно вспомнила это тело, его настырную тяжесть, тугую перекошенную неловкость между ног, боль в плече от впившейся пуговицы.

Между тем Иван устал наскакивать и материться на запертую дверь. Последний раз качнув огромный, как гиря, висячий замок, он охлопал свои отрепья, нашарил чудом удержавшиеся там папиросы и, соря из пачки, шкарябая спичкой по коробку, сошел с крыльца на затоптанный мусор. Напоследок он как бы растянуто сиганул, будто ступил на плот, зацепившийся за спичку огонек прошепелявил в корявой горсти, и все из рук упало, рассыпалось. Софья Андреевна попятилась глубже, спиной ощущая угрозу чужой зелененькой калитки. Она, как умела, сопротивлялась неожиданной мысли, что столь долгое сохранение жизни столь ничтожного существа в его опасном, вечно накрененном мире есть высокое чудо, — тем выше, чем мельче спасаемый человек, — и что ее упорное неучастие в чуде и есть причина того, что она жмется сейчас к чужим дровам, будто какая-то преступница. Все-таки она не могла себя заставить выйти к Ивану, что-нибудь сказать. Когда же она наконец решилась выглянуть из укрытия, Иван прерывистым зигзагом, будто муха, полз на соседний взгорок, минутами замирая и сложно отыскивая среди крутых и пологих горушек свою человеческую вертикаль. Сама не зная зачем, Софья Андреевна потянулась за ним, стараясь держаться поближе к густеющим в сумерках палисадам. Теперь ей хотелось переговорить с Иваном до того, как они оба окажутся на людях посреди визжащего, топочущего праздника, чьи сотрясения уже доносились из яично освещенных, не по-городскому маленьких окон. Дикоголосое пение тащилось вкось и поперек передаваемых по радио бодрых хоров, в державших песню бабьих голосах звучало что-то каторжное. При мысли, что Ивану следует хотя бы узнать о ее приезде до того, как они столкнутся на глазах его подгулявшей родни, Софья Андреевна ускорила шаг.

ж е н с к и й   п о ч е р к

• • •

Навстречу ей с обросших сорняками бревен встала и пошла, закрывая темнеющего вместе с улицей Ивана, компания пацанов. Класс седьмой или восьмой, определила Софья Андреевна, — все патлатые, с челками, в узких гипюровых рубахах с грубо белеющими швами, в непомерных клешах, бросающих налево и направо длинные косые складки. То один, то другой, распялив пятерню, лупил по дороге икающим, до земляной же твердости накачанным мячом. Лениво тяжелея на двух подскоках, грязный мяч откатывался в сторону, отставал, и моментально шебаршение поисков переходило в гогот потасовки, клеши хлестались в пыли, чья-то голова орала из-под свешенных волос, зажатая под мышкой победителя. Те пацаны, что замешкались в стороне, тоже начинали пробовать друг друга кулаками: им было мало мяча, мало самих себя, пустая улица дразнила их пугливой дрожью спутанных теней, не успевающих соткаться в темноту, застигнутую за самой нежной частью нитяной работы.

Еще до того, как все они уставились на нее, пихая пригожего детину, который, сведя глаза, разбирал у себя на шее какие-то цепочки и шнурки, Софья Андреевна почуяла опасность. В стенах собственной школы она без труда управлялась с таким хулиганьем: даже ни в чем не провинившиеся, они при одном звуке ее внятного голоса бросали от себя подальше все свои дела, замирали и силились сделаться одинаковыми; жизнь буквально расстилала перед Софьей Андреевной благопристойность, так что она могла спокойно заходить — и заходила, преследуя нарушителей, — даже в залитый рыжими лужами, кисло воняющий сырыми чинариками мужской туалет. Теперь же Софья Андреевна, видя перед собой размазанные ухмылки (пригожий детина, наводя выражение, вытер рот кулаком), внезапно ощутила на себе глухой мешок одежды, ощутила свой неказистый комель в толстых, с начесом, штанах. Не отдавая себе отчета, она от одного присутствия Ивана в ближнем растворявшемся пространстве превратилась просто в женщину и шагала совершенно беззащитная на кодлу молодых самцов, непонятно как удерживаемых за здешними школьными партами. В лице детины, скуластом, как кринка, ей почудились знакомые черты — и моментально вспомнилась бабенка, вылезшая из-под ее стола, глядевшая вот так же исподлобья, по-кошачьи курносая и бесстыжая. Этот крупнотелый парень-переросток мог оказаться (возраст его подходил) буквальным порождением той ужасной ситуации и мог возникнуть на пути у Софьи Андреевны как последствие ее протеста, подученный матерью или сам почуявший в городской серьезной женщине кровного врага.

Слева, переведя телеграфный столб, открылся неожиданный переулок, — даже не переулок, а щель между хилыми заборами, забитыми, как расчески волосами, сухой прошлогодней травой. Сделав вид, что ей туда, Софья Андреевна перелезла через кучу размытого гравия, чувствуя на обращенной к хулиганам спине как бы приклеенную метку. Тотчас она очутилась в дощатом тупике, занятом величественной свалкой, лежавшей как горы сокровищ, потемнелых и пожухлых от времени и дождя. Вдруг что-то зашныряло в крапиве у самых ног, с шорохом сыпануло по горбылю, клацнуло в плеснувшую ржавой водичкой консервную банку. Сзади слышался мат и хруст сгребаемого гравия, который, широко замахиваясь и теряя из виду цель, швыряли хулиганы; впереди, за растревоженным забором, крупно встряхнулась собачья цепь. Глотая подступившее сердце, Софья Андреевна заметалась в многоугольном тупике, — но куда бы она ни повернула, все перед ней угрожающе оживало, вздрагивало, как бы пробовало на камешках отражательную силу, способную отбросить Софью Андреевну назад в ловушку. Внезапно в затылок ей пришелся полый, со звоном, удар. Растерявшись, будто ей сбили набекрень несуществующую шапку, Софья Андреевна вскинула руки к голове, и одновременно мяч запутался в ногах, а от шарканья за спиной отделился простодушный топот. Теперь, с мячом, Софья Андреевна представляла для преследователей двойную цель. В каком-то спасительном помрачении, уже без единой мысли в тугой и легкой голове, она, ковырнув отбросы башмаком, поддала по мячу, и он вместе с мелкими щепками полетел в одну сторону, а Софья Андреевна побежала в другую. Забор, изгибаясь, сделался волнистым, как стиральная доска. Под ноги Софье Андреевне, тряско позванивая, все попадались заскорузлые, плоские, удивительно тяжелые останки сандалий и босоножек — будто окаменелые следы отчаянно спасавшихся женщин и детей.

Софья Андреевна не чуяла, что царственная свалка давно осталась позади, не понимала, что дощатая клетка в действительности все-таки представляла собой проход, по которому она неслась то тем, то этим боком, всячески удлиняя его своими поворотами и кружениями. Очнулась она на каких-то огородных задах, под черными ветвями влажно пахнувшей ольхи. Отчего-то ветви над ней тряслись — но уже успокаивались и входили в лад с общей дрожью весенней древесной упругости, плохо поддающейся ветру, не сменившейся еще покорным шевелением распущенной листвы. Прямо перед Софьей Андреевной серел округлый колодец, сложенный из бокастых камней. Волнение ее немедленно перешло в неистовую жажду глотка воды, ледяного, простудного, способного утишить торфяное тление разгоряченного тела. Набухшая крышка из толстых досок, издав надсадный скрежет, откинулась на резко выгнувшихся петлях и опахнула Софью Андреевну болотным запахом осклизлого испода. Колодец был глубок и в глубине окован истонченными скобами голого мокрого льда. Гладкое клюканье капель придавало что-то жилое, даже кухонное его жутковатой черноте, и от каждой капли волновалась зеркальная перепонка на поверхности воды с изгибающейся черной кляксой от головы далекой Софьи Андреевны, — но ее долго не могло пробить цепное легкое ведро. Наконец оно зачерпнуло, стало стоймя, Софья Андреевна налегла на ворот, чувствуя, как в туфлю пробирается сопящая сырость. У воды, качнувшейся из ведра в лицо, не было совершенно никакого вкуса, только ломящий холод, но когда, наглотавшись, Софья Андреевна попыталась умыться, она ощутила, что ледяная жидкость щиплет руки, словно одеколон.

Только теперь она обнаружила липкую ссадину на запястье. Софья Андреевна не могла припомнить, пацаны ли достали ее камнями, сама ли она обо что-то шоркнулась в горячке постыдного бегства. Загнанная, униженная, стоя на неизвестной, какими-то пятнами проступающей тропе, Софья Андреевна больше всего страдала от анонимности нанесенного ей удара. Она никогда не смирялась в школе с ничейностью брошенной в проход между парт, забитой слюнями плевательной трубки, дикого выкрика в буйной дали коридора, карикатуры на свежевымытой доске. Она инстинктивно чуяла, что, если не отыщет преступника, обнаруженное безобразие превратится в проявление и часть порядка вещей, в свойство некоего Высшего Существа, от которого она ожидала награды за муки, у которого хранила свои моральные сбережения. Софья Андреевна неколебимо верила, что получит всю сумму накопленных бедствий обратной монетой, так же как счастливцы и баловни получат свои черные рубли, — потому что иначе человек, не сведенный к нулю, останется со своим горем или счастьем и сделается бессмертен. Чтобы не возникало сомнений в моральной безупречности Высшего Судьи и его небесной сберкассы, за каждое дурное дело должно было нести ответственность конкретное лицо. И Софья Андреевна ревностно выявляла виноватых, всякий раз успешно, поскольку все события имели участников: раз, когда ураганный ливень выхлестал на пришкольном участке прутяные яблоньки, Софья Андреевна добилась, чтобы наказали тех, кто их туда посадил. И теперь, вдали от дома преисполняясь знакомым набожным вдохновением, она решила, что во всем виновата родня. Они заманили ее в этот дикий Владивосток, хотя не могли не знать, какая здесь обстановка, как относятся к приезжим, какие тут болтаются мерзавцы в гипюре на голое тело (знают, должно быть, каждого по имени и где живет) — и, господи, какая тут тоска от крашеных домишек, от несущей их как бремя горбатой земли, замусоренной так, будто озверелый Первомай продолжается на ней бесконечно! Но главный и крайний виновник ее злосчастного путешествия был, разумеется, Иван.

Все-таки надо было идти назад. Но теперь — словно Софья Андреевна, как молила в беспамятном кружении бегства, очутилась за тридевять земель, — теперь она никак не могла выбрести хоть на какую-нибудь улицу. Кругом были только пустые огороды, черные баньки на голом месте, тусклые теплички, с полым треском раздувавшие от ветра впалые бока, — второй, уменьшенный Ижевск, где, не умирая, а просто исчезая в расширявшемся для них пространстве, могли бы жить растущие под землю старики. Софья Андреевна все брела и брела и видела сквозь заборы только заборы, — они волочились туда и сюда, соскакивали зубьями с рабочей полосы, будто без конца перетирали что-то. Один раз, с пригорка, в неожиданной стороне, она увидала давешний прудок: он все еще был светлее своих берегов и казался железкой в угле, остро заточенной с ровного краю. Большие, настоящие дома с людьми стояли вдалеке, за теменью обширных гряд, и орали музыкой, будто радиоприемники, уже не выделяя натуральных живых голосов, зато раскатывая их на все притихшие окрестности. Распознать дома с огородных задов было невозможно: те приметы, что запомнила Софья Андреевна, остались с другой стороны, и к тому же то были дневные, частные признаки, не имевшие отношения к общему очерку изб, еще и искаженному с задворок ломаной чернотой сараев, просевших навесов на тонких столбах. В этот сумеречный час исчезающих расстояний, переливаний из пустоты в пустоту любая вещь могла, всего лишь обрисовавшись на фоне неба, сделаться главной чертой потемневшей местности. Несколько раз Софье Андреевне чудилось, будто она уловила что-то знакомое в сочетании ската крыши и провисших над ней проводов. Тогда она тихонько открывала заднюю калитку и, пройдя десяток шагов по едва различимой, внезапно уводившей в сторону меже, замирала в нерешительности, прислушиваясь к невнятному людскому гаму с отрешенным чувством, будто глядит с того света на этот, странно скудный посреди пустой, догола, до вывернутых комьев ободранной земли. Над головою у Софьи Андреевны тоже не было утешения: закат растаял вместе со своей атмосферной основой, и металлических оттенков облака висели под мелкими звездами, ни на чем не держась в прозрачной пустоте; заглядывая туда, Софья Андреевна теряла равновесие и ступала пяткой в мягкую, сыпучую гряду. Она уже начинала всерьез беспокоиться о дочери. И вот в самом безнадежном, тощем, будто палкой расковырянном огороде, вытрясая из туфли, она заметила под кустами крыжовника ничком лежащую книгу с неловко подвернутым пластом страниц. Когда же Софья Андреевна, с трудом раздирая царапучие низкие прутья, добралась до находки, запачканная книга оказалась тем самым романом, который девчонка весь день не выпускала из рук. Наконец-то бесконечная худая полоса заборов, которая, то заедая, то расползаясь, то опять сходясь, не пропускала Софью Андреевну домой, внезапно раскрылась, как замок «молния», и освободила нужную складку местности. Книга была не только указанием, но и как бы поводом вернуться, делом, с которым Софья Андреевна могла уверенно войти в свекровью, неизвестно что готовившую ей избу. Держа сырую находку подальше от светлой юбки, она пошагала прямыми углами между гряд на резкий свет, косо выходивший между расхлябанных ставен.

Глава 10

Поднявшись в сени, Софья Андреевна увидела, что дверь чуланки распахнута: там горела, необыкновенно низко свисая на черном шнуре, белая, как яйцо, раскаленная лампа. Дочь, забирая скрещенными ногами глубоко под кровать, сидела на грядке провисшей постели, а перед ней толклась носатая стряпуха, переодетая в кримпленовое платье с узором из крупных ярко-синих роз, как бы дополнительно прикрывавших собой выпуклости крепкого, раздавшегося тела. Стряпуха тянула девчонку за руку, говорливо увещевая идти за стол. Та не сопротивлялась, но и не вставала на ноги, безвольно подаваясь и опять оседая, а пьяненькая стряпуха, будто играя в игру, со смехом ловила ее ускользающий локоть. Увидев растерзанную Софью Андреевну, всю в синяках, будто промокашка, собравшая помарки со множества страниц, обе замерли, и дочь поспешно засунула ладони под себя. Она неподвижно и тупо глядела на грязную книгу, за день превращенную в лохмотья, и ее опухшее лицо постепенно заливалось краской. Софья Андреевна даже не ожидала от дочери такого жаркого смущения, обыкновенно она с полнейшим бесстыдством разбрасывала вещи не только по квартире, но и по классу, по двору, могла, например, швырнуть свою кофту на чужую парту, совершенно не ощущая границы *своей* территории. Стряпуха, обнажая в неуверенной ухмылке мелкие черничные десны, повторила, что все уже за столом, что надо идти к столу. Тут же, руша утварь в углу, распахнулась сырая дверь во внутренние комнаты избы, и маленький разгоряченный мужичок в измятом пузыре нейлоновой рубахи увлек стряпуху рывком в визг и дребезг пляшущего праздника. Ни слова не говоря, девочка слезла с кровати и странно тесными шажками, источая какой-то незнакомый кисловатый запашок, прошла мимо матери в избу. Софья Андреевна, отпрянув от качнувшегося жара голой лампочки, на мгновение резко выбелившей ее известковую щеку, решила, что вытерпит этот вечер до конца.

В избе большая давешняя комната была теперь загромождена составленными столами, настолько разными по высоте и ширине, что сидящие, казалось, с трудом выносили такую неудобную близость: одни, со своими тарелками и разговорами, оказывались буквально за спиной у других, и передние без конца оборачивались, чтобы чокнуться стопкой или вовремя вставить словцо. Со стола на стол передавались эмалированные миски, целые тазы с горячими пельменями, исчезавшими с такой невероятной скоростью, будто они уходили паром к синюшному потолку, раскармливая там бесформенные пятна с глазами: эмбрионы чьих-то кошмарных снов. Свекровь полулежала на койке в повязанном кем-то ради шутки пионерском галстуке. Иногда она, неловкая, костяная, вставала во весь рост за спинами пирующих и, шатаясь на скрипучей сетке, простирала заплесневелую руку у них над головами, требуя себе закусок со стола, — но ни один не обращал на бабку ни малейшего внимания. Чашка, полная до краев, и вилка с пельменными лохмотьями на зубьях качались возле нее и капали жирным соком на рыжее одеяло.

Свободных мест за столами, похожими на какой-то неостановимый конвейер с разобранной работой, не было вовсе: расторопные женщины, приносившие из кухни новые порции горячего варева и бледного винегрета, ели, прислонясь к дверным косякам, или вылавливали, осторожно беря их с ложки оскаленными зубами, большие пузыри пельменей, то и дело всплывавшие в одной из двух огромных, заливавшихся кипением кастрюль. Однако, заметив чужих, повинуясь взмахам рук вскочившей кримпленовой стряпухи, застолье начало сдвигаться на своих разномастных сиденьях: буквально каждому пришлось привстать, чтобы не глядя плюхнуться рядом неизвестно на что, и лишь после двойного тесного перебора освободился край, по-видимому, доски, обернутой полосатым половиком. Поднимаясь, отрываясь на полминуты от разговора и компании, все эти одинаково плотные мужики и бабы как бы являли себя отдельно и в рост, и первым Софья Андреевна узнала давешнего гармониста — он то и дело с резким ломаным звуком сжимал свой норовивший свеситься до полу инструмент, — и сразу вслед за ним увидела Ивана. Он был теперь не в лохмотьях, а в чистом светло-сером, явно чужом пиджаке — будто в чьих-то просторных, неловких, ватными лапами взявших за плечи объятиях, — и сидел как жених, выложив на край стола заскорузлые дрожащие кисти. На давней его и Софьи Андреевны свадьбе эти руки точно так же лежали на ярко-белой скатерти параллельно нетронутому прибору: перед тем как подняться на выкрики «Горько!», он растерянно вытирал их об себя, и жених с невестой не столько прилаживали губы к губам, сколько шептались, успокаивая друг друга, в то время как набегавшие гости норовили сгрести молодых и лепились поверх их некрепких объятий, чокаясь водкой через их сутулые плечи. После свадьбы в поцелуях так и осталась непонятная помеха как бы недосказанного слова, несовпадение слишком твердых, ничего не достигавших половин. Оглядывая исподлобья совершенно не запоминавшихся соседей — казалось, исчезавших из памяти, чтобы еще несомненнее, всем своим грузным телесным составом, усесться за столы, — Софья Андреевна подумала, что и двенадцать лет назад они вполне могли присутствовать и располагаться в таком же точно порядке на ее незадачливой свадьбе.

Но теперь рядом с Иваном, то и дело выпрямляя его несильным хлопком по спине, сидела совсем другая женщина. Это, видимо, и была его сожительница, почтальонка Галя. Софья Андреевна не удержалась, чтобы не рассмотреть украдкой ее молодое круглое лицо, бордовые большие щеки, покрытые белесым, как бы седым пушком, бледные навыкате глаза, почти неестественно светлые волосы, собранные сзади в вертлявый хвостик, сплошной окат подтянутой груди, придававший Гале сходство с водочной бутылкой. Почтальонка, в отличие от Ивана, упорно смотревшего под стол, то и дело взглядывала на Софью Андреевну, ладонью обметая с бюста хлебные крошки, и как только застолье затягивало песню под прерывистые переборы гармони, буквально задыхавшейся в тесноте, Галя хватала безучастного Ивана под руку и вступала поперед других сильным, но неверным голосом, очень скоро доводя себя до вдохновенных слез, увеличительных, как сильные очки. Должно быть, Галю предупредили о приезде Ивановой бывшей жены, и она постаралась одеться наряднее, но смогла всего лишь прибавить к белой тугой водолазке хомут облупленных бус, которые, если бы не блестели кое-где, вряд ли вообще могли считаться украшениями. Софья Андреевна, в отличие от нее, хотела быть сейчас как можно незаметнее и страшно досадовала на свои синяки, которые успела рассмотреть, проходя, в наклонном желтушном зеркале над рукомойником. Постепенно Софья Андреевна убедилась, что почти у всех веселых, горланящих баб имеются такие же отметины — а у одной нестарой, завитой барашком, целых пол-лица было цвета перезрелой сливы, и она осторожно сосала водку здоровым углом искривленного рта, странно при этом подмигивая. Скоро Софья Андреевна сообразила, что именно синяки придают ей сейчас более или менее нормальный и даже замужний вид. С тайной гордостью она представила, сколько всего ей пришлось бы растратить и позабыть, чтобы на самом деле уподобиться этим женщинам, готовым сносить побои, только бы с ними делали физические безобразия, добывая из-под одежды их картофельные прелести, — только бы признавали ценность того единственного, чем они располагали как действительно и полностью своим.

Места на доске все-таки освободилось мало, и Софья Андреевна, устроив поплотнее дочь, сама едва держалась на краю, крепко упираясь в пол широко расставленными ногами. Разговоры вокруг то спадали, то внезапно поднимались до крика: многие пытались привлечь к себе внимание, всею грудью налегая на стол или поднимаясь с бережно несомыми рюмками, ища ими, будто какими-то чуткими приборами, своих единомышленников. Прислушиваясь, Софья Андреевна уловила упоминание о какой-то трикотажке — трикотажной, по-видимому, фабрике, — о втором руднике, о третьем руднике, где, похоже, работали многие из гостей. Днем, оглушенная сосущим подвыванием автобуса, она увидела внизу, в долине, только деревенские серые крыши, похожие на семечковую шелуху, — а теперь получалось, что это была всего лишь окраина большого поселения или даже города, каким-то образом укрытого среди здешних многоярусных горушек, где любая сарайка, поставленная на взлобок, целиком заслоняла собою ближайший обзор. А может, условный Челябинск или Курган состоял из условных вещей: розовые бараки за прудом могли означать ту самую фабрику, а рудником эти люди, явно неспособные к настоящему труду, вероятно, называли белесую кучу гравия или глиняную яму со слабыми краями и маслянистым отблеском на дне, куда разбежавшаяся Софья Андреевна едва не оступилась. У нее все отчетливей проявлялось чувство, что ее заманили в такое место, откуда больше некуда идти.

К ней тоже то и дело обращались с осторожными улыбками, глядя не совсем в лицо, будто ожидая ответа от чего-то большего размером и значением, нежели простая с виду городская гостья: интересовались, какие продукты выбрасывают у них в продовольственных и насколько труднее у них купить колбасу и мясо по сравнению с Москвой. С девочкой тоже пытались поговорить, спрашивали, как учится и сколько лет, но она так жадно набросилась на еду, что могла только взглядывать исподлобья — ее набитый мычащий рот ходил ходуном, — и матери приходилось отвечать за нее, вкладывая в голос как можно больше добрых родительских чувств. На это теплые улыбки расплывались вплоть до полного исчезновения, и перед Софьей Андреевной оказывались люди, не знающие, как от нее отвязаться. Иногда их выручала резко дернувшая с места залихватская гармонь.

Дочь со вздохами возила хлебом по тарелке, собирая и подъедая быстрыми нырками каплющий подлив. Софья Андреевна знала за ней такие угрюмые прожорливые приступы — обыкновенно после многодневной хандры, когда тарелки отталкивались, сдвигая всю посуду на другую сторону стола и очищая для упора тяжелого взгляда голое место с раздавленными пятнами. Девчонка словно не могла приноровиться к нормальному распорядку дней: казалось, ей нужны гораздо большие промежутки времени, чтобы переменить состояние, настроение и даже одежду, которую она занашивала до дегтя на воротнике и старческих морщин на рукавах. У Софьи Андреевны иногда возникало неясное чувство, будто она произвела на свет великанское существо, которое не повзрослеет до самой материнской неприкаянной смерти. После непомерного обеда маленькая великанша порой оживлялась — и тогда от нее можно было ожидать любой несуразной выходки; например, однажды она стащила и вместе с дворовыми подружками буквально размазала и смешала с грязью флакон дорогих духов. Вот и теперь, прихлебывая из стакана лимонад, который все больше мутнел, девчонка тайком бросала вокруг вороватые взгляды. Одновременно Иван заговорил — высоким надтреснутым голосом, отбивая такт кулаком, — про какую-то получку, которую ему не заплатили, а он разбил заведующей двенадцатым складом табличку на дверях.

Тут Софья Андреевна осознала, что не желает, просто не может допустить сентиментального свидания папы и дочки — этих мокрых ползающих нежностей, так памятных ей по прошлому, глупых ласк, от которых на лице стыла алкогольная слюна, и казалось, будто кто-то подсматривает со стороны, — а уж здесь, в чужой избе, битком набитой Ивановой роднёй, не было бы недостатка в заинтересованных свидетелях. К отвращению перед пьяным куражом — многие за столами уже обнимались и всхлипывали, как бы предваряя ожидаемую сцену, — у Софьи Андреевны каким-то образом примешивался тошный ужас, словно перед встречей с собственным отцом, тридцать лет как канувшим в небытие и теперь способным явиться только как представитель небытия, загробного или ссыльного сибирского, вероятно, где-то перетекающего, с легкой зыбью удвоения пейзажа, в потусторонний мир. Спустя такое большое и страшное время Софья Андреевна могла бы опознать отца только по его вещам, по слежавшемуся френчу, по засохшему мотку ремней и ремешков, что хранились у нее в комоде: перекошенные ящики заклинило намертво, из-за чего массивный комод со всем его содержимым превратился в косную подставку для всякой мелкой дребедени вроде шкатулок и фарфоровых слонов. Однако такое надежное, почти подневольное обладание вещами отца не ограждало Софью Андреевну от призрака. Глядя на рано постаревшего мужа, на его обвислые морщины, Софья Андреевна догадывалась, что, ожидая Ивана за полночь, в недобрый час, когда темнота, окончательно слившись в целое из разной глубины и окраски частей, внезапно легчает, сквозит, — ждала не то чтобы явления огромного человека, способного схватить ее на руки, как куклу, но просто мужскую зловещую фигуру, зараженную несчастьем, — а такой фигурой в ее жизни мог быть только арестованный отец.

Софья Андреевна не помнила, когда, при каком соединении плачущего взрослого разговора в одном углу и ее одинокой игры в другом, страстная жажда возвращения отца разом сменилась страхом перед ним: казалось, будто все тогда боялись его и не смели пересекать пустоту нарисованных комнат, словно предназначенных для отцовского возникновения из воздуха. Старый дом в то беспощадно солнечное лето был словно расчерчен на темные и жарко залитые комнаты: переходы сквозь них как-то соответствовали мучительной череде надежды и отчаяния — при полной, безысходной неизменности вещей. Мебель, статуэтки, швейная машинка, похожая на безголовую железную козу, — буквально все было словно подсвечено собственным, строго вертикальным светом, собственным и в том ужасном смысле, что он был материален, как сами предметы, — светом осевшей пыли. На горячем солнце, отдававшем в пересохшую желтизну, этот свет был еле проявленным и тусклым, но в темных комнатах он серебрился, будто лунный, и благодаря своей контрастной геометрии казался очень ярким — становясь все ярче по мере того, как неубранные помещения, пропитанные прошлым, отторгали живых жильцов. Была какая-то зависимость между детской, дикой, готовой задушить любовью к отцу и ужасом перед ним же, — какая-то волосяная, тончайшая линия симметрии, иногда ощущаемая Софьей Андреевной как нечто более реальное, нежели прочий, не окрашенный чувствами мир, по сути, частица отца в ее естестве, единственный залог его действительного существования.

И сейчас, ощутив при виде мужа резь того железного волоса, Софья Андреевна вдруг сообразила, что теперь отец пришел бы к ней, конечно, не огромным человеком с пышными, пыхтящими усами и толстой складкой под хитрющим глазом, а ссохшимся стариком, как бы склеенным вкривь и вкось в процессе уменьшения. Обнаружился еще один вид симметрии: встречный — вниз и вверх — рост родителей и детей, при котором, однако, нельзя соединиться и совпасть, а можно только разминуться. Переживая все это словно бы за дочь (как недавно на улице переживала за Ивана его орущий, ветром раздуваемый стыд), Софья Андреевна подумала, что, случись свидание дочки и папы лет через десять, было бы еще ничего: молодая великанша вымахала бы так, что Иван сделался бы просто карликом в волочащейся одежде с отпечатанными по краю следами многих башмаков, совершенно безобидным и безопасным, почти не существующим. И вдруг все в мыслях у Софьи Андреевны сложилось, встало на свои места. Она сообразила самое важное: в отличие от нее самой, помнящей хотя бы карий глаз в мясистых розовых веках, твердый орден, наглаженный подбородок как бы в прилипшем мельчайшем песке, ее девчонка ни разу не видела отца. Она в аккурат задержалась с рождением, чтобы Софья Андреевна успела полностью почувствовать уход Ивана, перевалить дневным и ночным сознанием за барьер утраты, — и тогда буквально выскочила на свет на скорости семьдесят километров в час, встреченная обильным шумом до дна распоротой лужи. По простому закону симметрии, только что открытому Софьей Андреевной, присутствие девочки даже в самой гуще Ивановых родственников, в изобилии являвших семейную коренастость и младенческие выпуклые лбы, совершенно отменяло присутствие самого Ивана. В их простейшем случае медленный встречный рост, отмечаемый на иных домашних косяках то редеющими, то напряженно густеющими зарубками — там, где словно идет радионастройка на другую станцию, — превращался в рокировку, моментальную перемену мест. Значит, дочь, казавшаяся до сих пор единственным звеном, соединявшим Софью Андреевну с мужем в его блужданиях по туманным, оснащенным фанерными стрелами городам, была теперь в материнских руках верным орудием его несуществования. Софья Андреевна твердо сказала себе, что ни в коем случае не покажет дочери папашу, как бы он ни распинался и ни стремился привлечь внимание и жалость, вылезая чуть ли не на стол из распадающихся створок пиджака. Похоже, все получалось: не только девчонка не видела в упор развинченную фигуру, но и остальные гости равнодушно отворачивались, а растерянная Галя тщетно ловила волосатый блуждающий кулак, украшенный железными часами и лиловыми татуировками.

Тем временем в дальней комнате, что выглядела маленькой и сонной из-за мягких, низко повязанных портьер, полилась, выдыхаясь пустым шипеньем, слабая сладкая музыка. Женщины первыми полезли из-за стола, будто нечаянно плюхаясь на колени радостно крякавшим мужикам, и те уже нарочно их не отпускали, забираясь лапами под перекошенные юбки. Поднялась суматоха. Софья Андреевна с дочерью вынуждены были встать, чтобы пропустить уже запыхавшихся танцоров, отрясающих на себе потные рубахи и кофточки. Какое-то время в комнатке за портьерами топтались только две белобрысые девчонки: большая подкручивала маленькую за плечи, и та, закатив глаза, молитвенно сложив ладони на груди, кружилась, относимая на мебель в своей блаженной слепоте, с улыбкой тихого экстаза на веснушчатом молочном личике. Но скоро туда набилось множество народу, и среди десятка толстых, совершенно бесчувственных ног (были видны в основном они) выделялась одна неожиданно ладная пара, гнутым вензелем ходившая по сбитому половику.

Наступило какое-то долгое, бестолковое замешательство. Софья Андреевна с девочкой то присаживались, то вставали, нехорошо выделяясь городской воспитанностью среди простосердечного веселья, где все напористо проталкивались вперед и между двумя устремившимися друг к другу людьми кукишем высовывался непременный третий. Между тем вокруг зияли странные, печальные пустоты, и на одном незанятом стуле лежал, свисая как шелковый, нежно увядший, в темных слипшихся морщинках, букет медуниц. В дальней комнате уже танцевали «по-современному» — почти под такую же, как прежде, сорную, тихую музыку, немного оживляемую пробивающимся ритмом: шагали взад и вперед, широко и слишком твердо, неловко кобенились, работая растопыренными локтями, —

все это напоминало разломанную на угловатые части, потерявшую направление кадриль. Откуда-то в обеденную комнату набежало множество детей (вероятно, стряпухи кормили их в отдельном закутке). Дети лезли и льнули к подобревшим пьяным мужикам: один пацан, зажатый между колен красномордого дядечки, потевшего будто горячим прозрачным спиртом, старательно, с задыханием, декламировал стишок и одновременно лазал пальцем в дядькиной ослабленной пасти, со скрипом протирая железные зубы от хлебной слюны. Давешняя конопатая девчонка с визгом, приседая и возя по полу сандалиями, вырывалась из объятий своего мычащего отца, который в судороге пьяной нежности так стискивал это вертлявое существо, что его зашорканные локти сходились за ее сведенными лопатками. Вырвавшись и отскочив, сверкая из-под сыпучих вихров горячими от слез глазами, егоза налетела спиной на крупную тетку с кривыми икрами и мотыльковым бантиком из фартучных тесемок над парой могучих низких ягодиц. Женщина — по-видимому, мать — схватила егозу, задрала ей ручонку в спадающем рукавчике: выше костлявого локотка среди старых, серовато-расплывчатых, будто нанесенных чем-то очень нежным, царапин и синяков багровели свежие вмятины от отцовских пальцев. Женщина, указывая на них, закричала неожиданно тонким и скорым голосом, на что ее обмякший муж только сонно ухмылялся. Но егоза вырвалась и от разгневанной матери, отбежала, раскрутив ее, как тяжкий турникет, — и, пока женщина махала руками и хлопала себя по бедрам, белобрысая девчонка вновь, с гримасой сладкого отчаяния, бросилась к отцу. Она жестоко тормошила его, напрашиваясь на боль, а мужик, шатаясь и поводя опущенной башкой на толстой, как коряга, коричневой шее, попробовал сперва разнять обвившее кольцо, — но при взгляде на сердитое лицо жены, похожее на грузный пакет в авоське, его дурацкая ухмылка налилась торжеством.

Пока отец и дочь терзали друг друга, их сходство то проявлялось, то исчезало, мигало и вспыхивало, точно буквально *между ними* зарождался какой-то самостоятельный свет, быстро пробегавший по изменчивым чертам. И во всей до нереальности прокуренной комнате, будто на табачных душных небесах, происходило то же самое: истерика детской любви к устрашающим, бессмысленным отцам, — а букетик медуниц на стуле все слабел, будто его макнули в чашку темного и вязкого дурмана.

Теперь Софья Андреевна всерьез опасалась, что атмосфера захватит и ее безучастную дочь. В глубине души она отлично знала, что может не опасаться прямых вопросов и требований. Тема отца была у них такой же запретной и неприличной, как и другие темы касательно брака и мужчин, и если уж девчонка не решилась спросить наедине — хотя бы в жарком, проштемпелеванном первомайской красной краской городишке, где они сегодня делали пересадку, — то теперь, в присутствии незнакомой родни, она, конечно, скорее проглотит язык. И все-таки девчонка могла из одной обезьяньей привычки к подражанию вцепиться в отца, если бы Иван как-то себя перед ней обнаружил. К счастью, обомлевшие ноги вряд ли могли поднять его из-за стола, и большей частью он дремал, целясь носом в свою висящую на нитке пуговицу. В эти минуты почтальонка, сторожившая его, даже не глядела на Софью Андреевну и спокойно била на себе комаров, с бесконечным терпением дожидаясь, пока сядет обвевающий ее невидимый летун, всем телом и существом погружаясь в оцепенелое ожидание, будто в какое-то блаженство. Однако временами Иван, очнувшись и растопырившись, пытался упереться в пол сразу двумя ногами — тогда почтальонка хватала и держала его, морщась на трясущуюся руку, готовую сорваться и ударить ее по лицу, и одновременно бросала на городских такие взгляды, от которых даже у Софьи Андреевны холодело между лопатками. В голове у нее звенело сухое «тик-так» — гораздо быстрее, чем у обычных часов, — будто отсчитывался некий промежуток времени, существовавший в виде полного белого круга, после обвода которого можно будет распрощаться и уйти в чуланку, а завтра рано утром уехать домой.

Внезапно девчонка, сильно выдыхая носом, как это у нее бывало в моменты самого дурного настроения, пихнула Софью Андреевну в бок. Но глаза ее смотрели не на мать, а на сцены счастливого отцовства: некоторые дети помельче уже взлетали в нетвердых руках к ярко освещенному потолку — таинственно и чудно одинокие в своих забитых семьях из за любви к родному чудовищу, неуязвимые, как ангелы со взметенными полетом волосенками. Однако вовсе не умиление выражало насупленное девчонкино лицо: в углах ее сжатого рта залегла совершенно взрослая брезгливость, а на Иване с почтальонкой ее сощуренный взгляд оскользался, будто на внезапном льду. При этом *отсутствие* Ивана делалось таким пугающим, что почтальонка в растерянности принималась трясти обмякшее тело, выпирающей очевидностью своего физического наличия сходное скорее с предметом, нежели с живым существом.

Между тем девчонка обозленным шепотом — как будто Софья Андреевна должна была понять ее давно и безо всяких слов — объявила, что отправляется спать и что ей вообще непонятно, на фига они сюда притащились и какого фига она должна отвечать всяким дуракам на их дурацкие вопросы. Поднимаясь, она шипела все громче и боком напирала на мать, будто на запертую дверь, нисколько не стесняясь того, что многие лица застыли посреди своих разговоров и даже старуха, давно уснувшая и ставшая неразличимой среди навороченного на койке тряпья, выпростала крошечную головку и уставилась на внучку из-под вощеных желтоватых прядей, придававших ее полуслепому взгляду какой-то дикий блеск. Поспешно вставая и выпуская дочь, Софья Андреевна подумала, что все, слава Богу, уже закончилось. Ее благодарственных и прощальных слов никто не воспринял, застывшие лица так и не обратились к ней, только глупые почтальонкины черты исказились плачущей гримасой да кто-то горлышком бутылки клюкнул о рюмку Софьи Андреевны и булькнул водки, полагая, видимо, что это тост.

Девчонка уже пробиралась вперед все той же нелепой походкой, будто шла по канату. Софью Андреевну раздражала эта неуместная игра, очередная бездельная дурь, ее оскорбляло хамское поведение дочери и собственное подобострастие, с каким она улыбалась каждой подвернувшейся на их пути физиономии, пытаясь различить на ней следы столкновения с презрительным дочкиным взглядом. В то же время Софья Андреевна против воли была благодарна девчонке за это презрение и бесцеремонность — за то, что она сама, безо всякого вмешательства матери, не захотела даже выяснить, кто из этих разгоряченных мужиков с младенчески большими, как бы неотвердевшими головами есть ее родной отец. Поэтому Софья Андреевна молча стерпела тон, каким девчонка велела ей отвернуться, когда присела у сарайки в самом темном и бурьянном углу двора, на каких-то кракающих стеклах. Краем глаза Софья Андреевна все же видела ее, как она смутно и жалостно белела в темноте, уткнувшись лбом в расставленные коленки, как выронила что-то растряхнувшееся в воздухе и долго шарила около себя, одной рукой придерживая между ногами собранные трусики. Софье Андреевне вдруг показалось, что дочери не двенадцать, а два, что она все та же плотная тяжеленькая дынька, которую можно подхватить и унести, — и когда они наконец, загребая руками в темноте, приплыли в чулан, Софья Андреевна даже удивилась своему желанию погладить дочкины волосы, к которым пристала переломленная былинка.

Глава 11

Однако в чулане было нехорошо. В отсутствие временных хозяек кто-то повалялся на койке: одеяло горбилось на полу, туда же свисал тяжелый сальный матрас, открывая проржавелую кроватную сетку, — сквозь нее ослепительный свет горевшей все это время лампы достигал каких-то каменных от пыли банок, по которым текли, разбегаясь в глазах, мелкие паучки. Все вокруг было усыпано белесой, цвета плесени, травяной трухой и крошевом березовых веников — их черные обтрепанные лопасти нагромождались в гремучие вороха, покачивались на потолочной балке вместе с ветхими скелетами каких-то лекарственных трав и ситцевыми колкими мешками. Кто-то дракой или любовной игрой потряс это растущее вниз головой прошлогоднее лето — под ногами похрустывало, как на сковородке, и когда Софья Андреевна нагнулась подобрать одеяло, ей показалось, что сейчас оно тоже хрустнет, будто горелый сухарь. Пока она вытряхивала и стелила постель, натягивала на матрас грубую, как фанера, простыню, раскаленная лампочка, наплывая то слева, то справа, обдавала волосы и лоб и была как живая, а дочь стояла словно мертвая и не шевельнулась ни подхватить, ни поддержать. Будто нечаянно Софья Андреевна погладила ее по опущенной голове — девчонка не дернулась, не зашипела, но ее черты, застигнутые врасплох, как-то странно обессмыслились, и ту же самую бессмысленность Софья Андреевна ощутила на своем лице, когда отнимала руку, машинально доламывая снятую соломину.

Не дожидаясь, пока мать закончит заправлять, девчонка полезла на койку, по-мушиному счесывая с ног сандалии, выворачивая с себя одежду и утягивая ее, недоснятую, под забираемое без остатка одеяло. То не была усталость после тяжелого дня — то была ее обычная злая лень, потому что девчонкины глаза, какими она, устроившись, смотрела на мать, вовсе не были сонными. По ним, прозрачным и блестящим, как зеленые стекляшки, Софья Андреевна поняла, что девчонка не уснет по меньшей мере несколько часов, как это часто бывает дома, когда они лежат головами в разные стороны комнаты и блуждают по потолку, пугаясь на нем всякой щевелящейся черной нитки или уличного отсвета, потому что это означает встречу взглядов, — а привычная химера люстры делается человекообразна и похожа на бальное платье из висячего хрусталя. По сравнению с домашним здешний потолок, с его сыпучей мертвечиной и дико неподвижными тенями листьев — буквально тенями прошлого, — казался гораздо страшней. И как ни хотелось Софье Андреевне побыстрее лечь — из-за неэкономной длины шнура освещенная, жилая часть чуланки казалась низенькой, пригибала, — всетаки она замешкалась, ища последнего на этот потерянный день занятия. Щеки дочери были, точно у двухлетней, вымазаны шоколадным тортом. Софья Андреевна знала, что никакая сила не заставит угрюмую дочь хотя бы стереть эту клоунскую раскраску намоченным полотенцем, но ей нестерпимо захотелось умыться самой — хотя бы размочить огородную пыль условного Ижевска, готовую вот-вот окаменеть на лице серой маской подобострастной вежливости. Доставая из сумки полотенце, она спокойно сказала дочери, что скоро вернется, чтобы та никого не боялась. Дочь, подпрыгивая на попе, что-то там у себя поправляя, только равнодушно хмыкнула. Невозможно было понять, о чем она в действительности думает: взгляд, каким она проводила мать, был чем-то очень похож на бесстрастное свечение перекаленной лампы, в которую крупной черной дробью стреляла мошкара.

Но как только дочь, своим неведением об отце делавшая Ивана несуществующим, оказалась закрытой в чулане и на всякий случай заложенной на тугой наружный крючок, все вокруг непостижимым образом изменилось. Стоя посреди непроглядной, с золотыми плывущими кругами темноты сеней, Софья Андреевна почувствовала то же, что и несколько часов назад, у вечереющего пруда, где краски, маслянисто-темные у дальнего берега, становились чем ближе, тем светлей и ложились у самых ног кромкой нежного, сияющего счастья — делали место, где стоишь, самым лучшим и счастливым, как никогда не бывает в жизни, — и теперь, среди глухих иллюминаций внутреннего зрения, Софья Андреевна опять ощутила, что Иван совсем недалеко. Тотчас из мягкого угла, откуда густо несло овчиной, вывалилось какое-то горячее существо и, жарко дыша, будто задыхаясь от тихого смеха, потащило Софью Андреевну на улицу.

Там, на крыльце, гладко вдоль ступеней освещенном луной, существо оказалось носатой стряпухой: кримпленовые розы на ее расплывшемся теле сделались пепельными, улыбка на бесформенном лице темнела, будто шелковая вышивка. Внезапно, прижимая плоский палец к губам, она закивала на двор, где из одной до предела натянутой тени в другую шла, озираясь, статная в белой водолазке, как портновский манекен, почтальонка Галя. Она заглянула за дрова, за неясную телегу под навесом, груженную чернильной темнотой и задиравшую мертвенно-тонкие оглобли к пылающей луне, постояла подбоченясь: ее приятный зад сердечком вызвал у Софьи Андреевны желание выйти и отчитать ее, как она всегда отчитывала своих грудастых и задастых старшеклассниц, не умеющих скрывать себя под формой, как требует школьный устав. Однако сейчас Софья Андреевна продолжала стоять в оцепенении, позволяя стряпухе держать себя за талию. Взвизгнула, отпахнувшись каким-то плясовым молодецким жестом, расшатанная калитка — Галя прошла в огород. Тотчас, не теряя ни минуты, стряпуха потянула Софью Андреевну в противоположную сторону, и уличная калитка отворилась перед ними совершенно беззвучно.

Темные избы стояли вдоль улицы строго друг напротив друга и пошевеливали серыми флагами; транспаранты, протянутые между ними, обвисли, спрятав в складках праздничные лозунги. Луна с воспаленной кромкой, будто губа в простуде, своим пыланием делила все, подобно себе, на астрономически контрастные части: невидимые стороны деревьев и домов только угадывались как бы влажными отпечатками на непроглядной темноте и переходили в свет с теми же мучительными подступами, с тою же дырявой рябью, что рисовалась в небе по лунному диску, — гладкими были только привязанные к флагам, трущиеся на ветру воздушные шары. Стряпуха и Софья Андреевна быстро прошли вдоль двух или трех опутанных тенями палисадов; дальше тяжело стояла на отскобленном дугою песке приоткрытая створа из толстых досок, вероятно, гаражная: из щели мягко тянуло бензином и голой землей. Стряпуха, хихикнув, с пьяной силой толкнула Софью Андреевну к гаражу и сама пошагала прочь на цыпочках, взмахивая руками, фукая спадающими туфлями, будто ведьма, напустившаяся со своей нелепой пляской на стоящие стоймя при лунном свете перья молодой травы. В гараже послышалось шероховатое царапанье: первая спичка, поежившись и постреляв багровой серной сыпью, сразу же погасла, зато вторая дала высокий язычок, от которого заалела пахучая папироса и осветила лицо мужчины, поджидавшего у самого входа. Это был абсолютно трезвый, серьезный, до атласного лоска выбритый Иван.

Он поманил жену к себе. Когда же она протиснулась, задержав дыхание, он приподнял створу и, со скрежетом и содроганием протащив ее по песку, опустил вплотную к другой, закрытой. Только после этого клацнул выключатель, и деревенское желтое электричество осветило мятые канистры, старые стружки, как серые сухие волосы осыпавшие верстак, трехлитровую банку молока в холодке под верстаком, сияющую чашку фары и цветные провода на грубо сколоченном столе, бычьи очертания широкогрудого черного мотоцикла с коляской, который вместе с разложенными вокруг него на ветоши инструментами занимал неоглядное по темноте и глубине пространство и казался отчего-то выкопанным из земли. Иван деловито отстегнул с коляски грубый дерматин — с него потекли секущие земляные струйки — и, протерев сиденье коричневыми лыжными штанами в промасленных пятнах (все другие тряпки, сколько Софья Андреевна могла разглядеть, тоже были целые рубахи и брюки), помог жене умоститься в тесном снаряде на костыле вместо колеса, потому что больше присесть было решительно не на что.

Только теперь, усевшись и натянув задравшуюся было юбку до гладкости барабана, Софья Андреевна прямо посмотрела мужу в лицо. И следа не осталось от скверного старика, что сперва ломился в магазин, а потом сидел за столом, обмытый и обряженный чужими руками, в пиджаке с чужого плеча, — казалось, доставленный на праздник неодушевленной ношей и выставленный напоказ наподобие валкого идола. Теперь Иван был в точности такой, как в день их настоящей свадьбы: весь крепкий, чистый, небольшой, будто молодая картофелина, с юношески мелкими чертами простонародного лица, с крупными мужицкими кистями рук, уверенно лежавшими на руле мотоцикла.

Впрочем, на мотоцикле он подвозил ее за три месяца до свадьбы: был конец июня, зной, асфальт впереди дрожал и вспыхивал целыми ливнями битого стекла, перед колесами бесследно исчезавшего, — он вез ее в город из колхоза, где старшеклассники под присмотром Софьи Андреевны пропалывали лук, а Иван работал в шефской, от завода, бригаде плотников, с утра до вечера лазавших по веселым, медовым, еще пустым стропилам, пропускавшим вертлявый мелкий блеск березы, — казалось, они сколачивают не ферму по проекту, а домик по детскому рисунку, чтобы он стоял на взгорке и пускал округлый дым из квадратной трубы. Иван, сконфуженно улыбаясь, набросил на плечи Софьи Андреевны свою неуклюжую кожаную курточку, и пространство прошлого вдруг представилось ей несуществующим, призрачным и в то же время страшно прочным, неизменяемым даже в малой подробности, будто сделанным из алмаза. Однажды, поговорив с Иваном полчаса на горячем крылечке правления (его завод одновременно шефствовал и над школой, и Иван по общественной линии занимался транспортом и жильем), Софья

Андреевна поймала себя на мысли, что могла бы, например, влюбиться в этого веселого крепыша и что пожилая колхозная бухгалтерша, со скуки все глядевшая в немытое окно и бывшая там, со своими подбородками и морщинами, будто прелая роза в горшке, вполне могла бы их принять за модную городскую пару. В этот день Софья Андреевна ощущала себя особым образом отмеченной и в столовой, пропахшей местными кислыми постряпушками, полной, будто перечница перцем, гудящих, ставящих в конце гудения глухие точки, ползавших по марле мух, сидела точно на празднике, приподняв округлые плечи и чинно разбираясь вилкой в слипшейся еде. Само представление о том, что она, как и все, вздыхает о мужчине, странно возвышало Софью Андреевну над остальными, придавало ей значительности, оттеняло ее достоинства, — и еще она думала, что, если бы ее восьмиклассницы, взбудораженные первыми приметами женственности, готовые буквально рисовать красоту на своих невыразительных суконных личиках, если бы они узнали, что литераторша влюблена, они немедленно признали бы ее женское превосходство, поскольку сами вряд ли были способны на серьезный уровень чувств.

Софье Андреевне чудилось, будто все, что говорит и делает ее возлюбленный, имеет отношение к ней: прямой собеседник Ивана краем глаза видел большую золотистую женщину, в блаженном сиянии подплывавшую ближе и ближе, в конце концов недоуменно оборачивался, думая, что она собирается что-то сказать, — но Софья Андреевна отвечала ему все той же отрешенной слепящей улыбкой. Это было почти неприлично: выходило так, будто учительница шпионит и подслушивает, — но она не замечала за собой дурного, как не замечала и растерянной ухмылки Ивана, которую он прятал, прикуривая из пригоршни или скорей хватаясь что-нибудь тащить. Не умея изобрести для чувства собственных способов выражения, Софья Андреевна стала находить щемящую прелесть в том, что совсем недавно считала пошлостью: ощипывала тощие вихрастые ромашки, основательно, будто кур, оставляя на видном месте целые горы подсохшего пера, рвала у заборов высокие лиловые метелки и, обдирая со стебля шелковистый сор, гадала по пучку, оставлявшему в пальцах какую-то сладкую судорогу.

Вечерами она завела привычку гулять по обочине тракта, на котором деревня росла, будто куча опенков на поваленном стволе. Деревня была убогая, гнилая, с незаживающими язвами луж, даже в самую жару сочившихся зловонной грязью, — но малая ее величина оставляла июньскому вечеру такие просторные окрестности, что вечер гас и не мог угаснуть, ночь никак не спускалась с неба, и все на земле — паутинные травы, высокие сквозистые останки какой-то техники, редкие из-за дальности дороги черные столбы, — все растворялось в печальном оцепенении, питая собою мглистые сумерки, все было мягко и бесплотно по сравнению с отчетливостью медных, прихотливо изукрашенных облаков. Софья Андреевна брела, оставляя следы сандалий в толстой уличной пыли, чувствуя струйки этой пыли между усталыми пальцами. Навстречу ей — в ряд по четыре, по пять — попадались ее девчонки: в колхозных перепачканных трикошках и кедах, в каких-то желтых цепях с кулонами поверх трикошек, в грубых, как тележные колеса, увядших венках из полусмеженных на ночь измятых цветов. Они держались под руки и пели, а иногда всем намертво сцепленным рядом гнулись и шатались от неестественного смеха. Учительница и девочки видели друг друга издалека: в широком пространстве на разные стороны расчесанных полей можно было различить даже грузовик с тающим хвостиком пыли, обогнавший двадцать минут назад, или пешую старуху сразу с двумя клюками, по одной в каждой руке, с которой предстояло сойтись едва не через час, — близкое будущее и близкое прошлое лежали словно на ладони, каждое событие длилось и длилось, все тянулось в бесконечном промедлении, и гримасы на девчоночьих лицах менялись как бы сами по себе, под давлением сжимающихся метров. Когда они равнялись с принаряженной, убранной васильками Софьей Андреевной, на их физиономиях, осунувшихся от вечернего томления, не оставалось ровно ничего, кроме одной усталости, только начерненные глаза угрюмо зыркали из-под сползающих венков, и иные были куда как опытней потупленных глаз спотыкавшейся учительницы. Но вот девчонки наконец-то оставались за спиной, их крикливая песня, очищаясь и напитываясь грустью сумерек, опять зависала без слов над пуховым темнеющим трактом. С невидимой площадки, где мальчишки играли в волейбол, доносились глухие удары мяча, неровно замиравшие, когда они его роняли, западавшие, увлекая сердце, в какую-то протяжную пустоту, — и, словно возвращаясь звуком из-за горизонта, по нарастающей стучали молотки. Стройка на горе все еще была отлакирована солнцем, ее подробная конструкция пружинила, перенимая хлесткую гибкость свободных досок, которые подымали, передавая их стойме, на полуодетую крышу. Софье Андреевне чудилось, что она различает сильный молоток Ивана, узнает его самого среди машущих фигурок на стропилах. Обманываясь, она переводила взгляд и слух, веселый домик играл, манил подойти, но исчезающие мягкие пространства тянули сильней, и Софье Андреевне мерещилось, что чем дальше она уйдет, тем вернее встретится с Иваном, — там, где им нечего делать по своей работе и где так волшебно уменьшаются, становясь драгоценными миниатюрами, все предметы и существа.

На мотоцикле, на переднем его раскаленном крыле, была такая сморщенная вмятина, Софья Андреевна заметила ее, когда залезала в коляску, — и теперь, немного сдвинув заскорузлый кусок дерматина, она увидела на месте вмятины следы работы, металлический закрашенный волдырь. Вмятина была единственным, о чем она насмелилась спросить Ивана, когда он забирал ее от правления (все получилось само собой, ей надо было поставить печати, ему — купить на бригадную получку сумку водки), — его ответ отнесло за спины рванувшимся ветром, поэтому Софья Андреевна и теперь не знала, какой удар пометил этот вырытый из прошлого холодный мотоцикл.

Все было странно в этом гараже: молоко под верстаком казалось зеленоватым, будто отравленным; полотенце на шее Софьи Андреевны явственно пахло сладковатой гарью сожженных книг про неприличную любовь. Иван по-прежнему стоял, всем телом навалясь на отвернувшийся руль, и иногда вороватым легчайшим касанием трогал руку Софьи Андреевны, державшуюся за скобу коляски; но стоило ей перехватиться подальше на сантиметр, и он уже не смел тянуться к ее разбухшей от напряжения руке — обтянутой растресканным глянцем лапе сорокалетней женщины. Любое движение Софьи Андреевны, выходившее нечаянным и резким от ломящей тело тесноты, вызывало на юном лице Ивана страдальческую гримасу, точно он хотел, чтобы Софья Андреевна совершенно замерла перед ним, как пассивное и безопасное изображение на фотографии. Он говорил и говорил бубнящим насморочным голоском, со всхлипами глотая множество слов: все про тот же двенадцатый склад, заставленный до потолка всевозможными тяжестями, которые Иван, как грузчик, едва в состоянии перетаскивать, в то время как другие воруют эти тяжести с такой невероятной легкостью, точно это пух. Теперь Иван несомненно жаловался, из его повествования пропали геройские нотки, заметные за столом, вся его фигура выражала беспомощное недоумение. В сущности, он пытался рассказать жене всю свою жизнь без нее и честно повторял, что случалось в ней ежедневно, перечислял однообразные обиды, бессознательно загибая пальцы, — Софья Андреевна, глядя на получавшиеся при счете слабые пустые кулаки, с горечью думала, что следовало бы просто назвать неизвестное обоим число по отдельности прожитых дней, что установление этого числа — единственное, чем они могли бы сейчас заняться вдвоем, последнее, что осталось у них одинаковым.

Сказать по правде, Софья Андреевна и теперь, как всегда, не верила, что Иван, не знающий обязанностей и хмельным мотыльком порхающий по стране, действительно нуждается в сочувствии. Страдание означало правоту и сбережения в небесной кассе, но Иван был кругом не прав и страшно расточителен, он пьянствовал, вступал в беспорядочные связи с женщинами, стало быть, его жизнь представляла собой сплошное удовольствие и праздник, из-за своей беспрерывности буквально тонущий в отбросах, подобно его родному городу-пустырю, где бесконечно справляется Первомай и давит на землю растущая выше заборов двугорбая свалка. И за все свои кутежи Иван был должен Софье Андреевне: одних только денег, что он не выплатил на дочь, хватило бы на покупку автомобиля. Этот автомобиль, хоть и не существовал физически, все-таки в каком-то смысле имелся в жизни Ивана, как и другие хорошие вещи, не заработанные им для законной семьи. Софье

Андреевне всегда представлялось, что на самом деле Иван богат, и здесь она поняла, из чего состоит его отвратительное богатство: мусор, неисчислимый, пропотевший собственным гнилостным потом, который из-за беззаконий Ивана не принимает земля, который может только расти, поднимая владельца до самого неба.

То были мысли ненависти, фантазии ненависти. Однако Иван стоял перед Софьей Андреевной такой молоденький, будто она никогда не ненавидела его, а только любила. Этот застенчивый и радостный румянец свежевыбритой щеки, эти большие руки, высоко и туго стянутые манжетами на свернутых пуговках, — будто никогда ее обида не разрушала Ивана вместе со всем, что помнила она на нем и по связи с ним: вероятно, ненавистью объяснялись трещины сразу через несколько предметов в ее собственном жилье, теперь, вероятно, заросшие. Сейчас постаревшая Софья Андреевна ощущала себя рядом с юным сияющим мужем будто в жухлых перчатках и маске. А может, подумала она, и он видит ее сейчас такой, какой она была тринадцать лет назад в деревне, какой ее показывал, вспыхнув на солнце, толстый зеркальный клин, стоявший у нее на тумбочке в отгороженном закутке буйной девчачьей спальни, — взятый в обе руки, он своей неверной тяжестью, гуляющей от угла к углу, словно не давал ничего поправлять в отраженном облике, казавшемся ему совершенным. Перед тем как бежать к правлению, Софья Андреевна едва не разбила его: никак не могла установить в руках. Переполненное зеркало разыгралось, удержать на нем свое лицо было не легче, чем яблочко на тарелочке или шарик в игрушке-лабиринте, так что Софья Андреевна, забираясь в коляску, понятия не имела, как она выглядит и даже какие набросила бусы из тех, что накупила, словно впервые увидав украшения, из холодной и затхлой витрины сельпо.

Глава 12

По лицу Ивана она не могла прочесть свою судьбу. Укрепившись в седле будто каменный, он гнал мотоцикл так, что встречные машины, помаячив вдалеке подобно стрелке на спидометре, внезапно прыгали вперед, обдавали перегретым жужжанием и словно взлетали за спиной, оставляя по себе пустое эхо мотора. Солнечная веснушчатая тропинка, как ребенок взрослого, сопровождавшая шоссе, все хотела перейти полотно, но, едва приблизившись, шарахалась из-под колес обратно в рощу, где березы, перебегая и прячась друг за дружку, блестели и смеялись, буквально заливались смехом на порывистом, чего-то ищущем ветру. В плотном воздухе туго рвались насекомые, шмякались о стеклянный водительский щиток, превращаясь в зеленые, быстро засыхающие кляксы. Мелкая жгучая мошка попала Софье Андреевне в глаз. Не выдержав, она замахала Ивану, чтобы он остановился, — и в неожиданной тишине, с осторожным переплеском листьев над головой и мощным шорохом летающих стрекоз, пока виноватая Софья Андреевна обводила уголком платка налившийся глаз, Иван нетерпеливо пинал колесо, двумя пятернями зачесывая волосы со лба, и во всем его беспокойном облике была какая-то самолюбивая, обидчивая решимость.

Тем временем до предела сгустившийся зной словно прошибло холодным потом. Дрожь прошла по листам, внезапно утратившим блеск и ставшим с изнанки белее бумаги. После остановки поехали гораздо медленнее, хотя теперь-то и следовало спешить: темно-синяя туча с известковой накипью по краям, издалека беззвучно посвечивая, наплывала на небосвод. Солнечный свет сделался как электрический, ветер то пропадал, то внезапным полным порывом проходил по березняку, и роща замирала, задохнувшись. Сердце у Софьи Андреевны прыгало, ей казалось, что она не чувствует ничего, кроме этих неровных ударов. Вдалеке, в ложбине, вбирающей шоссе, уже показались городские бетонные башни, они тоже посверкивали мелкими острыми вспышками закрываемых окон, желтый маленький автобус, неестественно выгибаясь, заворачивал на кольце.

Но вместо того, чтобы устремиться туда, Иван еще убавил газ и валко съехал на боковую дорогу, в поднявшуюся облаком белесую взвесь. Щебенка, прыгая, заколотила о дно коляски, и одновременно первые капли, тяжелые и холодные, шлепнулись на склоненную шею Софьи Андреевны, пушистыми шариками свернулись в пыли, от которой пресно запахло размятым аспирином. Сначала Софья Андреевна подумала, что так короче проехать, следом мелькнула мысль, что Иван везет ее к себе, — а потом она уже не думала ничего и ощущала только сладкую беспомощность, качаясь вместе с мотоциклом в колеях и почти не отклоняя лица от мажущих водой черемуховых веток. Что-то должно было произойти — и вот оно происходило, теряя всякую связь с реальностью. Мотоцикл, уже разрисованный по пыли в крупный горох, торопливо и неряшливо густевший, въехал в какой-то обширный двор, покрытый, будто войлоком, разъезженным навозом и обведенный длинными постройками хозяйственного вида под насупленными крышами. Между ними, уравненный и даже явно используемый менее прочих, ютился запаршивевший дом с наивными колоннами, похожими на кухонные скалки, с травой и фанерой в окнах, — огрызки подобной же колоннады торчали прямо посреди двора, и возле них беспокойно бродили, вороша веревками в крапиве, две тонконогие бокастые козы. Наверху оглушительно треснуло, все вокруг осветилось дважды — пополам и пополам, — и впереди возникли, словно пытаясь вырасти еще в трепетании молнии, распахнутые ворота амбара или сарая, не меньше, чем в два человеческих роста. Мотоцикл нырнул в темноту.

Некоторое время, заглушив мотор, Иван недвижно горбился в седле. Его лицо было мокро и бледно от воды, по напряженному лбу, шевелясь, сползали капли. Снаружи сыпануло, притихло, налетело опять, с поперечины ворот побежали, перекручиваясь, перекидываясь, хлестко стравливая петли, водяные толстые жгуты. Вокруг, насколько можно было разглядеть, темнели низкие растоптанные кучи старого сена, пахнувшего лежалой чайной заваркой. В углу, с прислоненными к ней лопатами, не достигаемая молниями, белела собственной белизной небольшая Венера, изрядно побитая. Старый, нежно закопченный от времени мрамор был на грубых сколах как наждак; на губы и соски богини кто-то посадил по ягоде масляной киновари, а в низу живота прямо по драпировкам намазал черный треугольник, каким мальчишки на военных рисунках изображают взрывы: то была безрукая Венера с одной из самых тайных открыток Катерины Ивановны, до начала жизни которой оставалось каких-то полчаса.

Софья Андреевна неловко выбралась из коляски и едва не упала, ступив на затекшую ногу: скрежетнул на земляном полу задвинутый под бесколесный мотоцикл, будто под ванну, тазик с тряпьем. Софье Андреевне вдруг показалось, что этот гараж похож на тот сарай и одновременно на чуланку, куда ее поместили с дочерью, — будто она находится в одном и том же месте и спит и никакого Ивана нет, а скоро ей вставать на утренний автобус.

Однако говорливый и плотный Иван, паливший, как топка, папиросу за папиросой, вовсе не собирался растворяться в воздухе. Напротив, он оживился и вдруг заговорил о дочери: с торжественной серьезностью заявил, что дочь уже взрослая, что их можно спутать с матерью, если одинаково одеть. Потом он страшно засмущался и с перекошенной улыбкой полез по тесным карманам, извиваясь и проникая до таких глубин, будто самого себя пытался вывернуть наизнанку. Софья Андреевна не сразу поняла, что он собирает деньги: к плотненькой трубке, приготовленной заранее и выложенной к фаре на яркий стол, прибавляет бумажки и монеты, извлекаемые наружу ерзаньем застрявшей пятерни вместе с ущемленной подкладкой, извергавшей дополнительно снежную струйку опила, которая бесследно рассыпалась над землей.

Собрав, что смог, распотрошив и жесткую курточку, лежавшую на мотоцикле, он протянул жене неполную горсть, а когда она отпрянула на шаг, насильно вывалил ей в руку брякнувшее достояние. Он бормотал про дочь, веля купить для нее кримплен и лодочки на шпильках, обещая еще прислать на сапоги, — вероятно, ему казалось, что он набрал с себя не меньше ста рублей, но Софья Андреевна, осторожно разжав кулак и опустив глаза, увидела лишь картофельную шелуху рублевок да черную медь, среди которой самый большой кругляш оказался пальтовой пуговицей. Софья Андреевна не знала, как ей быть. Отказаться от денег значило поощрить разгульную жизнь Ивана, узаконить его прошлые и будущие неплатежи, — но и принять ничтожный взнос казалось просто смешно, как будто Софья Андреевна заслужила только этого, как будто это компенсирует ее страдания и траты. Самый вид пожертвованных денег, буквально оторванных Иваном от себя и сальных, будто ношеное нижнее белье, нищенский сброд несосчитанной мелочи, изъеденные копейки и жалкие рубли, кричащие, что отдано последнее, — все это требовало от Софьи Андреевны подобреть, простить на время прочие долги. Выходила удивительно дешевая цена, а главное, тут крылась нестерпимая фальшь, потому что дочь имела все условия успевать на пятерки, а Иван трудами Софьи Андреевны сэкономил на автомобиль и жил, пожалуй, даже слишком хорошо, вроде божьей птички голубя, из тех, что стонущими кучами купаются в помойках. Сжимая деньги, которые все равно нельзя было потратить и можно было только спрятать, чтоб не мучили, в тайник, Софья Андреевна чувствовала себя примерно так же, как на празднике, когда девчонка, тихо и грузно протиснувшись в кухню, принималась ставить перед ней то тут, то там грязную акварельку со старушечьими личиками цветов, неотступно глядя на мать с выражением какой-то отрешенной жестокости. Такая ситуация вынуждала Софью Андреевну выдать, высказать обиду, которую она обыкновенно прятала, как иные прячут радость, чтобы не проматывать ее в пустых словах. Вот и теперь она заговорила — словно по принуждению, отлично зная, что Иван, как и дочь, не раскается, что стой она перед ним больная, босая, в бедняцкой кофте (которую от обиды каждый год надевала на Восьмое марта, а перед этим, с особенным учительским чувством подготовки к мероприятию, простригала в кофте дырки на засквозивших местах и штопала их заметной ниткой); — хоть упади она замертво на землю, даже и тогда Иван только покривился бы в раздражении. Зато он теперь не мог ее перебить, только нахватывал выпяченной грудью побольше воздуху, его забытая улыбка висела криво, как подшибленная картинка на стене.

Если бы не деньги, Софья Андреевна никогда бы не припомнила ему, что в конечном счете это он завез ее в сарай с Венерой и добровольно сделался причиной многих следствий, вплоть до сегодняшнего нападения разряженной шпаны. Она бы охотней держала это в себе, как потаенное сокровище. О, она имела право каждый свой убыток соединить с тем днем отчетливой чертой и наслаждаться чистой геометрией обиды, как иной бы наслаждался музыкой. Обида, пронизав и выстроив ее простую и осмысленную жизнь, превратила ее в совершенство, подобное чуду архитектуры или хрустальной глыбе, где в твердой и ясной глубине силою обиды сохранялись драгоценные, щемящие подробности. Холодный, майский, яблоневый запах молний посреди июньской жары, и как от голого двора, где текла и плясала бешеными свечками жидкая грязь, внезапно потянуло весной, и как по этому двору, выхлестывая сапожищами фонтаны, сутуло мотаясь, придерживая на себе изнутри стрекочущий прозрачный дождевик, пробежал веселый человек с намокшей бородой, и его дождевик трещал, когда на человека с маху налетала белая гуща ливня. Может быть, Софья Андреевна мучилась как раз потому, что не могла словами передать особую значительность своих воспоминаний, безукоризненную логику событий, начавшихся со скособоченного спуска на проселок и стройно дошедших, ни единой линией не увильнув в непроницаемое прошлое, до сегодняшнего дня. Она никак не могла договориться до главного. Обида, питая собою воспоминания сильнее иной любви, искажала их несколько иначе, чем любовь: вся обстановка того события так укрепилась в памяти Софьи Андреевны, что, случись ей увидать хоть на другой же день колоннаду, сарай, мешки в сидячих позах в глубине сарая, она бы сочла их худшей, чем у нее в голове, копией с подлинника, неизвестно куда пропавшего. Так что теперь она свободно возвращалась на место преступления и в этих снах наяву была, как ни странно, скорее Иваном, чем собой, — Иваном предусмотрительным, хитрым, бормочущим сквозь зубы, что он всего лишь развлечется и не будет ни за что расплачиваться, — при этом плоские губы Софьи Андреевны искажались зловещей усмешкой. Себя же Софья Андреевна почти не помнила — ей чудилось, что она как раз норовила спрятаться, ускользнуть в боковую тень, а Иван не давал.

Ей, например, казалось, что еще на проселке она пыталась ухватиться за какие-то, что ли, ветви, остановить мотоцикл. Потом у нее сложилось ощущение, что она по рвущимся, ячеистым сетям залезала под крышу, полную влажных шорохов и перестуков, — в действительности на стене была развешана иссохшая упряжь, и никуда Софья Андреевна не лезла, а осторожно выбралась из коляски и, подстелив себе воздушный на высоком колком сене носовой платок, села так, чтобы Ивану была видна ее склоненная фигура, которой Софья Андреевна попыталась сообщить что-то такое красивое от балетного лебедя, — и от напряженной неловкости позы сразу стала задыхаться и дрожать.

Ей казалось, что она так долго не вытерпит. Еще сидя на остывающем мотоцикле, глядя прямо перед собой, Иван заговорил срывающимся голосом — она хоть понимает, что делает, над ним смеются мужики, — но Софья Андреевна, готовая услышать совсем другие слова, даже придумавшая их за Ивана (при помощи великого Толстого), ничего почти не поняла и перебралась на другое место в смутной надежде, что там и объяснение пойдет по-другому. Рядом вздохнуло, перемялось, шаркнуло — Софья Андреевна обомлела, будто вовсе этого и не ждала. Какое-то время она еще держалась, силясь не свалиться окаменелой статуей на Ивана, присевшего рядом, тяжело придавившего стог.

Во дворе, сквозь отвесный гудящий ливень, неясно рисовалась щербатая колоннада с чем-то рваным, свисающим с перекрытия. Убогие колонны стояли и сквозили будто в пустоте, еле-еле можно было различить за ними серую линию крыш, — но когда из ничего бесшумно возникала молния, вместе с нею возникал, надвинувшись, изъеденный особняк и несколько секунд стоял, словно таращился спросонья, а следом лупил оглушительный гром. Софья Андреевна все слушала, когда же Иван, переждав разбегающийся треск, скажет ей про свою любовь, — волновалась и вздыхала, будто виноватая. Безрукая Венера, повернув небольшую головку, глядела на нее каменными яйцами мраморных глаз.

Внезапно Иван вцепился твердыми пальцами в склоненные плечи Софьи Андреевны, буквально разломав ее задумчивую позу, которую она так долго и так трудно для него удерживала. Повалившись на спину, Софья Андреевна, еще ничего не понимая, схватила толстые, с натянутыми жилами запястья Ивана, и какое-то время они ломали друг другу руки, будто какую-то вставшую между ними преграду, целый заколдованный лес кренящихся крестовин, — а потом он исхитрился как-то так ее перекрутить, что одна ее рука оказалась придавлена где-то глубоко, а вторая шаталась вверху, не имея куда опуститься, кроме как на спину Ивана, на его встопорщенные крыльями лопатки. Сзади, на шее, впились и лопнули бусы, нежная щекотка холода коснулась открытой груди с висящими на оба бока лоскутами кофточки — так, будто Софья Андреевна была намылена и пена ежилась, текла под мышки, срывалась хлопьями на уличном ветру. Иван, точно лез на дерево, возил коленом по сгибавшимся, скребущим пятками ногам перепуганной учительницы и глядел на нее умоляюще, прилаживался поцеловать, приближая вздутое лицо со свешенными волосами, но не выдерживал и валился головой в едучую труху поверх ее плеча.

Потом он изогнулся, локтем придавив плеснувшее сердце Софьи Андреевны, и начал что-то у себя расстегивать, дергать, позванивая ремнем. Сразу вслед за этим Софья Андреевна ощутила, как Иван, мимоходом вытирая ей о юбку мокрую пятерню, тащит с нее перекрученные трусики. Тут она вспомнила вдруг, какие они перештопанные, синюшные от многих стирок и какое у нее там все перемятое от грубого белья — эти плоские волосы, слипшиеся складки, серые следы резинки на животе. Ей сделалось жалко себя, так жалко, будто Иван добрался до самой ее стыдной и тайной бедности и теперь забирает то, что только у нее и есть, — некрасивое, не годное напоказ... Больше Софья Андреевна не сопротивлялась, почти забылась, вяло стряхивая с лодыжек тряпичные путы трусов, и лишь тихонько скулила, а когда Иван ее ворочал, громко и страшно всхлипывала, будто большая ванна. Она как-то издали воспринимала боль, сперва тупую и скользкую (даже вспомнила почему-то, что в марте ей хотели делать операцию, резать аппендицит), — но внезапно боль куда-то заскочила и резко въехала в тело, о глубине которого Софья Андреевна прежде не подозревала. Тело было глубокое и темное, будто пещера, и Софья Андреевна вся покрылась ужасом при мысли, что Иван ее убил. Начались неровные толчки, от которых запрокинутая голова сомлевшей Софьи Андреевны проезжала по сену, а с разорванной нитки на шее стекали бусины — капали по три, по четыре и текли по коже в жаркие лохмотья блузки, впитываясь вместе с потом в погубленный шелк. В поле зрения Софьи Андреевны постепенно вдвигалось нечто беловатое, как подтаявший снег, с необыкновенно выпуклыми чертами, которые, однако, ни во что не складывались и пугали бессмысленной слитностью, зловещей гармонией. Только когда показался слегка улыбающийся из-под нашлепки кармина холодный рот, Софья Андреевна поняла, что это склонилась над нею мраморная Венера и что краска на богине еще не просохшая, мягкая. Богиня пригибалась все ниже и ниже — черенки лопат, сшибаясь в ворох, проехали по ее животу и глухо ахнули за головою Софьи Андреевны. Зажмурившейся Софье Андреевне почудилось, что они с Иваном оживили статую: попали со своей возней под каменные бельма и, сделавшись предметом слепого твердого зрения привыкшего к покою истукана, яростно двигаясь в том, что было для него пустотой, заставили в конце концов вращаться цельнозрячие молочные глаза. Теперь грубая раскраска статуи под живую женщину — поверх ее потаенной, холодной, гармоничной жизни — выглядела уже не как насильственное варварство, а как проявление ее внезапно пробудившегося чувства. Венера словно желала принять участие в действе, что билось у ее классических ног, страстно стиснутых под спадающей каменной простыней, и когда Иван слабел и вытягивал к Венере оперенную рыжим волосом глотающую шею, Софья Андреевна ощущала, что богиня непостижимым образом помогает ему.

Глава 13

Когда этот хаос наконец закончился, Иван, моргая в сторону заслезившимися глазами, набросил на Софью Андреевну взятую из мотоцикла кожаную куртку, легшую на нее глухим бугром, а сам уселся поодаль, кусая серую травину. Ливень поредел и помягчел, сквозь него, как сквозь густую марлю, были теперь видны потемневшие строения, седые покатые купы деревьев над ними, — самые дальние были как тени на ровной беленой стене. Давешний бородач в дождевике, большой, как парник, прошел опять неспешным, размеренным шагом, склонивши острый куколь, неся ведро, — и спустя небольшое время синеватый, вкусно пахнущий дым поплыл сквозь туманный дождь, покойно и блаженно легчая, как бы на полпути растворяясь в родственной стихии, и один отделившийся реденький клок обязательно замирал на месте, на весу, истаивая дольше других и непонятно с чем соединяясь — с мягкой ли моросью или с новыми рассеянными клубами, наплывавшими и тут же исчезавшими. У Софьи Андреевны было тяжело на сердце: жалко себя, жалко крепдешиновой кофточки, которую еще вчера наглаживала, сердясь на крошечное бурое пятно. Весь ее мир — город с асфальтом и магазинами, школа, недавно полученная квартира с горячей и холодной, воркующей в трубах водой — все, что час назад манило ее и теперь опять предъявляло на нее свои права, сделалось противно, необходимость ехать туда давила камнем. Хотелось лежать и глядеть на дым, на темные среди серебряной слякоти кочки травы, до самых корней пропитанные сыростью. Хотелось ничего не чувствовать, кроме тупой округлой боли в низу живота, тянущей из ног какие-то тонюсенькие рвущиеся жилки, — так мог бы болеть корнеплод, который всё тянут и тянут из цепкой земли.

Однако Иван сидел все так же на виду у Софьи Андреевны и был словно неумелое, избыточное от жадности воплощение ее мечты. Будто она сама создала эту крепкую плоть, содержащую внутри одно только бьющееся сердце величиною с пушечное ядро, — создала по золотому образцу, что мелькал перед нею среди распадавшихся вширь и вкось, глухих от зноя деревенских улиц, но не сумела сохранить очарование перспективы, то есть будущего, видного на открытых полевых просторах точно на ладони, — и даже просто обычную улыбку Ивана, невозможную на таком вот сером обрюзглом лице. Иван ворочался, попыхивал губами, сосал траву, — Софья Андреевна видела, до чего ему хочется курить, и угадывала в кармане куртки полый перестук коробки папирос. Но Иван не смел подойти и взять, как не посмел он поцеловать свою языческую жертву крашеной богине. Заплаканная Софья Андреевна, истекающая чем-то липким и по-грибному скрипучим на пальцах, не знала, как ему отомстить и как помочь — как вообще разрешить их неправильные отношения, чтобы не разойтись от этого сарая навсегда.

женский почерк

Внезапно слякоть вспыхнула на солнце, ливень опять припустил, стуча и сверкая, точно битое стекло, и одновременно Софья Андреевна ощутила лучшее, что только довелось ей испытывать в жизни: ей показалось, будто некое существо — не бог, потому что бога нет, — но существо всевидящее, ничего для себя самого не желающее, жалеет их обоих, будто собственных детей, и оттого они непременно будут вместе. Сразу сделалось легко: подстановка мнимой величины разрешила задачу и помогла не только Софье Андреевне, но и Катерине Ивановне, чьи клетки, вздрогнув, совершили в этот момент четвертое деление. Благость сошла на нее через много лет, сырой апрельской ночью, со скрежетом вздувавшей штору, лезущей голыми прутьями в форточку, — первой ночью, когда Софью Андреевну выписали из больницы умирать.

Катерина Ивановна ничем не могла помочь наполовину усохшей матери, лежавшей на чересчур просторном для нее диване, будто посторонняя вещь. Даже врачи отказались от нее, и когда Катерина Ивановна за ней пришла, мать, полусъехав со стула, дожидалась ее в розовом от солнца больничном коридоре, под осторожно вьющимся цветком, похожим на кошмар. Ее мешок, набитый кое-как, горбатым уродцем валялся почему-то на другой стороне коридора, а на ее продавленной койке, видной сквозь стеклянную стену палаты и всегда напоминавшей Катерине Ивановне какой-то дурацкий гамачок, сидела уже другая женщина, с жидкой блинообразной грудью и тугим огромным животом, и ела из железной миски водянистую кашу. Перевезенная домой, мать словно осталась точно в том же положении: мешок неразобранным стоял в затоптанной прихожей, и надо было мыть запотевшие банки, из которых так глухо и душно пахнет, когда сдираешь присосавшиеся крышки, — но Катерина Ивановна не могла.

Из-за того, что мать теперь была нужна только ей и никому другому, она ощущала себя исключением среди всех людей, и чувство одиночества, подтверждаемое прутяным шараханьем за стеклами и сквозящей, накипающей в ушах тишиной подъезда, не давало ей по-настоящему ощутить дочернюю жалость к умирающей матери. Мать лежала странная, словно подпертая снизу чем-то неудобным, твердым. Казалось, ее изменили специально, для какого-то маскарада: обвислая кожа походила на потеки желтоватой и бурой масляной краски, непросохшей, мягкой, подернутой сморщенными пленками, остатки сальных волос стояли дыбом над губчатой лысиной, из черных ноздрей вырывался свист. Катерина Ивановна сидела рядом на качавшейся с ножки на ножку табуретке и пыталась сосредоточиться. Она вспоминала, как в больнице мать, свернувшись в комок, держалась костяной рукой за прут кроватной спинки, а грязный блин подушки лежал у нее на плече; как она неожиданно приобрела привычку ласкать и гладить части своей тощей серенькой постели, странно нежиться в ней, тереться и ерзать с кошачьими вывертами изнывающего тела. Ничто не помогало одинокой Катерине Ивановне, она словно скользила чувствами по непроницаемой поверхности, и чем больше помнила и видела подробностей, тем кощунственнее представлялось ей внимание ко внешней стороне вещей, как бы уплотнявшее эту внешность, не оставляя ни одного проема, чтобы проникнуть в суть. Все это было смутное ощущение, не облеченное в слова, но, когда Катерина Ивановна вдруг увидала со своего качнувшегося табурета, как неестественно, контрастно, пестро разложены цвета на потном материнском лице, когда она поразилась буквальной поверхностности своего наблюдения, — тогда ей стало до жути ясно, что пожалеть родную мать ей будет ничуть не легче, чем понять до конца, что же такое смерть.

Думая теперь уже только о смерти, Катерина Ивановна поспешно вскакивала на ноги и дергала раздутую штору. По сравнению с недавней зимней белесостью, оставлявшей ночью от города полустертый меловой чертеж, апрельская ночь была непроглядно черна. Незастекленный влажный квадрат черноты отдельно зиял в распахнутой форточке, и оттуда особенно близко и внятно, как это бывает только голыми весенними ночами, доносились сырые шорохи, объявляющий женский голос с недалекого вокзала, одновременно неразборчивый и стеклянно-ясный, хрусткие шаги по кружевному льду. Вот шаги остановились под самым окном, и какой-то мужчина — ближе, чем в самой комнате, — беззлобно ругнулся, другой ответил басистым молодым смешком. Они подождали третьего, догонявшего грузной хромой побежкой и на бегу вытиравшего подошву о мокрое крошево, и дальше пошагали в ногу, словно подмываемые теменью, мерно набегавшей им на башмаки.

Катерина Ивановна не знала, почему у нее внезапно отлегло от сердца. Она подумала, что все-таки не одна, кругом народ, что пахнущие лекарствами зимние месяцы кончились и скоро наступит лето со всякими чудесами: шоколадным мороженым, купанием, с цветными палочками стрекоз над солнечной, запыленной гладью воды и столь же тонкими и чуткими мальками среди золотого ила, видными там, где на воду падает тень, — с магнитным, магнетическим соответствием их внезапных замирающих зигзагов. Тут же к измученной Катерине Ивановне пришла уверенность, что и ей соответствует некое Верховное Существо — оно сейчас жалеет за нее неподвижную маму в полную меру ее страданий и ждет ее на легком летнем небе, где многоярусные облака плывут и увлекают, поднимают землю, так что, когда настанет крайняя минута, земля обернется пухом, и останется только перейти с одного облака на другое, глубже утонувшее в синеве.

Катерина Ивановна, конечно, не могла догадываться, почему именно о лете подумала она, стоя возле глухо стукавшей весенней форточки и слушая далекое, но все еще отчетливое хрупанье незнакомцев: казалось, звуки, издаваемые ими, просто не способны исчезнуть, как не исчезнут сами эти парни с остекленелой посюсторонней тверди, потому что они не умрут. Если бы Катерине Ивановне задали вопрос, она бы ответила, что лето — срок, который матери назначили врачи. После Софья Андреевна не дотянула до него — случилось то, что случилось, у Катерины Ивановны недостало сил любить ее до конца, — но пока представление о лете, соединившись с представлением о Верховном Существе, помогло ей подобрать мешок и разложить все вещи по домашним полкам, как будто они могли еще там прижиться, и помогало дальше, во всю горячую и спорую весну, когда происходящее в природе казалось приготовлением к маминой смерти, и приготовления эти были радостны и торжественны.

Только все происходило очень быстро. Бежали по яркому небу пестрые, в талых промоинах, облака, и рябило в глазах от перебегающего света, от сора, от ветра на сморщенных лужах; капель срывалась буквально со всего, даже с черных корок, оставшихся от сугробов, и, поймав в полете солнце, прожигала лед. После недолгого соседства льда и пыли начались дожди, напряженные, гудящие, будто их не только спускали сверху, но и тянули снизу; бледный и тяжелый майский снег, что-то смутно напомнивший Катерине Ивановне, валил и сразу стекал по ветвям, по заборам, по лицам прохожих — казалось, будто город моют мыльной эмульсией до зеркального блеска, и после действительно все отражалось во всем, трепетало, дробилось, удивительно отзывчиво подхватывая всякое движение, прибавляя его к своей сверкающей игре: казалось, в мире ничто не пропадает бесследно, смерти нет и не может быть.

Однако торопливая природа готовилась к тому, чтобы скорей настал назначенный врачами июль: уже и листья на деревьях подросли, уже на пригреве запестрели желтые мать-и-мачехи, круглые, на коротких стеблях, будто крепко пришитые пуговицы. Во все эти тяжелые месяцы Катерина Ивановна мысленно обращалась к Верховному Существу (не к богу, потому что бога нет), — она словно ждала его, не отдавая себе отчета, что в самой его всеприемлющей сущности есть нечто летнее, вольное, когда земля ничем не закрыта от неба, а небо безо всяких безымянных и пустых слоев пространства начинается прямо от земли, от травы, от цветов.

Если бы Софья Андреевна рассказала дочери об отце, — но за всю совместную жизнь мать и дочь ни разу не поговорили ни о чем серьезном и вечно ссорились по пустякам, вкладывая в это столько интонаций и переживаний, что два их взволнованных голоса — одинаковых, один на номер меньше, — можно было слушать, не понимая слов. Зато перебранки по поводу плохо промытых вилок или слишком красной дочериной юбки придавали всему их бедному обиходу некую значительность, словно каждая мелочь стоила многочасового обсуждения. Ни мать, ни дочь не забывали друг другу обид, и вовсе не со зла, а просто потому, что раны и ранки у обеих не заживали, кровоточили через годы: так уж обе женщины были устроены, такова была их душевная структура. Зато саднящий груз обид, все продолжавший копиться и возрастать, и был тем общим, что соединяло этих двух единственно родных людей. Теперь, когда мать уже едва могла произнести, напряженно перекашивая рот и шею, несколько гортанных слов, всему этому, казавшемуся вечным, предстояло куда-то пропасть, а вещам, кое-как наполнявшим квартиру, предстояло потерять существенность и важность, сделаться остатками самих себя. До последнего часа мать говорила «мое». Мир, в котором она существовала, уходил. Истина заключалась в том, что Катерина Ивановна не любила мать, но мать была тем единственным, что она действительно имела в жизни. Вещи матери, ставшие в ее отсутствие совершенно чужими, дочь унаследовать не смогла.

Бессонными ночами у маминой постели, когда Катерина Ивановна сливала из кастрюльки со шприцем встающий тучей кипяток, когда втыкала иглу в пустую складку кожи, глядя на твердое, как ложка, материнское надгубье, покрывавшееся бисерным потом, — больше всего ей хотелось заставить мать очнуться, чтобы та рассказала ей что-то такое, после чего можно было бы жить самой, обрести смысл и причину существования. Весь тон общения Катерины Ивановны с матерью всегда говорил о том, что она появилась как бы ниоткуда, была вроде подкидыша, оставленного у чужих дверей. Будто в материнской жизни не было ничего, что привело к ее рождению, — ни любви, ни цветов, ни желания быть с тем седым и тонкошеим, козлиной масти, стариком, с которым Катерина Ивановна говорила только однажды в жизни и которого вспоминала с ужасом. Теперь она мечтала, чтобы мать напоследок рассказала ей что-нибудь хорошее об отце: что она увидела в нем, когда согласилась стать его женой. Услыхать о дне своего начала было бы спасением для Катерины Ивановны — услыхать всю правду о насилии и любви, о том, как растерявшийся отец не посмел забрать из куртки папиросы, а мать подала ему драную коробку, придерживая кожанку на груди бессознательным жестом святости и молитвы, просыпая табак. Однако старая, желтозубая, вся изоржавевшая большими родинками Софья Андреевна ничего не сказала ей — не сказала из принципа и из-за того, что была поглощена раскрытием обмана, когда притворно утихшая боль таилась в закоулках тела, ставшего полуразрушенным лабиринтом, — яростно выскакивала, если ее разоблачить.

Софья Андреевна вообще полагала, что про стыдное говорить нельзя, и ни словом не перемолвилась о случившемся даже с самим Иваном, даже в тот горячий мокрый день, когда Иван завез ее в сарай, размерами намного превышавший побитый кубик особняка, — и в этом превышении было что-то жестокое, торжество дощатой темной пустоты. Во весь остаток пути домой Софья Андреевна в застегнутой до горла кожанке, полной ее нового соленого, рыбного запаха, ни разу не укорила и не обругала виноватого Ивана — более того, улыбалась голым большим лицом на встречном ветру и охотно глядела, куда он указывал взмахом руки и неразборчивым отчаянно-веселым вскриком. Все вокруг крутилось, дробное солнце скакало стаей воробьев. Вместо одного, на что показывал Иван, Софья Андреевна видела сразу десятки городских явлений, от которых отвыкла в деревне, а от овощного открытого лотка, где с яблоком в руке замерла перед весами плечистая продавщица, вдруг напахнуло осенью, первым сентября.

Приободрившийся Иван залихватски проскакивал пустые перед переменою потоков перекрестки, нарочно давил голубино-сизые лужи, пролетая их словно на шумных крыльях поднятой воды. Однако в подъезде, перед открытой дверью в квартиру, куда растерзанная, запоздало зардевшаяся Софья Андреевна поспешила нырнуть, он как-то нехорошо оскалился и, схватив свою пустую, словно натопленную куртку, протянутую ему через порог голой мягкой рукой, обрушился вниз по лестнице, спрыгивая с последних ступеней и звучно хлопаясь подошвами о площадки. Получилось, что они буквально бросились в разные стороны, не сказав друг другу даже вежливого слова, и это произошло настолько неожиданно, что Софья Андреевна не успела и ахнуть, как осталась одна.

Нежилая душная квартира, с позабытым три недели назад полотенцем на спинке стула, с черным пятном томатного соуса на плите, встретила ее удивительно ровным молчанием: стояли часы. Ей надо было многое успеть за вечер — помыться, постирать, — надо было с утра бежать в районо с бумагами, чтобы после не опоздать на единственный удобный рейсовый автобус. Но, оглушенная, она никак не могла включиться обратно в жизнь, хотя бы смыть с горящего тела любовный рассол, и вместо этого бродила в кое-как завязанном халате, поддевая босой ногой заскорузлые остатки крепдешиновой блузки, ставшие похожими на грубую и яркую бумагу — на обертку какой-то покупки, брошенную на пол. Так провалалдалась она бессмысленно долго, до самого глухого времени ночи, пока в незанавешенных окнах не осталось ничего, кроме маслянистых отражений, отличавшихся какой-то вытянутой стройностью, не присущей реальным вещам ее жилья. Она потеряла в квартире служебные бумаги, привезенную с собой зубную щетку. Явившийся наутро беспорядок был таков, как если бы она взялась за генеральную уборку, но в действительности она не делала ничего, только сидела то здесь, то там, иногда брала какую-нибудь книгу — поначалу выдирала тома из плотных рядов, а потом они сами падали ей на руки из оставшихся развалин, а из них выскальзывали, вертко трепетнув лопастями, засушенные растения.

То была всего лишь первая ее одинокая ночь невесты: потом они пошли подряд и составили целый провал, отличаясь от замужних бессонниц особенной прозрачностью, когда, сидя на диване, можно было дотянуться рукой до новенькой люстры и в то же время нельзя было даже шевельнуться, чтобы не замутить ярчайшей пустоты горящего электричества. Не отдавая себе отчета, Софья Андреевна ждала. Даже мысль, что Иван давно храпит на своей общежитской койке или гуляет с мужиками, вовсе не собираясь к Софье Андреевне, — даже полная в этом уверенность не освобождала ее, а только заставляла набираться терпения на более долгий срок. Она еще неудобней горбилась: на табуретке, на стуле, на краю забрызганной ванны, куда со свербящим пришлепом падала из крана забытая ею переменчиво-монотонная струйка воды. Усилия, чтобы вымыть туфли или пожарить яичницу, казались ей непомерными — тем непомернее, чем больше она думала об этом и чем дольше откладывала дела, — и доходило до того, что, плюхнувшись на сбитую постель, она уже не могла приподняться и стянуть халат и от этого не могла по-настоящему заснуть — до самого рассвета слушала, как стучат и бормочут трубы, как окрепшая струя, урча, клубясь в горячей толще воды, переполняет ванну.

Так Софья Андреевна теперь и дремала — в пропотевшем халате и колючей комбинации, лежа в серой своей постели, будто селедка в газете, — и наутро ее пробирала сыпучая дрожь. За два неполных месяца, что оставались до сентября, Софья Андреевна сильно опустилась, обрюзгла, стоптала туфли в каменные опорки. Особенно когда она, пытаясь помолодеть для Ивана, покрасила свои густейшие жесткие волосы в парикмахерскую желтизну, стало заметно, что у нее лицо алкоголички, — так что даже завуч Ирина Борисовна, отпускная и золотистая, как свежий батон, встретив Софью Андреевну в универмаге, поставила брови углом над округлившимися глазами и не поздоровалась. В тот день, когда Софья Андреевна узнала в женской консультации о своей беременности, две суровые нитки протянулись с концов ее опущенного рта, чтобы после разветвиться по всему лицу: дочь, когда подросла, принимала материнские морщины за нервы, про которые говорили по телевизору. От постоянного, почти не замечаемого голода у Софьи Андреевны звенело в ушах.

Глава 14

Все-таки именно в эти месяцы до свадьбы Софья Андреевна только и любила Ивана по-настоящему. Иван то появлялся, то исчезал: случалось, звонил неизвестно откуда в учительскую (превращавшуюся при лягушачьих звуках его голоса из трубки в какой-то отрешенно-внимательный, автоматический в движениях механизм), — звонил, велел дожидаться его вечерком, а сам возникал из нестерпимо почужевшего и как бы опрощенного пространства денька через три, веселый, дышащий горячими спиртовыми парами, совершенно не видящий разницы между своим объявленным приходом и этим, полагавший, что выполнил обещание просто немного времени спустя. Опаздывая таким нечеловеческим образом — словно время не делилось и не различалось для него по суткам и ему не требовалось ни есть, ни спать, — он всегда прибегал запыхавшийся, выигравший напоследок несколько минут, страшно собой довольный. Один раз — и через годы, в свои невеселые праздники, Софья Андреевна вспоминала этот возмутительный случай с необъяснимой нежностью, — один раз он даже гнался за ней по улице, свистящей грудью в сбитом на сторону галстуке наскакивая на встречных. Обернувшись на посторонний шорох, Софья Андреевна увидала дикую фигуру, странно кривоногую на резком, яростно топочущем бегу. Большие перепончатые листья тополей, уже летавшие над улицей, степенно черпая холодный августовский воздух, вились над фигурой, словно птицы преследовали обезумевшую жертву, — и когда осклабленный Иван налетел, Софья Андреевна вдруг ощутила себя такой молоденькой, какой не бывала ни разу в жизни, и стоило ей вспомнить этот миг на загроможденной предпраздничной кухне, как она уже не могла совладать с обидой, готовой гнать ее от кухни и от дочери на край земли.

Случалось, и Иван, не желавший ни знать, ни учитывать рабочего расписания Софьи Андреевны, дожидался ее прихода. Но при этом он не впадал в ожидание, которое у Софьи Андреевны постепенно тормозило все ее дела и в конце концов выставляло ее неодушевленным предметом на поверхности прочих вещей — оставляло лежащей на поверхности своей измученной постели точно в такой же позе, в какой Катерина Ивановна нашла ее мертвой, уже не имеющей отношения ни к опрокинутому стакану, ни к горящему на полу ночнику. Софью Андреевну умиляло, что Иван, не застав ее дома, не уходит, сидит на лестнице (ей ни разу не ударило в голову соединить неприличные рисунки простым карандашиком, что засеребрились тут и там по угрюмой покраске стены, и его неунывающий досуг), — но однажды, вернувшись после родительского собрания, она обнаружила Ивана уже у соседки. Вернее, он обнаружился сам: они оба вывалились на площадку, едва заслышав, как Софья Андреевна открывает свой замок: соседка, крючконосая ученая дама, обыкновенно никого вокруг не замечавшая, распиналась разными позами между своих косяков и дышала глубоко, округло, будто марля, натянутая на форточку.

В скором времени Иван перезнакомился со всем подъездом: эти люди, каждый больше со своей манерой сбегать по ступенькам, чем со своим лицом, бывшие для Софьи Андреевны скорее порождением лестничных пролетов, чем такими же, как она, жильцами, вдруг обрели физиономии и разобрались по квартирам, откуда высовывались, стоило Ивану кашлянуть внизу. Все они испытывали к нему какие-то чувства вплоть до ненависти — со стариком из двенадцатой квартиры Иван вообще подрался, вырывая из его угловато махавших рук то, что старик яростно хватал у себя в прихожей, — смутные личности, начинавшие здороваться друг с другом только возле собственного крыльца и в городе друг друга не признававшие, вдруг слились чуть ли не в коллектив, и чем живее делались их отношения с Иваном, тем более чужды становились они для Софьи Андреевны.

Во все совместные месяцы Иван, вторгшийся в ее налаженную жизнь с бесцеремонным и бездушным любопытством, как бы заслонял от нее людей, забирая их целиком себе и замещая одним собой; даже математик Людмила Георгиевна, которую Софья Андреевна считала чем-то вроде подруги и с которой иногда ходила в кино, после культпохода втроем стала казаться непонятной, чересчур перетянутой в талии, перекошенной, со своим аналитическим умом, хозяйственными сумками, — в результате между ними надолго установился натянутый тон изживаемой ссоры, в действительности никогда не бывшей и не имевшей причин произойти. Все-таки Софья Андреевна не могла себя переломить и, представляя Ивана знакомым, сразу начинала держаться так, точно не его, а ее только что ввели в компанию и представили невестой. Она не знала, как много было в ней при этом девичьего, милого, как покорно круглились ее могутные плечи, как хорошо горели новые сережки в малиновых, еще припухлых после косметической иглы ушах. Но знакомые, замечая в Софье Андреевне неожиданную и позднюю красу здоровенной крестьянской девки, все-таки и сами отдалялись от нее: интеллигентская интуиция подсказывала им, что она говорит и держится именно так, как чувствует, и что рядом с хамоватым парнем в цветной рубахе и в широченном, украшенном бляхами брючном ремне они теряют для Софьи Андреевны всякое значение, попросту оказываются забыты.

В то предосеннее, пустое, ветреное время, с прищуром

солнца из-за посеревших облаков, Софья Андреевна, впервые жившая во всем огромном продуваемом пространстве, готова была отдать Ивану все и вся — готова была сказать «не мое» про что угодно, вплоть до собственного исландского свитера, который Иван надевал лишь однажды, и после этого Софья Андреевна чувствовала к свитеру что-то вроде вражды, когда он приманивал мягкостью, приятным узором. Полнота ее отречения была такова, что за считанные недели вокруг нее образовалась как бы пустыня с напряженным, ровным, до предела натянутым горизонтом, — а потом, когда Иван ушел и люди вперемешку с вещами, постаревшие и поблеклые, проступили на своих местах, Софье Андреевне стало не по себе, будто она вернулась из долгого путешествия куда-нибудь в Африку, а здесь все необратимо переменилось и не желает ее принимать. Ей даже чудилось иногда, что какая-то другая, *правильная* Софья Андреевна продолжает жить в квартире с призрачной от пыли полированной мебелью и низким лучом между штор, дает уроки, выступает на профсоюзных собраниях. Часто, открывая дверь ключом, она боялась столкнуться с настоящей хозяйкой, поразительно знакомого и в то же время чуждого облика, какой замечаешь вдруг в неожиданном зеркале и отождествляешь с собой скорее по шляпе или блузке, признавая их своими. Она вполне была готова счесть темноватую скользящую фигуру во всегда раскрытой зеркальной створе шифоньера другим человеком — тем охотнее, чем ярче были на страшноватой женщине полузастегнутые вещи. Худолицая и толстобрюхая, похожая на небольшого динозавра, женщина была неуловима — только иногда удавалось встретиться с ней ладонями, коснуться ее необычайно бледной, словно выходящей из воды руки. Софье Андреевне понадобилось больше года, чтобы снова совпасть с собой: выправить жизнь, вернуться на работу, снова начать раскланиваться с соседями, поначалу только хмыкавшими на разные лады. Все со временем сделалось так, как должно было быть, и от пережитого осталась одна девчонка, которая только и могла теперь, что по-своему искать совпадения с Софьей Андреевной, перенимая еще неготовыми чертами ее асимметричные гримасы и несколько раз за младенчество меняя цвет волос, чтобы через положенный срок достигнуть совершенства.

Впервые услыхав про будущего ребенка, Иван раздулся от самодовольства, начал покрикивать на засуетившуюся Софью Андреевну, потребовал себе из серванта болгарское вино. Вытянув бутыль бордовой кислятины под пустые, как калоши, огурцы из прошлогодней банки (Софье Андреевне заботливо подливая из крана белесой шипящей воды), он ушел по просиявшему после дождя двору в недельный запой и вернулся мрачный, с толстой и невероятно грязной варежкой бинтов на правой руке, о своем отцовстве начисто забывший. Понадобилось несколько напоминаний, чтобы это окончательно устроилось у него в голове. Каждый раз он с легкостью соглашался стать счастливым папой и даже начинал перебирать серьезные мужские имена. Софье Андреевне при мысли, что, возможно, будет мальчик, делалось страшновато, вспоминались большие пацаны в замызганных майках и кепках, что гоняли на мотоцикле стахановца по пустырю, похожему на бок исчирканного спичечного коробка, и дразнили ее врагом народа, — а после все до одного погибли на войне, происходившей, по тогдашним представлениям Софьи Андреевны, не на реальном земном пространстве, а сразу в загробной области, куда через город, лязгая и разрываясь катящимся грохотом, ползли товарняки. Пропадать за горизонтом было всеобщим свойством мужчин, уходы Ивана в запой или неизвестно куда были как бы слабыми и пробными проявлениями его естественной природы. Оттого, когда он чудом возвращался, Софья Андреевна тайно гладилась щекой о его одежду, мокрую на вешалке поверх ее сухих вещей, словно испытавшую воздействие иных погод, и чувствовала смутную неприязнь к ребенку мужского пола, пока что ей ненужному. Мальчик мог немедленно вытеснить и отнять у нее Ивана, потому что двое мужчин в семье были бы чем-то невероятным, какой-то буржуазной, чужеземной роскошью вроде двух автомобилей, и чем-то донельзя опасным, почти противозаконным.

Так же легко — и даже сердясь, что ему повторяют опять, — Иван соглашался жениться на Софье Андреевне. Но Софья Андреевна знала уже, что это ровным счетом ничего не значит, что Иван не отличает обещания от дела и так и будет впредь отлынивать от скромного похода в загс, располагавшийся всего-то через два квартала, в бревенчатом флигеле с домашними занавесками и высоченным расшатанным крыльцом, откуда с букетом на локте, осторожно пробуя ступени каблуками, каждые полчаса сходила новая невеста в трепещущем крепдешине. В ответ на малейшую настойчивость Софьи Андреевны — а выпадали такие замечательные дни, с такой текучей, солнечной игрой багряных листьев, щедро сыпавшихся на головы прохожих, что не надо было покупных цветов, — в ответ Иван кричал, надуваясь лицом, что она ни во что не ставит его честное слово и требует еще чего-то, будто он не отец своему пацану, — хватал в прихожей брякавшую кожанку и, распяливаясь в запутанных рукавах, набрасывая куртку чуть ли не на голову, выскакивал вон.

Софья Андреевна уже тогда видела все слабости Ивана: его обидчивость, безответственность, ребячески азартную страсть к питию. Устраивая стол и после сидя за ним, Иван словно играл передвигаемыми посудинами и кусками хлеба, причем бутылка была главная кукла: когда он почтительно касался ее горлышком края стопки, его выпяченные губы пришептывали, будто стопка и бутылка что-то говорили друг другу, — а потом, красивым наворотом подхватив последнюю, готовую сорваться каплю, бутылка отплывала прочь и становилась на самое видное место с достоинством умолчания и сбереженной тайны. Софью Андреевну и смешила, и злила эта глупая игра, кончавшаяся неизменно вне пределов ее досягаемости, в каких-то общежитиях и кочегарках, с изнанки нормального города, — она еще и потому хотела поскорее расписаться с Иваном, чтобы ему некуда было идти дальше ее квартиры, негде напиваться и набивать синяки. Эти синяки, зеленые и твердые, похожие на неспелые сливы, и лиловые, с мякотью, похожие на сливы перезревшие, делали лицо Ивана старообразным, бабьим и особенно сердили Софью Андреевну тем, что не могли укрыться от ее знакомых и никак не вязались с их представлениями о ее достоинствах, превращая ее с Иваном союз в нечто непропорциональное и непрочное.

В то же время непредсказуемый, не дающийся в руки

Иван представлял для нее источник странного очарования, сладостных мук. Именно от него зависела теперь ее судьба, нормальный и правильный ход которой она всегда обеспечивала отличными отметками, пионерской активностью, безупречной аккуратностью тетрадей и конспектов, казавшихся буквально, будто прописи, образцами для подражания. Чтобы избавиться от тени, бросаемой на нее арестованным отцом, Софья Андреевна всегда стремилась на яркий свет: на трибуну, в президиум, в первый ряд университетского хора, хотя почти не имела голоса, — избегала заводить какие-то собственные тайны, инстинктивно вся и целиком держалась на виду. И теперь, когда весь ее труд, сделавший ее достаточно *видным* человеком, мог быть перечеркнут одним отказом Ивана жениться, он представлялся Софье Андреевне могущественным, будто античный герой; в его сощуренных глазах, в спадающем на них остром клочке волос ей мнилась железная воля; один его особенный разворот плеча отзывался в ней ударом сердца, шедшим не прямо, как обычно, а куда-то вниз, сладкой кровью стекая до колен. Случалось, что без Ивана, среди ночи, полной мягкого, плодового стука дождя, на Софью Андреевну находила жертвенная покорность. Она воображала, как будет одна растить ребенка и принимать своего мужчину, когда бы и каким бы он ни пришел. Сразу отпадала необходимость чего-то требовать от Ивана, куда-то его тащить, и вместо обычной решимости добиться своего Софья Андреевна ощущала незнакомое телесное томление. Хотелось что-то сделать с собой, обо что-то потереться, выгнуться колесом: Софья Андреевна, лежа на животе, подгребала под себя постель, возила коленями по неласковым складкам, будто младенец, который учится ползать. Иногда размаянной Софье Андреевне удавалось заплакать: слезы, теплые, будто молочные, безо всякого жжения омывали пышущее лицо. Она оглаживала свои колени, обивку дивана, подлокотник: все требовало прикосновения, ласковой пытки. Ужасно были соблазнительны всякие дырки, прорехи: однажды в таком состоянии она разодрала по шву старую подушечку, расшитую бисером, — там обнаружился дурно пахнувший блин коричневой ваты и распадавшаяся на осьмушки ветхая листовка, старинным шрифтом, с крестиком почти над каждым словом, призывавшая к политической стачке.

Если бы Иван хоть однажды явился к Софье Андреевне в такую минуту — и не просто явился, а, поняв значение корки горелого сахара на ее пересохших губах, сумел бы сделаться для нее безликим, как бы неузнанным, сумел бы пожалеть ее своими руками и стать ее новым осязанием, которым она бы ощутила самое себя, — тогда, быть может, Софья Андреевна стала бы другим человеком, умеющим изживать обиды, а не накапливать их, как единственный свой капитал.

Но ни разу не вышло совпадения: Иван по большей части возникал в обычные, *трудовые* часы, когда выносливое тело Софьи Андреевны бывало поглощено усилиями стирки и готовки и не чувствовало даже укусов масла, стреляющего на сковороде. Бодрая, заранее настроенная, что надо заниматься *этим*, полагающая через *это* обязать Ивана благодарностью, Софья Андреевна подчинялась ему с принужденной улыбкой и старалась (чтобы он не трогал) как можно больше снять самой: скорей запихивала под простыню скомканное бельишко. Всегда получалось грубо, тяжело: мокрые всхлипы вспотевших тел, суматошные толчки. После первого раза в сарае поцелуи у них даже в минуты близости сделались почти запретны, оба отворачивались и мотали головами, будто пассажиры троллейбуса, случайно стиснутые давкой. В результате Софья Андреевна чувствовала только жжение и позывы бежать в туалет. Глядя на лоснящегося, моргающего Ивана, она прикидывала, что, если ей настолько плохо, если она платит такую цену, значит, ему должно быть райски хорошо, и испытывала нечто вроде гордости своими женскими качествами.

В глубине души она была готова даже на худшее (сожженные книги и разные смутные отзвуки составили представление о фантастических способах *этого*, превращающих мужчину в какого-то зверя, что добывает свое удовольствие, терзая женщину до потери сознания). Поэтому Софью Андреевну просто оскорбляло, когда Иван, перекатившись на живот и утвердившись в позе загорающего на пляже, начинал выспрашивать, понравилось ли ей, успела ли она «получить свое». Ей казалось, что Иван пытается уменьшить ее заслугу перед ним, чтобы не быть обязанным жениться. Самая мысль, что она может получать от *этого* удовольствие, была донельзя оскорбительной и низводила Софью Андреевну чуть ли не до уровня ее десятиклассниц, чьи юбки после каникул настолько укоротились, что форма на них сделалась условной, будто костюмы опереточного кордебалета, — причем красотки были с красненькими, придававшими их передвижениям как бы общий пунктир комсомольскими значками. Софья Андреевна полагала ниже своего достоинства отвечать на вопросы Ивана и лежала перед ним бесстрастная, подоткнув под себя одеяло (ему она купила отдельное за тридцать рублей). Даже когда Иван начинал сердиться и пихаться локтем, Софья Андреевна не произносила желанных ему примирительных слов, потому что это было бы слишком, было бы уже идиотизмом самопожертвования.

Наконец Иван, ругаясь сквозь зубы и наворачивая на себя постель, переваливался лицом к стене. Тогда освобожденная Софья Андреевна тихонько выпрастывалась и, натянув халат, первым делом собирала по комнате вещи Ивана, поглядывая на него то оттуда, то отсюда, не веря ровному шуму его неподвижного сна. Вещи, взятые в руки, распадались: от кальсон отваливался заскорузлый комочек носка, второй продолжал висеть на штанине, как кукиш; выскальзывал и брякался брючный ремень, из карманов сыпалась сорная всячина. Не все удавалось найти, и так грустно бывало после, одной, обнаружить закатившуюся конфету в проклеенном фантике или медную зажигалку, из которой после многих нажимов и срывов, оставлявших на пальце рубец, высекался голубоватый и хилый, как пух, огонек. Раз из кармана брюк с легкостью фокуса поплыло, исторгая новые и новые картинки, нечто вроде колоды игральных карт. Нагнувшись, Софья Андреевна не сразу поняла изображения: поначалу ей померещилось, что это сцены убийства полураздетых женщин, вспомнились милицейские уличные стенды с жирно пропечатанными фотографиями преступников, как бы ищущих в кучке зевак ответного черного цвета для предварительного опознания. Однако снимки, расстелившиеся по половицам, не были просто черно-белыми. Фломастером, от руки, Иван разрисовал простертым жертвам то, что, вероятно, казалось ему красивым. У одной блондинки губы и сосцы получились малиновые, а волосы цвета сырого желтка, у какой-то другой, размером поменьше, ярко зеленели трусики и туфли. Что-то отозвалось в душе у Софьи Андреевны — в детстве раскрасить значило полюбить, — но вдруг она, просто потому, что преступники на снимках были исключительно мужчины, догадалась, что убийства имеют отношение к *этому*. В следующую секунду она поняла, что перед ней именно *это* и ничто другое, — вспомнила, как на педсовете кто-то говорил, что такие снимки продаются на вокзале, в электричках. Сразу красноротые женщины, ужасные в соединении полуголых тел и улыбающихся, ничего не ведающих лиц, похожие на трупы или вскрытые кукольные механизмы, сделались живыми, и Софья Андреевна, никогда и никого не признававшая таким же, как она, неожиданно ощутила себя одной из них, со всеми *их* особенностями под своим несвежим байковым халатом. Через какое-то время она осознала, что стоит на четвереньках над рассыпанными карточками, а Иван, приподнявшись на локте, глядит на нее настойчивым взглядом, одновременно умоляющим и злым, каким отличник смотрит на двоечника, вызванного к доске, без слов пытаясь внушить спасительную подсказку. Эта попытка сделать размякшую Софью Андреевну такой же, как остальные, едва не стала успешной: Софья Андреевна на том неметеном полу едва не забыла и свои крахмальные воротнички, и проценты успеваемости, и все свои старания, чтобы арестованный отец, вернувшись, не признал своей пионерку с одними пятерками, студентку с тугими пуговицами до горла, передовую учительницу.

Однако, сделав над собой надлежащее усилие, Софья Андреевна собрала фотокарточки, плотно завернула их во вчерашнюю «Правду» и выбросила в мусорное ведро, жалея, что не может сжечь и избавить Ивана от соблазна выкапывать свое сокровище из мокрых очисток и рваных бумажек с могучими черными сургучами. С тех пор единственную мужскую обязанность по дому — выносить ведро — Иван целиком предоставил ей самой, а однажды Софья Андреевна обнаружила в ведре свои почетные грамоты, где профили вождей пропитались, точно гноем, пятнами жира с томатом. Первой мыслью было, что раньше Ивана за это отправили бы в лагеря, и вместе со вспышкой желания, чтобы его действительно посадили, Софья Андреевна почувствовала тоску. Она поняла, что его, наверное, действительно посадят или он исчезнет по какой-то иной причине, как исчезали все мужчины из их провинциальной благонамеренной семьи. В сущности, странное поведение — сперва вцепиться в мужика и женить на себе, а через считанные недели выгнать из-за обычной пьянки, не бывшей новостью даже для замужних членов ее учительского коллектива, — объяснялось, вероятно, именно этой тоской. Возмущенная Софья Андреевна, указывая Ивану на дверь, до которой он только что едва доплелся сквозь мелкую жгучую вьюгу, допадавшись до ледяных мозолей на штанах и пальто, исходила из должного, — но должным была не благопристойная семейная жизнь, якобы диктуемая ее общественным положением, но подспудно осознаваемая судьба остаться в одиночестве.

Глава 15

Свадьба, неожиданно многолюдная и крикливая, все-таки сыгралась в конце октября и вышла чуть ли не вопреки стараниям Софьи Андреевны, на чьи осторожные намеки Иван немедленно бросал из рук любое занятие и тащил ее, как была, в прихожую, к отяжелевшей по холодному времени вешалке и резиновым немытым сапогам, якобы сию минуту идти в этот долбаный загс, — и после стоило труда уговорить его дообедать, дочинить телевизор. Дело, как ни странно, решилось тем, что страшнющие Ивановы мужики, среди которых нельзя было узнать ни одного здорового июньского лица, стали доставлять его, пьяного и говорившего басом со всем, что оказывалось у него перед глазами, к Софье Андреевне домой. Частенько часа в четыре ночи раздавался заикающийся от почтения звонок и продолжал неуверенно брякать, пока опухшая, ослепленная электричеством Софья Андреевна бежала к дверям и распахивала их перед площадкой, полной темного, неразличимого народу. Постепенно перетекая на свет, мужики немного уменьшались в росте и числе и обязательно начинали разуваться, сворачивая с ног башмачищи, а после все вели Ивана, приседающего и сощуренного, на готовую постель, выказывая ему явно большее уважение, чем то, каким он пользовался среди них в действительности.

Однажды мужики заявились обычным порядком, поморгали на лестнице, втекли, наполнив прихожую кислым духом, посвистыванием болоньевых плащиков, развалинами обуви, похожей на мятые ведра, — как вдруг обнаружилось, что Ивана с ними нет, и неизвестно, когда он потерялся на их теперь с трудом припоминавшемся пути по каким-то мостам и мосткам, среди лунных пугающих луж. Мужики топтались перед Софьей Андреевной, красноглазо протрезвевшие, и все обегали друг друга взглядами, точно не виделись с каких-то хороших времен и теперь замечали соленую щетину на мордах, грязь на руках. Внезапно Софья Андреевна разрыдалась, уткнувшись в косяк, и видела только сквозь жгучую муть, как один, матерый, с колючим затылком, утопил в висящие пальто другого, плясавшего на тонких ходульках, полусогнутых вроде очковых дужек, по ее зеленому платку.

Потом мужики каким-то образом исчезли, и прошла мучительная неделя дотлевающей осени, когда последние листья на асфальте превратились в пепел и сетчатые нитки и на улицах сделалось пусто, будто в комнатах, из которых убрали мебель: глядя на знакомые здания, деревья, магазины, невозможно было понять, чего недостает. Отсутствие Ивана было на этот раз особенно тяжело — Софье Андреевне уже начинало мерещиться, что она никогда его больше не увидит.

Однако в воскресное утро, оживленное только звуками соседкиного радио, двое из собутыльников Ивана встали на пороге: на матером красовалась новая кепка, продавившая на твердом лбу владельца глубокий розовый след, а на втором топорщились новые брюки, измятые по-магазинному и казавшиеся в соседстве засаленного пиджака пошитыми из бумаги. Осторожно вращаясь и поглядывая через плечо, они внесли на кухню тряский ящик водки. Затем, в течение дня, появились коробки с вином и трехлитровые банки с расплющенными о стекло соленьями, также сопровождаемые полузнакомыми и полуприодетыми людьми.

А в понедельник днем, когда раздосадованная Софья

Андреевна ерзала с кастрюлями среди чужого склада, влетел воскресший Иван, и Софья Андреевна с суеверным трепетом увидала у него на шее, почти за ухом, черную засохшую царапину, похожую на чудом затянувшийся надрез, — а потом этот волос отлип, не оставив шрама. Сияющий Иван самодовольно ухмылялся до ушей (из-за этой косой ухмылки было страшно глядеть на горло), а пухлый шелковый галстук и двустворчатый костюм коричневого мебельного цвета были так великолепны, что обновки прежних посетителей казались только предзнаменованиями этого парада. Возбужденно покрикивая на Софью Андреевну, Иван теперь уже действительно заставил ее переодеться, собрать документы, — а Софья Андреевна сделалась вдруг бестолкова, перед глазами у нее запрыгали блохи, и когда она доставала паспорт из-под стопки белья, дом, сотрясаемый грузовиками, задрожал и взревел, будто у него по примеру тяжелой техники тоже завелся мотор.

С понедельника все и поехало. В деревянном флигельке районного загса все было так, будто он шлакоблочный, — официально, белесо, холодно; это вызывало почему-то недоверие к наружному пейзажу, не тянувшемуся, а повторявшемуся в нескольких экземплярах из окна в окно, размножая ярко-желтую телефонную будку. Здесь отдавало переездом или незаконченным ремонтом, обшарпанные предметы мебели не соединялись в обстановку и казались временно составленными в коридор. Пока Иван совался из двери в дверь, Софья Андреевна на жестком стуле чувствовала себя словно в мастерской фотографа, где не сидишь, а изображаешь сидение, — и лицо у нее было лошадиное, как на фотокарточках, всегда неузнаваемо ее менявших.

Им назначили день регистрации, и поток посетителей в квартиру Софьи Андреевны еще усилился. Теперь, проговорив на уроках положенный материал, Софья Андреевна почти все время проводила дома. Она принимала новые припасы, принимала деньги, передавала их кому указано: справно одетым женщинам, глядевшим из платочков, как из норок, и внимательно считавшим, отслюнивая их к себе, тряпичные десятки и рубли. Софье Андреевне их шепчущий многопалый пересчет напоминал гадание по ромашке «любит — не любит», и с необъяснимым перед свадьбой чувством утраты оживали в памяти деревенские вечера, странное одиночество посередине гаснущей земли, где все в пределах горизонта передвигалось медленно, словно стежками, протягиваясь длинной нитью через каждый стежок, — и ниоткуда не могло свалиться неожиданное будущее. Теперь же все происходило внезапно и помимо воли Софьи Андреевны. Среди приносимых и уносимых грузов она заметила однажды полуразваленный сверток, и, когда попыталась перевязать его шнурком, из него потекли, шурша и скользко шлепаясь в кучу, целлофановые упаковки дефицитных колготок. Одна из женщин, приходившая не раз и по другим делам, оказалась портнихой. Не спросив у Софьи Андреевны, она разметала по столу легчайший жоржет, ухватисто обмерила невесту, забираясь ей под мышки, защипывая ногтем цифру на сантиметровой ленте, — и чем-то были неприятны ее одышливые полуобъятия, прикосновения холодного потного тела, напоминавшие о полуразмороженной, что ли, печени в полиэтиленовом мешке. Портниха работала не покладая рук: даже по ночам в ушах невесты раздавалось мерное, хриплое хрумканье ножниц, шепелявый перестук разболтанной швейной машинки, впервые за долгие годы освобожденной от фанерного чехла. Все-таки платье получилось мешком, и портниха без конца убирала его, напялив на Софью Андреевну швами наружу, и одутловатая невеста в этих перестроченных швах походила на рыбину с колючими плавниками.

В самый разгар приготовлений приехала мать Ивана и бурно вселилась в квартиру, с великим шумом протащив по полу до комода, дверь которого он припер, свой чудовищно раздутый чемодан. Там, как выяснилось позже, уместилось обзаведенье молодоженам: новая подушка и тулуп. Эта зычная баба, со щекастым лицом цвета мороженой картошки и фронтовой медалью на городском жакете, совершенно подавила притихшую Софью Андреевну, но и сама почему-то побаивалась ее. Опасливо, когда, как ей казалось, на нее никто не смотрит, будущая свекровь приотворяла створки, приподымала крышки, щурилась в щели, будто искала наводки на резкость, особенного острого угла. Однажды Софья Андреевна застала ее, когда свекровь, дрожащими пальцами держа на весу обложку, заглядывала в верхнюю из проверенных тетрадей, и на лице ее читалось почтительное изумление. Так бродила она, ничего, даже легкой тетрадки, не беря в могучие руки, ничего не сдвигая с места, будто бесплотный призрак. Шаг ее был увесист и вместе тих: она не топала, но как-то наполняла всю квартиру своим тяжелым присутствием, обозначенным только тонкими и нежными звуками: всхлипами стопок фарфора, пением стекла. Вечера наедине с новоявленной родственницей бывали нестерпимо тяжелы и кое-как проходили за картами, которые у свекрови стелились, льнули, играли гармошкой, буквально расцветали букетами, — а у Софьи Андреевны сразу же разваливался этот шелковый механизм, и приходилось лезть за потерей под стол, где темнели две огромные ноги в шерстяных носках и в мужских клеенчатых шлепанцах. Выбираясь наружу с картой в кулаке и пылью в носу, Софья Андреевна ловила на себе сощуренный свекровкин взгляд, точно такой же, каким она прилаживалась к щелям, настраивая самодельную оптику, — взгляд, слишком поглощенный смотрением, чтобы выражать еще какие-то чувства, — и тогда она ощущала себя лежачим предметом в глухом пространстве: темнота, покорность, покой.

Беременную Софью Андреевну, еще не животастую, но уже косолапую, рано ставшую осторожной в движениях, совершенно отстранили от приготовлений к торжеству. Между тем приготовления шли, и однажды Людмила Георгиевна, ладошкой поддержав под локоть бывшую подругу, боком слезавшую по главной школьной лестнице в вестибюль, сообщила, что Иван без нее заявлялся в школу, всех приглашал на свадьбу, едва не вырвал замок на запертой двери в директорский кабинет, — и с ним была какая-то женщина, очень веселая, в размазанной помаде и сияющих очках, вероятно, кто-то из родственниц. Доставая ногой ступеньку, Софья Андреевна едва не споткнулась: по вздернутым очкам и манере появляться в дверях, занимая их собою будто раму картины (что было особо отмечено наблюдательной Людмилой Георгиевной), она признала соседку, принимавшую какое-то особое и тайное участие в готовящемся празднике, — и потом, во все свои пустые праздники, которые обслуживала исключительно своими руками, Софья Андреевна мстительно припоминала Ивану, в числе других преступлений, и эту позорную связь. Стоя у окна спиной к оцепенелой комнате, где, угрожая своей беспорядочной массой валким безделушкам, свежо и дико чернели охапки цветов, она с торжественным лицом упивалась воображаемыми сценами измены: как напыженный Иван крестом разбрасывает объятья, а соседка виснет на его покрасневшей шее, дрыгая ногами, и с одной ноги слетает туфля. Софья Андреевна с особой силой представляла себе, как преступные любовники, поразив своею наглостью учительский коллектив, выскакивают в школьный сад и гоняются друг за дружкой среди голых яблонь: соседка несется, взбалтывая юбку, и в руке ее призывно трепещет газовый платок. Софья Андреевна была убеждена, что между Иваном и соседкой регулярно случалось *это*: вероятно, Иван, поднявшись на второй этаж, довольно часто медлил между двумя дверьми, и если только соседкина дверь оживала и жмурилась щелью, немедленно бросался туда, заставлял свою вертлявую добычу быстро пятиться до самой койки, — а дальше воображение Софьи Андреевны рисовало одну из Ивановых вокзальных открыток, что продавались, вероятно, в подземном переходе, у подшитых, как валенки, страшных безногих калек.

Софья Андреевна была уверена, что из-за большей тяжести преступления Ивану приятнее с соседкой, чем с ней. Эта высокобровая узкая дрянь выигрывала только потому, что готова была на безобразия, до каких порядочная женщина никогда бы не опустилась, — и через много лет, в течение которых соседка гнулась и оплеталась морщинами, Софья Андреевна не перестала ее презирать. Наказанная за распутство вихляющей хромотой, опозоренная уехавшими в Израиль племянниками, безобразно усатая — два седых шипа в углах лиловых губ, — она так медленно ковыляла по двору под своим горбатым, изломанным зонтом, что можно было сойти с ума от ненависти. Завидев издали Софью Андреевну, профессорша не устремлялась прочь, а прижималась к какой-нибудь стене и замирала, глядя в ужасе сквозь толстенные кругляши очков, словно налитых влагой. Чтобы не длить оскорбительную встречу, Софья Андреевна вынуждена была буквально спасаться бегством от этих перекошенных плечиков и стиснутых пакетов с продуктами, от треска ломаемых там макарон. Получалось, что соседка, стоя на месте, разъезжаясь палкой и тонкими черными ножками по асфальту, оставляла поле битвы за собой, и Софья Андреевна не могла не признать, что в ней до сих пор оставалось нечто особенное, какая-то вязкая сладость вяленого абрикоса, — а ее носильное бельишко, что сохло иногда на голом балкончике, заслоняя от взглядов прозрачное и словно бы стерильное окно, все было отделано желтыми, жеваными, как остатки апельсинных долек, огрубелыми кружевами.

Соседка по-прежнему принимала тайное участие в жизни Софьи Андреевны: на ее измочаленной шее частенько розовел платок, несомненно, из тех, что румяными кипами возили на продажу спекулянтки из Ивановой родни; коллеги, изредка и по делу приходившие к Софье Андреевне, осторожно здоровались во дворе с этим усохшим существом, явно не забывая ее скандального визита в школу и саму свадьбу, где соседка, слепая без очков, не подымавшая морщинистых, жирным серебром накрашенных глаз, была опекаема подвыпившей свекровью, гордой успехами сына у женского пола и наверняка тайком сходившей к соседке в гости, судя по звучавшим как-то тупым и коротким ответам рояля, в который опасливо тыкали пальцем, что выдавало хорошо знакомое Софье Андреевне свекровкино любопытство. Собственная Софьи Андреевны дочь брала у вкрадчивой злыдни старые, похожие на мыло леденцы и при каждой возможности совалась в соседскую дверь, требуя у матери купить такое же, как там, большое пианино. Из соседкиной квартиры пахло вместо еды французскими развратными духами и такими же, как у Ивана, дешевыми папиросами. Тем последовательнее Софья Андреевна позорила ведьму письмами на ее консерваторскую кафедру и бросала мусор ей на чистенький балкон.

Глава 16

Софья Андреевна глубочайше верила и могла присягнуть перед любым судом, что измена была и совершалась с особым цинизмом, так же как верила и в другие преступления окружающих, — в то, например, что возмутительно бордовые перчатки и рижский дезодорант, выпускавший при нажатии вместо мощной пыли слабенький плевочек беловатой микстуры, дочь, чтобы подарить одураченной матери, буквально украла на улице, стащила у какой-нибудь зазевавшейся женщины или даже у двоих. Едва увидав на холодильнике вместо привычного и с душевным терпением ожидаемого рисунка эти пришлые дары, Софья Андреевна сразу же подумала о воровстве и больше не могла заниматься рисом для пирога, густо шлепавшим в кастрюле и уже подгоравшим.

Гладко причесанная, мелко дрожавшая дочь на любые ее слова только улыбалась медленной улыбкой и скользила подальше, перебирая ладонями за спиной и иногда нечаянно хватая терку, полотенце. Софья Андреевна хотела сразу выбросить дары в ведро, но оно оказалось полным доверху и стояло с приветственно приподнятой крышкой, под которой в свою очередь топорщилась разинутая банка из-под сельди иваси. Вслед за этим случился один из самых бурных ее душевных подъемов, праздник гордости и горечи, происходивший в комнате с одной неполноценной половиной, являвшей без Ивана смутную пустоту. Если бы кто-нибудь в эти высокие минуты сообщил заплаканной Софье Андреевне, что все в действительности так и было — девчонка своровала вещи у артистки музкомедии, а Иван имел с соседкой сладкую любовь и даже съездил с нею на три дня в Москву, — она бы сочла осведомителя наглецом, косвенно одобряющим при ней подобные безобразия. Но если бы она смогла каким-то образом самолично и неопровержимо убедиться в грубой правде жизни — что дочь, например, поедая липкий снежок с землей, *действительно* мечтала заболеть и сделаться несчастней беспомощной матери, — Софья Андреевна была бы потрясена. Это было бы такое оскорбление, какое она, возможно, не сумела бы уже переработать на топливо для своих одиноких торжеств. Картины, создаваемые у нее в уме, удивительно точно совпадали с реальностью (с ноги соседки, когда она обнимала Ивана, правда сваливался шлепанец, и с тех пор, вспоминая об этом мужчине, она ощущала себя босой даже в зимних своих окаменелых сапогах). Однако эти картины отличались от жизни особой театральностью: Софья Андреевна чистосердечно ее не замечала, но выдавала раздирающими жестами, которые наблюдатель с улицы, различи он за ледяным стеклом трагический силуэт, принял бы за попытку распахнуть окно и выброситься в лужу. В сущности, горькие истины не нуждались в подтверждении: высказанные вслух, они должны были устыдить людей, как знаки душевного состояния Софьи Андреевны, вызванного всеобщей черствостью, должны были заставить их в порыве раскаяния броситься к ней, умолять... Она воображала свой настоящий праздник в виде собственных похорон — потому что все равно не сумела бы простить и остаться ни с чем. Единственным разрешением ситуации могла бы стать, среди бури слез и насморочного рева оркестра, ее неприкосновенность в простом и строгом гробу: грешники, обнимая друг друга, будто сумасшедшие слепцы, не находили бы ни в ком замены недосягаемой Софье Андреевне и рвались бы из обманувших рук, не имея уже другой опоры, падая на пол. Воображение Софьи Андреевны работало в однажды найденном ключе. Собственно, драматические ее подозрения казались не связанными с реальностью хотя бы потому, что участники представляемых сцен выражали свою сущность едва не на пределе физических возможностей: их ноги страшно топали, грудные клетки вздымались экскаваторными ковшами, глаза, исполненные страсти, лезли из орбит. Выходило, что на самом деле обвиняемым были просто не под силу гнусности, бывшие художественными гиперболами их каждодневных обычных грехов, — но ирония заключалась в том, что Софья Андреевна почти всегда угадывала правду. Если бы только она могла увидеть, с какой небрежной грацией ее воровка-дочь потянула с подоконника кожаную торбу, в то время как на нее летел атласными и плюшевыми спинами завалившийся хоровод, ведомый вокруг пересохшей, сжигаемой гирляндами и солнцем новогодней елки красногубой Снегурочкой с глубокими артистическими морщинами под очень трезвыми глазами! Если бы Софья Андреевна могла наблюдать, как Иван легко качает на коленях голую соседку, как они весело едят тремя руками на двоих, подхватывая с вилки падающие куски! Она бы сочла их просто демонами во плоти и испытала бы то, чего ни разу не почувствовала в жизни, — полное бессилие. Вероятно, столкновение с реальностью сломало бы ее и превратило в безобидное животное с мутью в тепловатом взгляде, с единственной радостью покушать и с восстановленной по самым простым рефлексам на окружающее способностью орать. Но ее почему-то миловало Верховное Существо. Возвышенный огонь обиды пылал у нее в душе, жарко питаясь любым впечатлением, даже бессмысленной игрою в темноте с дезодорантом и перчатками. Софья Андреевна, думая о своем, потряхивала баллончик и, услышав всхлип, подставляла ему, чтобы он доплюнул, широкую ладонь: руки ее в едва налезших перчатках походили на толстые морские звезды, не совсем развернувшиеся.

Однако, наплакавшись и напевшись, Софья Андреевна очнулась и, с отчетливо очерченным румянцем на щеках, запаковала только что обласканные вещи в мокрую бумагу из-под цветов. Сверток получился неловкий и как бы полупустой — вещи там, внутри, не подходили друг другу, — но Софья Андреевна не собиралась мириться с их присутствием и не желала даже на ночь оставлять их не отчужденными от честно заработанного *своего*. На внезапно озарившейся кухне грязная посуда, подбоченясь, являла объедки неприготовленного ужина; тесто вылезало из миски перепончатым пузырем — увидев его при свете, девчонка запустила туда пятерню, и сразу в миске ничего не осталось, кроме тягучих нитей на растопыренных пальцах и липких ошметков по краям. Не из чего было восстанавливать праздник, и следовало ждать утра, чтобы избавиться от свертка, выложенного на виду, на тумбочке в прихожей.

Наутро Софья Андреевна с дочерью долго ехали в холодном трамвае, который то без конца заворачивал, протягиваясь вдоль стучащих по нему ветвями кустов, то мчался по незнакомым пространствам с отдаленными громадами многоэтажек и кучками пассажиров на остановках, черневших среди метельного безлюдья, возле урны и поломанной скамьи. Софья Андреевна, сурово глядя мимо всего, размышляла, что девятого марта стол находок может и не работать, а замерзшая девочка удивлялась, отчего они отправились так далеко на незнакомом номере, если милиция есть буквально в двух шагах, в деревянном доме, где высокое крыльцо и на окнах крашеные решетки. Накануне, скармливая дочери вместо праздничного ужина вспузырившиеся, похожие на шляпы мухоморов, ломти жареной колбасы, Софья Андреевна повторила несколько раз, что завтра поведет ее в милицию, и девочка сжималась от мысли, что теперь непременно достанется Колькиной матери, работавшей в тюрьме, а вовсе не волнующим незнакомкам, которых даже поиски пропажи не могли удержать на месте, и они, поозиравшись, уходили — мгновенис не успевало остановиться, чтобы из ближних друг к дружке девочек и женщин сделать новых дочерей и матерей.

Вероятно, мать везла ее в какое-то особое милицейское отделение, специально занимавшееся малолетними ворами. Они сошли посреди белесой всхолмленной пустыни и, как только трамвай, заметая рельсы, нырнул под уклон, очутились одни. Серое небо неуловимо рождало колючие белые точки — на фоне зданий с одним большим горящим кубом магазина, неоглядной равнины смиренных гаражей трепет легкого снега был неразличим, но делал призрачным все, кроме самой поверхности земли, где по черному льду волочилась, внезапно замирая яркими языками и снова срываясь с места, драная кисея. На этой бетонной окраине туманные башни и циклопические стены со свистящими арками вздымались безо всякой связи и порядка: вместо улиц были коридоры сыпучего ветра, налетавшего из-за любого мутно-серого угла и непонятно как выбиравшего из разных направлений пустоты, где даже нечего было взвихрить с тротуара; девочка долго смотрела, как ветер подбирал, ронял и, запнувшись, снова подхватывал единственную среди всей метели голубую пачку из-под сигарет. В это время мать, запрокинув голову, пятилась на кучу не то остроугольных снежных комьев, не то побитых камней. Громадные номера на домах проступали из морока так высоко, что, стоя рядом, невозможно было разобраться с адресом, размытая махина со слабой желтизной в горящих окнах нависала безымянно и совершенно сама по себе, — девочка чувствовала, как болезненно врезаются в ее сознание эти щупающие шажки задом наперед, и висящие руки, чувствовала, как свое, тугое сжатие в материнском затылке.

Сейчас ей было гораздо хуже, чем когда ее вели к имениннице Любке. Девочка полагала, что не вернется из милиции домой: уходя, поглядела так, будто квартира ее теперь и не ждала, вот только жалко было коврика над кроватью — томиться в тюрьме означало для девочки не глядеть сквозь решетку, а спать возле голой стены. Еще сжималось сердце из-за старой настольной лампы, внезапно переставшей включаться, — рядом с мертвой кнопкой на подставке темнели как ни в чем не бывало шесть вишневых косточек из варенья, потребовавших почему-то быть сосчитанными. Как будто лампа представляла собой бог знает какую ценность — но девочка знала, что большинство вещей в квартире, неизменно стоявших и висевших годами, доживет до ее возвращения, а лампа, чью беду ей вечером удалось утаить от матери, читая книжку на тусклой тараканьей кухне, не доживет: мать все равно обнаружит дефект и выбросит лампу на помойку. С собой у девочки был только сверток с украденным — мать велела нести его в руках. Девочка, в общем-то, и не хотела обратно домой, потому что ночью проревелась всласть, пролежала до первого тонкого света, пробившегося словно из-под земли, — такого подземного света она прежде никогда не видела, — и теперь не хотела, чтобы все это пропало зря. Она потихоньку думала о том, какие ребята будут в тюремном классе, какие воспитатели, — а еще о том, что так и не призналась матери в воровстве, потому что признание все равно не угодило бы в цель и было бы просто про *другое*. Все-таки девочке хотелось, чтобы мать не убегала от нее вперед, не лезла бы на кучи битого снега, охватывая взглядом заметаемые цифрищи, — побыла бы с ней, будто ведет в больницу.

Но даже когда они отыскали нужный номер — целью их оказалась блочная пристройка над обрывом, куда, едва прицепленный корнями и похожий на колючку, свешивался мерзлый куст и где недалеко белели крыши гаражей, — даже тогда отчуждение не исчезло. Тяжелая, но плохо стоявшая дверь была заперта на один кривой железный зуб, и пришлось дожидаться часа открытия, указанного на табличке, главная надпись которого — «Стол находок» — несколько удивила девочку. Однако она подумала, что таков порядок, и дальше безо всякой мысли глядела на высящиеся вдоль тротуаров и проездов руины прошедшей зимы, мало отличимые по материалу от проступавших из метели зданий, казавшихся случайно уцелевшими, — словно бы зима была вторым, отдельным городом, и не верилось, что одно останется, а другое растает навсегда. Мартовский снег, потекший гуще и белее за последний час, уже не мог быть утрамбован в состав руин и струился по обломкам слоистых плит, будто какое-то другое, не сродное им вещество, — не держался даже в глубоких расщелинах, выметаемый дочиста взмахами легкого ветра.

Девочка замерзла до того, что уже почти не чувствовала ног, тупыми чурками стоявших на выпирающей с ответной твердостью земле; у матери нос горел, простая красная помада на губах побледнела и потрескалась. Она то и дело копалась в толстом рукаве, выпрастывая часы. Наконец дверь протявкала двумя оборотами замка и освобожденно села. Мать и дочь столкнулись и почти в обнимку бросились в тепло, поплывшее на них из полутемного помещения вместе с застарелым запахом кладовки, немытых казенных стен. Впереди, не оглядываясь и будто удирая от посетителей, переваливалась большими и как бы плохо совмещенными половинами зада узкоплечая тетка, вероятно открывшая дверь. Корпус ее, опоясанный единственной, зато толстенной складкой жира, похожей на спасательный круг, затмил по очереди два окна, бледных и словно растянутых за углы для обострения слабого света, сразу исчезнувшего в трепете люминесцентных трубок, с нескольких попыток прочертившихся на потолке. Почти одновременно тетка и обе посетительницы достигли барьера, делившего помещение на прихожий закуток с угрюмым растением в кадке, хищной позой напоминавшим музейный скелет динозавра, и на казенную часть с многоэтажными рядами стеллажей, упиравшихся в голую далекую стену: там, в глубине хранилища, стоял, неестественно вывернув переднее колесо и как бы преграждая им себе дорогу, гоночный велосипед. Тетка протиснулась в два приставных приема, уронила за собой лоснящуюся досочку на петлях и только теперь, служебно утвердившись, предстала лицом, где преобладали большие, потекшие щеки и лиловые припухлости на месте выбритых бровей, с наслюнявленными карандашиком черными нитками. Теперь она уже не торопилась: выдернула из розетки шепчущий, исходящий слабым паром электрический чайник, ударом бедра задвинула пару каких-то легких ящиков, осторожно, одною стороною рта, пристроилась к обкусанному вкруговую бутерброду с разомлевшей колбасой. Перед нею на столе покоилось обширное вязанье, собранное на спицах мешком: бережно перенеся его к себе на колени, тетка заработала спицами, точно веслами, совершенно, казалось, позабыв о посетительницах.

Во все это время на лице у матери сохранялось очень воспитанное выражение, слегка подпорченное какой-то опаской, заставлявшей ее быстро-быстро скашивать глаза на дочь. Теперь она наконец подступила к хозяйке помещения и заговорила с нею нарочито бодрым и ясным голосом, употребляемым родителями в присутствии детей, но получила в ответ только надрывный вздох, отчего из ворочавшегося на выпяченном животе вязанья выскочил клубок размером с футбольный мяч и мягко стукнулся об пол. Девочка между тем, прижимая к груди распеленавшиеся вещи, завороженно глядела на решетчатые стеллажи, напоминавшие в холодном судорожном свете рентгеновские снимки. Там, будто неизвестные органы, все до одного пораженные болезнями, темнели некие предметы, и девочка, мигая, силилась их распознать. Наконец она различила несколько вроде бы портфелей — все со впалыми боками, грязной желтизною ревматических замков, — и вдруг, стремительно увлекаемая зрением в угол, увидала черную лаковую сумочку стриженой дамы, похожей на птицу. Несомненно, то были останки первой воровской добычи: твердый ремешок сломался на многих сгибах, по лаку вздулись перламутровые волдыри, и сама расстегнутая сумочка стала как будто меньше, — но это, конечно, была она, и теперь по соседству с нею сделались узнаваемы и другие вещи, когда-то украденные и брошенные в городе на произвол судьбы. Все они были тусклы и покрыты пятнами, а главное, странно усохли и лежали каждая наособицу, на расстоянии одна от другой, словно простое соприкосновение, не говоря уже о сваливании в кучу, как это делала с ними девочка на первой попавшейся скамье, могло уничтожить остатки их истраченной сути. Уменьшение размеров делало вещи почти непригодными для пользования: к примеру, рюкзак очкастой гитаристки из стройотряда, на первый, еще не узнающий взгляд напомнивший девочке дряблое сердце, был теперь котомочкой с такими тесными лямками, что если даже ее натянуть, продирая в петли прихваченные рукава, то она усядется буквально на шею, будто хищник, спрыгнувший с ветки. Ни в одну из усохших сумок, не выдержавших своей пустоты, не вошло бы теперь и половины того, что девочка из них вытряхивала, и они лежали в безнадежных позах, обкрученные собственными ремнями, измочаленными в веревки с дерматиновой чешуей. Девочка подумала, что теперь все выйдет гораздо хуже, чем она представляла вначале, все будет длиться гораздо дольше, ведь каждая вещь потребует отдельной процедуры, и придется вспомнить всех потерпевших: их приведут на опознание, и все они увидят, какая девочка толстая, жалкая, засахаренная розовой сыпью, совсем не похожая на них, красивых и таинственных, будто иностранки.

Пока девчонка топталась, разинув рот, мать продолжала уговаривать тетку, шепотом считавшую петли. За спиной у матери уже скопилась очередь из нескольких человек, державших, чтобы закрепить за собою порядковое место, руки на барьере, и какая-то обтрепанная личность с белокурой прядью до кончика носа чуть не прыгала сзади на спины, заглядывала в лица под неприятным углом и все пыталась вставить слово, чего терпеливая Софья Андреевна ей не позволяла, но сама говорила все громче и все раздраженней. Наконец затравленная хранительница стеллажей не выдержала, швырнула свою работу в какую-то корзину и заорала на очередь так, что люди отшатнулись, а на полу произошел словно бы размен отдавленных ног, в котором белокурая личность потеряла шапку. После этого тетка хряпнулась на место и выдернула из стопы амбарных книг, поехавших набекрень, самую нижнюю, заложенную глянцевыми розами, вырезанными, должно быть, из открытки. Сунув палец и развалив плеснувшую толщу страниц, тетка уперлась локтем в разграфленный разворот и принялась его царапать допотопной вставкой с железным пером, глухо стукая им в заросшей чернильнице. Мать перегнулась к склоненной теткиной голове и стала отчетливо диктовать домашний адрес — когда она говорила громче, тетка нажимала сильнее, — и девочка подумала, что наконец-то началось. С облегчением, привстав на цыпочки, она вывалила на барьер содержимое свертка и тут внезапно встретилась с глазами тревожной личности, пихавшей ее осторожным локтем туда, где очередь плотно встала в затылок в маленькой пустоте, теснимая и пугаемая ветвями растения в кадке. «Не вертись, сейчас поедем домой», — раздраженно сказала мать, хватая девочку за плечо.

До нее не сразу дошло, почему домой, если вечером мать, преследуя ее с какой-то неутоленной страстью и не давая глядеть ни на что, кроме себя, так подробно рассказала ей тюремные порядки вплоть до заразных ночных горшков под нарами (получалось, что тюрьма — это ясли для больших, лишенных возможности заниматься своими делами сообразно возрасту), — а потом заставила вымыться в ванне и едва не вышибла задвижку, когда девочка закрылась, чтобы просто полежать в воде. Теперь выходило, что мать обманула: не будет никакой тюрьмы и возвращения домой через много лет — все эти годы предстоит прожить в квартире у матери *незаконно,* вообще безо всяких прав. Зря пропало ночное прощание с обезображенной букетами комнатой: ночью горе казалось чем-то случайным и нестрашным, к нему примешивалась отдающая каникулами радость новизны, — но сейчас, когда каникулы внезапно оказались отняты, девочка ощутила, как велико нажитое этой ночью имущество горя. Теперь, в неожиданной пустоте, отделенной лишь стеклом от безвидного наружного пространства с огоньками окон, бывшего в точности как отбеленная ночь, девочка догадалась, что даже еще не начала справляться с горем, враз потерявшим причину и основу, — значит, ей придется нести этот груз на весу, только на своих плечах. Чувствуя на себе взгляды растопырившейся очереди (бабуся в сборчатом плюше даже шагнула в сторону и раскрыла рот), девочка поняла, что не может позволить этому действию продолжаться.

Между тем вздыхающая тетка кончила писать в журнале и развернула его оскланной матери, уже державшей наготове ручку, привязанную бечевкой к чему-то внутри барьера, а сама подозрительно посмотрела на сдаваемые вещи, словно не веря, что они действительно есть. Очередь, чуя конец процедуры, подалась вперед, и плюшевая бабуся, оказавшаяся рядом со своим сомкнувшимся местом, стала, как большая старая кошка, тереться о бока и локти стиснутых людей. Очередь потерявших вещи походила на очередь обворованных, и медлить было нельзя. Выхватив прямо из-под носа приставшей тетки дезодорант и одну перчатку (другая с легким полым звуком шлепнулась за барьер), девочка бросилась к выходу. Пролезая с поворотом в тугие двери, она успела увидеть тетку, вставшую в рост с мужским от гнева лицом, и мать на пару с белокурой личностью, танцующих, чтобы разминуться, неуклюжий испуганный вальс.

Глава 17

На улице снежная пыль осыпала и охладила влагой горящие девочкины щеки, ресницы стали радужны и тяжелы, будто перед сном. Кругом, куда ни глянь, сухое молоко текло по стеклянистой тверди, нигде не в силах задержаться и скопиться, белое солнце пробивалось из ровной облачной пелены, как из подушки круглое перо. Хрупая и оскользаясь на льду, девочка сперва побежала в курящийся проем между домами, откуда они с матерью пришли не больше двух часов назад, но, услыхав далекую трамвайную трель, резко повернула и полезла на сугроб, где темнели намозоленные комья-ступени и где начиналась — явно поверх настоящей и летней — твердая и звонкая тропинка. Скоро девочка увидала черные баки помойки, переполненные мерзлым, словно просоленным мусором: самое подходящее место для смятых на груди остатков свертка. За крайним баком, на мусорном склоне, посреди обширного горелого пятна рвался со своего насеста клочковатый костерок, а снег летал над ним как сумасшедший и внезапно пропадал в струе расплавленного жара, сквозь который плыл и зыбился забор. Возле костра бродили и сидели на корточках несколько пацанов: сами красные и грязные, как угли, в лопоухих шапках, сбитых на затылки, они зачем-то собирали и бросали в глухо брякавшую кучу консервные банки, а один с рассыпчатым шумом шуровал в костре, пытаясь поднять из него на палке какую-то раскоряку, которая неизменно переваливалась вниз, рождая взрыв. Отворачиваясь от дыма, этот пацан навел заплывший слезою взгляд на чужую девчонку, и той издалека показалось, что она узнала рыжего Кольку, из-за надутой красноты лица и горчичных веснушек более чем когда бы то ни было похожего на свою мамашу. Пацан глядел исподлобья и как бы примериваясь, его мясистый бабий подбородок слегка отвис. Тем временем другие пацаны, выходя из-за дымной, струящейся мути над костром, подтягивались к вожаку, и девочка, чувствуя подвижный жар огня на высохшем лице, попятилась в испуге. Ее страшило, что вот-вот среди мальчишек обнаружится кто-нибудь еще из знакомых, втайне желающих ей неизвестного зла. Повернувшись опять, девочка бегом понесла свою неловкую, норовившую предательски упасть под ноги ношу туда, где тропа углублялась в сугробы, стоявшие как украшения по обе стороны от входа в другие, безопасные дворы.

Но вместо дворов разогнавшиеся ноги вынесли девочку на обрыв, и она едва удержалась каблуками над самым его провисшим краем, откуда посыпались мерзлые комья величиной с картошку и звучно плюхнулись в воду, стоявшую внизу. Перед девочкой далеко-далеко расстилалась полузатопленная равнина, будто непрожаренная яичница на чугунной сковородке. Местами маслянистая открытая вода парила, местами, подернутая ледком, отлипала и снова прилипала к тонким белесым закраинам, будто готовая вспузыриться. На плоских и унылых островах, смутно отвечавших друг другу изгибами берегов, черными кусками хлеба горбились заброшенные избы — возле одной крутилась тощая, как чертик, собачонка, — и кое-где в желтоватой переболтанной лепешке воды и суши, хрупкие, будто горелые спички, виднелись позабытые мостки. Далеко на горизонте, являвшем мелкие черты каких-то строений, три туманные, почти небесные трубы выдували клубы густого белого дыма, куда плотнее и рельефнее их самих, и три округлых наклонных столба висели и плыли среди серых облаков, будто длинные-предлинные воздушные шарики. Под самыми ногами девочки к подножию обрыва лепилась малая деревня гаражей с остатками старого снега на крышах, высосанного недавним солнцем и подсохшего на холодном ветру. Точно такой же снег, с зернистой корочкой и плавной дудкой для каждой былинки, выходящей из него на свет, лежал и здесь, на задах двенадцатиэтажек. Разгоряченная девочка, присев, нацарапала полную горсть холодного зерна и мнущейся мякоти, но, едва поднесла ее ко рту, ощутила неожиданный резкий запах: этот снег, такой на вид *природный*, весь пронизанный золотым, со всякими висячими игрушками, бурьяном, пахнул стиральным порошком. С уварившейся слюною во рту девочка припомнила вкус неглубокого снега со своего двора — талый, с шерстинкой, весенний, хоть дело было осенью, — и кинула снеговой пирожок, потекший в кулаке, подальше в пропасть. Раздавшийся звук был похож на поспешный глоток, каким запивают лекарство: нагнувшись, девочка увидела, что ближе гаражей, у самого обрыва, дегтярно чернеет канава, надуваясь студенистыми водяными комьями над каким-то родником. Дрогнув ногой, девочка отпрянула и брезгливо вытерла об себя мокрую пятерню. За ее спиной раздался возмущенный возглас.

Колька, наступая сапогами и коленями на полы длинной болоньевой куртки, лез на кучу ярко-ржавых, почти оранжевых труб и показывал пальцем, похожим на морковь. Мать, кивая, уже отходила от него, и по рубчатому пятну ее лица было понятно, что она увидела и *смотрит* — как *смотрит* то, что не имеет глаз и только каким-то наклоном, светом или легкой отделенностью от темноты выдает свое внимание. Надо было немедленно избавиться от ворованного, чтобы не возвращаться в стол находок, куда, скорее всего, уже явилась злая припухлая артистка с мятными ладошками, неприятными, как ватка перед уколом. Наверняка артистка запомнила девочку еще на елке, потому что там она была одна большая и пряталась в углу, а Снегурочка, командуя игрой, то и дело налетала и тащила ее к осанистому, будто директор, мутноглазому Деду Морозу, и ее ледяная хватка была как внезапная медицинская процедура. Больше не глядя на подбежавшую мать, девочка размахнулась: ветер с тугим хлопком вывернул у нее из руки бумажный кусок, и внезапно бумага, будто намагниченная, налипла ей на лицо, а ноги заплясали на пятачке, кренящемся в пропасть. Тут же яростная рука цапнула пальто у нее на плече, и девочка, проваливаясь по колено, сделала несколько путаных шагов в неизвестную сторону. Бумага ослабла и отвалилась.

Лицо матери, продолжавшей ее держать, было абсолютно бесстрастно, будто у нее для дочери не осталось ничего, кроме самого склада черт, где, как не замечаемая матерью случайная поблажка, темнела на щеке размазанная грязь. Легкая шкурка перчатки алела неподалеку и волочилась по насту под порывами ветра, валявшего ее с небрежностью заметающей мусор невидимой метлы. Мать, оставляя угловатые дыры вместо следов, грузно побрела на глубину, и девочка поняла, что она теперь ни за что не отступится и сделает все, чтобы вернуться с вещами в стол находок, где на них уже заполнены документы. Чтобы не допустить повторного воровства, теперь уже у государственного учреждения, она полезет даже в канаву и натащит из нее разных леденеющих, чем-нибудь опутанных остовов, какие только могут быть в подобном месте, пока взбаламученная вода не опустеет между изуродованных берегов, — а если и тогда не удастся подцепить баллон, пойдет и заплатит за него в тройном размере, будто за книгу в библиотеку. Мимолетно девочку поразила разница между собственным *личным* жестом, каким она, будто только поманив, стянула кожаную торбу с подоконника, косо застеленного целлофановым солнцем и оставшегося совершенно невинным в своей первоначальной пустоте, — и предстоящей матери тяжелой работой. Чтобы представить зарегистрированное, ей придется буквально добывать те же самые вещи среди огромной бессмысленной местности, где одною обозримостью затрудняется всякое движение, превращаемое в труд по перемене собою всего рельефа, являвшего сейчас, при полном серебряном свете дня, словно бы ухмылку слабоумного блаженства. Одновременно девочка вспомнила про свое ночное горе и почувствовала, что держит его, *неправильное,* гуляющее неустроенной тяжестью, над этой бездной со всем ее воздухом и трубами, на птичьей высоте.

Между тем румяная мать вывалилась вместе со стеклянистой, шелестящей кучей снега обратно на тропу. Перчатку, принесенную в мокром кулаке, которым она, выбираясь, махала перед собой, мать соединила с другою, вынутой из кармана, и девочка догадалась, как матери было обидно, когда ей подали эту другую, поднятую из-за казенного барьера, и предложили выйти из очереди. Уже покорная, немного пьяная, девочка побрела впереди непреклонной матери (та опять взяла ее царапающей, забирающей хваткой за поднятое плечо) к затоптанному обрыву, чтобы показать канаву, будто специально повторявшую зигзаги верхней тропки, как она сама повторяла походку незнакомок, чтобы подстроиться и украсть.

Внизу уже не было пусто: по заблестевшей дороге с осторожным хрустом пробирались в неровных колеях грязно-серые «Жигули», а неподалеку другой хозяин, расстегнутый и размотанный, с шапкой на ветке и желтой, как репа, покатой лысиной, долбился под дверь своего гаража, гораздо более других обросшего сосульями. С угла молочно белело целое ледяное вымя, уже начинавшее капать, — там, на крыше, вниз отпавшим колпачком, лежал дезодорант. Мать и дочь увидели его одновременно, слегка задев друг друга рукавами, и девочка, глядя издалека на зеленый баллон, подумала, что их отношения с матерью всегда почему-то строятся вокруг пустяков вроде дезодоранта, или шерстяных рейтуз, или липкого пузырька из-под духов, — чувства словно нуждаются в конкретном мелком предмете, чтобы не разминуться в пространстве и на чем-то сойтись, и сойтись тем вернее, чем мельче точка, становящаяся целью. Не зря они, когда поссорятся, стараются не глядеть на одну и ту же вещь, — но уж зато, получив мишень, бьют в нее до последней возможности, пока вещица не превратится в мусор, как вот эта крашеная жестянка, не стоящая того, чтобы за ней идти. Все это девочка представила очень смутно, но с иголкой в сердце, а тем временем мать объясняла ей, что, когда она спустится с горы, девочка должна стоять все время здесь и махать, показывая направление. Она даже продемонстрировала, как надо, подымая руки в толстых рукавах, — пальто у нее задиралось и налезало пуговицами на подбородок, а девочка вспоминала, как утром, собираясь в тюрьму, застряла в платье и стояла как пугало, а радио на кухне играло гимн. Не добившись толку и заспешив, мать провела сапогом по снегу глубокую, до самой прошлогодней бумажной травы, кривую черту, которую девочка не должна была заступать, и заскользила под неуверенный уклон тропинки, хватаясь за стволы боярышника, и там, где ей под варежку попадались более тонкие ветви, с них, будто гнилая изоляция, сходила кора.

Матери довольно долго не было, и девочка, переминаясь у рыхлой линии в снегу, от которой не смела отходить ни в какую сторону, слышала, что вся стучит, как часы. Боярышник у обрыва почему-то казался неработающим, будто сломанный механизм, и ни с чем не мог соединиться своими оборванными проводами, которые торчали безо всякой связи с небом, плывущим без связи с путями и направлениями внизу. Колька еще не ушел и по-прежнему маячил на трубах: то целился в девочку из пальца, как из пистолета, то крутил перед глазами кулаки, изображая бинокль, а заметив, что девочка оглянулась, стал показывать ей мелкий ракушечный кулачишко, другой рукою щупая у себя под курткой хилые мускулы. Под обрывом мужик, долбивший лед, вдруг отшвырнул инструмент в набитое им зазубренное крошево и вприскочку побежал к соседнему гаражу. Там, утвердившись лицом к стене, он весь напыжился, как от важности, а потом, уже медленно и блаженно, отошел, освободив для обозрения большое мокрое пятно размером с целую арку. На груди у него, точно награда, лежала округлая смоляная борода, физиономия над ней была широкой и как бы перевернутой. Девочка надеялась, что теперь мужик возобновит работу, потому что мать собиралась идти на звук, монотонной жалобой разносившийся по окрестностям, — но вместо этого хозяин, став возле своего ледяного теремка, сунул сморщенную физиономию в ладони, сложенные миской, и распрямился, отбрасывая спичку, застилаясь дымом: дым, относимый ветром, поворачивался задом наперед. Внизу еще прибавилось народу, девочка уже не могла за всеми уследить. Они передвигались так запутанно по запутанным ходам среди гаражей, что словно превращались один в другого, — стоило на минуту отвести глаза, как двое мужчин, несущих за углы провисший, пережатый пополам мешок, становились сутулой женщиной с пустыми беспокойными руками, которые она то и дело подносила к беретке или к шапке, заправляя лезущие в рот растрепанные волосы. Некоторые одинаково, как бы неловким оборотом брошенного кубика, перескакивали в одном и том же месте плоскую протоку и уходили напрямик через топь по дорожке, темневшей там и там несколькими плохо согласованными зигзагами, — застревали уже вдалеке перед какими-то препятствиями, скапливались и туго, будто бусины через узел на нитке, проталкивались дальше, уменьшаясь куда многократнее, чем точно такие, как у девочки за спиною, видные теперь на горизонте по отдельности жилые корпуса. Только очень крупная вещь могла преодолеть перспективу и не кануть на студенистой равнине, где люди один за другим пропадали из глаз, не успев никуда дойти, исчезали прямо на открытом месте посреди сливающихся в полосы подробностей. Их тропа, вероятно, тоже не могла одолеть желтовато-серых, с металлическими проблесками, полос, лежавших поперек ее направления и становившихся чем ближе к горизонту, тем туманнее и тоньше. Сам горизонт с домами и трубами, темней и материальней затонувшей в воздухе равнины и облачной пелены над ним, стоял в глазах как окончательное препятствие. Внезапно девочка ощутила странную связь между линией горизонта и рыхлой чертой у себя под ногами. Вместе с ощущением утянутого куда-то под сердце живота, всегда сопровождавшего девочкины мысленные полеты и связанные с ними преступления, к ней пришла отчетливая догадка, что эта черта на земле обозначает место, от которого надо прыгнуть. Горизонт синел впереди как цель — рукотворная и, значит, взятая из головы гряда, — и ликование свободы, охватившее девочку оттого, что она-то знает способ достигнуть самого крайнего, соединилось с уверенностью, что при желании она способна единым вдохом вобрать в себя весь воздух над равниной, замечательно жгучий и кислый, слегка горелый, отдающий сквозь весенний холод нагретым муравейником, слабой теплотой.

Вспомнив о матери, девочка поспешно глянула под ноги и как ударилась о близкие крыши с волнистыми пятнами снега, будто ерзавшего по железу в усилии растаять и убежать водой. Давешняя полорукая женщина опять попалась девочке на глаза: она вносила больше всех сумятицы в людское движение возле гаражей, потому что ходила беспорядочно и быстро, то и дело меняя шаг и явно не имея здесь направляющей собственности. Ее лицо запрокинулось, крикнуло, и девочка увидела, что шапка женщины на самом деле беретка, а именно голубая беретка матери. Тут же все встало на свои места: мать, живая, настоящая и очень злая, махала, притопывала, чтобы привлечь к себе внимание, и, вероятно, делала это не в первый раз. Быстро прикинув, девочка сообразила, что мать находится левей и дальше мужика, который теперь стоял, поскабливая пятерней мохнатую щеку, и зачарованно глядел на оплывшие ледяные украшения своего гаража, где капель пока еще медленно, будто гамму, разучивала свой порядок и строй, нетерпеливо срываясь на беглые проблески и опять начиная с нависшего угла.

Кивнув на девочкин старательный знак, едва не разорвавший ей пальтовую подмышку, мать побрела сначала в нужном направлении, прошла, неловко вскидываясь, по разнобою жидких хлюпающих досок, — но тут какое-то препятствие, не видимое сверху, стало уводить ее все дальше неровными зигзагами. Между тем мужик, томившийся от нежелания работать и не сделавший больше ни единого удара ломиком, уже пустившим ржавчину в ледяную кашу, увидал каких-то двоих, ладно ступавших тяжело обутыми ногами, выдвигая их в такт, будто три вместо четырех, и бросился им навстречу с приветственным возгласом, весь напоказ от бездомности перед своим запечатанным гаражом. Мужики остановились, сгрудились, закурили. Проклятый баллон глупо зеленел на крыше, придавая всей картине неправильность, потому что мужики болтались поодаль, а кто-то словно должен был дежурить там, куда баллон готовился упасть. Он был как яркая метка на местности, пропадающая зря, лишенная положенного ей события.

Мать, склонившись словно для пристального взгляда и решительного вывода о канаве, перескочила ее там же, где и все, грузно воткнувшись в противоположный берег. Теперь она была, наоборот, правее цели и, получив сигнал, пошла уже не так уверенно, то и дело задирая голову к дочери и непроизвольно дергаясь на каждый ее угловатый взмах. Часто, будто переспрашивая, мать повторяла жест и двигалась дальше только тогда, когда выходило похоже, —

но все равно сбивалась и забредала то в кустарник, что тыкал ей в пальто гнущимися дыбом черными прутьями, а то попадала в незатоптанный опрятный тупичок, где от отчаяния, прежде чем поглядеть на дочь, сперва обследовала крыши с помощью палки, которой только расцарапывала снеговые корки да вспугивала толстых голубей. Все-таки, несмотря на явную усталость, заметную по неровной походке, по тому, как мать, выронив зацепившуюся палку, долго стояла, прежде чем за ней нагнуться, — все-таки, а может, благодаря этому железному отвердению, в матери ощущалась страшная сила и воля довести творимую глупость до полного конца. След ее, будто распоротый, с глубокими дырами, выглядел так, словно она тащилась ползком, — но она продолжала идти вертикально, будто нечувствительный механизм, борозда за ней серела и осыпалась поперек почти что всех путей, проложенных внизу людьми с их нормальными и повседневными делами. Девочка у своей черты уже едва не плакала от голода и ломоты в плечах и хотела только одного: чтобы все это поскорее кончилось. У нее в глубине души таилось странное чувство, что *потом,* оторвавшись от матери, она действительно сможет перенестись настолько далеко, насколько хватит взгляда, — туда, где три трубы отражаются дымами в небе, будто в молочном озере, и гладкие промоины синевы обозначают области счастья, которого можно достичь. Все, происходившее с утра, включая обязанность стоять и махать, было настолько подневольным и противным, что свобода потом казалась реальной и едва ли не обязательной, освобождение должно было прийти не через годы, а прямо сейчас, — но раньше следовало пережить событие, отмеченное зеленой точкой на панораме обычных исчезающих ситуаций, как бы заранее занявшее место и только ждавшее времени, чтобы превратить затянутую глупость в совершенный абсурд.

Оно и дождалось. Девочка, давно страдавшая оттого, что лямки еще непривычного лифчика как-то ослабли под толстым слоем одежды, из-за этого словно надетой кое-как и готовой съехать, будто с вешалки в шкафу, вскинула руку, чтобы вернуть на плечо бретельку, и этим жестом направила мать, уже почти достигшую нужного гаража и даже, вероятно, видевшую топчущих окурки мужиков, в далекий обход. Между тем бородатый уже едва удерживал своих знакомцев: он все пытался вклиниться между ними и был нелеп со своими ватными плечищами, болтавшимися на узких плечиках, с тонкими ножками в полупустых сапогах, отчего походил на вилку, шатко вставленную в розетку. Наконец мужики, глянув друг другу в глаза поверх блаженно рассиявшейся лысины, одновременно выкрутили руки из ласковых кренделей и пошли, как будто и не останавливались, а бородач заорал им вслед веселую матерщину. Сразу же истекающий всеми скользкими буграми, невообразимо уродливый ледяной кусок с шелестящим ударом разбился в своей воде, и упавший баллон, откатившись полукругом, застрекотал под частой, едва разрывающей скорые нитки капелью. Мгновение бородач выбирал глазами между баллоном и ломиком, но нежелание работать, подкрепленное видом ноздреватого, словно разваренного льда, не стоящего, чтобы его долбить, победило в его душе, и он, опустив зеленую приманку в карман, устремился прочь широкими, попадающими в каждую яму шагами, в довершение столкнувшись с матерью корпус в корпус, так что девочке сверху показалось, что мужик увлекает ее с собой.

Теперь, когда все окончательно обессмыслилось, мать и дочь оказались на таком расстоянии друг от друга, будто каждая принадлежала как часть своему пейзажу и имела отношение только к дали за собственной спиной. Между ними промахнула в воздухе большущая ворона, и девочка ощутила это как нечто болезненное, мечтая только, чтобы птица поскорей сложилась на земле. Ей были бы сейчас невыносимы в воздухе и голуби, и воробьи: ей хотелось, чтобы все застыло, припало к почве, отделилось от пустого пространства. Она и мать стояли друг перед другом и были гораздо более одинаковы, чем рядом: различия поглощала пустота, которая и сама была никакой. Мать все еще пыталась околачивать палками крыши, добыв одну скатившуюся с гулким громом мутную бутылку, и девочка, глядя на нее, думала, что просто не выдержит эту весну, эту ледяную баню, изнурительное таяние исчезающей тверди, выставку уродливых скульптур из материала зимы, постепенно переходящих из сидячих поз в лежачие, выдавая в себе какое-то подобие жизни... Со стороны, вероятно, выглядело так, будто мать и дочь пытаются выразить друг другу сильные чувства, но на самом деле они были будто связаны невидимыми нитями: любое, даже нечаянное движение дочери заставляло Софью Андреевну поворачивать туда и сюда, и девочка чувствовала, что могла бы сейчас направить ее куда угодно. Но что-то выразить, донести было невозможно, потому что каждый жест, повторяемый буквально или в преломлении, возвращался невоспринятым, как бы отскакивал рикошетом, и скоро мог наступить безвыходный момент, когда мать и дочь станут повторять одно и то же, будто заведенные игрушки. Девочка поняла, что свобода ее только поманила. Мать, словно якорь, держала ее на земле, — неподъемная, обросшая всем, про что она говорила «мое». Сама она забыла скопивших скарб бабок и прабабок, кружевных и грудастых учительниц, что выцветали засушенным гербарием на картонных желтоватых фотографиях между страниц поеденного молью бархатного альбома, а иногда пропадали совсем, оставляя по себе только брошь или шнурок, что хранились в том же шкафу, — может, из-за этого забвения имущество семьи сделалось таким, что впоследствии Катерина Ивановна просто не смогла, не отыскала способа принять фамильное наследство. Чтобы получить свободу, требовался рывок, но девочка, одиноко стоявшая над выеденным, как яблоко, ржавым обрывом, на самой предательской кромке, почувствовала страх. Она теперь боялась только одного: потеряться и не доехать одной до дому, куда теперь хотела гораздо сильнее, чем когда готовила себя к тюремной камере, — и знала, что стоит ей и матери выпустить друг друга из виду, как это произойдет.

Глава 18

Они действительно потеряли друг друга: Софья Андреевна, возмущенная до глубины души, битых три часа искала девчонку, упорхнувшую с места как безответственный воробей, — будто она махала руками и выделывала разные фигуры с прискоками вовсе не для матери, а только для того, чтобы у нее наконец получилось взлететь. Софья Андревна истоптала чугунными ногами целый микрорайон, где все, особенно магазин и базар, казалось ей ничтожным, не стоящим даже взгляда. Было особенно трудно искать во дворах, резко разделенных весенним солнцем на свет и тень. Тени домов выглядели как принадлежащие им помещения, вроде подвалов, с какой-то хозяйственной рухлядью по углам, — Софья Андреевна вступала туда опасливо, ногой невольно нашаривая ступеньку вниз, а когда глаза немного привыкали к холодному сумраку, мир снаружи, в сборчатом, без конца распускаемом блеске и подсиненной белизне сырого снега, с двумя-тремя веревками тяжелого, не в лад качаемого ветром белья, был удивительно отчетлив и далек. Наконец девчонка обнаружилась там, где Софья Андреевна проходила много раз: в деревянных обтаявших рядах убогого базарчика. Она невнимательно трогала разложенные перед мягонькой бабусей грубовязаные воротнички, приподымая узловатое кружевце и словно удивляясь, что оно отделяется от газеты; бабуся, подрагивая головой, слепенько поправляла на листе свои нитяные каракули, а девчонка другой рукой рассеянно мяла ее же мешочек луку, где со щелканьем лопалась сухая кожура. Мальчишки-оборванцы, давеча палившие на помойке вонючий костер и показавшие Софье Андреевне, куда побежала девчонка, тоже вертелись здесь и матерились маленькими ртами, черными от семечковой шелухи; тот, мордатый, у которого Софья Андреевна спрашивала последним, глумливо ей ухмыльнулся и, как-то по-воровски притеревшись к зазевавшейся девчонке, рванул наверх подол ее пальто. Там не мелькнуло ничего, кроме упавших складок перемятой юбки, — но девчонка, запоздало присев, одернулась без звука и таким движением, что Софья Андреевна сразу поняла, сколько раз в ее отсутствие происходило это безобразие.

В довершение всего, когда они, уставшие до полной бессловесности, с чесночным жиром во рту от рыжих и плоских, как стельки, столовских котлет, наконец добрались домой, то увидели в подъезде темную пару: от молодости и угловатой худобы парень с девчонкой не могли как следует обняться, — каждому хватило бы длины неуклюжих рук, чтобы обвить другого много раз, но между ними все оставалась пустота. Длинноволосый парень, заехавший локтем чуть ли не в небо, стоял спиной и видел только *ее* и безнадежную стену, в которую упирался, а она, не скрытая его недостроенным телом, видела все и была видна сама, не в силах пошевелиться и спрятаться от людей, поднимавшихся по абсолютно голой лестнице. От нее исходил какой-то оцепенелый туман, и Софья Андреевна только в последний момент узнала дворовую Любку, неожиданно ставшую ростом едва не под скос беленого верхнего марша: на ее худом лице глаза сделались маленькими, а губы большими, будто темное дно опрокинутого сосуда, и парень, сколько ни наклонялся, ничего не мог из них добыть. Софья Андреевна хотела было высказать им замечание, но вместо этого, точно подавившись, прошла с опущенной головой. Кое-как сплетенная пара внезапно и оскорбительно оживила в памяти далекую собственную свадьбу: эти двое в подъезде были куда как безобидней целующихся парочек, тех двойных, словно что-то перетирающих фигур, что, налитые и ладные, работали буквально в каждом закутке Дворца культуры металлургов, где богатая родня откупила под праздник темноватый, лоснящийся стенными росписями, будто обтянутый клеенкой ресторан. Там Софья Андреевна бродила в одиночестве среди парных химер, будто нездешняя в белом креп-жоржетовом платье, будто порождение высоких окон, пышно занавешенных тюлем, и никуда не хотела возвращаться.

Ее «украли», когда Иван ушел покурить — удалился, твердо ступая, уже изрядно подвыпивший, но еще вполне пристойный в своем влитом костюме, похожий на ящик, в котором распиливают в цирке, или на стоячий гроб. Матерый, в сущности устроивший свадьбу, но теперь зажатый голосистой, внезапно сдвигающей рюмки над головами посторонних Ивановой родней, тихонько вытащил ее из зала через боковую дверь, за которой, встряхиваясь, ехали на решетках груды горячих вилок, а в одном из квадратов мутного окна то надувался пузырем, то замедлялся до видимого перешлепа лопастей громадный вентилятор. Не успев разглядеть грязно-белой гремящей кухни, казавшейся больше ресторанного зала из-за пара и величины котлов, Софья Андреевна очутилась на узкой старой лестнице, где мраморные ступени, истертые у перил, были ненадежны на взгляд, будто стопа кое-как составленных тарелок, — но поджидавшая здесь компания, обдав невесту запахом вина и лука, энергично увлекла ее наверх.

Наверху у них уже был облюбован тайник: пощекотав изогнутой проволокой в замке одной из дверей, они, приглушая смешки, пробрались в какую-то длинную темную комнату, где сразу въехали в собравшиеся стулья, а когда чья-то сбиваемая со стены рука все же нашарила свет, Софья Андреевна увидела себя и своих зажмуренных спутников в начальственном, возможно, что и в директорском кабинете. Во всяком случае, Ленин над главным столом висел именно такой, что и в кабинете директора школы: нос, клиновидная бородка, полосатый галстук и вырез пиджака располагались правильной елочкой, и, вероятно, хозяин кабинета тоже старался сидеть ровнешенько под портретом, будто зайчик под деревцем, на что указывал порядок очень белых, отвернутых от посетителей бумаг. Софью Андреевну под локотки, отпинывая стулья и застревая, провели на хозяйское место, за полировку и телефоны, и она, не раз воображавшая свое водворение как раз за таким столом и втайне полагавшая, что давно пора, теперь, усевшись в покойное, хорошо отцентрованное кресло, ощутила себя донельзя нелепо в жоржетовом платье и условной фате, пришпиленной, как носовой платок, к ее залакированной прическе.

Теперь уже Софья Андреевна могла воспринимать происходящее только как издевательство. Подруга Матерого, уверенная брюнетка с сорочьим отливом волос, сноровисто выкладывала резаную колбасу, конфеты вперемешку с их пустыми фантиками, расставляла початые бутылки, из которых мужики со скрипом выворачивали газетные затычки, а Софья Андреевна, из-за *места* ощущая себя едва ли не ответственной за тайное застолье, со страхом глядела на приоткрытую дверь и чувствовала с той стороны табличку, которую вовремя не прочла. Это было только начало ее мытарств. Матерый, чья физиономия, побритая с утра, опять казалась вывалянной в песке, даже не стал садиться и, звучно выглотав из стакана тормозившее неровными качками, словно насилу шедшее вино, объявил, что отправляется к Ивану за выкупом. Поддержанный шлепками по спине и взбодрившийся от них, как резиновый мяч, он потребовал и туфельку невесты, как отдельный пункт торговли с женихом. Софья Андреевна нехотя своротила с ноги твердопятую «лодочку»: из нее, опроставшейся, размятой, противно запахло обувным магазином. Софья Андреевна застыдилась отдавать, но Матерый почти насильно вырвал добычу и, повисев в дверях, вывалился в коридор.

Его довольно долго не было; сделалось скучно. Подруга Матерого, напевая в нос, сметала в кулек кудрявые колбасные кожурки; чья-то клочковатая голова с неправильным затылочным углом безжизненно упала на руку, протянутую вдоль объедков, пальцы этой руки выбивали дробь. Софья Андреевна, томясь, ощущала свой овальный живот, будто поставленный на колени портрет: на нее внезапно напахнуло воспоминанием о бабусиных похоронах, когда она, десятилетняя, вот так сидела с тяжеленной траурной фотографией, не решаясь положить на верхний край плывущий от зевоты подбородок. Сердясь на неуместность сопоставления, она внезапно ощутила в ноздрях сладкую гарь от множества тонких розовых свечек, похожую на сытный запах горелых бабусиных сырников, увидала мелкое золото плачущих огоньков: все ныло, рябило, дрожало, навевая дрему, и так же, как теперь, жали твердые новые башмаки. Понимая, что, если не стряхнуть наваждение, ее немедленно вырвет прямо на стопу побитых печатями бумаг, Софья Андреевна кое-как сковырнула и вторую туфлю: обе ступни набухли от натертых шишек, рдеющих сквозь капроновые чулки. Запах не исчезал, комариками ныли церковные старухи, потрескивали воспаленные фитили. Вдруг из коридора послышались шаги — чужие, скорее детские, с перебежками и скользящим пришаркиванием, сопровождаемые, впрочем, тихим скрипом паркетин под чьей-то более увесистой стопой. Мужик, что лежал башкой на столе, вскочил в багровом пятнистом ужасе и, мутно выпучив глаза, мазнул по выключателю.

Темнота и смещение всех фигур по диагонали лунного окна спасли надувшуюся Софью Андреевну от приступа рвоты. Сделалось как-то прохладней и легче дышать. Но страшная луна в раздернутом окне пылала слишком ярко и была почти неузнаваема без рисунка оспин и пятен, а отмеченные ею предметы — трамвайные рельсы на площади внизу, коротконогий бронзовый металлург в бронзовых же очках на пол-лица, шишка пресс-папье на столе перед Софьей Андреевной, — отсвечивали повсюду, словно ее неотъемлемая собственность. Чувство, будто Софья Андреевна попала в чужое место, сделалось почти нестерпимым. Ей показалось, будто она выходит замуж за незнакомца, а усаживание за директорский стол — такая же часть ритуала, как и превращение невесты во временную принцессу при помощи всяких рюшей, брошей и этой встопорщенной штуки на голове. Шаги, напугавшие похитителей, исчезли в распахнувшемся проеме одной из ближних дверей, откуда им навстречу вырвался старательный детский хор, — но даже когда неизвестную дверь затворили, еще поддернув, неустойчивые голоса оставались слабо слышны, и Софью Андреевну охватило неприятное чувство, будто поющие дети пьяны, как это не раз бывало на уроках в старших классах, когда по рядам блуждали одурманенные ухмылки, словно никому в отдельности не принадлежащие. Один из сидевших перед Софьей Андреевной за столом, где пустые бутылки походили сейчас на испорченные лампы, осторожно встал и, с трудом передвигаясь в липких лунных сетях, медленно освобождаясь от щупавших его теней, выбрался в коридор. Прочие остались сидеть неподвижно. Кто-то еще продолжал жевать, кто-то угрюмо сопел. Софья Андреевна решила, что будет лучше смотреть в окно, — но скоро пожалела, что вылезла из кресла.

Внизу простиралась как будто настоящая луна: глядя на площадь, пересекаемую двумя прохожими, которые словно боялись друг друга в кольце неподвижных домов, Софья Андреевна вынуждена была напомнить себе о неполных девяти вечера обыкновенной пятницы. Грубый сухой асфальт бугрился среди лиственной трухи, трамвайный вокзальчик конечной остановки стоял на мерзлой слякоти, отдающей по цвету железом. Потупленный, прямо упертый в землю свет фонарей казался необыкновенно низким, буквально по колено, и тени от электричества были желтовато-серые, простые, как бумага, а лунные поражали резкой синей чернотой. Непроглядные тени от луны были словно плотнее самих вещей: жиденький сквер у мощного подножия Дворца культуры, возносившего Софью Андреевну, превратился в настоящий бурелом, и возникало странное ощущение, будто внутренняя темнота предметов, недоступная глазу, каким-то образом выпросталась и легла под боком у покинутой оболочки. Все — квадратные башмаки колонн, приземистый памятник в маске на инвалидном постаменте, афишная тумба с таинственной улыбкой полуоторванной актрисы, пустой трамвай, тщетно заполняемый робкими людьми, — все казалось полым, сминаемым, хрупким. Казалось, будто луна, подобно лампе гигантского инкубатора, своим леденящим жаром заставляет вылупиться самую суть вещей — суть, похожую и непохожую на дневные формы, расколотые, бросаемые лежать безо всякого применения. Кое-где от целого оставался только кусок скорлупы со слепыми балконами или залитой в гипс водосточной трубой, а остальное была сплошная тень, пугающая взгляд какой-то острой птичьей позой, выдающей желание взлететь. И снова то, что вот она выходит замуж и счастлива, показалось Софье Андреевне диким, совершенно невозможным.

Она попробовала думать о чем-нибудь обыкновенном, вроде родительского собрания или накопившейся стирки, где лежали вперемешку с домашним бельем большие штопаные вещи свекрови, но мысль о подробностях прежнего хода жизни вдруг причинила ей такую боль, словно прошлое было утрачено насовсем. Тогда, чтобы восстановить потерянную связь, она принялась вспоминать сегодняшний день — бессолнечный, пыльный, с порывами холодного ветра, внезапно налетавшего из ниоткуда и падавшего в никуда, бросавшего куски бумаги, сорванные шляпы, оставлявшего людей почти без дыхания в тусклой неподвижной пустоте. Когда разъезжали по голым улицам в нанятой «Чайке», у куклы на капоте все время задирался подол, выставляя напоказ ее невинное устройство, и мужики в машине гоготали, просто покатывались. Соседка явилась в загс застенчивая и страшненькая, в туфлях своего сорокового номера на высоченных шпильках, в очень коротком платье малинового крепа, кое-где прожаренного утюгом до грубой желтизны. Открытые коленки у нее подламывались на каждом шагу, и соседка по пути все норовила за что-нибудь ухватиться, почти бежала от опоры к опоре, точно скользила под уклон, но не выпускала букета мелких, как ягоды, остреньких роз. Она не преподнесла букета невесте, не оставила его, как многие, у главного и самого энергичного городского памятника, высоко отстоявшего на своем постаменте от привядшей цветочной мелочи, выложенной скошенным рядком на полированный гранит. Слабо держа колючий ворох, прихваченный папиросной бумагой, в опущенной руке, соседка таскала его всю дорогу от загса до ресторана: неловко лезла с ним в машину и так же нескладно, в несколько пересадок и рывков, выбиралась на многих остановках, чем вызывала нетерпеливое бормотание пихавших друг друга попутчиков. Но к ней — казалось, именно из-за этих жестких, тряских, нелепых, рдеющих роз — никто не мог прикоснуться. Поселковая родня, забившая собой вдобавок к «Чайке» несколько такси, упоенно раскатывала по городу, где толпы народу тянулись *мимо* видных сквозь голые сучья запыленных зданий, а родне был интересен и ЦУМ, и цирк, а один мужик, с глазами безгрешной голубизны на сырокопченом лице, обнимая жену под цветастую грудь, все орал, чтобы заворачивали на Красную площадь. Быстро насытившись зрелищем дощатого цирка или пустого фонтана с серпами и молотами на железной крашеной кочерыжке, удивительно глупой без водяного кочана, свадьба в накинутых на плечи пальто бежала обратно к машинам, и в глазах у гостей появлялась тревога, как если бы они не верили, что в следующий раз опять окажутся вместе. Одна машина, точно, потерялась; ее пассажиры ждали свадьбу в пустом ресторане, занявши угол длинного стола: маленькие крепкие мужчины значительно беседовали, наклоняя бутылку, а единственная женщина с ними беззвучно плакала, утираясь концами платочка, смотревшегося на ее могучей шее пионерским галстуком. Остальные, прибыв на очередное заказанное место, радостно валились друг другу в объятия, влепляли пунцовым бабам молодецкие поцелуи, устремлялись к последнему причалившему такси и за руки вытаскивали своих дядьев, шуряков и племянниц на секущий ветер, от которого зажмуренные лица становились будто треснутые чашки, и семейное сходство проступало настолько очевидно, словно людей другого типа не существовало вообще. Их почему-то особенно взбадривало, когда они высаживались там, где уже побывали, только с другой стороны квартала. Исторические памятники города мостились на нескольких прорубленных улицами горках посреди пологого марева бетонных домов. Гости видели от позолоченной, тихонько звякавшей церквушки знакомый фонтан без воды, а подальше, за парапетом и отчаянно виляющей масленой речонкой, голубоватый цирк с мелко-пятнистой афишей, — оказавшись, таким образом, в обжитой среде, они уже не ощущали себя такими посторонними среди обегающих свадьбу горожан и даже тихонько крестились на разубранные луковки, как будто хотели поплотнее застегнуться.

Во все часы бестолковой экскурсии продрогшая Софья Андреевна (жесткая пыль была холодна, будто земляной, какой-то вечный снег) испытывала стыд и страх нарваться на знакомых, которые, будучи в своем обычном и нормальном виде, узнают ее под этой тряпочкой, пришпиленной к начесу, подле несомого на резвых, но бесчувственных ногах Ивана, выставлявшего ей локоть так, будто он хотел держать невесту как можно дальше от себя. Софье Андреевне было обидно, одиноко; бумажная хризантема на выпяченной груди Ивана встряхивалась, шуршала, петушилась, а ее живые цветы потемнели и смякли. В первый и последний раз она ощутила что-то вроде симпатии к соседке, так же, как она, чужой среди горластой оравы, чьи голоса выбивались из сухого городского шума будто крики бедствия, — и культурная соседка невольно делила с невестой неприкаянность и стыд. Как и забиравшего на сторону Ивана, ее буквально несло по вспученному асфальту — казалось, будто их объяло общее головокружение, как-то связанное с высотой горелых облаков, влекомых в беспорядке за башню телецентра, будто они оказались подвешены на каких-то длинных нитях и могут, просеменив, удариться о дерево, о стену, будто обоих марионеток спустили с неба и водят ими, дразня наблюдателей, по заметаемой прахом земле.

Словно пугаясь своей неустойчивости — на горке, в виду у множества отливающих сталью окон и стеклянистых автомобилей, — соседка медлила ступить вперед, и когда многолюдная свадьба с застрявшей невестой уже целиком толклась у такси, она все продолжала стоять на опустелом пятачке, совершенно не заслоняя собою дымную панораму. Чтобы посмотреть на ее скособоченную фигурку, приходилось отдельно настраивать взгляд, и тогда уже пропадало, выросши сперва в огромную муть, все реальное окружение, включая чугунную женщину с книгой, которую гости пять минут назад охлопали руками. Словно почувствовав перемену фокуса, соседка делала первый огромный шаг и на глазах у всех одна пересекала отчужденное пространство до машин, враскачку перебегая путь одним прохожим и замирая перед другими; жирные серебряные веки, будто печати, мертво поблескивали на сером лице. Обозленные гости просто не могли оторваться от соседкиных виляний и припрыжек: им казалось, будто она спешит не к ним, а куда-то вбок, и придется ждать еще. Только спокойная свекровь, надевшая по случаю праздника бархатную шляпку с рытвинами и пятнами свежей черноты от каких-то споротых украшений, следила за соседкой с гордым прищуром из-под твердых полей, и когда соседка, приблизившись, совсем замедляла шаткие шаги и словно вручала себя толпе, готовой ее убить, свекровь весомо выступала вперед и брала ее за руку, будто малого ребенка. Через заднее стекло машины было видно, как они обе ерзают, подскакивают не в лад, чтобы как следует утесниться, а потом одновременно валятся от рывка автомобиля, и свекровкина шляпа прыгает набок, открывая мягонький перманент — комочек ржавой пены на вареной картофелине, так не шедший к свекровкиным крупным чертам. В ресторане свекровь, по-домашнему обходя гостей с большими посудинами еды и выворачивая каждому на тарелку мокрые комья «столичного» салата с черной колбасой, особо останавливалась возле «профессорши», стиснутой двумя отворотившимися спинами до складки платья между тощих грудей и до изумления на вскинутом личике, уже ни на кого не смотревшем. Очевидно, жалея ее за ученость и за любовный грех, свекровь выгребала ей через край замутненного хрусталя двойную порцию, так что из салата на тарелку бежала белая сметанная вода, заполняя ее до краев, будто суп. Софья Андреевна видела все из-за главных букетов, поставленных в вазы, и бабья доброта свекрови, перемешанная с тайной гордостью за сына, сумевшего неведомо как и зачем присушить такую образованную женщину с рубцом от очков на носу, совершенно убила ее мимолетную нежность к сопернице, — умершее чувство долго и едко тлело в глубине ее души, более ощутимое, чем когда она переживала его в действительности. Оно отравило измученной Софье Андреевне даже те короткие и лучшие минуты, когда они с Иваном, поднятые для поцелуя стенобитным хором раскачавшейся родни, успокаивали друг друга. Иван шептал ей на ухо имена и отчества лезущих поздравителей, чтобы она не боялась, — а ведь с самого утра он держался с ней как чужой, точно жених и невеста были соперники на викторине, и Иван вовсю старался понравиться публике больше, чем Софья Андреевна, терявшаяся от его пересоленных шуточек и стоячей безрукой осанки, представлявшей во всей красе полосатый костюм.

Глава 19

Терзаемая долгом быть счастливой здесь и сейчас, Софья Андреевна старалась пробудить в себе доброту к Ивану, к соседке, к свекрови, к покойной бабусе, к маленькому мужчине на трамвайной остановке, одиноко сидевшему в виду освещенного вагона с перешедшими туда людьми, к детям в соседней комнате, чьи старательные песенки перебивались сиплым вальсом из ресторана. Внезапно в кабинете зажегся свет, и Софья Андреевна поспешно обернулась. Матерый что-то тихо говорил мигающим приятелям, поставив перед ними на стол ослепительно белую, будто эмалированную туфлю, и Софью Андреевну охватило предчувствие беды. Она увидела, что в кабинете из всей компании осталось только пятеро, включая подругу Матерого, зевавшую так, что ее лицо напоминало собранный для надевания носок. Улыбаясь одними железными зубами, Матерый с какой-то мстительной глухотою в голосе сообщил, что Ивана не смогли найти, что он не возвращался в зал, и по тону его Софья Андреевна поняла, что своим друзьям он рассказывал о пропаже в гораздо более крепких выражениях.

Сразу все вокруг сделалось серо, и Софье Андреевне показалось, что она уже тысячу раз бывала в этом кабинете с убогой потертой мебелью, постылом, будто собственная комната, где она уже привыкла ждать Ивана, гулявшего словно в ином измерении, куда она не знала способа попасть. Порою ей хотелось умереть, чтобы только увидеть, что происходит с Иваном сию минуту, — казалось, что она не может больше оставаться здесь, где мебель стала проходной и ничейной, будто на улице, а все предметы свелись к немногим видам, и одна узорная подушка или статуэтка совершенно обесценивает другую. Любовь к Ивану в часы ожидания его неизвестно откуда начисто лишала бессонную Софью Андреевну ощущения собственности, заменяя его чувством *реальности,* где за домами ожидали дома, за магазинами магазины: всего не больше восьми или девяти разновидностей ничейных вещей, создававших впереди точно такое же пространство, какое зияло за спиной. Иногда, уже почти добежав до молчавших дверей, Софья Андреевна цепенела в темноте прихожей, *ночной* даже среди бела дня, не в силах потянуться к выключателю: она понимала, что не побежит искать Ивана, не перейдет границу *реальности,* чья цельность только слегка нарушается мусором, повсюду относящимся к прошлому; вообще не могла вообразить, как пошагает по улицам, пересекающим одна другую под прямыми углами, когда на поворотах ощущаешь себя особенно глупо, точно сам решил переменить направление, увидев что-то новое, в то время как реальные улицы, хоть и поделенные своей геометрией на два разряда — поперечные и продольные, — в действительности одинаковы по всей своей длине. Если Софье Андреевне в пустые дни отсутствия Ивана случалось выйти в город по делам, ей все равно мерещилось, будто она вслепую бредет туда, где с ним происходит несчастье, и это чувство, когда на перекрестке ни с того ни с сего вдруг поворачиваешь на девяносто градусов, заставляло ее идти по газонам, залезать в кусты, на склизкие тропинки, только чтобы срезать подневольный угол, превращающий ее хождение в бессмыслицу. Глядя на других людей, спокойно подчинявшихся механизму города, счетным машинкам светофоров, без конца умножавшим три на три, Софья Андреевна воображала, будто под асфальтом укрыт мотор, движущий людские фигурки, и прохожие в этой игре разделены на две, максимально на три команды, среди которых будут победители и проигравшие.

Мир в отсутствие Ивана упрощался до конечного счета вещей — между ними оставались проходы по земле, но Софья Андреевна понимала, что бежать ей абсолютно некуда, что в каком бы незнакомом месте она ни оказалась, все будет то же: комната, мебель, окно. И сейчас кабинет неизвестного лица подтверждал ее уверенность *тремя* шкафами разной высоты, стоявшими в ряд, с претензией на «стенку»; *двумя* стеклянными графинами — один, сияющий, с мурашками свежей воды, на столе, другой, сухой и с зеленью, на подоконнике, — *четырьмя* различными пепельницами, рыхлыми и серыми внутри, точь-в-точь сегодняшнее небо, похожее на пепельницу с незатушенными сигаретами, испускавшими белесые дымы. Угрюмые лица Матерого и его приятелей представились ей рожами бандитов, убивших Ивана прямо посреди заваленной тенями площади у всех на виду.

Была, однако, еще одна возможность: что соседка первая нашла Ивана и утащила его куда-нибудь в недра ДК, где он и шлепнулся на нее, будто бифштекс на раскаленную сковородку. Глухое каменное здание, чьи звуки витали снаружи и доносились, будто посторонние, из окна в окно, способно было укрыть в себе и не такое — и не зря соседка высидела целый вечер угловатой задницей на краешке стула, готовая в любую минуту вскочить и побежать. Теперь растревоженной Софье Андреевне хотелось ее увидеть почти так же сильно, как и самого Ивана, ей даже почудилось, будто между любовниками имеется сходство — какая-то полинялость и на ней яркие пятна синяков, румянца, запекшихся губ, — нечто неуловимое, что как раз отличает Ивана от его круглоголовых, слишком одинаковых родственников. Ей надо было поскорей спуститься в ресторан, — тем согласней она кивала Матерому, убеждавшему ее, с ладонью на лацкане пиджака, посидеть еще, пока они достанут Ивана из-под земли и возьмут с него не меньше чем ящик водки. Туфли, опять составленные вместе, больше не были парой обуви: правая, которую таскали на торг, задирала помятый нос, нога в ней сразу слиплась, точно туфля стала на номер меньше, и вдобавок к обеим отвердевшим «лодочкам» словно привязали коньки. Балансируя на этих иллюзорных коньках, сбивших складками ковровую дорожку, Софья Андреевна терпела, пока Матерый, придерживая дверь, выпускал своих. Они тянулись понуро, шаркая плечами о стену, и, судя по звукам, сразу останавливались в коридоре, не желая делать ни единого шагу без своего вожака. Ему, чтобы выйти, пришлось обеими руками толкать перед собой захмелевшую подругу, свесившую волосы на лицо, так что стали видны голая нитка между редкими красными бусинами, седельце жира на смуглом загривке.

Как только дверь за ними затворилась, Софья Андреевна, чувствуя себя на коньках чересчур высокой и как бы составленной из разных половин, проковыляла к хозяйскому столу, где еще раньше видела нарезанную четвертушками бумагу и тяжеленный, с куском голубовато-тусклого металла, видно, образцом какой-то плавки, письменный прибор. Хромированная ручка, с визгом вывернувшаяся из гнезда, была чересчур тяжела для легонького листика и все норовила его отбросить, будто сор, мешающий ее тупому и почти бесследному труду. Все-таки Софье Андреевне удалось нанести на бумажку несколько угловатых, из крестов и палок составленных строк, — но едва она собралась пристроить записку для Матерого на видное место, как она распалась надвое. Бумажек оказалось две, они не совмещались больше, на месте исчезнувших слов косо лежала белизна, — и послание из двух непонятных частей сделалось таким же странным на чужом рабочем месте, как и темные бутылки, стоявшие на собственных липких круговых следах, среди крошек и корок.

Софья Андреевна погасила свет и замерла в дверном проеме между двух темнот — полегче и потяжелей, — совершенно друг в друга не проникавших. Какое-то чувство симметрии относительно крайностей своего положения привело ее на лестницу, где электричество теперь горело только глубоко на дне и всходило долгим отблеском по натертому руками дереву перил. Затаив дыхание, Софья Андреевна стала спускаться по бесконечно нежным выемкам ступеней, словно водой проливаясь из чаши в чашу, и каждая глубокая ступенька стремилась удержать ее, обмирающую от страшноватой разницы между собственным влажным телом и безопорным воздухом. Софье Андреевне мерещилось, что если она будет дышать как можно глубже, то сумеет сгладить эту щекотную разницу и не упасть, — в то же время ее пугало, что, спускаясь, она как будто теряет в весе, будто часть ее остается следами на смиренном мраморе, подражающем ей в неуклюжести. Тогда она локтями ложилась на перила и, боком слезая в полумраке, видела далеко внизу, едва ли не в подвале, свалку разодранных планшетов, освещенную ярко, до ножевидной остроты углов. Из-за резкого электричества каждая дыра в слепящем ватмане казалась выбитой с ужасной силой, и Софья Андреевна уговаривала себя, что не провалится, попросту не пройдет в сквозную щель между встречных друг другу, лыжней накатанных перил. Она старалась не оглядываться на квадратные маленькие окна в толстых стенах, тоже внушавшие ей непонятный страх: лунные ромбы торчали из них, точно орудия, которыми только что были прорублены эти отверстия.

Кухню она узнала по влажным насморочным шумам, идущим из-за отпотевших дверей. Коренастая девушка в марлевом колпаке, в мокрых шлепанцах на босу ногу, сбрасывала в ведро из тарелок остатки еды и погружала тарелки в бак с тяжелым кипятком, где они покачивались и глухо стукались о стены. Ее розовые сальные руки двигались сами по себе, а голые припухшие глаза неотрывно смотрели куда-то в сторону, будто завороженные. При появлении Софьи Андреевны посудомойка попыталась оглянуться на нее, но не смогла, и это опять напомнило покойную бабусю, как она работала руками вслепую, хотя ее глаза, большие, линялые, с коричневыми пятнами на белках, бывали в это время широко раскрыты, — только что-то сбросив на пол, бабуся вздрагивала и медленно нагибалась. Невидимкой Софья Андреевна проковыляла в зал. Там изрядно поубавилось людей, табачный дым мешался с холодом из форточек. Те, кто остался, отрешенно сидели вдоль столов, у огромных нарисованных ног первомайской демонстрации, похожей отчасти на выступление танцевального ансамбля, — так дружно двигался на зрителей нарядный полукруг, и розовые улыбки были чем-то вроде цветочной гирлянды, несомой сразу несколькими девушками в национальных костюмах, — а позади лоснились и исчезали в пятнах отраженного электричества бордовые башни Кремля. Мужик, который хотел на Красную площадь, теперь покачивался возле небольшого тусклого рояля над рядом совершенно одинаковых черных и одинаковых белых клавиш, время от времени тыкая туда нацеленным пальцем, вызывая звук, который после ни с каких попыток не удавалось повторить, — и за ним, подперши кулаком толстую складку щеки, с усталым интересом следила сонная свекровь. В зале никто не собирался по четыре, по пять человек: казалось, если гости сделают это, то должны будут что-нибудь исполнить, станцевать или спеть, чтобы как-то разрядить томительную скуку, и каждый предпочитал отсиживаться сам по себе, ковыряя мокрое пирожное.

Соседку Софья Андреевна увидала на прежнем месте: она сидела на стуле боком, закинув ногу на ногу, и сосредоточенно терзала ногтями подол, очевидно оттирая какое-то пятнышко. Весь ее облик был донельзя будничный и хмурый — морщины под челкой, двойная стрелка рваного чулка из запыленной туфли, — но больше всего Софью Андреевну поразили ее открытые руки, огрубелые и дряблые, с чернильными синяками, похожими на инвентарные штампы с изнанки казенного постельного белья. Эта старческая изнанка, будто соседке было чуть ли не пятьдесят, вызвала у Софьи Андреевны горькую мысль, что Ивана к ней могла привлечь только особая гнусность натуры. Еще она подумала с острой болью в душе, что Иван только тогда принадлежал бы ей целиком, если бы не мог заниматься *этим* вообще ни с кем. Тогда бы Софья Андреевна могла считать его действительно родным, настоящим близким родственником и не бояться приступов отчуждения, когда на Ивана находила *эта* лихорадка и он, имевший привычку ногами ступать по постели к своему укатанному месту у стены, вдруг окидывал ее из-под глухого потолка неузнающим взглядом, а потом валился со страшным хрустом диванных пружин, и на потолке проступало именно то, что было там и в прошлый, и позапрошлый раз: два потека и трещина. Если бы Иван, по крайней мере, умел скрывать, что занимается на стороне *такими* вещами, — но он, наоборот, являл свои умения и там, и здесь, позоря Софью Андреевну, потому что соседка знала в подробностях, как его тяжелые руки шарят по телу, как царапаются по-бабьи и как он, забившись в судороге, тонко вскрикивает — сначала за себя, а после словно за Софью Андреевну, показывая, как надо, *играя*, будто это она кричит и закатывает глаза. В такие минуты они с Иваном были действительно чужими — совершенно разрушался семейный тон, какой у них бывал у телевизора или на кухне, когда они касались друг друга уже почти машинально, — и долго после того, как Иван в последнем содрогании пускал на подушку желтую слюну, они не могли говорить нормальными голосами и начинали, будто после ссоры, часа через три.

Сейчас Софья Андреевна стояла перед застольем в кукольных жоржетовых рукавчиках и дурацкой фате, словно помеченная на сегодняшнюю ночь, и задыхалась от ненависти. Соседка переменила ногу, чтобы лучше рассмотреть свою неприятность, но вместо этого вскинула глаза. Сразу она оскалилась от страха, закинутое колено сорвалось, и вся она стала как-то ломаться и тянуть подол, будто надеялась целиком укрыться в своем коротюсеньком платьишке. У Софьи Андреевны мелькнуло удивление, что обе они одеты совершенно по-детски, но она без труда загасила в себе тепло. Она наконец ощутила, что не боится больше нарушить некое пристойное равновесие — якобы в собственную пользу, — ради которого иногда караулила соседку на лестнице, чтобы обменяться с нею обезьяньими улыбками, якобы такими, как всегда. Теперь она могла свободно выразить, что накопилось без Ивана, когда квартира через зеленую стенку, чью краску Софья Андреевна обтирала на себя, представлялась ей одновременно адом и раем, и она, измазанная, лепилась на зелень, будто неуклюжий хамелеон, не воспринимая оттуда ничего, кроме мучительно неполной, ни на что не похожей музыки. Софья Андреевна знала, что вот сейчас она за волосы вытащит соседку из ресторана и потребует, чтобы та пустила ее к себе, — увидит запретную область, куда скрывается Иван, ляжет сама на их кушетку или койку, а после затолкает стерву в свою квартиру и проведет, как по музею, показывая раскопанные дырки в обивке дивана, заброшенные вышивки с бородами перепутанных ниток, пятно на стене, похожее на белесый призрак Софьи Андреевны. Соседке в конце концов придется показать, где находится тайная дверца в ее обиталище, которая бессонной Софье Андреевне мерещилась то за комодом, то в кладовке, а когда среди ночи, в темноте, она тихонько выходила на площадку и тупо стояла перед *большой* соседкиной дверью, придерживая, чтобы не захлопнулась, несчастную свою, ей казалось, будто там, внутри, между квартирами открыто, будто только перед ней всегда стоит преграда, а кругом, куда она не смотрит, — сквозной свободный путь.

Оцепенелую Софью Андреевну заставил встрепенуться патетический стонущий гром — это гость, игравшийся с роялем, пошатнулся и умял в клавиатуру обе пятерни. Мельком отметив, что скоро увидит другой, ненавистный рояль, Софья Андреевна пошла через зал к побелевшей соседке, уже отъехавшей от стола вместе с креслицем на добрый метр и все толкавшейся каблуками в пол, будто пытаясь раскачаться на качелях. Еще издалека Софья Андреевна увидала, что тарелка со сметанной жижей и грубой стружкой овощей все еще стоит перед ней неубранная, — но тут прямо перед ее лицом промелькнуло что-то темное, крепко пахнувшее «Шипром». Перескакнувший ей дорогу мягкий толстячок, бочком и на цыпочках протираясь между раздвинутых кресел с плащами, очевидно, устремлялся в туалет. Людмила Георгиевна, стоя в трех шагах, пережидала, пока он пройдет, ее подведенные глаза скользили вправо и влево с равнодушным интересом, а пальцы в том же ритме вертели играющий кулон. Только тут Софья Андреевна поняла, что заскучавший было ресторан оживился переглядками и шепотками: ее хромающий выход, предваренный расшибленным аккордом, оторвал гостей от неинтересной размокшей еды, и теперь все происходило будто на сцене. Между нею и соседкой образовалось неприкосновенное пространство с чьим-то газовым платочком на паркете, а вокруг перевивался грубошерстный дым оставленных папирос. Двигаясь, будто выучила все заранее, Софья Андреевна подошла к соседке сбоку, взяла тарелку, которую та поспешно ей придвинула, и, успев увидеть на малиновом крепе несколько изжеванных ногтями крапинок, вылила туда заурчавшую жижу, в которой вильнула килька. С какой-то странной истомой на ослабевшем лице, с ужасными пятнами рыжей пудры, соседка стала медленно подниматься, перехватываясь руками, словно ноги у нее отнялись и не могли держать изогнутое тело, облепленное мокрым хляпаньем до бельевых застежек и костей. Порозовелая жижа толстыми струйками застрочила в паркет, и Софья Андреевна, опустив глаза, увидала, что и ее привядшее платье забрызгано жиром и помидорными семечками. Она спокойно подумала, что теперь-то ей, конечно, не видать директорского кресла. За спиной послышались гулкие звуки, будто пинали по мячу: это Матерый бил в ковшовые ладони, и на его багровой, совершенно пьяной морде читалось непреклонное одобрение. Соседка отпустила подлокотник и, согнувшись, болтая длинными руками, поволоклась куда-то, точно одурелый конькобежец по широченной дорожке, — и после Софья Андреевна отмечала с законной гордостью, что ощущение коньков на ногах, владевшее ими обеими в тот несчастный праздник, для развратницы закончилось болезнью и палкой, на которой она елозила и вскидывала задом, точно мошка на булавке, тогда как Софья Андреевна продолжала ходить горделиво, и всякий, видевший ее, одновременно видел цель, к которой направлялись эти равномерные шаги.

Глава 20

Софья Андреевна не скрывала чувств и продолжала ставить соседку на место тем же самым способом, который в первый раз оказался удачным: метала на ее аккуратный балкончик бомбы мусора в мятой газете, запихивала в почтовый ящик немытые мешки из-под рыбы и с годами пришла к убеждению, что ничем иным — ни ядом, ни огнем — соседку не взять. Встречая ее неожиданно, отступая перед этим вздыбленным на трех ногах и цепенеющим от страха существом, Софья Андреевна испытывала обидное ощущение, будто ничего не может против нее и ее одежды, застиранной до каких-то нереальных, ангельских оттенков чистоты, если не имеет в руках чего-то ненужного, лишнего. Однажды она довольно ловко бросила в соседку засохшей елкой: было нечто фантастическое в том, как деревянный шершавый остов повалил негодяйку в сугроб, осыпавшись туда хвоей, будто огромная расческа, и как негодяйка пыталась встать, шебурша беспомощной палкой в блескучих, раздуваемых ветром космах мишуры. После этого Софья Андреевна неоднократно жертвовала то упаковкой соды, то десятком яиц, понимая, что мусора все равно не хватит, чтобы справиться с ведьмой, — не хватит целой жизни и всего их с девчонкой небогатого скарба, и если уж поддаваться ненависти до конца, то следует жертвовать всем, что она называет своим.

Софье Андреевне все же порой приходилось унимать свои справедливые чувства. К примеру, соседкино постельное белье, которое та сушила во дворе (едва отжатое, провисшее до земли), вызывало в ней буквально вожделение своею большой белизной, сырым заветренным холодом, грузным вздыманием всей скрипящей снасти над верхушками бурьяна. Особенно мысль о том, как худосочной соседке было тяжело топить, ворочать и выкручивать сопящие полотнища, будила у Софьи Андреевны вспышку энергии — уж она бы в два счета управилась с этим заманчивым бельем, — но ее останавливало убеждение, что пачканье чужих простыней несовместимо с ее учительским достоинством.

По сути, она за счет соперницы изживала отсутствие Ивана, делала то, что ей хотелось и что при нем бы сделать не смогла. Каждый раз, добавив заслуженной грязи в соседкин лицемерно-чистенький быт, она старалась испытать облегчение, какое ощутила в свадебном ресторане, когда под возбужденными взглядами мужской половины новоявленной родни поняла, что исчезновение Ивана кстати, что его отсутствие благо в эту минуту, и хорошо, что он не видит, как его ученая подруга, вся перемазанная и с распяленными пальцами, мнется перед дубовой дверью, не зная, как и чем ее толкнуть. Соперницы страдали по-разному, но обе они, изгоняя родную тень, одновременно заменяли друг другу общего мужчину, давно между ними не стоявшего. Вернувшись из африканской пустыни своего одиночества, Софья Андреевна обнаружила в первую очередь *ее*, с отросшими сосульками волос на лисьем воротнике, от своей огромности и старости похожем на дикобраза, с невозможными глазами под зелененькой шляпкой, — Софья Андреевна долго не могла понять, что же в них такое знакомое, пока не увидала в зеркале свои. Теперь почернелая соседка походила уже не на Ивана, а явно на Софью Андреевну, однако напоминала о нем реальнее, чем тугой тонкокожий живот, откуда иногда раздавался еле слышный звук словно бы губной гармошки. Ребенок плакал у матери в животе первобытным нечеловеческим голоском, и спокойная врачиха в консультации равнодушно советовала лучше спать, побольше гулять. За месяц до родов Софье Андреевне приснилось, что соседкина дочь и ее темноволосый сын, прекрасный, как артист кино, выросли вместе и полюбили друг друга: будто они стоят во дворе у сараек, обнявшись каким-то опасным, слишком крепким способом, и подол девчонкиного платья, вылощенный ветром, больно хлещет мальчика по ногам. Мыльно лоснясь лицом при свете ночника, Софья Андреевна пыталась им объяснить, что они в действительности брат и сестра и им нельзя пожениться, — тогда они ответили, что соединятся по-другому, и мальчик стал неловко приседать, одновременно подымая перед собой и над собой *ее* подол, распадавшийся бесконечными складками, пока от него не осталась тонкоперстая щепоть, а девчонка продолжала стоять безмолвная, обтянутая сбоку до грушевидного рельефа бедер, яркая, как картинка из букваря. В другом варианте сна Софья Андреевна умоляла сына не исчезать, пока она не отыщет некий предмет, отменяющий ее слова про брата и сестру, некое доказательство того, что на самом деле *измены* не было: она потрошила сервант и комод, вытряхивала из шкатулок комья спутанных бус, переваливала со стороны на сторону глянцевые толщи журналов в тысячи страниц, — а лицо у сына становилось отрешенное, какое бывает у статуй во время сильного ливня. В последний плохой, нездоровый месяц сны приходили не как обычно: они не отделялись от яви полосой беспамятства, а начинались прямо в комнате, забирая ее как есть, а днем продолжали врываться в явь, так что Софья Андреевна с трудом осознавала, что бусы и шкатулки были в старом доме, — и, даже вспомнив, не очень верила в поблекшую реальность, полагая, что они каким-то образом все-таки здесь.

Ей мерещилось, что, если хорошенько поискать в приснившейся мебели, обязательно найдется такое, чего она не знает, и тогда отсутствие Ивана окажется ошибкой, какой-нибудь командировкой. Мысль об уходе мужа (Софья

Андреевна считала это *его* поступком) первой поджидала ее при пробуждении, на той границе сна, когда она не сразу понимала, отчего так отвратительны бедная узкая штора, цепной железный звон будильника, — пока не вспоминала о несчастье. Тогда ей начинало казаться, что Иван специально запрятал объясняющую записку или предмет, — и это был первый шаг к тому, чтобы муж превратился в ее домового, ответственного за пропавшие пуговицы и шпильки, прилежного читателя нехороших книжек, сладко преющих по теплым тайникам. Собираясь на работу, открывая кран над нечищеной раковиной, облепленной ее редеющими волосами, Софья Андреевна слышала через стену в симметричном отростке водопровода ответное журчание и понимала, что с соседкой происходит то же, что и с ней; собственное ее лицо в голом зеркале на крючках, в точности на месте лица негодяйки, служило тому нарочитым, как бы специально подстроенным подтверждением. Софья Андреевна полагала, что, если хорошенько приглядеться, можно заметить под мешковатой соседкиной одеждой маленький беременный живот.

Однако иллюзия не воплотилась, сны оказались не в руку. В роддоме, в огромной кафельной комнате, где все с дребезжанием каталось на колесиках и беспрерывно ходили мимо неотзывчивые фигуры врачей, Софье Андреевне, уже опустошенной по дороге, показали головастое существо с невинной щелкой между скрюченных ножек и сообщили, что у нее родилась «катенька». Пожилая властная акушерка с ужасными следами былой красоты, бывшая с нею в машине, теперь старалась, как могла, дополнить гримасу младенца своей нарумяненной и начерненной улыбкой до картины полного счастья. Она, фактически назвавшая ребенка (плачущей Софье Андреевне было все равно), старалась и не могла простить здоровенной мамочке ее унылых всхлипов, а та глядела на морщинистого нежного червячка и понимала, что это все. У нее в ушах совершенно отчетливо, перекрывая хриплые вопли женщин, скорченных на высоких родильных креслах, точно на опрокинутых велосипедах, прозвучал прозрачный голос, не женский и не мужской, сказавший: «Мальчика не будет». И хотя как раз тогда и в том роддоме мальчиков появилось на удивление много — властная акушерка их всех называла «сашеньками», — но в гладких свертках со спящими личиками угадывалось что-то неземное, неспособность *быть* и держаться на земле, что-то от крылатых головок с икон, и Софья Андреевна поверила бесплотному голосу, а Катерина Ивановна впоследствии подтвердила ее уверенность, оставшись вообще без пары и трагически (читай — счастливо) завершив историю женской семьи.

Стороной, через третьих лиц, Софье Андреевне передавали, что соседка, так никого и не родившая от беглого Ивана, очень о ней расспрашивает, интересуется, как здоровье, не завела ли она «мужчину», не беспокоит ли рояль. Вопреки жарким клятвам огнедышащего алкоголика из двенадцатой квартиры, что «профессорша» собирает на Софью Андреевну сведения для каких-то бумаг в милицию, вопреки призывам Колькиной матери, готовой хоть сейчас поджечь для устрашения соседкину дверь, Софья Андреевна знала, что эти расспросы не из вражды. Просто соседка нуждалась в ней, хоть в какой-то частице ее замкнутой жизни, где еще витало нечто от Ивана, — и стоило Софье Андреевне только поманить, у нее бы не было подруги преданней и задушевней.

Софье Андреевне и самой очень хотелось знать, как именно Иван расстался с негодяйкой: ведь получилось, что она, вытащив из полуоторванного мужнина кармана, который тот, подымая локоть, послушно подставлял, только *свои* ключи, выгнала Ивана сразу от обеих. Он просто оставил *место* с двумя симметричными женщинами, где они продолжали существовать кухня к кухне, туалет к туалету и были друг для друга точно в зазеркалье — на другой половине дома, относящейся к прошлому. Софья Андреевна не раз пыталась вообразить, сразу ли Иван завалился к подружке оттаивать после того, как жена закрываемой дверью выпихнула его на площадку, или приходил прощаться позже, тайно, и они вдвоем ругали Софью Андреевну, а негодяйка, рыдая, распиналась на косяках? Как бы то ни было, Софья Андреевна полагала зазорным расспрашивать и доставала соперницу по-другому — догадываясь иногда, что неодолимое желание что-нибудь в нее швырнуть есть на самом деле желание прикоснуться.

В конце концов именно мусорная война дала ей такие

сведения о злодейке, с которыми она четыре дня бродила точно пришибленная, стараясь ни с кем не говорить даже о своих обычных делах. Собственно, Софья Андреевна подозревала неладное уже давно: слишком редко злыдня стала выходить на улицу, а когда наконец попадалась навстречу, от нее противно воняло лекарствами, ее застиранная одежда казалась сшитой белыми ветхими нитками, висевшими тут и там из петельки, из прорехи, и желание запачкать пресные ризы, ляпнув на них целую пригоршню жирной прилипчивой жизни, становилось просто нестерпимо.

Однажды, в жаркую субботу начала июля, Софья Андреевна, заправив борщ, собрала очистки в газету и, привычно уминая сверток до нужной плотности, отправилась на балкон. Соседкин сквозной балкончик, в отличие от других, обшитых цветочными ящиками, ничего не скрывавший и этим — да еще трепетаньем пушинок на рассохшемся дереве — удивительно походивший на заброшенное птичье гнездо, сейчас до самых треснутых перил полнился хлопаньем крыльев и хриплым голубиным воркованием. Еще ни о чем не догадываясь, Софья Андреевна кинула ком в густое бурление, куда как раз спускался, расставив когти, распаренный сизарь размером с детское пальто. Пальнуло оглушительным шумом, птицы снялись и затрепыхались в воздухе, обнажив замызганный бетон с расклеванными остатками вчерашнего ужина Софьи Андреевны. Голуби бились и путались в голых провисших веревках, царапали когтями по карнизу, валились обратно в яму, на свежую и мокрую добычу, лопнувшую на ужасном дне, а тени их стремительно метались по оконному стеклу, и различие между хлопающей птицей и ее безмолвным отражением вдруг окатило вспотевшую Софью Андреевну мертвенным холодом. Чистое стекло с неясной горою серого тюля за ним отражало сизый и тонкий мир, где все скользило без звука и трения. Казалось, будто кто-то смотрит и видит такими горячие тополя в неопрятном пуху, смиренно ползущий автомобиль, ярко-белого до пояса мальчишку на высоком велосипеде: все возникало точно на промываемой фотографии, и ледяной ребенок стоймя шагал по упругому воздуху, переваливаясь между сквозных виляющих колес. Там, за стеклом, сохранялась своя тишина, которую не мог нарушить даже зудящий стрекот отбойного агрегата, громадными кусками ломавшего асфальт. Никакие звуки, даже слышные там, не были властны над тишиной, и ощущение стеклянной границы между балконом, полным воркующей, урчащей жизни, и волшебным покоем внутри скорее, чем неубранный мусор, убедили сомлевшую Софью Андреевну, что соседка действительно умерла.

Четыре дня она одна владела этой тайной, не зная толком, куда сообщить, и в глубине души не желая делиться — не желая вмешиваться и выступать виноватой перед полумифической, едва ли не иностранной по виду и редкости появлений соседкиной родней. Во все это время она говорила дома неестественным голосом и иногда замирала посреди разложенных дел от настойчивого стука собственного сердца. Девчонка, перешедшая в десятый класс и временно похудевшая, целыми днями пропадала на сером, будто краска батарей отопления, видном из трамваев пляже обмелевшего пруда, а по вечерам утомленно остывала от тяжелого солнца, черная при свете желтого электричества, словно заварка в чае. Тишина все длилась; рояль молчал и превращался за стеною в черную плиту. Тишина висела полнейшая, но Софья Андреевна затыкала уши, чтобы иметь возможность читать постороннюю книжку; вдруг она вставала с откачнувшегося стула и делала по комнате несколько решительных шагов, пока не упиралась в то, что было здесь. Громкая дрожь водопровода вызывала у нее желание открыть у соседки кран; еще она все время думала, что надо бы прогнать с балкона покойницы голубей и как-нибудь там прибрать, пока туда не пришли и не увидели ее очистки и пропечатанные лохмы туалетной бумаги. Однако скрыть следы оказалось невозможно: помойные голуби, преющие в мокром и засаленном пере, множились числом и уже не ворковали, а рычали, будто собаки. Вспугнутые, они разлетались, замирая в каких-то точках взаимного равновесия, и сразу хлопались обратно на загаженный бетон: Софье Андреевне оставалось только беспомощно шикать на них и удивляться странному вдохновению окна, отражавшего и взлеты, и обвалы клохчущих птиц только как движение вверх, радостное устремление в пустое, сизовато-серебряное небо. Настоящее небо во все эти дни оставалось открыто и, едкое, сразу растворяло малейшие пленки облаков, жара стояла удушающая, и пахучие, зернистые с исподу горбушки развороченного асфальта спекались в комья, а земля на месте работ выглядела старой, никуда не годной. Девчонка посматривала на мать исподлобья; у нее на губах, которые она еще пыталась красить, выступила сыпь, напоминавшая розоватой шершавостью недоспелую землянику, и девчонка все время облизывалась и злилась. Софья Андреевна хваталась за всякую возможность уйти из дому, но в городе было не легче: жара после ледяной и ветреной весны застала горожан врасплох, и они, принужденные оголиться до последних пределов приличия, не имевшие возможности валяться на пляжике размером с грязный гребешок, белели сырыми телами среди скучной клеенчатой листвы. Их неестественная белизна на солнце отдавала в синеву — казалось, будто все они жестоко мерзнут в перезимовавших, плохо отутюженных ситцах и шелках; лица у всех, даже у молодых, кривились розовыми потными морщинами.

Только на закате натягивалась под углом к небесному куполу легкая рябь облаков; Софья Андреевна торопила себя уснуть, но чем крепче настаивалась темнота, тем явственней она ощущала едкую природу ночи. Если день разводил облака точно сонный порошок и окутывал голову вялым дурманом, то бодрая, трезвая ночь буквально растворяла стену возле неподвижной Софьи Андреевны, не смевшей шевельнуться. Чувство симметрии создавало уверенность, что рядом, в двадцати сантиметрах перегородки, тоже стоит диван, и если она неосторожно сунет руку в непроглядную пустоту, то коснется мертвого тела в ветхом кружевном белье, похожего на сыр в салфетке, вынутый из холодильника. Теперь уже не надо было потайных дверей — Софья Андреевна легкими ощущала весь объем соединившихся квартир, где все по-прежнему держалось на строгом равновесии: как бы Софья Андреевна ни легла, ей казалось, будто покойница невидимо простерта в такой же точно позе, — будто она, живая, передразнивает мертвую, вызывая ее на пробуждение и гнев. На третий и четвертый день, уходя в магазины, Софья Андреевна видела в дверях соседки множество записок — было ощущение, что надо их прочесть, чтобы предупредить опасности для сохраняемой тайны, — а переполненный почтовый ящик с торчащей из него газетой отчего-то походил на рюкзак, собранный для долгого путешествия.

Наконец на утро пятого дня от соседки донеслись нормальные земные звуки: грохоток сдвигаемой мебели, словно успевшей высохнуть в хлам, незнакомые шаги, явно уличные, в башмаках, обходившие квартиру точно двор, не задерживаясь на месте обычных хозяйских заделий. По особой сквозистости и внятности звуков ощущалось, что дверь квартиры распахнута настежь; широко и плоско плеснула в ванну вода из покачнувшегося таза и вторым приемом обрушилась. Полузнакомые родственники соседки засновали туда и сюда, все с печальными глазами навыкате; юноши у них шелковистостью усиков и вежливостью походили на женщин, и поразительная разница между шелковой, матовой красотой молодых и обрюзглым уродством старых, чьи носы вкупе с тонкими губами напоминали хоботы слонов, держащих ветки, казалось, говорила о том, что эти люди живут, чтобы так измениться, не меньше чем по триста лет, — но ведьме, как выяснилось, было всего-то навсего сорок восемь. Софья Андреевна старалась ни в чем не участвовать, хотя ее очень приглашал солидный товарищ, бывший у них, по-видимому, за главного. Маленького роста еврей с огромной, превосходной лепки головой, плотно обложенной маслянистыми сединами, был очень обходителен и даже брал ее под локоток, но Софья Андреевна все же отказалась зайти к покойной под предлогом подхваченного гриппа, — и два вечера подряд у нее действительно поднималась температура, заставляя кутаться и ежиться от умывания нестерпимо колючей водой.

Однако ей не удалось из-за незнания распорядка вовсе избежать похорон. Она хотела уйти из дому и вылетела на площадку как раз тогда, когда из соседкиной двери показался гроб в бумажных кружевах, к которому прижимались мятыми щеками четверо носильщиков. Гроб, какой-то плоский и слишком нарядный, будто коробка конфет, был, похоже, настолько легок, что носильщикам стоило труда ступать торжественно и согласовывать шаги. Тельце соседки выделялось под простыней только острым холмиком укрытых ступней, узловатые лапки были на груди связаны бинтом, и после смерти злыдня более всего походила на обезьяну. О том, как именно она умерла, Софья Андреевна в эту минуту знала меньше всех — и не хотела никого расспрашивать после единоличного владения тайной, веявшей из-за стены. Гроб, если глядеть на него отдельно, буквально прыгал по лестнице, растряхивая свои цветы направо и налево, — и это вкупе с мебелью соседки, не способной более держать на себе вещей и ссыпавшей их с себя при малейшем толчке, слышном у Софьи Андреевны будто торможение нагруженной тележки, создавало чувство какого-то искусственного нагромождения, неправды этой смерти. Подъезд наполнялся: через перила свешивались украшенные бахромой волос физиономии любопытных; верхние жильцы, желая подняться к себе, натыкались на шествие и поспешно сбегали на улицу, где пережидали за оцеплением из венков, слегка звеневших на ветру. Процессия, запрудив проход, ненадолго присоединяла посторонних людей, отмечая собою их повседневные дела, и Софье Андреевне было нестерпимо стыдно: ей казалось, будто все жильцы сейчас вспоминают об Иване и догадываются, почему она сторонится к стене, прижимая к груди угловатую сумку. Еле дотерпев до возможности сбежать, дошагав до дверей подъезда за чьей-то артистической спиной в лиловом, как бы женском пиджаке, Софья Андреевна бросилась прочь, вдыхая бумажный мокрый запах крупного дождя, разрисовавшего землю чернильными кляксами. На повороте она успела увидеть, как люди шарахаются от вскакивающих зонтов-автоматов, направляя в свободное место свои, и похороны разрастаются тугим бредовым куполом, а кто-то, наполовину сунувшись в траурный фургон, торчит из него лоснящимся задом в светло-серых брюках, тоже расписанных крапинами.

Весь день пришибленная Софья Андреевна не могла глядеть на пестрый растительный сор, расклеванный дождем, а в довершение поздно вечером к ней ввалился старикан из двенадцатой квартиры, тот, у кого с Иваном доходило то до драки, то до пьяного братания под пиво и сухую мелкую рыбешку, которой у старого браконьера было как щепы. Суровый и «выпимший», скверный старикан, потрясая в воздухе плачущей бутылкой с остатками вина, заставил Софью Андреевну тоже выпить и помянуть. Он обстоятельно сообщил, что «профессорша» умерла от сердца, когда мыла в тазике голову шампунем, и лежала, пока не пришли, лицом в воде, в своих раскисших волосах, — а под конец безжалостно добавил, что Софья Андреевна «плохо поет», чтобы она не смела петь, и грохнул перед ней кулаком, похожим на каменный топор, примотанный на палку вздувшимися жилами. Удивительно, сколько он прожил, этот опустошитель окрестных ржавых водоемов, чье содержимое напоминало компот с железом вместо сухофруктов: он только крепчал здоровьем от протравленной рыбы, на которую имел незаконные снасти еще пострашнее придонных химер, — а когда забывшая о нем Софья Андреевна умерла, он с полоротыми воплями, поминая Ивана Петровича, рвался самолично ее закапывать, и никому не известно, как верная Маргарита сумела его не пустить.

Глава 21

Следовало все-таки отыскать жениха, чтобы наконец закончить этот счастливый день, и невеста с забрызганным животом, теперь и вовсе предоставленная себе, потащилась по этажам. В перспективе главной лестницы, придававшей ДК родовое сходство со школой, где работала Софья Андреевна, две неясные группы огромных порывистых фигур, отливая, как лужи, чуть рябенькой гладью, устремлялись друг к другу под гребнями алых знамен. Настенные великаны возникали тут и там, начинаясь неизменно с ног, причем везде соответствовали в росте персонажам соседних картин как одно сияющее племя, что придавало реальность их просторному, под бешеным ветром цветущему миру, через который великаны только проходили, оставляя его позади. Связующим звеном рисованных пространств служили пары в углах, бывшие вместе с колосистой лепниной словно частью архитектуры и одновременно явной частью утомленного застолья (Софья Андреевна вспоминала женщин по платьям). На чужие шаги они отвечали неподвижностью — со странными углами опоры о стену, в ужасно сидящей, точно выжатой одежде, — но стоило отвести смущенный взгляд, как глаз улавливал перемену позы и начиналось медленное трение, какое-то выпрастывание яркого из темного: женщина словно стремилась выйти из рук мужчины, как выходит из куколки, нежно почесываясь, дрожа на воздухе от сохнущей влаги, новорожденная бабочка или стрекоза.

Оскорбленная Софья Андреевна хромала дальше, чувствуя свое одиночество как необходимость двигаться, не смея даже присесть на одну из бархатных кушеток под сухими пальмовыми перьями или на секцию стульев с железным каркасом и полустертыми номерами, попадавшихся в отдалении от центральных парадных пещер, в соседстве заляпанных козел и ведер с краской. Видимо, было еще не поздно. Навстречу Софье Андреевне то и дело проходили просто люди без пар: четверо женщин в атласных синих сарафанах, с накладными крахмальными косами через грудь; какой-то встрепанный товарищ маленького роста, в простецком и грубом, как варежка, свитере; серолицые рабочие в отвислых штанах протащили, приседая и ставя ее на разные углы, холщовую декорацию, в которой то и дело открывалась бутафорская дверь. Некоторые бросали на Софью Андреевну любопытные взгляды, и она сжималась от мгновенной внутренней пустоты. Чтобы казаться просто одной из приглашенных на свадьбу, она в закутке отцепила фату — без зеркала, перед голой стеной в волдырях, — и теперь ощущала непорядок в начесе, отвратительно сквозистом до корней волос и пронизанном шпильками.

Все-таки она решила, хотя бы из чувства ответственности, обойти этажи. Соединенные тремя или четырьмя поразному сложенными лестницами, этажи состояли в основном из коридоров и настолько повторяли друг друга, что любое отличие — иначе распределенное освещение, бюст на комнатном постаменте, обтянутом сукном, — воспринималось как специально устроенное для маскировки сходства. Одни и те же полуколонны, окрашенные то белым, то синим, то зеленым маслом, проходили снизу доверху: казалось, что значение имеют только вертикали, а полы всего лишь прячут пустоту с глубоким подвальным дном, заваленным наглядной агитацией. Минутами у Софьи Андреевны возникала иллюзия, будто она вот-вот провалится. Головокружение усиливалось на лестницах, представлявшихся каким-то внутренним подобием навешанных снаружи водосточных труб, — и наконец ее вырвало на дерматиновый диванчик, к которому она побежала, ощутив прилив непомерной тяжести в гудящей голове. Пока из нее плескало на пыльный дерматин, Софья Андреевна, кашляя и кукарекая, силясь продышаться сквозь горячую кислую слизь, мечтала только, чтобы ее не увидали и не услыхали. Опроставшись, она оробела и ослабла: прежде чем ступить, ждала удобного момента, — ей казалось, будто ее непрерывно взвешивают на невидимой чашке, а на другую ставят вместо гирь то легонький столик, то огромную корчагу с землей и торчащим из этой земли сохлым помелом; дурнота соотносила ее с любым предметом, видимым вдали, и внезапный гипсовый металлург за поворотом, в чьей белизне мерещилось что-то страдальческое, больничное, едва не опрокинул Софью Андреевну навзничь. Еще ее почему-то беспокоила разница между высокими окнами по центру ДК, занавешенными пышно и многослойно, как бы с предуведомлением чудес, и маленькими в торцах, голыми и почти квадратными, за которыми пестрела лунная абракадабра да мигала алая точка: невдалеке садился самолет. Иногда она, стоя в полутьме, не решалась пройти до конца освещенный конец коридора, видный до заголовков стенгазеты и серого пуха под стульями. Все-таки она заставляла себя идти, хотя смысла в такой очистке совести не было ни малейшего: пустые убедительные стулья подчеркивали безлюдность коридора, не имевшего потайных углов, где мог бы валяться Иван. Полированные двери, с табличками и без, явно стояли запертые; сколько Софья Андреевна ни шатала ручки, ни налегала плечом — всюду встречала отпор поверхности, отражавшей ее фигуру в виде расплющенного пятна. Даже кабинета, куда ее водил Матерый, Софья Андреевна не нашла и попала из всех помещений только в женский туалет, где ее напугала кривая проволока, приделанная вместо цепи к чугунному бачку и зацепившая ее за воротник, когда она вставала с унитаза.

С каждой минутой у Софьи Андреевны таяла надежда. Ей почему-то вспоминалось, как бабуся, поругавшись с матерью за ширмой, явно требовавшей кукол для представления, уходила из дому с потертым ридикюлем на потертом до коросты локотке, в своей любимой шляпке, будившей в сердце нечто поэтическое благодаря торчавшему, как из чернильницы, гусиному перу. Маленькая Софья Андреевна уже через полчаса ее отсутствия принималась воображать, как они теперь будут жить без бабуси, кому достанется вторая шляпа с бархатной розой и как она будет сама по утрам разводить себе американское сухое молоко, заливая лопающиеся желтые комки из тяжеленного чайника. Уже имея опыт расставания с отцом и зная, как зарастает пустота посредством всяких ухищрений (полагая, что мать, отыскавшая приработок, ходит теперь по вечерам на отцовскую службу), девочка придумывала все хорошо и толково, уходя в подробности до полного бесчувствия и побаиваясь только странного простора за обедом, когда на круглом столе становится как-то бедно без одной тарелки и выставленный локоть не вызывает поучений. Безнаказанная и беспризорная, девочка засовывала за щеку гладкий камешек с полоской, привезенный от шипучего теплого моря (класть несъедобные предметы в рот строжайше запрещалось), — как вдруг бабуся являлась румяная, в раскачавшихся серьгах и шла на кухню рассказывать новый фильм, где к слушателям осторожно присоединялась мать, глядевшая на бабку сохнущими страшными глазами. После этого было особенно обидно прибирать разбросанные надоевшие игрушки, снова чистить зубы мерзким, как лекарство, скрипучим порошком.

Теперь же Софья Андреевна не чувствовала сил вообразить подробности предстоящей жизни без Ивана — вероятно, потому, что уже пожертвовала всем *своим* и не имела резерва ни для обустройства, ни даже для работы воображения. Дойдя до полного отчаянья возле очередного Ленина, сидевшего, будто перед пищей, перед горшочком со свежеполитой фиалкой, достигнув совершенного конца надежды, она сказала себе, что ей, по крайней мере, остается прежняя жизнь, которую она никогда не считала плохой, напротив, полагала светлой и обеспеченной, особенно в новой квартире, полученной после восьми лет полуподвала с парными ржавыми трубами, где все обитатели ходили раздевшись до белья. Сощуренный Ленин, явно сделанный скульптором с известной фотографии, напомнил Софье Андреевне, как она сама белела статуей перед цветами каких-то два часа назад, — и это укрепило ее решимость уехать домой на трамвае, чтобы еще проверить перед сном контрольные диктанты. Стараясь не думать, что прежняя жизнь с ее кастрюлями и расписанием уроков подернулась сумрачной тенью, Софья Андреевна тихонько, приставными мелкими шажками спустилась в гардероб.

Внизу гардеробщик, старый инвалид с отглаженным пустым рукавом в кармане пиджака (другой, на цепкой, тоже калечной руке, был измят и засален), без единого слова доставил ей пальто, очень ловко помогая себе выдвижным небритым подбородком. На улице ветер утих; скомканный обрывок газеты и кусок бетона на железном штыре, залитые луной, лежали одинаковой тяжестью, готовой ушибить запнувшуюся ногу; последние листья на ветвях болтались, будто номерки на железных вешалках пустого гардероба, свидетельствуя об отсутствии публики; слова на афишной тумбе тянулись и картавили, искаженные лунным притяжением, свеженаклеенная артистка в кудрявой прическе походила на шляпку черного гриба. Софья Андреевна осторожно пошла вперед, иногда без нужды подныривая, чувствуя на себе пропускающие тени деревьев, что стояли высоко в посеребренном небе, словно просвечивая через лист полупрозрачной кальки. Софья Андреевна старалась избегать больших и глубоких теней; все-таки вступая в них, она оказывалась словно в темной комнате, а потом начинала видеть остатки дневной обстановки — телефонную будку, вывеску почты, книжную витрину с выкладкой плакатов и брошюр. Уцелевшее, все это выглядело запущенным, словно день не наступал по меньшей мере месяц, а снаружи, под луной, все было нереально, точно это показывали в кино. Навстречу Софье Андреевне, шатаясь на вспыхнувших рельсах, вывернул трамвай с крошечной, как кукла, вожатой и пробрякал, увозя пассажиров, каких сумел набрать на ледяной остановке; равнодушные и счастливые, они качались на желтых деревянных лавках плечом к плечу, между ними, шатаясь не в лад, рывками пробиралась заспанная кондукторша в фуражке, с истерзанным концом билетной ленты, свисающим с живота. Смутно завидуя уехавшим счастливцам и жалея о пяти минутах, потерянных неизвестно где, Софья Андреевна приготовилась долго мерзнуть на остановке в ночном одиночестве, пока не подтянутся по одному, по два терпеливые люди на новый вагон.

Четыре скамейки под навесом, раздвинутым луною, как пенал, и укрывавшим тенью невверенное хозяйство, выставленное наружу, в колючие сорные заросли, — точно, были пусты; еще одна гипсовая статуя, вроде бы женского пола, белела толсто, будто ложка, утопленная в сметане.

Только один мужчина, которого Софья Андреевна видела из окна и не сумела пожалеть, все еще сидел ссутулившись. Так Иван — Софья Андреевна узнала его не вдруг — сидел потом на многих своих вокзалах, небритый, в грязной, будто шина, телогрейке, или, напротив, свежий, прибарахлившийся, с полной сеткой домашних постряпушек и банным листиком в чистых трусах. Что гнало его из города в город, от женщины к женщине? Может, ему просто нравилось ездить по железной дороге, казавшейся, если глядеть со стороны, такой же частью простертого пейзажа, как озеро или сосна, но в действительности ему не принадлежавшей? Железная дорога, промасленная нитка рельсов на просторной и косной земле, — разве угадаешь со стороны, как она связывает все, разбросанное вокруг, как все это может занятно крутиться, складываться и раскладываться, водить хоровод, веселя счастливого пассажира, хлебающего чай! С двух сторон все обращено к нему: взволнованные рощи на пригорках, грузовики у переездов, палисадники маленьких станций, надписи камнями и цветочными посадками на вырастающих откосах: «Миру — мир».

Все вдоль путей, родное одно другому благодаря десятку тысяч смотревших глаз, приобретает особую связность, представляя собою географический край, являя его неповторимую физиономию, почти неведомую людям, действительно живущим здесь. Пассажир запоминает Урал по длинному бараку на два крыльца с помидорной рассадой в окнах из некрашеных крестовин и тонких от старости стекол, кое-где подлеченных изолентой; Забайкалье — по бурной речке, расплетенной на широком ложе из горячих голышей, где на жестких кустиках трепещут мелкие, как мошки, белые цветы и летают загибаемые ветром золотые бабочки; проезжая через десять лет, он видит их опять. Живые картины, проходящие за окном, неизменны, будто классические пьесы; никакая мелочь не может остаться неистолкованной, не проникнутой чувствами зрителей. Или проще — вот стоит избенка, заплесневелой крышей почти что на своем лоскутном огороде, ничего собой не представляет, а люди смотрят из окон, развозят память по всей стране. Одушевленное, ближнее, вышедшее к самой насыпи (исключая сопровождение в виде столбов, ныряющих проводов) удивительным образом связано с голубоватыми, почти недвижными далями — как их *начало*, их первый план; защитная полоса из ведьмовских, как метлы, пирамидальных тополей, за которыми лежит волнистое распаханное поле, кажется ближним берегом земляного озера, а дальний составляет зубчатый лесок, линия которого делает весь пейзаж похожим на страницу, вырванную из книги. Только благодаря совпадению пейзажей в левых и правых окнах низким солнцем просвеченного вагона местность становится частью страны, частью большого пространства, которого не чует под собой старуха на грядке, тетка в фуражке и кителе, с замызганным желтым флажком на ветру. Только остриженные дети с болячками на сморщенных лицах, что смирно стоят и машут поезду, держа за руки малышню, прекрасны, как прощение за собственных оставленных детей, и хорошо катиться мимо них, трезво читая газету, угощаясь бутербродами щедрых соседей, удивляясь мухе, что тоже едет, сидя и слегка подрагивая на куске казенного рафинада.

Все это твое, стоит только купить билет, — а можно и не покупать, только перемигнуться с проводницей подходящего возраста: не молоденькой и злой, в пережженных кудерьках, а так постарше, чтоб с понятием и жалостью, со складочками под низкой попой, — и ехать, ехать, куда везет паровоз; днем шуровать в вагонной нарошечной печке, солидно покуривать в тамбуре, где лязгает шибче и хлещет на шпалы водой, а ночью лежать вдвоем на узенькой полке, на боку у стены, под ихним сыроватым, как снег, бельем, чувствуя рядом как бы сидящее у тебя на согнутых коленях разморенное бабье тело, легчающее вдруг вместе с ускользанием отсветов по дико угловатому потолку служебного купе. Надо так уснуть, чтобы женщину не утянуло, как тянет море всякую всячину над глухо бормочущим берегом, чтобы она не растаяла в наплыве дремоты, была и там, по ту сторону подмывающей кромки сна. Но сон никак не настает — коснется и отступит; два тела, запутанные в простыне, качаются не в такт, и внезапно женщины уже нет в объятиях, как нет онемелой руки, и просыпаешься, обрубок, в поту и ужасе оттого, что не было больно. На столике у поднятой головы все так же диковинно, прозрачно, валко, как и снаружи, где проходит станция; за что ни возьмись, все плавно пестрит и играет вместе с рукой, зеленоватой от наружных фонарей. Глотаешь воду из непроглядной темноты эмалированной кружки, покусываешь цепочку на сладкой женской шее в дорожной крошке от угля, вспоминаешь вдруг, как хотел уехать от жены на трамвае и ждал незнакомого номера, чтобы завез в неизвестное место.

А утром снова играет радио, и патлатая сменщица-лиса бросает завистливые взгляды на нее, хорошую, с такими, как он любит, ребячьими пухлыми складками на зрелом бабьем теле, с конфетой сережки в розовой мочке уха, в свежей форменной блузке, где грудь ее темнеет на просвет, будто клубничина в молоке. Поезд стучит, строчит, сшивает два больших куска пространства, и никогда не успеваешь заметить, совпала ли сама с собой сквозная, трогательно скудная березовая роща, или мягкая болотина с черными шаткими лесинами, или присыпанная синим гравием дорога у шлагбаума, — с той, что бежит под насыпью, сгорая под невозможным солнцем, валяя так и этак дымящийся горбатый «москвичок». Поезд стачивает пространство лицо к лицу, и только в преддверии города шов выворачивается наизнанку: дома норовят обратиться глухими торцами тюремного кирпича, из-за плотного забора вздымается перекрестьем балок на стальном листе какая-то наглядная агитация, могучая, будто ворота цеха; под откосом ржавеет кроватная сетка, дырявая, как рыжее вязанье, проеденное молью; две беленые чаши с настурциями в соседстве поля одуванчиков и горячих рельсов выглядят остатками лучшей жизни, виденной в старом кино. Никогда, никогда не покажется город в окна вагона таким, каким он известен или даже знаменит, только разрастается вокруг глухое громыхающее железнодорожное хозяйство да химерой крашеного гипса проплывет вокзал. Вот почему так тягостно было приезжать на поезде в большие города, где Иван оказывался всякий раз с неизбежностью рока.

Кто бы мог обвинить его в обмане, в нелюбви? Если Иван прилеплялся к женщине, хорошо его кормившей и жадной до него в кровати, все другие, а особенно ее подружки, становились буквально его врагами, в которых он видел одни недостатки: наглость, крапивный пушок на худых ногах, болгарские сигаретки с фильтром, — и если он и хотел отделать их в ужимчивые задницы, то исключительно для того, чтобы как следует проучить. Он все время пререкался с ними, пытаясь им внушить, какой должна быть настоящая баба, но в ответ на его замечания они либо заводили глазки под утлые лобики, либо принимались смеяться и наступать ему на обе ноги сырыми ступнями в давленой ягоде мозолей. Он нуждался в защите от них — были такие принципиальные, что требовали от него документов, будто милиция, — и находил покровительство у своей, готовой его спасать от целой бабьей половины человеческого рода.

Однако он помнил и прежних, тоже хороших, — помнил даже законную жену, бесчувственную колоду, с самого начала бывшую врагом. Уж эта была принципиальней всех: прихромала за ним на трамвайную остановку, пузатая, несчастная, с фатой в кармане пальто, а после не далась всего лишь потому, что на полу спокойно спали брат с приятелем. Разве они бы проснулись, сморенные дорогой, а после водкой, если бы жена не стала пихаться и шипеть? Но она устроила целую войну и билась в простынях, будто псих в смирительной рубашке, пока не столкнула Ивана на пол и не выставила перед братом совершенным дураком, разрисованным ее помадой, — не любовно, округло-рябенько, а сикось-накось, будто сочинение на двойку. Зачем тогда приходила, зачем возникла из полного покоя, где все стояло так красиво и было отпечатано тенями на земле, — малейший сучок и самый невидный провод имели точное место на этом документе, по которому вообще нельзя было ступать, а можно было только уехать по проложенным путям, — зачем сидела и плакала, заглядывая снизу полусмытыми страшными глазами, так что

Ивану казалось, будто сквозь них непонятным усилием смотрит его нерожденный пацан?

Жена еще и потому была врагом, что рядом жила другая, худая и цепкая, будто мышеловка, всегда забывавшая снять профессорские очки. Но перед ней Иван — очень редко и совершенно внезапно — испытывал минуты такой большой и сладостной робости, что для добывания этих минут готов был проводить около нее сколько угодно свободных и ворованных часов. Но он не знал, что надо делать, как добывать: порой терял поплывшую душу, когда подруга прибирала стрижку и задевала очки расческой — замирала смешная, со скошенными глазами, неспособная расцепить сооружение на удивленном лице, — или когда сидела за роялем и вдруг становилась похожа на мать Ивана во время дойки коровы: округлый затылок, подвижные лопатки, — а то приподнимет руки, и будто ей не продохнуть. Иногда Иван просил ее повторить — не музыку, от которой у него голова играла будто радио, а самое мгновение, все до мелких подробностей. Он гонял ее и орал на нее, что выходит не так, доводил ее и себя до кругов под глазами и обоюдной нескладности, когда они не могли коснуться друг друга, не уронив при этом какую-нибудь из ее простых, как печатные буквы, вещей, — но внезапно она, забывшись, делала что-нибудь сама, и Иван, счастливый, бежал курить к своей хрустальной пепельнице в туалете, которую она поставила ему там на октябрьские праздники.

После Иван, как мог, заботился о том, чтобы две квартиры не смешивались в его подточенной памяти, чтобы никаких улик не попало в правую, якобы его настоящую, из левой, полной обоюдных подарков (на Новый год она подарила ему свой свежепротертый, освобожденный от нотных кип сияющий рояль, оказавшийся вдруг огромным и прекрасным, и Иван почувствовал, что обладание черным зеркальным гигантом в чем-то сходно с обладанием ею самой, что он не умеет с нею чего-то главного и может только *отражаться*, не совсем узнавая себя, будто он какой-нибудь профессор консерватории или артист). Левую квартиру Иван успел узнать гораздо меньше, он оттягивал ее обживание, как зек, осужденный на годы крытой тюрьмы, не торопится сразу освоить камеру и начинает с одного угла, чтобы хватило хотя бы на первые несколько месяцев. Потому Иван не спешил разбираться в посуде и шкафах (если что-то было надо, брал попавшееся под руку) — но он чуял там тайники и догадывался, что эта прорва способна буквально всосать обстановку его незаконного счастья. Нередко он заставал жену прилепившейся к зеленой стенке, разделяющей квартиры, — толстенькую и *невинную*, будто жук-вредитель на листе, — ужасно боялся, что она просто изгрызет преграду в кружево и вот-вот прорежет первую округлую дыру. Особенно его бесили пятна зеленого мела, что оставались у жены на животе, плече и даже в волосах, — она будто красила себя в цвет своего отчаяния, физически сливалась с бедой, в которой жила, — и все это специально для него, Ивана, чтобы он усовестился и сотворил ей жизнь, какую она хотела: спать под ручку в разных подоткнутых одеялах, а днем зарабатывать грамоты. Тогда он мог за шкирку оттащить ее от стены, затолкать на кухню (при этом никогда не бил), — теперь же он защищал свою подругу от жены единственно усилием памяти, частенько его подводившей.

Память вместе со стопкой водянистых фотокарточек была единственной постоянной частью дорожного имущества Ивана. Он ни от кого не уезжал навсегда: его податливое сердце с алкогольной аритмией не вынесло бы такого расставания — или же расставание затянулось бы на годы, превратилось бы в постоянное занятие Ивана, и он метался бы, словно очерченный кругом, боялся бы потеряться из виду. Перебирая фотографии в белесых пятнах слепоты, словно размытые каплями какого-то давнего дождя, глядя на блеклые женские лица, такие погруженные в свое естество, что рядом с ними сам фотографический Иван порой казался женщиной, — он думал, что все они помнят его и ждут, чувствовал их ожидание, бесконечно таявшее, но неспособное прерваться совсем. Тогда ему бывало хорошо даже одному, даже в подвале или на стройке, где он, холеный, откормленный и грязный, довольно-таки странный бродяга, валялся на тряпках, вяло пропускавших холодную твердость бетона, и прихлебывал, держа ее за зубчатое крылышко, из раскаленной консервной банки.

По сути, Иван собирался вернуться ко всем, и порядок

этого возвращения соответствовал обратному порядку сложенных карточек. Сверху вниз по стопе, чтобы со временем добраться аж туда, где ниже свадебного фото (там они с женой стояли будто солисты перед хором, подтверждая смутное представление Ивана, что семейная жизнь исполняется понарошку, как стихотворение или песня) хранилось несколько очень давних и выцветших снимков с молодыми мордашками, припухлыми от солнца: бесхитростный детский прищур, тонкое сено из растрепанных кос, крупный почерк на обороте, выцветший, как жилки на старушечьей руке. Ивану казалось, что его возвращение станет для всех совершенным счастьем.

Он хотел каким-нибудь чудом сохранить себе всех женщин до одной, и это походило на жажду, познанную в детстве, когда Иван, получив в подарок солдатиков или подобрав на огородных задах кровяную от ржавчины пластину старого ножа, хотел забрать их с собою в сон и для этого таращился на них из последней возможности, примостив на холме одеяла, крупно вздрагивая, если они внезапно набухали, как тряпицы на весенних окнах, что еле держат тяжесть выпуклой влаги, а когда она прорвется, превращаются в холодную липкую гниль. Он упрашивал мамку не гасить электричество в кухне, врал, что боится, — но мамке мешал даже бурый слабенький свет, целиком заключенный в дальнем углу. Когда наступала непроглядная из-за замкнутых ставен, черная, как сажа, темнота деревенского дома, желанная вещь сразу падала на пол, а Иван проваливался в сон, где все было крашеное, *двойное,* намертво вделанное в какой-то настил, будто карусельные лошади, и вдруг начинало кружить, — а потом, когда Иван привык выпивать, алкогольные его потемки сильно отдавали теми нехорошими снами, потерей *единственного.* Даже и в лучшем случае, если подаренная вещь, отразившись, будто спущенная на воду, начинала сниться (Ивану в это время снилось, что он спит), потом она либо оказывалась не тем, каким-то собственным изображением или макетом, либо ее отбирали у человека, бывшего во сне Иваном, давая ему взамен блестящие деньги на вате, похожие на золотинки от новогоднего праздника между стареющих к весне оконных рам. Однако этот опыт не пошел Ивану впрок: он любил своих разбросанных по стране подруг (даже и жену за то, что так праведно с ней расписался). Он верил, что они еще заживут большим и хорошим, как в песне, коллективом, а потом Иван, когда будет умирать, поставит их перед койкой теснехонько, как фотограф, — и если сумеет проскочить *туда* с открытыми глазами, то возьмет их всех с собою в смерть.

Глава 22

Иван хотел вернуться, но как-то все время промахивался: железная дорога, с ее расписаниями и проводницами, без конца прошивая своим движением страну, относила его не туда, насылала сонный морок вблизи от нужной станции, заманивала названиями азиатских городов. Дошло до того, что Иван опустился, отчаялся: кружок на схеме, что Софья Андреевна получила в письме, означал в действительности люк канализации, где Иван проконтовался январь и февраль у горячей подтекающей трубы, имея в качестве постели женское пальто с бараньим воротником, взятое у последней подруги. Вечерами он тосковал подле кособокой свечки, слишком скоро выедаемой до основания желтым огоньком и здешним неровным, с глухими провалами воздухом. Безобразное логово Ивана обозначалось лепехами воска с горелыми спичками и кусками разной гнили, где, несмотря на зиму, вилась и лепилась черная мягкая мошкара. Потные стены, фекально пахнувшие стариковским телом согретого города, были везде, где можно, покрыты изломанными на их неровностях рисунками, изображавшими женщин. Обычно Иван там, где заставало его безделье, оставлял неприличные веселые рисуночки, серебряные — карандашиком, голубые и розовые — школьными мелками. Теперь, под землей, сотрясаемой сверху налетами грузовиков, ему внезапно сделалось мало своего умения изобразить красотку в виде грозди округлостей (к чему для пущей выпуклости он частенько прибавлял большие, весело глядевшие очки). Теперь ему, одинокому на целую душную ночь, тянувшуюся над его головой бесконечностью воющего тракта, хотелось, чтобы женщины были настоящие. Изворачиваясь и трудно шаркая на полусогнутых ногах под бетонным сводом, уменьшаясь до размеров скрюченного карлика, Иван пытался рисовать своих подруг в натуральную величину: желтый меловой кусок в неловко задранной руке ломался и стачивался о зернистый бетон, уходил, будто масло в теплую кашу; фотографии, на которые Иван поглядывал при долгом наклонном огне спекавшейся на блюдце, тоже рисовавшей в воздухе свечи, становились непроницаемы, как ночные дождливые окна. Перекуривая в виду своих размазанных трудов, Иван завидовал художникам из музеев, что могли рисовать портреты в точности как в жизни; его одурманенного сознания касались темные догадки, вроде той, что женщины каким-то образом древнее мужиков, и ему хотелось их постичь, хотелось им поклониться, будто священным животным. Втягивая то затхлую, то жирную, то сладковатую горечь чужих чинариков, как бы хранивших вкус человеческих душ, разминая ноющую, кривой березой выгнутую шею, Иван впервые серьезно думал о жизни, сделавшей слишком много оборотов и петель, чтобы можно было ее легко распутать. Со всех сторон его окружали меловые призраки, слепые белоглазые русалки городских подземных вод; он понял, что надо выбираться на поверхность.

Теперь он решил зайти с другого конца, начать от дома, куда упорно добирался целую весну, скоротечную, как болезнь, — через все соблазны и замороки, через все более знакомые городки, где даже площади были не ровные, а горбатые, под уклон, окруженные такими же горбатыми лабазами и кирпичными пнями обезглавленных церквей. Он добирался на автобусах, на еле видных, жутко грохочущих сквозь белую пыль грузовиках, а где и пешком, по размолотой сыпучей дороге, что представлялась ему земляной рекой, медленно влекущей свое содержимое за ногами и колесами из края в край; все существо его полнилось этой землею с горькой зеленью на склонах, этим знаемым с детства камнем, рыхлым, слюдяным, похожим на круто посоленный хлеб; казалось, даже грузовики везут ее, мучную и сытную землю, а вовсе не трубы и не дрова.

Четыре ночи не спавший, чтобы никуда не отнесло, Иван явился наконец в свое село, где от прежнего осталась маленькая сердцевина, подгнившая, будто яблочный огрызок. Половицы в материнском доме были холодны как лед; рука у матери сделалась жесткая, и чудилось, будто она ворошит ему волосы палкой. У старухи ни в душе, ни в теле явно не осталось ничего живого, чтобы прикоснуться к сыну; внучатая племянница, холостая бойкая бабенка с носатой мордочкой вроде кукиша, приглашенная жить хозяйкой при полоумной бабке, почти не помнила дядю Ивана и не хотела его оставлять. Воевать с племянницей было бесполезно: она владела хозяйством в полную силу бабьего расцвета, засаживала целый огород курчавой картошкой, держала кур и бело-розовую свинью с десятком сереньких поросят. Мать же только сидела на голом матрасе, иногда задевая ногой эмалированное ведро, служившее ей ночным горшком. Соседские девчонки, прибегая поиграть, обряжали ее царицей, навешивали на нее полотенец, сухой травы, цепляли ей ее медали, надевали, размотав платки с маслянистой, как чеснок, облысевшей головки, картонный кокошник, оставшийся от новогодних праздников, где по свалявшейся вате было выложено бисером «КПСС». Девчонок, бывало, давно повымело из избы, а старуха все продолжала играть, похохатывала, покрикивала, стучала об пол кочергой, не давала пришедшей с работы племяннице сволакивать с себя обмоченное «царское» — и обыкновенно за такие игры простужалась. Иногда, подобравшись поближе к окну, положив перед собою неудобно и прямо арифметическую тетрадку, старуха принималась отписывать родне. Письма ее, нарисованные по клеткам простым карандашом, оставались толковыми и связными не в пример речам — и были такими же точно, как и десять, и пятнадцать лет назад: завершенные обороты хорошо держались в памяти целыми кусками, и только иногда случалась путаница, если бабка ни с того ни с сего придумывала жаловаться на близкую смерть. Ручкой же и в казенных документах старуха писать уже не решалась; когда почтальонка Галя привозила ей ежемесячно пенсию, мать, заведя под платок кривые дуги очков-пузырей, ставила в ведомости, возле белого и мягонького, вроде полиэтиленовой пробки, Галиного ноготка, малограмотный крестик.

Иван никак не мог приладиться к деревенской жизни: скотина, особенно коровы с их шелковистыми боками, представлялась ему чем-то вроде ожившей мягкой мебели, и такими же ненастоящими, будто для смеха, были кривая банька с мочалкой, мыльницей и паутиной, засохшими в тусклом оконце; уборная на задах, щелястая, как тарный ящик; рукомойник на кухне, ни с чем не соединенный никакими трубами, самостоятельный со своим ведром, будто настоящий шкаф. Ивану казалось, что и живет он здесь понарошку, играется — как дитя в шкафу устраивает «дом». Ему нужны были или настоящие удобства, или возможность мусорить и лить, где больше нравится, — но племянница орала на него и требовала, чтобы он устроился работать на трикотажку.

Как ему было не прибиться к почтальонке Гале, румянцем и белым пушком напоминавшей племянницыну свинью, — но напоминавшей по-хорошему, в милом человечьем облике, и мирившей Ивана с чернотою и скукой села, с расквашенными под дождем коровьими лепехами, с тою безысходной тоской, когда стоишь на огороде и не видишь гор, исчезнувших в мороси вместе с дорогой на станцию, а рядом на гряде черные палки торчат из пожелтелой осевшей кудели гороха. Галя раскатывала по селу на большом и тряском велосипеде, вилявшем, точно в танце, грязными колесами, бороздившем лужи с радостным, воркующим звуком. Когда она, взбираясь на горушку, переваливалась с педали на педаль забрызганными белыми ногами, Ивана, точно молодого, подмывало броситься за ней и утащить со всеми газетами в ближайший сухой сарай. Даже ночью его терзало видение мятой сатиновой юбки, то слабевшей, то врезавшейся в нежную белизну голяшки, — с поддергом, присбором, с блеском какой-то видной сквозь спицы, располосованной колесами воды. Галя настолько нравилась ему, что даже мнилась недоступной, и Ивана коробило, когда она задевала его бедром, норовила протиснуться мимо на глазах у матери, улыбавшейся обмылками десен ради своих дешевых рублевок, уже завернутых и завязанных в угол затхлого фартука.

Все-таки Иван однажды очнулся у Гали, с чугуном в затылке и клеем во рту, — и расторопная племяшка живо притащила чемодан, который она и заспанная хозяйка, еле вылезшая из тяжелых перин, долго перепихивали друг другу по полу с неприятным шорохом и веселыми матерками. После в чемодане оказалось и то, что Иван не брал с собой в круговое жизненное путешествие: его скукоженные, еще пацаньи рубахи и штаны, рогульки от сломанных солдатиков, железная машинка без колес. Все это так и осталось лежать невынутое, только одежка пошла на ветошь для мотоцикла, который Иван перекатил из материнского сарая толканием и волоком, — всем сердцем чувствуя горбы родных камней. Иван ничего, прижился: сиротский дом хозяйственной Гали и младшего Галиного брата Севочки, губастого и бледного детины, похожего в парадных клешах на треску, был чистенький, разубранный всякими накидушками, пиленной лобзиком фанерой. На одной из фотографий покойной Галиной мамы, чье круглое, как часики, лицо Иван не решался рассматривать, ей было приклеено длинное платье из крашеной бумаги с блестками; на других она стояла и сидела в чем-то гладком, делавшем ее похожей на трехлитровую банку — то с вареньем, то с соленьем, — и глядела сама на себя со всех простенков и стен через большую пустоту, где иногда проплывали громады ее неимоверно выросших детей. Все-таки было что-то странное в этом тряпичном доме — подрастающая дочь Ивана могла бы ему подсказать, что он похож на кукольные комнаты, какие девчонки сооружают из коробок и лоскутков, — но Ивана волновало даже не это, а как хозяева умудряются в своей принаряженной нищете, где все на виду и на точном счету, укромно прятать хорошие деньги.

Севочка, рано бросив школу, много работал, много воровал; вечерами, разодевшись и навесив большой оловянный крест, шел с ребятами отдыхать. Там они пили что удавалось добыть и, если в окрестностях не было танцев, жгли высоченные стреляющие костры, подрывали самодельные бомбы, от которых старухи долго трясли глухими головами. Даже и в этом случае братик держал в уме, сколько потрачено на выпивку и бомбовую начинку; например, когда от их веселья сгорела складская пристройка сельпо, от которой остался лишь вздыхающий под пеплом жар да черный сироп какой-то синтетики, он, при неизвестном количестве пропавшего добра, посчитал, что ему все это обошлось в четыре пятьдесят. Сестра и брат любили точно знать, сколько именно в доме денег; страшно орали друг на друга, если кто-нибудь один потратился, не сказавшись, — по очереди вскакивали и нависали над столом, где коробились сосчитанные бумажки, причем лицо у брата все больше деревенело, так что он уже едва мог двигать толстыми губами в грубой коре, а у сестры дрожал и плавал подбородок, все черты словно размывало рябью обиды. Чувствовалось, что обоим хотелось бы утаивать толику своих доходов, но уменьшение целой суммы, недоверие к частям, неспособным слиться с нею в нужный момент, заставляли брата и сестру быть друг перед другом предельно откровенными. Дни получки или удачного торга краденым становились у них праздниками родственной любви: оба благостно молчали целый вечер перед кульком цветного мармеладу, где под конец оставалось еще много обсыпавшегося сахару, шедшего в чай, и листали альбом с фотокарточками, дожидаясь друг друга, будто читали книгу. Зато они буквально впадали в панику, если ни с того ни с сего пропадала какая-нибудь вещь: даже не пытались ее искать, а сразу подбирали, чем бы заменить, или бежали покупать другую, непременно такую же точно, — отчего в избе скопилось много чашек, ложек, тапок, будто здесь обитало семейство по меньшей мере из десяти человек.

Галя продолжала носить материнские украшения, такие тусклые и страшные, что ими можно было пугать детей: особенно одна почернелая брошка с пустыми лунками от камней, где торчали железные коготки, походила на дохлого паука, а другие, уцелевшие стекляшки в серьгах и кольце утратили игру, от которой осталось два или три световых расклада, на взгляд отдающих бензином. Галя любила поесть, любила поплакать; стоило сказать ей ласковое слово, как ее большие, навыкате, глаза наливались пузырями, две слезищи скатывались одновременно, как переспелые ягоды, и скоро она уже рыдала, лежа на столе, где ответно рдело в стеклянной вазочке вишневое варенье и умиленно лоснился надкушенный пирожок. Брат ее, если при этом присутствовал, не терпел ни минуты и сразу принимался строить Гале ужасные рожи, растягивая обеими пятернями белое, словно розовыми дырьями порванное лицо, или начинал гундосить и пританцовывать, а потом ходил морщинистый, опухший, безо всяких усилий являя то уродство, какое так трудился показать. Даже на улице чье-нибудь приветственное восклицание вызывало у Гали внезапный подъем вдохновенных, небесно-прозрачных слез — а вот перед телевизором она не рыдала, как можно было от нее ожидать, а чинно крепилась, сидя перед диктором, точно перед важным гостем, сама немного чужая собственной комнате с бело-голубой мерцающей кроватью и черными тапками на голубоватом отсвете половиц. Даже Иван, пьяный через день, понимал, что в размеренной и покойной Галиной жизни он — настоящая катастрофа, сплошная страшная сказка с бесследной пропажей денег и вещей, на которые она рассчитывала в случае других, ужаснейших несчастий. Видимо, она и привела Ивана, чтобы только доказать себе, что может жить и по-другому — настоящей взрослой жизнью бабы с мужиком.

Теперь Иван разобрался, отчего ему были неприятны Галины прижиманья и зазывные оглядки через поднятое плечико (на таком безопасном расстоянии, что Ивану оставалось только разинуть рот и глядеть издалека на трюханье ее велосипеда): просто она ему врала, ее стремление к нему не было искренним, как у женщин, с которыми он сходился прежде. Несколько раз он порывался от нее сбежать — уж слишком уверенно она ждала от жизни плохого, чего Иван никак не хотел делить. Но теперь уже она держалась за него отчаянной хваткой и распластывалась крестом между косяков, в то время как дверь у нее за спиной со вкрадчивым скрипом отворялась в черные сени, где тихо, с кругами неизвестного света на невидимой воде, стояли полные ведра, никак между собой не сообщавшиеся. Как бы ни был Иван отвратителен и ленив, как бы ни орал и ни заблевывал по пьяни ее навешанные и настеленные тряпочки, Галя хотела только одного: чтобы теперь ничего не менялось и оставалось как есть навсегда. Стоило Ивану где-нибудь присесть в холодке со своей флакушкой, как она пускалась разыскивать его по селу. Иногда он видел издалека, то вверху, то глубоко внизу, ее растерянную фигурку, странно коротконогую без велосипеда: она заглядывала везде и всматривалась во все с болезненным вниманием и в то же время обо все спотыкалась, едва не падала сама в кусты или в узкий проулок, где, конечно, не было ничего, кроме серой корки старого мяча да закисшей кучки, откуда, стоило ступить в траву, с гудением поднимались синие мухи. Порою Галя замирала, растопырив руки, и только вертела головой: казалось, она вообще была не в силах двигаться дальше по напряженному пространству, где в ответ на усилия рассмотреть возникали и норовили сбить или поранить все новые препятствия, которые обычно обходишь, не замечая. Так стояла она, покуда сумерки, повсюду выделяя белое, не уравнивали ее с размывом песка и с полотенцем на заборе, — но Иван уже не видел этого, хмельной, ненайденный, прижатый к чему попало томительной силой вращения Земли.

Глава 23

Он и сам не смог бы теперь уйти, пуститься по второму кругу жизни, потому что рядом с молоденькой Галей вдруг ощутил себя стариком. Ночью, в постели, среди тяжелых, будто мешки на складе, комковатых перин, ее размаянное тело пылало, как в ангине, — но когда она вставала утром на работу и откидывала одеяло, оставляя после себя пропотевшую пустоту, то обдавала Ивана таким промозглым холодом, что ему уже не удавалось угреться, и он ощущал себя, будто куча жердин, горевших в пожаре и залитых водой. Трезвый, он мерз без нее. Стоило вытянуть руку или ногу, как они точно уходили в снег, и Иван опять скукоживался на своем пятачке, совал ладони туда и сюда, будто искал на белье несуществующих карманов, ошаривал себя всего, от подмышек до ступней, морщинистых и твердых, будто покоробленных огнем. Ощущение залитого пожара теперь не покидало его совсем: кислое жжение в желудке, слякоть, непривычная черная худоба, а главное — бездомность, белесое небо на месте, где был потолок.

Ивану, без конца таскавшему ноги в обвислых штанах по горбатому селу, все казалось, будто здесь существовало что-то; пространство было словно расчерчено остатками комнат. Он мог внезапно встать посреди пустыря с удивительным и горьким чувством, словно тут, у разбитой и мокрой плиты, он когда-то жил, проводил на этом маленьком месте по многу часов, питался из дырявых кастрюль, пока еще державших в целых краешках по скобке желтого дождя. У старого Ивана действительно оставался только мусор, хорошие и годные вещи казались ему какими-то глупыми, стоящими денег и как бы неудачно, никчемно их заменявшими. Принесенный племянницей игрушечный хлам Иван не решился выбросить. Он хотел оставить его в чемодане и засунуть под кровать — но там уже громоздились хозяйские чемоданы и сундуки, сырые от частых уборок, намертво склеенные собственной тяжестью, закрытые крепче, чем на замки, на закушенные крышками женские тряпицы, в которых Иван с неприятным сжатием сердца узнавал поблекшую одежду с фотографий покойной. Свое добро он ссыпал в авоську, и ее все время приходилось перевешивать с гвоздя на гвоздь, потому что неуклюжий Севочка въезжал то локтем, то затылком в царапучую погремушку. Ругаясь с белой пенкой на темных губах, похожих на заплесневелое варенье, Севочка грозился выселить «квартеранта» в баню, — и присмиревший Иван чувствовал, что баня ему была бы в самый раз. Пожалуй, ему пришелся бы по вкусу ее нежилой, осклизлый холод, шорох мертвенно-зеленых листьев на деревянном полу, эмалированный ковшик с расплывом ржавчины и приставшим Галиным волоском, гулко опускаемый в бак с остатками воды, трепет солнца и теней на пыльном окошечке, где внезапно возникала серая раскладная бабочка или крупно стукалась стрекоза.

Но главное — твердый и голый полок, простой по сравнению с Галиной кроватью, где измученное тело не находит дна, пока не почувствует в разгар скрипучей, все не достающей до удовольствия качки горбы покойницких сундуков. Теперь Ивану не всегда удавалось додержать себя в настрое до последних крупных содроганий. Чаще он слабел и буквально стекал в изнеможении и ознобе с неподатливой крутизны, и Галя сразу начинала ворочаться, тянуть на себя одеяло, стряхивая с него Ивана, будто кошку. Она не давала ему устроиться, пока сама не переваливалась на бок и не начинала сопеть, свернув о цветастую подушку курносый нос. Спящая, Галя не вполне походила на себя: под глазом, на прижатой щеке, набегала бескровная складка, живот и груди свисали, будто утомившая за день поклажа. Зато со спины получался удивительно плавный и чистый изгиб, напоминавший Ивану давнюю женщину и ее рояль, что отражал своей сияющей поверхностью все четыре стороны света и словно отвечал его устройству более, чем школьный глобус, который Галя помещала на окно по смутному понятию о близости его к рыжеватому и зеленому пространству Земли.

Так же она на кухне прикалывала кнопками натюрморты из «Огонька», возле стола, где штопала и шила, — моды из «Работницы». Ей словно надо было дополнительно обозначить место, чтобы заниматься там каким-то делом со спокойной и уверенной душой, — но над койкой не было ничего, кроме снимков покойной матери, что вкупе с ее сундуками, издававшими от царапанья провисшей сетки еще какой-то собственный железный, ребристый шорох, наводило Ивана на мысль, что вот на этой кровати она и умерла и до сих пор находится тут каким-то подвальным этажом, — что это место предназначено собственно для смерти. Ночами, особенно зимними, когда из-за посеревших задергушек глядело совершенно белое, точно в мертвецкой замазанное окно, Иван не спал от пронзительного чувства — а вдруг он сам кончится здесь, вдруг почтальонкина койка и есть конечный пункт, сколько бы он ни бегал по свету и селу, — вдруг, умирая, он будет видеть именно это: завешенный кружевом слепой телевизор, невыносимо симметричные кроватные шары. Подобно тому, как в детстве Иван старался так наглядеться на свои сокровища, чтобы они одновременно были и снились, так и теперь он с тою же страстью силился представить, как перестанет видеть окружающее, не закрывая глаз. Иногда ему удавалось дотаращиться до того, что все границы и линии становились трещинами, вроде как на фарфоровой чашке, а предметы превращались в мусор, в разломанные куски, нагроможденные в бессмысленные кучи, — и тогда ему мерещилось, что в минуту смерти все это встанет на места, совпадет, срастется в целое и исчезнет. Часами он, боясь тревожить спящее и стонущее Галино тело, на глаз прикладывал одно к одному, никак не мог прекратить, — но столь многого не хватало, что бессонный Иван готов был босиком бежать за утраченным, если бы только знать, что оно такое и куда подевалось из этого бедного дома. Натянутые снасти старой швейной машинки, подобравшей под иглу куски раскроенного штапеля, напоминали Ивану железную дорогу, строчившую пространство бесконечными двойными нитями, сложно, как на машинке, натянутыми на высоких столбах. Он думал о том, что бедная Галя, иногда заезжавшая пообедать с полной сумкой писем и газет, не догадывается о чувстве, какое охватывает его, вечного путешественника, когда он нечаянно видит обратный адрес или заголовок — и знает *отсюда,* каков на вид, на воздух, на общественный транспорт Хабаровск или Нижний Тагил, а порою упомянутая улица предстает перед ним косой линейкой блочных пятиэтажек, застекленных понизу магазинами, либо беспорядком оштукатуренных домиков-кубиков с окошками, как выпавшие очки, с пивным ларьком на лысом глиняном бугре. Ивану даже мнилось, что ему на старости лет не случайно досталась в сожительницы почтальонка, что Галя, не зная сама, доставляет ему тайные весточки от прежних женщин и канувших городов, — и тем яснее виделось, что и она сама, и домик ее, опутанный малиной и крапивой, а зимой дымящийся снегом, действительно последняя станция. И однажды, в свирепый мороз, выстудивший, как бумагу, Галины занавески, пупырями высыпавший в дальнем от печки углу, Иван внезапно осознал, что дом настолько беден, что в нем гораздо больше изображений — всяческих картинок, фоток, статуэток, — чем собственно вещей, представлявших только самих себя. Тогда ему почудилось, будто он понял о смерти что-то очень важное, только не может выразить словесно.

Часто ему хотелось растолкать тяжелую во сне, бесчувственную Галю: ему казалось несправедливым, что он терзается, а она сопит и бормочет вперемежку с братом, не имевшим кровати, засыпавшим то на диване в зале, то на кухонном топчане, то на печи, — всегда ничком, в больших, перекошенных трусах, с обмусоленным пальцем во рту, пухло-розовом под молодыми грубыми усами. Иван под одеялом осторожно теребил кисельно-нежное Галино бедро, подымался выше, залезал под игручую, норовившую щипнуть резинку туда, где стоял густой и влажный меховой жарок. Теперь, когда вся его кровь собиралась в растущей сердцевине его естества, Иван в каком-то темном ужасе отстранялся и лежал бессильный, как чудовищный росток, уже не решаясь трогать заерзавшую Галину, чтобы снова не оскандалиться. В первый раз он был, по-видимому, слишком пьян и запомнил только отчаянную толкотню, будто он ударами тела пытался вышибить дверь, — запомнил папиросную белизну заломленной Галиной руки, тылом кисти закрывавшей глаза, а под слабой глубокой ладонью — мучительную улыбку. После Галя обмолвилась будто между прочим (однако поглядывая исподлобья и наливаясь слезами), что ведь она досталась Ивану нетронутая и не заслужила, чтобы он матерился на нее в магазине, при собрании старух. Иван не помнил, но думал, что так оно и есть, больше того, считал, что тогда по пьяни у него ничего не вышло. И после, отбирая из Галиных дрожащих пальцев каждую пуговку, ощущая, как вся она слипается от страха, с трудом пробиваясь туда, где у нее всегда было неподатливо и сухо, Иван не мог отделаться от ощущения, что ему опять не удалось. Сколько бы он ни трудился, ни бился до резкой боли в сердце, которое вдруг начинало заскакивать и сбивать едва налаженный, едва разошедшийся ритм, — ему не удавалось разрушить Галину девственность. Тело ее, совершенно глупое, с маленькими белыми грудями и широкими бедрами, нисколько не изменилось, как оно, по наблюдениям Ивана, обычно меняется у женщин, словно немного плавится, так что их уже не спутаешь с целками, как не спутаешь хоть раз зажженную свечу со стеариновыми палками, взятыми в магазине.

Галя и днем оставалась какой была: в выходные занималась тем, что рисовала и вырезала платья для бумажных кукол с невероятными глазами, вроде изузоренных бабочкиных крыл. Закончив, она расставляла своих принцесс рядами, прислоняя к зеркалу, сразу начинавшему косить, и тогда Иван замечал, что среди кукол, хрен знает почему, есть и специально уродливые, чьи лица, выдавленные с силой простым карандашом, были неразборчивы, а у одной лицо было вообще зачеркано, но как раз она получала от Гали самые пышные наряды, украшенные золотинками от самых дорогих, редко покупавшихся скупыми сиротами шоколадных конфет. Когда же Иван заметил — вернее, осознал, потому что наблюдал давно, — странное любопытство Гали и Севочки к сырому мясу, как они шевелили его ножами, медленно резали, интересуясь каждым кусочком, надавливая пальцами, чтобы на доску выходила водянистая кровь, — тут он и понял десятым чувством, что вообще ничего не сделал, и Галины инстинкты пока еще глухо бормочут и играют в игры, а то, чем она занимается с Иваном, кажется ей чем-то вроде зарядки, которую передают по радио. Да, это она устроила Ивану крутой житейский поворот: из-за нее он в тридцать девять по паспорту превратился в старика и, привыкший у других подруг к хорошей водке, нарочно начал пить одеколон из рифленых пузырьков с булавочными для выпивки горлышками, разводя его водою в горючий кисель: ему казалось какой-то особенно правильной местью, что пустые пузырьки такие невинные, вроде елочных игрушек, а сам он не вяжет лыка и является за полночь зверем, готовым сметать полотенечки, ковшики и портреты до голых, утыканных гвоздями стен и топтать все это добро своими уже давно и до подошв разбитыми башмаками. Ему, как пожилому человеку, делалось обидно, что молодежь не встречает его, не обихаживает, не помогает растеребить сырые шнурки, не каплет в глаза лекарство, чтобы перестали, только отвернись, бежать по белым стенам, увиливая друг от друга, черные таракашки.

Исподволь, незаметно Ивана пропитывал Галин страх. Теперь он боялся не чего-то конкретного, как это бывало в дороге (там он легко избегал контролеров, милиции, злого ворья, бывших, каждый в своем разряде, как бы на одно лицо, что уменьшало и упрощало опасности до счета их по пальцам рук). Он боялся вообще, из пространства, которое не могли уменьшить даже горы, стоявшие над селом, над бедным десятком разлезающихся улиц, где не было вообще ничего большого и заметного, чтобы хоть как-то противостоять открытому небу, его многоэтажной невесомой пустоте. Случалось, Иван замирал перед тенью, легшей поперек пути; вздрагивал от далеких звуков, не имевших, казалось, не только источника, но и направления на свободной местности, где склады, избы, колышки деревьев на склонах были настолько незначительны, что почти никак между собой не соотносились. Особенно он не любил попадаться в игривую, пробирающую до дрожи лиственную тень, что норовила скрытно тронуть его двумя-тремя блаженно-мутными пятнами, а при ветре шумно бросалась со всех сторон и силилась достать струением всего своего существа, внезапно и со вздохом отступавшего. Еще

Ивану перестала нравиться вскрытая, разрытая земля. Он не понимал, как люди не слышат жирного хруста своих лопат, не чувствуют, что, когда земля и небо соединяются напрямую, без всего *поверхностного,* сами они становятся нестерпимо лишними этим основам, и им остается только побыстрее уйти от сделанного, побросав инструменты среди засыхающих корней.

Иван не знал, как ему сладить с беспредметными страхами. На комоде у Гали он приметил бумажную иконку с красавицей, поставленную среди шкатулок и всяких женских коробочек, большей частью пустых. Ночью, перелезши через спинку кровати, будто через чужой забор, Иван с трудом, сперва опускаясь на четвереньки для твердости, становился перед картинкой на костяные колени и, не попадая стиснутой щепотью ни на плечи, ни на лоб, накладывал большущую каракулю креста. С колен ему не было видно иконы — только поблескивали ручки комода, свисали кружева да зеленела радуга по верхнему краю толстого зеркала, — и у него возникало чувство, будто он, задумавший плыть, стоит на каком-то мелком месте, коленями в луже, видный как есть и ниже, чем по пояс, — елозит на близком, едва-едва прикрытом дне. Крестная щепоть была беспомощна, как и заломленные друг на дружку пальцы — от мизинца до указательного, — которые Иван, сколько хватало сил, «держал» от всякого несчастья. Порой они с Галей встречались свитыми культями — тогда ему внезапно приходила добрая мысль, что и она, когда недавно была пацанкой, так же, как и он, хлобысталась на фанере по протертому до досок льду детской горки, бегала в коневодство, барахталась до соплей у тех же самых мостков, где шипело и голубовато расплывалось мыло с отполосканного тетками белья. Иногда Иван пытался придумать и перечислить себе, чего же он боится, но в голове становилось пусто, как в небе, где если что-то и могло возникнуть из ничего, то только самое невероятное, — и самым представимым, что могло оттуда свалиться, была американская бомба.

Каково же было удивление Ивана — удивление, пробравшее его буквально до подошв, — когда на майские именно из пустоты, из кривой седловины, где по общему ритму окрестностей должна была стоять гора, но рисовалась в глубине лишь синеватая тень да тлела от невидимых машин пыльная дорога, вдруг появилась законная жена, отяжелевшая лицом, с тяжелой сумкой в оттянутой руке, ощутимо прибавлявшей свой вес к ее налитым килограммам. Она ступала по размытой улице с тою удивительной мерностью, которую Иван уже успел забыть, и через каждые десять (он принужден был мысленно считать) шагов поворачивала голову направо и налево. Бабы и старики, сидевшие на лавках у своих ворот и наблюдавшие за чужими, в эту минуту просто не могли не глядеть туда же, куда и она, и если сердитое, словно защипнутое на переносице лицо жены обращалось к их собственной избе, заворачивали шеи и даже привставали, просыпая на землю жареные семечки.

Немного позади супруги, внимательно глядя под ноги и словно стараясь попадать в ее следы, спотыкалась высокая толстая девочка, очень розовая и чистенькая, в неловко сидящей одежде, как это бывает после бани, но с жирными комьями грязи на туфлях и в смокших черным беленьких носках. Жена и девочка были настолько похожи, что сперва Иван решил, что это какая-то неизвестная ему ее сестра, а когда сообразил, кто же это на самом деле, то в первую минуту ничего не чувствовал, кроме мокрой щели в ботинке и занозной перекладины забора под ладонью, проступивших настолько явственно, будто сам он вообще исчез. Девочка была хорошая и даже с книжкой, которую прижимала к пухлой грудке совсем как гипсовая пионерка на школьном дворе, — но такая уже большая, что непонятно было, как же к ней подступиться. При мысли, что он поднимает такого длинного ребенка на руки, Иван вместе с резкой надсадой в животе ощутил обжигающий стыд, будто он уже по колени провалился сквозь землю и дочь, тяжелым столбиком повиснув на его слабеющих руках, медленно выскальзывает и тянет ноги в ожидании опоры, в нетерпении вырваться от старого отца.

Между тем приезжие подходили все ближе и делались все незнакомее, вот они уже свернули на тропинку вдоль забора, по которой Иван собирался идти в магазин: стало слышно, как они почти одинаковыми голосами говорят про автобус. Иван едва не выскочил из калитки им навстречу, едва не крикнул, чтобы они не приближались к нему. Вместо этого он присел на маленькие розетки щавеля, на стрелки молодой травы, — явственно видный сквозь голый весенний забор и сам увидевший поразительно близко в мигающих щелях полные ноги девочки, которые она словно выдергивала из чего-то на каждом шагу, а наверху проплыл ее беличий щекастый профиль и прозрачный бант. Ивану снизу показалось, что она действительно переросла его по меньшей мере на пятнадцать сантиметров. Теперь приезжие удалялись гораздо быстрее, чем подошли, но Иван еще мог окликнуть дочь по имени, она еще услышала бы даже шепот, — однако имя безымянно билось в памяти и, сколько Иван ни нахватывал воздуху, ни дышал разинутым ртом, не хотело вылетать. Внезапно девочка обернулась и посмотрела прямо на Ивана, нахмурив широкие и реденькие брови в материнской манере, будто кто ущипнул за переносье, — и тут Иван окончательно забыл и понял, что, пока не вспомнит или не узнает, будет как немой.

Чужими огородами, странными их зигзагами, мимо тусклых маленьких теплиц Иван повалил домой, стыдясь на бегу своего коротконогого косолапого роста, словно остался недомерком как раз потому, что не растил дочуру и не был для нее могучим и большим, — и еще пригибался в межах, чтобы его не узнали из окон. Дома, в связке фотокарточек, спрятанной от Гали в старой овчинной рукавице, в самом ее меху, побитом молью в порошок, было, он точно помнил, одно письмо от племянницы, где она поминала про Катеньку. Ворвавшись в избу и распутавшись с веником, дугою съехавшим ему под ноги по стене, Иван устремился к вешалке, пошуровал рукой на верхней полке, потом, чтобы увидеть, отошел. Там было чисто и голо, стояли на манер кастрюль две зимние шапки — его и Севочки. Не было кома трикотажных шарфиков, не было обрезков овчины, не было рукавиц, — давно уже не было, вспомнил Иван, выпучивая глаза на свою распяленную пятерню, где на пальцах темнела густая жирная опушка пыли.

Тогда он немного посидел, чувствуя под собой неловкую, лишнюю складку неснятого ватника, потом поднялся и, подступив к раздутому бугру висящей хозяйской одежды, начал расталкивать его, выпрастывая полы пальто, плащей, болоньевых курток и залезая в карманы, точно в свои рукавицы. Он был уверен почему-то, что сегодня найдет у хозяев очень много денег, достаточно, чтобы выпить до семейного Первомая и щедро отделить на дочь.

Глава 24

Бывшая жена действительно стала его ругать, а у Ивана больше не было ничего, чем он мог бы ее задобрить: поиски по собственным карманам чем дальше, тем больше походили на притворство, будто Иван что-то специально изображал перед ней — неудачно, с глупой ухмылкой на лице — и должен был теперь завершить и спасти представление каким-нибудь невообразимым фокусом. Не зря он в последний момент забоялся встречаться с суровой Софьей Андреевной, евшей за столом пельмени, будто поганых лягушек, и, на удивление всем, препарировавшей колбасу вилкой и ножом, — но умная племянница, с которой было заранее договорено, что она приведет ему жену в гараж, не захотела отступать, надеясь, видно, что Иван опять уедет в город и не станет отсуживать у нее материнское наследство, особенно домище, в котором мать-старуха уже болталась, будто отсохшая горошина или отломанная железка в старой игрушке. То, что происходило, не было похоже ни на какой совместный отъезд. Иван хотел объяснить жене, что был бы рад возместить недоплаты и даже, если на то пошло, купить для нее «Запорожец», но это попросту не в силах человеческих, и он тут не хуже любого другого, даже самого трезвого, потому что никто не может разом вывернуть такую кучу денег, если он, конечно, не украл. Однако Иван не мог говорить: выпитое бушевало в нем, точно муть в отмываемой бутылке, рот обжигало кислятиной. Внезапно все вокруг полезло на потолок, и Иван, с рукой, застрявшей в кармане, неуклюже повалился на бензиновую землю гаража.

Теперь, склонившись над ним, Софья Андреевна наконец разглядела, что мнимая молодость мужа была обманом памяти, обманом обиды, слишком крепко державшей давние его мальчишеские черты. Перед нею, наворотив измятое лицо на собственный кулак, лежал незнакомый старик: рот его — растянутую дыру — полоскало струями храпа, щетина, словно корка соли, покрывала подбородок.

Между тем все вокруг неуловимо изменилось, полегчало. С трудом разломив онемелую спину, Софья Андреевна увидела, что в дальнем, доселе непроницаемом пространстве гаража проступили прозрачные щели, темно́ты стали медленно отделяться одна от другой. На улице светало; все вокруг истончалось и делалось сквозным, будто надеясь выразить собой какой-то смысл, как выражает его сквозная строчка или буква. Снаружи что-то чиликнуло, процарапало по крыше; тотчас послышалось хлопанье и трудное спросонок петушиное кукареканье — не то в соседней стайке, не то во дворе, но так отчетливо и рядом, словно вовсе исчезли всякие стены, и Софья Андреевна подивилась странной растворяющей силе оцепенелого часа, которую уже наблюдала однажды, выгнав гостей, сидя в одиночестве у предрассветного окна. Содрогаясь от холода и зевоты, она пробралась мимо раскинутых ног Ивана к гаражным дверям, налегла плечом, чувствуя сквозь шерстяные петли кофты ледяную влагу железных оковок. Ворота качнулись, подались и стали намертво; в узкой щели, шириной не более ладони, Софья Андреевна увидала бесцветную полосу пронзительно чистого неба и черные на нем березовые ветви, где ни единый прутик не касался другого, оберегая мелкую, отчетливо-зубчатую листву.

Со вторым ее толчком совпал деревянный скрежет, почти что вскрик, раздавшийся за спиной. Ворота отворились, но не те, что перед ней, а другие, выходившие, вероятно, во двор, откуда напахнуло сыростью и чищеной рыбой. В проеме, крепко держась за щеколду, стояла почтальонка Галя — в той же водолазке и юбке, видно, что натянутых со сна, в калошах на босу ногу; узенькое черное пальтецо ползло у нее с плеча, лицо в грязновато-сером, как у персика, пуху отдавало недоспелой беловатой зеленью. У нее за спиной маячил здоровенный малый: по толстым спекшимся губам Софья Андреевна признала в нем одного из тех, кто давеча гнал ее по мусорным закоулкам.

В отличие от Гали, не замечавшей на себе расстегнутых крючков, малый был при полном параде, при фигурном прянике креста, и обихаживал себя нещадно гнувшейся расческой, вслед за зубьями приглаживая ладонью плывущие, как фарш из мясорубки, замечательно густые волосы. Ухмылка его была хотя и не вполне уверенная, но злая.

Неясное побуждение заставило Софью Андреевну броситься назад, к простертому Ивану, который что-то над собой почуял и засучил ногами, будто пытаясь отползти. Не зная, что предпринять, Софья Андреевна попробовала одернуть на нем рубаху, что задралась и врезалась поперек спины, навести хоть какой-то порядок в представшем на люди безобразии. Однако подоспевшая Галя с силой отодрала ее несмелые пальцы и, вцепившись в плечо, перевалила набрякшее тело навзничь, словно была не совсем уверена, что перед нею именно Иван. Едва не захлебнувшись громким всхрапом и слюной, бесчувственный старик развалился перед нею раскорякой; одна измятая до синевы рука словно прилипла к голому животу, весь он вибрировал и пузырился, дрожали глазные яблоки под синюшными пленками, а на перекошенных брюках висели мешковины вывернутых карманов, пустые до последних крошек табаку. Галя осторожно, пальчиками, подцепила одну тряпичку и постаралась затолкать в положенную щель, но бросила, выпятила губы и снизу вверх посмотрела на Софью Андреевну. Получалось, будто Софья Андреевна ограбила пьяного и собиралась потихоньку уйти, но хозяева застигли ее у самого лаза на безлюдную улицу, где она была бы все равно видна на светлеющих косогорах перемытого песка и ползла бы, точно муха по фотографии, выдавая свою вину уже одним движением и спиною ощущая бездну с туманными и страшными предметами, готовыми ее раздавить.

Между тем трясущаяся Галя словно прочитала мысли Софьи Андреевны и тоже увидела ее зажатый кулак, истерзанный изнутри монетами и ногтями. Рывком поднявшись с корточек и бегая взглядом, словно ей вообще невыносимо было на что-нибудь смотреть, она срывающимся голосом заявила, что не должна жене Ивана Петровича никаких алиментов, что Иван Петрович четыре месяца не работает, а сегодня обворовал ее и брата и даже разломал икону, где за прокладкой хранились деньги на черный день. Софья Андреевна пожала плечами и раскрыла перед Галей кулак. Сразу она увидала, что пуговица с ветхой ниткой, выглядевшая проще и дешевле монет, как раз от того пальто, которое Галя пухлыми пальцами сжимала у горла и которое тоже казалось ограбленным. С кислой усмешечкой почтальонка взяла с ладони Софьи Андреевны сначала эту улику, потом сцарапала монетки, подцепила, как из грязи, комочек рублей. Ежась и пошаркивая, она проковыляла к брату, который все это время сидел на дощатом столе, болтая ногами в легких, как юбки, клешах и тяжеленных тусклых башмаках. Подумав, что молодой человек должен ее узнать, Софья Андреевна полупоклонилась, не избежав заискивающей улыбки: почему-то выходило, будто она запачкана перед ним безобразной вчерашней погоней, хотя на самом деле могла заявить на детину в милицию. Но парень не обратил на ее нырок никакого внимания. Он занимался тем, что, осторожно оцарапав коробок, зажигал с шипением и шорохом спичку за спичкой, а потом, наклоняя ее туда и сюда, играл огоньком, покуда тот не дорастал до толстой щепоти, которую малый со вскриком отряхивал, а после нюхал. Было что-то нехорошее в этой праздной забаве, неприятно напомнившей Софье Андреевне, как она сама сжигала книги; лицо детины, завороженное спичкой, длинно отвисало, зрачки дрожали, будто капли горячей смолы. Софья Андреевна подумала, что маленьким его не воспитали и не внушили запрета на игру с огнем: эта педагогическая мысль придала ей немного уверенности, и она даже решилась присесть на облупленный детский стульчик за мотоциклом, причем не сразу сообразила, отчего ей так удобно, пока не ощутила под собой округлую дыру.

Тем временем брат и сестра расчистили для денег место на столе, но не разложили их, а стали передавать друг другу по бумажке, меша счет. Усталая Софья Андреевна надеялась, что у них получится достаточно много хотя бы из-за беспорядка, вообще имеющего свойство умножать предметы хоть до бесконечности, и пыталась укрыться за высокомерной маской, сползавшей с лица и державшейся только на задранном носу. Но моментами на нее накатывало такое возмущение, что она готова была вскочить и силой возвратить себе рублевки, точно в них заключалось все ее достоинство, перетираемое медленными пальцами, сбивавшими пересчитывание собственным числом в пять неуклюжих единиц. Однако нападение вряд ли принесло бы результат: малый в порыве нетерпения попытался выхватить у Гали ее пучок, но она буквально повисла на его вцепившейся руке, волоча подол пальто по затоптанным стружкам, так что малый едва сумел, не свалившись, вернуть ее на ноги. Непонятно было, складывают они или делят еще не сосчитанное; иногда они даже менялись местами, чтобы прояснить какие-то затруднения, и тяжеловесная Галя, более приседая, чем подпрыгивая, даже попыталась залезть на встряхнувшийся стол. Время от времени оба разом оглядывались на Софью Андреевну, и тогда между ними возникало сходство — неявное, такое, что, обманывая память размытым впечатлением, делает два совершенно новых лица, как бы отразившихся одно в другом, издавна знакомыми, почти обиходными, — и Софье Андреевне казалось, будто она знает эту пару толстогубых переростков всю свою педагогическую жизнь. Прислушиваясь к миниатюрной радиомузыке, вдруг с полутакта зазвучавшей где-то в соседних домах и сразу прикрученной, Софья Андреевна прикидывала, безопасно ли будет просто встать и уйти. Однако за стенами гаража стояло такое оцепенение, так одиноки, грустны были предрассветные звуки — гораздо далее от бодрого утреннего гама, чем шумы любого времени дня, — что Софья Андреевна не могла ни на что решиться. Ей казалось, что, если она завопит о помощи, ее голос уйдет в пространство отрешенной песней, столь же далекой для любого уха, как протяжный вскрик какой-то горной узкоколейки или нежное мычание коров.

Наконец сестра и брат, нашептавшись и натолкавшись, вывели из своего пасьянса какой-то итог. Галя, гордо вскинув голову, быстро вернулась к Софье Андреевне и объявила, что брат сейчас немедленно вызовет участкового. Изображая презрение игрою беленьких бровей, собиравших тесный лобик выше всяких возможностей, она добавила, что Софья Андреевна сразу не понравилась никому из родни, и нечего ей было приезжать, все восприняли это как наглое хамство, а денег в иконе лежало двести рублей, вернулось восемнадцать, остальное Софья Андреевна пусть сейчас же отдает, если не хочет попасть под суд. Брат на это кивал и ухмылялся, шатая ногою легкий тазик, хрустящий на мелких камнях. Галя запнулась, не зная, как бы еще уязвить «воровку», и Софье Андреевне, отвечавшей только немым, побитым паникой сарказмом, вдруг показалось совершенной глупостью, что обе они соревнуются быть одна несчастнее другой и не понимают, как они в действительности несчастны возле жалкой фигуры, больше похожей на человека издали, нежели вблизи, — возле скверного старика в нелепой, словно мальчиковой одежде, общей примете пьяниц, — возле того, кто был когда-то молодым Иваном, а теперь не смотрит и не чует, как они готовы над ним сцепиться, ни в чем не находя утешения. Софья Андреевна даже подумала вдруг, что небесная касса — идиотизм, что она и эта Галя делят пустоту, и внезапная мертвенная тень на лице губастого, странно выделившая белки, да зубы, да жирный отлив уложенных набок волос, почему-то это подтвердила.

Теперь она догадалась, отчего взяла с собою непомерно много денег, будто уезжала из дому на целый отпуск, отчего не хотела разменивать бумажки в двадцать пять рублей, собирая все копейки на сухие булочки в омерзительном от мух буфете автостанции. Теперь эти деньги, словно очищенные экономией от всего житейского, к счастью, были при Софье Андреевне: лежали, свернутые, в лифчике, как давным-давно ее научила бабуся, очень ловко, каким-то мужским движением, напоминавшим о жилетах и карманных часах, запускавшая два кривых и заостренных маникюром пальца в неглубокое хранилище, куда свисал на черной цепочке желтый, как сыр, растресканный янтарь. Софья Андреевна отворотилась, чтобы достать, — мимолетно ее обдало воспоминанием, как Иван расстегнул, а деньги прилипли, и он со смехом взял их румяным и жарким от ужина ртом. Воспоминание сразу ушло, и Софья Андреевна, страдальчески торжествуя, протянула Гале восемь крахмальных, не таких, как у них в семействе, бумажек, — и заслуга сразу была записана ей в актив на обратной стороне просиявшего облака размером с многофигурный памятник, что возникло в проеме на улицу, видное сквозь прутяную влажную березу, еще черневшую в тени. Галя отпрянула на холодный мотоцикл, но тут губастый, не забывший затолкать гнилые восемнадцать рублей в карман маскарадных штанов, подскочил и выхватил деньги у Софьи Андреевны. Глаза его были ужасны, словно он убил и сейчас же готов еще; настал момент, когда трое над бесчувственным телом, казалось, больше не могли даже прикоснуться друг к другу, не могли посмотреть на одно и то же, чтобы из-за этого не подраться. Софье Андреевне, собственно, оставалось одно: оскорбленно уйти.

Галя так и поняла: мотнув головой, показала Софье Андреевне на путь через двор, где прохаживались, замирая в проеме с поджатой лапой и гребнем набекрень, неопрятные, точно ватой подбитые куры. Быстро и решительно, роняя калоши, Галя пошагала вперед, но Софья Андреевна обернулась в дверях: до нее внезапно дошло, что именно сейчас — не тогда, когда хмельной Иван в оттаявшем, словно тушью пропитанном пальто шатался по ее прихожей, стараясь как-нибудь избегнуть распахнутой ею квартирной двери, — не тогда, а именно в эту минуту Софья Андреевна видит мужа в последний раз и впредь уже не сможет с ним по-настоящему сквитаться. Но было поздно: из-за мотоцикла виднелись две ожившие ноги, упиравшиеся в землю пятками разбитых башмаков, и губастый, сдавленно матерясь, какими-то привычными ухватками впрягался, чтобы волочь Ивана на себе. Глаза у Софьи Андреевны застелило горячей пеленой, она пошла вперед по черным доскам в белых кляксах куриного помета, с трудом удерживаясь, чтобы не ухватиться за туманную Галю, норовившую свернуть и вдруг нырнувшую под белье, что проволоклось по Софье Андреевне отвратительной мертвенной лаской. Слева возникла завалинка, эмалированная чашка, полная до накрененного краю жидких рыбьих потрохов, облезлая игрушка трещиноватой резины с железной пикулькой на спине, неизвестно что или кого изображавшая. Ничего нельзя было угадать, а Галя уже топталась в распахнутой калитке, как когда-то Софья Андреевна, точно все это было для нее *поставлено,* — и опять припомнилось, как Иван, уходя, погладил деревянной плотницкой рукой по кривой от ухмылки щеке, — но у Софьи Андреевны не было сил соответственно завершить представление. Она подумала, что, может быть, теперь они с Галей никогда не встретятся и никогда не распутаются, всегда останутся друг другу должны, — и запоздало пожалела деньги хорошим смиренным чувством, будто что-то действительно кровное, не заслужившее сделанной над ними глупости. Почтальонка Галя стояла перед нею отсутствующая и подробная, какими бывают только люди, которых видишь в последний раз.

Два часа спустя Софья Андреевна и дочь уже спешили к первому автобусу по золотой и мокрой утренней улице, полной холодного воздуха и терпкого, по-табачному крепкого запаха серых печных дымов. Все вокруг было необыкновенно отчетливо и в то же время не вполне реально, словно видное под лупой. Даже в зарослях мелкой лиловой крапивы еще держалась тень; свежие, резкие тени заборов и домов косо тянулись по песку, под лавками валялись запотевшие внутри бутылки, где стояла пьяная роса, — каждую девчонка норовила пнуть, спотыкаясь сонными ногами о какое-нибудь ближнее препятствие. Росистое солнце проникло еще не всюду, еще стелилось поверх земляных, с ледком, остатков ночи; и листья крапивы, и доски, и клюквенные флаги еще имели ночную изнанку, были словно подбиты темной байкой; узкий луч, прошедший между двух зубцов горы, направлялся, будто нитка в игольное ушко, в сквозной проем колокольни: тянулся, не попадал, снова осторожно пробовал, расходился волокнами, радугой играл в глазах у Софьи Андреевны, державшей под руку согбенную свекровь.

Старуха, когда они собирались, не спала, что-то роняла и ела в темной кухне: ее полуголая койка была занята тремя не то четырьмя телами, колыхавшими на себе чужие руки и ноги, и громче всех храпела женщина в одной только черной юбке и белом лифчике, откуда выпросталась мягкая, как старый гриб, раздавленная грудь. Увидев сборы, свекровь отстала от кусков торта с чудовищными розами и потащилась провожать. Несмотря на легкость и ветхость ее состава — Софья Андреевна, направлявшая под локоть ее неверные шаги, чувствовала, что держит *кость*, — старуха была ужасно тяжела и оставляла за собой едва ли не борозду из рытого песка и вывернутых камушков. То и дело она вырывалась и начинала посреди пустой дороги выглядывать место, куда бы сесть, махала скрюченной, сразу падавшей рукой на встречную корову, обегавшую ее с нутряным глуховатым еканьем и заворотом рогов. Софья Андреевна напоследок всматривалась в свекровь, ища в ее облике облик смерти, готовой явиться. Маленький, словно детский, череп уже проступал под иссеченной кожей, уже виднелась его улыбка под скорбным обвалом щек. Однако больше всего Софью Андреевну испугали руки: эти черные, почти уже не управляемые головешки бессильно висели вдоль нечистого фартука, и главным ужасом была их непомерная длина, как бы устремленность к земле, покорная готовность ее коснуться. Удивляясь, почему до сих пор не заметила этой черты, Софья Андреевна с содроганием вспомнила, как свекровь жила у нее перед свадьбой и часто, когда невестка занималась какой-нибудь домашней и понятной для нее работой, украдкой тянулась погладить ее по волосам. Она никогда не завершала движения, будто Софья Андреевна была какая-нибудь бабочка, способная взлететь из-под наведенной ковшиком охотничьей ладони. Однако сразу же, с маниакальным упорством, с каким она осматривала ящики и щели городской квартиры, праздная свекровь снова принималась ее стеречь и даже заходила так, чтобы тень ее не падала на невестку, — из-за этого Софье Андреевне казалось, будто свет на кухне чрезмерно яркий, лабораторный, и она боялась даже присесть на табуретку, чтобы не быть застигнутой врасплох.

Сейчас, хотя ее поездка кончилась как будто бы ничем, Софья Андреевна все же радовалась, что разминулась со смертью, пока та еще не приняла окончательного облика. Ей хотелось поскорее очутиться в пути, и автобус уже стоял на остановке — веселый желтый сундучок, изнутри оклеенный артистками, — и уже последний в очереди пассажир боком лез в полуразжатые дверцы, перетаскивая поверху поручня развалистый, рассевшийся на обе стороны рюкзак. Старуха все медлила, задыхалась, что-то хотела сказать, путаясь шершавыми пальцами в петлях кофты Софьи Андреевны. По знаку матери девчонка, мотаясь под тяжестью сумки, побежала вперед, ткнулась в ступеньки, кто-то сверху мелькнул ее подхватить, — а старуха все не трогалась с места, казалось, она вообще не сможет одолеть последние пятнадцать шагов. Еле теплый старческий пот растворялся в ее морщинах бессильной влагой, но глазки из-под обвислых век выглядывали настойчиво, будто, добравшись до места, ей и Софье Андреевне надо было справить еще какое-то дело, без чего расстаться было непозволительно. Вдруг старухина рука, глянцевитая культя (что-то от нее, еще как будто целой, было отнято, отсечено) стала медленно подниматься, осторожно скрадывать, и сердце у Софьи Андреевны сжалось в комок.

Но тут кудрявенький шофер, напоследок припав к папиросе, отчаянно кося, отшвырнул ее и, прыгнув за руль, демонстративно хлопнул дверцей. Софья Андреевна не то обняла старуху, не то оттолкнула и опрометью бросилась к автобусу, едва успев протиснуться между испускавших шипение створок в бензиновую полутьму. Однако еще не поехали: шофер, отмотав ей на восемь рублей серых и розовых билетов, сунулся было с ключом заводить мотор, но на все его тычки выходил только надсадный сосущий звук, обрывавшийся почти на визге. Софья Андреевна двинулась по узкому глубокому проходу, перелезая через горы поклажи, застревая ногами в тесной глубине. Пассажиры, ехавшие, очевидно, с ночи, спали, свесив набок бесприютные головы, — шеи с глубокими складками были старее бледных, грубых, березовых лиц, — другие, только что севшие, пристраивались, со вздохами закрывали глаза, ерзали, пытаясь слезть пониже в тесном пространстве между маленьких, словно детсадовских, сидений. Девчонка обнаружилась в самом конце — заняла последнее свободное место подле утонувшего носом в седой бородище, горько воняющего старика и уселась, подоткнувши юбку кулаками, — при виде матери вытянула сумку из-под коленок и снова уставилась в рябое от засохших капель, яркое окно. Софья Андреевна со злостью запихала сумку обратно, на что девчонка протестующе фыркнула, — тоже выглянула наружу и увидала, что старуха все-таки доползла до остановки, — уловила самый момент, когда свекровь, ухватившись за дерево, потянулась от него к столбу и едва не упала на землю, словно червивую от окурков и плевков. Наконец мотор зарокотал, и старуха замерла у черного столба, широко расставив ноги-мотыги под низко свесившейся балахониной, сквозившей на просвет, будто грязная марля.

Все — измученная улыбками группа провожающих, по диагонали освещенная уже горячим солнцем будочка кассы, рыжая кошка на ее крылечке, словно лекарством беленное сооружение туалета с беленой же, засыпанной комками извести землей вокруг него, — все замерло, стало, уступая движение автобусу, как бы отпуская его от себя, — и только дальше, на равнодушных улицах, мало-помалу зашагали прохожие, тоже сходившие на обочину и провожавшие междугородний гримасой из-под руки.

Софья Андреевна, нависая над дочерью в грузном упоре, видела все укороченным, безголовым, обочина бежала у нее в глазах, словно разрезаемая на тонкие полосы, попадавшие камешки прыгали, точно крупные блохи. Девочке, сидевшей ниже, открывалось больше. Молча, упорно впершись в окно, она выискивала приметы вчерашнего пути, и ей казалось, что вчера все составлялось лучше и заманчивее, чем сегодня в обратную сторону, туда, где уже не было дали, а только дом да школа. Все беспорядочно грудилось, словно сдвинутая мебель, и уже принадлежало дому, — все такое надоевшее, словно этот валун, этот треснутый, с агитацией, фанерный щит девочка видела двести раз. Только жалко было толстую, по-птичьи пеструю березу — с прозрачным трепетом белой полоски на стволе, — что повернулась и осталась в какой-то яме, потому что автобус карабкался к перевалу, переводя складное солнце из правых окон в левые и обратно, щекоча безвольных пассажиров. Когда уже совсем закружились и взобрались, девочка увидела — непонятно, сзади или впереди, — округлую укладку дальних гор, все голубевших, все легчавших, словно они хотели слиться с небесами, буквально влезть на небо, — и девочке сделалось так печально, что она закрыла глаза и скоро уснула, и печаль продолжалась во сне. А Софья Андреевна видела внизу, под обрывом, за стеблями пустотелого и цепкого бурьяна, оставленное село. Мелкое, словно выложенное из деревяшек и стекляшек (сверкнул прудок), оно, казалось, готово было сбиться и разъехаться от малейшего толчка, — а между тем удивительным образом укреплялось, странно обмирало, превращаясь в свое изображение, в собственную карту. Глаз ловил и не улавливал перемены: где-то в углу еще продолжалась запруженная толкотня — должно быть, гнали стадо, — но вот оно как-то осталось поверх изображения и потянулось по условной тропе, примерно показывая ее извивы, а колокольня торчала, будто игральная фишка. Условный Минск или Магадан на глазах непостижимо погружался в прошлое, где были уже протяжная равнина первой влюбленности Софьи Андреевны и синенький глобус на Галином окошке, в соседстве ящика с нежной нитяной рассадой, — здесь имелась подспудная связь, и Софья Андреевна знала уже, что ярче всех прошедших суток будет вспоминать вот эту карту, условное поле проигранной ею игры, где она сама каким-то образом осталась стоять подобно фишке, которую уже ничто не передвинет.

Часть вторая

Глава 1

Очень долго и давно, не меньше чем сто двадцать лет, мужчины не умирали своею смертью в лоне этой семьи, но исчезали, как были, не успевая измениться за часы ареста или отъезда. После, когда весть об их погибели в каторге или на войне доходила до сомкнувшегося женского мирка, она воспринималась там как новость, непостижимо дошедшая с того света, где смерть, должно быть, случается так же, как и здесь, — уходит смысл существования, после чего все вокруг продолжается, и надобно как-то продолжаться и самой. Некоторое время ожидали еще каких-нибудь сведений, безо всякой, впрочем, для себя надежды: загробный мир, кольцом лежавший вокруг городка, никогда не возвращал им мужей и отцов, и любые вести, какие еще могли донестись, буквально относились к прошлому, так же как и собственные их воспоминания, с годами странно упрощавшиеся. Мужем становилась фотокарточка на стене, и женщина, что, как раскрытая до предела створок розовая раковина, трепетала ночами в сбитых простынях, тяготилась собственной плотью, будто каким-то излишеством, — а в зеркале, хотя и была недурна на внешность, казалась себе безобразной с этими кровавыми губами, прыщиками, темными подглазьями, точно полными засохших золотых чернил.

Но все это было ничто по сравнению со страхом дочерей перед отцами, с ненавистью к ним, убитым, бросившим на произвол судьбы, — и поэтому все труднее девушки из этого семейства выходили замуж, все дольше продолжалось их степенное девичество, все больше надо было самостоятельности, чтобы на улицах *мамы* и *бабуш-*

ки почувствовать себя одной, без них, и подставить лицо под колючий спиртовой компресс мужского поцелуя. Новый муж, войдя в семейство (никогда не удавалось взять новобрачную от ее беспомощных, услужливых старух), сразу ощущал пустоту, которую не мог заполнить один. Его пробирала дрожь, когда за тесным и скудным семейным столом (откуда даже на время еды не убирались игольница и нитяные катушки) ему от избытка заботы и заботящихся женщин наливали сразу два стакана чаю. Лишний стыл под сенью гипсовой вазы с побитыми фруктами, прибавляясь ко многим необеденным предметам, что маскировали бедность стола и через этот похоронный стакан как бы объединялись в прибор для покойного, составляли вторую реальность прямо перед лицами воспитанно обедавшей семьи.

Он был очень одинок в своей пустоте, мужчина среди женщин, хватавших у него из рук любую работу и всякий нужный ему предмет, сразу же подавая его назад с какой-нибудь услугой; женщин, столь между собою схожих, что они казались представительницами особой нации, почти азиатской по долготерпению и атласному, маслянистому отливу негустых, аккуратно прибранных волос. Рождение собственной дочери не соединяло отца с семьей, а напротив, окончательно делало чужаком — настолько малышка сразу была похожа на бабку и мать. Она родилась носатенькой, темноглазой, и на виске, где жилка, низко стелились карие шелковины, немного гуще на мягкой головке, что лежала в согретой отцовской ладони, будто тяжелый плод. Бог знает, какой резонанс любви сотрясал мужчину при виде этого сходства, райской младенческой дымки во взгляде матери, пышнотелой и бесформенной, будто тоже только что родившейся на свет. Но дочь не являла ему ни единой его черты, словно заранее соглашалась его забыть, и сердце мужчины тяжелело от нехороших предчувствий.

Одновременно было что-то едва ли не кровосмесительное в том, как он был им *физически* нужен, как они ласкались и льнули к нему, все эти одинокие — включая и супругу, — одинаковые женщины. Теща, поблескивая заплаканным колечком, жамкала в тазу его белье, хрюкавшее от избытка усердия отечных пальцев, подросшая дочка залезала на колени и влажно шептала в набухающее ухо, что вырастет и женится на папе, а потом обнимала и стискивала до того, что сама багровела и едва не теряла сознание, а мужчина все не мог ощутить как следует дрожащее кольцо ее незамкнутых, нетвердых рук. Невольно, зная судьбу незнакомого тестя, он воображал при виде жены, налегавшей на утюг, как через много лет вернется точно к такой же женщине — дочери, — точно так же склоненной над исходящей паром белой пустотою глажки, с такими же капельками пота на переносице, — и мужчине казалось, что в этом мире вообще невозможно что-то сделать, даже догладить белье.

Он чувствовал себя чужаком не только в доме, оберегаемом от дыма его папирос, но и в самом городке, пусть он даже родился здесь. Теперь тонувший в пыли и снегу городок становился владением одинаковых женщин, что трудолюбиво исходили его ленивые улицы с останками обуви под заборами, исходили, подчиняясь каждому изгибу лужи и каждому мостку, увековечивая их во множестве повторений. Казалось, если методами передовой науки извлечь понятие о городке из их склоненных голов, получились бы не отдельные дома и земляные скверики, но целая карта, со всеми расстояниями и соотношениями, насколько точная, настолько и устаревшая, что вообще является свойством карт. Впрочем, извлекать и не было нужды: сам городок усилиями женщин становился собственной картой в натуральную величину, потертой на сгибах и до того устаревшей, что тут и там торчали пустые постаменты с надписями, точно камни на подлинных могилах низвергнутых деятелей, а развалины с наискось застрявшими кусками неба буквально выли на ветру. Все эти останки занимали точно то же положение и ровно столько площади, что и прежде сами сооружения, — городок ощутимо отдавал небытием, при виде целых зданий с раскрытыми окнами как-то прохватывало в груди, и хотелось просто глядеть на дали за рекой, где ровный зеленый цвет обозначал иной характер местности, желанной и недоступной.

Все-таки мужчины хотели остаться в городе и с семьей. Они работали и даже что-то строили — воспринимая это как попытку исказить чужое *своим,* — но строительство только прибавляло пыли, что с налету хлестала в заборы, а оставшись незавершенным, превращалось в руину особого рода, *сделанную*, будто в классическом парке, отчего проступала наружу рукотворность всего городка, бывшего теперь как бы воплощенным умыслом, соединением материалов, что-то из себя изображавшим. Мужчины чувствовали, что барахтаются в небытие, — с каждым поколением яснее, ибо семейное сходство женщин становилось как бы формой присутствия безмужних прабабок, и достаточно было любого общего, пусть даже отдаленного события, чтобы оно непременно обрушилось именно на них. Приходила ли газета с аршинным, почти настенным, заставлявшим пятиться заголовком, радио ли обрывало музыку, чтобы вдруг заговорила по черно-белому тексту мрачная Москва, просто ли бумажка с сообщением возникала на дверях какой-нибудь канцелярии, — и мужчину тут же забирало поднявшимся ветром. Его относило в неизвестность, и он не успевал ни на толику измениться за последние часы, как ни кривилось его лицо, как ни стесняла казенная одежда последние объятия супругов. Только улыбка мужчины давала женщине представленье, каким он станет без нее за чертой горизонта, что якобы рисует башенку и лес, а на самом деле — весь ее простой округлый мир, где она стоит и сейчас пойдет домой, чтобы уже навсегда соединиться с истинно своим.

Мужчины не умирали в семье, но вещи их оставались и хранились, будто от мертвых. Софья Андреевна помнила — словно с какими-то более поздними вставками, — как новогодней, жаркой, мандариновой, блескучей ночью четверо явились за ее отцом. Они были тоже крепкие, затянутые ремнями, очень похожие на самого отца, — у одного даже торчали совершенно отцовские, цветом и извивом волоса как тонкие прутики веника, рыжие усы. Софья Андреевна помнила, как она и мама все время пересаживались, и мама ни за что не соглашалась спустить ее на пол, ставший как в прихожей после прогулки. Девочке очень хотелось тоже порыться в кучах вещей, и даже не жалко было своих расколотых игрушек, потому что вываленное из ящиков имущество она воспринимала как потерявшее полезность, ставшее общим для взрослых и детей.

Поначалу отец был точно такой же, как они, эти дядьки в сырых сапогах. Но потом, по мере того как дядькам что-то становилось ясно из книг, которых они не читали, а распускали, держа их за корки, как за крылья пойманных голубей, отец словно переставал узнавать свою развороченную комнату с двумя нарядными и коренастыми соседками в углу, чьи босые ноги грубо белели ниже крепдешиновых подолов, а в начерненных глазах что-то одновременно вздрагивало, будто падало. Уже полностью одетый и застегнутый, отец странно озирался из-под водянистых век, порой кружил на месте, будто что-то искал около себя, а когда его повели на улицу, начал вдруг без слов цепляться за косяки, и дядьки так же молча отдирали его побелевшие, со скрипом ползущие пальцы. Внезапно делаясь сильнее пыхтящих дядек, отец вырывался от них, хватал из беспорядка какую-нибудь вещь, будто она была еще более прочной частью дома, чем косяк или стена, — и ее вынимали из отцовских судорожных рук совершенно изломанной.

Эти-то калеки, ставшие навсегда *его* вещами — никто в семье не посмел бы их починить, — хранились у Софьи Андреевны, пуще сабли и косоворотки, в нижнем чемодане на антресолях, в собственной, ничем не нарушаемой, почти окаменелой темноте. Ей, чтобы добраться до тайника, где все привыкло быть невидимым на манер исчезнувшего хозяина, пришлось бы работать целое воскресенье, оттирая замшевую пыль с выкроенными частями, пошедшими на верхнюю кладь, — словно вся эта мертвая память была изначально выкроена из чего-то одного. И собственно настоящее, с тесной квартиркой и тесными одинаковыми днями, казалось перешитым на современный фасон из просторного прошлого, от которого остались обрезки причудливой формы, звездообразно-кривые куски, тоже выцветающие и уже нестрашные. Пару раз предприняв уборку и натаскавшись мокрых чемоданов, Софья Андреевна отказалась от мысли перебрать у них внутри — и со временем, через много лет после поездки в Нижний Чугулым, перестала бояться отца, чья жизнь, не получившая завершения в смерти, как бы сама собою сошла на нет. Прикидывая в уме отцовский возраст, Софья Андреевна чувствовала пустоту свободно возрастающих цифр, отсутствие преграды для этого призрачного роста и уже не знала, как ей быть с воспоминаниями об отце, лежавшими на дне пустого объема прошедших годов, — жил ли он на самом деле или только померещился?

Теперь эти воспоминания приобрели особый, теплый, дымчатый оттенок, каким обладали самые первые впечатления Софьи Андреевны, — когда надушенная мама с золотыми часами на белой руке вела ее в какое-нибудь место, где после ни разу не пришлось побывать. Там сияла бледная комната с черной гнутой мебелью, очень похожая на талый сквер под собственным окном, а на окне круглился бликами и нежными темнотами кувшин с водой, особенно тяжелой в стекле; была другая, видимо, после уборки такая яркая, будто ее не вымыли, а раскрасили разными красками. Чаще других вспоминалась третья, пахнувшая теплым мылом, со множеством грязных зеркал, отражавших прежде людей свои золотые флаконы и серебряные железки; там на полу заметали гладко стелющейся тряпкой вместе с обрезками разных волос почему-то цветочные лепестки и труху, похожие вместе на раскрошенные папиросы; там, блеклая от зеркал и воды, мама поднималась из кресла с новыми, высоко уложенными кудрями, и когда обнимающие руки убирали с нее простыню, девочка всякий раз ждала, что мамино платье под простыней тоже окажется новым.

Были и другие странные, светлые, водянисто-талые области, обильные золотыми вещицами (золота и цветных прозрачных драгоценностей около маленьких девочек из этого семейства имелось во множестве, как на заре человечества в каком-нибудь Египте или Карфагене, зато потом, во взрослой жизни, не бывало совсем). Взрослой, равномерно седеющей Софье Андреевне чудилось, будто эти вспышки памяти относятся к очень давнему прошлому, еще до ее рождения, будто комнаты-призраки существовали обиходно в двадцатых, что ли, годах и дотянули до ее младенческих лет остатками жизни другого поколения людей, — и точно так же воспоминания об отце и сразу после отца стали казаться ей драгоценными и не своими. Софья Андреевна помнила, что до прихода четверых военных семейство держалось вместе и было почти неразделимо, когда кормило ее с большой, неудобной во рту серебряной ложки, имевшей собственный кисловато-черный вкус, или вставало ночью вокруг ее колыбели, начинавшей раскачиваться от одного к другому под смутным перекрестьем на далеком потолке. Зато потом все стали жить как-то совершенно по отдельности и вечерами норовили разбежаться по углам, где горбились над штопкой или разлинованной без смысла книгой, а если и случалось поднимать глаза, то это происходило трудно, с мельканием пустых белков, словно в тугую петлю просовывали костяную пуговицу. Только когда у кого-то что-то болело и бывало забинтовано, они, как прежде, теснились кучей и баюкали боль — боль, а не девчонку, стоявшую перед ними в грязном платье и совершенном одиночестве, в серых комнатных сумерках с тугой белизною подушек, с темнотою между незадернутых окон, где домочадцы, собравшись около одного сидящего, замирали и исчезали из глаз.

После Софья Андреевна полагала распад семьи признаком своего растущего сознания, уже вполне различавшего домашних и их занятия, хотя на самом деле это был нехороший симптом: в семье накапливалась усталость, пространство, обведенное границей горизонта, изживалось и блекло. Женщины семейства инстинктивно стремились обрисоваться поярче и для этого наряжались, красили волосы в неестественные оттенки, отчего парикмахерские прически делались похожи на радиосхемы даже без железных бигуди, — но чем больше они усердствовали, тем легче было их вообразить ушедшими из дому и исчезнувшими навсегда. Именно это и произошло: вскоре после смерти бабки мать, впервые надев китайскую шубку с чудны́м, похожим на слоновье ухо, воротником, убежала к подруге и попала под грузовик. Все дороги в эту зиму были будто грязные, истянутые бинты и от узости своей, стесненной тусклыми сугробами, казались бесконечно длинными, бесконечно петлистыми, уходящими вдаль со свежим глинистым отпечатком одной и той же раны, случившейся у гастронома под светофором, вдруг ослепшим, будто старое ведро. Однако прошли года, и воспоминания выцвели, снег двадцатилетней давности растаял. Софье Андреевне, теперь уже действительно одинокой, не считая дочери, даже доставляло удовольствие предаваться им — она уже не боялась сумерек в своей панельной квартире и подолгу сидела, не зажигая люстры, что казалось ей подходящим для воскрешения слабых, почти не имеющих собственного света картин, относящихся как бы не к ее далекому прошлому, а только к прошлому ее родителей и оставленных Софье Андреевне в бедное наследство.

Глава 2

Оттого, что нынешняя Софья Андреевна словно не участвовала в тех полуфантастических событиях, дата ее рождения оказалась размыта. Грузная женщина с ужасной в своем двойном развитии симметрией морщин внутренне видела себя молодой, понимая свое отражение только как дурную привычку зеркала, его неприятную гримасу, дома и в пределах школы приводимую в порядок расческой и подобающей скромной косметикой. На улицах отражение возникало вдруг, полузнакомое, с тонкими космами по ветру, будто волглый, с паутинкой лист конца сентября, и, подобно листу, равнодушно выпускалось из виду. Тайно от дочери, превратившейся во взрослую девицу с тяжелым подбородком и мелкими чертами большого лица, Софья Андреевна пристрастилась к приключенческим книжкам про пиратов и мушкетеров. Сидя за письменным столом над грязноватым томом, прикрытым чьей-нибудь проверенной тетрадкой, она буквально растворялась в переживаниях и не могла себя представить старше благородных героев, чья любовь как акт заключалась в защите женщин от грязных посягательств, — порою не понимала уже, чем Толстой и Достоевский лучше Дюма.

Не отдавая себе отчета, она вела свою сознательную жизнь от лета, когда повстречала Ивана, и, не долюбив тогда, теперь не глядела на ровесников, бывших почему-то либо маленькими и тощими, так что кожа их казалась вылезшей подкладкой мешковатых костюмов, либо непомерно разбухшими, с безобразными мужскими брюхами в натертых брючных ремнях. Среди них отсутствовал нормальный калибр, и они, немногочисленные, были будто шелуха, остатки поколения, куда-то исчезнувшего, на что-то истраченного. Недолгое время за Софьей Андреевной осторожно ухаживал вдовый директор, толстый, сирый, сердитый человечек, в чьей непредсказуемой мимике рьяно участвовали очки. Обыкновенно директор являлся к ней на урок и сидел на задней парте рядом с недовольным двоечником, время от времени спихивая на пол его учебники, а однажды на Восьмое марта, грустно всхрапнув, преподнес персонально Софье Андреевне подмороженную розочку с аккуратно срезанными шипами. На эти попытки Софья Андреевна отвечала любезным холодом — зато засматривалась на молодого физкультурника, большеголового и коротконогого, в голубых тренировочных штанах: его маслянистый пот, играющие желваки величиною с куриные яйца и дегтярные кавказские глаза вызывали у Софьи Андреевны романтические грезы. Если в учительской заговаривали о чем-нибудь волнующем, высоком, Софья Андреевна обращала к физруку мечтательную полуулыбку и, забыв обо всем, глядела так, что постепенно все остальные оборачивались к объекту ее внимания, начинавшему в ответ гортанно кричать и резать воздух темными ладонями.

Софья Андреевна ничего не могла с собой поделать, ей, недолюбившей, нужен был молодой. Она не понимала, до чего смешна, ей казалось, что она по-прежнему держится с солидным достоинством, просто иногда задумывается и отключается от общего разговора. Постепенно даже бегство от клешастых хулиганов по задам хмельного села приобрело в ее сознании оттенок романтической охоты. С волнением вспоминалось ей, как оживали от града камушков еще прозрачные деревья со свежей, резко-зеленой в вечернем воздухе листвой, как вскидывались ветки жестом потери равновесия, как неровно и глухо, пропуская щелями удары, отзывался забор. Это сердечное оживление, это волнение прекрасной добычи, газели или лани, облагораживало и охотников, придавало глумливой погоне оттенок бескорыстия, даже служения, — и если тогда оскорбленная Софья Андреевна видела в них деревенский вариант своих балбесов, не влезающих за детские парты, то теперь она с умилением думала, что эти юноши выросли, женились, стали мужчинами, а ведь когда-то были в нее немножко влюблены.

Собственно, происходило то же, что когда-то с Иваном: Софья Андреевна передавала молодым красивым людям долю собственного восхищения собой. *Ими* она с обновленной, оживленной силой любила себя, и ее воображение так жадно заигрывалось и ласковыми листьями, и провинциальными, круглыми, будто шаньги, цветочными клумбами, и скорым падением в тень ужаленной солнцем капли — всем, ответно живущим вокруг, — что Софья Андреевна вполне могла не заметить перемены ролей, когда, не обнаружив в другом изначально предполагаемого чувства, она вынуждена будет взять всю задачу на себя и в одиночестве вести любовную партию, приписывая избраннику свои достоинства одно за другим. Проваливаясь в талые лужи расхлябанными сапогами, вприпрыжку хромая через проезжую часть, Софья Андреевна все время ходила по краешку любви; каждый пахнущий одеколоном рослый молодец представлял для нее опасность падения и позора. Однако Верховное Существо, заменяющее упраздненного Бога, оберегало Софью Андреевну из городских нечистых облаков: никто из молодых людей даже случайно не попал в ее сироп. Долговязые ленивые старшеклассники чуяли слабину заискивающей «русички», нетвердой рядом с ними на высоченных виляющих каблуках, но использовали это только для получения подарочных отметок, не интересуясь причиной распертых шишковатыми ступнями лаковых туфель и лишней краски на старой физиономии, — а физкультурник уволился и пошел торговать в цветочный киоск, где всем желающим преподносил за деньги дорогие тощие букеты. Софья Андреевна бродила одинокая, не чувствуя своей приклеенной, как объявление, улыбки, такая отрешенная, будто сырой пейзаж впереди вовсе не был ее ближайшим будущим, и надвигалась на прохожих кособоким расплывчатым миражом.

На улице чаще, чем в помещении, Софье Андреевне казалось, будто она буквально растворяется в любви, в свою очередь растворенной в стеклянных объемах солнца, в нежной, кисловатой, отдающей окалиной мороси, — от волнения и слабости она точно исчезала совсем и роняла сумку в лужу. Растворенная, уходящая в землю любовь обладала для Софьи Андреевны явственным привкусом смерти. Давным-давно ее первое осознание молодой мужской красоты проснулось именно во время похорон, когда умер соседский Валерка и его с кровати перенесли на стол, странно высокий и странно пустой внизу, между облупленных ножек с натертой башмаками перекладиной. На Валерку надели белую, как бумага, рубаху, неношеный костюм, и если раньше он, мешковатый и застенчивый, сослепу извинявшийся перед всеми косяками, выглядел так, будто его, словно маленького, одевали чужие руки, то теперь, в гробу, костюм сидел как влитой, и Валерка лежал красивый, совершенно взрослый, его хорошо расчесанные светлые волосы волнились будто накрахмаленные, и на осевшем матовом лице было видно, какие у Валерки без очков большие закрытые глаза. Среди своей опухшей и плохо одетой родни (особенно ужасно раскачивалась мать в застиранном платье и в черном, плохо завязанном, беспрестанно распадавшемся платке) Валерка был словно молодой покойный барин среди крепостных крестьян, и все ему по очереди кланялись, медлили около в бессильной и бездумной праздности неволи. Тогда Валерка был для Софьи Андреевны почти что дяденька, и это теперь словно подтверждало ее ощущения девочки в присутствии молодых мужчин, потому что смерть закрепляет все вокруг своим фиксатором и, раз случившись, остается с людьми навсегда.

Однако не только воспоминаниями о том моросящем и тихом, с ужасными громкими звуками, дне объяснялся привкус смерти в томлении Софьи Андреевны. Каким-то образом Валеркины похороны связались у нее с похоронами соседки: Софья Андреевна не хотела, только испугалась, что может связаться, а оно уже, и словно захлопнулась дверь. Толстый седой еврей, теперь уже почти совершенно лысый, будто яичко с приставшим перышком, и с тех пор, как он распоряжался похоронами, изрядно обносившийся, много лет проживал в соседкиной квартире, где, по-видимому, был изначально прописан, — он-то и был виноват. Он не то чтобы хотел свести знакомство с Софьей Андреевной, но как-то все время имел ее в виду. Они никогда не разговаривали, и если полукланялись друг другу, то только на расстоянии, а вблизи отчужденно отводили взгляды, отчего происходили всякие казусы: сцеплялись сумки, что-нибудь шлепалось, вываливалось под ноги, и сосед, предупредительно нырнув, подавал растерянной Софье Андреевне собственную газету. Однако подо всей этой нескладностью и суетой он был в действительности глубоко спокоен. Его очень старые, старше его самого на тысячу лет, глаза цвета переметенного ветром песка смотрели на Софью Андреевну с таким сочувствием, точно и она была больна тою же болезнью, от которой скончалась соседка, — а Софья Андреевна уже не сомневалась, что проклятая ведьма умерла от любви.

Взрослая сонная дочь разочаровывала Софью Андреевну. Пока Катерине Ивановне было семнадцать, двадцать, двадцать один, Софья Андреевна еще могла объяснять свое тоскующее умиление перед молодыми мужчинами тем, что присматривает дочке жениха. Однако скоро и Катерина Ивановна сделалась для них перестарком. Софья Андреевна с раздражением замечала ее брюзгливость, нитяные уголки опущенных губ, жирную кожу на носу, из которого, казалось, можно было выдавливать масло, — и полное презрение к косметике, выражавшееся в неумеренном ее расходе на праздную мазню, тут же, перед зеркалом, вытираемую ватными комьями до сухой синевы. Женское одиночество дочери Софья Андреевна воспринимала как *свое* несчастье, прежде всего и главным образом относящееся к ней, — это было даже хуже того, что Катерина Ивановна не поступила в институт, такая ненормальность отдавала чем-то непорядочным, едва ли не развращенным. Впрочем, Катерина Ивановна дважды сдавала в педагогический: что-то учительское, наследственное проявлялось в ней, когда она расхаживала по комнате с учебником, прижатым к груди, строго кивала в такт, мимоходом поворачивая к себе лицом фарфоровые статуэтки. Девчонка действительно старалась учить, губы ее беспрерывно шевелились, и на оклики матери она отвечала только тем, что начинала говорить параграф вслух. Однако в последнюю ночь, сутуло, на пару с лампой, проводимую за столом, что-то с ней происходило, что-то ломалось: она начинала злиться, все отодвигать, падать головой в раскрытые книги; уходя на экзамен, кружила на месте в поисках сумки, медленно кружила, надевая плащ с неуловимым рукавом, топча его подол розовыми пятками. Удивительно, но она, твердая четверочница, экзамены в институт сдавала на тройки или вовсе заваливала (русский устный, что насмерть оскорбляло Софью Андреевну). Домой возвращалась безмолвная, с поднятыми бровями, с тоненькой бьющейся ниткой плача на белом лице; проходя, всюду оставляла сброшенную одежду, тетрадки, мокрый, словно она его топила, слипшийся на спицах зонт — так раненый пачкает кровью, помечает путь, — и бухалась ничком на гладкую, не тронутую со вчерашнего постель.

Только в воспитательных целях Софья Андреевна велела дочери закончить курсы машинописи и поступить на службу до новых экзаменов в вуз. Но Катерине Ивановне неожиданно понравилась высокая «Башкирия» с лязгающей на ходу броней и хрупким, на иголках, внутренним механизмом: как она ровно частила, ловко слезала вниз по строкам и вдруг тяжело переступала, когда Катерина Ивановна кнопкой поднимала клавиатуру, чтобы отбить заглавную букву. Все крепче делались ее пухлявые, разной длины, избалованные кражами пальцы, все аккуратней становились поначалу мусорные страницы. В отделе научной информации ближайшего НИИ, куда Катерина Ивановна пришла устраиваться на работу, ее ожидала точно такая же «Башкирия», еще более царственная и побитая, с протертыми едва ли не до дыр бляшками букв — и это решило дело. Катерина Ивановна теперь ни на что не хотела менять белесый пенальчик машбюро, тем более что серое здание, похожее на незаконченную стройку, тоже называлось «институт». Катерина Ивановна законно являлась туда по утрам, и ее уже встречала, прыгая в недоснятых рейтузах и недонадетых туфлях, начальница Маргарита Викторовна, или, как она просила обращаться, просто Маргарита. Старше Катерины Ивановны тремя годами, Маргарита сразу взялась ее опекать: расхваливала всем, кто по делу или просто так заглядывал в пенальчик, а тех, в свою очередь, расхваливала ей, так что новым знакомцам при захлебывающемся звуке Маргаритиного молодого, хриплого голоска и сиянии морозного, тоже как бы хриплого солнца на ее разбросанной стеклянной и зеркальной дребедени, было друг к другу буквально не подступиться.

Работу Катерине Ивановне, как старшая по должности и стажу, тоже выдавала Маргарита: всякие доклады, списки лекторов, поздравительные адреса, — каждый раз, получив от нее оригиналы, украшенные хорошенькой, с бантиком, визой начальника отдела, Катерина Ивановна радовалась, что работы много, и чувствовала в кистях приятный позыв к еще не тронутой с утра клавиатуре. По утрам в пенальчике было особенно уютно: в стакане лопотал, надувая крупные пузыри, запрещенный пожарной инспекцией кипятильник, Маргарита, пристроив зеркальце на каретку, красилась «с выражением», с дрожащим солнечным зайцем на вытянутой шейке. Женщины забегали, чтобы без мужчин стянуть шерстяное белье, в веселой толчее разбирали туфли, вставали на каблуки. Дни проходили раз навсегда заведенным порядком; пенальчик был настолько узок, что Катерине Ивановне не удавалось полностью выдвинуть стул, чтобы встать с рабочего места, но именно эта теснота давала чувство прочности положения по контрасту с видимым в окно пустым и голым внутренним двором, где блестели, всякий раз составляя один и тот же простенький узор, цветные крыши «Жигулей» да изредка скатывали с грузовика в подвал чудовищной величины бумажные рулоны, топчущие в грязь свои полуоторванные лоскуты.

С годами Катерина Ивановна изучила этот двор (ни разу в нем не побывав) до малейшей трещины на асфальте, изучила противоположную стену пристроя, где ее раздражала пожарная лестница, не совпадающая счетом перекладин с делениями блочных этажей. У Катерины Ивановны сложилась тайная и нежная любовь к отдельным удобным и длинным словам, которые ей особенно нравилось печатать, к некоторым выражениям через ловкую, как поворот на цыпочках, резвую запятую. Руки Катерины Ивановны словно заговорили на канцелярском, но все же человеческом языке (сильно затормозив ее и без того неразвитую собственную речь), и когда они особенно хорошо разбегались по клавишам, Катерине Ивановне чудилось, будто она, как мечтала в детстве, играет на фортепьяно. Вовсе не из жажды заработка, а только в память о чудесном инструменте, когда-то зеркально сквозившем в соседских дверях, а ныне заваленном бумагами и даже застеленном клеенкой, как обыкновенный стол, — только из желания всегда иметь под руками карликовое его горбатое подобие и, может быть, печатать на нем без музыки слова каких-нибудь песен, Катерина Ивановна захотела брать халтуру на дом и даже условилась с заказчиками о цене. Но Софья Андреевна, при каждом случае обзывавшая дочь Акакием Башмачкиным, решительно не пустила в квартиру портативную машинку «Москва», которую Маргарита одолжила бессрочно и бесплатно и даже притащила лично в один из тех дождливых, нудных выходных, когда человек в подъезде неприятен своей смиренной темнотой, запахом мокрой ткани, а освещенный из прихожей, кажется уже непрошено вошедшим в унылый уют бесконечного дня. Кроме того, Софье Андреевне не понравилась улыбка дочериной коллеги, уклончивая и мутная, вызывавшая странный порыв заслониться рукой.

Однако вскоре Софья Андреевна едва ли не пожалела о машинке. Устроившись на службу, дочь совсем перестала помогать ей по дому, и было тяжело терпеть ее безделье, недочитанные книжки, недоеденные яблоки, вокруг которых сразу начинали виться комнатные мушки. Вечно сонная, слезливая, Катерина Ивановна плохо спала по ночам, бывало, до утра включала и выключала торшер. Из-за дочери время после работы тащилось невыносимо медленно, стрелки на ходиках, печатавших на стене неприятно резкую тень, выглядели фальшиво, будто приклеенные усы. Дочь была такая большая, неживая, никому не нужная; Софья Андреевна на всевозможные лады воображала, как какой-нибудь хороший, положительный молодой человек женится на ней исключительно из уважения к матери. По разным признакам — даже обследуя ее карманы и в одном и том же блокноте с тремя телефонами опять и опять подозревая дневник — Софья Андреевна пыталась угадать, нет ли у дочери хоть завалящего кавалера. Она почти охотно слушала рассуждения оплывшей, как бы подобревшей Комарихи, что хорошо бы породниться, когда Колюня вернется из армии, — впервые стала относиться к ней всерьез и даже приглашать на чай. В ответ Комариха, почуяв слабину, стала приходить с бутылочкой и высасывала винцо одна в виду недвижной и полной до краев рюмки Софьи Андреевны, которую страшно было даже тронуть на белой глаженой скатерти. Софья Андреевна, не любившая своего дураковатого ученика, теперь находила в нем известные достоинства. Она благосклонно разглядывала подсунутую Комарихой Колькину фотографию, где тот, вздернув слабенький подбородок, стоял с оружием у знамени, кое-как расправленного на стене, словно бархатный коврик с кистями. Колька выглядел точно старшеклассник по сравнению с петухастым парнем, каким разгуливал до призыва, и Софья Андреевна уже смирилась с тем, что на худой конец сойдет и он.

Глава 3

У Катерины Ивановны и правда не было никого. Для нее, выросшей без отца, мужчины составляли тяжелую загадку, особенно потому, что она сама была каким-то образом приспособлена для них, чтобы угождать им в отношениях и ситуациях, видевшихся Катерине Ивановне очень смутно. В детстве девчонки поймали ее как-то в подъезде и, больно закрутив ей незагорелые руки, заявили, что у нее живот как у беременной и должен шевелиться. Они по очереди щупали, залезая под платье холодненькими мытыми ладошками: иные растерянно поглаживали, другие больно щипались, выкручивая складки, и все говорили друг другу, что там действительно что-то толкается, — а Любка, специально перетянутая фасонистым пояском, похожая в измятом платье на бумажный бантик, каким играют с кошками, важно поясняла, что дети получаются, когда женщина ложится с мужчиной в постель.

Дома девочка, уже не плача, а только икая, заперлась в ванной и долго с ненавистью давила и мяла о раковину свой измученный живот, а потом перетягивалась шлангом от стиральной машины, пока ее не вырвало съеденными утром шоколадными конфетами. С тех пор она не раз и не два подвергала себя подобным истязаниям, на какие девчонки в жизни бы не решились, — у нее даже появилась болезненная тяга к этому и своего рода гордость перед дворовой компанией, ведать не ведавшей, какие бывают на коже черные синяки. Долго, чуть не до восьмого класса, девочке казалось, будто у нее и в самом деле что-то с кем-то *было*. Она, чуть что, начинала себя ощупывать, прислушиваться, словно для мистической беременности не существовало естественных сроков. Иногда девочка пугалась попросту того, что она *живая:* дыхание, биение крови представлялись ей не своими, а того существа, которое она вынашивает. Однажды целую осень она сидела на диете, не ела почти ничего, только обводила ложкой по краю тарелки, будто всего лишь прибирала блюдо, — и вовсе не ради фигуры, как полагала взбешенная остывшими художествами Софья Андреевна, а чтобы только перемочь в себе растущую и подымающую сердце нутряную жизнь. Было почти невыносимо, как эта жизнь рвалась наружу, в мир, будто нарочно составленный из зовущих, сосущих пустот, и не хотелось даже глядеть на разные, обычно занимательные вещи, — а самыми пустыми были дождливые ночи, когда льет и льет, а все на дне, и сутулый фонарь-лаборант рассматривает у себя под светом размытые классики.

Вечерами, опасливо забираясь в узкую постель, девочка силилась вообразить, как это происходит между мужчиной и женщиной, какие между ними возникают токи, как *влияет* лежащее рядом мужское тело на женский живот. Получалось, будто жизнь передается как болезнь, такой особенный грипп, после которого мужчина выздоравливает сам, а женщине в больнице делают операцию. Однако оставалась опасность, что зараза может перескочить не только в постели, а, к примеру, в набитом трамвае, особенно в летнюю жару, когда тела слипаются наподобие растаявших пельменей и на лицах дядечек мелькают совершенно безумные улыбки. Не было разницы между близостью в кровати и в трамвае, которую девочка могла бы себе уяснить, — поэтому она опасалась общественного транспорта и никогда не садилась с мужчиной, а если мужчина сам неожиданно плюхался рядом, она забивалась к окну и втискивала между собою и соседом раздутый от учебников портфель.

Во время обострения психоза девочка вела себя так, что мужчины невольно обращали на нее внимание. Ее попытки покрепче запахнуться приводили к тому, что фигура сзади оказывалась обтянута до предела; кроме этого, мужчины замечали у подростка слишком дамскую сумочку или зонтик и делали выводы сообразно своему воображению. Их притягивала стесненная пингвинья походка, таившая странный соблазн, суетливые, дразнящие покачиванья сумки, парфюмерия воздушного платочка, — вызов женских вещей, о которых девочка в смятении забывала и несла их, ворованные, у всех на виду. Несколько раз с девочкой пытались заговорить, а однажды за ней довольно долго двигался невзрачный и очень опасный тип в болоньевой ветровке и в огромном, мокром от его дыхания мохеровом шарфе, механически, будто костяшка на счетах, переходивший с одной стороны улицы на другую под визг едва не утыкавшихся в него машин. Неутомимый неделю в году, он железными тонкими ногами нечувствительно мерил асфальт и видел уже впереди подходящую арку в кирпичной стене, похожую на почернелое отверстие печи; девочке тоже казалось, что она направляется именно к арке — из-за двух наставленных над ней рогами, неожиданно цветных среди серости и сырости флажков, притянувших рассеянный взгляд, — и дело сорвалось только из-за глазастой собачонки, что-то нюхавшей в глубине разбитого, накрененной лужей занятого проема, да сопровождавшего ее большого толстого человека, что понуро стоял, засунув руки в карманы плаща, откуда свисал поводок.

Получилось, что *небывший* и единственный в жизни раз все-таки сделал девочку женщиной, и сделал очень рано: детская молочная полнота сразу, без подростковых диспропорций, пошла на строительство женских форм, после всегда казавшихся слишком *невинными*. Чем-то Катерина Ивановна вышла похожей на Галю-почтальонку, которую совершенно не запомнила, но, в отличие от нее, не решилась бороться с затянувшимся детством прямым и буквальным путем. Собственно, ей мерещилось, будто она *уже*, и поэтому женщина из нее получилась мнимая; если она и могла вообразить себя влюбленной, то не под собственным именем, а только перевоплотившись в героиню прочитанной книжки — сделавшись вымыслом вдвойне, нечувствительным к собственной внешности и неказистой одежде, рассеянно отдавая себя невежливым взглядам прохожих и расплывавшемуся на плечах, какому-то извечному дождю.

Единственная в жизни встреча с родным отцом, оттого что девочке его никто не показал и не ввел их прилюдно в положенные отношения, получилась точно с тем же привкусом нереальности, что и *небывший* раз. Больше того — иллюзорность как бы переименованного события, когда обычные действия, при молчаливом сговоре взрослых, означали совсем *другое,* поставила встречу с отцом и небывший грех в прямую связь, совместила их в условное, совершившееся через странный ритуал кровосмешение.

Еще в автобусе, всю дорогу до бабушки, к которой будто бы они единственно и направлялись, у девочки незнакомо и нудно побаливал живот. Тупая боль мешала поспевать за матерью по некрасивому селу, где все казалось не так: улицы куда-то лезли, дым из труб выходил будто ленты из кулака невидимого фокусника, а за длинным забором на корточках сидел человек, странно менявшийся в щелях, будто рыба, плывущая в аквариуме, и все же остававшийся на месте, которого было не миновать. Человек сидел и драл горстями короткую траву, время от времени переваливаясь на затекших ногах, и волосы его росли чудно, будто не из головы, а из шапчонки, торчавшей на затылке. Девочка прошла так близко от человека, что услыхала его дыхание, сочный храп выдираемых травяных пуков. Что-то заставило ее обернуться: красные глазки, точно наполовину вытекшие из больших отвислых век, глядели на нее, один повыше другого, с бездомной тоской, а над плечом у человека болтались в воздухе две обтрепанные, прошлогодние, будто капроновые, бабочки-капустницы. Мгновенно девочка поняла, что этот человек и есть ее отец, — а не сиди он за забором, отцом условно оказался бы другой мужик, подальше, с лицом угловатым, как очищенная картофелина, тоже глядевший на приезжих из-под тяжелой руки. Все вокруг, оттого что было совершенно незнакомо, казалось приготовленным для игры, где никто еще толком не выбрал ролей, и местами было словно растянуто на свет, являя нежные прорехи, тонкие ветки.

Якобы родная бабка выглядела совершенно чужой, от нее воняло затхлостью, простым одеколоном, на одной калоше зеленел куриный помет. Она, по-видимому, вовсе не умела обращаться с детьми, ее растресканные пальцы бестолково тыкались в девочку, будто хотели снять с нее тончайшую шелковинку, которая никак не подцеплялась. На минуту старухины черты размякли добротой — не к девочке, к шелковинке, такой хорошей, заманчивой, — а потом она равнодушно ушла, утираясь и нечаянно выпрастывая из головного платка седое розовое ухо, где, как колючка, торчала черная сережка. Девочка подумала, что старуха имеет к подзаборному мужику еще меньше отношения, чем к ней, может, и совсем его не знает; потом она увидела в приоткрытом как бы шкапчике под умывальником черное, будто сапожным кремом измазанное ведро, где плавала яичная скорлупа.

Ей показалось, будто слишком многое вокруг *заменено,* что взрослые в конце концов и сами запутаются. Их с матерью повели в кладовку, где почему-то стояла кровать, застеленная шерстяным зеленым одеялом с рыжими следами утюга, и даже имелась плоская холодная подушка, на ощупь как вчерашняя оладья. Скоро мать куда-то ушла, а девочка осталась лежать, прислушиваясь к боли в животе, и временами тихонько ныла, подражая незнакомым ощущениям и пытаясь их перевести в обыкновенный человеческий звук. Близко под полом квохтали и бились, взлетая на насест, невидимые куры, в сенях ходило много народу, от их теснящихся шагов побрякивали ведра. Прибывали все новые, возвещая о себе неестественно-веселыми голосами, иногда они нечаянно толкали дверь кладовки, и девочка резко садилась, нашаривая около себя почти уже прочитанный роман.

На улице стало темно; свежие листья в оконце наверху почернели и шевелились уже не сами по себе, а точно кто их складывал и рвал на клочки. Праздничный шум за стенами сделался как будто стройнее, то и дело голоса подымали песню, а сиплая гармошка словно все крутила тем и этим боком, ставила вверх ногами один и тот же горбатый аккорд. Девочка лежала и думала, что все ее знакомые на праздниках и днях рожденья, встав из-за стола, играют «в дом», и та, которой выпадает изображать отца, глотает газировку прямо из горлышка бутылки. Здесь, в раскаленной кладовке, где было невыносимо мрачно от ярчайшей лампы и дощатые стены в резких световых кругах были словно в следах от горячих сковород, условная родственность казалась девочке такой зловещей, будто каждый кусок на праздничном столе отравлен присутствием отца. Она подумала вдруг, что, может, и мать ей назначат другую, и сразу вспомнила Комариху, охотницу до застолья даже по будним дням, и как любое питье от первого ее глотка мутнеет, точно становится более питательным.

Внезапно тянущая боль набухла и прорвалась, и из девочки выползла большая теплая пиявка. Между ногами сделалось влажно, и сразу, обдав изогнувшуюся девочку мокрым морозом, вышла еще одна отвратительная тварь. Осторожно перевалившись набок, девочка сползла со скрежещущей койки на ярко освещенный, косо срезанный злыми тенями кусочек пола и присела на корточки возле своих расстегнутых сандалий. Пиявки оставили после себя непонятную липкую влагу, и девочке почудилось, что она сама сию минуту исчезнет, превратится на полу в холодное пятно. Робко поднявшись на расставленных ногах, девочка стала искать в постели каких-нибудь следов, неуклюже наворачивая на руки перепутанное одеяло. Никаких пиявок не было ни в одеяле, ни на грубой простыне. После Катерина Ивановна, притерпевшись к регулярному стыду (непониманье и терпенье были для нее одно), машинально в эти дни повсюду искала глазами пятнышки крови — даже на предметах, которых вовсе не касалась и на которые не садилась, — но девочка в кладовке еще не знала, чего искать, и еле сдерживалась, чтобы не затопать необутыми ногами на глупый шум застолья, который ее совершенно топил.

Надо было приспустить трусы и посмотреть, но вокруг чернели щели и даже дырки от сучков, а кривой и хлипкий крючок на дверях не дотягивался клювом до петли и болтался бесполезной побрякушкой. В противоположность восхитительному чувству безопасности, когда девочка, бывало, кралась к заманчивой сумке, теперь ее пробирало ознобное ощущение, будто на нее глядят со всех сторон. Степенно собравшись и зажав под мышкой роман — для отвода глаз, — девочка выбралась из чулана в поисках туалета. На улице еще светло синело небо; непривычно высоко, между двух вершин расположенный закат походил на сгоревший сарай и обнаруживал свое родство со всем деревянным, избяным, что затихало в долине и постепенно сливалось с землей. Все вокруг уплотнилось и прилегло, добавляя веса лиловой простершейся земле, все равно чересчур ненадежной в виду небесной пустоты, превосходившей землю своей огромностью и покоем. Краски непривычных девочке деревенских предметов менялись неправильно, не через свои более темные оттенки. В тяжелом одурении она пересекла огород, то и дело залезая ногами в мягкие гряды; мысль о каком-то несчастье сперва приходила ей в голову просто так, а потом прохватывала словно вдогонку, до самых костей.

У черной перекошенной будки дверца была распахнута, открывая еще большую черноту, но сбоку, на месте дверного звонка, обнаружился выключатель. Внутри осветились растрепанные кочаны и шмотья газет, засунутых в дощатые пазухи и растоптанных на полу, вокруг неправильной, словно пластилином обмазанной дыры. Ничего более ужасного и оскорбительного девочка просто не могла себе представить. Мерзкая дыра не давала свободно ступить и принуждала девочку крепко держаться за дверную скобу. На запутанной проволоке, обмотавшей поперечную рейку, болтались останки журнальчика — корки да цветная вставка с портретом Брежнева, подсиненного, будто пододеяльник, с верхней губой, похожей на запятку башмака. Туда же, на рейку, девочка ненадежно примостила принесенный роман и дальше двигалась, ограниченная кошмарной возможностью его падения. Ей мерещилось, что она вообще не может шевельнуться, потому что на голове ее стоит, как кувшин, еще одна голова, читающая ободранные и заплатанные снизу другими текстами газетные статьи, голова, готовая от малейшего неверного наклона покатиться по плечам и свалиться в зловонную дыру, облитую по краю девочкиной болезненной струйкой.

Наконец девочка решилась посмотреть и увидела кровь: двойное жирное пятно. Она подумала, что, когда сбывается худшее, некоторое время все остается по-прежнему. Кое-как подложив носовой платок и запихнувшись в одежду — сначала один бок, потом другой, — девочка сошла на землю все с той же книгой, совершенно невесомой и неощутимой, как она ни сжимала ее в дрожащих руках. Далеко, за целым озером темноты, стрелял и обвивался красным дымом яркий костерок, красные и черные человечки валили в него какие-то легкие вороха, разлетавшиеся огненными клочьями, — и девочка, глядя на огонь, едкий для ее горячих глаз, думала, что с *этой* кровью ей не к кому идти и некому пожаловаться. Вероятно, она что-то сделала себе, когда давила живот, а может, так проявилось *небывшее* — нереальность, подмешанная в явь и превратившая часть воспоминаний в эпизоды сна, — вот и теперь уборная, стоило отвернуться, превращалась в собственный девочкин подъезд. Девочка знала, что не пойдет домой, потому что медицинская процедура, которую могут над ней сотворить, воображалась страшнее самого несчастья. Проще было умереть прямо на этом огороде, совершенно терявшемся среди окрестных земляных пространств, пересеченных мертвыми заборами и стоявших в темноте словно большие призрачные спальни. При мысли, что ее никто не пожалеет, девочка ощутила ко всем жестокое презрение. С неловкого размаху она поддала сандалией какую-то штуку, белевшую на меже: пустая картонка перевернулась в воздухе, и от этой *перевернувшейся* пустоты, легкости коробки мысль о смерти наполнила девочку невесомым ужасом; она уцепилась за голый куст, идущий корнями под землю. Только сейчас она ощутила слабый и голодный запах ничем не прикрытой, словно постель, разобранной земли.

Кто-то шаткий и длиннорукий двигался к ней по огороду. Иногда он шел углами между невидимых гряд, будто выполняя условия игры, иногда останавливался, смутный и смирный, ожидая, как видно, что девочка сама пойдет ему навстречу, и следующий шаг получался у него неловкий, точно с ноги у него спадал башмак. Девочка хотела побежать от него в дом, но желтое электричество уже осветило изъеденное лицо и жалкую улыбку, будто выползающую из-под какой-то тяжести. В земляном человеке девочка узнала давешнего дядьку за забором, и когда он присел перед нею на корточки, сходство сделалось полным. Отец бормотал, осторожно трогал ее за плечи, одна его щека была совершенно мокрая, и девочке почудилось, будто он рассказывает ей какую-то странную географию, где условные города представляют собой вокзалы с надписями на крышах и за каждый город прибавляются очки. Внезапно отец захлебнулся и припал к ней, девочка ощутила у сердца тяжесть его большой немытой головы. В отчаянии она оттолкнула кулаками покачнувшееся тело и бросилась в сторону: ей хотелось кричать и просить прощения, только бы отец ее отпустил. Но он, пошатываясь, волочась рывками, будто дочь его смертельно ранила, двинулся за ней через область самого сильного света, показавшего на нем пиджак с оттопыренными карманами, и девочку поразило, что его улыбка осталась неизменной.

Еще не совсем доставая, валясь вперед, отец неверной хваткой уцепил ее за локоть, а другую горячую лапу распластал на спине, где сразу собрались кипящие мурашки. Безошибочное чувство подсказало девочке, что так отец хватает и притягивает женщин, с которыми делает *это*, и она забилась, приседая к его коричневым брюкам, словно надетым на лошадь. Ей хотелось умереть сейчас, чтобы кровь ее буквально рухнула на землю, а на руках отца осталось бы безжизненное тело: пустое и чистое, оно могло бы сделаться прекрасным, как фарфоровая балерина или как возникшая в небе неведомо откуда ясная луна. От отца, или кто он был, разило почему-то ржавым школьным унитазом, а пиджак, когда девочка тыкалась в него лицом, издавал отдельный запах, платяной, застоявшийся, запах детского страха в закрытом шкафу. Внезапно девочка поняла, что отец желает помериться с нею ростом. Напряженной ладонью он ловил, будто муху, ее макушку, осторожно нес размер по воздуху, отмечая его себе на шее, на губах, а то, что все время оставалось наверху, — глаза под седеньким чубчиком, похожим на селедочный объедок, — выражало мучительную жажду, непонятную страсть. Действия отца были настолько странными, что не могли не означать чего-то *иного*, связанного с разницей в росте у женщин и мужчин. Девочка не могла понять: приготовление это, примеривание тела к телу или что-то *уже* происходит, что-то страшное и подчинившее себе бормочущего человека, вовсе, может быть, и не отца, как и мать ей, может быть, не мать, а чужая учительница.

На какой-то миг, ослабнув, сдаваясь участи, девочка перестала сопротивляться. Запалившийся мужчина привлек ее, привставшую на цыпочки, к себе на узкую грудь, и была минута какой-то небесной нежности, когда все вокруг словно замерло в воздухе, даже цепкие ветви кустов не смели соприкоснуться, только луна, будто сова на рябых простертых крыльях облаков, летела вниз, высматривая мышь. Казалось, половины пространства за спиною дочери и за спиною отца окажутся разными государствами, если они не обнимутся, нельзя будет даже перейти из дома в дом, — но вдруг девочка ощутила, что мужчина, обнимая ее, одновременно вытирает руку о ее задравшуюся кофту. По-звериному извернувшись, она впилась зубами в эту трясущуюся руку и, внезапно свободная, побежала туда, где играл и топотал неясно светившийся маленький дом. Чтобы до чего-нибудь добежать, надо было все время смотреть на это, ни на секунду не выпускать из виду, и все располагалось совершенно отдельно, на большом и темном расстоянии. Достигнув наконец калитки, издалека казавшейся преградой, на всякий случай держась за щеколду, девочка решилась оглянуться на отца. Он все еще стоял, пошатываясь, у распахнутой уборной и смотрел на девочку поверх ее уменьшенного роста, отмеченного странной тенью у него на шее. Не сходя с истоптанного маленького места, он так стремительно отодвигался в прошлое, что девочка словно уже вспоминала его, и встреча за пьяным столом, где преобладала широкая, как юбка, мерзкая гармонь, ничего не смогла изменить.

Глава 4

Вот от этого вечера, от первой женской крови и порожней открытой земли, у Катерины Ивановны осталась тайная привычка примерять свой рост к росту некоторых мужчин, чьи греко-римские профили, часто в сочетании с лысинами, вдруг возникали в толпе, будто чужеродные редкости, и возбуждали в Катерине Ивановне смутные мечты. Мысленно уткнувшись в лоснистую щеку или в неожиданно уродливый, ядовитый рот, Катерина Ивановна, с пятном стыда во все лицо, устремлялась прочь, видя перед собой только кусочек асфальта, спешно высвобождаемый чужими шагающими ногами. Благодаря своей способности мысленно переноситься следом за взглядом, Катерина Ивановна как бы прислонялась к незнакомцу, чуть ли не прижималась к нему и оставалась с ним, даже когда убегала в смятении перед своим бесстыдством, пугаясь луж и отраженных, не совпадавших с лужами по форме белых облаков.

женский почерк

Целый день после этого она оставалась как бы не в себе, ее подчиняла любая музыка, по радио или из раскрытого, сияющего стеклами окна; она не в силах была уйти, пока не кончится песня, и даже под гимн ей хотелось если не станцевать, то хотя бы изобразить руками в воздухе что-то огромное, гораздо большее, чем можно увидеть с земли, заметно округляющейся под ногами, если привстать на цыпочки. В таком взволнованном настроении у Катерины Ивановны, обыкновенно предпочитавшей ехать даже одну остановку, появлялась в ногах удивительно ходкая прыть, обувь ощущалась парой лишних фигуристых вещей, мешавших в полной мере почувствовать свободу. С отрешенной улыбкой Катерина Ивановна неслась по тротуару, как-то все время вклиниваясь между беседующими или идущими друг другу навстречу людьми; знакомые части города делались тесны и неудобны, будто выстроенные в комнате, а перспективы неосвоенных улиц были как развешенные по стенам заумные картины, где вертикали и горизонтали более соответствовали действительности стены, нежели изгибы и глубина. Каждых мужчину и женщину, обращенных друг к другу, Катерина Ивановна принимала за влюбленную пару. Она не знала, что же с ней такое творится и как это связано с чувствами людей, вовсе ей не знакомых, попарно растворявшихся в сумерках и претерпевавших странные изменения, когда над ними зажигались фонари.

Так у Катерины Ивановны и не было того, что девчонки в классе и во дворе называли словами «дружить» и «ходить». Даже когда невозмутимый биолог Павел Ильич рассказал научными словами про *это* и задал параграф, она все равно не смогла представить, как *это* происходит в действительности. Ей казалось, что желто-розовая схема в учебнике имеет не больше отношения к человеческой анатомии, чем круговая мишень на картонном силуэте, который военрук поставил в подвал для учебной стрельбы. Однако *это* было явно против комсомола и учителей, и все они вместе ничего не могли поделать, только злились и стращали исключениями из школы, чтобы старшеклассники отложили *это* на потом. Их бессильное негодование, пересушенные меловые руки мумий при багровых лицах, источавших фальшивую доброту, вызывали у девочки приступы тихого злорадства. Каждый старшеклассник имел природное орудие — себя, — чтобы отомстить за дисциплину, за литературную любовь классических дворян, насолить директрисе, что, нарядившись пуще всех на школьные танцы, ласково подкрадывалась и разнимала слишком тесные пары, перекладывала их руки друг на друге, влезала на место партнерши, показывая пример горделивой осанки, после чего застигнутые ковыляли по залу на манер ожившей табуретки, желая только, чтобы поскорее закончилась музыка.

Девочка, распекаемая матерью за намазанный для пробы алый ноготь, за чуемый ею неизвестно откуда запах табака, почти хотела, чтобы девятые и десятые классы перегрешили между собой, а она бы посмотрела, какая пыль поднимется в учительской. Взрослая блистательная Любка, кончившая школу год назад и приводимая на вечера джинсовой компанией парней из десятого «Б», казалась ей едва ли не героиней. Затаившись у дальнего окна, в маргариновом холоде шелковой шторы, девочка с удовольствием наблюдала, как Любка взбадривает коленями пышный подол, как таскает по залу одного из своих кавалеров, щека к щеке, рука в руке, словно учит его целиться из пистолета в ошалевшую публику. Про Любку ходили слухи, будто ее уже забирали в милицию вместе с какими-то взрослыми мужиками, будто ее зовет уехать в Америку влюбленный миллионер. Девочка упивалась мыслями, что обидчица Любка такая великая дрянь, но сама боялась даже передать на уроке чужую записку, чтобы никто ничего не подумал, и терзала ее под партой в пуховые клочки, ощущая на себе помертвелый взгляд истомленного автора.

Рыжий Колька, как-то сникший после пятнадцати лет и, в отличие от здоровенных одноклассников, буквально опухших от соков и прущего молодого волоса, уже покрытый розовыми разводами первых морщин, однажды предложил ей понести портфель, неизвестно почему догнав ее в леденеющем сыром пришкольном скверике после восьмого урока. Он был уже не тот, что прежде, давно не дразнился и часто плакал без видимой причины, не выдерживая больше роли шута, и теперь его самого донимали, как могли, — всех почему-то страшно заводила его отрешенная, утертая кулаком физиономия, где в каплище слезищи словно увеличивалась его малюсенькая душа. Но девочка, из-за того, что мало общалась с Колькой, ничего ему не забыла, и когда он, оскпабясь, предложил услугу, она с размаху хватила его перевалившимся в воздухе портфелем по шапчонке, упавшей под дерево. Девочка сама не ожидала от себя такого и, подхваченная злостью, лупила оскользающегося кавалера: аллейка была, как доска после чистки рыбы, в жидких потрохах и ледяной чешуе, и девочке хотелось, чтобы Колька за свое нахальство хорошенько вывалялся в грязи. Когда он наконец упал на четвереньки, приподнялся и опять упал, смешно тряхнув волосенками, запаленная девочка очнулась. Кругом стояли остекленелые деревья, странно расходящиеся ветвями, будто желая поскорей исчезнуть в бесцветном воздухе, а между ними тут и там темнели ее одноклассники, словно парковые статуи богов любви и красоты.

Впрочем, однажды за ней ухаживал один-единственный мальчик — непонятно, по-настоящему или нет, потому что сам он был какой-то ненастоящий. Новенький в параллельном классе, он, в отличие от других парней, охотно общался с девчонками, делал с ними стенгазеты и папиросные цветы для демонстрации — у него они выходили здоровенные и мятые, целые салфетки на палках, — и одновременно читал им фантастические лекции о йоге, черной магии и индейском календаре.

У него получалось, будто чудеса археологии таятся на каждом шагу, прямо в их бетонном сером городе, *сегодняшнем,* словно газета, с бабушками в хрущевках и молодыми семьями в многоэтажках, — в городе, где дома насилу отличались от своих проектных чертежей при помощи деревьев и облаков, а исторические памятники были представлены казенного вида собором, превращенным в краеведческий музей, да почернелыми, свистящими под ветром пустырями. Собственно, газета была наиболее правильным образом города, перекрывавшим все его события, от пуска завода до обрыва трамвайных проводов (невзрачный тип, оставивший по глухим дворам восемь нежных девичьих трупов и опечаткой ускользавший от любых проверок, в газеты не попадал). Все сравнительно старое отдавало скукой, будто вчерашняя новость. Рукотворность, *искусственность* города была доведена до предела, до сборки *сегодня;* один жилой массив можно было считать изображением другого, совершенно такого же, макетом из того же материала в натуральную величину. Обоюдное небытие типовых корпусов разрасталось до огромных размеров; крохотные их жильцы, взявшиеся словно ниоткуда, если и имели историческое прошлое, то за пределами города, в знаменитых и лучших местах, не принадлежащих им теперь из-за отсутствия гостиниц и прописки. Особенно было унижено первое поколение рожденных на этом голом месте, ездивших по теткам в Питер и Москву. Половина класса была из таких, они откровенно ненавидели бетонно-барачные улицы с заводом на горизонте, не ходили в местные театры, носили только купленное в столицах и считали, что лучше им вообще умереть, чем остаться в городе насовсем. В отличие от них, девочкина судьба целиком замыкалась здесь, в городе-городке, изжитом ее семейством до каких-то явных соответствий между небом и землей, до взаимной бессмыслицы их серовато-пасмурного простирания. Здесь даже самые страшные вещи приобретали как бы вид облаков и казались только похожими на беду, как облако бывает похоже на крокодила или корабль, — ничего не удавалось по-настоящему пережить, во всем обнаруживались какие-то фантастические, добавочные навороты, ничего, по сути, не добавлявшие. Поэтому девочке были не совсем понятны страсти одноклассников, считавших, что они слишком хороши для отравленных индустриальных катакомб. Однако само их присутствие напоминало ей, что где-то, гораздо дальше столиц, существует область ее ухода, симметричная городку и обеспеченная непреложностью его существования. Несмотря на внеисторичность и на всю промышленность города, новенький парень по имени Олег был всегда исполнен энтузиазма. Бледные его, мясистые черты, казалось, были специально созданы для выражения этого чувства; именно бледность в сочетании с очень черными скачущими бровями придавала его лицу нечто совершенно сумасшедшее. По словам Олега, множество его «знакомых» и «друзей» имели отношение к тайнам бытия; среди них он называл двоих настоящих поэтов, одного кладбищенского сторожа и даже капитана дальнего плаванья, бог весть откуда взявшегося посреди огромного и злого сухопутья, где мелкие чайки и грязные лестницы над городским прудом так тягостно напоминали о далеком синем море, будто оно было навеки проклято. Получалось, что «друзья» Олега отнюдь не дети: иным «подлецам», судя по пространным жизнеописаниям, к которым Олег то и дело прибавлял новейшие подвиги, выходило чуть ли не за сто. И у самого Олега тяжелая, неправильная, будто камень, голова, брюзгливые складки от крупного носа были как у взрослого мужчины. Из-за этого да еще из-за неестественно бескровного, большого, будто маринованного рта был он девочке немножко противен. Однако, когда Олег, сутуло приподымаясь на каждом шагу, враскачку подошел на перемене и предложил прогуляться, что-то в груди у девочки сладко обрушилось, и оставшиеся уроки в этот день застелил нежнейший, немного щиплющий туман.

Они договорились на воскресенье, на три часа, перед главным корпусом университета. Стоять возле этого важного здания с бюстами в нишах, похожими на попугаев в клетках, с массивными дверьми, в которые человек проходил на половине разверзающейся темной высоты, казалось девочке непозволительной самонадеянностью. Она бы не вытерпела и пяти минут, если бы не уговор с Олегом, сильно поднимавший ее в собственных глазах. Тугие двери то и дело ухали, пропуская красивых студенток в длиннющих вязаных шарфах, болтавшихся едва не до сапог, — их девочка стеснялась даже больше, чем серьезных и невзрачных взрослых, поголовно принимаемых ею за академиков. Олег опаздывал, и девочка уже начала сомневаться, точно ли она ответила согласием на его предложение погулять. Наконец он появился, мелькая, как поплавок, в равномерно текущей толпе; взбежал по ступеням, запыхавшийся, осклабленный, и сразу схватил девочкину руку обеими своими, не сняв огромных бесформенных варежек с какими-то вышитыми знаками наподобие иероглифов. При том, что еще стояла осень и первый снег почти растаял, оставив после себя сплошную черноту, варежки Олега и его меховая шапка, словно круто вывернутая наизнанку и так надетая на голову, покоробили девочку, будто какая-то детсадовская подстраховка от простуды. Не замечая этого, блуждая сияющим взглядом по девочкиному лицу, Олег объявил, что очень торопился и не успел увидеться с приятелем, им до зарезу надо поговорить, приятель живет за углом, они заскочат туда на полчаса, а потом отправятся на прогулку.

Девочка немного опешила: подсознательно у нее сложилось впечатление, будто Олег имеет касательство к университету и они сейчас пойдут туда на лекцию или в кружок. Неохотно она потащилась, потом побежала за ним, удивительно прытко передвигавшимся впереди на манер шахматного коня: он, забирая углами, старался непременно наступить на что-нибудь яркое, чего не так уж много оставалось на сыром и тусклом тротуаре. Им действительно оказалось недалеко. Высоченный и темный подъезд, отдававший эхом, будто грузовой состав, привел их к двустворчатым, толсто обитым дверям, которые кто-то изнутри долго отпирал, разбирая железки, жалостно вздыхая. За дверьми открылся просторный, словно бы разваливающийся коридор, заставленный немытой обувью. Круглая женщина в сиротском халатике, сразу отворотив капризное лицо, подхватила с тумбочки горелую кастрюльку и зашаркала прочь, создавая от квартиры впечатление больницы. Это впечатление подтвердилось видом из ближайшей распахнутой комнаты: она едва освещалась громадным и пустым окном, где чем выше, тем страшней темнели в небе двойные рамы и полосы налепленной на стекла изоленты; при этом рассеянном свете были видны чем-то одинаковые письменный стол с завалившимися грудами бумаг и низкая тахта с горою сбитых одеял, вылезших из мятого белья. Чья-то темнокудрая голова лежала на подушке; человек перевернулся, из постели выпала книга.

Олег неожиданно чмокнул девочку в щеку и, оставив ее, удивленную, посреди коридора, вприскочку устремился к лежащему. Там, не снимая кургузого пальтеца, он пристроился на жесткий стульчик, словно медведь верхом на комара, и, с расходящимися полами и шапочкой на коленях, с огромными подобранными ножищами, принялся качаться, близко наклоняясь к изголовью и что-то сообщая туда сумасшедшим плюющимся шепотом. Постель отвечала недоуменным бормотанием, иногда внезапно взбрыкивала, являя взгляду бескровную ступню с бледными, как поганки, зябко поджатыми пальцами: казалось, будто их обладатель при ходьбе постоянно опасается наделать излишнего шуму. Девочка стояла терпеливо, чувствуя, как обволакивает ее уныние коридора. Время от времени из-за угла его, вероятно из кухни (оттуда доносилось взбудораженное шипение пищи на сковородках), появлялись другие жильцы квартиры: первая женщина и еще вторая, бледная, с железными зубами, в железных очках и железных, едва обмотанных прядками бигуди, с вызывающим стуком закрывшаяся в туалете; еще какой-то горбун в большой мужской полосатой рубахе, заправленной в детские брючки, тихо просеменил из сумрака в сумрак, держа на отлете бесшумно капающую тряпку, и вальсовым туром с поплывшей дверью увернулся в темноту.

Разговор Олега с «другом» продолжался уже довольно долго, Олег то и дело переходил на полный голос и даже вскрикивал, отчего голова его приятеля отрывалась от подушки, являя еще и бороду, такую черную, будто ее сию минуту намазали ваксой. Вдруг за одной из дверей раздалось что-то вроде механической икоты. Звук, заставивший девочку вздрогнуть, с трудом разрешился тугим и твердым, певшим в нос однотонное «н-н-н» боем невидимых часов. Словно только что вспомнив о спутнице, Олег оглянулся, вскочил, вытряхивая из рукава свои часы на металлическом расхлябанном браслете. Потом он хлопнул ладонью по самому высокому холму одеяла и, схватив обеими руками что-то тяжелое, выкатился в коридор. В руках у него, завалившись, лежала крашеная статуя странной женщины без грудей, с округлым ликом и таким же округлым животом на скрещенных ногах — фигура, сама в себя помещенная, будто в корзину или сосуд. Девочка сперва подумала, что это и должен быть сосуд, такой особенный кувшин, из которого Олег, если не будет осторожен, обольет себе пальто, — и даже корябины гипса на месте отколотых пальцев не могли рассеять этого очень сильного, буквально наплывающего впечатления. Олег, почему-то озираясь через плечо на коридор, шепотом стал объяснять, что это Будда, восемнадцатый век, кто-то из дураков выкинул его на помойку, а он нашел, обмыл и принес сюда, чтобы друг его сохранил. Под тяжестью гипсовой фигуры

Олег косолапо приплясывал среди пустых поваленных сапог, похожий на циркового медведя, исполняющего номер. Девочке мнилось, что раз уж он так старается, то она должна каким-то образом еще внимательнее вглядеться в его находку. Однако женственный Будда с закрытыми глазами странно не давался, как бы не имел отношения к собственному облику, покрывавшему его будто некий орнамент, а черты его несомненно имевшегося лица поминутно превращались в тонкую, застывшую *поверх* его безликости, изящную стрекозу. Если тут и можно было что-то запомнить, то разве только отломы, царапины, полосатые навороты коричневой краски — свидетельства жизни предмета, гораздо меньше, чем обычно, связанные с ним самим, как если бы его всегда использовали неправильно. Кроме того, девочка боялась, что эту тяжеленную штуку теперь придется таскать с собой всю ее первую в жизни прогулку с мальчиком, отчего прогулка сделается похожа на сбор металлолома. Однако Олег, напыжившись, взвалил скульптуру на рыжую тумбочку и убедился, что она стоит хорошо. Последнее, что они видели, уходя, была севшая на постели долговязая фигура с прижатым к груди одеялом и тощей, словно на грубую «молнию» застегнутой, спиной — и девочка осталась при полном, хотя и неверном, впечатлении, будто они с Олегом навещали тяжелого больного.

Глава 5

Потолковав с приятелем, Олег сделался страшно довольным и еще более энергичным: он размахивал руками, высоко показывая мятые брюки и подмышки пальто, или вдруг устремлялся вперед и дожидался девочку, хватая воздух разинутым ртом, словно задыхаясь от счастья. На мелочь, добытую из трех карманов, он купил себе и ей мороженое пломбир; глядя на девочку исподлобья, он облизывал сладкую бомбочку большим и мягким языком, белым от молока, и девочке снова стало немного противно. Но мороженое, отдававшее на вкус большим заляпанным куском бумаги, который продавщица, подавая им стаканчики, выкинула из короба, было необычное, *дареное;* девочке даже хотелось вернуть его Олегу, потому что это было у нее сейчас самое драгоценное, чем она могла его отблагодарить.

Их прогулка мало походила на взрослое свидание. Олег разглагольствовал и таскал ее по задворкам, где в грязи и по снежку было много кошачьих и птичьих следов, а тетки в калошах на босу ногу выбивали из ведер теплый дымящийся мусор в переполненные контейнеры. По Олегу, получалось, будто люди так и рвутся выбросить что-нибудь историческое, просто не выносят рядом с собой такое, чего не понимают, и даже лучший его и задушевный друг, настоящий художник, норовит утащить японского Будду из комнаты обратно на помойку, так что приходится его все время контролировать. Иногда увлекшийся Олег совершенно забывал о спутнице, предоставляя ей самой одолевать косые проломы в заборах, разные противные закутки, где лежали будто специально *сделанные* из рыжей глины мерзлые какашки. Иногда же он подавал ей руку на малейшей колдобинке, и теперь уже эта неуклюжая рука становилась препятствием, мешая видеть под ногами, а Олег задирал ее церемонно, точно они танцевали менуэт. Порою он приобнимал девочку за талию, но так как оба были толсто одеты, Олегу приходилось двигаться немного сзади, и он все время терял подружку или подпинывал ей сапоги. Ватные эти объятия заставляли девочку невольно выпрямляться. Как ни странно, гуляя с Олегом, она совсем не опасалась *этого:* холод и красные носы, незаметно возникший в воздухе стеклянистый снежок, горевший лиловыми огоньками во время редких прояснений солнца, делали их совершенно невинными, думающими только о том, как бы немного согреться. Однако Олег заявил, что не показал пока самого интересного.

Они долго ехали на задней площадке троллейбуса, наблюдая через сумрачное стекло, как, уходя в перспективу, быстро разделяются по цвету газоны и проезжая часть: газоны плавно убелялись, мокрая трава из них торчала, будто распоротая вышивка, а дорога жидко поблескивала грязью, и за колесами шелестевших автомобилей будто вилась мошкара. Потом троллейбус стоял, маленький водитель в пиджачке и тесной вязаной шапке расхаживал внизу и вскидывал веревку, серой тенью мотавшуюся перед глазами, что-то колотилось по крыше, и большое хлебное лицо Олега, дышавшее пресной теплотой, приблизилось в давке настолько, что девочке пришлось невежливо отвернуться. Автомобили, прибавив звука, резво объезжали застрявшую махину, их следы волнисто расплывались на асфальте и разбрызгивались новыми колесами; девочка чувствовала, что еще немного, и она от нетерпения уехать с этого места просто сойдет с ума.

Однако нужная остановка оказалась буквально в десятке метров от места заключения: троллейбус только пару раз перевалился с боку на бок, как девочка уже очутилась на воздухе, среди того же подбеленного пейзажа, с тем же бетонным забором и торжественными, в колоннах и немытых статуях, воротами какого-то завода, издевательски проясневшими. Олег по-прежнему пребывал в отличном расположении духа; навстречу им попался щербатый пацан с косматеньким серым котенком, лезущим из-за пазухи на задранный локоть: Олег почесал котенку напряженный лобик и внезапно от избытка чувств прижался щекой к плаксивой мордахе пацана, попытавшегося от испуга что-то выплюнуть. Девочке сделалось страшно неудобно, она побежала вперед. Сразу она попала в густую толпу, валившую из боковых дверей кинотеатра. Женщины с мечтательными лицами крепко брали под руки мужчин, иные выходили в криво надетых шапках, неся перед собою забытые шарфы и варежки; слышно было, как внутри трещит звонок на следующий сеанс. Девочке захотелось в кино, в тепло, она специально встала перед афишей, в общем-то неприятной, — там все было по-современному напутано, маленький человечек, тут же огромное лицо, тут же пальма вроде мухобойки, и все это буквально перло на первый план, — но Олег налетел и за плечи увлек ее вперед, туда, где между двухэтажных, похожих на резиновые губки, зеленых домов светлела небесная пустота, какая бывает над озерами или над старыми пустырями.

Это оказался именно пустырь. По краю его проходила дорога, и наворочанная грузовиками глина кое-где схватилась целыми щепьями грубого льда: казалось, будто это остатки стены с обломками дранки, и взгляд невольно искал вокруг хоть что-нибудь уцелевшее. За валом глины, мягко ломавшейся под сапогом, начинался разрушенный переулок: от домов оставались только какие-то дупла в земле, зато деревья почти везде густели нетронутые, сохранились даже шаткие, гармонями изогнутые заборы, с которых, сильно фыркая, дергались воробьи. Облетевшие деревья все еще обозначали собой жилье: иные стояли, повернувшись к улице, другие так протягивали ветви, будто до сих пор смотрели в окна, и взгляд невольно искал на них теплых отсветов электричества. Два высотных массива, похожих на кроссворды, глядели друг на друга через пустырь: видные сверху донизу, от скамеек у подъездов до самых антенн, они, из-за того что между ними сквозила только пустота, увеличивались один за счет другого и отнимали друг у друга всякую реальность, предоставляя человеку как бы возможность призрачного выбора. Если же не смотреть никуда, кроме как на палисады, блаженно пропускающие снег на мягкие груды своих опавших листьев, создавалось полное впечатление, что старые дома еще стоят. Поэтому девочка не думая, машинально поднялась на каменное уцелевшее крыльцо. Над остатками кованых перил, забитых мертвой нервущейся травой, нависала прутяная свежая масса; девочка не умела определять породы деревьев без листвы, но по какой-то жмущейся тесноте и по нескладности обломанных веток, торчавших нелепыми остриями, признала одичалую увечную сирень.

Однако крутое, как подъем на снежную катушку, узкое крыльцо вело, конечно же, не в дом, а обрывалось в обширную яму, заполненную двумя рябыми от снега кучами мусора, и на ближайшую можно было бы перепрыгнуть, если бы не слабость и ужас в ногах. От дома уцелел один кирпичный выкрошенный клык, высокий угол со следами оконных проемов; остатки перекрытия между первым и вторым этажом походили на жирную каемку, какая остается в посуде, где долго стояло молоко. Видимо, жизнь разрушенного дома еще таилась в несуществующих стенах, тут и там под слоем грязи угадывались ее сросшиеся куски: разломанная рама без картины, но со струпьями обоев, битый светильник, похожий на яблочный огрызок, все еще приколоченный к остаткам массивной полки, гнилое одеяло, на нем безногий пупс с помятой головой. Похоже, обстановка в этом доме под конец сделалась цельной, наподобие скульптуры, и уже не разбиралась на отдельные предметы — непонятно было, удалось ли жильцам вывезти из него хотя бы часть имущества.

Олег, согнувшись, уже расхаживал внизу. Иногда он брался за интересную палку или досточку, торчавшую из земли, но земля начинала шевелиться далеко от его находки, приподымалась на каких-то крестовинах, рвалась лохмотьями — и Олегу приходилось оставлять расшатанный, раздышавшийся пласт. Завидев девочку, он подбежал, ковыляя, широко раскрыл объятья, и девочка упала к нему, чувствуя, как холод надул пальто. Они не сразу расцепились, почему-то испугавшись собственного вида, в каком предстанут поодиночке друг перед другом. Наконец, одинаково споткнувшись, они разошлись как можно дальше, и сразу девочка увидала на ближней куче темневший вверх ногами остов этажерки, такой же точно, как стояла у нее в изголовье, с резными наборными столбиками, похожими на детские пирамидки. Время, утверждавшее себя во множестве одинаковых вещей, внезапно встало *наоборот*: будущее, имевшее нищий поднебесный вид истраченного прошлого, лежало перед девочкой без крыши, коченея на хлорированном снеговом ветру. Девочка опять поняла, что не понимает, что такое собственность на вещи, и только материнский окрик «Мое!», явственно прозвучавший у нее в ушах, принес небольшое облегчение.

Вид у Олега сделался торжественный и вместе беспокойный; ныряя и припрыгивая больше обычного, он устремился к остаткам стены. Под стеной, потемневшей в предчувствии сумерек, наметенный белый снег казался вечным, как песок, однако часть земли была перекопана, будто на огороде, и девочке пришла сумасшедшая идея, будто Олег что-то здесь посадил, какие-то зимние сорта овощей. В подтверждение у него под мышкой оказалась изоржавленная детская лопатка, и девочку вдруг поразило, как грубо стареют детские вещи, какие из них получаются убогие, изработанные старики. Этой лопаткой, болтавшейся на коротком для Олега черенке, он принялся ковырять в припорошенных комьях, ритмично, в такт копкам, подрагивая коленками. Внезапно он бросил работу и, сияя, предстал перед девочкой. Видимо, он был не в силах что-то делать, пока не справится с волнением. Стряхнув просторные варежки с горячих белых рук, он протянул их девочке подержать, объясняя, что на них — тайный иероглиф «нинь», что варежки ему связала и вышила очень красивая женщина, настоящая артистка. Но она, его новый друг, нисколько не хуже и к тому же очень умная, просто удивительно, как она ходит завороженная: кажется, если идти за ней и не вспугнуть, можно попасть в небывалые места. «Ты ведь сама свернула в этот дом!» — воскликнул Олег, сияя глазами, словно поддельными драгоценностями.

Он еще какое-то время нахваливал девочку, и она не знала, куда деваться. Иероглиф «нинь» на правой варежке был больше и кривее, чем на левой. Наконец Олег иссяк, вздохнул и уже спокойными рабочими шагами вернулся на свои раскопки. Скоро звякнул металл о металл, земля просыпалась в небольшую пустоту, и Олег воскликнул пережатым голосом, подзывая девочку. Она и так уже стояла за его спиной и видела врытое в землю ведро, а в нем — заварочный чайник, утюг, платяную щетку, лупу, расслабленно разинутые ножницы и что-то еще на дне. Олег, перевалившись и крякнув, достал из кармана фонарик; его сероватый луч, еще неотчетливый в первой мути молочных сумерек, ушел в эмалированное подземелье, над которым поплыли золотыми искрами редкие снежинки. Девочка стояла в недоумении, для чего нужны на пустыре эти обыкновенные вещи, угловато сложенные в ведро и еле освещенные размытыми и резкими кругами по-рыбьи выпученного фонаря. Все они были совсем простые, дешевые; сувенирный подсвечник, фальшиво утяжеленный псевдолитыми завитками, выглядел среди них уступкой какой-то тайной слабости.

Однако скоро девочка поняла, почему ей смутно нравится этот посудо-хозяйственный клад. Обиходные вещи, имевшие в ведре довольно-таки глупый вид, были, однако, не изображениями, а вещами как таковыми, целиком и полностью самими собой — *подлинниками* повседневной жизни, представлявшейся отсюда, со странного места, полуямы-полугоры, чем-то завершенным, целиком относящимся к прошлому. Олег выжидательно поглядывал на девочку, играя бровями. Потом он солидно, несколько скрипучим от неудобной позы голоском начал объяснять, что через двести лет здесь обязательно будут копать археологи и найдут старинные вещи в превосходном состоянии, какими они никак не могли бы сохраниться, если бы он *специально* не заложил их в эмалированное, новое, для того и купленное ведро. Все более воодушевляясь, сверля фонарем укладку несколько уже испачканных сокровищ, Олег доказывал девочке, что такую работу пора вести на государственном уровне и в масштабах страны: в интересах непрерывной и сознательной науки создавать хранилища современной истории или даже сразу специальные музеи, чтобы после не склеивать осколки и ничего уже не утрачивать. Он излагал все это напористо и вместе с тем уклончиво, явно чего-то недоговаривая и даже стыдясь. Но девочка уже и сама поняла, что Олег попросту *сделал* то, что отчаялся найти, — своими руками соорудил себе богатую находку, открытие и, копаясь на почужевшем без присмотра пятачке, испытывает за грядущего археолога весь его азартный трепет и восторг. Было понятно без слов, что нежность Олега к людям, выпученные поцелуи, резкие пожатия, смех — все имеет ту же искусственную природу. Просто Олег показывает, как надо, как он хочет, чтобы обращались с ним, и думает, что внезапные ласки вызывают у людей одно лишь умиление и благодарность.

Глава 6

Все-таки девочка с удивлением ощущала, что действительно благодарна ему. Их прогулка парой, принадлежность друг другу — все это было *сделанное,* ненастоящее, и однако же это *было* и заставляло верить, что счастье можно как-нибудь собрать вручную, из самого простого, что имеется вокруг. На минуту девочка пожалела, что не оставила ничего из украденных вещей: им было бы самое место в такой вот машине времени с заплаканной от снега крышкой, это окончательно утвердило бы значительность, какую девочка видела в своих незнакомках. В сущности, девочка поступала так же, как Олег: посредством *вещи* пыталась стать похожей на одну из уверенных дам — стать похожей, а значит, своей, родной, почти что приемной дочерью. Сейчас, на холоде, на жестком ветру, от которого последние на ветках листья мотались, будто жестяные сбитые указатели, девочка чувствовала, что могла бы рассказать Олегу и о своем стыде за мать, и о кражах-любовях, возбуждавших у нее все меньше радости, все меньше надежды.

Она могла и хотела довериться ему, но ей мешали то косолапые кружения Олега, когда он ногами наваливал землю на закрытое ведро, то разные препятствия на пути с пустыря, мелькавшие в луче фонарика и сразу пропадавшие в бугристой темени, граничившей с небом такой же беспредметной линией, какой на карте одна страна граничит с другой. Была известная сладость откладывать исповедь на потом, на второе свидание, в котором девочка не сомневалась. Когда они выбрались на шоссе, полное мокрых огней, черное затертое пятно под кирпичным зубом среди тонкого снега, отливавшего слепотой, уже казалось чем-то нереальным, — девочка подумала, что Олег почти истратил, истер очарование этого места и скоро перестанет сюда приходить. Шоссе зажигалось от фар и резко темнело позади пролетавших машин; в заводских воротах, шевеля огни какой-то ожидающей техники, с гулким лязгом ехала решетка. После пустыря все вокруг казалось сиюминутным, новым; снег, напорошенный на бетонный забор, на коренастые двухэтажки с мертвыми печными трубами, белел как следы свежеоторванных бумажных этикеток. Только нежность загустевших хлопьев была все та же: водянистые, с тенями, они летели наискось световым тоннелям многолюдной сигналящей ночи и исчезали, едва коснувшись текучей черноты, вспыхивая живым огнем перед бешеными моросящими колесами. Плавные тени как бы удваивали движение и делали хлопья гораздо более материальными, чем это обычно присуще снегу, — такими же предметами, как тяжкие автобусы или черные резкие фигурки людей, — поэтому их растворение воспринималось как крайнее, предельное проявление любви.

Неожиданно Олег взял парой своих огромных лап девочкин замерзший кулачок, освободив его от защемленной изнутри, пустыми пальцами болтающей перчатки. Сказав, что погадает по ладони, он увлек девочку под фонарь; оказалось, что у обоих руки перепачканы в земле. Олег, то склоняя большую голову над земляным, из суровых ниток, рисунком судьбы, то поднимая проникновенные глаза, тихо забормотал, что жизнь у девочки будет счастливой, но что в конце концов ее погубит призрак. Потом Олег засопел в ее ладонь и вдруг поцеловал, прижался так, что девочка ощутила в ладони его горячий рот, похожий формой на пирог, и твердый виляющий кончик носа. Потом Олег перевернул безвольную кисть и поцеловал с другой стороны, в костяшку, старательно и настырно, словно выдавил поцелуй из тюбика; расстегнул пальто и засунул девочкину лапку себе за пазуху, где было жарко и в карманах похрустывали какие-то бумаги. Мордатый Олег, синеватый под фонарем, в черных подсохших прыщах, был по-прежнему противен, но это не имело ровно никакого значения. Он обязал ее подневольной, каторжной благодарностью, и все, чем девочка могла расплатиться за целование руки, была она сама. Приникнув к сырому пальто, неловко заворотив другую руку, девочка со сладостным ужасом ощущала себя распластанной добычей, которую любой мужчина может заполучить с удивительной легкостью, независимо от ее желания, только сделав такой вот удивительный, ничего ему не стоящий жест, — а уж признание в любви буквально бросит ее и к тому, и к этому. Она ничего не смогла бы сделать против них и, не любя в ответ, тем более была бы им *должна*. На минуту она почувствовала кожей, как много на земле мужчин: они все шли и шли, шагали, тяжелые, в ногу вдоль бетонного забора, сбивались, перебегали, пыхали папиросами. Девочке было жутковато стоять прямо у них на виду, и она не знала, как ей разомкнуться с Олегом, когда подъедет и причалит к остановке плывущий высоко над легковушками огнистый и пьяный троллейбус.

Ночь с воскресенья на понедельник была единственная в своем волшебном роде, одна такая в жизни Катерины Ивановны. Она совсем не хотела спать; торжественная штора на окне была как театральный занавес, по которому плыли, строго наискось, заманчивые снеговые тени. Сбоку от шторы было видно, как снег, нестерпимо яркий, кишел под фонарем, расплываясь большими хлопьями в областях рассеянного света и мельчая, буквально сатанея под самой лампой в спортивном кепочном козырьке. Простуда, будто шампанское, обливала девочку ледяными пузырьками, играющей призрачной пеной: с нее будто бы сняли заклятье, не позволявшее ей заболеть, и угловатые движения Олега, не умещавшиеся в округлом мозгу, заставляли ее метаться, поднимать под одеялом то одно, то другое колено; то и дело она принималась целовать подушку, отвечавшую ей непромокаемой толщиной, щекоткой колкого пера.

В эту ночь девочку посетило необыкновенное чувство, будто она имеет поклонников. К Олегу прибавлялся Колька, с его прошлогодним порывом понести портфель и обесцвеченными перекисью волосами, делавшими его похожим на мудрого Страшилу; прибавлялся и толстый Пономарев, часто просивший у девочки списать и глядевший на нее разнеженно из глубин своего существа, будто червячок из большого сладкого яблока. Прибавлялись и другие, в том числе мужчина с глазами как женские часики, не то в большом шарфе, не то с бородой, однажды прошагавший за девочкой несколько улиц; все они многозначительно переглядывались, их улыбки осторожно переливались одна в другую, будто вода из чашки в чашку, и девочке мучительно хотелось пить.

Наутро она без труда скрыла от невнимательной матери едва ли не первую за годы учебы болезнь; вода, которой она наглоталась так, что потекло из носа, отдавала талым снегом, точно он, съеденный много лет назад, подействовал только теперь. Кое-как натянув одежду, одно поверх другого (все казалось, будто что-то напутала), девочка заторопилась на первый урок. На улице было ветрено и сыро; остатки снега лежали в лужах, будто замоченное белье; автомобили, прогудев над ухом, быстро удалялись и не представляли никакого интереса. На школьном дворе посреди перепаханного газона, похожего на лист с подгорелой картошкой, кособочился маленький снеговик, грязный, с налипшими листьями и землей. Олега в школе не оказалось: несколько раз девочка проходила мимо десятого «Б», но из раскрытых дверей вываливался кто угодно, только не он. Его одноклассники ужасно мешали девочке, и ее сердило, что приходится так пристально их рассматривать.

Ни на второй, ни на третий день Олег так и не появился, и девочка не знала, как и у кого о нем спросить. Во всю тревожную неделю осенних каникул, заставших ее врасплох, снег беззвучно являлся по утрам готовой гладкой пеленой и к вечеру истаивал, оголяя измученную землю, похожую на какой-то пенистый ил. Этот снег возникал и пропадал *внизу*, словно утратил всякую связь с небесами; посеревшая мать натыкалась на мебель и пила таблетки от давления. Девочка не теряла надежды. Было даже весело скрывать от матери температуру: она нарочно хваталась за домашние дела, грохотала в раковине кастрюлями, спорила сама с собой, удастся или нет отцарапать без следа коричневое пятнышко. Балуясь, она строила перед зеркалом красноглазые рожи, высовывала язык, похожий на терку с остатками сыра, и сразу вспоминала мягкий язык Олега, лижущий мороженое. Когда же наконец начались занятия, девочка услыхала сразу в двух местах, что у Олега давняя болезнь — инфекция головного мозга, что его не выпишут из больницы раньше февраля, а потом он поедет в специальный санаторий.

Больше она не видела его ни разу в жизни, потому что, когда Олег вернулся учиться в новый класс, Катерина Ивановна уже закончила школу, и ей казалось донельзя глупым бежать, как некоторые другие, первого сентября на пришкольный праздничек цвета квашеной капусты с морковинами пионерских галстуков, на зычный в мегафоне голос директрисы, слышный сквозь пожелтелые, усталые деревья. Тем более ей претило идти, когда перекрашенная за лето школа затихла и только звенела на манер будильника, и каждый вечер мать приносила оттуда в сумке казенный тетрадный дух. Если честно, Катерине Ивановне все-таки хотелось подстеречь Олега где-нибудь на улице: то была одинокая, праздная осень, осень-Петрушка во множестве зубчатых ярких колпаков, осень ломоты в висках от пьяного запаха как бы свежей краски, — и, кроме Олега, не с кем было пережить это многопалое, дразнившееся отовсюду шутовское представление.

Мать обмолвилась ненароком, что Олег, у которого мозговая болезнь, заходил на выпускной и, похоже, пил со всеми здоровыми запрещенную водку. Катерине Ивановне сразу расхотелось его разыскивать. Ее поразило, что она не заметила Олега, хотя стояла в стороне и наблюдала за всем, — пряталась, как обычно, за розовой шторой, ниспадавшей к ее ногам будто длинное бальное платье, и если о чем грустила, то только об этом своем укрытии с видом на скромный закат из тонких простых облаков. После, уже на рассвете, таком же бедном, мутноватом, когда остатки класса бродили по серым, ровно застеленным улицам, никем не замечаемая девочка все-таки держалась около своих, потому что думала об Олеге и считала себя не хуже нескольких одноклассниц в накинутых на плечи пиджаках. То и дело попадались навстречу туманные, свадебные шеренги чужих выпускников: парни и девушки менялись черным и белым цветом, из-под пиджаков едва виднелись оборки коротких платьев, рубахи ребят были того же оттенка белизны, что и их неуверенные, счетными палочками разбираемые сигареты. Все вокруг было словно завернуто в папиросную бумагу, как некая чужая ценность и собственность, и на долю идущих оставались только светлый асфальт да холодная сладкая сырость скамеек, вызывавшая в теле зевотную судорогу. Постепенно все потерялись; девочка осталась одна посреди освещенного золотом, будто свежераспиленного на дома проспекта, откуда надо было еще пройти четыре остановки пешком.

Скоро существование Олега перестало быть для нее реальным. Иногда случайное движение толпы представляло ей как бы кривые резкие ходы сутулой фигуры, тут же исчезавшей из виду, но это было только слабое воспоминание. Через много лет Катерина Ивановна узнала от художника Рябкова, что Олег совсем сошел с ума, но ведет кружок; она даже видела раз его истянутый шарфик, забытый у Рябкова в мастерской: серый шарфик, узенький, как бинт, свисал с двурогой вешалки до самого пола, его истлевшая бахрома была запутана в какие-то хитрые, может, что и ритуальные узелки. Все-таки они не встретились больше — и не было никого другого, готового целовать Катерине Ивановне руки или хотя бы сводить ее на глупую экскурсию. Она ждала, она читала исторические романы (очень подолгу, забывая степени родства и связи кружевных героев); она с грехом пополам научилась работать спицами, норовившими схватиться мертвой крестовиной, и однажды связала варежку. Туго вывязанная варежка получилась маленькой, не просунуть щепоть, толстой, будто детский валеночек, и осталась непарной. Раз, во время профобследования, Катерина Ивановна пережила зондирование — проникновение в глубины тела постороннего предмета, вкус слюны и резины, холод змейки в пищеводе, когда закачивают глюкозу, — и решила, что *это* — примерно то же самое, только немного стыдней. Предатель Олег сразу обесценивался в памяти, как только кто-нибудь уступал Катерине Ивановне место в трамвае или взглядывал на нее с улыбкой. Но так как анонимный поклонник сразу исчезал (уступившие сиденье даже специально протискивались подальше, в другой конец вагона), то Олег самодовольно возвращался, будто ему тоже сделали любезность и *уступили* права. В сущности, так же как Софья Андреевна в любой момент могла упасть в объятия юного прохиндея и оскандалиться, так и Катерина Ивановна была готова пойти за любым, кто только позовет, — хотя по-прежнему боялась мужчин. Никто не думал, глядя на двух добродетельных женщин в гладких юбках и резиновых сапогах, насколько обе они близки к падению, самому откровенному, скандальному и бескорыстному. По счастью, ни на ту, ни на другую не нашлось соблазнителя — если такое положение вещей заслуживало называться счастьем.

Глава 7

Маргарита, раз явившись к Катерине Ивановне домой, не забыла дороги и стала приходить по субботам, накрашенная и завитая плойкой, так что голова ее напоминала внутренности разодранного дивана, хаос из желтой ваты и развесистых пружин. Маргарита не вторгалась в квартиру подобно Комарихе, а скромненько стояла на коврике возле двери, дожидаясь, пока Катерина Ивановна соберется «в город». На появления Софьи Андреевны она улыбалась до ушей, подобострастно вытирала ноги, запинаясь о складки вздыбленного половичка. Катерина Ивановна заметила, что мать при Маргарите стесняется заходить в туалет. Как правило, у подружки бывали уже куплены билеты в кино: Маргарита особенно любила французские комедии за дружный смех тесновато-скрипучего зала, освещаемого от экрана цветными бегущими пятнами. Маргарите нравилось, что мужчины сидят расстегнутые и без шапок, что у женщин по-домашнему примяты волосы, тогда как на экране все ненатуральное, *подстроенное,* и можно смеяться над приключениями пестрых французов хоть десять сеансов подряд.

Самое любимое чувство Маргариты было — солидарность. Она всегда хотела быть со всеми заодно и делать что-нибудь вместе, — слыла безотказным человеком для ноябрьских и майских демонстраций, кричала и прыгала перед трибунами, повисая всем болтающимся телом на своей шеренге, пила изо всех предлагаемых фляжек, и, вероятно, растянутое шествие, с проплешинами и бегущими рядами, представлялось ей куда более благородным и слитным, чем было в действительности. Как ни странно, именно ее надорванный и страстный голосок, выбиваясь из хора, звучал фальшиво; именно она, захмелев, умудрялась в конце концов со всеми перессориться, если не разодраться. Маргариту, как не относящуюся к начальству и рабочему классу, не хотели принимать, но она добилась своего и вступила в партию. О своем партбилете, вечно хлопавшем створками в одном из карманов ее мешковатой сумки, Маргарита не забывала никогда, знала длиннющий номер этой деревянной штуки наизусть. Чувство, что она коммунист (Катерина Ивановна испытала нечто подобное, только когда вступила в пионеры и отдавала салют Всесоюзному сбору, передаваемому по телевизору), — это иррациональное чувство причастности ко всем вообще чужим делам оставалось у Маргариты свежим долгие годы, как и многие другие волнующие чувства, придававшие жизни Маргариты непонятную для многих остроту.

Окружающие люди недолюбливали Маргариту. В этом Катерина Ивановна убедилась, побывав у нее в общежитии — двухэтажном деревянном домище, чем-то похожем с улицы на вокзал какой-нибудь Богом забытой станции, с покореженным каркасом телефонной будки у крыльца, где все внутри было исцарапано неизвестно кому принадлежащими номерами. Вестибюль имел неправильную форму, точно его, как бесполезный и нежилой, теснили соседние помещения; от него отходили абсолютно темные коридоры, где встречные люди обнаруживались десятым чувством и делались видны, только если отпахнуть какую-нибудь дверь, после чего приходилось стоять, нашаривая стену, от которой успел отойти. Комната на четверых, где обитала Маргарита, была квадратная; ее почти целиком занимали четыре ровно застеленные койки; их одинаковый уровень над полом и сырость по ногам создавали впечатление, будто комната состоит из жилого верха и подвала, где, не попадаясь на глаза, но все время подворачиваясь под ноги, крутился какой-то резиновый мячик. Пока Катерина Ивановна и Маргарита пили индийский чай, три другие девушки, тоже бывшие здесь, сидели каждая у себя и нянчили свои раздавленные подушки. Они не принимали участия в чаепитии, хотя одна, пожилая и заплаканная, принесла из общего холодильника завернутый обрубок колбасы и положила рядом с собой на тумбочку, видом напоминавшую табуретку. Девушки, должно быть, ожидали очереди к столу, и когда Катерина Ивановна полезла за сахаром в одну из четырех закаменелых банок, Маргарита поспешно показала на другую, а кто-то из соседок даже привстал поглядеть через гостьино плечо. Из-за этой отчужденной обстановки Катерина Ивановна решила в общежитии больше не бывать, но заходила все-таки по делу, всякий раз неудачно. Даже общежитский вахтер, сухой старикан, всегда сидевший боком к барьерчику со своей обвислой газетой, на робкий вопрос о Маргарите, не оказавшейся дома, злобно выпучивал желтушные глаза, словно Катерина Ивановна нарушала какое-то неписаное правило.

На службе к Маргарите, несмотря на постоянный вокруг нее веселый гвалт, тоже относились прохладно. Катерина Ивановна поняла это далеко не сразу, от нее словно специально что-то скрывали, разговаривая и пересмеиваясь с Маргаритой, а на нее не обращая никакого внимания, — так что Катерина Ивановна в конце концов вообразила, что сама пришлась не ко двору. Интеллигентные женщины из отдела информации были как раз такого типа, какой Катерина Ивановна высматривала на улицах: очень городские, уверенные в себе, — правда, в их консервированную молодость было несколько переложено сахару. Катерина Ивановна втайне удивлялась, как морщины могут быть такими заглаженными и совершенно не ветвиться; у женщин постарше это приводило к тому, что лицо делалось либо плоским, состоящим из нескольких лепешечек, либо одутловатым, с воланами подбородков на кружевных воротниках.

Солнечный пенальчик машбюро был для них всего лишь навсего местом, куда почти не заглядывали мужчины. Здесь они продавали друг другу разные импортные кофточки, мерили их перед зеркалом на створе распахнутого шкафа и ставили Маргариту караулить под дверью, которую она то и дело приотворяла убедиться, что никто не идет. Зеркало представляло собой хорошенький овал, украшенный белыми разводами наподобие морозных узоров; то было время *сувениров,* когда в магазинах не продавали ничего, кроме самых ненужных вещей, которым, однако, пытались придать существенность при помощи разных выдумок, сделать их вопреки назначению комнатными игрушками, бутафорией сказки. И если Катерина Ивановна иногда подолгу зарилась на светильник в виде жестяной кареты или на плексигласовый брелок, то Маргарита безошибочно ощущала ложную природу огромных стеклянистых магазинов, где ничто не покупалось *для себя,* и хватала все подряд, сразу думая, кому бы подарить. Что касается дам из отдела информации, то они вообще на дух не принимали сувениров, и в этом неприятии была корпоративная суровость. Несколько звероватые без платьев, растрепанные, зубами рвущие запечатанный целлофан, они хотели *настоящее* и *для себя;* они не нуждались в каких-то дешевых штучках для выражения взаимных чувств и одергивали на себе французские блузки с висящими этикетками, будто военную форму. Видимо, им подсознательно претило сувенирное уменьшение предметов, особенно гнусное из-за того, что оно выходило ласкательным, со многими завитушками вроде суффиксов, которые Софья Андреевна вдалбливала ученикам отдельно от слов. В уменьшенном виде любая пошлость на грани подлости сходила с рук — но дамы отдела информации, должно быть, обладали свойством видеть вещи в натуральную величину: всю эту грубую жесть, пластмассу с потекшими кромками — крашеную неправду, среди которой они не могли оставаться собой. Если им предлагалась карета, они хотели настоящую, как бы это ни было невозможно; у себя в садовых домиках они, не желая довольствоваться электрическими уродами с негреющей подсветкой, сооружали настоящие камины, — и однажды такой теремок сгорел, прожарив ближние сосны, оставшиеся вместо ветвей как бы с прибитыми лосиными рогами: часть отдела ездила посмотреть и помочь. Практичность дам отдела информации, жадность к хорошим вещам оборачивались рискованной романтикой; в ситуации, когда *настоящее*, в смысле вещей и собственно времени, было как бы под запретом, они оставались непримиримо искренними. Самая мысль, что сувенирное коробчатое безобразие с выходящим из него простодушным проводом для включения в сеть может, будучи подаренным, напоминать кому-то именно о них, вызывала у дам саркастический смех.

В каком-то смысле Маргарита, с ее любовью к детской игре дарения и страстью бегать по магазинам, была для них находка: в отделе отмечалось удивительно много юбилеев и прочих праздников, личных, но с общественным уклоном, и активистка Маргарита добывала для героя какой-нибудь письменный прибор в виде знамени или советской космической ракеты, что считалось наравне со знаменем, а то и настольные часы с явственным намеком на Мавзолей. Во время торжественной части, когда начальник отдела, видный толстоногий мужчина в больших очках и с маленьким ртом, несколько жеманно переваливал юбиляру увесистый презент, зардевшаяся Маргарита скромно опускала глаза, а дамы, позолоченные пудрой и ярким электричеством, переглядывались поверх ее кудлатой головки и даже позволяли себе поворот осторожного пальца около виска. Все они были не такие, как Маргарита и Катерина Ивановна, вспоминавшая, кстати, Олега и сентиментальный подсвечник-сувенир поперек ведра, вставший так словно бы от волнения, как застревает в горле недосказанное слово. Чуждые, чужеродные дамы, хоть и отличались друг от друга по размерам чуть ли не вдвое, были в глазах Катерины Ивановны чем-то нестерпимо одинаковы, и она, не удерживаясь порой от искушения что-нибудь у них стащить, после не могла припомнить, чья же это шелковистая, немного грязная вещица. Из-за этого ей казалось, будто она теряет с ними всякую связь. Катерина

Ивановна почти не могла разговаривать с «коллегами», ей мерещилось, будто их непринужденные фразы и ее, застревавшие на языке, должны обращаться к некоему посреднику, которого не видно, — и при этом было бы просто смехотворно глядеть друг другу в глаза. Даже когда любезные дамы обращались к Катерине Ивановне просто за чаем, той казалось, будто, ставя между нею и собой сахарницу и тарелку с печеньем, они нарочно воздвигают преграды, чтобы подчеркнуть свою исключительность.

Не в пример Катерине Ивановне, энергичная Маргарита совершенно не чувствовала к себе неприязни. Она не стеснялась никого и ничего: однажды на институтском новогоднем вечере, пьяная, обвешанная спиралями рваного серпантина, оттаскала одну из самых нарядившихся коллег за непатриотичные восторги американскими стандартами, — оттаскала перед зеркалом, что удваивало ее вину, так как коллега, брякая кулонами о раковину, воочию видела свой разинутый рот и страдальческую кожу на лбу, ходившую вверх и вниз от рывков за скомканную прическу. Так же горячо, как дралась, Маргарита не смущалась расхваливать людей за что попало — за обнову ли, за деловые качества, за умение варить варенье; победа в соцсоревновании, присуждаемая всем по очереди из-за прилагаемой премиальной десятки, виделась Маргарите инструментом возвышения личности, и ей казалось очень правильным, что сперва один возвышается над всеми, а потом его немедленно сменяет товарищ, и общий статус коллектива непрерывно растет. Дамы выслушивали ее похвалы с принужденными усмешками; вероятно, им казалось, что Маргарита заглаживает свои безобразные выходки. Они полагали, что дочь алкоголика (об этом Маргарита сообщала всем как о своей интересной особенности, объясняющей ее активность от выпитой водки и необычное, из треугольников, строение лица) — что это несчастное существо заискивает, чтобы добиться их покровительства.

Однако вопреки их невысказанным подозрениям Маргарита была вполне и совершенно счастлива: однажды, выпив сладкого вина, она даже призналась Катерине Ивановне, что жалеет всех, кто с нею незнаком. Надо сказать, что на взгляд постороннего наблюдателя Маргарита в самом деле выглядела жалко: обширный плоский лоб при мелкости прочих черт, ротик, будто собранный на резинку, густые, как вата, обесцвеченные волосы, вечно сожженные завивкой и неистребимо пахнувшие горелой тряпкой, несмотря на крепкие духи. Молодость ее уже являла черты будущей старухи — в двадцать пять Маргарита была карга. Однако ей своеобразно шли любимые ею стеклянные буски, браслетки, сережки; наивная игра всей этой длинной и висячей дребедени была девчоночья, подростковая, — Маргаритины беспокойные пальцы с ногтями точь-в-точь как бляшки пишущей машинки, если не были заняты печатаньем, все время вертели граненые шарики, счесывали и снова нанизывали дешевые колечки. В результате Маргарита частенько рвала свои драгоценности и осыпалась бусинами, будто куст переспелыми ягодами. Даже когда она была в пальто, вдруг, безо всякой видимой причины, у нее под ногами начинало подскакивать и щелкать: Маргарита, закрыв глаза, хваталась за складки одежды и медленно расстегивала пуговицы — тут же длинная очередь стекляшек спускалась на асфальт. Даже сохраняясь в целости, Маргаритино стекло быстро утрачивало молодость, свойственную ему как материалу, становилось мутным и слепым; по контрасту новые украшения перемигивались со всеми лампочками. Вообще в одежде Маргариты — из-за ее неаккуратности либо по другим, таинственным причинам — всегда ощущалась разница сроков службы: юбка, купленная на год раньше кофточки, выглядела затхлой, пожилой, тогда как на кофточке (выделенной дамами за услужливость) взгляд невольно искал магазинной этикетки. Такая разорванность облика, где ничто не желало отступать на задний план, производила на людей, впервые пришедших в отдел, ошеломительное впечатление.

Когда Маргарита, торжествуя, вступила в партию, жалостливая к ней неприязнь сменилась неприязненной опаской. Никто не понял, как же это, собственно, произошло; начальник отдела, потупив глаза и склонив на плечо драгоценную полированную голову, только плавно разводил руками и снова сцеплял их корзиночкой под округлыми пиджачными фалдами. Этот беззвучный балет был истолкован так, что в судьбу Маргариты вмешались какие-то высокие силы, драматически представленные горевшей над начальником сувенирной люстрой. Стали шептаться, будто Маргарита *стучит* в КГБ, якобы ее видали под железной дверью особого отдела, где она перетаптывалась, засунув голову в квадратное окошко, а у ног ее стоял неведомой избушкой большой, хорошо застегнутый, явно не ей принадлежавший портфель. Что характерно — этот портфель черной тускловатой кожи был откровенно мужской.

Неохотно, кривым поднятием рук, давшим ощутить пустоту незанятых стульев, Маргариту выбрали комсомольским секретарем. На собраниях, проходивших в душной и гулкой семинарской аудитории, Маргарита для чего-то вешала на доску у себя за спиной политическую карту мира, где красный Советский Союз удивительно напоминал освежеванную тушу с плакатов мясных магазинов и был расчерчен, словно линиями разделки, границами республик. Не слушая, все невольно глядели на бледные губы Маргариты; книжки, забытые на коленях, перелистывались, переваливались поудобнее, резкий голосок Маргариты отскакивал от дальнего угла аудитории, заставляя вздрагивать девушек, застывших в томительном ожидании по три-четыре на шатком, хлипко сколоченном ряду. Катерина Ивановна отсиживала собрания смирно, бессловесно, чувствуя себя на жестком стуле словно вписанной в прямоугольный треугольник. То и дело у нее возникало ощущение, будто ей сейчас выступать. Недоброжелательство соседок, никогда не садившихся рядом, из-за наклона аудитории облаком нависало над головой, и у Катерины Ивановны от страха даже разбухали кончики пальцев. Каждый раз та или другая молодая мама посылала Маргарите записку с просьбой отпустить ее в садик за ребенком. Маргарита, прежде чем поставить на голосование, поднимала несчастную, кусавшую губы в нетерпении бежать, и обстоятельно выспрашивала ее о муже, о свекрови и что они будут делать, если комсомолка задержится не на собрании, а попадет, например, в больницу. Из зала начинали выкрикивать, самые нетерпеливые вскидывали руки, стучали пальцами по часам. Наконец молодая мать тяжело срывалась прочь, бежала с горбом недонадетого пальто мимо голосующих рук с часами, а оставшиеся в зале со вздохами меняли позы и глядели на Маргариту из-под завитых челок с откровенной ненавистью. Катерина Ивановна понимала, что и ее обвиняют вместе с Маргаритой, прямо-таки чувствовала, что сидящие за спиной готовы вытолкать ее к подружке на пыльную сцену, где из-за сильного луча сухого солнца все было нереальным, будто с улицы показывали кино.

Теперь что бы ни сделала Маргарита, это еще полнее сближало ее с Катериной Ивановной, потому что становилось общим. Только раз Катерина Ивановна попробовала взбунтоваться. Это случилось весною, во время субботника. За отделом был закреплен для ухода и уборки участок улицы, удивительно неприятной и глухой: даже бедная земля на газонах казалась привезенной и насыпанной в бетонные лотки, а корни у сорняков, которые следовало выпалывать из условного цветника, были крепкие, будто рыболовные лески. Казалось странным, что люди и автомобили движутся по этой улице в разных направлениях, а не все в одном, — не устремляются туда, где вдали, за горой, за ложным простором, светлеет пустота с избенками на дне и маячит подобие выхода. Самый снег здесь походил на пыль, а пыль, кислая на вкус и бурая на цвет, будучи изредка поливаема из медленных усатых машин, давала урчащую пену, которая долго лежала на солнце будто рыбьи потроха и разлезалась большими дырьями под ногами прохожих. Некий завод, чьи современные корпуса были снаружи оплетены серебряными трубами и железными лестницами, скромно выходил на улицу маленькой, как шкафчик, и такой же безымянной проходной.

Никто не любил субботников, кроме Маргариты: ее всегда назначали старшей, она непререкаемо командовала и всех поила глухим перепрелым чаем из своего голубенького термоса. Катерина Ивановна ходила только по обязанности, более для нее настоятельной, чем для всех остальных. От работы на горячем воздухе у нее отекало лицо, а запах заводика создавал ощущение, будто она наелась какого-то противного изюма. Однако весною бывало полегче, а тот апрельский день был и вовсе хорош: плыли сырые облака, похожие на остатки снега с землею на подошвах, неслось переменчивое солнце, забиравшее сперва предметы как бы по краям пятна, чтобы затем сразу занять обозначенное место целиком и тут же уйти, оставив почти темноту, где глаз едва различал таинственные и продуваемые ветром вехи небесного движения. Все было сквозисто, мокро, некрасиво и свободно; бархатный от сажи ледок еще держался за что-нибудь покрупней, поматериальней — за массивные здания, бетонные опоры. В растревоженной солнцем прошлогодней траве среди мочальной серости проглядывала кое-где одутловатая зелень, цветом похожая на овощную зимнюю ботву. Грабли, брякая камушками, царапали газоны, и они становились полосатыми, как была полосатой лужа, размазанная метлой. Катерина Ивановна с самого стеклянного и низкого утра, глядевшего желтой щелью между облаками и отчетливым навесом остановки, находилась в особом, расчувствованном состоянии души. Ей хотелось поплакать над чем-нибудь хорошим, ее умиляли отчего-то остатки зимних месяцев — мокрые абонементы, фантики, волглые странички из школьной тетради с розовым пятном расплывшейся отметки. Между бумажками, разделенными временем и ростом снега, теперь не оставалось ничего, — зима действительно ушла, и Катерина Ивановна, хляпая мутными от глины сапогами, думала, что купит новые туфли, достанет путевку в Крым.

Изредка она поглядывала на молодую пару, толкаемую прохожими. Маленькая девушка с тонким юным личиком без подробностей, в трикотажной шапочке кульком, была Наиля, новенькая в технической библиотеке, и о ней еще никто ничего не знал. Молодой человек, еще более неизвестный, представлявший анфас и в профиль как бы разных людей, улыбался смущенно и самодовольно, передавая сам себе из одной руки в другую потертый «дипломат». Время от времени они пытались отойти в сторонку, но, не доходя, опять вставали на дороге. Наиля, когда ее пихали, счастливо смеялась и пританцовывала на цыпочках, стараясь не упасть на собеседника, боясь даже прикоснуться к его застегнутому, в добротную елочку пальто; темные глаза Наили в молочных натянутых веках глядели на молодого человека с неприкрытым обожанием.

Внезапно ее метла, до того зависавшая, когда ее отпускали, в некой невесомости, перешла критическую точку и с прутяным и проволочным дребезгом растянулась поперек тротуара. Молодой человек отскочил, неприятно улыбаясь половиной длинного рта, Наиля тоже отступила на один подвернутый шажок, и все вокруг них разрушилось. Тут же подбежала возмущенная Маргарита, махая тряпичным мешком. Сперва она ткнула Наиле поднятую метлу, потом достала резко развернувшийся из трубки в рыхлую массу страниц журнал посещений и, виляя ручкой в замерзших пальцах, потащилась по списку. Одновременно Маргарита что-то выговаривала молодому человеку, который в ответ только пожимал отстроченными драповыми плечами и глядел поверх голов, дергая кадыком. Видимо, Маргарита, топчась, наступила ему на ботинок: он оскалбился, отступил от нее и зашагал прочь, как бы блюдя свою неприкосновенность, сделавшись со спины уже каким-то третьим человеком, не имеющим к эксцессу никакого отношения. Маргарита сощурилась, сразу потеряв его из виду, потом нырнула опять в журнал, прижав от ветра белые захолодавшие листы, нашла фамилию Наили и ковырнула мстительный прочерк.

Пока все это происходило, дамы, в штормовках и вышедших из моды платочках с люрексом, постепенно оставляли работу и собирались наблюдательной группой, оживленной для живописности красно-белым газетным киоском. Все догадались, что Маргарита поставила Наиле прогул. Помертвелая Наиля, чьи детские пальчики были теперь едва видны из грубых, как сапожные голенища, брезентовых рукавов, прислонила черенок метлы к линялому столбу, подержала, завораживая, чтобы опять не поехал и не наделал шуму. Потом она отрешенно побрела туда, где исчез молодой человек, и, в отличие от него, долго была видна, никак не могла перейти ошалелую улицу — пенные лужи то собирались в свои растресканные ямы, то разливались под колесами, набегая ей на сапоги. Маргарита, дрожа от холода, достала из пачки сырую ватную сигаретку и направилась к дамам, которые, не дожидаясь ее приближения, стали разбредаться к оставленным орудиям труда, чтобы не лишиться, в свою очередь, квартальной премии. Проходя мимо Катерины Ивановны, они нарочно громкими голосами обсуждали, что бабы без мужиков превращаются в злобных собак. Катерина Ивановна думала, что сейчас заплачет, но было слишком ветрено, все мелькало, резкая влага весны не пускала слезы на холодное лицо. Она ничего не могла предпринять, пока не кончится субботник, и с мерной слепотою вскидывала грабли, мягкие от мусора, будто швабра с навернутой тряпкой. Про себя Катерина Ивановна решила, что одна пойдет смотреть комедию, на которую они с Маргаритой давно собирались вдвоем. Наконец метлы и грабли были снесены в подвал, где они путались сумрачными грудами, делавшими бессмысленным счет, с которым Маргарита пересовывала палки в негнущиеся руки заспанной дворничихи, а Катерине Ивановне пришлось еще возвращаться за метлой Наили, составлявшей вместе со столбом какой-то голый знак на фоне бегущих машин.

Когда Катерина Ивановна прибежала в кинотеатр, до сеанса оставались считанные минуты. Она не успела опомниться, как очутилась в фойе, — и первой, кого она увидала, была Наиля. Она стояла у всех на виду, с опухшим, как грелка, лицом, с таким же, как у Катерины Ивановны, одиноким синеньким билетом, и ела мятый пирожок, выкусывая его из промасленной бумажки. Сразу грянул звонок, ширкнули в стороны плюшевые занавеси на дверях. Открылся тусклый зальчик, где первые и редкие вбежавшие тут же потерялись среди тесного наплыва зрителей, разбиравших, задом к экрану, номера на облупленных стульчиках и лезущих к месту мимо чужих расставленных колен. От этой исчезающей пустоты, от скучной белизны экрана Катерине Ивановне сделалось тоскливо. Ряд небольших, словно детских креслиц, тяжело груженных взрослыми людьми, надсадно поскрипывал, справа и слева грузными птицами громоздились незнакомцы, и у Катерины Ивановны возникло ощущение, будто ее посадили новенькой в незнакомый класс. Впереди темнело множество голов — мужские были мельче женских, увеличенных толстыми вязаными шапками; часть экрана заслоняла глянцевая лысина, довольно ясно отражавшая проезд автомобиля, сближение лиц, — казалось, будто именно она мешает понимать комедию. На экране четверо плохо притворявшихся артистов, несмотря на окружающие их просторы, теснились на пятачке и буквально лезли в камеру со своими чувствами. Время от времени зал разражался смехом, неожиданным, будто грохот упавшей из рук посуды, и Катерина Ивановна, вздрогнув, впивалась взглядом в экран. Но там уже все успевало перемениться и продолжало меняться дальше: кто-то от кого-то удирал, работая локтями и выпятив грудь, кто-то, одетый, бухался в пруд и озирался в задранном водою, плывущем пиджаке. Катерина Ивановна все время чувствовала потребность отвлечься от зрелища, осторожно, туго поворачивалась туда-сюда, но профили, мерцавшие в темноте, совершенно не удерживались в памяти, люди словно вообще отказались от права как-то выглядеть, все передав экрану, его цветным головоломкам. Катерина Ивановна в отчаянии спрашивала себя: неужели она могла променять Маргариту на чужую библиотекаршу, которая даже не кивнула ей в фойе и пожирала пирог, едва не откусывая собственные пальцы? Во враждебности отдельских теток, никогда бы не принявших Катерину Ивановну в свой надушенный круг, ей виделся теперь неприкрытый шантаж.

Голодная, с привязавшейся из фильма музычкой в голове, Катерина Ивановна притащилась домой. Возле гладильной доски белела груда огрубелого от ветра белья — сплошная изнанка с костяными полуоторванными пуговицами, занятие на вечер для матери, которая страшно мешала, наливая чайник, выворачивая в миску из кастрюли розовые комья позавчерашнего борща. Катерина Ивановна долго сидела на мокрой от пара кухне, пока на дне у чайника не начали жариться остатки воды: у нее было такое чувство, будто ее уволили с работы. Как же она обрадовалась, когда Маргарита, чихающая, будто праздничная хлопушка, явилась в шесть часов с билетами на этот самый фильм! Теперь и кинотеатрик выглядел приветливее, стали добрей снующие руки билетерш. Теперь Катерина Ивановна наконец поняла, кем приходился востроносой девице рыжий толстяк, куда они все поехали и почему в конце взорвался самолет. Она хохотала, пихая в бок сопливую и счастливую Маргариту. Катерине Ивановне тоже хотелось сейчас быть заодно со всеми, и она жалела, что артистам не аплодируют в кино. Из-за смутных впечатлений первого просмотра ей мерещилось, будто она знает этих ярких от солнца французов по каким-то другим ситуациям, едва ли не по жизни, и ей хотелось сделать им приятное, как-то вознаградить за старания, ставшие на этот раз еще более заметными, едва ли не героическими. Каждый знакомый эпизод, возникавший среди занятной новизны, поражал Катерину Ивановну как реальное происшествие, виденное ею в натуре и кем-то вставленное в фильм. Ей представлялось, будто она сама побывала когда-то и на берегу гофрированного европейского водоема, испорченного падением сыщика, и в сахарной африканской пустыне, где верблюды, странные звери с птичьими шеями, плыли гуськом, раскачивая полосатые тюки. Это было необыкновенное счастье, подпитанное сознанием, что в действительности никуда не надо ехать, ничего не требуется менять и завтрашний день пройдет как другие, давая чувство пребывания в центре собственной жизни, в центре всех ее событий, — и отнюдь не в одиночестве. Катерина Ивановна так была благодарна Маргарите, так любила ее теперь, что завидовала даже ее простуде, хотела себе такую же, горячую, мятную от лекарств. Ей мнилось, будто она и Маргарита стали родней, слились, как только могут советские люди слиться в единую семью, без желания каких-то личных перемен и страха перед будущим.

Глава 8

Они действительно слились в одно — две старые девы, девочки-старухи, обе с финтифлюшками седеющих волос, — соединились родом страстной, невысказанной зависти, когда у подружки все кажется лучше и хочется беспрерывно меняться кофточками, заколками, ролями, чтобы сперва одна опекала другую, а потом наоборот. В противовес этой внутренней неустойчивости их отношений, когда они, бывало, терялись друг перед другом и обе обижались на *неуместные* фразы, у них завелись обязательные правила. Маргарита в кино всегда садилась слева, Катерина Ивановна справа; в кафетерии с черной слякотью на сомнительном мраморе пола, куда они ходили после фильма есть мороженое, Маргарита съедала полную порцию, а Катерина Ивановна непременно оставляла оплывший кусочек, потому что должна была беречь фигуру, хотя полнота одной и худоба другой давно воспринимались окружающими будто их общие свойства. По улице, если подруги шагали рядом, следовало ступать осторожно, потому что, если одна спотыкалась и падала, другая чувствовала желание немедленно сесть. Привычка беречь себя, выработанная так за много лет, сообщала их движениям медлительную плавность; напыщенные и пугливые, будто воздушные шарики, они с замиранием пробовали препятствия и боялись расцепиться над ямкой или лужей, а если все-таки случалось разойтись, немедленно останавливались и глядели друг на друга, мешая прохожим. На работу полагалось являться за пятнадцать минут до звонка, пока не набежали дамы; Маргарита была большая любительница все для себя разложить и приготовить, заботливо добавить красоты, поправить, как букетик, карандаши в стаканчике, — она буквально сервировала рабочий стол, будто за него должен был усесться кто-то долгожданный, некий почетный гость. Точно так же она готовилась обедать в столовой, не брезгуя относить на кухню чужие грязные тарелки и затирать салфетками водицу пролитого супа; на своей солдатской коечке, перед тем как идти умываться, она взбивала кочкой жидкую подушку, отгибала уголок одеяла, и со временем Катерина Ивановна стала брать с нее пример.

Иногда на них обеих, разом, нападало странное изнеможение, — они действительно были стары, отсутствие жизни как таковой не давало им оставаться молодыми, цепляться за молодость, как это делали дамы, бодро освежаясь нарядами и духами, тогда как Маргариту с Катериной Ивановной каждая новая, даже удачная вещь неизменно старила, как свидетельство и веха уходящих лет. Дамы, кстати, были *поделены* между ними по каким-то неуловимым признакам — то ли по тому, какая которой чаще приносила работу, то ли по каким-то внешним соответствиям: по росту, толщине, по цвету крашеных, горящих под лампами волос. Подруги так и говорили между собой: «Эта твоя Элеонора Петровна сегодня не в духе»; «Моя Молчанова опять уехала в командировку». В этом делении ощущался род самоуправства, позволявший подругам как бы контролировать высшую сферу, откуда к ним обращались с принужденной любезностью. Катерина Ивановна с Маргаритой отвечали тихим злословием, они шептались и гримасничали, делали друг другу ветвистые тайные знаки.

Во время проветривания, когда в пустых рабочих комнатах колотились от ветра форточки, особенным холодом напитывая белые бумаги, подруги *специально* ходили под ручку на глазах у коллег, стоявших по стенам коридора с раскрытыми книжками. Катерина Ивановна церемонно несла на сгибе локтя легкую и цепкую лапку Маргариты, будто гнутую тросточку, а Маргарита время от времени повисала на подруге, доставая энергичными губами до ее большого, с виньетками, уха, полуприкрытого грубой прядью-завитушкой. Впрочем, если бы кто и расслышал Маргаритин пылающий шепоток, вряд ли смог бы схватить какую-то суть: подруги и сами часто не понимали, что именно говорят друг другу; многие слова, даже вполне *приличные*, заменялись крепеньким покашливанием, игрою пальцев, закатываньем глаз. В особенности прежде хвалимые дамы превратились в сплошное многоточие, о них вообще нельзя было сказать ни единой связной фразы; любое слово, относимое к ним, звучало будто эвфемизм.

Такое оживленное злословие, сводимое порою почти к пантомиме, — якобы взаимопонимание, когда у себя же самой не отличаешь веселого настроения от дурного, — стало одной из главных красок стародевичьей дружбы. Другою краской сделалось взаимное раздражение, застигавшее их внезапно, — перед дверьми бесконечно исторгавшего пассажиров трамвая, в очереди к низкому окошку билетной кассы, где люди, наклоняясь, выставляли угловатые и круглые зады, которые хотелось пнуть. В сущности, это было раздражение против целого мира, который они не могли ни поделить, ни объединить. Часто, в отсутствие Софьи Андреевны, по-прежнему не любившей Маргариту, подруги сиживали на ее диване за облезлой шахматной доской: Катерина Ивановна томилась, Маргарита играла серьезно, будто ставила фигурами печати, и всегда из какого-то мрачного упрямства выбирала черные, хотя неизменно ставила Катерине Ивановне громоздкий, будто толкучка на задней площадке троллейбуса, кропотливо подготовленный мат. Белые фигуры были желтые, в точности как светлые клетки на доске, а черные резко отличались от темных, коричневых; от малейшей попытки усесться удобнее вся диспозиция смещалась по клеткам вбок, теряя смысл, и подруги доходили до белого каления, пытаясь выправить съехавшую партию.

Когда домой возвращалась Софья Андреевна в отяжелевших, будто гири, сапогах, подруги тихо перебирались на кухню. Катерина Ивановна, пользуясь преимуществом хозяйки, ставила перед Маргаритой чай, печенье, колбасу, но Маргарита даже не глядела на бедный натюрморт, только курила, длинным красным ногтем очищая от пепла такой же длинный, красный, острый сигаретный огонек. Маргариту бесило, что ей все время дают одну и ту же посуду, хранимую отдельно от хозяйской; она сердито спрашивала себя, отчего в этом доме такая глупая старая мебель вроде деревянных сейфов, с резными лаковыми яблоками, больше похожими на лук. Спустя небольшое время подруги, невзирая на погоду, отправлялись гулять: часами бродили по парку, как бы собирая осенние букеты из йодистых подгнивших листьев, или забавляясь собственными кукольными следами по пороше, или попиныя каждая свою снеговую плашку, отбитую дворником от асфальта, шарахаясь от чужой. Поссорившись, они доводили друг дружку до истерик бесконечными разговорами. Старые девы боялись разбежаться навсегда, и постепенно у них вошло в привычку обсуждать, что будет, если вдруг они «раздружатся». Маргарита цедила сквозь зубы, что уедет к родителям в Уфалей, там-то у нее полно подруг, и все они гораздо *проще* Катерины Ивановны, им человек гораздо важнее, чем хорошие манеры. На это Катерина Ивановна подавленно молчала, потому что не могла придумать себе никого наподобие уфалейских «девчонок»: ей было не с кого живописать каких-то других, незнакомых Маргарите подружек, разве что с красотки Любки, но та все время маячила на виду в своем зеленом, будто кактус, шерстяном пальто и предпочитала общество слегка подвыпивших мужчин, от которых пахло точно от застоявшихся в банке цветов. Все шло, как шло, старым девам было просто некуда деваться друг от друга. И до самого последнего момента ничто не предвещало назревавших в жизни Маргариты перемен.

Между тем человек, несущий эти изменения, уже подъезжал к родному городу в глухом и горячем плацкартном вагоне, похожем на госпиталь с тяжелобольными, — с распаренными телами, с заскорузлыми ножищами, выставленными в проход, с ветхими книжками на сбитых простынях. За окнами, как общий бред, мутился пейзаж, без конца перестилался, выворачивался наизнанку, показывая прорехи; без конца шнуровалась, затягиваясь порою до невозможности терпеть, сухая дорога вдоль пестрой насыпи, где всякая мелочь быстро-быстро нанизывалась на несколько юрких нитей, и порою вдруг вымахивал крупняк, угловатый кусок неизвестно чего, — о такой при желании можно было разбиться насмерть. Рыжие волосы человека стали легкие и тусклые по сравнению с тем, что были много лет назад; с собой в чемоданчике у него имелся мутный полиэтиленовый кулек с двумя угревшимися котлетами на липком хлебе и с двумя же мятыми варёными яйцами, к которым он не прикасался, покупая у разносчицы черствые сайки, словно полые изнутри, которые, морщась, надкусывал левой стороною чернозубого рта. Родная мать, конечно же, узнала его и почему-то забоялась, чужого, — забоялась едва ли не в первый раз за свою настырную, неробкую жизнь. Она поставила перед ним тарелку жидких старушечьих щей, к которым он, босой и пахнущий сапогами, тоже почти не прикоснулся. Только стирая в тазу его большие, грязные, не желающие намокать рубахи — три незнакомые и одну родную, ветхонькую, в клеточку, — только жамкая их в черной, плесневеющей от мыла воде, она поплакала немного, почти всухую, вытирая тылом мокрой ладони натужное лицо. Почему-то ее не оставляло чувство, будто сын вернулся из тюрьмы.

Вот так рыжий Колька явился из армии — не через два года, как его ожидали, приготовив новые ботинки и великоватый, зато югославский костюм, а через целых восемь лет, в течение которых Комариха высохла на своих расшатанных костях. От постоянного вечернего молчания голос ее истончился, слова захромали, проваливаясь на неправильных ударениях, некоторые исчезли совсем. Не желая бормотать сама с собой, Комариха стала страшно отдаляться от себя. Собственные бурые руки начали казаться ей чужими: они чего-то чистили, крошили, вертели в раковине под болтающейся струйкой грязную кастрюлю, — Комариха, сильно скашиваясь, прижимая к шее дряблые подбородки, прослеживала обе руки от правого до левого плеча и чувствовала себя беспомощной, неспособной даже взять еду. Эта мысль плюс ощущение себя одним лишь кислым ртом, рождающим слюну, вызывали у Комарихи постоянный голод. Она буквально жрала, хватая горячее и сырое, зубами сдирая с вилки комья горелой картошки, зажаренные вместе с полиэтиленовыми шкурками ломти колбасы. Бывало, что она, к примеру, выходила на балкон и, увидав под собою людские макушки, похожие на разные цветы, увидав неровный и грубый венок нарастающей очереди, что устремлялась под ноги, прямо в Комарихин дом, где располагался молочный магазин, — увидав все это, она внезапно понимала, что все еще сидит с вязаньем на тахте, отчего вязанье тут же падало у нее из рук и, с грузом двух потерявших друг друга спиц, спускалось рывками, на манер паука, роняя спицу, привлекая внимание столпившихся внизу зевак. Часто Комариха не вполне осознавала, где именно находится: однажды ночью, в сильную грозу, едва не разломившую пространство комнаты косыми вспышками и клиньями теней, старухе с поразительной явственностью почудилось, будто она, как насекомое, сидит на потолке.

С превеликим коварством, что-то такое сделав за ее спиной, Комариху в шестьдесят четвертый день рожденья отправили на пенсию. Привыкшая душою участвовать в чужих несчастьях и праздниках, она совершенно растерялась в роли главной героини. Перед нею за столом сидели сотрудницы, сами такие старые, потрепанные, крашеные, будто никуда уже не годные малярные кисти, не сравнить, какими они были даже год назад. Любая из них могла бы оказаться на месте Комарихи, если бы только расцепилась с соседками, перестала бы, раскачиваясь с ними в обнимку над недопитой, бодро пахнущей рюмочкой, горланить про тонкую рябину и горящую лучину. Оставшись одна и не у дел, Комариха затосковала по своей рабочей комнатке с полосатыми шторками, с портретом Ленина на толстой голубой стене, простым и убедительным, будто фотография на документе. Ей стало не хватать громыхания двойных железных ворот, неясных криков, мужской остервенелой суеты, а главное — вида солдатиков с детскими красными носами, в твердых казенных ушанках, сдвинутых на молодые морщинистые лбы. Ей казалось, что эти ребята похожи на сына, что все они его приятели и друзья. Еще ей теперь недоставало, как ни странно, вида на тюремный двор — на замкнутую в сырые, как бы с железными почтовыми ящиками на месте окон, длинные-предлинные корпуса бритоголовую Азию, видную целиком с дощатых вышек и потому особенно отчетливую: каждый предмет словно помечал собою место, где он должен лежать или стоять. Прежде Комариха никогда не интересовалась тем, чего не могла физически достичь, но теперь тюремный двор, куда ни разу не ступала ее крепко обутая нога, праздно будоражил Комарихино воображение. Вечерами, включив повсюду электричество разных оттенков желтизны, она припоминала страшные истории — как в камере уголовники повесили своего и он почему-то начал вытягиваться вместе с бечевкой, будто резиновый, пока не достал ногами до пола, или как молодая девчонка, но уже с двумя детьми, расписывалась с убийцей в тюремной канцелярии и была в фате и красных мытых сапогах, а жених, волосатый и мохнатый, будто плюшевый мишка, уронил из толстых пальцев зазвеневшее кольцо. В таком настроении Комарихе не то припомнился, не то приснился молодой веснушчатый парень, голый, буквально в горошек: как он полоскался, ахая, в голубеньком тазу, а потом пошел на нее, и когда его розовый цветочный пестик внезапно подпрыгнул, Комариху обдало веселыми, как его веснушки, теплыми брызгами.

Очнувшись ровно в семь, пробираемая до костей электрическим струением будильника, в действительности беззвучно белевшего на столе среди других таких же мертвых вещей, Комариха не могла оставаться одна. Еще до своего ухода замучившая преемницу указаниями и советами, первое время она регулярно являлась «к себе» и, заставив сонную Ангелину Васильевну тяжко выдраться из-за стола, она десятый раз демонстрировала ей, где какие бланки, ведомости, формы, — и с тупою болью наблюдала, как ее многолетний, напоследок до предела выявленный в полегчавших ящиках бухгалтерский порядок разъезжается, засоряется мелкими монетками, россыпью клейких конфет. Однажды, выдернув ящик, собираясь специально сказать о банковских платежках, Комариха не увидела их на месте, — и хотя желтоватая книжица, даже с приложением сухой копирки, шелухи еще ее трудов, была немедленно предъявлена, Комариха побледнела и долго сидела в кресле боком, ухватившись за подлокотник. Теперь ее полуприкрытые глаза видели и другие перемены: новое зеркало в простенке, вязанку обойных рулонов, неизвестно для чего лежавшую в углу, и на вахте лицо дежурного тоже было новое, румяное и прыщавое, будто намазанное малиновым вареньем.

Больше ей незачем стало сюда приходить, и даже напротив — у нее возникло чувство, будто следует держаться подальше, чтобы как-нибудь не изуродоваться, не поддаться чуждым и враждебным превращениям. К тому же дома у Комарихи накопилась уборка, которая все никак не могла закончиться: пыль лежала повсюду, будто густая овечья шерсть. На кухне у Комарихи расплодились тараканы: стоило ночью зажечь электричество, как они отовсюду текли к щелям, увиливая от Комарихиного тычущего пальца, — в их диагоналях и прямых, в отличие от бессмысленного полета мух, была какая-то гибкая логика снятия мерки, построения выкройки. Видимо, у Комарихи кроме этой, одинокой, была еще и другая жизнь: соседка, запоздало принесшая Колькину телеграмму, огрубелую от какой-то стоявшей на ней горячей посудины, заявила, что Комарихи двое суток не было дома, хотя той, наоборот, казалось, что она вообще не вылезала на улицу из-за жары и думала как раз о сыне, как бы он приехал и сходил бы за хлебом, починил бы старый телевизор, где, словно через кальку, маячило немое серое кино.

После армии Колька сперва остался на сверхсрочку, а потом подженился на какой-то Рае, учительнице начальных классов. Через полгода после этого события Комариха получила фотографию, где они сидели щека к щеке, их широкие улыбки давили друг на дружку с заметным усилием, Колькина легкая шляпа, сбитая Раиной прической, сидела набекрень. Эта веселая Рая, с личиком в форме редиски, с тоненькой шейкой и двойными ямочками на тугих щеках, какое-то время аккуратно писала Комарихе вместо Кольки — примерным округлым почерком, законченными предложениями, будто взятыми из букваря. Получалось, будто они живут идеально — в чистеньком домике, где все время моют рамы, будто рядом у них хороший лес, полный розовых грибов, пригодных также для составления арифметических задач. Этот игрушечный мирок, где число любых предметов, вероятно, не превышало десяти, вызывал у Комарихи смутное раздражение — тем более что между образцовых Раиных строчек таилась какая-то обида, будто ей жалко было и домика, и кубиков, и пупсов, и тетрадок, которыми приходится делиться с мужем, не привезшим от матери ничего своего.

Года через два Рая внезапно прислала еще одну свою фотографию, уже без Кольки, но зато с хохлатым и тяжеленьким младенцем, которого она, нежно ссутулившись, исподлобья глядя в объектив, придерживала под мышки. Ребенок, заворотив щекастую головку, выпятив живот, слезал как мог с ее нарядного колена, его кривые байковые ножки свешивались будто два банана и болтались далеко от ее уверенной туфельки, вздыбленной на остром каблучке. Комарихе с перепугу показалось, будто ножки у мальчика разной длины, как средний и указательный пальцы: теперь она все время ковыляла ими по дивану, по столу, вздыхала, прятала фотографию от Колькиной учительницы, которая могла же для чего-нибудь зайти, — а Комарихе очень хотелось заполучить в невестки учительшину дочку. Эту тихую белочку Комариха знала крошкой, сидела с ней вечерами и теперь, конечно, могла рассчитывать на ответную заботу и понимание. Все остальные женщины представляли собой опасность, ведь они совсем не знали Комариху и были вольны думать о ней что угодно, по-своему истолковывать ее поступки, нисколько не считаясь с тем, какова же она в действительности, — и особенно была опасна черно-белая Рая, недосягаемая за тысячами километров железнодорожного пути.

Приходилось признавать, что далекое и недоступное имеет влияние на Комарихину жизнь. Расстояние до сына каждое утро начиналось от кровати, от ветхих дырявых тапок, забывших, который правый, который левый; оно изматывало Комариху своей несомненностью и одновременно невидимостью, небытием. Массивное и лживое, со множеством фальшивых окон и рисованных перспектив, здание через проспект, что каждое утро выдавливало соки из восходящего солнца, как бы представляло перед Комарихой весь Восток, но в действительности не было им, не было вообще ничем из-за ничтожности своих размеров по сравнению с лежащим за ним пространством. Здание стояло *здесь* — и это «здесь» теряло смысл, когда Комариха сидела на стуле у неудобного подоконника и силилась представить расстояние до сына в виде череды успокоительных пейзажей, получавшихся, однако же, непроходимыми, будто закрытые и полностью обставленные комнаты. Вообразить хоть одну неприкаянную вещь, принадлежащую сразу всем четырем географическим сторонам, было настолько жутко, что Комариха, задыхаясь, спешила пересесть куда-нибудь к стене. Чувство расстояния стало у нее физическим, телесным. Теперь Комариха еще меньше доверяла своим толстокорым рукам: ей казалось, что она не делает ими разную домашнюю работу, а *показывает* кому-то третьему веник, наливаемый из крана тазик, разваренные на манер картошки комья стирального порошка. Держа предмет под носом, она все время боялась уронить его в пустоту, — и нечего было думать, чтобы вдеть исчезающую нитку в тонкую-претонкую иголку, игравшую светом и обжигавшую Комарихины пальцы, словно горящая спичка.

Бывали дни, когда чувство расстояния переходило у Комарихи в страх высоты. Тогда она замирала, вцепившись в пляшущий стул; невинный перелет какой-нибудь радужной мошки заставлял ее обомлеть и напустить в штаны, уже застиранные добела и даже в чистом виде пахнувшие полынью. Постепенно Комариха перестала выходить на балкон: голуби брякали там какой-то забытой миской, на обвислых веревках, дергая их под ветром, болталась серая тряпка, и только во время дождя, стекавшего с нее тягучим киселем, Комариха вспоминала, что это кухонное полотенце. Расстояние держало Комариху в плену — однако и окружающие вещи, во многом благодаря присутствию тайной фотографии с малышом, все явственнее заявляли о себе: куда ни посмотри, они, целехонькие, тут как тут, и ни одна не двинется, пока ее не переставишь. Теперь утомленная Комариха и вовсе не могла убирать в квартире: любой предмет тревожил, будто недоделанное дело, и она большей частью просто лежала на тахте, месяцами не касаясь своей разобранной постели, что белела в маленькой комнате, холодная, будто сугробик, с марлевой прорехой в раскрытой простыне. Чтобы не замерзнуть, Комарихе хватало старого зеленого платка да грелки, тяжелой, будто Комарихин желудок, и словно бы живой, когда она, остывшая, крупно вздрагивая в руках, извергала воду и взбаламученная вода бросалась на стенки нечищеной раковины. Еще Комарихе помогала согреться ежевечерняя рюмочка в лужице: наклоняя бутылку, Комариха обязательно выплескивала вино мимо, заливала и клеенку, и пальцы, которые вытирала об себя направо и налево и только потом бралась за липкую ножку, подымала, приближаясь к нему напряженным лицом, полнехонькое золотое удовольствие.

После фотографии с малышом письма от Раи, прежде регулярные, как диктанты за четверть, и смутно утешавшие Комариху принадлежностью невестки к педагогической среде, прекратились совсем. Через несколько месяцев, из путаных Колькиных писулек без обратного адреса, Комариха узнала, что хохлатый Славка вовсе не сын ему, а племянник, ребенок Раиной сестры. От жалости к бывшему внуку, которого, как ей почему-то казалось, она сама, своею волей, бросила у чужих людей, Комариха потеряла всякий аппетит. Хороший суп на плите прокис, покрылся серой пеной, как давно оставленная стирка, куриная кожа плавала в нем, похожая на вафельное полотенце. Комариха часами сидела без движения, шишками согнутых пальцев до хруста мусоля сухие глаза, вздыхая разинутым ртом. Она не могла понять, зачем Раиска так обманула ее, что означали ее обиды, читавшиеся между ровных, сильно окающих, *безошибочных* строк. Несколько раз Комарихе казалось, что она уже встает, и наконец она действительно поднялась с какой-то незнакомой ломотой в груди и пошаркала в комнату, чтобы выбросить фотографию. Но, вытащив ее из ветхой книжки, развалившейся в переплете на два елозящих сорных куска, Комариха вдруг испугалась, что причиняет Славке вред, и поспешно стала искать для фотографии другое укрытие, чтобы теперь уже и вправду никому на свете ее не показывать. Книжек в квартире было только восемь, включая Колькины изрисованные учебники, — теперь-то Комариха знала это число! Медленно, в несколько героических приемов, взгромоздившись на табурет, чувствуя ногами предательскую пустоту его сквозного состава, Комариха сволокла со шкафа зазвеневшую, ударившую ее в лицо коробку елочных украшений. Фотографию она положила на самый низ, между плоских и желтых газетных пакетиков, из которых сеялось подобие толченого стекла, заботливо прикрыла тайник комьями серебряной пакли, пустыми шарами, где Комарихино отражение походило на рыбину, глядящую из золотой воды. Снова лезть на табурет с трясущимся сиденьем было гораздо страшней, чем в первый раз, но Комариха ради Славки опять распрямилась, с грузом в охапке, на шаткой высоте, и было уже не достать до комнаты, где вся обстановка словно лежала на наклонном коричневом полу. Колдовской потолок оказался над самой головою Комарихи и принял коробку в глубину и косую тень: теперь Комариха была уверена, что тайну ее никто и никогда не раскроет.

Глава 9

Когда пропавший сын заявился, несчастный и небритый, пахнущий мужиком, но так и не переросший мать, Комариха сразу поняла по его кульку с осклизлыми котлетами, что Рая его просто-напросто выгнала. Комариха почувствовала сладостное облегчение: теперь отменялся не только внук, но и вся история далекой Колькиной женитьбы. Все рассыпалось, становилось *небывшим,* и Раиска маячила жалкая на дне восточного пространства, куда Комариха все-таки боялась свалиться. Страх высоты, неумеренно усилившись, перерос в неистовую гордость: теперь настало время подготовить месть! Одним своим видом Комариха могла нагнать хорошего страху, не хуже, чем рукастый памятник на площади, тоже пронизанный ужасом перед высотою своего постамента и оттого тем более грозный, готовый оцепенелой скалой упасть на беспечные головы граждан, возлагающих цветы.

Однако Комариха не спешила. С появлением сына она как будто немного пришла в себя. Одолев первоначальную робость, решив, что теперь-то все устроит как захочет, сыграет *правильную* свадьбу с водочкой и винегретом, уже вполне уверенная в будущем, Комариха исподволь присматривалась к сыну, очень мало и невнятно с нею говорившему. Мужичок из Кольки получился кроткий, незлобивый; взяв какую-нибудь вещь, он ставил ее аккурат на место, с точностью до миллиметра, и Комариха справедливо угадывала тут Раискину выучку. В комнате, если не заглядывать, его совершенно не было слышно; обыкновенно он сидел, засунув ладони между сомкнутых колен, медленно их там потирая, беззвучно притопывая ногой. Новым в Кольке были тяжелые очки в коричневой оправе, грубой, будто платяная деревянная вешалка. Он прилаживал их на выцветшее лицо не по надобности, а по непонятному настроению: иногда глядел телевизор и одновременно читал газету, другая половина которой лежала на полу, — до жалости шупленький в этих очках и синенькой майке, висевшей на нем будто слабая упряжь; иногда надевал очки на прогулку, и в дождливый день они бывали у него полны воды. Знакомств особых не заводил; размеренною арестантскою походкой, оставшейся со времени, когда он передразнивал Софью Андреевну, он пересекал глубокий, летний, словно перекопанный тенями, пахнущий нагретым пивом двор и старался ни на кого не глядеть, чтобы его не окликнули. Тщетно компания доминошников в детских панамках, отражаемая черным капотом чьей-то начальственной «Волги», орала ему приветствия: Колька засовывал руки в карманы и, поддернув штаны, переходил на рысь. Комариха очень опасалась, что сын, приехавши, будет болтаться и проживать ее невеликую пенсию; однако тот удивительно быстро устроился на работу, буквально на четвертый вечер велел поставить будильник, и Комариха, натуго закручивая икающий механизм, даже не осмелилась спросить куда. Как ни странно, Колька почти не пил, хотя зарабатывал очень хорошо и каждые две недели оставлял лежать на комоде немалые, явно не сосчитанные деньги. Иногда он приносил домой чекушку водки, которую они с Комарихой выпивали вместе, тупо чокаясь стопками, сидя боком друг к другу за кухонным столом, — будто не мать и сын, а двое взрослых чужих людей, не знавших друг друга какими-то иными.

* * *

Никто не понял, как и в какой момент между Колькой и Маргаритой пробежали первые флюиды, как они вообще могли настолько обмануться, чтобы увидать друг в друге людей, достойных любви, — ведь оба были такие задрипанные, потрепанные жизнью, которой ни у того, ни у другого, по сути, не было. Первоначально ходили втроем. Катерине Ивановне самая мысль о браке с Колькой была отвратительна, ей казалось, что ее заставляют выйти все за того же сопливого пацана, пахнущего смесью кислого молока и табака, цепляющего линейкой скрытые под формой девчоночьи лифчики. Она сама просила Маргариту не оставлять ее ни на минуту и сперва не понимала неохоты, с какою та брала Катерину Ивановну под руку или дожидалась ее вместе с улыбающимся Колькой возле цветущего кустика, беленой балюстрады, — иногда даже специально отходила в сторону от назначенного места, паслась как коза на убогой городской красоте.

В то лето не было ничего естественнее, как вечером пойти гулять: жара спадала, в воздухе висела мягкая ржавая хмарь, от городского, вытянутого к заводам пруда, что участвовал в закате всей своей поверхностью, пахло его глубиной. Вечерами толпы народу запруживали центр: принаряженные и усталые жители шлакоблочных районов осваивали, как могли, его немногие улицы, знакомые всем до малейших подробностей, собирались возле двух фонтанов с водопроводной водой, у нескольких киосков с мороженым — фланировали, отражаясь в стеклах закрытых магазинов, топтали фруктовую гниль, окликали друзей. Эти мреющие толпы без музыки, в низком золотистом вечернем свете, были глухо взбудоражены какими-то крамольными журнальными публикациями, новой модой на длинные, до туфель, ситцевые юбки, мелькавшие тут и там дешевой угрюмой диковиной; владелицы их, до пояса обычные, в блузках и брошках, ниже казались до странности раздетыми, завернутыми в цветную простыню и вышагивали скованно, уставившись под ноги на совершенно обычный и трезвый асфальт. Маргарита тоже сшила себе такую обнову, в которой выглядела сущим помелом: великоватая юбка вертляво моталась на ходу и словно говорила «нет-нет-нет», в то время как Маргарита призывно улыбалась. Что-то уже объединяло ее и молчаливого Кольку: они гуляли и глазели вокруг, будто иностранцы, а однажды, в музее, в пустом и прозрачном зале, где потолок целиком освещал такой же четырехугольный, светлого дерева пол, они внезапно замерли, очарованные отзывчивой пустотой, наклонным блеском словно бы пролившихся картин, к которым не хотели подходить. Через десять минут оба они исчезли, сбежали от Катерины Ивановны, а она ждала их в музее до самого закрытия, бестолково приставая к экскурсиям, и вернулась домой в одиночестве, под мелким, продлевающим огни и путь, моросящим дождем.

Правила, выработанные старыми девами, с появлением Кольки пошли насмарку: сперва казалось, что это он все время путается под ногами, мешает, даже угрожает, будто чужая фигура в шахматах; потом стали путаться и спотыкаться все, постоянно кто-нибудь из троих пропадал на ровном месте из виду, они словно съезжали от неизвестной встряски со своих законных клеток и теряли значение; под конец Катерина Ивановна ясно ощутила, что это она чужая и лишняя, что Колька с Маргаритой ловкими рокировками держат ее на расстоянии и скоро попросту сдвинут, чтобы она вообще перестала считаться на доске. Катерине Ивановне стало казаться, будто Маргарита подкрашивает волосы, — а она взяла и в самом деле выкрасилась в рыжий цвет, теперь даже посторонние объединяли ее и Кольку в забавную пару. Катерине Ивановне все хотелось пощупать новые Маргаритины волосы, как в магазине щупают материю: ей чудилось, будто у нее под пальцами они раскрошатся и Маргарита останется лысой, — но та, торжествуя, купила себе еще и итальянские очки, похожие на карнавальную полумаску, и стала ходить приплясывая, набивая синяки и шишки о бесчувственную мебель.

Наступила холодная осень, дожди буквально прошибали бурую листву, и стоило им перестать, как ветер начинал трясти деревья до основания: листья, выросшие за жаркое лето величиною с птиц, срывались вспугнутыми стаями и, падая, бежали по земле. Ближе к вечеру в парках бывало бурно и темно от листопада, а ночью стекла заливала, будто деготь, черная вода. Прогулки прекратились; Катерина Ивановна сидела дома, каждый вечер на одном и том же стуле, и когда внезапно стукала и напускала холоду незапертая форточка, казалось, что она большая, будто целая дверь. Катерине Ивановне мнилось, будто она от всего отвыкла. Она ничего не делала и не думала, только поедала до боли в языке кедровые орешки, стараясь не путать целые, лежавшие ладной горкой, и кучу рыхлой, обмусоленной скорлупы. Ей представлялось, что самый процесс поедания чего бы то ни было порождает беспокойство, едва ли не страх. Все же она надеялась, что у Кольки с Маргаритой дело закончится ничем и нелепая ситуация разрешится как-нибудь сама собой, не требуя с ее стороны усилия и вмешательства.

Однако вышло по-другому. Кульминация наступила на дне рожденья у Софьи Андреевны, куда она беспристрастно пригласила всех участников истории. Решившись все перетерпеть, она, кряхтя и тяжело шуруя в духовке, даже испекла пирог с малиной, вышедший жестким, точно просмоленная доска. В последнее время она окончательно поняла, что день рожденья и Восьмое марта суть лазейки для тех, кто желает перед ней оправдаться, — и не только за прошлое, крепкое ветвистыми корнями обиды, но и за будущее, которое теперь представлялось ей дороже прошлого, потому что на каждых прожитых четыре года приходилось не более одного впереди, как в природе на множество простых камней приходится один драгоценный. В сущности, идея о симметрии будущего и прошлого вытекала из простейшего представления о собственном бессмертии; свойственное всякому возрасту, у Софьи Андреевны оно могло поддерживаться только за счет больших усилий, мнущихся причесок на последние деньги, изнурительных предчувствий близкого счастья, после которых физически ощущалось, что сердце бьется в полной темноте.

Поздравители с подарками, пахнущими магазином, с этими их улыбками поверх подарков, приторными, будто украшения из кондитерского крема, казались Софье Андреевне донельзя неубедительными. Они заставали ее врасплох, принуждали, беспомощную, держаться так, будто эти люди и не делали ей ничего дурного, — а между тем они же собирались в ближайшем будущем все повторить! Они нисколько не менялись, чтобы впредь соответствовать своим поздравительным словам, наоборот, становились какими-то шумными, пахли на всю квартиру резкими одеколонами, проявляли и объявляли себя, самодовольно пыжась перед зеркалом, словно предлагая своему отражению какой-то выгодный обмен. Софье Андреевне чудилось, что это не ее, а чужие знакомые, чужая дочь. Против них она не так давно изобрела прием: не беря протянутого подарка, начинала говорить, что не заслужила такого внимания, недостойна такой красоты, зачем же было тратить деньги на несчастную старуху, а сама отступала, заставляя гостя терять улыбку и следовать за ней в полурасстегнутых, следящих жижей сапогах. Рассыпаясь в уверениях и комплиментах, непричесавшийся гость вынужден был в конце концов сам пристраивать свое подношение где-нибудь в комнате, желательно к робкой кучке других презентов, явно болтавшихся на поверхности протертого и тусклого уюта, — и во все время чинного, отдающего поминками застолья он невольно озирался на свою коробку, не зная, принята она или не принята. Если этому гостю случалось еще побывать в квартире у Софьи Андреевны, он буквально вздрагивал, увидав на полке свою подаренную вещь. Долго ему вспоминалось, как именинница в обвислой кофте с незаживающими швами, утирая прихваченным в горсточку рукавом размазанные глаза, другой рукою накладывала ему, стуча по тарелке комковато и жирно гружеными ложками, салату, маринаду, винегрету.

Однако с Колькой у Софьи Андреевны ничего не вышло. Он влетел в прихожую, оглушая ее возбужденным, брызжущим кашлем. Волосья у него под шапкой были мокры, как из бани, в очках рябило, плечи потемнели от дождя. Ободрав на весу несколько лоскутьев влажной бумаги, он предъявил имениннице пышнейший и безвкуснейший букет, почти неправдоподобно пестрый, будто извлеченный из шляпы фокусника. Это было во всех отношениях слишком — к тому же Софья Андреевна угадывала десятым чувством, что растрепанные георгины, слабо пахнувшие лекарством, не совсем для нее. Но она не нашла что возразить, когда дочь, протопав, ухватила увесистое безобразие и унесла на кухню, откуда сразу донеслось слабое дребезжание наполняемой водою банки.

Под содранным плащом у жениха обнаружилось другое великолепие: белая рубашка, красный, пионерского цвета, галстук, коричневый костюм — все новенькое, глаженое и уже помятое, перекошенное с левого плеча. Со скрипом помусолив мокрые очки пышным и засморканным платком, оставив на дужке белую нитку, Колька, с размазанной радугой в этих очках, устремился в комнату, где Маргарита скромно сидела на стуле, скрестивши ноги в натянутых до предела черных чулках, и листала художественный альбом, с осторожностью переворачивая темные, как окна, зеркальные страницы. Собственно, все уже были в сборе; присутствовали еще математик Людмила Георгиевна, аккуратно пополневшая, и ее небольшой испуганный муж с белеющей сквозь дикобразовый зачес наклонной лысиной и длинным, острым, каким-то чертежным носом, пытавшийся ухаживать за дамами и беспокоивший их своими неловкими локтями; Комариха не пришла, сославшись на грипп, а в действительности по разным смутным признакам почуяв провальный для себя скандал. Все пристойно уселись за стол, где уже царил и сорил в салаты развалившийся на стороны букет; Колька с возмутительной, не подобающей случаю радостью, торопливо срывая ножиком жестяную заусеницу, распечатал водку. Софья Андреевна сидела во главе стола непривычно безучастная — никому не подкладывала закусок, не руководила разговором. У нее сегодня опять было плохое самочувствие: ноги в тапках стояли ледяные, а в груди, под кофтой, пекло, и Софье Андреевне чудилось, что она, со своею внутренней темнотою, представляет собой небольшой независимый ад. В темнотах комнаты ей чудилось что-то анатомическое, вскрытое; ей очень не нравилось, как сгорбленная дочь окунает в водку крашеные губы, оставляя на рюмке рябенький розовый след. Занятая собой, Софья Андреевна даже не подозревала, что события развиваются как-то иначе, чем ей сулила и расписывала некстати заболевшая Комариха.

Между тем напряжение за столом непонятным образом росло, и все понимали, что виной тому Маргарита и Колька, посаженные далеко наискось и почти друг на друга не глядевшие. Однако оба были так возбуждены, так оживленно-говорливы, что во всеобщей подавленной тишине звучали только их голоса, вместе похожие на оперную арию, забиравшую все выше, все счастливей, — они *исполняли* счастье для хмурых гостей, выглядевших так обыкновенно, как только можно было выглядеть в праздничной одежде на фоне однокомнатной мебели, тусклых зелененьких штор. Угадывая готовность этих двоих вмешаться в любую ситуацию, чтобы только отвлечься от себя, от своих нетерпеливых чувств, гости боялись шелохнуться, что-нибудь уронить; каждый остерегался делать что-нибудь заметное, чтобы его нечаянный номер не приняли за шутку. Словно некое электричество играло в воздухе, перебегая с длинных серег Людмилы Георгиевны на ожерелье Катерины Ивановны, а оттуда на циферблат стенных часов, где левые цифры горели ярче правых, а стрелки словно застыли, опровергая торопливый жесткий перестук.

Наконец Колька и Маргарита, разом поднявшись и опустив глаза, отправились на кухню покурить. Муж Людмилы Георгиевны, похлопав себя по легоньким, летучим, явно что дырявеньким карманам, дернулся было за ними, но отчего-то передумал и сел плотнее, с удовольствием наворотив себе мясного салата и полную ложку скользких маринованных грибков. Все заулыбались; даже Катерина Ивановна размякла жалобной улыбкой, за которую мать готова была ее убить. Людмила Георгиевна, положив на скатерть застегнутую грудь, принялась возмущенно рассказывать историю про одну инспектрису из гороно, разбившую чужие «Жигули», как вдруг из кухни явственно потянуло паленым.

У Софьи Андреевны сразу встало сердце и ноги под стулом стали колесом. Она смогла подняться только тогда, когда нерасторопная дочь, копаясь зачем-то в заколотых волосах, выдралась из-за стола и с каким-то восторженным выражением на бледном изрисованном лице отпахнула кухонную дверь. Извернувшись несколько раз между мебелью и гостями, Софья Андреевна схватилась за ее плечо и увидала, что на кухонном столе, отражаясь в упругой лужице, горит и пляшет бумага из-под колбасы. Тут же рядом, брошенные кое-как, сверкали неверным золотом ножи и вилки, чахли картофельные очистки — и струилась у самого фильтра, опираясь на столбик как бы серого войлока, забытая сигарета. Колька и Маргарита стояли у окна, соединившись в неловком поцелуе, чем-то похожем на детскую печатную букву, написанную с зеркальной ошибкой. Их впалые щеки казались страшно похудевшими, скрещенные очки висели непонятно на чем, и они, не замечая, наступали друг другу на ноги, будто хотели забраться на лестницу, — а в Маргаритином глазу, скошенном на вошедших, дико горел зеленый волчий огонек.

Внезапно они расцепились с сосущим писком и оба стукнулись о подоконник, их черные губы не могли шевельнуться. Только теперь обомлевшая Софья Андреевна смогла ворваться в маленькую шевелящуюся кухню. Отмахиваясь от теплых и мягких полиэтиленовых мешков, валившихся на нее с веревки, она рывком пустила на застрекотавшие в раковине тарелки жидкий огненный столб, просунула кастрюлю, выдрала ее, вспученную, сплеснувшую, и кинула из кастрюли в пекло перевернувшуюся тяжесть золотой воды. Господи, как ей было плохо! — и в то же время странно, нейтрально, — ей казалось, что она только вспоминает огонь, жаривший на стенах масляную краску на манер яичницы, забиравший себе полотенце с озарившегося, завилявшего крючка. Этот любовный пожар она действительно вспоминала потом, ночами, в больничной палате, где сквозные ряды железных коек темнели против коридорного света, шедшего сквозь стеклянную стену, словно готовые наутро к перевозке тел. Слишком долго длился миг между жизнью и катастрофой — слишком тянулся на этот раз, обрастая подробностями псевдожизни, ночными болями, процедурами, мокрыми тапками и свинцовыми разводами на полу после уборки палаты, безвкусной теплотою больничной пищи, страшными, нутряными запахами старой канализации. Оцепенелый миг, когда неясно, чем все это кончится: брошенная вода раскинулась, повалив кофемолку, с накрытого ею стола застучало дробнее, поплыл разбавленный пепел. За больничным окном непрерывный дождь, словно безводный песок, сухо сек невидимые ломкие кусты, вдалеке, в тишине, со скрипом поворачивал трамвай, точно чистили песком огромную кастрюлю. Каждую ночь кого-нибудь провозили по коридору, шаталась и брякала высокая капельница, — и за белым столиком, где на больничных записях стояло нарядное, как матрешка, красное яблоко, не было медсестры.

Она приходила в шесть утра — не зажигая света, всхлипывала градусниками, наклонялась над маленькими темными изголовьями; невозможно было определить, далеко она или близко в сквозном пространстве десяти кроватей, словно поставленных на покатый лед, по которому она осторожно шаркала мягкими шлепанцами. Дверь в палату оставалась открыта, — вся пятиэтажная больница, с ее высоченными потолками, сквозила и брякала своим стеклянным и железным хозяйством, струились водопроводные трубы, тормозил, квадратно ухая полом, допотопный лифт. Казалось, будто за время сна тебя куда-то перевезли со всем имуществом, временно приткнули к потертой стенке; молодая холодная рука медсестры вызывала страх, хотелось, чтобы тебя никто не трогал, оставил бы в легоньком, еле укрытом тепле, не мешал бы длиться ночным воспоминаниям. Именно с того, шестьдесят второго дня рожденья, когда Маргарита с Колькой одевались в прихожей, оставшейся после них в виде банной раздевалки с запотевшим зеркалом и мокрыми *босыми* следами на полу, — с этого дня Софье Андреевне начало мерещиться, будто все, что случается, происходит уже не с нею, а с другими людьми, она же только подает положенные реплики. Невеста-дочь, раскорякой обтаптывая лужу, раскиселивала в ней большую тряпку, потом закручивала ее над ведром в судорожный крендель, черная жижа текла по белым рукам, — а надувшийся муж Людмилы Георгиевны глядел не отрываясь на ее широкие плечи, на слежавшуюся косу, выпавшую из прически. Софья Андреевна вспоминала, как Маргарита, в этих своих натянутых чулках, шла на кухню, будто куколка на нитках, совсем воздушная и вместе готовая осесть, сложиться на полу. Догадавшись в конце концов, что же это ей напоминает, вспомнив ощущение *десницы кукловода* над Иваном и соседкой, сопоставив Ивана и Кольку, Софья Андреевна поняла с облегчением, что больше не любит мужа, что сыта по горло его неувядаемой молодостью. С этого вечера она погрузилась в сумрак, странно выделявший белизну постели и снега, а через несколько недель пошла к врачу.

Глава 10

Лет, наверное, пять или шесть продолжалось это тихое существование. Баб возле Кольки не водилось никаких, белишко его, отдаваемое матери в стирку аккуратным тючком, было по-детски безупречно. Комариха, слышавшая кое-что о дальневосточных сопках, начиненных ракетами против китайцев, уже опасалась, что Колька служил на «точке», отобравшей у него силу мужика. Все-таки она надеялась, что дочке учительницы будет необязательно то, чего, наверное, показалось мало оторве Раиске; в крайнем случае хватит раз в полгода, чтобы только завести детей, но внезапно дела приняли новый оборот.

Колька с Маргаритой поженились скромно, не дожидаясь Колькиной квартальной премии; дамы из отдела информации, ненавидевшие Маргариту теперь уже совершенной и полной ненавистью, так горели желанием увидеть ее жениха, что сбросились по десятке и позвали молодых после загса заехать на службу, чтобы принять поздравления коллектива. Колька, все в том же коричневом костюме, держался прекрасно и по очереди тыкался губами в дамские, лебедями изогнутые ручки, отчего растроганные дамы долго чувствовали приятную томность и крупную тяжесть своих дорогостоящих колец. Это не мешало, а скорее помогало им свысока глядеть на Маргариту, чье неуклюжее платье из дешевого атласа выглядело едва ли не желтым по сравнению с тюлевой фатой, которой хватило бы, наверное, на целое окно. Этот грубый, словно вывернутый наизнанку ворох, кое-как устроенный на узкой, осторожно несомой головке, вызывал особо тонкие улыбки дам, бессознательно относивших фату к КГБ и к Маргаритиной так называемой *невинности:* фата была для них сейчас как символ организации, полной отутюженных женихов на все размеры, с сорок четвертого по пятьдесят шестой.

В будущих семейных Маргаритиных раздорах дамы сразу и решительно взяли сторону Кольки, в знак чего самая важная из них, сжав провисшее плечо новобрачного, поставила на его щеке аккуратную розочку помады. Начальник отдела вручил молодоженам изукрашенный, в фальшивых медалях, чуть ли не коронованный самовар, работавший на самом деле как электрический чайник, и, заводя глаза под сияющий лоб, пятясь на плюшевое знамя, прочел наизусть стихи о любви. В стороне, поражая высоченным кривобоким ростом и черной бородой, отросшей словно у покойника, тихо улыбался отдельский художник Сергей Сергеич Рябков. Он работал давно, но будто только сейчас возник среди коллег — впрочем, он всегда был какой-то не совсем достоверный, принципиально отсутствующий, с ним не находили темы для разговора и, пребывая подолгу в одном помещении, здоровались по нескольку раз. Он будто изображал собою, своим дощатым телом и обликом местного производства, нечто *иное*, едва ли не историческую личность, — и эта двойственность становилась порою настолько нестерпима, что местный человек в Рябкове, сдающий себя в аренду и всего лишь немного угнетенный, представлялся дамам отдела как исключительный негодяй.

Теперь наконец Маргарита вполне удовлетворила свое желание быть *вместе* и *заодно*. Молодые действительно зажили счастливо — на ветхой раскладной тахте, сумевшей только раз, после многих скрипучих качаний, разломить ревматический угол своих половин, откуда выпала пакля многолетней пыли и старый карандаш. Этой плоской лежанки, потертой стенки с удивительно живым узором на открывшейся части обоев молодым оказалось вполне достаточно. Казалось, они могли найти прибежище возле любого предмета и куста, хоть в городе, хоть в чистом поле, — и действительно, какой-нибудь забрызганный столб или киоск, закрытый на обед, частенько служил им поводом остановиться и завести беседу, умиротворенно поглядывая на прохожих. Сохранный и общий предмет был как бы третий у них, они за него держались, но в принципе не нуждались особенно ни в каких вещах. Молодые завели привычку есть из одной тарелки, небрезгливо пить из одного стакана, а после Маргарита в нем же разводила удобрение для цветов или разбалтывала яйца, которыми мыла голову, оставляя в мутной посудине липкие волоски.

Если до ее переезда на проспект в хозяйстве Комарихи все же сохранялся порядок и каждая вещь служила для определенных целей, то теперь кухня смешалась с ванной и с обеими комнатами, вещи утратили свое назначение и стали забавные, будто отданные в игрушки. Больше не имея задачи изображать и выражать самих себя, вещи сделались просто деревом, нержавейкой, фарфоровыми черепками, употребляемыми так или иначе в зависимости от сиюминутных нужд. Безымянность вещей окружала молодых, и они, чего-нибудь захотев, просто протягивали руку и не заботились, чем окажется предмет на следующий раз, не выбирали, не вытирали грязи, хранившей в сумраке квартиры множество отпечатков их простодушной жизни, подобных зверушечьим или птичьим. В этом талом сумраке, с извечной длинной лужей из-под холодильника, выбелившей линолеум до самых дверей, с засохшими тряпицами, валявшимися там, где что-то затирали на полу, ничто не проходило просто так, все, что ни сдвинь, оставляло следы — не отличимые, если не помнить, от других бледнеющих потеков и кругов, но сразу взывавшие к памяти. В квартире словно бы стояла вечная и грязная весна, створы форточки висели криво и надтреснуто колотились, волнуя занавески. Подчиняясь весне, Маргарита писала на стенках простым карандашом разные заметки, даты, и они серебряно рябили, придавая кляксам, брызгам и паутинам таинственный и вместе житейский, человеческий смысл.

Собственно, Маргарите и Кольке были чужды общепринятые изъявления человеческих чувств, им хватило бы просто сидеть и говорить о чем угодно — но тем усерднее они, словно стараясь для каких-то наблюдателей, гладились и обнимались, изучали друг друга, обращая внимание на новые подробности, вроде сломанного ногтя или загара, делавшего Кольку с его веснушками похожим на жареный помидор. Чтобы перейти к настоящим супружеским ласкам, им требовалась какая-нибудь неожиданность, это нельзя было планировать заранее. Но и в обычное время они почти не разнимали рук, их герметичные поцелуи выглядели так, будто выкручивалось и отжималось небольшое полотенце. Казалось, будто они специально хотели надоесть друг другу до смерти, чтобы наконец поссориться и отдохнуть, — и случалось, играли в ссоры, опять-таки изображая в лицах каких-нибудь общих знакомых. Правда, иногда у Кольки проскакивала беспомощная и визгливая, явно привезенная от Раи интонация, — тогда он убегал с перекошенным лицом и долго курил в ванной, сидя на заваленной драными газетами стиральной машине, а Маргарита курила под запертой дверью, сбивая пепел в майонезную баночку и побрякивая холостой задвижкой, не входившей в разболтанный паз. Эта дверь, растресканная на плахи с кусками белил, закрывалась только с одной стороны, и это способствовало примирению, после которого молодые не оставались дома, а, поспешно натянув хорошую одежду, отправлялись на люди, напоказ, чтобы там утвердить свое супружеское согласие.

Колька и Маргарита взяли за правило каждый месяц бывать в театре. Там, отсидев отделение перед пышной сценой, где, по сравнению с телевизором, буквально терялись маленькие певицы и певцы, они в антракте чинно прогуливались по фойе среди поблескивающей публики, с удовольствием слушая нестройные звуки инструментов, трубивших и чиликавших в освещенной оркестровой яме, будто целый музыкальный зоопарк. Маргарита была по-настоящему счастлива в театральных закоулках, в пустых и светлых тупичках с боковыми лестничками, где можно было поцеловаться и покурить; она казалась себе такой же, как нарядные дамы, стоявшие на полированном полу в безупречных туфлях, величаво обособленные зеркальным сиянием плит и своим на них неверным отражением. Из-за этой зеркальности под ногами все шагали здесь немного искусственно, будто танцевали, и Колька, держа Маргариту под руку совсем не так, как Катерина Ивановна, выступал торжественно, с разворотами, выпростав на кисти, несомой перед грудью и глазами, новые часы.

Специально для театра Маргарита сшила в ателье черное дорогое платье из шерстяного крепа по тридцать рублей за метр — точь-в-точь как на высокой большеротой красавице, отчего-то плакавшей в фойе перед макеткой сцены из «Онегина», переглатывая белым горлом и трогая платочком радужные яркие глаза, застилавшиеся и тут же пустевшие. Маргарите смутно понравилось, что красавица плачет, это было так *театрально,* тем более что не имело никакого отношения к пыльной крашеной макетке со спичечной мебелью, на которую незнакомка глядела не отрываясь, — и Маргарита заказала себе точно такое же платье с вырезом и разрезом, с узкими трагическими рукавами. В нем она настолько нравилась себе, что, заметив себя в каком-нибудь зеркале, тотчас направлялась туда, — и было что-то головокружительное в этом сближении с собой, в абсолютной точности и неизбежности слияния на поверхности холодного стекла; если бы Маргарита увидала вот так свое отражение в озере, она бы, наверное, утопилась от счастья, чтобы не быть по эту, житейскую сторону своей красоты. В подобные высокие минуты, когда у Кольки расправлялись плечи параллельно протертым и приложенным очкам, Маргарита думала, что это не они, обыкновенные и маленькие ростом, переживают такую любовь, а какие-то другие люди — возможно, люди будущего, люди коммунизма. Ей чудилось, что она и Колька всего лишь *изображают* тех прекрасных людей и потому обязаны показываться парой, *показывать* чувства, нагнетая их взаимным горячим трением, — точно так же, как начальник отдела, парторг и другие высокие товарищи, которых Маргарита не знала, изображают коммунистических строителей, носят чужие качества, чтобы спасти их от небытия до лучших людей и времен.

Из-за такого представления все не связанное с мужем стало для Маргариты скучным и пустым, хотя, с другой стороны, ее коробило от Колькиных некультурных привычек. Она отворачивалась, когда он аккуратно смазывал со спички на газету извлеченный из уха комок или, стоя к ней спиной, приспускал отягченные ремнем и толстым монетным бряканьем ветхонькие брюки до полусогнутых колен и начинал из них выбираться, шатаясь и топча измятые штанины. Мир Маргариты сузился до предела, до *общего* с Колькой. Оттуда, как ни странно, выпадала их любовь на рваной, как пустой переплет без страниц, трухлявой тахте — любовь впотьмах, когда они, отчужденно выключив свет, словно стянув через голову непроглядную *застегнутую* одежду, видели проступившее окно с кастрюлей на подоконнике и сразу попадали под власть железного закона, бросавшего их, беззащитных, об стену, за которой кряхтела бессонная свекровь. О такой любви молодые избегали говорить — вообще их разговоры были удивительно монотонны, посторонний никогда бы не понял, чем, собственно, питается беседа, длящаяся до полуночи над одной немытой кружкой с донной коркой неразмешанного сахара. В основном Маргарита и Колька пересказывали друг другу содержание фильмов и книг, — им было интересно, только если оба посмотрели и прочли, и случалось, что если кто-нибудь один не смог, то другой ощущал, будто картина похоронена в нем, отягощает его чужеродным грузом, что он буквально изгнан в джунгли или пустыню, где происходили чужие приключения. Если же все бывало в порядке, каждый мог часами слушать от другого то, что было ему уже известно, — это было удовольствие не в пример тому, как если бы картинка возникала только из собственных дыроватых слов, провисавших среди разбавленного холодом табачного дыма, являя в конце концов все ту же прогорклую кухню, где оба они, замерзшие от незакрытой форточки, сидели и говорили.

Но из-за того, что один словно был свидетелем истории, которую рассказывал другой, между Маргаритой и Колькой посреди сумбурной болтовни возникало особенное, безоглядное доверие, подтверждаемое нежностью ночи, глуховатым свечением проспекта, шуршанием автомобилей, проезжавших словно по густой, волочившейся за колесами траве. На фоне этой доброй тишины молодые могли, как дети, безнаказанно галдеть, перебивать друг друга, смеяться, звуками изображать потасовки и киношную пальбу. Бывало, что Комариха, растревоженная в дальней комнате, притаскивалась к ним и стояла, скривившись, будто от кислого, от электрического света, в линялой ночной рубахе, в елово-зеленом, с колючей бахромою платке на опущенных плечах. Иногда Комариха начинала кричать и шлепать ладонью по стене, отчего поварешки спрыгивали с крючков и падали на грязный пол, — но молодые не обращали на нее ни малейшего внимания. Они вообще почти не видели ее в квартире, как она тихонько возится, мочит в раковине под нитяною струйкой какие-то блеклые тряпки, намыливая их до осклизлой корки горбатым хозяйственным куском. При мысли, что свекровь нуждается в уходе, Маргарита чувствовала одну растерянность и предпочитала просто оставлять ее в покое, будто она соседка по общежитию, и не замечать совсем ее непростиранного бельишка, ее ворчания, ее глухих кастрюлек, выведенных до горелого дна, где бегали рыжие тараканы. Маргарита могла бы упрекнуть себя в безобразной черствости, если бы не ощущала, как это естественно — *отсутствие* посторонних при осуществлении ее идеальной любви. Она не слишком регулярно кормила толстую свекровь — и уж конечно навсегда забросила общественную работу. Пару раз она оставила комсомольское собрание перед пустою сценой с голым стулом и столом, стоявшими врозь, а затем хладнокровно перенесла партийный выговор, действительно легко отделавшись из-за того же КГБ, что обретал все более мифические черты и становился, несмотря на явное присутствие сотрудников и бронированных дверей, как бы вовсе не существующим. Теперь, когда Маргарите пытались по старой памяти дать поручение, она, маяча прямо в глаза сияющими очками, перечисляла по пальцам, сколько раз делала то же самое или тому подобное, пока собеседнику действительно не начинало казаться, что данное дело не имеет последствий и смысла, ничего не дает и ни к чему не ведет.

Однако оставалась еще Катерина Ивановна. За годы, повторявшиеся словно для заучивания на весь остаток жизни, подруги настолько слились, что теперь, когда у одной появился неожиданный муж, вторая просто не могла оставаться в прежнем положении. Маргарита физически ощущала Катерину Ивановну будто большое неудобство за неудобным и тяжким железным станком, что, вырабатывая легонький листок, на каждом шаге словно терял равновесие и еле восстанавливал его переходом каретки, чтобы снова крениться и частить, выплевывая грамматические ошибки. Поддаваясь неясному беспокойству, Маргарита, прежде чем отдать начальству, проверяла всю работу Катерины Ивановны, находя в ней следы глубокого равнодушия в виде необъяснимо длинных пробелов между словами, а по вечерам бежала к ней домой, чтобы полюбоваться на нее, сидящую в кресле, развернутом неизвестно к чему, с неразжеванным куском за щекой и мертвой, будто голубь, книгой около ноги. Этот книжный падеж, доходивший до десятка штук, распластанных на полу, этот жалобный взгляд, устремленный в пространства штукатурки, тусклая пыль, из-за которой вещи делались двусмысленны, будто подчистки на листе, будто все вокруг Катерины Ивановны было переправлено на ложь, — все это совершенно выбивало Маргариту из колеи; болезни Софьи Андреевны, внезапно открывшиеся в поликлинике, были словно признаки того же распада и представлялись Маргарите, несмотря на их житейскую обыденность, едва ли не смертельными. Маргарита не могла успокоиться, не сделав что-нибудь с Катериной Ивановной; сперва она поучала ее и придиралась к ней, мучимая каждой ниткой на ее одежде и каждой дыркой на чулке, но скоро поняла, что это не путь. Следовало попросту выдать Катерину Ивановну замуж, и Маргарита приступила к делу без промедления. Кандидат у нее имелся один — разведенный художник Рябков.

Глава 11

Сергей Сергеич, как и Маргарита, был ветеран общежития, где из-за стажа и скверного, хотя и тихого, характера занимал отдельную комнату. На ее дверях в отсутствие хозяина болтался тяжелый, как гиря, опасный в потемках для нежных пальцев амбарный замок. Когда-то Сергей Сергеич был женат и ушел из семьи и из родной коммуналки, оставив белокурой девочке-жене, будто лучшую свою картину, вид из заклеенного окна: там преобладание неба над домами, боком сходившими под гору и всегда словно припудренными синим или серым небесным порошком, совершенно отвечало его образу мыслей — а вдали, отличаясь от ближних луж длинной скованностью берегов, поблескивал пруд.

Теперь же прямо в окне у Рябкова размещались столбы с веревками, на которых развешивалось белье. Великоватое для комнаты немытое окно все время полнилось надутым шевелением в такт приподымающейся занавеске — стремлением увеличиться и выпятить застиранные пятна, отчего Рябкову становилось трудно дышать. За столбами торчал дровяной сарай, за годы созерцания его Рябковым отцветший в отрешенный серый цвет и рассохшийся вдоль и поперек, что соответствовало происходившему в комнате; здоровенный сарай не влезал в окно, все время хотелось лечь на подоконник и перегнуться, чтобы увидеть дальний, самый резкий край его неровной крыши, откуда, угловато пожав плечами, взлетала ворона. Казалось, что этот пейзаж более самого хозяина влиял на обстановку его жилища. Внутри у Рябкова имелся некрашеный шкаф, похожий на деревенский туалет, кровать, похожая на все кровати неимущих, что усугублялось ее однотипностью с полутора сотнями коек на обоих общежитских этажах; имелась куча посылочных ящиков и драпировочных тряпок, на них Рябков ставил натюрморты, выпрашивая и воруя разные волнующие предметы, которые, будучи отработаны, большей частью валялись за дверью подле щербатого веника, любившего по ночам, прочертив по стене дугу, хорошенько треснуться об пол.

Сами работы Рябкова, тяжелые, как половики, грудились за шкафом и висели по стенам на гвоздях, так что взгляд невольно искал в одной продолжение другой, требовал общей составной картины, выходившей, несмотря на статику написанных вещей, картиной разрушения, опасного крена. То, что предметы, вылепленные длинными хвостатыми мазками, равнодушные, но словно бы линючие, заполнявшие своими рефлексами как можно большее пространство работы, — то, что эти предметы еще и продолжали существовать в действительности, вызывало у гостей Рябкова настоящий шок. В особенности одна чугунная пепельница, присутствовавшая почти везде и разными способами боровшаяся со своею плоской природой, казалась отвратительна — такая маленькая и *простоватая* в виду своих больших изображений. Каждому хотелось ее очистить, вытряхнуть, сделать ее облик нейтральным, как из магазина. Но после того, как в ведро ссыпалось веющее пеплом содержимое, штуковина оставалась серой и рыхлой изнутри, в точности как на картине возле шкафа, где рядом с пепельницей темнела невыразимо зловещая плошка, — в луже пролитого из нее варенья, с уродливыми ягодными комьями, ползущими по залитому боку, с оплывающим на дно остатком, видным на какой-то боковой просвет, — толстая, немыслимая вещь, явно взятая из головы, хотя, глядя на нее, все время тянуло посмотреть вокруг, убедиться в ее реальном отсутствии.

Женщины, изредка ходившие к Рябкову, — все больше интеллигентные, старше его годами, с мыльной бледностью и длинными морщинами вокруг беспокойных глаз, — старались не оставлять в его комнате буквально ничего своего, непременно уносили тюбики, шпильки, расчески с

женский почерк

золотой паутиной волос, даже окурки с помадой перед уходом вытряхивали в мусор, словно боялись, что за ними следит милиция. Пока подруга в задранном, будто на стиральной доске, истерзанном бельишке еще оставалась в кровати Рябкова — в яме на одного, откуда хозяину сразу приходилось вылезать на холод, на ледяные половицы, — пока она еще лежала, затуманенная, возле своего пустого платья, брошенного на табуретку, в ее реальность верилось, и Сергей Сергеич, пусть озябший, не вполне удовлетворенный, был не один. Когда же подруга, одетая криво, будто вешалка в шкафу, выкрадывалась в коридор, все становилось так, будто она не приходила вообще, и Рябков сидел на заправленной кровати, точно покойник на своей могиле, пронзая взглядом пустые оконные стекла, цедившие, как марля, мутный свет несчастливого дня.

Вероятно, женщины, неизвестно почему ходившие в этот пасмурный сарай с видом на сарай, подсознательно чувствовали противоестественность соединения вымысла и реальных предметов в картинах Рябкова. Его натюрморты были так равнодушны к созерцателю, как никогда не бывает в действительности равнодушен самый запущенный угол или мрачный пейзаж, где всегда найдется что-нибудь вроде воды, или птицы, или радужного чертежа паутины, готовое выразить собою чувства смотрящего человека. Странно тяжелые на гвоздях, точно чрезмерно полные собою, работы Рябкова создавали совершенную иллюзию, будто в явленном пространстве нет ни единой живой души, в том числе и самого живописца; стоящий перед картиною зритель внезапно бывал охвачен жутким ощущением своего небытия, он словно едва дотягивался до пола ослабевшими ногами и испытывал потребность лечь, чтобы ощутить по крайней мере свою телесную длину. Выходило, что предметы, которыми *здесь* более или менее спокойно пользовались разные люди, усилиями Рябкова бывали перенесены туда, где никто из этих людей не мог находиться в своем живом и естественном виде, — то есть буквально на *тот свет,* в запредельный мир искаженных форм, державшихся на взаимном равновесии тусклых, направленных только *вниз* источников освещения, как бы глядевших и дававших оценку окаменелостям. Заставляя реальную пепельницу или бутылку стоять на выдуманной тумбе посредством плохо прилегающих к поверхностям теней, под которыми кое-где угадывалась пустота, Сергей Сергеич делал по сути то же, что и древние язычники, хоронившие с мертвецами утварь, чтобы переправить ее в область бессмертия. В результате, судя по музеям, получались некие подземные и темные предметы, так же подобные наземным и реальным, как корни бессознательно и грубо подобны ветвям, — до них приятель Рябкова Олежа Каратаев был большой любитель и небрезгливый коллекционер. Правда, он почти никогда не притаскивал настоящих древностей, его находки были большей частью ломаным и грязным барахлом, но в них, особенно в детских игрушках, выброшенных кем-то на помойку, удивительным образом сквозила *потусторонность*, что вызывало у Рябкова бескорыстное восхищение. Он единственный сочувствовал Олежиным археологическим раскопкам, принимаемым всеми за поиск пустых бутылок, а Олежа, в свою очередь, был готов делиться свежеотмытыми сокровищами, оставляющими на столе, на расстеленной бумаге, слякотные мокрые следы. Те композиции Рябкова, в которых участвовали главными фигурами Олежины экспонаты, были либо очень темны, либо очень светлы и отличались какой-то меркнущей бесцветностью, беспорядочным, словно бы на ощупь и по отдельности, выпячиванием формы. Одна из женщин Рябкова, экономист, но бывший искусствовед, за что ей прощалось всегда не по сезону теплое белье и розовая оправа на толстом лице, заметила однажды, что это воспоминания слепого, забывшего, как выглядит обстановка его жилища; другие приятельницы требовали убрать «извращение», пока они в гостях, куда-нибудь за шкаф.

Немудрено, что никто, кроме Олега, не хотел давать или оставлять Рябкову своих вещей, и тогда он просто крал манившую его чужую собственность: движением локтя, каким подхватывают под ручку нерешительную даму, спихивал ее в раскрытую сумку, висевшую на плече. Он чувствовал так, будто его самого берут через одежду, словно сковородку через тряпку, и одновременно радовался угловатой тяжести добычи, ее развороту в натянутом брезенте, что превращало бытовую вещицу в такую резкую и глыбистую штуку, которую хотелось немедленно писать. Сразу хозяин квартиры и вещи становился в глазах Сергея Сергеича каким-то суетливым, совершающим много неожиданных движений. Выскочив от него на улицу, незастегнутый Рябков испытывал ни с чем не сравнимое чувство свободы, легкости на ветру, его пьянила рябь и радуга в глазах, как будто он глядел в бинокль, где все, немного слишком резкое, внезапно прыгало и смещалось, и прохожие прыгали, лихо взмахнув руками, так что, когда они снова попадали в поле зрения, было даже удивительно, что они продолжают шагать как ни в чем не бывало. Сам Рябков, настраивая мнимый бинокль на разные занятные штуки, пребывал неизвестно где, в темноте; его толкали, непредсказуемый асфальт шоркался о подошвы, и он каким-то чудом, на автопилоте, добирался в конце концов до общежития. Там старикан-вахтер, до того едва не падавший, засыпая, в свои раскрытые газеты, приподымался и следил за ним с неясным подозрением, — освещенный и полусогнутый, он таращился в длинную темноту как бы не туда развернутого коридора, пока омраченный фигурой проем стеклянистого света не сообщал ему, что художник, пьяный или трезвый, уже у себя.

Отдышавшись, счастливый Рябков вынимал добычу обеими руками, клал на кровать в глубокое местечко и принимался сооружать из ящиков и тряпок что-то вроде постамента. Первое время предмет, водруженный на место среди других, подобранных к нему, сиял Рябкову какой-то яркой, первозданной свежестью, тень его лежала деликатно, будто сброшенная оболочка повседневности, будто простое белье у ног стыдливой, *нетронутой* женщины, не смеющей через него переступить. Рябков волновался, не мог работать, только ходил, примериваясь, то и дело лазал в свой обшарпанный и мокрый холодильник, просвеченный лампочкой сквозь все сырые черные решетки, и пожирал с застылого блюдца, забирая их облизанными пальцами, слипшиеся ломти сыра, колбасные окаменелости. Потом он внезапно успокаивался, что-то внутри отпускало, дыхание его становилось ровным, будто у спящего. Он принимался за дело, все более углубляясь в соотношения на подрамнике, работал там как землекоп, иногда в ликовании и испуге отбрасывал липкие кисти, неуклюже закуривал, обнаруживая, что руки его не меньше кистей перемазаны краской; он так и этак разглядывал свою заглубившуюся из плоскости работу, и постороннему наблюдателю могло показаться, будто живописец, это лохматое страшилище, красуется перед зеркалом. При этом Рябков все реже посматривал туда, где что-то еще оставалось на ящиках, грубо проступавших под драпировками, — жарилось на солнце, все более являя картину несущественной мелочи, разбросанной на таком расстоянии, что между *выработанными* вещами просто не могло уже возникнуть осмысленной связи.

Когда наступали сумерки, Рябков, голодный, смутно раздосадованный, окочанело падал на кровать. Во сне у него ужасно болели ноги, ритмичная музыка из соседних комнат заставляла его подергиваться, на подушку натекала горькая слюна. Если в такие дни Рябкову случалось выйти по делам или же на службу (он всегда устраивался так, чтобы иметь свободный график), окружающие по деревянной походке и злобному взгляду принимали его за алкоголика. Отсутствие спиртного запаха в густой и жаркой смеси пота с табаком воспринималось ими едва ли не с испугом, они шарахались от Рябкова, от его мотающейся сумки, сбивавшей с ритма шаги и едва ли не заставлявшей пятиться этого долговязого человека, настолько он был бессознателен и как бы бесцелен во всей красе своей заношенной рубашки, расходящейся по швам, будто истертая по сгибам бумага, и перекрученных брючат, где комья карманов казались единственным содержимым костлявых чресел и грубо брякали ключами, когда Рябков, кивая сам себе, поднимался по лестнице.

Обычно, вернувшись домой, Рябков обнаруживал, что позабыл купить еду, но не было уже никакой возможности снова выбраться на улицу, нельзя было даже вообразить очередь вдоль продовольственной витрины, заставленной, будто витрина хозмага, пирамидами железных консервных банок. Тогда Рябков выкапывал пальцами из буханки более-менее мягкий, отдающий лекарством кусок и, допивая из немытых чашек придонную бурду, наполняя рот сладковатой грубой кашицей, снова брался за кисти — уже в предчувствии угасания, близкого тоскливого конца. Рябков заканчивал свой натюрморт не тогда, когда работа, по его впечатлению, была готова (до настоящей, выставочной готовности он добирался чрезвычайно редко), а когда в душе его иссякала вера вот в этот, слишком запестренный кусок полотна. Бессвязные краски, ничего не дававшие друг другу, струпьями засыхали на палитре, как бы репетиции картины: в сумраке, при черной, ледяной, невключенной лампе буквальное родство этих двух изъезженных поверхностей отдавало безнадегой, тщетою всякого труда. В изнеможении Рябков бродил среди табачного дыма и беспорядка, перенося с места на место какую-нибудь рубашку или книгу, среди грязной посуды, изъязвленной окурками, среди выжатых тюбиков, уже совершенно неподатливых и с царапаньем таскавшихся под ногами наподобие свинцовой стружки. Надо было все прибрать, купить еды и папирос, вскипятить на общей кухне странно легкий и болтающийся чайник — но у Рябкова не было сил, он даже не мог сообразить, с какого конца приняться за работу. Он нуждался в помощи и с замирающей, нежной надеждой прислушивался к шагам в коридоре, поглаживая себя обеими руками по спутанным волосам. В такие вечера он был чувствителен, как женщина, и даже плакал с глубокими сладкими вздохами, утираясь длинными расшатанными руками, — и вздохам вторило глубокое кишечное урчание. Предмет, украденный неделю или две назад, теперь представлял собой всего лишь часть беспорядка: время от времени Рябков подбирал его, чтобы где-нибудь скрыть, и недавний любимец теперь действительно казался ему каким-то маленьким и глуповатым, было даже удивительно, что он еще издает самостоятельные звуки, звякает и стукается, будто настоящий. По сути, предмет уже не имел никакой реальной ценности, все ценное от него Рябков перенес на полотно, что источало пьяный запах сохнущей краски и головную боль, но все-таки он не мог просто выбросить этот огрызок на помойку, где все время кто-нибудь выколачивал из ведер разные мерзости, слипшиеся мокрые газеты. Так украденное оставалось в комнате уликой, в лучшем случае прикрытой старыми рябковскими штанами, — и однажды одноклассник Рябкова, спортсмен с округлой цветущей мускулатурой, стройный, как букет, аккуратно постучав в дверь и встретив ласковый взгляд хозяина, расшлепал ему рот в соленую медузу за свою чугунную статуэтку, которую затем унес, вдумчиво взвешивая на могучей, хорошенько после удара вытертой руке.

Глава 12

Собственно, Сергей Сергеич имел пристрастие к натюрмортам не потому, что это было его высокой задачей, а просто ничего другого не умел. Он не получил специального образования: сразу после школы отнес документы в университет, который всю жизнь наблюдал из окна, удивляясь, до чего это массивное и правильное здание чувствительно к погоде, как оно легчает от вьющегося снега, плавает в метель, сыреет в дождь, сохраняя в нишах таинственную темноту и разноцветные, словно завороженные людские фигурки, а весной, на первом ярком солнце, бледнеет и тускло слепит полированным цоколем в серых глухих разводах как бы засохшей соли, а ближе к земле проступают черные пятна ледяной испарины, уходящей из камня зимы. Не было ничего естественнее, чем поступить туда: для Рябкова, вообще не любившего выходить из дому, это означало остаться практически на том же месте, буквально у себя на подоконнике.

В университете, оказавшемся внутри гораздо темнее и глуше, чем обещала светло-серая облицовка, Рябков, бородатый чуть ли не с детства, оказался в самой богемной и одновременно почему-то самой комсомольской компании, вечно ставившей спектакли с хоровыми выкриками и громким пением в ряд у самого края сцены, проводившей танцы, всюду таскавшей за собой разболтанный, елозивший катушками магнитофон. Там Рябкову, как самому тихому, поручили рисовать стенгазеты, от которых у него оставалось чувство, будто он без конца расписывает ярмарочную карусель. Главная редакторша, толстая подслеповатая девица с тугими ногами, закованными в джинсы, и колыханиями в просторном свитере, диктовала ему заголовки по слогам — и с тех пор творчество Рябкова сводилось, по сути, к тому, чтобы уйти от заголовков и подписей, вообще от всяких наименований, — сделать так, чтобы его работа была совершенно сама по себе, как некий новый предмет, способный всего лишь попасться на глаза, безо всякой связи со словарным запасом у зрителей.

Скоро Рябков оставил университет и свой иняз (ему все время казалось, будто на английском и французском можно сказать только что-то условленное, заранее известное) и продолжил свое образование по разным изостудиям, где рассыхались и бренчали мелким мусором вконец *исписанные* кувшины и по стенам, в резком свете направленных ламп, белели гипсовые слепки античных ушей и носов. Их материальная грубая белизна в совершенстве отвечала белизне нетронутого ватмана, наколотого на мольберты, но после трех положенных часов рисунка тут и там на листах возникали подобия слепка разной степени черноты, маленькие и жалкие, будто увядшие редьки. Сам Рябков ничем не отличался от других, его успехи были весьма сомнительны. Он так и не научился рисовать людей, не овладел наукой пластической анатомии, о которой важно толковали самые *продвинутые* студийцы, — как правило, это были сорокалетние помятые дядьки, прокуренные до горькой духоты и приносившие на занятия тяжеленькие полиэтиленовые мешочки с пивом, после валявшиеся липкими шкурками, словно склеенными белой слюной.

Несколько раз, собрав со всех по три рубля, они приглашали натурщицу, худенькую стриженую девочку с большим пылающим носом и такими же большими, толстыми, кровавыми губами, отчего ее улыбка при опущенном взгляде получалась неуклюжей, чем-то напоминающей стоптанную обувь, а ее холщовая сумка неловко путалась у шаркающих ног. Натурщица раздевалась за ветхой трясущейся ширмой, высоко подымая вывернутый, лохматившый ее тугою горловиной серый свитерок, и выходила оттуда уже иной походкой, высокой и птичьей, с примятым треугольником волос внизу живота, обхватив свои костлявые белые плечики неожиданно грубыми и темными, почти мужскими руками. Кто-нибудь из дядек помогал ей взобраться на возвышение: там, сперва поднявшись в рост и задевая опущенной головою какую-то сухую ветку с теневыми призраками листьев, резко увеличенными на потолке, натурщица затем неловко укладывалась на твердые доски, едва прикрытые старой лиловой шторой, — и с этого момента внимание Рябкова совершенно рассеивалось. Вместо того чтобы рисовать, он лишь украдкой наблюдал, как дрожит рука, на которую опирается натурщица, как натягивается тряпка между этой рукою и слабеньким, слегка расплющенным бедром. Девственник, он не мог отвлечься от факта, что перед ним голая женщина, и все время косился на приотодвинутую ширму, где виднелся угол стула и на нем — пустая одежда, верхняя, привычная для глаза, вперекрутку с беленькой, и в джинсах, брошенных мешком, — веревочки скатавшихся трусов. Все силы Рябкова на таком сеансе уходили на борьбу с собой; временами, когда он видел на теле натурщицы грубые следы бельевых резинок и более нежные линии по границам прошлогоднего загара, превратившегося зимою в прозрачную, зябкую тень, девушка, размеченная так, уже казалась ему почти одетой. Но тут, следуя ковылянию граненого и слишком длинного, как бы потерявшего свое начало и конец карандаша, Рябков опять буквально натыкался взглядом на маленькие груди натурщицы с пухлыми кружками, торчавшие как молодые грибки в розовых зачаточных шляпках, — и снова чувствовал себя горячей бомбой, способной на ужасающий взрыв. Он чувствовал себя опасным, смертельно опасным, — кажется, он мог бы запросто убить натурщицу, когда она, поправляя разъехавшуюся позу, рывком приподнималась на опорной руке, и левая грудь ее немного морщилась от собственной нежности. Несмотря на то что девушка уже не улыбалась сладковато и смутно, как в начале сеанса, а сидела с лицом, какие бывают в очереди к врачу, ее изнывшее тельце, мусолившее коленку о коленку, было преисполнено такою нежностью и жалостью к самому себе, что Рябкову мечталось только об избавлении, о каком-нибудь перекуре.

Наступал перерыв; натурщица, двигаясь как ожившая кукла, наволакивала на себя сатиновый, взятый у уборщицы халат и расхаживала по студии, хляпая под халатом голыми нетвердыми ногами, либо курила у стола преподавателя в окружении дядек, гоготавших и наперебой совавших в пепельницу перед девушкой свои раскочегаренные папиросы. Рябков не смел присоединиться, ему легче было бы сейчас заговорить с английской королевой, чем с этой девчонкой, курившей как-то механически, часто поднося сигарету к отверделым и поблеклым, как некрашеное дерево, губам. Она была теперь ужасно непривлекательна, действительно похожа на уборщицу, но ее шишковатая смуглая кисть с длинной, как дудочка, сигареткой снова делалась женской и женственной, сзади на открытой шее ровной елочкой темнел пушок. Не зная, куда себя девать, Рябков разглядывал работы на чужих мольбертах и отмечал со злорадством, что его — не самая худшая. У старшеклассниц, долгополых прыщавых тихонь, составлявших в каждой изостудии дамское большинство, обнаженное тело выходило точно одетое в лыжный костюм, а более уверенные рисунки, которые особенно хотелось похаять, были таковы, будто девушка разбиралась и собиралась на манер какого-нибудь конструктора. Впрочем, рисунок самого Рябкова был на самом деле безнадежен; только теперь он понимал, что рисовал натурщицу, словно ходил по бумаге на ходулях. Проработанные части отстояли слишком далеко, они не собирались в целое, не было никакого смысла продолжать, — и когда натурщица, стоя уже у помоста, некрасиво заводя за спину спеленутые руки, стягивала и топтала фиолетовый халат, Рябков, для виду поглядывая на часы, выскакивал из студии мимо удивленного преподавателя, давившегося вместо слов глотком крепчайшего седого чаю.

На свободе и на ветру, дувшем с невероятной силой, издавая при этом слишком слабые, испорченные звуки вместо духового трубного гудения, оглохший Рябков, машинально перебегая и заворачивая среди очень смутно связанных с землею геометрических крыш, устремлялся к дому, и только к дому. Там, едва не по перилам вскарабкавшись на свой этаж, автоматически возникавший в положенном месте, он тщательно, на все замочки и замки, запирал за собою входную дверь и потом, уже в своей криво зашторенной комнате, натягивал на стальную петлю короткий крючок из гвоздя. Здесь, в относительном одиночестве, с далеким и словно бы полым соседом за толстой стеной, мысленно стараясь отделаться от родителей, уехавших по назначению военного отца в Прибалтику, он бросался в сырую, словно свежей известкой побеленную постель и, сдавленно дыша, принимался катать и потряхивать свой обмяклый холодненький орган. В разгар дикарского и грубого труда, не тронутого нежностью ни к себе, ни к скучнеющей, при ослаблении усилия, натурщице, все время что-то мешало добыть терпеливым трением едкий огонек: то горбатый сосед внезапно пробегал по той стороне стены, то крючок падал глубже в петлю от чьих-то коридорных шагов и обретал самостоятельность и злую трепетность насекомого, готового внезапно сняться и исчезнуть. Когда же, в секундном тугом забытьи, преступнику все-таки удавалось выкачать со дна своих тощих, похожих на ушат, истомленных чресел сладкую судорогу, несколько капель набухшей кашицы, которыми едва не намертво склеивалась употребляемая для вытирания старая наволочка, — все становилось просто ужасно в этой неубранной комнате, будто перевернутой вверх ногами, будто ее содержимое однажды упало с пола на потолок. Все вокруг представлялось рухнувшим, и нечего было даже пытаться выглянуть на улицу, на волю, где каждая вещь внизу казалась сброшенной с высоты и разбитой о землю.

Рябков затруднился бы сказать, сколько состоялось сеансов с дрожащей махой на легонькой тряпке. Его поражало, как похожи были один на другой эти уроки одиночества; когда преподаватель, с наклоном узкой, будто галька, головы, соответствовавшим наклону карандаша, правил равномерными штрихами рисунок обиженной школьницы, — когда они опять проделывали это, у Рябкова возникало чувство, будто они сговорились его измучить и каждый раз играют для него спектакль. А однажды вместо девушки-натурщицы на собранные деньги явился мужик в тулупе и новых росистых валенках. Отправившись в полном уличном виде за ширму, он выскочил затем оттуда белобрысый и розовый, страшно ощеренный, прикрываясь горстью, где у него было татуировано чернильное солнце, похожее на школьный транспортир. Он принял на помосте какую-то смутно знакомую Рябкову античную позу, и все прилежно зашуршали карандашами, — но Рябков в наготе мужика отметил что-то мясистое, бабье; обнаженное человеческое тело представилось ему чем-то бесконечно чуждым, не имеющим отношения ни к жизни, ни к искусству.

Чтобы добыть свое жалкое удовольствие, Рябкову следовало вообразить себя совершенно одиноким, круглым сиротой, — и это одиночество, необходимость прятаться и замирать в позе мальчика на деревянной лошадке долго мешали преступнику получить женщину по-настоящему. Он и женился только потому, что после нескольких неудачных опытов, когда у подруг между ног было словно запечатано сургучом, его Тануся вдруг раскрылась ему попростому, будто анютина глазка. Она оказалась настолько неряшлива, что сворачивала с себя одежду целиком, со всем бельем, и простая изнанка ее неказистой кожуры, особенно медовые и влажные морщинки на середке распятых штанишек, возбуждали Рябкова и придавали ему незнакомую прежде решительность. После он сумел увидеть и самое пресновато-белую, трогательно молоденькую Танусю, даже полюбил ее за то, что она, с ее мальчишескими ухватками, щадила и жалела его, интеллигента, гладила по унылой голове, неприхотливо сносила жуткий беспорядок с оттенком катастрофы, с оползнями книг, который самого Рябкова вполне устраивал. Все-таки изредка, когда Тануси не бывало дома, Рябков вызывал к себе длинную, как крокодильчик, резвую натурщицу и наслаждался ею прежним способом, изгибаясь на съехавшей постели, роняя с одеяла Танусин растрепанный конспект. Никакой другой мираж, особенно из глянцевых, заласканных, плескучих журнальчиков, не допускался в воображение и в безлюдную студию, где натурщица, довольная и румяная, поглядывала себе на тело, нежно наполнявшее мужскую — только одну, едва достающую — руку, как поглядывают на новое платье, и совсем не обращала внимания на самого Рябкова, порождаемого в ее глазах деревянным хаосом оставленных мольбертов, перспективой сумрачного зала, запертого на ключ. Это была своеобразная верность, может, даже любовь; когда Рябков затихал, буквально раздавив себя о мечту, у него до странности больно сжималось сердце; собственная однорукость, проявлявшая себя и в лежачих объятиях с Танусей, казалась ему увечьем, достойным женской жалости — жалости красногубого призрака, никогда его не обнимавшего.

Рябков пытался все же в порыве дилетантского честолюбия и под воздействием знакомых, желавших быть запечатленными вручную, делать портретные наброски. Но если на первый и поверхностный взгляд ему и удавалось что-то схватить (обычно получались похожими отдельно рот и отдельно глаза), то, будучи перевернутым на обратную сторону и поднятым на свет, помутившийся рисунок являл собою полное и плоское убожество, показывал все ошибки построения; волосы модели лежали будто колбаски, щеки торчали буграми, одна повыше другой, а наиболее похожие и проработанные детали выделялись точно названные, перечисленные *на словах*. Именно необходимость *перечислять* черты портретируемого, неизбежно соотносимые, как с начальной грамматической формой, с тем или иным учебным гипсом, угнетала Рябкова больше всего. Получалось, что портрет возвращал его к тому, от чего он стремился уйти: к наименованиям, вообще к словам; помимо того, что модель имела собственное *имя*, надо было еще сказать что-то о характере человека, который сидел поодаль от своей нарисованной физиономии, держа на лице лучшее свое выражение, а в руках — специально выбранную вещь вроде книги, или новенького транзистора, или даже каких-нибудь инструментов. Передавать характер при помощи внешнего казалось Рябкову невозможным и даже нечестным. Насколько он знал, в основном по своим подругам и жене, люди бесстыдно подлаживались под собственную внешность, изображали кротость в угоду белокурым прядям или страсть в угоду сомнительной черноокости, готовы были задавить в себе прекрасные качества, если на поверхности для них не находилось этикетки. В сущности, Рябков не понимал людей и чувствовал, что они не понимают его. Сколько раз бывало, что он закусывал губу или взмахивал руками, но ровно ничего не собирался выразить этими драматическими жестами, так что в ответ на вопросительные взгляды приходилось пускаться в неприятные, опять-таки словесные объяснения.

Рисовать молчавшего человека было все равно что говорить за него: хотелось засмеяться и бросить. Особенно злостным и тоже каким-то нечестным Рябкову казалось то, что в любых, даже самых неправильных, неантичных чертах, вообще во всем человеческом теле имеется жесткая симметрия; правая, бессердечная половина существует как бы для *проверки*, — и когда человек глядится в зеркало или стоит перед своим удавшимся портретом, невольно вторя ему и позой, и улыбкой, возникает замкнутая квадратура круга, безвыходный лабиринт. Однажды у газетного киоска перед Рябковым сунулся весьма наглядный в этом смысле чернявенький субъект. Вертикальная морщина между его густохвойных бровей продолжалась раздвоением на кончике носа, сизый подбородок с косточкой, совершенно похожий на сливу, тоже делился на твердые половинки, — и когда субъект, вылезши из очереди задом, с воздетой газетой и подъемом всей конструкции пиджака, поплелся затем по тротуару, перевешивая из одной руки в другую потертый портфельчик, то и дело встававший поперек его передвижения, Рябков художественно порадовался надсаде, с какою давалась асимметрия этому двудольному существу.

Единственный портрет, который он довел до ума, изображал жену Танусю — в домашней, севшей от стирок кофточке, в проеме распахнутых свежевымытых рам, где небо, освобожденное от зимнего оцепенения, необходимости вторить облаками сплошной и сонливой земле, плыло и праздновало волю, начало летних странствий, — и каким-то образом чувствовалась зелень, невидная, но бывшая где-то внизу, у подножия солнечных каменных стен. От улыбки Тануси, на картине и наяву, оставались только зубы — впрочем, удивительно красивые, с двумя драгоценными клычками, ограненными несколько иначе, чем остальная нитка. Рябкову в порыве откровенности удалось передать усталость жены от себя самого, стесненность праздной, вынужденной позы, — ему помогало работать сознание, что в милой этой, войлочной от старости кофтенке сзади имелась дырка, жженая на вкус, не дававшая губам являемое глазу пятнышко бескровной белизны.

Было несколько месяцев, когда Рябков ни с того ни с сего безумно полюбил свою Танусю, уже беременную. Она была молода и жила, питалась собственной молодостью, сыпала резкими словечками, жевала резинку, бегала с подружкой на эстрадные концерты и плясала там в проходах между рядами, несмотря на живот, делавший Танусю похожей на резвого кенгуру. Рябков с невыразимой жалостью представлял, какой она со временем станет взрослой теткой. Он не мог уйти из дому в ее отсутствие, а если уходил, то чувствовал себя словно в незнакомом городе с зеркальными свойствами уличного транспорта и поспешно устремлялся назад, чтобы снова сидеть одному, наедине с Танусиными вещами, грустно сравнивая фасонистые, с барахолки, и домашние, словно подпаленные под мышками, небрежно брошенные на измятую кровать.

Вторая часть этой запоздалой любви случилась перед разводом, неизбежным из-за растущей бессловесности Рябкова, не способного ни о чем *поговорить*. Уже тоскуя друг по другу, каждый с камнем на сердце, они не могли расстаться даже на единый час: если один вставал, собираясь идти, другой хватал его за рукав, они буквально не давали друг другу двигаться и сидели в квартире голодные, соскребая с бумажки остатки маргарина на черствые горбушки, скрежетавшие под ножом. Если кто-нибудь предлагал — как будто в шутку — остаться вместе, оба чувствовали впереди такую безнадежность, что замирали, глядя в разные точки. Обычно Рябков, первым стряхнув оцепенение, подходил к Танусе, сидевшей очень прямо, с книжкой в подоле, и обнимал ее, как обезьяна. Это их затворничество странно походило на семейное свидание в тюрьме: отсутствие дочери, отведенной к теще, давало им возможность без конца утолять животную, дикую страсть, вспыхнувшую от горя, как вспыхивают от переживаний приступы обжорства. Тануся, вся в истоме, словно не в силах носить на ногах свою неправильную, *перевернутую* тяжесть, делалась странно рассеянной, даже неловкой. Полуснятые трусики — сначала с левого, а после с правого ленивого холма — застревали между пополневших ног, будто приклеенные ее горячим медом, — зато Рябков становился напорист и теперь, на краю большого одиночества, позволял себе с женою все, что проделывал в мечтах с позирующей ему натурщицей, от которой осталась на память какая-то влажная, холодеющая от ветра пустота. Снова однорукий, другой рукою поощряя рост своего танцующего ваньки-встаньки, он заставлял Танусю откинуться на сбитые подушки и, сидя около, будто врач, тревожил, баламутил ее парную белизну, временами чувствуя под рукой округлые и полные, полней, чем груди, толчки ее взволнованного сердца. Сердце шевелилось и струилось под его ладонью, будто это был родник, наполняющий до краев большую ванну молока; так он работал, пока Тануся, с колтуном волос на рваной наволочке и с гримасой заики на запрокинутом лице, не забывала вовсе о его существовании и не начинала чувствовать только себя. Тогда она вдруг принималась охотиться за его рукой, хватая ее царапучими пальцами и шлепающими коленями, переваливалась на нее с тяжелым уханьем, больно зажимая ее на грубой кроватной пружине. Ее овсяные, клейкие губы кривились, ее глаза под веками трепетали, не в силах раскрыться, между жестких ресниц трепетали полоски белков. Распиная на пол и чуть ли не на стену мешковатую постель, Тануся становилась будто безумная, и когда Рябков, предчувствуя предел, забирался на койку прямо в расстегнутых, брякающих штанах, она помогала ему с такою нежностью и дрожью, будто спасалась под ним от ледяного холода.

Почти немедленно происходил тягучий, горячий выстрел в упор, Тануся еще какое-то время подергивалась, мокро кашляя и размазывая по щеке прозрачную слюну. Потом они лежали тихо-тихо, незаметно отодвигаясь друг от друга. Рябков запоздало стаскивал растерзанную одежду и чувствовал смутное, слабеющее тепло Тануси, вдыхал только теперь пробившийся к нему ее фруктовый запах — запах перегретых, забродивших яблок. Случалось, он задремывал и слышал сквозь сон, как на той стороне коридора, урча, набирается ванна, как Тануся встает и ходит по комнате, что-то перекладывая, складывая в стопки, собирая осторожно несомые, чуть сыпучие дочкины погремушки. Тогда он перекатывался на Танусино глубокое, стынущее место — туда, где ему в этой перевернутой квартире больше всего не хватало жены, — и там, во сне, у него возникала убежденность, что он уже теперь совсем один, что будто он немой, — и эта жаркая, толстая немота оказывалась, когда он просыпался, непрорвавшимися слезами, запертыми во сне и лишними наяву.

Именно в это время Танусин портрет был изъят одним из «продвинутых» дядек, каким-то малознакомым, маловразумительным, имевшим при себе замусоленный список, снабженный сложной алгеброй из крестиков и птичек, и помещен на выставку самодеятельных художников в далеком, как соседний город, заводском районе, в тамошнем металлургическом ДК. Рябков побывал на выставке уже под самое закрытие и только для того, чтобы поглядеть на жену. К этому времени он пережил процедуру в суде — среди рассохшейся мебели, при сухом и беспощадном солнце, составлявшем вместе с пыльным и голым окном какую-то абсурдную постройку, в которой Тануся сидела через два пустых горячих стула от Рябкова, и он впервые видел ее с короткой стрижкой, аккуратной, будто платяная щетка. Оба они были словно оглушены: чтобы привлечь внимание разводящихся супругов, женщина-заседатель стучала ручкой по твердой зеленой папке, а потом их вниманием пытались завладеть афиши, светофоры, застава рассеянно-цепких цыганок с полурастаявшей, не нужной Танусе губною помадой, очередь за мороженым.

Вскоре после развода Рябков сумел уйти от Тануси — не утром, как собирался, а только поздно ночью. День пропал неизвестно куда: Тануся, вся опухшая, пихала в сумки Рябкова подбираемые с полу вещи, умоляя ее избавить, желая как можно больше нагрузить Рябкова, отяготить его уход неподъемной виной. Помнится, они поссорились из-за фаянсовой супницы. Посудина никак не влезала поверх натолканных Танусей одежных комьев (где самым драгоценным оказалась впоследствии ее случайно попавшая юбка), и в конце концов Рябков эту супницу разбил, и они продолжали ссориться уже совершенно вхолостую, над пустыми крупными осколками, один из которых был половиной супницы, над мелкой фаянсовой щепой с остатками белизны. Потом они едва не подрались, нелепо хватая друг друга за угловатые руки, охаживая ветром вялого, нехлещущего тряпья; Тануся выскочила на кухню попить и там поскандалила с соседкой Эльвирой Эриковной. Эльвира Эриковна, с нерасчесанной завивкой на полотняно-белой голове и с лихо намазанной маской из сметаны, прибежала за ней, потом, умывшаяся и жирная, прибежала опять, тыча Рябкову в лицо жилконторовской книжкой за газ и за свет; в распахнутых дверях замерла на полпути другая соседка, лениво вытирая ладони о высокую задницу. Теперь скандал распространился по квартире и уже не принадлежал бывшим супругам Рябковым, как не принадлежало им, казалось, развороченное, недоупакованное, никому из них не нужное имущество, которое Тануся кинулась зачем-то прибирать, машинально расставляя вещи на свои места. Тут и там в неузнаваемой комнате вдруг возникало *прежнее,* это было как глядеть на разрушенный дом и видеть среди обломков и пыльных струпьев уцелевший сервант, а в нем сервиз. Еще — через воображаемый вскрытый этаж без стены — это напоминало сцену, сценическую декорацию и побуждало к невольному актерству. Бывшие супруги Рябковы натянуто и вежливо улыбались злобным голосам, оравшим друг на друга через всю квартиру, ставшую сквозной, а когда ленивая соседка, много лет обиженная на Эльвиру Эриковну, принесла им миску подгорелых пончиков, бывших на вкус как елочные, из крашеной ваты шары, Тануся светски предложила ей остатки коньяку. Соседка расположилась и, облизывая рюмочку, как леденец, долго увещевала Рябкова заходить, не забывать дочурку и своих родителей, которым, если вдруг приедут, негде будет даже остановиться.

На улице медленно смеркалось; стоячее и бегучее электричество зажглось как всегда, но было бледно и ничего не могло осветить в этом нежном, обмирающем июньском выцветании; световая газета, желтея и как бы зацепляясь за один перекат, неразборчиво текла по крыше подсиненного почтамта. В комнате, распавшейся на середину и углы, было часа на четыре больше, чем за окном, а когда включили резко вспыхнувшую люстру, где сразу лопнула и пропала одна перегоревшая лампочка, стало на шесть. Рябкова и Танусю никак не оставляли в покое, не давали им по-человечески проститься. Наконец Тануся внезапно заснула, будто на вокзале, неудобно пристроив голову на спинке кресла. Косая тень и легкий ситцевый полог халатика между ее раздвинутых, ярко облитых ног сперва возбудили Рябкова, но потом его прошиб холодный пот при мысли проснуться здесь же, среди развалин прежней жизни, в прежней обстановке, которая — он понял только теперь — вызывала у него глубокий ужас и наутро обещала стать уже настоящей тюрьмой. Только теперь он почувствовал, как все здесь *наболело:* зеленые и синие запасы воды в трехлитровых банках на очередной неизбежный случай аварии водопровода, черный шнур холодильника, книжные стопы на неметеном полу. Рябкову на минуту показалось, что его любовь к Танусе попросту ложь: так выздоровевший больной лжет товарищам по палате, будто ему жаль расставаться с ними, как вдруг узнает, что его не выписали, и садится, с вещами на коленях, на свой уже голый матрас и ни с кем не говорит до самого ужина. Все-таки Рябкову чудилось, что на прощание следует что-нибудь подумать, если не произнести. Он немного постоял над зачарованной и мерзнущей Танусей, но мысли тоже словно бы стояли в шахматном порядке, после первой сразу был тупик, — и Рябков, очень сильно тряхнув очень легкой головой, подобрал, что мог, из багажа и, очень долго поворачиваясь с ним сперва в одной, потом в другой двери — захлопнувшейся прежде, чем он успел подобрать стоявший на проходе портфель, — покинул глухую, одною только комнатой горящую квартиру.

Глава 13

На улице было еще до странности светло и до странности чисто, будто на макете. Рябков, со своим кое-как увязанным барахлом, почувствовал себя нелепо на бледной, смутной, словно подметенной асфальтовой дорожке, где девочка лет восьми в сером платьице, похожем в сумерках на ночную рубашку, скакала, свесив голову, по исчезающим классикам. Мимо женщина, с тем же простым бельевым оттенком в цвете синего плаща, вела на поводке вислозадую, по струнке семенившую собачку — и было что-то балетное в том, как это деликатное существо задрало белую лапку на ствол замшелой, призрачной березы. Все вокруг было неподвижно; черные деревья совершенно замерли, погрузившись в собственную сырую темноту, нарушаемую сверху вырезами блеклой голубизны; тарные ящики, кусок бумаги, канализационный люк, ступени на асфальте казались нарисованными мелом. В этом полунарисованном мире двигались только немногие живые существа — люди, собаки, кошки, — их взаимное *условное* перемещение было легко проследить. Люди, словно лунатики, расхаживали в белье; мерещилось, будто у всех у них работает воображение. Девочка, подпинывая что-то с боковыми косолапыми примерками, прыгала без классиков, и встретился еще мужчина с пустым и невесомым мусорным ведром: помахивая им, как кейсом, заложив ладонь в слабенький карман физкультурных штанов, деловито насвистывая, он несся к своему высокому, как печь, раскрытому подъезду, и сзади, будто пытаясь взлететь, трепыхался прилипший к подошве кусок газеты.

Ночь, по сути, так и не наступила; Рябкову было некуда идти — приятель, с которым он договорился насчет угла, спал в своей хибаре на окраине города, и из-за того, что пеший путь к нему занял бы все часы до того момента, когда пойдет и достигнет нужной тьмутаракани первый утренний трамвай, время казалось несуществующим, а всякий путь по земле нереальным. Рябков курил на холодных скамейках, доставая из сплющенной пачки последние тряпичные сигареты, стоял на пустых остановках, озаряемый фарами автомобилей, что, случалось, вырывали из темноты еще какой-то силуэт, метнувшийся с обочины со вскинутой рукой. Если все же подходил трамвай, напоминавший почему-то университет, пустой читальный зал, Рябков садился на любой, даже перебегая для этого на другую сторону остановки. Там, устроившись с багажом один на двойном сиденье — пустые пластиковые кресла так и светились дружелюбием, — он принимался думать, что у них с Танусей получился словно бы развод наоборот, и раз они, вместо того чтобы делить, переталкивали друг другу и даже готовы были выбросить совместное имущество, стало быть, их разлука означает нечто противоположное несчастью, — и опять с улыбкой вспоминал уснувшую Танусю, ее золотые коленки, впалые виски, нежные, как вмятины на побитом яблоке. От этой улыбки Рябкова какой-то усатый и бородатый, будто редька с корешками, осторожный азиат на всякий случай отсел подальше, оттащив на заднюю площадку свои тряпичные цветастые узлы.

«Тьмутаракань» — звенели трамваи; Рябков то и дело оказывался среди каких-то заборов и заводов, долго стоял у огромной, черной, много больше содрогавшихся на ней товарняков, железнодорожной насыпи, где внизу светился туннель и по нему шагали какие-то рабочие люди, непонятно, удаляясь или приближаясь, — просто двигались там, словно расправляемые на свет, и внезапно исчезали неизвестно с какой стороны. Или он опять оказывался в центре, пустом, ничейном, невозмутимо светавшем; здесь, чтобы как-то пометить свое присутствие, Рябков оставил на смуглой брусчатке чемодан, подальше связку книг, — долго оглядывался, чтобы убедиться, все ли стоят его отчетливые маленькие меты посреди зеркальной площади, готовый бегом налететь на того, кто вздумал бы их присвоить, готовый защищать их с гораздо большей яростью, чем когда эти вещи были у него в руках. Пассажиров в трамваях становилось заметно больше, они глядели в окна с ожиданием и сильно отличались выражением лиц от оцепенелых и мечтательных ночных ездоков, теперь, должно быть, погруженных в сон. Новые пассажиры, воспринимаемые Рябковым со странной обостренностью, словно они были перед его глазами в единственном своем возможном виде и в единственной одежде, явно ехали на работу; замечая на одутловатых лицах серые и розовые отпечатки ночного отдыха, Рябков не мог отделаться от ощущения, будто эти люди, пусть с усилием и неохотой, но все-таки перевалили в новый день, а он, не спавший ни минуты, так и остался в прошлом, — и первый низкий, горячий свет, создававший стригущее мелькание в древесных стволах между затененных, как будто наклонных домов, казался включенным где-то на земле.

Весь пронизанный бессонницей этой ночи, чувствуя себя какой-то электрической трамвайной побрякушкой, он ехал в трамвае на выставку с неприятным ощущением, будто снаружи включили слишком много прожекторов и буквально завалили ночь густыми толпами народу, ящиками с капустой, чадной строительной техникой, которая лязгала по улице и тут же рыла и глодала глинистый откос, роняя комки своей недожеванной пищи в яркую траву. Оставив у приятеля на голом, как стол, топчане последний чемоданчик — в сущности, не больше, чем за Танусиным порогом, или на площади, или в других забытых пунктах своего пути, — Рябков ощущал себя нигде не поселенным, размазанным по городу, и оттого, что Танусин портрет тоже как-никак принадлежал к его разбросанной собственности, у Рябкова создавалось впечатление, будто он едет в ДК как в еще один возможный дом. Всю жизнь, сколько он помнил себя, он воспринимал устройство города из единственной домашней точки — больше, чем любой другой, сверял по себе и по ней расположение улиц, магазинов, парикмахерских, всего остального. Он не любил ходить сразу во много мест, предпочитал вернуться, посидеть, потом пойти опять, и потому город в его сознании получался похож на розу или звезду — а теперь, когда родная комната оказалась совершенно недоступна, все развалилось на окраинные части. Рябков в принципе мог бы теперь ночевать под любым кустом с радужной, росистой паутиной ничуть не хуже, чем в халупе у приятеля, где свет, как паутина, тянулся только из одного угла, — или хоть в этом ДК, похожем на старый чугунный утюг, перед которым торчал коротконогий памятник и дрожал от напряжения на свежей, черной, ядовитой заплате асфальтовый каток.

Попасть на выставку можно было только по билету в кино. Благообразная билетерша, за которой угадывались чинные перспективы смутно знакомых работ, сунула Рябкову обрывок с номером места, которое он не собирался занимать. Редкие зрители, пришедшие на дневной сеанс, слонялись вдоль массивных, лепными снопами колосьев украшенных стен, равнодушно пропуская работы, занятые чьей-либо спиной, либо сидели под картинами на бархатных кушетках, сутуло обнимая сумки. Рябков, слегка задыхаясь, устремился к дальней стене, где ему почудилось свое — неправильный очерк головы на фоне зигзагообразного облака, — но это оказался суровый, как график, горно-озерный пейзаж, и Рябков слепо двинулся вдоль череды изображений, воспринимаемых частями, наткнулся на старушку в большой соломенной шляпе, пошел в обратном направлении, оказался перед запертыми дверьми, за которыми женский крашеный киноголос бубнил монолог. Теперь Рябкову казалось, что впечатление, будто работы ему знакомы, было совершенно ложным; если он и узнавал какую-нибудь по характерной ужимке композиции или особенно яркому фрукту, то тут же понимал, что просто видел его минуту назад. Самодеятельные картины, пресные в некрашеных деревянных рамах, сильно проигрывали патетическим настенным росписям в фойе огромного ДК, чей колорит напоминал обилеченному Рябкову цветные кинофильмы пятидесятых годов, — проигрывали даже просто стенам в толстой лепнине, похожим на сдобное тесто, намазанное для выпечки яичным белком. Выйдя на середину многоугольного помещения, Рябков растерянно озирался по сторонам: ему внезапно подумалось, что это совсем другая выставка и его изостудия в ней просто не участвует: такое было вполне возможно в перекошенном, разъехавшемся городе, и ему некстати вспомнилась злосчастная супница, в которой всегда валялась ее отломанная ручка.

Тут он увидел в углу журнальный столик, когда-то лаковый, а теперь облезлый, будто засохший пряник. Там, под большим букетом смертельно бледной сирени, лежала общая тетрадь для отзывов, довольно-таки потрепанная. В ней оказалось непомерно много чистых, хотя и сильно заношенных листов, но вначале записи лепились густо, и в одной среди длинного ряда фамилий, каждая с заглавной, будто предмет сервиза, украшенной буквы, Рябков увидал свою. Какие-то ученики седьмого «А» благодарили художников, в том числе его, за большие достижения в области искусства, — а еще один субъект, с почерком прямым и четким, будто расческа, помянувший Рябкова персонально, советовал ему вводить в картины для гуманизма домашних животных. Но это было уже неважно. Теперь Рябков действительно увидел Танусю: она глядела мимо него со стены около портьерки мужского туалета, обозначенного заметно, словно станция метро. Однако, пока Рябков пробирался, сшибаясь с какими-то шалыми девчонками в охвостьях пионерских галстуков, что носились и раскатывались друг за дружкой, капая на паркет размокшими клочьями вафельных мороженок, перед портретом возник другой человек. У этого широкоплечего мужика были мокрые руки, и он спокойно вытирал их об себя, подымая складками холщовые штаны. Рябков, не чувствуя пока ничего, только удивляясь, что портрет сделался как будто меньше и желтее, попытался слегка потеснить непрошеного соглядатая, но мужик только покосился на Рябкова кровяным и темным, будто печень, блестящим глазом и утвердился прочнее, нагнулся к самой картине, показывая в разрезе черного пиджака обтянутое серое седалище, словно для удобства подбитое ватой. У него была загорелая толстая шея, цветом похожая на масло в пергаментной бумаге, жесткий черный ежик, старательно ездивший по черепу. Он разглядывал картину обстоятельно, в тех же мельчайших подробностях, из каких состоял и сам, несмотря на большую величину и изрядный вес, от которого покряхтывал паркет. Руки его, в горилловом волосе и расплывшихся татуировках, непривычно праздные во время рассматривания одними глазами, словно готовились потрогать и взять, — и Рябков, художник и муж, оробел перед ним до холодной мутности в душе.

Тут разгомонившееся помещеньице продрал звонок, совершенно непохожий на трамвайный, и Рябков покорно пошел перед соперником, наступавшим на пятки, в наклонную и сотрясаемую маршем многих ног пещеру зрительного зала. Там ему положенные полтора часа показывали слишком громко озвученные сцены, между которыми он не улавливал связи. Как только в кадре становилось поменьше актеров, на экране неизбывной реальностью проступала сегодняшняя ночь, и внезапно Рябков уснул, а когда очнулся, ярко освещенный среди пустыни кресел, ужасным образом асимметричный по отношению к голому залу, бесстыдно приспособленному, чтобы всем глядеть на одно, он почувствовал себя еще более далеким от действительности, от последних спин в дневных распахнутых дверях, от сверкающей очками билетерши, которая, хоть и видела, что он открыл глаза, продолжала его трясти. Так на выходе и на ослепившей Рябкова улице он потерял своего угрюмца, поклонника таланта, которому ужасно хотел заехать по невозмутимой морде. Когда же через год, в июне, который всеми признаками, даже расположением дорожных ремонтов, копировал предыдущий июнь, Рябков узнал, что Тануся снова вышла замуж, он представил рядом с нею, туманно-белокурой, именно этого мужика, еще более черного и маслянистого, похожего на жрущий соляру грузовик. От жалости к Танусе, которую он не решался повидать и которой нечем было платить алименты, Рябков опять не спал и еще на много пустых часов отдалился от настоящего времени, так что теперь его не удивляла резкая, враждебная красочность жизни, свое нелепое положение внутри нее, неумение что-либо взять, кроме чужих поддержанных вещей и самых потрепанных, изверившихся женщин. Он запоздало выбросил газетную рецензию на выставку, где добросовестная авторесса, перечислив едва ли не всех, не упомянула Рябкова — видимо, оттого, что его работа висела рядом с мужским туалетом. Но, пока он переживал бледненькую радость, что тоже может что-то отбросить и забыть, прошлое наехало на него, словно обезумевший электровоз, и он, скуля, копался в мусорном ведре, чтобы извлечь наконец половину распавшейся вырезки с янтарным жировым пятном. Теперь одна лишь живопись доставляла ему удовольствие: здесь он не только не страдал от разрыва между собою и реальностью, но стремился, как мог, увеличить этот свободный проем, — и когда он заканчивал натюрморт, то, бывало, по странной сосредоточенности зрения вообще не видел своей запылившейся постановки и въезжал в нее боком или задом, отчего ее основной, зачастую ворованный предмет грохался об пол и разбивался, а остальные вещи можно было считать воистину уцелевшими.

С Маргаритой Рябкова связывала довольно-таки странная дружба, не признаваемая в открытую перед окружением, отлично видевшим, что эти два человека не подходят друг другу ни с какой стороны. Во всяком случае, оба оглядывались на коридор и вестибюль, когда вместе шли курить на чердачную лестницу общаги, в черный деревянный угол, где две рассохшиеся детские коляски создавали шаткую и перепутанную тесноту. Крутизна сквозной железной лестницы придавала невольную игривость подчеркнуто независимым позам курильщиков, хотя между ними не было и намека на интим, — при том, что Рябков поглядывал порой на сухие, словно беленные известкой ноги Маргариты, особенно когда она, похохатывая, залезала по лестнице под самый люк и брякала там ради шутки блестящим, как медалька, никелированным замком. Или, сидя на ступеньках, расчесывала ноги, искусанные не истребимыми в гнилой общаге черными комарами, до розовых живых полос, — тогда Рябков, случалось, отпускал ей почтительный извилистый комплимент.

Маргарита эти любезности пресекала и не ходила в комнату к Рябкову из принципиальных соображений; всякий раз она сообщала ему, скромно игравшему бровями, что люди видели, как у него побывала очередная подружка. Не различая сгорбленных женщин, стремившихся на выход мимо ровных в полумраке, внезапным светом разверзавшихся дверей, Маргарита каждую фигуру принимала за отдельную любовницу и вела им лестный для Рябкова, но и ошеломительный счет. Этим она окончательно подавляла в нем возможность привязаться к кому-нибудь надолго — из опасения, что та или иная женщина обозначится слишком явно, — и внушала Сергею Сергеичу странную нелюбовь к холодному времени года, когда все люди ежедневно носят одно и то же пальто и словно уменьшаются в числе, набирая зато какой-то угрюмой определенности, скопленной силы.

Но вовсе не эта абсолютная, хотя и в корне ошибочная, точность счета подруг — сто пятьдесят четыре, сто пятьдесят пять, — не возможность с удовольствием краснеть и после ни за что не отвечать перед очередной рисковой знакомой, забежавшей на огонек, влекли Сергея Сергеича к девственной и некрасивой Маргарите. Слухи, ходившие про ее контакты с КГБ и подтверждаемые общим изменением тона жизни около нее, всегда молчавшей насчет своих засекреченных «друзей», делали Маргариту в глазах Рябкова неотразимо привлекательной. Вероятно, бесчувственный политический театр, чей главный актер, с лицом как грибной нарост на древесном стволе, представлял собой архитектурное подобие и завершение трибуны, дополняя ее государственный герб своими орденами, — театр, чьи бумажные, красно-матерчатые и железные декорации даже за отсутствием исполнителей были расставлены повсюду, в помещениях и под открытым небом, — возмущал Рябкова не более остальных. Однако он один говорил, что думал, перед таинственной, на что-то уполномоченной Маргаритой: при свете лестничной лампочки, горящей, как расчесанный укус, собственный осторожный сарказм и ловкий анекдот доставляли Рябкову жгучее, ни с чем не сравнимое удовольствие. Через Маргариту он словно выставлял себя напоказ перед самим режиссером спектакля, и после этого жизнь становилась небывало вкусна, и воодушевленный Рябков даже пробегал, бывало, несколько метров за отъехавшим троллейбусом. Маргарита на его антисоветские поползновения отвечала либо пожатием плеч, либо визгливым девчоночьим хохотом, на который иногда выскакивал и заглядывал с нижней площадки, будто обеспокоенный петух, старый зануда вахтер. Высказывания Рябкова заканчивались, собственно, ничем, но ему нравилось думать, что где-то это копится и ставит его в особое положение по сравнению с другими людьми. За это Рябков преисполнялся нежностью к Маргарите, к ее дорогому уродству, к большому тонкокожему лбу в нитяных морщинках и мелких подробностях, похожих на рисунок натянутого для штопки чулка, — не раз ловил себя на том, что хочет этот лоб поцеловать, осторожно приложиться к вместилищу неизвестных ему государственных мыслей.

Постепенно Рябков признался себе, что и к самому режиму, знающему его через Маргариту как родного и облупленного, питает теперь сентиментальные чувства, похожие на преданность. Когда передавали съезд и зал, подобный сидячему военному строю, вставал, Рябков с затаенным превосходством глядел на развалившихся перед телевизором общежитских теток и на кого-нибудь одного, кто туго щелкал тумблером в надежде вызвать на экран художественный фильм. Чувствуя себя тайной частью государственной непрерывности, не зависящей ни от чего житейского, столь много ему досаждавшего, Рябков, бывало, с удовольствием прочитывал где-нибудь тот же самый, немного иначе оформленный лозунг, что сам еще только писал у себя в мастерской. Если бы перед ним внезапно возникла строгая фигура в штатском и предложила бы ему поработать на органы, Рябков, пожалуй, не отказался бы испытать свои способности: личность его нуждалась в иной системе и шкале оценок, чем могла предложить повседневная жизнь.

Когда Маргарита неожиданно вышла замуж, Сергей Сергеич почувствовал себя заброшенным. Пару раз он ходил на лестницу один; сидя на нижней ступеньке и глядя в упор на ржавые гвозди в стене, он внезапно обнаружил, что разговаривает вслух. Собственные руки, подающие пепельницу сигарете, казались ему настолько чуждыми, что могли бы стать эпизодом его ночного кошмара. На работе новая, рыжая, как настурция, Маргарита здоровалась с ним откровенно и весело, начисто забыв о принятых между ними правилах конспирации. Когда же она в незнакомом платье с огромным вырезом тихо цапнула Рябкова за рукав и предложила обсудить один очень важный вопрос, Сергей Сергеич обрадовался и немедленно согласился.

Радость не оставила его и на скамейке, с которой они, благодаря мерцающей древесной тени, счастливо слились. Маргарита, будто речь шла о самом обыкновенном, преспокойно изложила ему предложение насчет Катерины Ивановны, и Сергей Сергеич выслушал ее, кивая, завороженно глядя на теплый, с розовой каймою солнечный блик, трепетавший у нее на плече, будто прозрачная бабочка. Рассказывая, какая Катерина Ивановна добрая женщина и отличная хозяйка, Маргарита успевала охорашиваться, чудом удерживая свое лицо в подслеповатой пудренице, раскрытой на коленях, — в запрокинутом зеркальце, где Рябкову были видны лишь томные перемены света и ветвей, происходившие наверху, на невесомой и упругой высоте. Маргарита буквально держала на коленях невидимую себя, точно егозливого ребенка, и нежно улыбалась себе, зачесывая наверх свои новые, гладкие, выпадающие из-под гребня волосы, обкручивая резинкой виляющий хвостик. Сергей Сергеич, будто под гипнозом, смотрел и не мог оторваться. Это было новое в ней — самоуглубленность, способность попадать в удивительно женственный плен ко всем зеркальным и отзывчивым вещам, — и разнеженный Рябков пообещал ей подумать насчет Катерины Ивановны, не понимая толком, что он такое произносит. Шагая домой по солнечным пятнам, щекотавшим его сквозь глухой и горячий костюм, Сергей Сергеич все держал перед мысленным взором поднятые локти Маргариты, ее худую, в темных прыщиках, солнечно-розовую спину, видную до самых трусиков в растворе отставшего платья, и чувствовал себя готовым понарошку влюбиться в кого угодно, в каждую из встречных женщин, чьи бледные тела в прошлогодних ситцах, едва ли не впервые открытые воздуху и жадному пестрому свету, необычайно его возбуждали. Напевая под нос, Рябков благодушно пытался представить Катерину Ивановну, — но ему вспоминалось только ткацкое усердие ее машинки да зеленый костюм, про который Сергей Сергеич как-то давно подумал, будто он похож на мебельный чехол.

На другое утро зеленый костюм оказался платьем,

сильно измятым на животе, а на верхней губе Катерины Ивановны бугрилась болячка, закрашенная помадой. Впрочем, все это так и так было несерьезно. Приятными для Рябкова стали новые встречи с Маргаритой, еще более конспиративные, чем прежде, поскольку скрывались от ее очкастого мужа, на макушке у которого Сергей Сергеич как-то разглядел пушистую, как персик, недозрелую лысину. Теперь, встречаясь с Маргаритой на летних укромных скамейках, Сергей Сергеич позволял себе преподнести собеседнице недорогой букет, купленный у загорелой бабки за углом, и очень забавлялся, наблюдая, как суровая Маргарита пытается забыть ромашки на скамье, а потом сама бежит за ними, не выдержав пустоты в жестикулирующих, виновато вскинутых руках. Рябкову чрезвычайно нравилось, что теперь Маргарита волей-неволей посвящает его в различные секреты. Все больше узнавая о Катерине Ивановне, он по-шпионски наблюдал за нею, иногда с трудом удерживаясь, чтобы не поправить ей прилипшую к шее цепочку или перекрученный поясок, — и вместе с тем избегал неожиданных встреч, при которых вынужден был с силой надавливать рукою на грудь, чтобы убедиться, что там, за костью, все по-прежнему плотно, здраво и нечувствительно.

Однако исподволь в Рябкове происходили перемены: его все больше стало тяготить общежитие. Теперь уже и в собственной комнате он чувствовал себя примерно так же неуютно, как на лестнице: ему казалось, что надо перекурить и куда-то пойти. Странно было, что отсюда можно только на работу; черное строение общаги с бензиновым отливом больших и слабых оконных стекол, с крыльцом как пьяная гармошка теперь представлялось Рябкову каким-то тупиком, едва ли не тюрьмой. Вместо того чтобы где-то бывать и развлекаться, он теперь и выходные просиживал почти безвылазно среди своих четырех одинаковых углов, обижаясь на Маргариту, занятую мужем. Однажды с тоски он затеял генеральную уборку, чего не делал много лет, но только без толку переваливал вещи с места на место и в конце концов добился лишь того, что разложил и расставил их рядами и оголил половину стола, отчего его сырая комната сделалась похожа на деревенский магазин, полутемное сельпо. Новая подруга Рябкова, с морщинистым и крашеным лицом, но удивительно юным телом (в голых и тонких ее плечах, левое немного выше правого, было что-то от арфы), вовсе перестала его занимать. Раз, заговорившись с Маргаритой, он совсем забыл о свидании с подружкой и вспомнил только, увидев на своих дверях замок, — потому что его недавно видела она. Но не было никакой записки, вообще ничего не было, кроме прохлады в непривычно чистой комнате да нетронутой бутылки сухого вина, горевшей, как лампа, на чистом столе, — и Рябков, улыбаясь, решил на этом покончить с подружкой, насладившись напоследок совершенной чистотой ее исчезновения. Зато теперь ему прибавилось времени для раздумий. Ему уже казалось, что он вполне готов связать судьбу с Катериной Ивановной. В сущности, Маргарита имела право распоряжаться его судьбой, — могла его женить, как могла передать властям или отправить с секретным заданием куда-нибудь в Латинскую Америку.

Глава 14

В женитьбе были для художника Рябкова очевидные преимущества. Он, отстававший по времени от других людей и имевший дело не с событиями, а большей частью с их последствиями, мог надеяться равномерностью семейной жизни, одинаковостью дней сделать незаметным этот опасный разрыв, — и Катерина Ивановна тем, что ежедневно выглядела как вчера, обещала чаемые Рябковым выгоды брака.

По правде говоря, в союзе с ней Рябков надеялся из своего подержанного, словно кем-то уже прожитого времени вернуться в еще более далекое прошлое. Он по-прежнему любил родной центральный пятачок бесприютного города, как любят в уроде добрую душу, — глуховатый, несмотря на ширину и прямизну проспекта, раскрытого вдаль; любил укромный, маленький, размером с мраморный тазик, разводящий сырость фонтан, — и нестриженый сквер, где трамваи со стуком продираются сквозь твердые ветви рябин, — и земляные темноватые дворы, так хорошо ему знакомые, с гаражами, каменными лестничками, никому не нужными заборами, буквально висящими на столбах, с тем же пологим наклоном, что и голубоватое на веревках белье, — и знал один непролазно захламленный тупичок, где сквозь доски забора и старые покрышки росла как ни в чем не бывало дремучая малина, каждое лето дававшая несколько крупных, как наперстки, бархатисто-сладостных ягод. Рябков, все так же ориентируясь по городу из этих мест, бывал здесь довольно часто, бродил, и сидел, и дышал — но, наблюдая все по отдельности, не мог насытиться и уходил со смутным чувством разорения и беспорядка. Ему, словно ночью некупленых сигарет, не хватало вида из своего окна: неповторимого соединения вот этих, якобы доступных, зданий, которое уже из кухни его длиннющей коммуналки было несколько иным, представляло собой разреженный и упрощенный вариант, где бело-синий фасад театра казался грубо переправленным на очерк университета, почти совершенно его закрывавшего, — тогда как на *подлиннике* они стояли друг напротив друга и были парой, и парами же были фонтан и клумба, гостиница и почтамт. Рябков хотел бы просто стоять и глядеть в окно, почти не присутствуя в комнате, наверняка теперь неузнаваемой из-за нового Танусиного мужа, оказавшегося смутным общим знакомым — гнусно похожим на Пушкина спекулянтом с барахолки, где этот тонконогий чертик расхаживал каждую субботу с полными руками импортного женского добра. Тануся — вероятно, по наущению спекулянта, считавшего в уме недополученные алименты, — окончательным письмом запретила Рябкову встречаться с дочерью, и он удивлялся сам, с какою легкостью забыл это тяжеленькое существо, лобастого Сократика с погремушкой, которое честно пытался любить.

Но он не мог забыть самого себя, сидящего на подоконнике, зачарованного сходством между голубем и книгой, тихо набиравшей воздуху в раскрытые страницы, между небом и глубокой, мреющей землей. Сергей Сергеич, конечно, знал, что Катерина Ивановна живет совсем в другом районе, из тех, где жидкая зелень не скрывает обшарпанных подъездов и вечно не бывает горячей воды. Все-таки он надеялся, хотя бы за счет высоты непервого этажа (нынешний первый значил для него неестественную жизнь как бы на голой земле, посреди чужих хлопот, к которым Рябков не желал иметь ни малейшего отношения), — все-таки он рассчитывал со временем создать себе в окне картину примерно прежнего качества, хотя и более низкого жанра, что, в общем, соответствовало его растущему с годами — как он думал — практицизму. Проще говоря, ему хотелось провести остаток дней не в общежитии, а в собственном семейном доме, насколько вообще могла считаться домом стандартная квартира со стандартным же балконом, где прохожие смогут видеть, как Рябков глотает пиво и подтягивает штаны.

Теперь он стал глядеть на Катерину Ивановну более внимательно, соединяя в целый образ то, что природа нагромоздила кое-как — не на творческом столе, а словно стоймя на полу. Природа словно торопилась воздвигнуть эту горку и поскорее посадить какую-нибудь голову на покатые плечи, с которых подплечники, рюшки, все эти детали женской архитектуры неизменно сползали вперед, что придавало шелковой спине Катерины Ивановны покорный вид, серебряный отлив. Рябков отметил, что ему понравились ее глаза — и глаза действительно были хороши; неумело накрашенные, они порою делались особенно прозрачны, зелены солоноватой зеленью, не сочетавшейся ни с платьем, ни с платочком, вообще ни с чем. Кропотливый труд по гармонизации женщины, не знавшей мужчины, бывало, рассыпался прахом, когда из коридора до Рябкова доносились грузные, порою пропадавшие как в вате шаги Катерины Ивановны. Оттого, что она вот-вот войдет, растерянный Сергей Сергеич напрочь забывал, какая она из себя, и, отвернувшись, старался как можно дольше на нее не смотреть, — но внезапно недовосстановленный образ соединялся с неожиданной реальностью, и Рябков получал на экзамене двойку. Постепенно он научился справляться с волнением, воображая художественный альбом, где папиросная бумага приподнимается, нежно затмевая дымчатый портрет, — и вот перелистывается совсем, являя старомодную женщину с родинкой на веке и тяжелым бюстом, составляющим с шеей и плечами одно простое целое. Сергей Сергеич очень гордился своим эстетическим подходом и первый теперь здоровался с Катериной Ивановной, на что она только испуганно перемигивала и поспешно заговаривала с кем-нибудь другим.

Удивительно, но там, где любой мужчина, поедающий глазами сотрудницу, был бы давно замечен и уличен, Сергей Сергеич оставался невидимкой. Меньше всех замечала его интерес сама Катерина Ивановна. Он был для нее как внезапное препятствие; ее наследственная склонность ходить по раз и навсегда проторенным путям, среди навеки определившихся вещей, просто не давала ей возможности увидеть этого человека, всякий раз возникавшего наново и неизвестно откуда. Слепо устремляясь вперед, Катерина Ивановна с размаху налетала на поклонника, и он, схватив ее за плечи, теряя равновесие, наступал на ее разношенную туфлю, пребольно отдавливал пальцы, похожие на большие бобы в перезрелом стручке. Катерина Ивановна сильно ойкала и, извинившись затем тихим сиплым голоском, хромала дальше, словно на каждом шагу спускаясь на одну невидимую ступеньку, а Рябков понимал, что видит перед собой образец будущей супружеской кротости, при которой сам он превратится в совершенное ничто. Сам он не извинялся никогда, просто не успевал — зато, провожая глазами скособоченную, задравшую одно плечо Катерину Ивановну, вдруг осознавал, что асимметрия, всегда пугавшая его в человеческих существах, есть на самом деле физическая боль. Тут же сердце его, болевшее без любви, стискивалось, будто кулак с зажатой железкой, и давало ему почувствовать, что и сам он с годами становится *неправильным* по отношению к своему идеальному образу, к своему портрету, который кто-то, заменяющий Бога, норовит перевернуть и посмотреть на свет.

Тем не менее он сделался упорен и, пребывая в своем неуязвимом прошлом, буквально шпионил за Катериной Ивановной. Он подстерегал ее чаще всего перед кабинетом начальника отдела, в хорошенькой приемной с цветущими горшками, куда Катерина Ивановна носила бумаги в исходящую папку и где за шкафами имелась удобная, поместительная щель. Секретарша начальника, золотистая Верочка, считала Рябкова жутким эгоистом и позволяла ему ошиваться около себя, частенько оставляя его на телефоне, когда исчезала «к врачу», чем Сергей Сергеич бесзастенчиво пользовался. Он заметил, что Катерина Ивановна, будучи одна, ведет себя не так, как при свидетелях: ее движения становятся танцевальными, и, за отсутствием партнера, она как будто ищет нечто, на что сумеет излить внезапную ритмическую нежность, — и отступает, не потревожив ни единого предмета, удивительно их собою уравновешивая, словно приводя в согласие, при котором не может возникнуть ни единый звук.

И однажды Рябкову удалось увидеть, как его невеста наметила и затравила цель. Она приближалась к приемной скорее и легче обычного, словно была заранее чем-то обрадована. Рябков, развалившийся в хорошо прогретом Верочкином кресле, еле успел затиснуться в убежище, как дверь растворилась без обычного своего утиного кряканья, и Катерина Ивановна возникла сначала в Верочкином зеркале, а затем внезапно оказалась сразу у стола, видная теперь с другой стороны, с той, где четыре родинки на шее походили на переспелую и недоспелую бруснику. С мечтательной улыбкой, неподвижно глядя куда-то поверх протянутых бумаг, Катерина Ивановна машинальными руками заложила их в папку на подпись и замерла, прижав указательный палец к надутым губам. Наступил момент, когда ни Катерины Ивановны, ни Рябкова словно не было в комнате, и солнце просвечивало ее насквозь, до старой сахарницы на полке и скомканной бумажки в мусорной корзине. Нарушив оцепенение, Рябков попытался удобнее устроить сутулые плечи, вставшие в щели коромыслом, и внезапно сообразил, что именно на столе заворожило Катерину Ивановну. То были Верочкины бусы, нитка полуобработанных надтреснутых аметистов, похожих на осколки разбитой чернильницы; у нитки сегодня утром сломалась застежка, и только что Рябков от нечего делать баловался с нею, потряхивал в горсти шелестящей тяжеленькой кучкой, наматывал на руку вместо браслета, — и теперь внезапно испугался, что мог бы не успеть размотать и, прихватив аметисты с собой, тем самым обнаружил бы свое присутствие. Однако грязновато-радужная индийская галька невинно лежала на краю стола и, словно сахар воду, набирала свет, по мере того как рука Катерины Ивановны в простейшем, как кнопка, кольце плавно и быстро приближалась к добыче. На секунду Рябкову почудилось, будто Верочкины бусы дразнятся и сейчас, тарахтя, раскрутятся на пол. Но в последний момент Катерина Ивановна успела их подцепить и стала без единого звука подымать на воздух костенеющую, тяжелеющую книзу, загибающую скорпионье жало уродливую нитку.

Рябков следил не дыша, бессознательно схватив себя за лицо: он понимал уже, что совершается кража, и эта мысль наполняла его сообщническим азартом. Он чувствовал себя необыкновенно замечательным оттого, что его заподозрят, а он не брал; одновременно такая взаимозаменяемость с Катериной Ивановной вызывала в его душе не изведанную ранее нежность к невесте. Она была для него сейчас в полном смысле родным человеком: ей явно не было корысти в нитке дешевых, к тому же приметных камней, чей отверделый хвост уже спускался к ней в карман. Как Рябков тащил, чтобы писать, так и Катерина Ивановна, судя по всему, воровала для какой-то не менее странной и невещественной цели; вся ее громоздкая фигура дышала внутренней жизнью, и она, казалось, совершенно забыла про себя, безмятежно глядя на звеневший телефон, — а когда бордовый аппарат внезапно умолк, стало слышно, что Катерина Ивановна тоненько напевает, по-детски перевирая слова популярной песенки. Спустя небольшое время начальник отдела, видимо с кем-то переговоривший, вылетел из своих дверей и, сцапав с Верочкиного стола какой-то отпечатанный ворох, устремился на выход. Внезапно он замер в своем прекрасном сером пиджаке, болтавшемся, будто на большом гвозде, на одной застегнутой пуговице, и уставился на Катерину Ивановну, словно не уверенный, точно ли они поздоровались, — и Рябков из щели в свою очередь заметил, до какой степени круглые брови начальника противоречат прямоугольной форме его устойчивых очков. Наконец начальник, избавляясь от наваждения, мотнул головой, что можно было счесть и за поклон, и резво выскочил в коридор; Катерина Ивановна спокойно пошла за ним, похлопывая себя по отвислому карману, другой рукою глубже втыкая гребень в мягкую прическу. Рябков еще немного постоял между шкафом и более твердой, словно меряющей, сколько в нем росту, стеной; он наслаждался потаенностью собственных чувств, усиленной тем, что и сам он был упрятан, —

чувств, вдвойне укрытых и оттого драгоценных. После, уже предощущая вот-вот появление Верочки, разгоряченной докторами и возмущенной внешним миром, так долго ее не отпускавшим, Рябков тихонько выбрался и, доставая сигареты, пошагал в туалет. Он хотел в случае чего сказать, что был в туалете, когда звонил телефон: собирался прибавить ко лжи немного правды, как это часто делал из любви к искусству. В отличном настроении и в полной безопасности, пользуясь тем, что его никто не замечает, он по дороге заглянул в приотворенную дамскую комнату, видимым передним помещением не отличимую от мужской. Там компания девиц курила, подбоченясь и поставив каждая по ровной ножке на трубу отопления, две дамы деловито красились, переговариваясь через зеркало, а на подоконнике, словно забытые здесь хозяйкой, лежали как ни в чем не бывало Верочкины аметисты. Теперь в них и вовсе не было ничего красивого: тусклые, они уже не могли ужалить и походили на позвоночник какого-то издохшего существа. Из вещи было вытянуто нечто самое ценное, и Рябков, которому, чтобы написать картину, требовалась как минимум неделя, невольно восхитился Катериной Ивановной, сделавшей свое таинственное дело за каких-то пятнадцать минут.

Было еще одно знамение, которое полувлюбленный Рябков расценил как благоприятное. Много лет он не встречал Танусю, хотя довольно часто появлялся возле родного дома, перекрашенного в детский сливочный цвет. Он то и дело видел бывших своих соседей, даже нелюдимого горбуна, чья прекрасная голова сплошь покрылась шелковой сединой, и он, в светлом плащике с застиранными пятнами, сделался похож на бабочку-ночницу. Пару раз Сергей Сергеич даже сталкивался с курчавым мужем Тануси, щерившим издалека черные камешки зубов, где выделялся полусъеденный золотой самородок, и спешившим нырнуть, утягивая за собою набитую коробом спортивную сумку, в свои неприметные грязно-белые «Жигули». Только Тануся жила невидимкой за недостижимым, слезящимся от старости окном на пятом этаже, откуда в жаркие дни, будто флаг обманчивого перемирия, веяла белая занавеска.

В ту субботу Рябков не собирался задерживаться в центре, он только купил в полуподвальной мраморной булочной свой любимый маковый батон и шел, помахивая им, шершавым, осыпавшимся в пакете, к трамвайной остановке. Тануся шла перед ним в полосатом оранжево-белом сарафане, раздувавшемся вокруг ее тяжелых, ритмично твердеющих икр, то выше, то ниже открываемых солнцу. На полных плечах и влажной спине сероватый неровный загар мешался со знакомыми веснушками; на шее, там, где ровный пушок постепенно переходил в соломенную желтизну заколотых волос, виднелись грубые завязки чего-то отгоревшего: вероятно, купальник, но больше похоже на фартук. Жадно впитывая подробности, Рябков летел за Танусей точно по крутому спуску, натыкаясь ногами на асфальт и стараясь не слишком разбегаться, чтобы не обогнать и не быть обнаруженным. Тануся шла довольно медленно, ее забавная косолапая походка объяснялась тем, что рядом, ухватив ее огрубелую коричневую руку своей, бледненькой и угловатой, приплясывало существо — девочка лет четырех, громко стукавшая сандаликами, словно требуя, чтобы мать старательнее исполняла задаваемый ею ритм. Эта разболтанная девчушка, с белокурыми легчайшими кудряшками и облезающим носиком, похожим на резиновый ластик, не могла быть, конечно, дочерью Рябкова: той, вероятно, сравнялось двенадцать или тринадцать — Сергей Сергеич давненько не подсчитывал и сейчас не мог. Перед ним был новый и чужой ребенок; то и дело он хватался за мать обеими руками и приседал, показывая сборчатые купальные трусики и покарябанные коленки. Тогда Тануся терпеливо наклонялась над ребенком, видная в профиль, несколько лягушечий по сравнению с прежним, памятным Рябкову, к тяжести девочки присоединялась сумка, падавшая с плеча; обе, мать и дочь, смеялись чему-то, ребенок щерился розовыми деснами и мотал растрепанной головой.

Для полноты картины не хватало природного аккомпанемента. И вот серебряно-тусклое небо цвета вощеной аптечной бумажки, где маленькие, чуть побольше солнца, облака были будто видный на просвет лекарственный порошок, — это небо, ничего, кроме горечи, не обещавшее, вдруг разразилось невесть откуда взявшимся дождем. Скорые капли, тяжелей и драгоценней обычной воды, крупно засверкали в солнечных лучах, вприпрыжку обогнали Рябкова, на бегу обсыпали зеркально заблестевший, заморгавший куст, где впору было искать и собирать небесное стекло; заулыбавшийся Рябков ощутил холодный щелчок, будто ему столовой ложкой стукнули по лбу. Восторженно взвизгнув, ребенок вырвался от матери и, шатаясь, неровно раскинув ручонки, закружился в пустоте, среди неуловимых в воздухе дождин. С тою же внезапностью, с какой начался, радужный горящий дождь унесся прочь, оставив на асфальте голубоватые кляксы, похожие на следы, по которым, казалось, можно было догнать счастливого беглеца. Растерянный ребенок с размаху сел на землю, довольно далеко от матери, улыбавшейся ему из-под журнала, раскрытого над головой. С густым и ужасным ревом, превратившим детское лицо в подобие разбитой, истекающей белком яичной скорлупы, ребенок протянул Танусе грязные ладони в припечатанном песке, — и по тому, как совершенно не изменилась нежная улыбка Тануси, когда она пошла на жуткий вопль, вынимая платок, Рябков внезапно понял, что его Тануся совершенно счастлива. Больше ему ничего и не было нужно, он так и сказал себе: «Больше мне ничего не нужно», — и пошел своей дорогой, отрывая и зажевывая большие куски батона, вдыхая легкий запах гари, оставшийся от дождя. Неизвестно как, но к Рябкову пришла запоздалая свобода быть счастливым самому. А наутро в понедельник Катерина Ивановна, постоянно носившая волосы заколотыми в пирожок, вдруг явилась со своею давнишней прической — гладкой косою, обрученной вокруг головы, — и Рябков осознал, что давно питает к ней подобие нежности; ему показалось даже, что все его прежние шатания и глупые поступки были всего лишь иносказания любви, наконец-то его покорившей.

Глава 15

Однако все это принадлежало только к области фантазий. Сергею Сергеичу было известно, что Катерина Ивановна живет в однокомнатной квартире вместе с матерью, очень строгой и здоровой женщиной. Маргарита честно рассказала ему, что Софья Андреевна человек с характером, что она все время норовит *присутствовать*, и все при ней ведут себя неестественно, словно не умеют ни пить, ни есть, ни говорить. Рябков отлично мог себе представить, что такое лежать в супружеской постели через ширму или шкаф от такой внимательной родственницы; он понимал, что все его прежнее неумение, когда живые женщины казались тяжелыми и неподатливыми, будто бревна, когда руки *не видели* плоти, которую сжимали, а в поле зрения оставались только женские огромные, словно сапожной ваксой накрашенные глаза, — тотчас к нему вернется. Втайне Сергей Сергеич желал Софье Андреевне долголетия и сил, так как она избавляла его ото всякой ответственности, в том числе и за собственные чувства.

Время шло с удивительной легкостью, осенние листья летали будто бабочки среди темных против солнца древесных стволов, повсюду продавались дешевые дыни со смокшей марлевой мякотью, с мешками скользких семян, — и зима легла аккуратным чехлом, словно сшитая по мерке каждой крыше, каждому бортику и поребрику, каждому приткнувшемуся отдыхать автомобилю. Посвежевший и даже пополневший от долгого воздержания Сергей Сергеич уже подумывал: а не завести ли ему действительно романа с Верочкой, все более к нему благосклонной и нарочно дававшей заглядывать за свои большие вырезы, где, сентиментально прижавшись друг к дружке, сидела пара белых голубков? На новогоднем вечере, когда первые пустые бутылки перекочевали под стол, а оплетенная гирляндами комната закружилась каруселью вокруг горящей искусственной елочки размером с юлу, Сергей Сергеич совсем было решил приступить. Пользуясь непонятным отсутствием Катерины Ивановны, он дурачился и мешал захмелевшей Верочке резать мнущийся, как подушка, хитро украшенный торт, — но тут Маргарита, в черном нарядном платье, в черных прозрачных чулках, отчего ее костлявые ноги походили на рентгеновские снимки, непререкаемо отвела его в сторонку и севшим шепотом сообщила, что мать Катерины Ивановны при смерти.

* * *

Софья Андреевна всегда величаво переносила недомогания и после давней злосчастной ангины, когда ее чуть не убила таблеткой родная дочь, почти не обращалась к врачам. Она считала моральным долгом почти не иметь того, что называют телом, — не иметь отношения к собственной плоти, белье для которой целомудренно походило на простые мешки, аккуратной стопкой сложенные в шкафу. Обладать желудком или мочевым пузырем было, по ее ощущениям, так же непристойно, как обладать, к примеру, грудью, плохо заправлявшейся в большие, как панамы, чашки бюстгальтера и словно дергавшей ее под мышки на бегу к причалившему троллейбусу. Каждую жалобу тела Софья Андреевна воспринимала только как признак усталости и разрешала себе разве что немного полежать на диване с книжкой, поставленной перед самым подбородком, на котором, когда ее глаза доходили до нижних строк, выдавливалась складка.

С другой стороны, Софья Андреевна сознавала, что нарушает дисциплину и меру в отношениях с врачами. Такая мера существовала и была понятна каждому, кто хоть раз побывал в поликлинике, в этой конторе-альбиносе, где структура и порядок проступали с непреложной четкостью и где, однако, разъяснительные надписи на стеклянных барьерах и дверях, обращенные к посетителям, означали полную абракадабру для тех, кто сидел внутри. Служащие поликлиники руководствовались *внутренними* ориентирами и образцово выполняли свои обязанности, представляя собою иерархию специалистов: перед каждым больным имелся единственный и данный врач, административно соответствующий ему на карте города, разбитого на районы. Поэтому между больным и врачом устанавливались особые отношения, обязательность которых Софья Андреевна ощущала всей своей дисциплинированной душой. Нельзя было беспокоить врача из-за ерунды, но следовало сообщать обо всех сколько-нибудь серьезных событиях, чтобы не создавать ему дальнейших и худших забот и не отвлекать его от других пациентов, вовремя доставивших себя и свои анализы; теплые баночки полагалось отвозить в дальний конец Заводского микрорайона, в больничный городок среди расшатанных сосен, плававших верхушками в небе, будто отпущенные весла в воде, — и успевать туда до половины девятого утра.

Перед врачами у Софьи Андреевны накопилось немало долгов. Порою боль в спине делила ее пополам и заставляла проходить несколько шагов неведомо куда, чуть не под колеса сигналящих машин. Иногда Софье Андреевне было настолько не по себе, что она хваталась двумя руками за все, на что наткнется, и однажды обнаружила себя отчаянно дергающей дверь закрытой почты. Домашняя пища, которую Софья Андреевна уважала как результат своего труда, теперь казалась чрезмерно горячей и странной на вкус. Все-таки Софья Андреевна охлаждала содержимое своей тарелки почти до пластилина и принуждала себя съедать, подбирая по кругу чайной ложечкой, свою обычную порцию, а потом стоически сносила хлещущую, пахнущую брагой рвоту, от которой в глазах делалось темно, и очень трудно было подбирать комком тяжелой тряпки скользкую гущину. Софья Андреевна старалась не видеть ничего плохого в том, как изменились ее ощущения вкуса, и даже специально жевала древесные листики, отдающие разными сортами одеколона, слизывала собственную кровь из пореза, отдающую почему-то муравейником: весь мир, зеленый и розовый, кислый и жгучий, был, казалось, напитан ядом, и Софья Андреевна терпеливо принимала яд. Дома, при сильных болях, она подкладывала под спину подушку с вышитыми розами, — буквально принуждала себя к этому общепринятому средству, нисколько ей не помогавшему. На увещевания школьного медработника, очень добросовестной, немного пучеглазой женщины, сильно припадавшей грудью на свой рабочий стол, Софья Андреевна виновато отговаривалась практикантами и четвертными контрольными. Ссылаясь на большую загрузку и преподавательский долг, она и за собою чувствовала известные права и разрешала медработнику говорить о своем болезненном виде — что подтверждалось всеми зеркалами, где глаза у Софьи Андреевны, обведенные синевой, были большие, будто засохшие чернильницы. Направления, получаемые в школьном медкабинете, она тихонько прятала от самой себя в старую, слабо пахнущую шоколадом коробку из-под конфет.

Однако после любовного пожара, оставившего в кухне

сырую банную духоту, и особенно после свадьбы Кольки с Маргаритой, где Софья Андреевна чувствовала себя примерно как на своей, а дочь, разинув рот, баюкала под музыку, среди других поникших пар, какого-то блаженного очкарика, — наступили смутные времена. Отупевшая Софья Андреевна, уже не особо страшась врачебного нагоняя, как-то по дороге зашла в поликлинику, и там ее послали по разным специалистам. Выпадали неприятные минуты, когда она, прислоняясь к белой стене, чувствовала себя нереально, будто на экране, или замечала с уколом странного беспокойства, что многие женщины в очереди к терапевту одеты слишком броско, нарядно, — но это было ничего, ей даже нравилось слушаться, принимать лекарства, и она с равнодушной легкостью согласилась лечь в стационар, передав свои восьмые классы звонкоголосой глупенькой практикантке.

Четырехэтажные облезлые хоромы центральной городской больницы угнетали бестолковой громадностью, невозможно было уснуть под высоченным желтоватым потолком, и легонькое одеяло в пустоватом пододеяльнике, казалось, совсем не давало укрытия. Огромные окна, косившие стеклами, слезливо искривлявшие жалостный пейзаж, были в точности как школьные — и в какое ни погляди, в каждом сбоку маячили облупленные колонны, почему-то напоминавшие войну. Вдоль комнат, делившихся на женские и мужские (последние были неприятны Софье Андреевне из-за арестантских фигур и множества разбросанных газет), тянулась узкая терраса, совершенно необитаемая, с небесно-серыми лужами, запекшимися по краям, с балюстрадой в виде толстых побитых пешек, заросшей бурьяном, — там кое-где белели щепотками мокрого пера одичалые астры. Бывало, что большой и темный в небе тополевый лист, странно кувыркаясь на ветру, захлестывался на террасу, и тут его отпускало, он облегченно скользил, перетекая сквозь разжиженные полосы оконных стекол, и, тихо золотясь, ложился на бетон. Эта перемена полета, это внезапное облегчение почему-то рождали смутную мысль о смерти, такую пронзительную, что Софья Андреевна сразу отходила с замкнутым лицом, если кто-то рядом с нею облокачивался о подоконник. Девчонкой она с подружками бегала к этой больнице, тогда еще приветливой среди прозрачных, словно крепдешин, молоденьких деревьев и называвшейся «госпиталь». По аллее с ровной, как линейка, солнечной стороной, мимо гипсовых статуй, макушками торчавших на солнце, бродили раненые, многие на костылях, непосильно нагруженные ношами собственных тел. Девчонки, затаившись поближе к открытой заборной дыре, караулили самого страшного, и он обычно приходил, с лицом как изжеванный хрящ, обмакнутый в соль. Он садился на скамейку, в сырую зеленую тень, его беспалая и волосатая рука, похожая на собачью лапу, делала девчонкам приглашающие знаки — и девчонки с визгом бросались прочь, опрометью переваливаясь через шаткий забор. В детстве мысль о смерти была свежа и горько-зелена — теперь же, в солидном возрасте, она превратилась, как и многое другое, в мысль о собственной значительности, которой больница не соответствовала. Все-таки Софья Андреевна любила спускаться в людный вестибюль по центральной лестнице, сохранившей что-то дворцовое в плавных заворотах и в рассчитанной высоте ступеней, и сверху видеть, как дочь, в тяжелом черном пальто и с крошечным цветастым зонтиком, старается и не может выделиться из толпы, где многие тоже глядят на Софью Андреевну, несущую себя бережливыми нетвердыми шагами.

Софье Андреевне нравилось возвращать испуганной дочери ее неуклюжие котлеты с подошвами жира, банки рваных, слипшихся пельменей, полные корявых веток и черной воды мешки забродившего винограда. Ей казалось, что эти продукты хорошо выражают ее обиду, — и дочь теперь уже не оставалась равнодушной, вздыхала и горбилась у всех под ногами, запихивая кульки в разинутую сумку. Когда же она уходила домой, Софья Андреевна не отказывала себе в удовольствии еще посмотреть на нее в торцевое окно. Дочь через каждые четыре шага поднимала к окну белое пятнышко лица, похожее на отпечаток пальца, а Софья Андреевна недвижно стояла в обрамлении колонн, зная, что по мере удаления побитая одежда здания обретает стройность и смысл, и долго еще любовалась тающей на горизонте башней телецентра, чувствуя себя такой же далекой и такой же прекрасной. Бывали дни, когда она почти не чувствовала боли: только от уколов, горячих, будто кипяток, немела нога. При помощи соседки, кандидата технических наук, Софья Андреевна научилась раскладывать пасьянс и снисходительно разрешала гостям другой соседки, большому и сутулому семейству откуда-то из области, сильно пахнувшему потом и бензином, разыскивать для нее между раздвинутых стульев соскользнувшие карты. Плохо было по вечерам, когда ничейное и одинаковое с коридором электричество мрачно заливало голую палату, и на всех не хватало шторы, чтобы закрыть отражения в темном окне. Тогда на Софью Андреевну нападала тоскливая лень, недочитанный журнал болтался где-то в складках одеяла и, стоило повернуться на бок, шлепался на пол с другой стороны. Ночью, чтобы не беспокоил освещенный *проходной* коридор, каждый ряд кроватей спал на одном и том же боку, — и больничные пробуждения, с раскрытой стеклянной дверью и холодным прикосновением медсестры, смутно напоминали другие утра, когда первой встречала мысль об ушедшем Иване и было страшно тяжело, с опозданием на несколько минут, чистить зубы, надевать рабочее платье. Впрочем, теперь Софья Андреевна была уже стара, ей уже не стоило спохватываться, будто она проспала возможность что-то или кого-то вернуть. Теперь ей претила холодная и упругая молодость, ей начинало казаться, что только старые люди, заготовленные впрок, будто узловатые дрова, обладают слабой теплотой — теплотой, которую у них все время пытаются отнять.

Бесплодная северная осень, ничего не имевшая на ветвях, кроме пустой листвы да мелких яблок, похожих на укроп, уже почти облетела на землю, закончились и три недели госпитализации. Софье Андреевне не успели сделать снимок, оттого что сломалась установка, и теперь, полагая, что счет в ее пользу, она совсем перестала бояться врачей. Пока она лежала в больнице, ей в хорошем ателье дошили зимнее пальто, и, получив заказ, понравившись себе в окладистом черно-буром меху, Софья Андреевна решила взяться за окна, которые дочь оставила немытыми, с дохлыми мухами в закисших дождевых потеках, что было для Софьи Андреевны особенно нестерпимо. Одевшись потеплее, она рывком распечатала сырую раму, вдохнула холодную морось, перемешанную с шипением и шлепаньем машин, подняла на подоконник дымящееся ведро — и тут ее перепоясала такая боль, что все ее прежние болезненные ощущения показались бывшими не с ней, а с кем-то другим. Раскрытая комната пропитывалась пасмурной улицей, белела холодной посудой, резко пахло разгромленной аптечкой — а Софье Андреевне чудилось, будто все это какое-то дурное повторение, и она до крика испугалась дочери, влетевшей в квартиру с оглушительной отдачей хлопнувших дверей. Софье Андреевне померещилось, будто сходство между нею и близко склонившейся Катериной Ивановной достигло критического предела: вот-вот, и они окажутся не в состоянии двигаться свободно, не соблюдая симметрии, и спасти обеих сможет только разделительная черта или стена.

С этого дня началось повторное хождение по врачам. Софье Андреевне делали исследования, унижавшие ее как личность, гинеколог оказался долговязым мужчиной с узким суконным ртом и с ужасными костлявыми лапами, на которые он, лихо щелкая, натягивал резиновые перчатки. Теперь, поскольку ей было плохо и смутно и не хотелось ни с кем разговаривать, Софья Андреевна брала с собою для всяких хлопот суетливую дочь. В поликлинике на Софью Андреевну нападала апатия, и когда подходила очередь, ей лень было встать и пройти в кабинет. Она замечала, что Катерина Ивановна заискивает перед врачами, наряжается для них во что поярче и нарочно преуменьшает симптомы, чтобы не сердить специалистов, но ей было лень возражать, она безучастно сидела на стуле и слушала собственное дыхание, казавшееся ей успокоительным, будто шорох леса или плеск набегающих волн. Дома Софья Андреевна сразу ложилась, бросив в прихожей грязные сапоги, равнодушная к тому, как дочь неумело шмякает яйца на стреляющую сковороду, как квохчет слишком толсто налитая яичница и шипит, принимая облитый водою чайник, пущенный в полную силу задыхающийся газ. Сама она теперь почти ничего не ела, юбки висели на ней пустыми пузырями. Ей, впрочем, все еще казалось, что она находится в центре собственной жизни, раскрытой в прошлое и будущее, и на пальто еще придется менять роскошный, но непрочный воротник.

Когда же Софью Андреевну «на всякий случай» направили к онкологу, она почувствовала, что ее, в дополнение ко всем страданиям, нечестно ударили в лицо. Теперь она сама не лучше дочери искательно улыбалась подтянутой женщине-врачу, отличавшейся от остальных холодной красотой и речью теледиктора, работающего на экране от электрической сети. Врач назначила срок, когда будет готов результат обследования, и Софья Андреевна невольно начала считать бумажно-белые дни, споря с двузначными календарными цифрами конца ноября, выстрадав собственный маленький календарик с одним не по центру расположенным воскресеньем, еще сохранившим для нее обещание отдыха, законной свободы. Никакая боль не могла отвлечь сосредоточенную Софью Андреевну от этого счета. С дочерью она говорила сквозь зубы, скрывая дрожь, и когда подошел назначенный четверг, запретила ей идти с собой в поликлинику, полагая, что на этот раз дело касается только ее.

По дороге, думая, как будет возвращаться по этим мерзлым, тающим на бледном солнце, слякотным улицам, когда неприятность закончится хорошо, Софья Андреевна улыбалась и ловила чужое встречное удивление, — а между тем вокруг было как-то слишком ветрено, прутяные деревья издавали еле слышный ухом тоненький свист. У врача-онколога было что сказать, и она говорила, глядя перед собой прозрачными глазами, полностью владея речью как формой своего отсутствия, — и когда закончилась передача, Софья Андреевна с направлением в руках, полученным от медсестры, тихонько вышла в коридор. Она хотела опуститься на край кушетки, где провела в ожидании не менее часа, но там уже сидел лысенький, как ковшик, старичок и бессмысленно ей улыбался. Закрытая дверь кабинета стояла неровно и наверху пропускала свет в широкую щель. Софье Андреевне вдруг показалось, что ее слишком рано выставили вон, многого недосказали: она толкнула дверь и увидала, что стул, на котором она узнала диагноз, тоже занят чьим-то сгорбленным телом, а женщина-онколог спокойно наклоняет графин над казенным стаканом, розовеющим от ее отлаженной блузки по мере подъема воды.

Коридор до самой раздевалки был полон покорно сидящих людей; пробираясь между тупых, как бревна, неохотно сдвигаемых колен навстречу чужой медсестре, пробиравшейся так же, Софья Андреевна хотела крикнуть, что у нее открыли рак и ей теперь полагаются льготы, чтобы ее пустили хоть где-нибудь присесть. На улице, в непривычно низко висящей юбке, будто готовой упасть из-под пальто, Софья Андреевна побрела в другую сторону от дома: ей было невыносимо стыдно, словно она впервые в жизни не выдержала экзамена. Время от времени она останавливалась, не выбирая места, и крепко зажмуривалась, честно пытаясь представить, что же такое смерть. Однако мысленно она видела то же самое, что и открытыми глазами: все окружающее сделалось неотвязно и стояло под веками, как оно было в действительности, разве что уезжала, растворившись с шорохом, какая-нибудь машина. Расплывшиеся объявления на заборе, затоптанные куски кирпичей, проложенные цепочкой через донные остатки лужи, казались вечными: при мысли, что все это останется после нее, Софья Андреевна ускоряла шаги. Все-таки она передвигалась очень медленно; один раз, сокращая путь, залезла на газон и почему-то очень испугалась собственных следов среди соленых, квашеных листьев, налипших на сапоги.

Она никак не могла поверить, мешало какое-то препятствие. Ей казалось, что если она поверит, то сразу и до конца поймет, что же такое жизнь, и можно будет принять данный порядок вещей, но она слишком плохо себя чувствовала, не хватало ясности мыслей, и ей оставалось только тащиться, с болью в спине и с препятствием в груди, вверх по наклонной, спускающей бесконечный транспорт, наглаженной улице, кружным путем заворачивая к дому. Слева, среди деревьев, еле чующих друг друга голыми ветвями, показался угол школы. Софья Андреевна для эксперимента представила, что видит ее в последний раз: сразу школа с темными, в потеках по серой штукатурке, словно пролившимися окнами сделалась ей отвратительна. Все вокруг было *нагромождением,* будто застрявшим на решетке, сквозь которую ушла вода, и тяжесть ушедшего тянула ноги Софьи Андреевны, сосала тело, еле влачившееся по сырому тротуару. Для эксперимента она решила зайти в промтоварный магазин. Там, в витрине, с растянутой веером плиссированной юбкой, висел напоказ совершенно плоский женский костюм, а в соседнем отделе кожгалантереи висели, одна на другой, угловатые жесткие сумки, многие черного цвета, — полые, они не составляли вместе даже одной нормальной женской ноши. Симметрично освещенный магазин был полон плоских и безжизненных вещей, молодые продавщицы в узеньких форменных платьях неуловимо напоминали медсестер. Одна, с припухлым, будто свечкой закапанным лицом, показывала покупательнице большую мешковатую сумку, бессмысленную, в каких-то ремнях; покупательница запускала в нее растопыренные руки, словно хотела примерить на себя наподобие робы.

Никто не обращал внимания на прямую, как пугало, Софью Андреевну, как-то оказавшуюся без денег в очереди к кассе, естественно вовлекшей ее арестантским ритмом движения ног. Внезапно покупательница обернулась от сумки и оказалась Людмилой Георгиевной, сразу разулыбавшейся, и Софья Андреевна, двинувшись навстречу, ответила в точности такой же морщинистой улыбкой, только с опозданием на несколько секунд. Больше всего она боялась, что Людмила Георгиевна догадается, начнет выспрашивать подробности, но та была поглощена собственными делами. Непривычно скуластая, с бессонной горячкой в провалившихся глазах, она повела притворно-степенную Софью Андреевну на улицу и показала ей одну из двух приткнувшихся к крыльцу колясок: там, в перевязанном одеяльце, кряхтело и дыбилось новорожденное существо. Сладко скуксившись, Людмила Георгиевна приподняла холодное кружевце и показала внука: носатое личико ребенка кривилось как бы в недоумении, глазки слиплись нежными морщинами — но вот они открылись, серо-сизые, в голубоватом, как от ягод, молоке, и мальчик сразу замолчал. Некоторое время коллеги шагали рядом, коляска мерно поскрипывала, Софья Андреевна ступала с большим достоинством и словно по отдельной дорожке. В дремотных глазах ребенка проплывали задом наперед ветвистые тени, Людмила Георгиевна, вздыхая в тяжелом пальто, многословно говорила о работящей невестке, о новом директоре, о сумке, каким-то образом предназначенной для внука, — и сама покупка, прицепленная к коляске, легким надувным мешком моталась на ветру. Вскоре Софья Андреевна опять осталась одна на мокром, словно липком перекрестке, где пропустила зеленый свет, отстав от своей толпы и испугавшись встречной, бежавшей на нее с опущенными, разноцветными от шапок головами. Мало-помалу, возникая сперва не в воздухе, а на разных предметах, словно зацветающих на миг крупяными и прозрачными соцветиями липы или бузины, потянулись наискось к поломанному бульдозеру и торговому центру большие снежные хлопья. Едва коснувшись проезжей части, они моментально съеживались, поедаемые огнистой чернотой, — и таяли автомобили, таял овощной киоск, выпуская зелень на мокрый асфальт, а наискось от груды тарных ящиков горела адской вязью отраженная реклама сберкассы. Несмотря на неизвестное начало в темных небесах, слепые хлопья были столь недолговечны, что Софья Андреевна почувствовала себя немного тверже. Тихий снег, исчезающий в земле, безо всякого труда проходивший сквозь асфальтовую поверхность в земляную глубину, словно давал приговоренной Софье Андреевне какую-то отсрочку: ненадолго она поверила врачу-онкологу, что может после операции прожить еще несколько лет.

На похоронах и после многие люди говорили друг другу расчувствованными голосами и внушали Катерине Ивановне, горевшей от стыда, что покойная невиданно стойко приняла диагноз, что она молчала о болезни, щадя окружающих, прежде всего любимую дочь. Людмила Георгиевна, ставшая болтливой, вспоминала при каждом удобном случае, как бедная Софья Андреевна любовалась младенцем, — и за этим следовало тихое истечение слезной влаги, питавшей стянутое лицо Людмилы Георгиевны, будто густой вазелин. На самом же деле Софья Андреевна никого не щадила, и если молчала про рак, то только потому, что боялась людей, их недоброго мысленного участия, способного сделать ее беду более действительной, — и особенно боялась Маргариты, с ее стеклянными бусами и холодными глазами, с ее раздавленными окурками, похожими на пиявок, с ее манерой замолкать, когда она, хозяйка квартиры, входила на кухню. Эта Маргарита имела слишком сильное влияние на дочь — после того как сманила ее жениха — и через дочь откровенно стремилась выжить Софью Андреевну, явно желала ее скорейшей смерти, так что известие про рак превратило бы ее желание в убийственную силу, в двигатель судьбы. Софья Андреевна, как могла, берегла себя от разговоров о болезни еще и потому, что как личность и работник образования была бесплотна, а умирала телесно, как женщина, и это противоречило ее достоинству, человеческому равенству с мужчинами. Опухоль поразила орган, которого у мужчин попросту не было и который Софья Андреевна и у себя полагала уже не существующим. Позднее, когда скрывать болезнь стало невозможно, она приказала дочери на все вопросы отвечать, что перенесла операцию на сердце, представлявшееся мысленному взору Софьи Андреевны чем-то вроде большого ордена; может быть, этой ложью, так и не раскрытой, объяснялся оттенок фальши, немое мычание оркестра и косноязычие ораторов на ее торжественных, как награждение, похоронах.

Дочери, впрочем, она собиралась сразу сказать обо всем. Вернувшись из поликлиники в пустую квартиру, Софья Андреевна почувствовала ложное облегчение, с каким возвращаются с кладбища. Она принялась поджидать Катерину Ивановну, медленно мыла утреннюю посуду, наполняя и тяжеля ее до краев горячей водой, сидела на диване, даже листала какую-то книжку, где слова и восклицательные знаки не выражали ровно никаких эмоций. Время от времени к Софье Андреевне приходила мысль, что скоро она встретится с отцом, и тогда она некстати вспоминала, что у мужчины в строгой, как тумблер, шляпе, переходившего ей навстречу перекресток, тоже были пышные усы. Дочь все не шла, и постепенно смутное желание ее обнять, не утоляемое комом глухой подушки, переходило в обиду на ее разбросанные шпильки, на грязный пол, не мытый несколько недель, а в соединении картинок и вышивок, развешанных по стенам, проступало что-то нарочитое, словно по ним, будто в пособии «Родная речь», предлагалось составить рассказ. Дочь прибежала без четверти восемь, мокрая, как клякса: наследив в прихожей поверх засохших серых следов, включив повсюду слишком много света, стала оправдываться срочностью запущенной работы, выспрашивать результаты анализов. Но Софья Андреевна уже услышала фальшивый тон ее приподнятого голоса, как будто наступил какой-то праздник, а вовсе не смертельная болезнь. Софья Андреевна не желала подачек, случайных, лишь бы отделаться, таблеток вместо настоящего сочувствия. Отчитав Катерину Ивановну за свинарник в квартире, она потом уже не слушала аханья тряпки в ведре, тупых толчков передвигаемой мебели, дочериных всхлипываний, казавшихся просто частью нелепой ночной уборки, похожей на какой-то давний сон Катерины Ивановны, когда надо было что-то отыскать на полу, в щелях между длинных, растресканных, словно обкусанных по бокам половиц. Софья Андреевна тоже хотела по полному праву всплакнуть, но только закашлялась, скрывая неловкость. Она внезапно как бы разучилась это делать, рыданья были бы сейчас переливанием из пустого в порожнее при помощи бессмысленных толчков. *Препятствие* стояло в груди и не давало возможности почувствовать что-либо другое. Закрываясь от дочери спиной, Софья Андреевна полезла в комод и, разбирая вялые стопки белья, стала сама собираться в больницу.

Глава 16

Ей были слишком многие должны, на этом она могла продержаться довольно долго. Она, как ни странно, продолжала счет проживаемым дням, почти неотличимым друг от друга среди нежного, молочного начала зимы, — и снова выпали выходные, с другими родственниками в другой палате. Эти все до одного почему-то выглядели моложе, и Софью Андреевну смутно волновал холодный, тонкий запах яблок, целого пакета расписных плодов, принесенного соседке, уже совершенно юной и страшно длиннорукой от своей костлявой, чуть одряблой худобы. После соседка угостила Софью Андреевну самым большим, положила ей на одеяло дрогнувшей рукой в голубых плетеных проводках, похожей на электрический механизм, — рукой, которой она могла бы дотянуться до чего угодно, потому что совсем не вставала; яблоко с красной лаковой кожицей и зеленоватой мякотью отдавало на вкус немного деревом, немного травой. Все в палате были удивительно благожелательны друг к другу и, если что, певучим хором звали медсестру. Медсестра входила непременно с нижней половиной улыбки — не участвовали глаза, — но все-таки выглядела, со своими профессиональными ухватками, слишком грубой в этом плавном, плоском, лежачем мирке, где посторонний предмет опознавался по способности стоять, по неучастию в певучей боли, которой тугие уколы, распускавшиеся под кожей жаркими розами, придавали неизменный суточный ритм.

Эта палата тоже была со стеклянной стеной и на восемь человек, как бы развернутая наоборот по отношению к прежней; умывальная раковина на толстой, удавом изогнутой трубе белела не с правой, а с левой стороны. У Софьи Андреевны возникало чувство, будто все вокруг — это отражение в зеркале; то же подтверждала и видная с ее подушки в глубине коридора белая дверь, всегда открытая и неизвестно куда ведущая. Мебель там стояла словно на ножках разной высоты, врачи и медсестры входили туда, жестами указывая друг другу в противоположную сторону, и сразу ускользали в косые зазеркальные глубины. Снег пеленою несся в холодном окне с тонкою оправой дребезжащих рам, четыре сосновых ствола, похожие на копченые колбасы, почти пропадали во мгле, где темнело что-то еще, не то далекий лес, не то забор; чувствовалась окраина города, отдаление, близость болота, заросшего словно густою козьей шерстью, в которой снег шелестел, а ветер свистел с неразборчивым улюлюканьем, будто пускали в обратную сторону магнитофонную запись многих голосов. Софье Андреевне не нравилось, что при точном отражении прежней палаты она в этом белом зазеркалье лежала бы в аккурат на месте молодой соседки, которая, в свою очередь, то и дело смотрелась в зеркальце, где среди белизны и вспышек косо мелькала какая-то черная полоса. Пристроив зеркальце на складке одеяла, небрежно набрав в грохочущем ящике полную горсть косметики, она принималась красить бескровное лицо, раз за разом обводила губы и глаза, равнодушно, как обводят на листе незначащее слово, пока не выходила жуткая маска, — и тогда с молодой соседкой случалась истерика. Она рвалась из постели, точно рвали из земли длинный жилистый корень; набегали сестры и врачи, они передавали друг другу мокрые полотенца с черными пятнами от туши, с розовыми пятнами помады и выплюнутыми мокрыми таблетками; кто-то всем немалым весом прижимал к кровати девочкины ноги, кто-то, поспешно проверив жало, втыкал в заголенную плоть, похожую из-за пролежней на гнилой помидор, спасительный шприц.

Софью Андреевну между тем готовили к операции. Она снисходительно переносила положенные процедуры, сама удивляясь своему душевному спокойствию, была любезна с персоналом, и ее хирург, видавший всякие виды круплечий мужик, похожий на деревенского кузнеца, то и дело ловил себя на желании разъяснить ей истинное положение вещей. Неизвестно почему он чувствовал себя обманщиком; мужество прогорклой старухи, как ни в чем не бывало читавшей Толстого, не укладывалось ни в какие рамки. Хирург, с его печальным опытом, читал по глазам больной то, что найдет внутри, и задавался вопросом: что видит эта женщина, когда глядится в зеркало? Наконец прискакала дочь, с красным носом, в разных чулках и тоже, нате вам, накрашенная, с ресницами будто горелые спички. То, что Катерина Ивановна разыскала мать в онкологической клинике по звонку в известный морг больничного городка, вызвало у Софьи Андреевны накануне операции не гнев, а смех. Она тряслась на панцирной койке вместе с болью, хватавшей ее за бока, и видела вокруг приподнятые лица с улыбками, а выражение лица Катерины Ивановны, точно ее за уши тянули к потолку, просто не давало ей остановиться.

В ночь перед операцией у Софьи Андреевны было точно такое же чувство, как давным-давно сразу после начала родов. На плоской, как ее щека, слюною смоченной подушке ей снова снился молодой Иван. Он тюкал топором по бревну, объясняя ей, что это и есть операция, что сейчас он всего лишь достанет черный сучок, а на посту хорошенькие медсестры, белокурая и каштановая, между делом поглядывали на палату Софьи Андреевны, и каштановая тихонько, с туповатым звуком, стучала пальцем по лбу. Утром, когда девятнадцатый по счету день только начинался, как кино, на белом потолке, Софью Андреевну по частям перетянули на каталку и повезли по коридору, в сторону, обратную той, что она почему-то ожидала, головою вперед под лампами, плывущими назад. Кто-то посторонний остановился, пропуская каталку, будто транспорт, галстук на розовой рубашке был как дорожный указатель. Анестезиолог и медсестра почему-то запомнили выражение лица больной, эту длинную улыбку, неправильно расположенную среди прочих спокойных черт, лежавшую среди них будто развязавшийся шнурок. Уплывая в обратный зазеркальный мир, Софья Андреевна, уже одурманенная каким-то уколом, увидала на запястье анестезиолога черный ремешок с циферблатом и из вежливости спросила, который час. Из тумана ей ответили, что половина девятого.

Сергей Сергеич Рябков хотел, чтобы все выглядело естественно. Отпраздновав Новый год, будто свой последний отпуск, — неожиданно в компании бывших университетских комсомольцев, где никто уже не прыгал, а все только пересаживались с грузными скрипами и пили компаниями по пять, по шесть человек, — он с осторожностью начал отыскивать подступы к подурневшей, но неизбежной Катерине Ивановне. Она, похоже, ничего не праздновала и осталась в прошлом году: об этом явно говорили следы бессонницы, напоминавшей одутловатую бессонницу первого снега, его водянистую корявость с черной жилкой мокрого листа. Рябков рачительно обращал внимание на все, что могло бы разжечь его пригасшее чувство. Прическа у Катерины Ивановны была теперь никакая, просто комок волос, мелкие сережки не висели, а торчком стояли в ушах. Сергею Сергеичу было трудно, но при мысли, что он вот-вот осчастливит несчастную Катерину Ивановну, его лицо распирала широкая и глупая ухмылка. Важно было, с чего начать.

Теперь Катерина Ивановна все время таскала домой тяжелые продукты. Примерившись пару раз, Рябков на третий день удачно перехватил ее неуклюжий груз — на крыльце института, на покато скользнувшей ступеньке. То, что он говорил Катерине Ивановне по пути через рыхлые улочки и голые арки, было как бы детским изданием речей, которыми он обычно завораживал и жалобил интеллигентных дам. Катерина Ивановна помалкивала и как будто не очень твердо помнила дорогу к собственному дому; у Рябкова сложилось неприятное впечатление, словно она побаивается за сумку. Двор Катерины Ивановны оказался просторный и синий, с запасом нетронутого снега под высокими деревьями, а на сараюшке снег лежал будто огромная витая раковина. Даже несмотря на этот маленький сарай, двор оправдывал надежды на вид из окна; однако само окно во втором этаже, после того как сгорбленная Катерина Ивановна хлопнула дверью подъезда, загорелось слишком поспешно, будто специально для того, чтобы Рябков узнал, которое из всех принадлежит его невесте, и еще повздыхал под ним, глядя на общий для всех электрический свет. Смотреть там, впрочем, было совершенно не на что: желтое стандартное окошко было пусто, как незаполненный бланк, и Рябков немедленно ушел — а на следующий вечер вдруг обнаружил, что Катерина Ивановна покорно ждет его на институтском крыльце, выставив сумку к сапогам и индевея от собственных белых вздохов, возможно, имеющих форму ее овечьей или ангельской души. Собственно, Рябков не собирался снова ее провожать, было слишком холодно, и он хотел завернуть к одним знакомым из семейных, чтобы выпить у них настоящего растворимого кофе с коньяком. Однако он с такою же покорностью, так же выдыхая исчезающий пар, взялся за растресканные ручки; из сумки, мешая ему нести, торчали параллельно куриные лапы в желтом кожистом рванье, их морозная окаменелость выглядела как предельное, почти балетное напряжение сил, а потом в задубелой сумке, чавкнув, пролилась сметана, оба это заметили, и оба промолчали. Они не проронили бы слова, даже если б замерзали до смерти на сыпучем, от земли кидавшемся ветру или если бы в магазине, куда они заходили погреться, у обоих вытащили бы последние деньги. Говорить можно было только о чем-то постороннем, равноудаленном от обоих, не задевавшем чувств. Катерина Ивановна, кутаясь до носа в сырой обледенелый шарф, больше всего боялась, что Сергей Сергеич захочет поцеловаться, а у нее под шарфом такие распухшие губы в соленой простуде, в налипших шерстяных волосках.

Все происходило как раз неестественно, словно помимо воли столь неловко образующейся пары — словно помимо рассудка, как бывает при большой любви, но только это была не любовь. При виде Рябкова Катерина Ивановна не испытывала ничего, кроме громкого сердцебиения и замешательства человека, которому колотят в дверь кулаком, а он не открывает и остается в томительном неведении. Сахарно-розовым утром второго января веселая Маргарита, пощипывая Катерину Ивановну сквозь рукав, объявила без обиняков, что Сергей Сергеич в нее влюбился и скоро сделает предложение. Тогда Катерина Ивановна, хоть и ухнуло что-то внутри, не поверила подруге — тем более что в новогоднюю ночь, когда Маргарита с Колькой вытащили ее на площадь в снежный городок, напоминавший стенами из ледяных кирпичей больничную процедурную, пьяная Маргарита хвастала, что держит Рябкова на коротком поводке. Но вот Рябков действительно начал провожать Катерину Ивановну домой, и она совершенно растерялась от полного своего незнания жизни, в которой происходит какое-то условное соединение мужчин и женщин, похожее на то, что ей мерещилось в детстве насчет родителей и детей. Тогда она боялась, что ее отдадут чужой, незнакомой матери, а теперь ее отдавали чужому мужчине, будто только что возникшему ниоткуда, и она ничего не могла против этого: мир остановился в ординаторской больницы, когда наморщенный хирург, глядя куда-то в ящик своего стола, сообщил, что Софье Андреевне остался максимум год. Вообще, Катерине Ивановне было бы удобнее сразу после работы ехать в больницу, но она не смела нарушить ритуал провожания и проходила с кавалером до самого дому, еще и удлиняя путь за счет того, что вела Сергея Сергеича подальше от помойки, полной мерзлых, словно бы засахаренных мерзостей, и от одного темноватого магазинчика, где Катерина Ивановна неясно стыдилась ссохшейся нищенки с ладонью как оловянная ложка и с какой-то багровой гроздью на замотанном лице. Все равно окружающее было неказисто — сугробы, кривые дворы; время текло, они шагали медленно, точно по сцене, где на самом деле некуда идти, и говорили чужие слова, а прощание выходило неловким, с торопливым полуобъятием в толстой одежде, совершенно ничего не пропускавшей. Наспех заскочив в пустую квартиру, пахнувшую кухонной тряпкой, побросав в холодильник пакеты и кульки, забрав приготовленные с вечера банки с застывшей едой, Катерина Ивановна сразу бежала назад и больше всего боялась, что Сергей Сергеич еще во дворе и ее невольный обман ужасным образом раскроется. По-настоящему она возвращалась очень поздно, промерзнув на двух остановках, где ветер с текучим снегом был как радиация из давнего сна про ядерную войну. Дома на материнской постели, будто на столе, лежали стопки журналов, нечитаные «Известия», неглаженые полотенца; Катерина Ивановна допоздна варила курицу, жарила из магазинного розового фарша котлеты, выходившие большими, точно черепахи, всегда немного сыроватыми внутри. Чему она удивлялась по-настоящему, так это своему бесчувствию: ей казалось, что она не любит и не жалеет мать, она ловила себя на странных мыслях вроде той, что если бы у человека не росли все время волосы и ногти, он бы, может, проживал подольше. Катерина Ивановна смертельно уставала, постоянно щурила покрасневшие глаза, но больше всего боялась перемен — любых перемен.

Теперь Маргарита своею властью разрешала Катерине Ивановне опаздывать и вообще превратилась в начальство: что-то возникло в ее повадке, даже начальник отдела стал здороваться с нею иначе, ныряющим полупоклоном, при котором возникало впечатление, будто у него под твердым пиджаком чешется спина. На короткое время вернувшись к общественным делам, Маргарита добилась того, что в конце новогодних каникул отдел затеял поздравлять детей на дому, и Катерине Ивановне с Сергеем Сергеичем, на которых все и так смотрели будто на артистов, играющих спектакль, назначили роли Снегурочки и Деда Мороза. В профкоме института смущенную Катерину Ивановну нарядили в колючее легкое платье с искрами; показавшееся ся огромным на руках у ответственной активистки, оно потом едва не лопнуло на спине, а из-за розового, тусклого на люрексе пятна, пришедшегося под левую грудь, Катерине Ивановне почудилось, будто это платье героини какой-то драмы, которую по ходу действия убивают ножом. Рябков, ужасно худой в простецки-красном сатиновом балахоне, верхней полой завернутом едва ли не под мышку, в капроновой бороде поверх своей, упрямо торчавшей заснеженным кустом, как раз походил на злодея, только на злодея смешного, — и в довершение ему вручили палку, на верху которой ни с того ни с сего внезапно загоралась крашеная лампочка.

Оба сразу почувствовали, как им стало проще друг с другом в чужих личинах. Неосвещенный институтский «рафик», сзади заставленный какими-то коробками, вез их по шатким невидимым улицам, словно по доскам-качелям: когда машина переваливала горку, чудилось, будто сзади все стоймя возносится вверх, и у Катерины Ивановны замирало в груди. Ее рука лежала в горячей и влажной руке Рябкова, будто в собачьей пасти. Их мотало и сшибало на жестком сиденье, коробки щедро перетряхивались, точно гордились своим содержимым; в замерзших окнах проходили большие искристые огни, оба глядели на них не отрываясь, и когда шофер тормозил на очередной по списку улице, мир в отпахнувшейся дверце, куда им предстояло сойти, казался обоим слишком определенным, собранным из обычных, много раз сегодня виденных частей.

Бархатный мешок в кармане у Рябкова был, по уговору, пуст: родители, встречая его в дверях, совали туда припрятанный поблизости подарок, так что Дед Мороз со Снегурочкой даже не успевали его рассмотреть; раз в мешок вместо подарка попала меховая шапка отца семейства, и замена ее на плюшевого медведя сопровождалась вежливой улыбкой девятилетней отличницы, чьи линзы в маленьких детских очках толщиною напоминали аптечные пузырьки. Мама ее, маленькая женщина с удивительно красивыми, капризными руками и кошачьим очерком большеглазого лица, известная в отделе тем, что родилась Восьмого марта, очень долго смущалась, извинялась, пока у нее на кухне горела картошка. Не было ничего более чуждого для ряженых гостей, чем бледный ребенок, вопросительная фигурка на голых половицах прихожей, слишком маленькая в соседстве висячей горы незнакомых пальто, или ребенок в комнате, принаряженный среди будничной потертой обстановки, барабанным голоском читающий стихи. Приехавших встречали хорошо, сотрудницы казались добрее и старше, чем на работе, и выглядели будто собственные ласковые матери, окружающие самих себя заботой и уютом. Они предлагали перекусить, предупредительно показывали туалет, где в яркой тесноте

Катерина Ивановна еле справилась с длинными и невесомыми по сравнению с пододетым лыжным костюмом полами платья. Все-таки она не могла, как надо, разговаривать с детьми, и если Рябков еще пытался играть предписанную роль, осторожно, явно опасаясь за верхнюю бороду, наклонялся к ребенку и к его незанятым рукам, то Катерина Ивановна просто стояла в стороне и блистала то левым, то правым плечом в зависимости от расположения лампы. Дети тем не менее глядели больше на нее: вероятно, их соблазняла ее искусственность, вид огромной куклы или шоколадной фигуры в фольге; немая Катерина Ивановна была для них интереснее, чем обыкновенные игрушки, извлеченные из бархатного мешка со звездами, но пахнувшие магазином. Сергей Сергеич, как мог, спасал Катерину Ивановну своей неумелой игрой, изображая скорее не Деда Мороза, а какого-то иностранца с лягушачьим акцентом, что случалось с ним в неловких ситуациях, а Катерине Ивановне некстати вспомнилось, как она стянула сумку у пожилой Снегурочки со злющими глазами, а там, среди хаоса радужных и режущих вещиц, оказалась розовая книжка на английском языке. Впрочем, взрослые, толпившиеся поодаль так или иначе составленным семейством, прощали им молодые промахи, и от квартиры к квартире они становились все более *парой*. Все чаще Сергей Сергеич, улучив минуту в подъезде или в полутемной машине, делался нежен: Катерина Ивановна, чувствуя на лице и шее бархатное влажное дыхание, зажмуривалась и вытягивала губы трубочкой, твердой, как узелок с монеткой, и Рябков тщетно пытался извлечь оттуда хоть какой-нибудь ответный поцелуй.

Оставался еще один, последний адрес, очень далеко. Усталый «рафик», терзаемый за руль и рычаг рукастым маленьким водителем, ковылял по ухабам, освещая перед собою внезапные заборы, со всем своим неясным содержимым отворачивавшие во мрак, или ехал прямо, пронося два своих нешироко расставленных огня среди равных интервалов темноты и белых, словно щупавших машину фонарей. Время от времени пассажиры выходили из маленькой машины в безлюдное пространство, где горящие дома напоминали какие-то громадные ЭВМ, и искали номера на кафельных чудовищных углах, задирая голову туда, где среди туч, похожих на собачью шерсть, мигали и ползли малиновые точки самолетов. Ехали дальше, утомленные ночной патетикой огромных застроенных пустырей, не имевшей отношения к реальной жизни, протекавшей здесь же без внимания к пейзажу, — патетикой, получавшейся не из красоты, а неизвестно из чего, просто из численности населения, ни о чем особенно большом не помышлявшего. Заботливый Сергей Сергеич, придерживая подбородком ватные кудри, наливал Катерине Ивановне из мокрого термоса чаю или кофе, а может, отвара какой-то вяжущей травы. Черная жидкость в круглой, словно закопченной крышке трогала губы горячим, неловкие глотки, как бы с большими таблетками, пьянили Катерину Ивановну; рука Сергея Сергеича на ее глухой парчовой груди уже казалась ей чем-то безобидным, вроде платочка в нагрудном кармане, ей даже захотелось поправить покрасивее эти твердые пальцы, цеплявшие легкие нитки.

Последним ребенком оказался маленький сын складского грузчика, почему-то отнесенного в штат отдела информации и совершенно пьяного в двенадцать ночи, когда гости наконец позвонили в исцарапанную, как кухонная доска, мятым почтовым ящиком украшенную дверь. Хозяин квартиры, огромный курносый мужик с желтыми, будто постным маслом смазанными волосами, одетый в какую-то курортную распашонку, частично заправленную в тренировочные штаны, частично висевшую поверх них, встретил их наглой ухмылкой, в которой участвовала зажатая зубами папироса. Он явно ничего не собирался класть в протянутый мешок, из его гнусавого ворчания постепенно выяснилось, что подарок уже вручен и паразит его почти доел. Рябков, стесняясь перед Катериной Ивановной жеваного мата, исходившего вместе с дымом из ощеренной пасти, — может, еще и потому, что сам был совершенно неспособен на такие вот громкие мужские проявления, — потянул ее вниз, к распахнутой двери подъезда, за которой тихо тарахтел среди мертвой белизны и дымил в малиновом полумраке хвостовым дымком ожидающий «рафик».

Но тут его самого внезапно втащили в коридор, Катерина Ивановна испуганно шагнула за ним, запнувшись за мокрую пегую тряпку, похожую на дохлую кошку. В коридоре гусиным клином висели на двух веревках рубахи с холодными, плохо выжатыми рукавами, тут же капала в свою лиловую разбрызганную кляксу слипшаяся темной влагой крепдешиновая блузка. Со скрипом сдвинув сырое тряпье, откуда-то вынырнула в коридор невысокая плотная женщина, тоже пьяненькая, тоже в тренировочных штанах и несвежей футболке; лицо ее, рыхлое, как изъеденная молью шерстяная варежка, выражало испуг. На руках она похлопывала и качала, ритмично отставляя зад, молчаливого младенца, завернутого в пеленку, больше похожую на портянку. Хозяин, пьяно бормоча, протолкал гостей сквозь волочащуюся стирку в боковую комнату. Там на огромном и ветхом диване сидел белобрысый пацан, весь изукрашенный черными лепехами в пятнах зеленки, и водил вокруг себя вместо игрушечного автомобиля пустою пачкой из-под сигарет. Уркаганские глаза пацана, раскосые, но светлые, с каким-то пронзительным крапом по желтой зелени, исподлобья стрельнули на вошедших, и он за спичку вытянул из длинного извилистого рта такой же извилистый леденец, остаток петуха с прозрачной маленькой головкой и сосулей хвоста. Пьяный хозяин, шлепая Рябкова ладонью по спине и переступая вместе с ним, сотрясаемым до потери тверди под ногами, заорал, что Ленька уже большой, что у него четверка по арифметике и он не верит ни в каких там Дедов Морозов, и если ему чего понадобится, возьмет от жизни сам. Высокомерно кося́сь на жену, то боком шагавшую на свет, то отступавшую в полутьму коридора вместе со своей растрепанной ношей, он велел подобравшемуся Леньке пощупать гостей и убедиться, что они обычные живые люди. Восьмерка лба Сергея Сергеича под сатиновой шапкой заходила ходуном; он забормотал что-то примирительно-вежливое, и сразу стало видно, что его говорящее лицо — это одно, а синтетическая борода со следами помады Катерины Ивановны — совсем другое. Катерина Ивановна, обмирая, поняла, что их сейчас разоблачат, заставят снова сделаться самими собой, и значит, все, что было сегодня между нею и этим малознакомым мужчиной, станет настоящим и стыдным, непонятно для чего произошедшим. Она словно увидела со стороны, как они целовались и тискались, ее внезапно охватило полузабытое с детства отвращение к собственному телу, совсем не такому, как его представляет снаружи одежда, особенно платье из профкомовской костюмерной, скрывающее ее до самых сбитых каблуков.

В общем, представление было близко к провалу. Подобравшийся пацан, крепко скакнув на пол сразу двумя ногами, обутыми в расхлобыстанные сандалии, осторожно приблизился к Рябкову. С горящим сладким ртом, с наморщенным носом, похожим на зашнурованный ботинок, он был не по-детски страшноват и тоже как-то не по-детски походил на своего носатого, брыластого отца. Сходство завершалось тем, что отец и сын точно сторожили друг друга, малейшее движение одного отзывалось в другом запоздало-судорожным дерганьем. Постоянная отцовская готовность схватить и сыновняя — броситься наутек соединяла их наподобие невидимых нитей, в которых посторонний Сергей Сергеич совсем запутался. Нервно притопывая и держась как можно дальше от родителя, который ухватил Рябкова за щуплую руку повыше локтя и больно пробирал ее играющими пальцами до самой косточки, пацан сперва погладил искусственную бороду, потом повис на ней, за ухом у Рябкова лопнула завязка, подскочившая шапка свалилась тоже.

И тут случилось непредвиденное чудо: увидав настоящую бороду, в которой грубая седина тоже походила на капрон, пацан сперва остолбенел, потом склонил тяжелую неправильную голову к плечу, и по его лицу разлилась блаженная, с дыркой от выпавшего зуба слепая улыбка. То, что предстало перед ним в негреющих красных тряпицах вместо дед-морозовских шапки и шубы и с каким-то фартуком вместо бороды, все-таки оказалось *настоящим*. Выпущенный из виду отец тоже на всякий случай глянул на Рябкова спереди и машинально залепил пацану косой подзатыльник, от которого тот закачался будто на качелях, чем-то подобных сегодняшней езде Катерины Ивановны по угловатым и шатким сочленениям улиц, перевалам темноты. Теперь для подкрепления чуда требовался подарок, которого не было и не могло возникнуть из лежавших кучами по комнате, общими запахами пропитанных вещей, где главной ценностью были непригодные в хозяйстве лосиные рога, выглядевшие в соседстве хлама, из которого торчали, будто крашеный гипс. Неловко растопырив локти, Катерина Ивановна скрутила с набухшего пальца прабабкино, дутого золота кольцо с зеленым гранатом и, поигрывая простеньким, словно кукольный глаз, открывавшимся и закрывавшимся от света камушком, протянула его ребенку. Ребенок взял не сразу, сперва промахнулся, потом завладел; пристроил маленькое кольцо сперва на диванный подлокотник, откуда оно скатилось, потом на полку черного, гнилого, точно в подвал раскрытого буфета, — и всякий раз, отходя и любуясь, он окидывал взглядом комнату, точно надеялся при помощи драгоценной крохи преобразить все то, что так неотвязно и безнадежно его окружало.

Пока его отец и мать о чем-то переругивались в дверях огрубевшими голосами, а Сергей Сергеич смущенно расчесывал пальцами бороду, куда насыпалось с верхней бороды какого-то клея, завороженный пацан потянул из кучи тряпок, будто веревку с навешанным бельем, замызганный шнурок. Благоговейно продев его в кольцо, он повесил украшение на самый лучший отросток рогов, горбато упиравшихся в квадратную стену и словно сквозь нее — в собственную заостренную тень. Катерина Ивановна вдруг поняла, как боится голой стены из-за этих узких теней с многослойными прозрачными закраинами, черных внутри: казалось, что стена способна сделать все, что приближается к ней и расположено около, жутковато нереальным, содержащим тайное тело и внешнюю видимость. Тут же она припомнила одним расширенным мгновением: мать ведет ее за кражу в тюрьму, где ее ожидает голая стена, потом они обе, одна на верху обрыва, другая внизу, стараются снова добыть ничтожные предметы из-за необходимости честно сдать государству — и на расстоянии почти исчезновения их связывает странная синхронность движений, подобная той, что Катерина Ивановна только что наблюдала между сыном и отцом. Чужая, прежде никогда не виденная комната до краев, до кое-как побеленного, точно метлою выметенного потолка, была наполнена детскими страхами Катерины Ивановны. Лампа в побитом чепчике и космах паутины, будто старуха, глядела с потолка на ее серебряную шапку, и если что защищало Катерину Ивановну, то разве только профсоюзный маскарад.

Между тем пацан, забыв обо всем и тихонечко колдуя пальцем, раскачивал кольцо, оно нечаянно стукалось и долго замирало, каждый раз в одной и той же волшебной, ото всего отстоящей точке. Хозяин, с кривой ухмылкой, точно флюсом раздувшей небритую щеку, предложил гостям принять на кухне по маленькой. Сергей Сергеич хотел было согласиться: стопка водки с соленой пролетарской закуской восстановила бы отчасти его мужское достоинство, утраченное сперва из-за тона и тычков хозяина квартиры, а потом из-за Катерины Ивановны, как бы за обоих расплатившейся кольцом. Он считал, что Катерина Ивановна сделала глупость, можно было обойтись какой-нибудь шоколадкой, — но, думал Сергей Сергеич, колечко с мутным камушком, похожим на кнопку или на пилюлю, скорее всего ворованное, и эта мысль вкупе с воспоминанием, как рука Катерины Ивановны в этом кольце смешно тянулась к Верочкиному ожерелью, точно ловила прозрачную длинную стрекозу, принесла Рябкову некоторое удовлетворение. Больше его беспокоило, что он нелепым образом показал себя немужчиной: вообще мужчины как-то не принимали Рябкова к себе, и он побаивался пьяных больше, чем их обычно боятся женщины, занимающие как-никак собственное и законное место на театре пролетарских попоек, — и от боязни грозных, тяжких мужиков, словно прибавлявших от хмеля в весе на полусогнутых ногах, Рябков скорее напивался сам, делаясь обидчивым и странно рукастым, будто насекомое богомол. Сейчас его раздирали противоречивые чувства: он действительно хотел принять и расхрабриться, то есть обидеться, — но снаружи лежала глухая ночь, в спасительном рафике дожидался, свирепо зевая всею крепкой, туго обтянутой мордой, чем-то схожий с хозяином шофер, с которым не стоило портить отношений. Переборов себя, Сергей Сергеич вежливо заторопился к выходу в сопровождении отца семейства, боком возникавшего слева и справа, втягивая живот, как утягивает земля опустившийся парашют. Катерина Ивановна, обернувшись, успела увидеть, как женщина, одной рукою и подбородком придерживая младенца, будто охапку дров, другою неловко гладит старшего по опущенной голове. Во всю обратную дорогу, видную впереди подробно, как в бинокле, при свете фар и абсолютно глухую за задним стеклом, Сергей Сергеич уже не лез с поцелуями, только смущенно покашливал, — а через неделю грузчик, трезвый и причесанный расческой, так что волосы висели вроде яичной лапши, принес Катерине Ивановне кольцо в потертой коробочке из-под женских часов. По его угрюмому лицу, за неделю обвисшему мешком, можно было догадываться, но не знать, что пережило семейство, определяя судьбу дорогого, на рубли и литры, новогоднего подарка; Катерина Ивановна, стыдясь, приняла кольцо, положив себе больше его не носить и ни в коем случае не показывать Рябкову, а грузчик, попросив и выглотав, как сливная труба, стакан кипяченой воды, ушел, утираясь рукавом, хлопнув напоследок фанерной, не издавшей серьезного звука дверью пенальчика.

Глава 17

От карнавальной поездки, закончившейся судорогой в холодных ногах, какой не бывало даже после месяца стоячей работы над какой-нибудь особенно таинственной композицией, у Сергея Сергеича осталась в душе тяжелая муть. Теперь, встречая грузчика в столовой, где тот набирал полный поднос тарелок, обложенных кусками хлеба, и все полуостывшие блюда, включая илистые компоты, поедал одной столовой ложкой, Рябков спешил отвернуться. При общей его боязни мужчин ему особенно претил пролетарский тип, чрезвычайно разнообразный физически, но распознаваемый по непременной сутулой связи между тяжестями затылка и двух кулаков. Сергей Сергеич спасался мыслью, что ему все равно милее общество дам, что его красиво подкрашенные подруги в медово-прозрачных чулках недоступны для грузчиков и станочников. Сергей Сергеич был всеобщий женский сынок: подруги, чувствуя всею горьковатой от кремов стареющей кожей, что он их считает лучше мужчин, сами, в свою очередь, считали его много лучше других своих кавалеров и баловали как могли, таская в его камору, будто в больничную палату, детективы и еду.

Однако с Катериной Ивановной что-то было не так. Она сама была не более чем дочка — дочка неизвестной женщины, действительно лежавшей сейчас в больнице и представлявшейся Рябкову чудовищем, которым рак с его метастазами управлял, будто новый, нечеловеческий мозг. Сергей Сергеич неприлично радовался, что никогда не увидит умирающей «тещи», — только после ее реальной, а не на словах, бесповоротной кончины он был готов перейти к решительным действиям и предложению руки и сердца. Как ни странно, именно статус дочери, подтверждаемый сидячей покорностью Катерины Ивановны, мешал Рябкову окончательно овладеть ее большим невыразительным телом, которое он, расстегивая мелкие пуговки, полуобнажал какими-то условными, не обещавшими целого частями, и его неприятно тревожила мысль, что новенькое грубое белье Катерины Ивановны — разного цвета, словно не знающие друг о друге лифчик и трусы предназначены у нее не для свиданий, а для походов к врачу.

По молчаливому соглашению, соблюдавшемуся несмотря на очевидный распорядок жизни Катерины Ивановны, она и Рябков ни разу не заговорили об умирающей, словно это было страшное табу. Тайна образовалась вечерами, когда Катерина Ивановна, честь честью доставленная домой, вновь неблагодарно выскакивала в темноту, становившуюся тем временем пустой и мертвенно-синей от фонарей, похожей на коридоры ночного учреждения, и в глубине асфальтовой дорожки, среди снега, лежавшего как гипсовая маска на родной поверхности двора, искала со страхом фигуру Рябкова, принимая за нее то одну, то другую ловушкой расставленную тень. Катерине Ивановне казалось, что если уж говорить про мать, то надо рассказывать все: и то, как у нее, укрытой до черных, сильно дышащих ноздрей, урчит в подложенное судно глинистая жижа, и как она сквозящим сиплым голосом буквально ни за что ругает медсестер, и как она часами держит за щекой превратившийся в мыло кусок колбасы, который приходится, как у ребенка, выдавливать пальцами. Чтобы только прекратились провожания домой, Катерина Ивановна с радостью перебралась на житье к Маргарите, даже несмотря на Колькину мамашу, которая мало того что не спала ночами, но еще и специально караулила гостью в темных углах квартиры, впивалась в руку и, больно перехватываясь, шаркая ножищами, волочилась за ней по коридору, будто собака на задних лапах, временами упираясь и словно желая сказать на ухо какой-то секрет.

Теперь Катерина Ивановна в рабочее время ходила к Сергею Сергеичу в мастерскую. То была подвальная комнатушка, из-за отсутствия окна похожая чуть ли не на укрепленный бункер, а в действительности отделенная от неизвестного, гулко-глухого подвального пространства фанерной перегородкой с прорезями для труб. Трубы, толстые и тонкие, как жерди, все в тепловатом поту, сплошь покрывали единственную каменную стену и как бы медленно стекали друг на друга: одна и та же мутная капля, начав свой путь на ржавом вентиле под потолком, постепенно, исчезая и набухая вновь, кривоколенными путями попадала в одну из двух пол-литровых банок, ввинченных Рябковым в сырой песчаный мусор. В сухом углу стоял заваленный работой теннисный стол, рядом — трехрогая вешалка, на которой помимо пальто и шапки Рябкова постоянно висела еще какая-то смурная толстая одежда, принадлежавшая неизвестно кому. Также в мастерской помимо более или менее целых стульев, отчасти служивших, отчасти составленных у перегородки высоченным шатким укреплением, имелось сальное, как старый ватник, продранное кресло, в которое осторожно садилась Катерина Ивановна, а Рябков подсаживался к ней на подлокотник. Как ни странно, несмотря на инстинктивное отвращение лучшей части отдела к сувенирам, отдел во многом занимался именно ими, предназначенными для производственных выставок и зарубежных делегаций. Образцы, выполненные по эскизам Рябкова в специальной мастерской, стояли тут же, в канцелярском шкафу: плексигласовые, мертвенькие с золотом, или деревянные, крашенные серебрянкой, — карликовая порода уличных монументов, от которых Сергей Сергеич мысленно не мог отвязаться. Сергей Сергеич видел, что Катерину Ивановну, как ребенка, надо чем-то забавлять, и давал ей с полок разные игрушки: она предпочитала прозрачные, сквозь которые проходил, серея, электрический свет.

Разговоров, как с Маргаритой, с нею не получалось: Рябков не раз и не два заводил крамольные речи о чем-нибудь лестном для себя как для оратора, например об эмигранте Солженицыне или о местных эмигрантах, — причем одного из них, впоследствии канувшего в Нью-Йорке, Сергей Сергеич лично видел у знакомых и прекрасно запомнил тяжелого человека с темными, как урюк, морщинистыми подглазьями, сидевшего в пальто за круглым хозяйским столом и глядевшего в чай. Но Катерина Ивановна от таких разговоров вся сжималась на краешке кресла, и лицо ее становилось обиженно-упрямым, точно Рябков делал ей какой-то несправедливый выговор. Критическую книжку об упадке модернизма, где среди страниц с цифирью, ужасно по внешности похожих на доклад, имелось несколько черно-белых и две цветные иллюстрации, Катерина Ивановна всегда украдкой закрывала — и простотаки боялась альбома Дали, изданного в ГДР. Она не желала смотреть на лошадей и слонов с ногами насекомых, на часы, непропеченными блинами стекавшие с каких-то поверхностей: мир, застигнутый в мучительный момент метаморфозы, мир вещей, не желавших более изображать и представлять самих себя, был ей глубинно страшен, потому что соответствовал чему-то скрытому в собственном ее естестве. Рябков, положивший на стиснутые колени Катерины Ивановны лучшее свое сокровище, вынужден был сам переворачивать для нее страницы, а когда, убедившись в ее немом сопротивлении, попробовал перейти к другому и нежно взялся за пуговицу блузки, Катерина Ивановна так резко цапнула и смяла воротник, что на руке Рябкова остался и сразу распух след от ее мягоньких на вид, коротко обрезанных ногтей. Он, в общем, понимал, что Катерина Ивановна сугубо местное существо, из множества местных существ с женскими глазами и мужскими носами, встречавшихся на улицах в преобладающем избытке, — понимал, что из-за этой *местной* природы говорить с нею о чем-то далеком, выходящем за пределы понимания и обихода, просто за географические границы города, значило говорить о небытии, то есть о смерти. Даже страх перед серьезным антисоветским рассуждением, в противовес анекдоту, носил у нее характер привязанности к месту, где все происходит так, а не иначе и по-другому быть не должно.

Все-таки Сергей Сергеич принес в институт пару своих работ, трусливо радуясь, что из-за вечерней занятости Катерины Ивановны не может пригласить ее к себе в общежитие и ответить сразу за все, что лиловеет и гниет у него по стенам, представляя части его собственного более или менее далекого прошлого. Он выбрал что попроще и посветлей: пару натюрмортов, где он почти ничего не выдумывал и где сочетание предметов казалось почти житейским, можно было даже при желании придумать о владельце вещей какую-нибудь историю — облечь картину в слова, чего Рябков, вообще-то, не выносил. Однако он надеялся, что Катерина Ивановна мысленно этим и займется, простодушно веря, что он, Рябков, и есть владелец написанного, и потом уже спокойно примет его с приданым, состоящим из одних изображений и только малого числа оригиналов, совершенно непригодных в хозяйстве. Каким-то образом Сергей Сергеич догадывался, что обладание эмалированным бидоном и танцующей пластмассовой негритянкой (в которой его привлекало грубое, почти нарушавшее композицию несоответствие крика формы и гладкого молчания материала) — что владение этими вещами в прямом и обычном смысле слова реабилитирует его как автора в глазах Катерины Ивановны. Дело было даже не в зажиточности Рябкова, а, пожалуй, в способности одушевлять собою и удерживать вокруг себя хотя бы небольшой, зато *настоящий* мирок, каковой способностью Рябков ни в малейшей степени не обладал.

Он ужасно почему-то волновался, поджидая невесту в обычные одиннадцать часов: то, что одна картина была существенно больше и квадратнее другой, казалось ему теперь ужасной несообразностью. Он почему-то думал, что Катерина Ивановна гораздо хуже все поймет из-за разных масштабов изображенного, из-за того, что фиолетовый бидон, перенеси его в соседний натюрморт, был бы там величиною с бочку, и к тому же картины не хотели стоять, не держались стоймя на лежачем беспорядке теннисного стола и съезжали, царапая стену, спихивая на пол обрезки ватмана, засохшую в чашках гуашь. Страх, что Катерина Ивановна, внезапно поумнев, может его раскритиковать, обдавал Рябкова жаркой глухотой, и в то же время он так живо воображал себе ее восхищение, что ее самой было почти не нужно. Все-таки она появилась, постучала в отпертую дверь, сошла по пяти ступеням, опустив глаза на свои спускавшиеся башмаки, что-то передвинула, села на обычное место. Все делая одною — кажется, левой — рукой, Рябков налил ей из заварника, будто из лейки, приготовленный чай с коньяком и жестом указал на работы, пристроенные к стене под разными углами. Катерина Ивановна принужденно посмотрела на картины: до такой ужасной степени не ожидали взгляда все эти нарисованные штуки в ровнейших деревянных рамах, на которых словно не хватало линеечных делений, что она тихонько охнула, а Рябков со злобой подумал, что, если она произнесет хотя бы одно неодобрительное слово, он ни за что не женится на ней. Катерина Ивановна не сказала ничего, только спросила, как называются натюрморты, на что Рябков, принципиально дававший работам только номера, пробормотал сквозь зубы нечто невразумительное. Вообще, бледность Катерины Ивановны, кое-как украшенную ртом, похожим на бумажку, которой вытерли что-то красное, и особенное упрямство, с каким она защищала свои застежки, можно было истолковать как робость перед большим искусством, когда отступает личное, тем более секс. Но Рябков, всегда объяснявший в собственную пользу косноязычие приятелей и насмешки иных знатоков, на этот раз не сумел себе помочь и с чувством, что не напишет больше ни одной работы, поглядывал через плечо Катерины Ивановны на номер восемнадцатый и двадцать девятый. Внезапно он понял, что любое изображение — даже если прямо сейчас написать с натуры это белое плечо на фоне *крашеной* зеленой перегородки, похожей на прессованную еловую хвою, эти мокрые трубы и красный ситец, свисающий со стола, — изображение покажет не то, что *здесь*, а то, что очень далеко, и расстояние между предметом и его изображением вовсе не физическое, а умственное, измеряемое в неизвестных единицах. Унося домой картины, больно вилявшие под мышкой среди беспокойной толпы, Сергей Сергеич мстительно воображал, как переедет к Катерине Ивановне и обвесит своими работами нетронутые, должно быть, светленькие стены от пола до потолка. Перебравшись в квартиру жены, он в действительности перенесет ее в созданную им потустороннюю страну; мебель Катерины Ивановны, ее кастрюли, подушки окажутся в совершенно незнакомом месте, вся их самодовольная реальность превратится в ничто. Это будет просто реквизит — в гораздо большей степени изображение, чем содержимое натюрмортов, из-за глупой буквальности размеров и материала, — и Сергей Сергеич принудит жену жить по законам области, написанной на заднике, а кроме того, поставит ее талант виртуозной воровки, сходный с талантом балетным и гипнотическим, на службу своему таланту живописца. Ему больше не придется самому тереться с сумкой по чужой квартире и валить в нее локтем облюбованный предмет: то, что он подглядел в предбаннике, когда Верочкино ожерелье буквально ожило под рукой Катерины Ивановны, превосходило собственный его неловкий навык в десятки раз.

Рябков не мог не сознавать, что дело, затеянное им совместно с Маргаритой, — ухаживание как будто честное, с намерением жениться, — есть в действительности нечто темное и даже, может быть, преступное, потому что в драме с неизвестными пока последствиями и на неизвестной роли участвует смерть. Все чаще Рябков стал воображать себя убийцей Катерины Ивановны, подстерегающим удобный случай. Это придавало их свиданиям неведомую прежде остроту. Когда Катерина Ивановна отворачивалась или наклонялась, чтобы мелкими щипками поправить чулок, Сергей Сергеич лихорадочно оглядывался вокруг в поисках орудия — и несколько предметов лежали точно приготовленные, на выбор, удивительно сподручные. Рябкова поражало, что, оказывается, можно убить человека почти любой ерундой: задушить обрезком красного сатина, что остался от обтяжки планшетов, воткнуть между ключиц заточенный карандаш, — даже неподвижные трубы грозились выступами и вентилями, и в банках под ними, тускло-серых выше уровня накапавшей воды, скапливались городские ядовитые вещества. Всюду валялись ключи от потустороннего, сами совершенно конкретные, неспособные попасть туда, куда открывали вход, — и дома Сергей Сергеич с новым интересом разглядывал остатки своих натюрмортов, находя их гораздо более бесчувственными, чем обычные вещи, более подходящими для убийства: в некоторых предметах даже была игривость, связанная с неправильным центром тяжести, они, взятые в руку, словно уже таили в себе смертельный поворот. Еще Рябкову стали нравиться вилки и ложки, прежде его как живописца не привлекавшие: не столовский алюминиевый хлам, из которого трудно выбрать негнутый обеденный прибор, а штучные орудия из мельхиора или лучше из потертого, в щербинках, кислого на вкус серебра. Такими Рябков завел привычку играть за ужином в домах, куда он отправлялся в одинокое вечернее время, и хозяйки видели в его конструкциях, качавшихся между тарелок, признак гениальности.

Мысленно играя роль преступника, более естественную по сравнению с ролью Деда Мороза, Сергей Сергеич открыл в предметах новую выразительность, учитывающую вес и удар, — при этом собственно оружие казалось ему наивным, даже простоватым. Он думал, что и современные пистолеты следует украшать, подобно старинным кинжалам и саблям, разными узорными накладками, чтобы смерть не представала в виде механизма, а таилась и, выйдя наружу, опять исчезала в укрытии. Сергей Сергеич, в общем, нравился себе в роли будущего убийцы и с удовольствием отмечал свое хладнокровие, а также то, что впервые в жизни начал немного полнеть. Во всяком случае, его ремень не доезжал до обычной дырки и не закусывал складку на брюках, сидевших теперь в обтяжку; в перемене внешности тоже была своего рода маскировка, подготовка к роли, мысли о которой странно обостряли нежность его к Катерине Ивановне. Она была такая глупая, такая уязвимая. Во время свиданий, разглядывая разложенные орудия, Рябков терял Катерину Ивановну из виду на несколько секунд и сам становился беззащитен — и при этом возбужденно улыбался. Эта улыбка, от которой борода Рябкова расцветала, как астра, встречала Катерину Ивановну, когда она разгибалась от своего копошения; уже по этой улыбке, выставленной напоказ, в то время как руки прятались за спиной, можно было что-то заподозрить и спастись.

Но Катерина Ивановна не подозревала ничего, ее лицо, немного сонное от прилива крови, простодушно мигало на лампочку. Ей было неловко, что Сергей Сергеич вдруг начинает говорить с иностранным акцентом и подманивает ее, будто собачку или козу, каким-то мелким цыканьем, а сам, налетая боком на шкаф, перегораживает ей дорогу к лестнице. В сущности, Катерину Ивановну было легко убить, она была доверчива, как малое дитя. То же самое подтвердил Олег, вдруг явившийся посреди зимы в двух пропахших дымом, частично обгорелых свитерах, в маленькой ушанке, похожей на карнавальную собачью маску, сдвинутую на макушку, и в длинном шарфе, накрученном вокруг простуженного горла, точно серый бинт. Олега привело в восторг, что его одноклассница, девушка, с которой он «дружил», оказалась теперь невестой близкого приятеля. Впрочем, такие совпадения, как давно заметил Рябков, сопровождали Олега на всем его блуждающем пути, счастливо превращая поездки в никуда в визиты к родственникам и не давая выйти за пределы круга, который Олег инстинктивно пытался разорвать во всех географических направлениях. Всюду, где бы он ни высадился с джинсовой котомкой и сдачей с билета, он снова попадал на тех же полупьющих, мало занятых жизнью людей. Он тем не менее радовался, обнаруживая их подспудную связь через знакомых и родню, понимая ее как приращение собственных прав, — в частности, права рассказывать всем обо всех с интимными и даже выдуманными подробностями. О Катерине Ивановне он сообщил Рябкову, сомлевшему от выставленного гостем дурного черного самогона, что они ночами гуляли в развалинах, нашли под стеною клад старинных монет, и добавил с удивлением, что «Катька верила всему», — а что подразумевалось подо «всем», оставил в неизвестности. Сергей Сергеич, которому самогон, как йод, пережег гортань в сухую тряпочку, не расспрашивал, но догадывался, что Олег не называл Катерину Ивановну «Катькой» в глаза, и значит, между ними что-то было по-другому. Но рассказ о руинах на пустыре необычайно его взбудоражил, и особенно он поразился, когда Олег, совершенно пьяный и еле сидевший за столом, держась за его углы, внезапно поднял брови, сильно посветлевшие и тоже будто обгорелые, и признался растерянно, что никак не думал, будто «Катька» еще жива.

женский почерк

Глава 18

В уме Рябкова каким-то образом сплелось удивление Олега перед живучестью наивной Катерины Ивановны, с которой он не захотел встречаться «после стольких лет», и собственное чувство, смесь нетерпеливой раздражительности и смутной вины, возбуждаемые ее прооперированной матерью, — тем, что она до сих пор продолжала жить. Ни за что на свете он не хотел бы глянуть ей в лицо, вероятно, так перелепленное близкой смертью, что старуха могла бы и сама ходить с косой по несложным вызовам, — он надеялся, что это лицо навсегда останется ему неизвестно и ни под каким предлогом не проникнет в их с Катериной Ивановной совместное будущее.

Как только невеста, приложившись напоследок холодным кругленьким поцелуем к его незаросшей скуле, отправлялась обедать в столовую, Сергей Сергеич через две ступеньки бежал наверх к Маргарите. Маргарита, ожидая Рябкова, курила в форточку, где все было уже по-весеннему отчетливо, дышало, забирая табачный дым, и синяя тень заводских дымов, все время повторяясь, проплывала наискось по яркой кирпичной стене. Голосом человека, не вернувшего долг, Маргарита уверяла, что Софье Андреевне снова хуже, прибавляла для убедительности про симптомы, про метастазы, про замену всех лекарств на морфий, который колют литрами, только чтобы больная поспала. Сергей Сергеич иронически кивал, глядя, как Маргарита ногтем достает из пачки медицински-белую сигарету, и в его воспаленном мозгу умирание превращалось в самостоятельный процесс, в некий математический фокус бесконечного вычитания, в оголение жизни до последних нитей, на которых старуха продолжала болтаться, будто полуоторванная, но страшно игривая пуговица. Назавтра все повторялось, и Сергей Сергеич сам чувствовал себя больным.

Насколько легко наступили осень и зима, настолько тяжелы сделались ему первые ранние оттепели, яркое солнце, заставлявшее целыми днями ходить в холодных радужных слезах, синие тени, косые линейки и кляксы на белом снегу, противоречие дорожек в скверах общему наклону древесных теней влево и вниз, потеря ориентации. Неожиданно накануне Международного женского дня мама очкастой отличницы, все еще смущенная злополучной мужниной шапкой, пригласила их обоих на день рожденья. Утром Восьмого марта Сергей Сергеич преподнес Катерине Ивановне веточку мимозы, купленную у мелкого кавказского Мефистофеля в напыженном пальтишке, без пересчета спустившего шелудивую рябковскую мелочь в потертый деньгами карман. Не было ничего банальнее, чем стоять у столба под круглыми, тоже и давно стоящими часами и нюхать цветы, которые собрался подарить: сухая мимоза пахла аптекой, лекарственной пылью. Проводив Катерину Ивановну на задастый автобус, идущий до больничного городка, Сергей Сергеич весь пустой и бездельный день обращал внимание на то, как неестественно женщины несут свои букеты, никак не могут приноровиться, будто им дали подержать чужую неудобную вещь, и не сомневался, что его мимоза будет передарена умирающей старухе. Для именинницы он приобрел, разменяв последние двадцать пять рублей, нарциссы-пустышки, три желтые детские соски на тонких стеблях, вышедшие очень дорого, а в букете и в бумаге ничего собой не представлявшие.

Вечером Катерина Ивановна прибежала на условленное место запыхавшаяся, в какой-то изжелта-белой, тяжелого кружева шали вместо обычной темненькой шапчонки; пальто на ней елозило свободно, явно надетое на что-то шелковое, а крупно накрашенное лицо мерцало при свете фонарей, будто у актрисы немого кинематографа. Они уже опаздывали, очень спешили, и Катерина Ивановна боком теснила Рябкова на проезжую часть. Без них, однако, не садились за стол; хозяйка выбежала им навстречу в фартуке, с кухонным полотенцем, на высоченных, подгибающих колени каблуках, и вслед за нею в таких же точно острых лаковых туфлях, неловко чиркая ими по полу, как первоклашки чиркают перышками по страницам, вышагала неожиданно долговязая, мило причесанная дочь. Обе они вежливо подивились шали Катерины Ивановны, развернувшейся во всю прихожую, точно сказочная птица, оказавшейся, однако, с какой-то старой горелой дырой, а потом в туалете чем-то прыскали на ее прилипшую к коленям синтетическую юбку, отчего подол отстал, а в прихожей распространился резкий запах подпорченных слив.

Гостей оказалось много, и растерянный Рябков раскланивался со всеми, кто казался ему хотя бы смутно знаком. Когда, теснясь, уселись за длинный, двумя скатертями застеленный стол, Сергей Сергеич обратил внимание, что сервировка, не в пример простоватой мебели, содержавшей на полках совершенно не интересные ему предметы, непривычно сложна и многоэтажна: вместо одной тарелки перед каждым гостем стояло две, одна на другой, вилок тоже оказалось больше, чем обычно, а справа, рядом с нормальным ножом, лежал дополнительный, похожий на серп: искоса поглядывая на Катерину Ивановну, Рябков с удивлением обнаружил, что она умеет с ним обращаться. Опрысканная, непривычно пахнувшая Катерина Ивановна, в белой блузке с каким-то сложным висячим воротником, пользовалась особенным вниманием старшей и младшей хозяек, все время следивших за ее тарелкой; эти близорукие, беспокойные мать и дочь то и дело вскакивали, заменяли грязную посуду, приносили из кухни тяжеленькие салаты, похожие на щедрые жирные клумбы: чувствовалось, что они всему придают *значение* и, несмотря на веселость, готовы огорчиться по любому пустяку.

Однако серебро на столе было интересное, похожее на зашифрованный разными способами вопросительный знак. Покачивая на ладони серповидный нож, Рябков воображал натюрморт из чего-нибудь подобного в соединении с бутылками и банками простого стекла и думал, что пора приспособить Катерину Ивановну к настоящему делу, устроить ей предсвадебный экзамен. Его отвлек хозяин квартиры, выцветший мужичок с потертой каракулевой сединой и мягкой голубизной обморщиненных глаз: занимая гостя, он показал ему на полках коллекцию минеральных образцов, но ни блестевшие крупной солью кварцевые щетки, ни похожий на пупырчатую жабу кусок необработанного малахита не соблазнили Рябкова. Дальше были танцы при толстых розовых свечах, на сбитом складками ковре, с бурной деятельностью освещенной электричеством кухни. Рябков в танцах не участвовал и видел Катерину Ивановну в основном со спины, плававшей в медленном танце, как большая белая мыльница в круговой, уходящей в какое-то отверстие воде; лица кавалеров над округлым ее плечом казались ему слащавыми, как медовые пряники, и особенно неприятны были руки, обнимавшие Катерину Ивановну, словно нарочно выложенные на белое для демонстрации всех подробностей их уродства. Потом хозяйки начали вытаскивать на стол такие же тяжеленькие, как салаты, всякими вкусностями обсыпанные торты; Сергей Сергеич осматривался.

Наконец, когда именинница, жмуря усталые кошачьи глазки, торжественно вынесла глуповатый, как горшок с комнатным цветком, пахнущий смолою ананас, Сергей Сергеич увидел то, что нужно: очень узкую двузубую вилку, имевшую в изгибе нечто скорпионье и сразу организовавшую стеклянные лжеобъемы как бы в пространство потери тонкой и острой вещи, а банки и бутылки имелись у самого Рябкова за шкафом, оставалось только их отмыть. Снова — вместо ушедшего в ноги и под землю томительного танца — зазвучала музыка, протяжно-переливчатая, тянущая душу, как факир вытягивает из кувшина змею; хозяин квартиры и еще один, церемонный, с руками словно китайские веера, устремились к Катерине Ивановне, но Сергей Сергеич, незаметно стоявший за ее спиной, крепко взял ее за локоть и повел с собой на лестничную площадку. Там, стряхивая пепел в консервную банку с окурками, он спокойно и мягко объяснил некурящей, глупо переминавшейся перед банкой невесте, что именно требуется ему для нового этапа творчества из хозяйских вещей. Катерина Ивановна молчала и мучительно краснела: Сергей Сергеич видел один ее заблестевший глаз, похожий на зеркальную елочную бусину. Он понимал, что Катерине Ивановне хорошо на этом празднике, что ей не хочется работать, и чувствовал нечто педагогическое в своей настойчивости. Немного все-таки ее жалея, он лишний раз повторил, что обязательно вернет хозяевам вилку, как только напишет картину, и подтолкнул невесту обратно к дверям, навстречу большой компании гостей, сопровождавших красивую даму в узком, как чехол на зонтике, переливчатом платье, которая прикуривала от поданной зажигалки, мягко отводя за ухо путаницу мелко завитых волос.

В комнате, где в углу очень тихо, чем-то похожая на отражение в воде, танцевала только одна неприметная пара, почти не выделявшаяся цветами одежды из теплой полутьмы, Рябкову дали тарелку с завалившимся набок клином помятого торта, и он на минуту потерял Катерину Ивановну из виду. Ему показалось, что по комнате прошло какое-то волнообразное движение, окружающее словно потянулось в истоме, пламя огарков мелко заструилось, пуская прозрачные стеариновые слезы и длинные шелковины копоти. Хозяйка, улыбаясь тою улыбкой, какою встречала на службе посетителей технической библиотеки, наклонила над его тарелкой блюдо с остатками ананаса, плававшими в мутноватом соку, и Рябков увидал, что она вылавливает для него древесно-желтые дольки незамысловатой вилкой, которую он хотел получить, а простецкой ложкой, какие во множестве торчали, как лопаты, из раскопанных салатов. Сразу все сделалось ему неинтересно; до самого конца он почти не говорил с Катериной Ивановной, сидевшей на диване в обнимку с собой, точно у нее заболел живот, а когда именинницына дочка, сиявшая линзами, будто полированными агатами, попыталась развлечь его разговорами на научные темы, Сергей Сергеич в ответ только невежливо мычал. Когда наконец в комнате включили верхний свет, озаривший в упор теплые пеньки свечей и разорение на белых скатертях, Рябков одним из первых направился в прихожую и начал ворочать горообразную одежду на вешалке, откуда срывались и падали вертикально на пол сразу по два или три пустых оседающих пальто. Чернобурка Катерины Ивановны висела в обнимку с какой-то легенькой и скользкой курточкой в бряцающей фурнитуре; подавая ей распахнутое, атласное изнутри пальтище, Рябков с нетерпением глядел, как она, прижав подбородком кое-как накрученную шаль, заводит руки с прихваченными рукавчиками, будто большая ощипанная орлица, желающая взлететь. Насмешливо поклонившись хозяйке, лирически, как березу, обнимавшей дверной косяк, Рябков поспешно сбежал по лестнице на улицу, где на него по-собачьи кинулся мокрый лохматый ветер. Вся одежда Рябкова ходила ходуном на полуоторванных пуговицах, будто **карточный домик**, углы запекшегося рта горели от **жгучего ананаса**, точно там зашивали иголкой, глубоко в **ноздрях** держался покойницкий душок погашенных свечей. Придерживая Катерину Ивановну, оскользавшуюся на обледенелых горушках, Сергей Сергеич думал, что со свадьбой все-таки ничего не получится. Но Катерина Ивановна вдруг остановилась, расстегнула пальто и подала Рябкову нагретую, будто градусник, злополучную вилку. Сергей Сергеич ласково усмехнулся и поцеловал зажмуренную Катерину Ивановну в округлый лобик, холодный, словно давно остывшая лампа. У него возникла и затеплилась потихоньку естественная мысль, что при таком таланте Катерины Ивановны ему уже не придется перед получкой жевать на ужин дряблые *написанные* яблоки, состоящие из ваты и кислой воды, — подъедать остатки натюрмортов, не имеющие живого вкуса и заставлявшие Рябкова страдать желудком; приятные предчувствия Сергея Сергеича отчасти походили на предвкушение наследства, тем более что вот-вот ожидались неизбежные, легко переживаемые похороны.

Глава 19

Разговоров о близкой кончине Софьи Андреевны, уже фактически исчезнувшей из жизни, велось как-то слишком много, и все они с неизбежностью отдавали кощунством. Начавшись на службе у Маргариты, они продолжались дома, и Колька оказался гораздо лучшим, много больше понимающим собеседником, чем растолстевший, будто гусь, не в меру взбудораженный Рябков. Сергей Сергеич так хотел немедленной смерти старухи, что, казалось, был готов поехать к ней в больницу с пистолетом и ножом. Он не понимал, какое это восхитительное чувство, когда все происходит само и хочется подпевать и хлопать в ладоши, оставаясь в стороне.

Разговоры супругов на растрескавшейся кухне, где из просторных, с тенями, щелей росли и шевелились тараканьи усы, их хоровые беседы с повтором самых нежных и протяжных слов действительно напоминали пение. Они до того увлеклись улаживанием дел Катерины Ивановны, что и собственные планы стали строить параллельно, даже отложили до «счастливого конца» покупку телевизора, но зато обещали себе настоящий цветной «Горизонт». Колька, постаревший за время жизни с Маргаритой на десять лет, но не от невзгод, а, напротив, от ощущения окончательного и покойного устройства судьбы, был абсолютно согласен, что для полноты их собственного счастья, при невозможности немедленного коммунизма, надо все вокруг наладить как можно правильнее, без старушечьих болезней и женского одиночества. Лысовато-пушистый и по-стариковски чувствительный, Колька постоянно радовался, какая у него, в сравнении с Раисой, добрая жена. При одном только взгляде на Маргариту — на исцарапанную руку, мешающую суп, на тощий ее халатик с двумя большими, как мешки, набитыми карманами (в одном комилось кухонное полотенце) — Колька ощущал нежное защемление переносицы, очки наполнялись влагой, превращая слезы в жгучую оптическую резь. Вслепую он хватался за жену, за ее ползущий, слабеющий поясок, снова усаживал рядом с собою за шаткий стол, который от их возни шатался, качая грязную посуду; Маргарита снисходительно поглаживала и пошлепывала мужа по лысине, издававшей звук точь-в-точь как крутое тесто для сдобного пирога.

Все-таки Кольке было немного страшно, ему мерещилось, что, когда он на ночь раздевает Маргариту, она, ужимчивая, легкая на повороты, на самом деле ускользает от него, только ее одежда, протягиваясь и слабея, остается в руках; часто жена казалась ему какой-то незнакомой, и моментами, в воспоминаниях сильнее, чем в реальности, его пугала разница между Маргаритиным гладким телом и наморщенным от нежности лицом. Храбрая и сильная жена успокаивала Кольку, оглушительно целовала в ухо, и он опять умиленно верил, что после смерти Софьи Андреевны у всех начнется замечательная жизнь. Чем ближе казалась развязка, тем неохотнее он оставался один, без Маргариты; если она по вечерам куда-то уходила, он тоже начинал ходить по темному коридору, шатаясь против света из разных дверей и упираясь в наружную, запертую на множество замков, с купеческой цепью по дерматиновому брюху и с ослепительной точкой глазка, испуганно косившего от малейшего движения на лестничной площадке. Постепенно Колькина походка механизировалась до бессознательного счета шагов — и внезапно, поймав себя на круглой цифре «двести» или «триста», он вспоминал хохочущий солнечный класс, собственное выпендривание, втайне бывшее усилием немного подрасти, подножку долговязого Петрова, его ножищу в кеде размером с лошадиный череп, появление учительницы. Колька помнил сутулой спиной, как открывалась классная дверь, в которой словно не было человека — не было ничего, кроме пустоты, — и теперь ему казалось, что стоит отвернуться, как все замки вместе с никелированной цепью грохнутся на пол и в проеме, поверх бесформенной железной кучи, возникнет Софья Андреевна, почти покойная. Иногда, оставленный Маргаритой перед стареньким, почти беззвучным телевизором, где по бледному изображению через равные промежутки времени проходила теневая полоса, Колька не смел ступить и шагу в неосвещенный коридор, даже не ходил в туалет. Однако в глубине души он твердо знал, что боится так, на всякий случай, а на самом деле все устроится и будет хорошо. Прибегала Маргарита, румяная, в белых с мороза очках и седом, курчавом, как каракуль, платке, приносила полную сумку пахнувших снегом продуктов, различавшихся более по цвету, чем по вкусу. Но тем интереснее было ими ужинать: разноцветная еда, накромсанная мягкими кусками, создавала праздник. Софья Андреевна лежала далеко в больнице, про нее нестрашно было разговаривать, прихлебывая коричневый хлорный кипяток с тремя размешанными ложками сахару; хотелось даже называть учительницу уменьшительным домашним именем, будто родную. Только из одной любви друг к другу Колька с Маргаритой, даже ссорясь, называли все и всех ласкательно и уменьшительно вперемежку с таким же ласкательным матом; слово, умаляя вещь, удлинялось само и как бы вертело вещь на ладони, давая подольше поглядеть на ее заманчивые подробности; такую же форму, с двумя хорошенькими суффиксами, Колька с Маргаритой образовали от слова «смерть».

Поздно, в десятом часу, из больницы возвращалась усталая Катерина Ивановна, кое-как расстегивалась и разматывалась, оставляя совершенно мокрую и резко освещенную прихожую с рубчатой грязью на голом полу. Проходила на кухню, садилась перед чистой тарелкой, подперев голову кулаком. Кухонный стол больше не гарцевал, устанавливался твердо, наклоном к ней. При гостье хозяева многозначительно меняли тему, и Катерина Ивановна сама, как умела, думала о смерти, раздраженно вслушиваясь поверх разговора в сиплое дыхание подслушивающей Комарихи. Бессонная старуха неизменно встречала ее в коридоре, в проеме темного туалета, где наверху, в кубическом сумраке, шипел и поплевывал поломанный бачок. Она стояла согнувшись, обе ее руки, грубые, как кирзовая обувь, щупали косяк, ее черты, совершенно тонувшие в морщинах, выражали непонятное приглашение. Если Маргарита тоже выходила навстречу Катерине Ивановне, от старухи оставался только слабый хлопок туалетной двери да бряканье задвижки, свободно прыгавшей в корявых пальцах, — и сквозь щели было видно, что в проточном Комарихином укрытии по-прежнему темно. Маргарита словно не замечала свекрови: накладывала Катерине Ивановне теплой горелой картошки в лохмотьях яичницы, церемонно расспрашивала о больничных новостях, а Комариха снова выползала из убежища и таилась, держась снаружи за кухонную ручку, шаркала, теряя тапок, высовывала голову с заплесневелым ухом, где в растянутой дыре висела тусклая серьга. Вся темнота в квартире отдавала Комарихой; казалось, что старуха прячется сразу во всех углах, и на руке у Катерины Ивановны не заживали полосы, оставленные ее немилосердной хваткой. Катерина Ивановна не понимала и боялась понимать, чего добивается ведьма. Ночью старуха долго не спала, сидела на краю кровати, горбатой спиной к Катерине Ивановне; потом осторожно, подбирая по одной полумертвые ноги, заваливалась на бок, провисала в кроватной сетке до самого пола и до утра глядела в потолок. Ночь не кончалась и днем: по выходным старуха бродила без халата, в одной ночнухе, выцветшей до полной бледности невнятных цветочков; в шепоте ее, кроме слов «привезли, разрезали, зашили», Катерина Ивановна не могла уловить никакого смысла, но тем сильнее становилось впечатление, что Комариха ищет случая поведать ей какой-то страшный секрет.

Секрет у Комарихи действительно был. Ненависть ее к невестке, поселившейся без спросу и занявшей главные среди мебели диван и шкаф, приобрела теперь законную основу: из подслушанных разговоров старуха поняла, что невестка и сын подговариваются вместе убить учительницу. Комариха так и знала, что этим кончится, не зря невестка буквально отпихивала ее от Кольки, прекратила их вечерние посиделки за четвертинкой, опростав последнюю в раковину, куда одновременно лилась из крана толстая горячая струя. Жидкость, бурча, издавала на всю квартиру запах компресса и так пропитала трубы, что теперь Комариха, умываясь даже тепленькой водичкой, еле мочившей ее холодные морщины, чуяла в канализации слабый водочный дух. Колька просто стоял, пока жена вытряхивала чекушку, купленную на Комарихины деньги, и вытягивал губы цветочком. Теперь, из-за очков и лысины похожий на китайца, он совершенно отбился от матери и стал, пожалуй, способен на злодейство, потому что совершенно ничего вокруг себя не понимал.

Комарихе шел восьмидесятый, а может, восемьдесят пятый или девяностый год. Старуха не сумела вовремя умереть: однажды, когда она ковшом поливала воду в разбитый, слабой струйкой размывающий ее котлетку унитаз, что-то слетело на нее с потолка, цапнуло за голое сердце, и тело старухи сделалось призрачным. Широко расставленные ноги слабо чувствовали мокрую и крепкую, словно новенькую, юбку, потом скелет старухи испытал угловатый удар, точно его с размаху усадили в бешено рванувшуюся таратайку. Среди беспорядочно наваленного хозяйства, каких-то тряпок, лопат и тазов, Комариха неслась в бесцветной темноте, ощущая вокруг себя слепое влажное шуршание. Ее нашли сидящей на полу туалета в позе изломанной куклы. Швабра, веник и пара щеток съехали кучей на ее деревянные ноги, сверху ее накрывала упавшая с веревки полиэтиленовая пленка, ковш исчез безо всякого следа. Комариха была жива и под запотевшей пленкой храпела, будто во сне; когда же перепуганная Маргарита сорвала покров, побежавший изнутри водой, в ноздри ей пахнуло жарким, пьяным, непередаваемо отвратительным запахом, и она увидела, что одутловатое и будто отбеленное лицо Комарихи странно помолодело. Маргарита так и не поняла, что случилось со свекровью, уже через минуту начавшей хвататься за все, что попадало под ее блуждающие руки, и вставать, обрушивая то, что еще стояло на местах. Заведенные под лоб старухины глаза трепетали как ночные мотыльки — но в тот же вечер она как ни в чем не бывало ковыряла иголкой без нитки, потерянной где-то по ходу хромого шва, распоротые части своей оранжевой от старости атласной кофточки. На всякий случай Маргарита приготовила свекрови пресную, как хлебный мякиш, паровую котлетку, и Комариха долго жамкала мясные крошки безо всякого внимания к пище, точно так же, как она сосала с равнодушным свистом обыкновенно достававшиеся ей кусочки плавленого сыра и хлюпающие соленые огурцы. Маргарита, совершенно бросившая пить, но готовившая для семьи соленую и грубую еду алкоголиков, по сути и не знавшая другой, очень скоро забыла о «припадке» и продолжала кормить свекровь от случая к случаю, совершенно не заботясь о ее здоровье. Это походило на долгое ожидание, все ничем не разрешавшееся. Комарихе не становилось ни лучше, ни хуже, и Маргарита в каком-то рассеянии чувств все больше отступалась от нее, забывая, когда же, собственно, в последний раз давала ей в побитой миске разогретый суп. Миска эта, долго плясавшая, если на нее наступить, служила Комарихе одновременно ночным горшком, потому что ведро, всегда стоявшее для этой цели под койкой и покрытое изнутри налетом какой-то горькой ржавчины, все время застревало дужкой в провисшей ячее. Рубахи Комарихи, когда они попадались под руку, Маргарита использовала как тряпки, затирала ими мазавшиеся, неизбывно грязные полы, подхватывала с газа вспухшие, облитые кастрюли, не глядя, что рубаха занимается от голубого пламени пахучим желтым огоньком. Маргарите было лень ходить за ветхой свекровью, она не видела смысла кормить и лечить существо, способное только умереть. Все вложения денег и сил были теперь вложениями в будущую смерть, обязанную прийти самостоятельно и бесплатно, и Маргарита просто предоставила свекровь в распоряжение природы.

Однако, что удивительно, Комариха все не умирала и жила неизвестно на чем, существовала как природный объект, вроде дерева или камня. Иногда из кухни пропадали остатки каши, несколько конфет, имелись и другие убытки в виде расхлестанной посуды, рассыпанной коробки с пуговицами; настенные календари с котятами и собачатами (которых Маргарита обожала на картинках, но не собиралась заводить живьем) болтались вверх ногами на последней кнопке, как подбитые мишени. Передвигаясь на вертикальных четвереньках вдоль головокружительных квартирных стен (потому что если одна стена вела туда, куда направлялась Комариха, то другая, непременно бывшая за спиной, в то же время вела в обратную сторону), шаря, как слепая, по завешенной и расходящейся опоре, пытаясь дотянуться до нее даже через мебель, прущую под дых, старуха сметала под ноги множество всяких вещей. Особенно большие разрушения возникали там, где Комариха вставала с места, восставала к жизни из сидячего или лежачего оцепенения, словно передавала свою бренность мягкому развалу, а сама поднималась целехонькая и, волоча исшорканные ноги вслед за более проворными руками, кланяясь стульям и тумбочкам, тащилась кое-как по своим делам. Маргарита была готова терпеть беспорядок и перевешивать котят; Комариха в таком *природном* состоянии могла обретаться в квартире сколько угодно, невестка при виде свекрови, до сих пор живой, не испытывала ничего, кроме легкого удивления. Ее не смущали странные занятия старухи, вроде исписывания оберточных бумажек длинными, почти до ровной нитки распущенными словами или сооружения из остатков атласной кофточки чего-то похожего на гирлянду флажков. Однако в последнее время к приподнятым чувствам Маргариты, свойственным ей всегда, а теперь особенно оживленным романом, разыгрываемым по ее направляющей воле реальными персонажами, примешивалось беспокойство. В глубине души она начинала бояться, что правильная Софья Андреевна каким-то образом, подобно Комарихе, задержится и не умрет. Не одобряя нетерпения Рябкова и горящей в его глазах готовности просто убить, что было бы, по ощущениям Маргариты, грубой подделкой, ручной кустарной работой, она поощряла усилия Катерины Ивановны, каждый день стиравшей матери постельное белье и за постоянный пропуск мывшей палату, приходившей из больницы с белыми рваными пузырями на красных, ссохшихся руках. Отыскивая свою ошибку в отношениях с бессмертной, как Кощей, свекровью, Маргарита теперь предполагала, что смерть, этот главный хищник в зоопарке птицеподобных ангелов и копытных чертей, скорее схватит жертву, если ему оказывать сопротивление и дразнить, делая вид, что у болезни возможен какой-то другой, *неприродный* исход.

Между тем Комариха все больше теряла веру в себя. Прежде, в молодости, люди и предметы, до которых она могла дотянуться, обладали для нее безусловной реальностью, ей даже казалось, что она имеет право ими распоряжаться. Все же остальное было для нее как для зверя чужой помеченный участок, мощный животный инстинкт подсказывал ей что-то вроде опасливого отвращения к тому, что маячило вдалеке. Три заводские бледные трубы с тремя однообразно цепенеющими в воздухе дымами, новые кварталы, представлявшие собой как бы голый строительный замысел, не вполне перешедший в жизнь, хотя и населенный людьми, — такие сооружения, изображавшие сами себя на заднем плане доступных вещей, были для Комарихи более или менее приемлемы. Но стоило им обрести реальность и *собственное* реальное окружение, как они становились чем-то неприятным и поистине чужим. Возможно, молодая Комариха, оказавшись на незнакомой улице, лучше других ощущала, как стандартные части города — шлакоблочные многоэтажки, магазины, стеклянистые трамваи — преобладают над слабым, почти потерявшим себя рельефом местности и над расположением немногих деревьев, свободно пропускавших ветер сквозь кривые ветви, облепленные клочьями завернутой листвы. Город стирал и делал невидной землю, какой она была сама по себе; Комариха, должно быть, чувствовала, как примелькавшиеся глазу части, соединяясь так и этак, но нигде не создавая новизны, отнимают реальность у кварталов, где она привыкла передвигаться, и благоразумно держалась *своего*.

Теперь Комариха больше не верила тому, что держала в руках. Не без злого участия невестки все, что прежде составляло обиход, потеряло всякое значение; только стукаясь о мебель и запинаясь о тяжелые, как гири, банки огурцов, она улавливала отзвук прежней жизни, когда ее большое тело было законной массой среди многих массивных вещей. Целое лето невестка не выводила Комариху во двор посидеть на припеке, гревшем и знобившем старую кровь, и Комариха только смотрела, как золотятся немытые стекла и желтеют на подоконнике иссохшие газеты. Мир ее сузился до замкнутой многоугольной нереальности, где изо всех предательски виляющих дверей единственная настоящая, ведущая наружу, была всегда заперта на шишковатые замки и собачью цепь. Однажды, посмотрев по телевизору когда-то любимый, а теперь непонятный фильм, она решила снова написать белокурой сощуренной актрисе, игравшей советского профессора и, вероятно, помнившей Комариху по прежним отзывам о ее правдивой творческой игре. Исписав бумагу, какую сумела найти, хотя горбатая рука тяжелела в истоме, а ручка вставала поперек удлинившихся слов, Комариха собрала листки в потертый на сгибах, но чистый и годный конверт и, каким-то образом оттянув тугие замочные языки, норовившие стрельнуть назад, оказалась на лестнице. Это было опасное путешествие, принесшее одно разочарование. Съехав раздавленным животом по перилам до почтовых ящиков, напитанных газетами, она засунула застревающий, разевающий прореху конверт в ближайшую щель, и из открытых дверей подъезда на нее повеяло свободой. Крепкий дождь лупил по листьям, расклевывал на скамейке цветочный мусор, разрытая глина кипела, как гороховый суп, а в подъезд против света протискивались две полузабытые соседки, кружась одна вокруг другой и утягивая на себя чудесные, совершенно мокрые, податливо слабеющие зонтики. Все-таки Комариха не решилась вниз, на асфальт, где была сплошная гусиная кожа и потоки воды. К себе на этаж она подтягивалась долго, вслед давно умолкнувшему стуку каблуков, висела, отдыхая, поперек перил и дышала, как резиновая игрушка с пикулькой.

Дома, в комнате, заставленной огромными, глядевшими из мути огурцами, она поняла, что совсем не чувствует прежнего волнения, всегда сопровождавшего отправку писем звездам кино, и значит, старалась зря. Расстояние, пространство были уже не теми, что в ее сорокалетней и пятидесятилетней молодости, когда она носила яркую одежду, видную издалека, и преобладала над бледной далью сильным пятном. Время, когда ее пропащий сын проживал с прохиндейкой Раиской на Дальнем Востоке, не прошло для Комарихи даром, она не напрасно упражнялась, мысленно заполняя все эти тысячи километров расстояния до Кольки красными и мягкими сосновыми пейзажами, что отдавали Комарихиным детством в лесничестве. Она вспоминала жаркий запах и храп отцовской норовистой лошади, просторный холод серебряного озера, посередине всегда являвшего сияние, точно там разбили вдребезги стеклянную бутыль. Эти и другие картины приходили теперь к Комарихе безо всякого труда: большие коричневые лягушки, резко, словно вытираемые башмаки, шоркавшие в траве; первые, зеленые, шершавые ягоды земляники; липкие от мороза и сахарной крови тазы со свежерубленным мясом, скрипевшие в снегу; плавная, заводящая по кругу тяжесть ведер на коромысле, плотная, словно сложенная из бревен материна спина в серой ситцевой кофточке; первый весенний запах наезженной дороги, будто весна приходила из города вместе с конфетами в золотой жестянке и с новым, легким и колючим, будто из крапивных листьев, суконным пальтецом. Оттого что Комариха не могла все это тут же получить назад, у нее что-то тонко обрывалось внутри, ей казалось, что ее совсем нетрудно перервать пополам, будто пойманную на окне желтопузую муху, и ноги ее, стоявшие на полу точно две мотыги, совсем отказывались двигаться.

Теперь Комариха понимала, что *настоящее* лежит за горизонтом. Видные из окна массивные дома, грубые коробки, украшенные беленькой лепниной, и в особенности тот, где восходящее солнце пронзало и пыталось изменить лучами четыре гипсовые статуи, были для Комарихи представителями лежавших за ними пространств и одновременно заграждениями, не пускавшими ее за границу назначенной судьбы. Чем слабее становилась Комариха, чем труднее ей было глядеть вперед, а не под ноги, чем короче делались ее прерывистые шажки, тем явственнее ей хотелось *за предел*, туда, где с нею еще могло произойти что-то приятное и похвальное. Страх пространства был одновременно страхом высоты, поэтому Комариха, преодолевая тошный трепет под ложечкой, стала потихоньку выбираться на балкон. Там, стараясь не опрокинуть майонезных банок с черной водицей и раскисшими окурками, особенно валких на высоте и на ветру, чувствуя прутья перил, ножки сырого табурета и собственные ноги в невесомой на воздухе юбке как что-то сквозное и крайне ненадежное, Комариха силой заставляла себя держать открытыми холодные и мокрые глаза. Внизу от лужи к луже летела резкая рябь, пешеходы двигались с неприятной живостью, мужчины, как жуки, женщины, как улитки, а на соседнем балконе стояла небольшая, пустыми оглоблями в небо, лестница-стремянка. Ни за что на свете не решаясь сесть на табуретку, Комариха на корточках, одной рукою вцепившись в прут, спускала другую болтаться вниз, где было гораздо холоднее и словно что-то струилось между скрюченных пальцев, — преодолевая одышливый ужас, высовывала руку по локоть, по плечо, пока ее скривленная щека не касалась преграды, адской перекладины. Потом она с трудом вылезала из державшей и ломавшей ее решетки и, простоволосая, с обнаруженной ветром клюквенной лысинкой, унимала дрожь, как никогда нуждаясь в похвале. Впервые в жизни Комарихе хотелось, чтобы ее показали по телевизору.

Все-таки Комариха не решалась предупредить учительницу, каждый вечер приходившую из больницы, где она лежала днем, и ночевавшую на старой Колькиной кровати, под которой еще пылился, словно заваленный серым снегом, клеёный аэроплан. Комариху не смущало, что учительница сразу после операции ходит пешком и таскает тяжелые сумки. Операция была, похоже, из тех несчастий и несправедливостей, о которых учительница всегда говорила громким, хорошо поставленным голосом и словно в этом говорении черпала силы, чтобы начистить гору картошки или так вцепиться в хулигана-старшеклассника, что казалось, будто она способна, сминая детину одною мясистой рукой, постепенно забрать его в кулак вместе с джинсовой курточкой и слезоточивой сигареткой. Комариха восхищалась учительницей и видела в ее трагедиях область духовного подвига, где на самом деле, по-житейски, ничего не происходит. Однако от невестки тянуло реальной опасностью, невестка была повсюду. Даже если Комарихе удавалось дождаться учительницу в каком-нибудь укромном углу, невестка в это время обязательно проходила поперек коридора, против слабого света, и в острый нос Комарихи, будто нитка в иголку, заползал шершавый запах ее жасминовых духов. Или Колька-китаец, заранее, еще до убийства, похожий на зека, вдруг начинал маршировать туда-сюда, высоко поднимая короткие ноги и сопровождая шаги ритмическим жалобным хмыканьем.

Комариха знала, что надо поторапливаться, времени нет. Она припоминала, что у учительницы был ребенок, толстая девочка с шелковой косичкой и сонными глазками, так забавно моргавшая из-за родинки на складчатом веке, — сейчас, должно быть, отданная в интернат. А может, девочка просто жила одна: Комариха помнила, что раньше она частенько сидела вечерами без присмотра, валялась голодная на диване среди раскрытых книжек и каких-то ненадписанных открыток, тускло белевших глянцевыми рубашками, словно приготовленных для поздравления целого класса подруг, — но с какими праздниками поздравляли спрятанные картинки, оставалось в неизвестности. Наверное, Комарихе следовало, как и раньше, навестить нелюдимую девочку, в действительности ни с кем не дружившую, но она уже не помнила дороги, только серые стены да легонький заборчик из драного горбыля, преграждавший путь, и боялась каменной арки с ее рентгеновской акустикой, где человек, прежде чем выйти на солнце и стать беззвучным среди плотного шума улицы, словно просвечивался тишиной до глубины дыхания и до железок на подбитых каблуках. Ночью, когда Комариха с учительницей оставались одни, было несколько раз, когда старуха приподнималась на койке, чтобы шепотом окликнуть укрытое тело. Но в это время обязательно что-то происходило: звенели трамваи или, чаще всего, за стеной, рядом с наполненной недвижным грузом Колькиной кроватью, раздавался горловой смешок, а потом тяжелый, проседающий диван начинал качаться и с тележным скрипом ехал куда-то под гору, — но даже это, не говоря уже о сиплом старушечьем шепоте, не вызывало у учительницы ни движения, ни ответного звука, только по потолку проходил дрожащий, студенистый свет, отчего казалось, что глаза учительницы широко раскрыты. Днем же в распоряжении Комарихи имелись лишь составленные возле самого порога тесной парой учительницыны тапки да глубокие вмятины на мягкой мебели, где она сидела после ужина с пустыми лунными глазами, дожидаясь сна.

Глава 20

Так оно и шло, так и катилось к весне — неправдоподобным клубком каждодневно связанных людей, как будто все тесней сплетаемых судьбой, а в действительности удалявшихся друг от друга судорожными душевными толчками: каждый неудержимо проваливался в себя. Зима, словно снег ее, ставший напоследок как угольный пласт, был особенно тяжел, оставила после себя большие разрушения: двойные длинные автобусы, бравшие повороты с обратным заводом центрального круга, скакали, как собаки, на промоинах асфальта, участок, отведенный для уборки отделу информации, походил на размытую помойку. В Нижнем Чугулыме, на синеньком крашеном кладбище, полном больших, словно бабьи платки, неуклюже опускавшихся на острые ворон, могила Ивана Петровича, убитого пьяным Севочкой, который год проседала обрывистой яминой, и железная пирамидка торчала из нее будто старая ржавая печка. Почтальонка Галя, с лицом, совершенно нечитаемым издалека, словно смытым водой, тяжело шуршала на велосипеде по песчаным размывам, где, как на ладони, были выложены по величине гладкие камушки, и ни о чем не думала, потому что главного, чего она ждала от жизни, — полного и совершенного несчастья, — она уже дождалась. Соседская Любка, чье когда-то шикарное зеленое пальто постарело и казалось сшитым из одеяла, катала по улице коляску с новеньким тугим младенцем, перевязанным розовой ленточкой. Секретарша Верочка, в новомодной стрижке и укладке, залакированной до воздушной ломкости пирожного безе, строила перед зеркалом планы, как заполучит Рябкова, потому что любила получать принадлежащее другим. В больнице, на койке рядом с прооперированной Софьей Андреевной, длиннорукая девушка, вся в глубоких мертвых синяках, вдруг наморщилась будто от кислого, а потом ее бумажное лицо с остатками косметики, словно разрисованное детскими карандашами, затянули простыней. Когда по ночам колеса, слышные издалека, наваливались тяжестью на хрупающий лед, а сам автомобиль, едва проехав под окнами, бесследно растворялся на синюшной рубчатой дороге, когда свинцовая морось кривыми черными потеками сбегал по стеклу, когда безымянная тяжесть лежала на душе — многим казалось, что все происходящее вокруг неправда. То же самое думал Сергей Сергеич, ежедневно выслушивая лживый голос Маргариты, уверявшей его, что старухе снова хуже и скоро все у всех пойдет нормально. Между тем все так и было в действительности.

Когда замерзшая Софья Андреевна, с терпкой болью в голове и сухостью во рту, очнулась после операции, она немедленно почувствовала: если ей и удалили что-то на *неправильно* стоявшем, словно не с руки хирургу, операционном столе, то этим чем-то была надежда. Тело походило на лабиринт, и боль бродила там как дикий зверь, голодная боль. Иногда она вырывалась с отчаянным воплем, со вздыбленной шерстью; она все время снилась Софье Андреевне в виде горбатого копытного чудовища, в виде помеси быка и негра, с кровавыми глазами и жесткими кудрями на башке. Сны уже не уводили больную во внешний мир, тихонько хрустевший за черным окном, но неизменно, подобно заработавшему вдруг особому аппарату, ввергали Софью Андреевну в глубины собственного тела. Там чудовище поджидало ее за поворотами схематических лестниц, голос его напоминал насморочный рев трубы, забитой мокротой, — и когда холодная Софья Андреевна, мелко дрожа животом, просыпалась в темноте палаты (свет включался секундой позже), она успевала заметить, что сама кричит, изображая зверя, что сама и есть чудовище, и не надо уже бороться с собой, а надо просто встать с постели и куда-нибудь уйти.

Встать, однако, не получалось: Софья Андреевна была целиком во власти живых людей, которым горизонтальные кровати, тоже с людьми, были немного повыше колен, и они ходили длинными ногами по невидимому полу, а руки их распоряжались недоступными для Софьи Андреевны бренчащими предметами. Кнопка над ледяною раковиной управляла всеми лампами на потолке, и палата озарялась целиком: тела, к которым никто не подходил, ворочались и перетягивали на себе запутанные одеяла, длиннолицая женщина с ужасными остатками загара, способная из-за болей только сидеть в своих домашних подушках, закрывала лицо коричневой рукой, на которой как ни в чем не бывало алела в завитушечной оправе крупная стекляшка. Только когда молодую соседку накрыли, выдернув из кулака затиснутый краешек ее измученной простыни, которая внезапно показалась Софье Андреевне сродни белизне измятого, зазря пропавшего листа бумаги, на котором так и не было ничего написано, — тогда и стало окончательно заметно, что это уже другая палата. Ледяная каплющая раковина с перебинтованной трубой, белый кафель холодных стен, где в каждом четвертом квадрате отражалась лампа, делали ее похожей на какое-то санитарно-хозяйственное помещение, на ванную или туалет. Здесь все время сочилась вода, белое соединялось с белым в какие-то бесплотные карикатуры на цветную действительность, койки были по высоте и твердости скорее столы, и их железные решетчатые бортики раскрывались на стороны, будто самодельные крылья. Зажигался свет, входила теплая со сна ночная медсестра, уютно сменившая белый халат на байковый в цветочек, из тех, что днем проволакивались по коридору на ходячих больных, обернутые вдвое и измятые под мышками. Профессионально сощурившись на поднятый шприц, медсестра затем с нажимом вталкивала в вену муторный дурман, и последнее, что замечала уплывавшая Софья Андреевна, был кто-то сидящий на корточках у дальней кровати, круглоголовый и вцепившийся в решетку. Тело, на которое смотрел недвижный человек, тоже, казалось, смотрело на него сквозь клокочущий сон, полуприкрытые глаза с раскосыми белками и завалившаяся вбок, свалявшаяся голова были началом сновидения Софьи Андреевны, снова отправлявшейся в путь по лестницам без перил, по совершенно одинаковым линейкам призрачных ступеней.

Несмотря на все наркотики, вводимые каждый день, Софья Андреевна отчетливо сознавала и ни на минуту не выпускала из ума, что окружающие попросту бросили ее там, где она внезапно оказалась, то есть на самом краешке жизни. Все они как будто присутствовали и даже заботились о ней: осмотры крутоплечего сутулого хирурга были ласковы и прохладны, успокаивали зуд в подсыхающем шве, и каждый вечер тяжелой походкой приходила дочь, ее округлый лобик был собран страдальческими бровями под самые волосы, стоявшие дыбом. В другое время Софья

Андреевна испытала бы умиление, глядя, как она неумело и старательно, до выворота рук, перекручивает сочащуюся тряпку над больничным ведром с номером на боку, как собирает по всей палате марлечки и ватки с ужасными желтыми пятнами, покорно разносит по тумбочкам плоские тарелки со сладковатой гречневой размазней. Однако теперь никакая старательность, никакие угождения и доброта не обманывали Софью Андреевну. Она никак не думала, что все закончится настолько плохо. Все оставили ее одну, никто не двигался вместе с нею туда, где ей больше всего нужна была бы человеческая помощь: к той последней, чуемой поджилками черте, самая мысль о которой сразу проваливалась в подсознание, оставляя на поверхности жгучую муть, ошметки житейских пустяков. Если бы хоть кто, пусть противный и неродной, пусть сумасшедший родственник храпящей толстухи или даже клыкастая повариха, что, загребая из чана поварешкой тяжелое молоко, лила его себе на глянцевую руку, державшую едва до половины наполняемый мутный стакашек, — пусть бы кто угодно согласился сейчас соединиться с умирающей Софьей Андреевной, и она бы полюбила его такой любовью, о которой прежде сама не имела понятия. Эта беспредметная любовь, внезапная и дикая, разрывала сердце Софьи Андреевны, от долгого лежания словно потерявшее нормальный верх и низ и скакавшее *не туда,* когда кто-нибудь, проходя, нечаянно задевал ее долговязую и валкую капельницу. Софья Андреевна мысленно упрекала мужа Ивана Петровича за то, что ему досталась часть любви, которую следовало теперь употребить для собственного спасения, а он, Иван Петрович, все не едет ее навестить. Теперь она могла бы обнять любимое существо, поцеловать, не стыдясь слюны, — так, как, вероятно, хотел от нее Иван, когда бочком подсаживался к ней на диванчик и начинал ловко выдавливать пуговки из петель, другой рукою отбирая книгу. Софья Андреевна думала, что Иван все же не получил желаемого, что она, по сути, так и осталась невинной. Теперь она была готова целовать даже человеческие руки — обливаемые мутным молоком, выносящие судна, руки старые и молодые, с маникюром и с жирным трауром под ногтями, чего здоровая Софья Андреевна просто не могла терпеть. Она была готова буквально есть из человеческих рук живую жизнь, со всей ее грязью, жиром и землей, она хотела узнать на вкус человеческий пот, сладковатый, с мыльной примесью кремов, с глухой табачной гарью, и горький, жалящий язык, точно старый, пожелтевший в пузырьке одеколон. Что-то последнее в ней от советского педагога и прежней стриженой комсомолки с женскими бедрами в юбке и мужскими плечищами в пиджаке, восставало против унизительной картины лобызания ручек, и Софья Андреевна криво улыбалась, глубже вдавливая голову в плоскую подушку. Эта съехавшая набок жалкая улыбка, словно с набитым ртом, и была тем единственным, что видели окружающие из ее безответной любви.

Двое упорных стариков, утюживших коридор от обхода и до обеда, — один вытянув костлявую голову на петушиной шее, другой втянув свою, обритую, где словно без черепа лежал под толстой кожей жирный набрякший мозг, — напоминали Софье Андреевне о существовании отца. Сейчас отец, и бабушка, и мать с ее сквозными крепжоржетами, где переплетенные цветы на просвет превращались в китайские иероглифы, с нарисованным клоунским ртом, прочерченным книзу струйками крови, с каким ее, разворачивая, будто мебель в дверях, принесли с перекрестка, — все они, вероятно, с радостью и любовью поджидали Софью Андреевну и готовились, быть может, к большому семейному празднику. Софья Андреевна ненавидела их за прошлую любовь, ставшую теперь желанием ее скорейшей смерти. Она отрекалась от них, не позволяла себе размышлять о странности фамильного родства. Словно ожившие, они сопротивлялись забвению. Воспоминания настигали умирающую и развивались по мере развития боли, почти превращавшейся из физической в душевную. Скорчившись в постели, Софья Андреевна видела себя на плечах у отца, на огромной, шаткой, шагающей высотище, где надвигается, почти обжигая лицо, заляпанная золотою грязью раскаленная лампочка в железном колпаке — там от прошлого раза остался на пыли мягкий мазок. Воспоминание соединяло удивительную резкость деталей с пятнами оцепенения. Софья Андреевна ясно ощущала, что немного висит и горбится спиной, на которой словно отрастают пуховые крылышки, боится упасть, боится сделать больно неудобному носатому предмету — отцовской голове. Под ногами отца качелями колеблются ступени, потолок, недавно шершавый и испещренный секретными подробностями, уходит в белую свою, недоступную даль, и высота, подтверждаемая чудовищной гладкостью мытого пола в прихожей, так пугает Софью Андреевну, что она вцепляется в короткие, удивительно крепкие отцовские волосы, пучками скользящие из кулаков. Перед ней раскрывается пустота, все становится далеким, мелким и отчетливым; старый коммунальный дом во сне имеет странное диагональное расположение дверей, что по две, по три зараз отворачиваются в темноту неизвестных помещений и ставят там какие-то белые диагонали, острые углы. Там, в темноте, заглядывая в щель, таится боль. Все вокруг является взгляду какими-то оцепенелыми частями, где не забыта, оказывается, ни единая статуэтка, — неправдоподобно цельными фрагментами, всей своей поверхностью отражающими свет, — и бабусины шляпы, очень жаркие и мягкие, с *неправильными*, будто не для головы, темнотами внутри, валятся с какой-то высокой полки, обдавая Софью Андреевну пуховым ужасом, осыпаясь ветркими пестрыми перьями, бархатными лепестками.

Наяву Софья Андреевна впервые стала замечать, что у дочери та же манера, что и у ее прабабки: делая что-то руками, уставиться в точку и, словно под гипнозом, ускорять движения до какого-то механического кругооборота, пока не грохнется об пол какая-нибудь закрутившаяся склянка, — и невозможно проследить, на что же именно глядят сдвоившиеся круглые глаза. Сейчас любое сходство между любыми людьми угнетало Софью Андреевну, поскольку подчеркивало ее одиночество. Софья Андреевна была совершенно права, полагая, что ей приходится хуже, чем другим умирающим: недолгое опьянение от морфия, когда бывало так приятно нежиться в постели под милым, вытертым, будто половичок, голубеньким одеялом, она старалась поскорее прекратить, чтобы, как положено, вернуться к реальности. Софья Андреевна уже понимала, что больше ничего не будет. Она не могла оставить дочери, развозившей по палате тягучую сырость на тяжелой, упирающейся тряпке, великолепную коллекцию своих обид — богатство, предназначенное для обмена на счастье, — и даже если бы наследование сделалось возможно, это привело бы только к разбазариванию по дешевке годами собиравшихся сокровищ, без понимания их взаимосвязи и истинной цены. Софья Андреевна следила, как могла, за молчаливой Катериной Ивановной, делающей выпады со шваброй, будто солдат с ружьем, и краем глаза улавливала полуулыбку, заметную только в профиль: она почему-то думала, что дочь за время, пока мать лежит и страдает в клинике, успела завести себе молодого любовника. Даже и не смерть, а вот эта необходимость простить, в том числе и дочерин любовный грех, простить, чтобы не остаться после смерти в окончательных дурах, казалась Софье Андреевне главным насилием над ее человеческой личностью. Мысленно она не раз пыталась подарить остающимся людям их долговые обязательства, но это приводило только к тому, что давние обиды оживали и, обновленные, играли своими ядовитыми красками, точно праздничные неоновые огни в кромешной тьме небытия. Последней обидой стало то, что в кафельную палату для умирающих женщин потихоньку, ночью, поместили длинного, как садовая скамья, совершенно бесчувственного старика: подбородок его торчал картофелиной над провалившимся ртом, сухие ступни с печеной коркой сморщенных подошв высовывались между прутьев кровати, одна мосластая рука, вытянутая вдоль укрытого тела, время от времени поднималась, будто для голосования, и медленно ложилась граблей на грудь. Родственники, уже пожилая пара, оба с добрыми припухлыми лицами и беспомощно-короткими ручками, сильно смущались, в отличие от деловитых медсестер, и все повторяли, что дедушке уже девяносто и он ничего вокруг не понимает, будто малое дитя. Но когда они протирали, ворочая, дряблое тело с обвислыми серыми жилами и остатками седых волос, мылившихся, как мочало, от смеси шампуня и водки, рекомендованной хирургом, оскорбленная Софья Андреевна чувствовала, будто ее, живую, положили туда, где нет уже разницы между женскими и мужскими телами, а именно в морг.

Когда ее внезапно выписали и посадили дожидаться родственников в жарком, скошенном от солнца коридоре, а потом увезли на какой-то казенной машине с маленьким шофером, круто работавшим плечами и рулем, все медсестры и врачи, ходившие за ней в больнице, сразу и безвозвратно откатились в прошлое. Туда же через полчаса затейливой езды убрался на ерзнувшем «рафике» и сам шофер, за которым, кроме морды вроде кулака в тугой перчатке, что маячила в зеркальце под потолком кабины, Софья Андреевна заметила еще и вывешенную в салоне маслянистую красотку, выпятившую бюст, точно пионерский барабан. С нею перед крыльцом, среди жгучей капели и синей слепоты, осталась только дочь в материном новом пальто с отсыревшей лисой да видная по частям, как бы съедаемая темнотами Маргарита, у которой на голой руке без варежки поигрывало золотое новое колечко с колючим аквамаринчиком.

Дома было сумрачно и очень грязно, застарелой вонью тянуло от мусорных ведер, но Софьи Андреевны это больше не касалось. Она легла в постель, и дни пустились сменяться ночами, как лицо и изнанка вертевшейся на лету игральной карты, — и невозможно было предугадать, какой стороною она упадет. Три или четыре раза выгнувшейся на подушках Софье Андреевне казалось, что *оно* уже пришло, но опять становилось легче, и, выдохнув застрявший, словно напитанный смертью воздух, она тихонько спускалась под одеяло, откуда почти что выбросилась наверх, и прикрывала его бельевым пустоватым краем вязнущий подбородок. Дни становились длиннее (по ощущениям Софьи Андреевны — многочисленнее) и были все с весенним горячим солнцем; резкий его оконный отпечаток, мреющий вместе с паутинами на желтой стене, был местами волнист, будто присобран раскаленным утюгом. В голых, отощавших за зиму батареях сливалась сверху куда-то в недра отопления скудная вода; темные голуби с большими серыми тенями по стеклу теснились грудами, урчали, царапали когтями жесть карниза. Ночью колеса автомобилей мололи и мололи зернистый лед, и Софья Андреевна вспоминала, что умирают обычно ночью. Теперь она догадывалась, почему ее особенно пугают образы покойных родителей и бабки, столь же несомненные в темноте, как черный угол комода или тихо мерцающий, липкий для пыли экран телевизора. Они не были ни в чем виноваты перед Софьей Андреевной и не были ей ничего должны, поэтому могли свободно находиться в комнате, имевшей сквозное потустороннее сообщение между дверью и окном. Все-таки Софья Андреевна не разрешала дочери зажигать ночник, который та приобрела для собственного удобства. Его голубой гофрированный свет, жестко привязанный к граненому колпачку и совершенно равнодушный к остальным предметам, проходящим сквозь него, Софья Андреевна чувствовала на лице, впервые воспринимая собственную видимость как иллюзорность своего существования. Когда засопевшая дочь, скорчившись в халатике и с голыми ногами поверх своего одеяла, переставала ее караулить, Софья Андреевна сама дотягивалась и, щелкнув выключателем, исчезала из виду. При этом на мгновение у нее возникало чувство, будто дочь, занимавшая только половину своей кровати, внезапно погибла, а Софья Андреевна осталась жива.

То же неотзывчивое оцепенение, что являлось Софье Андреевне во снах о старом, а теперь подземном доме, — оцепенение, словно имевшее в пространстве некую отвлеченную точку гипноза, равновесия сил, сведенных к нулю, — постепенно охватывало запущенную квартиру, где в почернелой люстре перегорели две из трех растопыренных лампочек. Тусклая пыль небытия, будто первый снег, лежала на родных вещах, оставляя их в пологом прошедшем времени, — и те, которыми еще решалась пользоваться дочь, резко выделялись на фоне серого умиротворения, выглядели испорченными, лишенными души. Впервые Софья Андреевна осознала, что в комнате гораздо больше изображений, нежели реальных вещей. Она глядела на свои потускнелые вышивки и вспоминала, как трудилась над ними, каким тугим и легким, почти прыгучим был кружок натянутого в пяльцах полотна, как нитка с грубым шорохом тянулась сквозь него, выкладывая толстенькие считанные крестики. На переднем плане дочериного ковра, занявшего у Софьи Андреевны год, зеленело арифметическими клеточными пятнами условное дерево, и Софья Андреевна подумала, что больше не увидит лета. Когда она сидела с ковром, укрытая до тапок бесконечной работой, и ломала голову, как исправить две рожденные при счете и разросшиеся по ступеням картины ошибки, когда она бралась за что-то менее грандиозное, с нетерпеньем думая уже о следующей вышивке, — ей все казалось, будто она не тратит времени зря, соединяет полезное с приятным и должным, как рекомендует блеклый по печати, но отчетливый в суждениях женский журнал. А между тем на улице роскошно шелестела настоящая листва, лето одуряюще пахло цветами и бензином. Можно было пойти, к примеру, в горсад, купить себе подтаявшее, словно бы с молочной накипью, почти шипящее на языке мороженое, по сырым деревянным ступенькам спуститься к диковатой, еще не запруженной речке, взять за пятнадцать копеек одну из стукающих, поводящих боками лодок и на середине реки ощутить, как мягкая вода, поднимаясь, обнимает руку, будто шелковая перчатка.

Это была теперь навсегда исчезнувшая роскошь: Софья Андреевна больше никуда не могла пойти, она боялась даже запираться в туалете, где унитаз стоял как будто задом наперед и полотенце, стоило его ухватить, сволакивалось вниз, увлекая Софью Андреевну ничком на гулкую стиральную машину. Софья Андреевна наконец смирилась с судном, что было сперва холодное, будто ледяная прорубь, а после с трудом отлеплялось от сырого тела, оставляя на нем глубокие болезненные вмятины. Вещи, недоступные для больной, на глазах уходили в прошлое, а Софья Андреевна уменьшалась на своем ограниченном пространстве и тоже больше не могла целиком занимать кочковатый диван, словно терявший нижний валик в ногах, если Софья Андреевна под подушкой держалась за верхний. Пустое место под боком, когда больная выбиралась из своего многоэтажного сна, с внезапной резкостью напоминало ей о муже, словно он сбежал только сегодняшней ночью, а должен был сейчас ворочаться рядом, разделяя с женой ее последние дни. Родные вещи, нажитые трудом, уходили в прошлое и изображали самих себя на прежних, привычных местах: иллюзия была настолько достоверной, что хотелось через силу встать и сделать влажную уборку. Красноглазая дочь, движимая каким-то инстинктом, пробудившимся в ней от бессонного одурения, иногда приносила матери в постель какой-нибудь предмет — как в детстве, бывало, притаскивала показать железку, стекляшку, дохлого воробья, тверденького в перьях, этим, видимо, похожего для безобразницы на плюшевых мишек и собачек, с торчащей, как ключик, закоченелой лапкой, неспособной оттолкнуть игрушечную смерть. Странно, но этого воробья Софья Андреевна видела как бы яснее, чем шкатулки и вазочки, которые дочь, будто игрушки, выкладывала ей на одеяло. В конце концов больная потребовала это прекратить: была вероятность, что Катерина Ивановна, получившая теперь возможность лазить везде, наткнется на какой-нибудь ее тайник и на забытую книгу неприличного содержания, способную теперь прикинуться хранимой ради удовольствия. Софья Андреевна буквально кожей чувствовала присутствие тайников: от этого на шее, на груди и на руках выступали пятна припухлой розовой экземы, нежными морщинками похожей на ошметки лопнувшего шарика.

Как специально, дочь взялась по вечерам расспрашивать об отце, при этом краснея до самых глаз, плохо отмытых от туши и чрезвычайно уклончивых. Пока лежал на улице, сочился влагой, придавал отпечаткам солнца особенную яркую веселость солнечных зайцев последний снег, Софья Андреевна еще могла бы под настроение что-то рассказать. Эта влага, и беспокойство, и восклицательные вспышки капели за окном оживляли в памяти тот далекий день, когда она заболела ангиной, а дочь во дворе поедала тающие в грязных пальцах снежные поскребыши, чтобы тоже заболеть и оказаться дома вместе с матерью. Софья Андреевна уже забыла, как сердилась тогда на дочь и стыдилась за нее перед врачами, дознававшимися насчет неизвестной таблетки со всею строгостью представителей власти. Ей теперь казалось, что тогда между нею и дочерью могло возникнуть настоящее единение, о котором она тосковала теперь, на краешке жизни, предоставленная сама себе, — что вообще все могло бы пойти иначе, дочь бы выросла как у людей, закончила бы институт. Однако воздействие талой воды и капели, достигавшей иногда яркости бегущих неоновых огней, продолжалось только днем, когда Софья Андреевна лежала одна и чувствовала спиной сквозь диван, перекрытия и фундамент дома сосущую тягу разбуженной земли. Вечерами, когда вместе с таяньем замирало время и на грубом льду застывали до утра последние дневные следы, банальные, как и то, что их отпечатало, у Софьи Андреевны совершенно менялся душевный настрой. Все, и в квартире, и на промерзлой цинковой улице, происходило как бы *на* поверхности, долго звучали в стеклянистом отдалении скачущие голоса и шаги прохожих, которые не могли никуда исчезнуть с непробиваемой тверди, а в воздухе стояла совершенно прозрачная, совершенно мертвая тишина. Среди этой отчетливой безысходности Софья Андреевна просто не могла говорить. Она покорно съедала липкую кашу и какой-нибудь пережаренный дочерью столовский полуфабрикат, покорно подставлялась приходящей медсестре, маленькой девочке с оленьими глазками и красными от холода коленками, которая делала укол еще хуже Катерины Ивановны, не протыкая, а продавливая кожу неуверенной, виляющей иглой. Такими мрачными вечерами Софье Андреевне думалось, что дочь расспрашивает об отце, потому что у нее самой завелся любовник и она не знает, как себя вести.

В том, что такой человек имеется, Софья Андреевна уже не сомневалась: у дочки, приходившей с работы, распухший рот с полинялыми краями явно был нацелован, кулон, утром надетый на блузку, оказывался прямо на теле, там, где анютиными глазками расцветали оставленные чьими-то губами лиловые и желтые синяки. Все вообще черты Катерины Ивановны как-то выходили за контуры, расплывались, будто на плохо пропечатанной цветной открытке. Отчасти Софья Андреевна признавала за собой материнскую обязанность предуведомить дочь, каким именно неприятным способом осуществляется брак, чтобы она не пугалась и знала, что у нее действительно есть отверстие, которое будет искать оскотиневший муж. Однако подобный разговор мог бы состояться только в особенной обстановке перед свадьбой, а дочь превратила свои похождения в будни. Софье Андреевне казалось просто оскорбительным, что ее любовник не кажет глаз и не является просить прощения и благословения даже накануне ее — тут она резко поворачивалась на живот — безвременной кончины. Ему, как виноватому, следовало бы сейчас отдавать внимание и тепло не дочери, а ей, — и при мысли о том, какая бы здесь рыдала толпа, если бы все виновные явились на последний суд, Софья Андреевна еще острее ощущала пустоту, полуденную тишину, в которую сквозь смежную с соседями стену, давно сменившую зеленый цвет на яично-желтый, доносились сумбурные звуки рояля. Призрачный рояль, молчавший столько лет, как-то утратил связь между глубиною развороченных басов и плоским фарфоровым бряканьем верхних октав, но постепенно звуки, прежде ненавидимые Софьей Андреевной за их глумливую торжественность, выравнивали крен, чьи-то терпеливые пальцы разбирали узлы, и больная, начисто забывшая, как надо плакать, перхала в подушку, пытаясь справиться со сладостным и горестным, проклятым чувством одиночества.

Глава 21

Катерина Ивановна не понимала, что же с ней такое происходит. Каждое утро, начинавшееся электрошоком будильника и опять сулившее тяжелый, как бы двухсерийный день, она видела на стуле около своей постели солнце, лежавшее будто приготовленное платье. Городская весна, словно опыт по химии, нагревала стекла, переливала жидкости, беспокоила ноздри едкими запахами, и голова кружилась, будто в предчувствии взрыва. Катерина Ивановна ходила по мокрым улицам, точно по качающимся доскам: перед спуском с пригорка ноги ее подгибались, как бы балансируя на гуляющей опоре, а когда она, попадая сапогами в мелкий решетчатый ручей, устремлялась вниз, улица за спиной точно задиралась до небес, и мерещилось, будто вот сейчас настигнет и ударит в спину сорвавшаяся с фундамента телефонная будка. Все пути, куда бы они ни вели, казались плохо состыкованными, чрезвычайно шаткими, и время от времени возникало чувство, будто сзади все отрезано, поднят мост, разорван асфальт.

Кроме того, Катерине Ивановне все время не хватало денег. Раньше мать распоряжалась покупками и неизменно выдавала на неделю обедов пять рублей, а теперь аванс у Катерины Ивановны расходился в ближайших магазинах, деньги по больничному Софьи Андреевны, принесенные бодрой, сильно наследившей в коридоре Людмилой Георгиевной, тоже куда-то растаяли, в парадной сахарнице от них осталась одна пустая, пересыпанная липким песком банковская обертка. Богатая Маргарита, у которой Колька получал на номерном заводе большие премии, охотно выдавала Катерине Ивановне по три, по четыре хрусткие десятки: Катерина Ивановна брала, не считая, полагая, что и это Маргарита делает сама. Однако чем дальше, тем меньше хотелось просить: Катерине Ивановне почему-то не нравилась радость на пудреном лице Маргариты, когда она с осторожным треском разводила «молнию» новенькой кожаной сумки и потрошила кошелек, из которого на стол вываливалась домиком тугая денежная начинка. И уж совсем нельзя было обращаться за помощью к Рябкову: по некоторым признакам — по строгой хмурости в столовских очередях, по тому, как он, прикрыв от раздражения глаза, забирал у нее из рук очередной краснознаменный сувенир, — Катерина Ивановна догадывалась, что сама давно ему должна и не оправдывает ожиданий, не подтверждает женской пригодности. Об украденной вилке она не смела даже напомнить, утешаясь мыслью, что Сергей Сергеич, должно быть, давно вернул ее хозяевам. Несколько раз, снедаемая мучительным смущением, она приносила Рябкову на службу самодельные, большие, будто тапки на твердой горелой подошве, картофельные пирожки.

С каждым днем весна становилась жарче, капель, как кипяток, шпарила и проедала рваными дырьями ледяные бугры, и Катерине Ивановне казалось, что это не вообще, а именно на ней ставится какой-то сложный, взрывоопасный опыт. По-житейски все как будто складывалось счастливо: вокруг нее суетилась верная подруга, чуть ли не с жадностью готовая перехватить любую валившуюся на нее проблему, за ней ухаживал мужчина, и не просто мужчина, а художник, перед которым у многих женщин вспыхивали щеки и менялись голоса. Сергей Сергеич явно собирался жить с Катериной Ивановной, и перед ней возникала невероятная перспектива нормальной женской судьбы: семья, возможно, что и дети, представлявшиеся Катерине Ивановне большими белыми подарками, перевязанными, будто из отдела сувениров, розовыми лентами, с бантами на боку. Однако в эту перспективу счастья, что естественно складывалась из разных понятных событий, с тою же невиннейшей естественностью входила и мамина смерть. Все соединялось одно к одному, чтобы заставить Катерину Ивановну желать ее скорейшей кончины: и собственная усталость, из-за которой у нее в руках перепутывались лекарство с ложкой, буханка с ножом, и то, что Сергей Сергеич обитает в общежитии и нуждается в жилье, и поползновения красотки Верочки, пахнувшей как целый цветник, увести жениха. Маргарита так много и громко говорила в отделе о грядущей утрате, что вокруг нее создавалась атмосфера какого-то предпраздничного ничегонеделанья. Торжественные дамы, многие в новомодных стрижках с крутыми, как бы хвойными зачесами, просиживали в пенале дольше обычного, вздыхали, пили кофе, рассказывали друг другу разные житейские истории — и выходило, что Катерина Ивановна будет виновата перед ними за беспокойство, если мать каким-то чудом не умрет. Она из последних сил крепилась, чтобы этого не хотеть; приходя домой и слыша из комнаты кренящийся медленный скрежет диванных пружин, тонкое пение в нос, прерываемое усилием перевернуться, она убеждала себя, что действительно рада, что будет просто счастлива, если так останется навсегда.

Однако существовало и более глубокое противоречие. Катерина Ивановна понимала, что если сумеет быть счастливой по предлагаемому и как бы общепринятому рецепту, то вряд ли будет при этом собой. Даже то чужое, что хранилось у нее в уме, — полустертая геометрия движений, кваканье слов, — подавлялось громоздкой фигурой и речью Рябкова. Катерина Ивановна была полна женихом, как бывает полна тряпичная кукла рукою кукловода, и чувствовала, что самым естественным для нее движением было бы кланяться и кивать. Она была буквально пленницей Рябкова и ничего не могла против этого. Когда Рябков целовал ее у себя в подвале, где близко темнели стены, придавленные вечно воспаленным, нарывающим желтой водой потолком, несвобода ощущалась не очень сильно. Но если поцелуй случался на улице, особо герметичный и сосущий на ветру, Катерина Ивановна чувствовала, что не может мысленно перенестись вот через эту улицу, на эту водонапорную башню. Буквально пригвожденная к месту, твердевшему у нее под ногами, она в кривых объятиях

Рябкова совершенно теряла способность летать. Из-за этой, прежде ей неведомой утраты у Катерины Ивановны развился необычный, как бы опрокинутый страх высоты. Если прежде она свободно путешествовала взглядом с ветки на ветку, радуясь их замысловатой и осмысленной сквозистости, то теперь увидала, как они ненадежны и ломки и могут сохраняться только нетронутыми, особняком стоящими в воздухе вдали от человеческих рук. Крыши домов, прежде достигаемые одним дыхательным усилием, теперь кружили, как ястребы, над запрокинутой головой Катерины Ивановны, и ей мерещилось, что если что-нибудь оттуда свалится, то непременно ее убьет. У нее даже изменилась походка: в одиночестве она передвигалась приставными мелкими шажками, топталась, будто старуха, перед вздутым окатом ручья и крупно вздрагивала, когда ледяные куски с мокрым шелестом бились об асфальт в опасной близости от ее резиновых сапог. Что касается облаков, то они, талые и траченные грязным городским теплом, среди бела дня нагоняли на Катерину Ивановну такого страху, что она, не глядя, чувствовала их макушкой. Солнце, проходившее сквозь неожиданные щели, было зрением этих не совпадавших краями фигур, — но та или другая внезапно совпадала по форме с мыслями Катерины Ивановны. Она понимала, что ей придется как-то выяснить свои отношения с небом, буквально державшим ее за волосы. Именно из-за неба, из-за чудной и влажной просини, имевшей в очерке что-то речное, Катерину Ивановну чуть не сбил поехавший боком замызганный «Москвич»: зрачки у водителя, вцепившегося в руль, были будто две мертво поставленные точки.

Катерина Ивановна вполне давала себе отчет, что единственное чувство, возбуждаемое в ней присутствием Рябкова, — это стыд; прикасаясь к ней и просто глядя на нее, Сергей Сергеич словно указывал ей на ее недостатки. В то же время он взбудоражил Катерину Ивановну, снова разбудил беспредметное и сладкое волнение, казалось бы, совсем уснувшее к ее унылому среднему возрасту, — не без влияния Маргариты, видевшей честность в том, чтобы не иметь туманных чувств, не облекаемых в конкретные, понятные слова. Как будто все больше подпадая под трезвую ауру деятельной подруги, чей внутренний мир был топографически точной копией ее обычных улиц и помещений, Катерина Ивановна в действительности тайно от нее освобождалась. Однажды в воскресенье, делая кое-как уборку вокруг поставленного в комнате ведра, она отыскала открытки с картинами Эрмитажа, над которыми мечтала в двенадцать лет. Золотые античные герои показались ей теперь немного аляповатыми, их взаимные классические позы выдавали, что собеседники видят друг друга не больше, чем статуи в парке, — но чувство, возбуждаемое ими, оставалось прежним и теперь пробудилось с изначальной остротой. Сергей Сергеич по сравнению с воплощениями мужественности, чья обнаженная мускулатура была одновременно строением души, казался попросту противным стариком с болячками в бороде, а его синюшные натюрморты доказывали, что он никогда не поймет томления Катерины Ивановны. Впрочем, и сама она, со своей коренастой двухэтажной фигурой, упрощенной, насколько возможно, посредством одежды для полных, совсем не была тою Артемидой, которая могла бы составить пару герою или полубогу. Она была не она: теперь, вполне развившись физически и став такой же взрослой, как и умирающая мать, Катерина Ивановна наконец увидела себя глазами Рябкова, отдающими красноватой теплотой, почувствовала собственное тело его руками, по-хозяйски заходившими к ней под одежду, будто в собственные карманы. Теперь она понимала, что не соответствует своей оболочке: тело и душа развивались по отдельности и давно не совпадали, еле держались друг за друга — может быть, поэтому каждая встреча с зеркалом была для Катерины Ивановны в первую минуту будто столкновение с кем-то или чем-то абсолютно неуступчивым, пытающимся заслонить собой весь окружающий мир.

Настоящая Катерина Ивановна, заключенная внутри, была влюблена, только не в Рябкова, а неизвестно в кого. Оказавшись одна среди слепых от солнца ослабленных прохожих, чья припекаемая толстая одежда издавала горелые запахи, она, никого не стесняясь, привставала на цыпочки, и земля послушно округлялась под ногами, а облака становились нестрашными и сияли в распахнутом небе, точно гроздья воздушных шаров. Снова Катерина Ивановна стала подвержена власти посторонней музыки: в проветривание, когда по коридорам из динамика разносились бодрые аккорды производственной гимнастики, она едва выдерживала темп степенных Маргаритиных прогулок.

Хотя на этот раз ее никто особо не просил, она пошла со всеми на первомайскую демонстрацию, оставив мать, лежавшую с закрытыми глазами, перед включенным телевизором, где под одышливые марши полз, подобно деталям по конвейеру, московский военный парад. Местная демонстрация была черна и бестолкова; судорожно, как ужаленная, она собирала свои извилистые притоки к центральному проспекту, и приходилось то стоять, то бежать, подхватившись под руки, через разреженное пространство, усыпанное праздничным мусором, догоняя передний рвущийся ряд и свой транспарант, широкий на палках, будто футбольные ворота. Все-таки было весело, от площади через пруд, кисейный на ветру, доносились обрывки торжественной музыки, приподнятая расстановка дикторских голосов и эхо толпы, точно дикторы по очереди говорили «ура» в огромный кувшин. Все это, несмотря на движение народа, звучало бесплотно и словно передавалось очень издалека, а рядом хмельные мужички в растерзанных шарфах хватко выворачивали гармошки; у тех, кто помоложе, мерно бряцали гитары, в кругу четыре раскрасневшиеся тетки топтались и перескакивали, расставив задранные локотки, и у одной из кармана пальто торчала газета. Катерина Ивановна тоже хотела попрыгать, но не решалась в присутствии Рябкова, ревниво косившегося на нее из-за дыма огромной навозной папиросы. Мохнатой щекою Сергей Сергеич прилегал к алюминиевой палке транспаранта, и транспарант с его стороны сутулился, провисал унылой складкой, будто кухонное полотенце, а рядом журналистка институтского радио, чрезвычайно большеротая и в репортажах сравнивавшая знамена демонстрации с алыми парусами, зачем-то совала Рябкову черный байковый микрофон. Наконец под «Марш энтузиастов» прошагали мимо трибун, мимо ряда плотных, перекрещенных ремнями, словно каждый был запечатан, дежурных милиционеров. Фигурки на трибуне, среди которых была одна в серебристо-серой шинели и в фуражке с золотом, горевшей будто солнечный восход, были безгласны и только представляли собственный вид, помахивая демонстрации, точно метрономы. Страшно было даже подумать, чтобы крикнуть что-нибудь своим беззвучным голосом среди хорового радиогрома, где целая тысяча железного народа пела по слогам одни и те же гордые слова. Но Катерина Ивановна кричала, и глохла с разинутым ртом, и видела, как Маргарита тоже кричит, странно выбрасывая вперед худые ноги в черных голенищах. В руке у нее вздымалась палка с привязанной гроздью бестолково болтавшихся шаров, имевших мыльный цвет и отлив, бледное личико ее, запрокинутое к трибуне, походило из-за огненных волос на горящий бумажный клочок.

Катерине Ивановне хотелось шагать и шагать, и хорошо, что не одной, — но сразу за площадью проспект, перерезанный длинной сырокопченой фабрикой, распадался на тихие улочки: там во дворах, в каких-то глубоких кирпичных проездах, стояли грузовики с отброшенными бортами, на них кидали свернутые толстенькие флаги, портреты на палках, похожие на мухобойки с пятнами от добычи, прочее долговязое снаряжение, словно предназначенное для того, чтобы как-нибудь достать до близких небес. Здесь, на задворках праздника, низкие двухэтажные дома, каждый со своей игрушкой вроде кованого балкончика или крохотного, словно пририсованного к арке ворот мелкострельчатого павильона, стояли оглушенные распадом демонстрации и музыки, которая звучала здесь совсем не так, как на подступах к площади, а словно набухала извечно наполнявшей задворки густой тишиной. Сергей Сергеич не дал Катерине Ивановне пройтись в свое удовольствие, а, усталый, потащился провожать, по дороге угощая у первомайских торговых столов, застеленных розовым сатином и заваленных горами обветренной снеди. От портвейна, зыбкой тяжестью ходившего в бумажном стаканчике, холодный ветер сделался словно нашатырь, все вокруг стало каким-то многоярусным, вроде улыбчивого самовара перед расплывшейся продавщицей, и опьяневшая Катерина Ивановна едва не ударила споткнувшегося Рябкова, упавшего на нее с нелепо разинутыми объятиями. Она плыла на мягких, в твердой обуви, ногах и чувствовала, что в следующий раз обязательно врежет художнику по волосатой роже; любая выбоина на асфальте, любой цветной ошметок, на котором Сергей Сергеич мог поскользнуться, готовы были стать и местом, и причиной расставания с женихом: никогда у Катерины Ивановны не было такого пронзительного ощущения какой-то прямой и буквально поверхностной связи между путем по земле и дальнейшей судьбой.

Примерно то же самое повторилось через несколько дней. Балахонистый работяга, странно длиннорукий и коротконогий, поднятый в железной люльке на голубую, почти небесную высоту, обрезал тополя. Голая долгая ветка, на секунду застыв в направленном на разные стороны света рисунке дерева, отваливалась и, перепутав по дороге верх и низ, ухала плашмя в упругую свежую кучу, а наверху оставалась светоносная дыра, требующая расширения, полной свободы. У Катерины Ивановны, как раз не несшей ничего тяжелого, при виде этих медленных, наклонных, путаных падений страх высоты достиг какого-то безумного блаженства, и было бы достаточно камешка под ногой, чтобы она сама упала на тротуар. Из-за того что фигура рабочего против света была черна, как аппликация, и разбираемые на части кроны тоже были черны, все происходящее наверху казалось какой-то схемой, обобщенным примером. Реальная улица кончалась где-то на втором суставе подъемного механизма, а дальше было небо, и пустые, ничего не захватившие ветки прямо с неба падали в реальность, встречавшую их жесткой несущейся пылью, посеченными бумажками. Осторожно обойдя встряхнувшийся всем своим железом механизм, Катерина Ивановна приблизилась к высокому вороху под свежеобрезанным комлем, вокруг которого наверху не осталось ничего, кроме голубого ослепления. С какой-то набожностью, будто следуя в жизни примеру из притчи, она отмочалила хлыстик с липкими почками, похожими на клешни маленьких крабов, тонкая нитка двуслойной коры побежала, протянув удивительно нежную, живую, зеленовато-молочную заусеницу.

Дома Катерина Ивановна, перепачкав руки в ярко-желтом клее, обрезала ветку как смогла и поставила в воду, в голубоватую весеннюю бутылку. Потакая новым своим сантиментам, она решила думать, будто сутулый прутик, не касавшийся срезом толстой льдины бутылочного дна, — ее одиночество. Сперва в округлой, на вид ужасно холодной воде появились белые, как марля, корешки. Вскоре лопнули почки, насорив на скатерть рыжей чешуей, и проклюнулись крохотные, но уже вполне готовые листья, усадившие ветку миниатюрной зеленью. Покончив с делами на кухне, Катерина Ивановна тяжело садилась за стол и глядела, подпершись, на лиственные кисточки, почти что летние по сравнению с пылью и прутьями за окном, изувеченными, будто ревматизмом, близким взрывом весны, похожими на рваные ряды колючей проволоки, на последний рубеж большого зимнего отступления. Катерина Ивановна не замечала, что притихшая мать, подтолкав повыше подушку, тоже глядит блестящими глазами на брызги зелени, и зелень морочит ее среди тусклого воздуха комнаты, отдаления вещей. Однажды иссохшая Софья Андреевна, облизывая шерстяные губы, попросила Катерину Ивановну принести ей с улицы кофейное мороженое. Катерина Ивановна знала, что такого давно не продают, но все-таки обежала все киоски в округе, дойдя до самого проспекта, где на фасаде кинотеатра «Прогресс» манила двумя огромными, будто акулы, улыбками афиша нового фильма и расхаживали обмотанные шалями плоскостопые цыганки. Катерина Ивановна купила фруктовое и пломбир; Софья Андреевна жадно подбирала с подносимой ложки поплывшие кусочки, подаваясь вперед и приподымая с одеяла руку, худую, будто свернутый зонтик. Однако скоро жадность ее иссякла, не вычерпав и половины вафельного стаканчика; доедая после нее тряпичную вафлю и густое вареное молоко, Катерина Ивановна чувствовала в них незнакомый, кисловатый, какой-то химический вкус.

Глава 22

Ожидаемое случилось неожиданно. Несколько бесконечных вечеров, словно нарисованных на голых стенах простым карандашом, желание маминой смерти сливалось у Катерины Ивановны с желанием спать, — но она, измученная до пустого звона в голове, не увидела в том никакого знака. Она сопротивлялась, жулькала пальцами опухшие глаза, только на минуту присаживалась на край своей разбитой, как проезжая дорога, постели — и в половине восьмого вечера шестнадцатого мая внезапно кувыркнулась, точно кто ее толкнул, и ее поволокло задом наперед, словно по речному дну. Она не слышала, как колотила в дверь с испорченным звонком неумелая, но пунктуальная медсестра, только беспокоилась во сне от этого сотрясения и думала влекомыми через мягкие препятствия словами, что матери больше не помогут никакие таблетки и напрасна была репетиция с аптечкой и стаканом воды, напрасно она поверила тогда, что вырастет большая и сможет повторить лечение по-настоящему. После этого мысли ушли в глубину, и Катерина Ивановна, больше не сторожа себя умом, с детскою улыбкой отпустила все свои желания на волю. Два недвижных женских тела, головами в разные стороны, одно укрытое до самого сухого рта, другое скорченное, утянутое в куцый, зажатый коленями халатик, лежали в резко освещенной комнате, имевшей вид покинутого места преступления. Точкой симметрии между телами служила белевшая на полу оторванная пуговица.

Спустя недолгое время чуткая Софья Андреевна, не спавшая, но пребывавшая в каком-то тонком забытьи, открыла глаза. Она хотела было разбудить заспавшуюся дочь, затащившую на одеяло полуснятый тапок, но вдруг осознала, что ей сейчас ничего не нужно, даже укола, потому что боль растворилась бесследно, руки и ноги были точно обмотанные тряпками деревяшки. С отстраненной грустью она подумала, что настали ее последние дни, и они принадлежат только ей одной, дочь уже не может участвовать, даже лучше, что она уснула, им бы следовало сейчас забываться и бодрствовать по очереди, чтобы не создавать толкотни у игольного ушка, куда матери вот-вот предстоит уйти. Однако за полосатыми шторами не угадывалось горящих окон: был не день, была глухая ночь, и Софья Андреевна почувствовала, что остатки волос на голове словно полны песку. Она попробовала что-то сделать с чрезмерно ярким электричеством, пускавшим по комнате хвостатые черные пятна, нащупала болтавшийся за диваном грубый провод и с чувством, что делает это не рукой, а каким-то инструментом вроде плоскогубцев, придавила на переключателе шаткий стерженек. От щелчка загорелся ночник, выделил синевой пустоватый и строгий порядок на прикроватном табурете: стерилизатор, ложка, стакан, круглое яблоко с румянцем, похожим на след поцелуя. Комната вдруг показалась какой-то непривычно прибранной, и Софье Андреевне сделалось страшно. Чтобы успокоиться, она подумала, что пока боится, живет, стало быть, все хорошо, и сразу страх исчез, никакими силами нельзя было его вернуть в стеклянистую пустоту, какою стала теперь ее захолодавшая душа.

Лежа в неудобной постели, где словно свалили в ногах гору сырого белья, Софья Андреевна безучастно наблюдала, как предметы, изображая себя стоящими повсюду, теряют реальные размеры и уже ничем не разнятся с картинами и вышивками, на которых при помощи фигурных рамок давно произошло увеличение и уменьшение вещей. Было как-то приятней глядеть на них, чем на якобы книжные полки с лежбищами томов, на якобы стенные часы с неподвижными стрелками, забывшими, как читаются цифры; реальные предметы, особенно их металлические части, кое-где еще дрожали жизнью, а на картинах собака, стрекоза, пастушка, розовый Кремль были каким-то образом *готовы* к небытию, и то, что эта готовность существовала всегда, вселило в Софью Андреевну оцепенелое спокойствие. С трудом ворочая твердыми глазными яблоками, странным круговым вращеньем заходившими под веки, она почти равнодушно гадала, из чего же в этой нереальной комнате может составиться смерть.

Внезапно Софья Андреевна услыхала ноющий звук, будто водили чем-то твердым по зубьям нескольких расчесок. Синевато-глянцевая стрекоза размером с собаку уже не сидела в рамке, двумя кривыми обломками болтавшейся на гвозде, а елозила на ребре шифоньера, покрывая полировку свежими мучнистыми царапинами. Широкая морда чудовища, сложенная из неправильных, поросших грубым волосом кусков, поражала гротескной симметрией, два куска, положенные по бокам, горели будто мутные янтари, а на горбу, там, где коренились прямые метровые крылья, пищали и сочились дегтем какие-то черные язвы. Софья Андреевна уперлась пятками в захрустевший диван и почувствовала горлом завязки рубахи. Нестерпимая усталость подсказывала, что надо как-то бросить неудобное тело с бесполезными руками и узлом бурчащих кишок, с этими тяжелыми каменными глазами, не желавшими смотреть. Мощно фырча, сбивая тепловатый воздух в студенистые, негодные для дыхания комки, странно раздваиваясь со своей сквозной, ускользающей тенью, стрекоза перелетала по угловатой комнате; там, куда она с маху цеплялась, ее хитиновые когти, будто иглы радиолы, извлекали скрипучую музыку, должно быть, всегда таившуюся в вещах, и от этих звуков губы Софьи Андреевны превращались в онемелую лепешку. Она неотрывно смотрела, как подергивается суставчатое тело стрекозы, разрисованное пятнами в виде позвонков, близко видела желтоватые, будто проклеенные, *старые* крылья, водившие с упругим шорохом по ручкам телевизора, приподымавшие кружевную накидушку. Двойные тени, порезче и побледней, колебались от перелетов чудовища, подчеркивая стоячую, как на фундаментах, недвижность предметов. Казалось, будто комната охвачена прозрачным пламенем, и взгляд, скользивший методом чтения слева направо, встречался с набегающим языком небытия, не успевая выхватить то, что кричало напоследок какую-то важную весть.

Софья Андреевна вылезла уже на перемятую подушку, совершенно мертвую, будто задавленное животное; тапки, полускрытые простыней, стояли далеко на полу. Прочистив горло вместо кашля каким-то пороховым обжигающим выстрелом, Софья Андреевна попыталась окликнуть дочь, но та, застонав, отвернулась к стене, отъехала задом, укладываясь на узкой койке; на ее заведенной за спину раскрытой ладони линия жизни превратилась в набрякшую складку. На кухне разболтанно загремел и захихикал холодильник, сильный ветер пронесся над взмокшей головою Софьи Андреевны. Ночник, дернувшись на проводе, упал и продолжал светить внизу, с сияющей трещиной в толстом рифленом колпаке: озарилась вверх тормашками пещерная внутренность батареи, за которой белелось что-то вроде журнала, пуховый покров многомесячной пыли, покрытый этой пылью измятый носовой платок. В самый последний сознательный миг Софья Андреевна вдруг поняла, что ее так скоро прошедшая жизнь была нестерпимо счастливой, вынести это удалось, только выдумывая себе несчастья, которых на самом деле не было. Тут же она почувствовала себя в нечеловеческих решетчатых объятиях, ее сминало вместе с решеткой, будто с проволокой — золотинку от шампанского. Вспыхнул и растаял белый сладковатый магний; все застыло, будто на фотографии, чашка с высунутым языком стеклянного чая замерла в наклоне, похожая на собачью пасть, и изображение показало, как форма человеческого ума, склонного к геометрии параллельных линий и прямых углов, борется при жизни с формой человеческого тела, диктующего изгибы всевозможных ручек и сидячей мебели.

Спустя секунду чашка завалилась на клеенку, длинная чайная лужа поползла и застрочила каплями на пол. Катерина Ивановна очнулась с ощущением, будто кто-то колотится в дверь. Она замерзла в задравшемся халате, ей нестерпимо хотелось в туалет, но синяя пропасть у материнского изголовья сразу показала, что Катерина Ивановна проспала и ее желание, отпущенное во сне на волю, осуществилось. На косолапых ногах, машинально подобрав по дороге белую пуговицу, Катерина Ивановна кое-как дошаркала до матери по освещенным сквозь мебельные ноги длинным половицам. Мать лежала поперек изголовья, распялив мокрый рот на измятой подушке, и ее раскрытый карий глаз кровянисто золотился, будто у пойманной рыбины.

Когда Маргарита, сморкаясь в какое-то чувствительное кружевце, сообщила Рябкову, что старуха наконец умерла, тот не сразу поверил ее словам, хотя винтовой вишневый стульчик Катерины Ивановны выразительно пустовал, а Маргаритины пальцы дрожали настоящей дрожью, словно хотели перестричь вертлявую сигарету. Вокруг уже начинались суетливые перебежки, сбор рублей и трешек, пересыпанных мелочью, составление рядом с ними на столе соответствующего списка, где каждый, сгорбившись, ставил против своей фамилии горбатую закорючку, — списка, ни на что впоследствии не годного, неизвестно куда пойдущего после того, как на деньги будет куплена столь же несуразная и неупотребимая вещь: похоронный венок.

Сергей Сергеич в профсоюзной суете участия не принимал и на кладбище ехать не захотел, до конца отстаивая право не видеть лица своей бывшей-будущей тещи, причинившей ему такие тайные и стыдные страдания. Он явился уже в столовую, перед этим хлебнув для храбрости теплого, как слюни, рислинга в каком-то пыльном кустарнике, превращавшем движение близкого транспорта в наплывы горячих зловонных громад. Не захмелев, напротив, как-то глупо протрезвев, он сразу обнаружил столовку по институтскому автобусу, возившему в колхоз: брошенный у забора, закрытый автобус калил на солнце свою пыльную пустоту среди полного детей квадратного двора. Все уже сидели за столами, сдвинутыми в ряд; заплаканные лица женщин, среди которых было много незнакомых и слишком солидных, походили на давленую ягоду, и Рябков со своей бесцветной трезвостью, несомой в груди, почувствовал себя будто несуразная, *оставшаяся* вещь, которой нет применения в наступившем будущем. Ему освободили от сумок местечко в дальнем конце застолья, и Сергей Сергеич, ощущая прижатые локти соседок, одна из которых сильно ерзала и крепко пахла «Белой сиренью», аккуратно протиснулся, прихлопнул на коленях покатившийся зонтик, едва не повалил бутылку, стоявшую перед глазами, будто какой-то лабораторный измерительный прибор. Катерина Ивановна, поминутно заслоняемая беспокойными людьми, была далеко, тесное черное платье нехорошо тянулось на ее опущенных плечах. Она глядела в свою нетронутую тарелку внимательно, будто в раскрытую книгу; если надо было что-то взять неловко согнутой рукой, она приподнималась и кособочилась, и ее неясная улыбка кособочилась тоже. Не надеясь сейчас привлечь ее внимание, Сергей Сергеич занялся едой, отдавая должное зажаристому, умягченному рисом рыбному пирогу; всякие предметики на столе, включая скользкие косточки из компота, казались ему необыкновенно игривыми. Его забавляло и злило, что расчувствовавшаяся Верочка, похожая в трауре на пикового туза, оказалась как раз напротив и глядела на него нежными размазанными кляксами, вздымаясь такими высокими вздохами, что незнакомые тетки косились исподлобья, ограниченные очками, и заводили между собою разговоры о воспитании детей.

Спустя какое-то время Маргарита подняла Катерину Ивановну из-за разоренного стола, где в стакане остался плавать перепутанный, как птичьи потрошки, букет завялых одуванчиков. Вытирая пальцы рвущейся салфеткой, даже не глядя на Верочку, которая нарочно торчала перед зеркалом, заполняя его целиком собой и своей призывной улыбкой, Сергей Сергеич выскочил в глубокую, как яма, темноту, пронизанную нитями неслышного дождя. Он надеялся как-нибудь кстати присоединиться к женщинам, неловко шагавшим под руку по разбитому, невпопад освещенному асфальту, надеялся быть приглашенным на позднее чаепитие, надеялся прямо сегодня на нечто большее — и от этой главной надежды рубаха липла к телу, а в трезвой голове гулял холодный сквознячок. Однако догнать уходящих подруг оказалось не так-то просто. Сергей Сергеич ясно видел впереди их белеющие ноги, забрызганные как бы черной тушью, но все время что-то мешало. Светофор, обычно весьма удобный в смысле уличных знакомств, часто используемый Рябковым, чтобы в задержанной толпе переглянуться с облюбованной дамой, теперь переменил кисло-зеленый на выпученный красный и пустил наперерез Сергею Сергеичу волну стеклянистых, догоняющих друг дружку машин, через минуту бесследно растворившихся в пустоте широкой улицы, закапанной мелкими огнями, подсвеченной неоном мокрых, словно женским почерком написанных реклам. Впитывая дождь, будто рассыревший кусочек сахару, Сергей Сергеич увидал подруг уже в глухой аллейке с лоснящимися портретами каких-то передовиков, придававших месту самый что ни на есть кладбищенский вид. Редкие фонари, сеявшие слабый равномерный душ, то впускали, то выпускали сутулую пару, Сергей Сергеич все время оказывался как бы в другой кабинке, тюленьи головы передовиков производства пугали его из деревьев, обросших клочковатой черной листвой. Уже начинались места, изученные Рябковым на правах грядущего жительства. Чтобы забежать вперед, он полез по темному покатому газону: старая трава, словно намыленная, скользила под башмаками, среди веток, за которые он хватался, попадались твердые, будто водопроводные трубы. Вырвавшись на асфальт в перекошенном пиджаке, Сергей Сергеич издали увидел, как женщины, стоя у подъезда, держат друг друга за руки и Катерина Ивановна, полузакрыв глаза, отрицательно качает головой.

ж е н с к и й   п о ч е р к

Потом она, бессильно махнув на отступившую Маргариту, грузно взбежала по ступенькам. Дверь подъезда слабо хлопнула, Маргарита, будто черт, улизнула в темноту, и Сергей Сергеич, запоздало выбежав в сырое желтое пятно от фонаря, сделавшись там странно похожим на черную муху в апельсиновом варенье, неожиданно увидел, что окно Катерины Ивановны горит *неправильно*. Между остальных, домашних, тускловатых окон, занавешенных ровными шторами, это выделялось неистовым свечением, пронзавшим и штору, и стекла, грубые рамы казались сделанными из железных рельсов; но главное — источник света явно помещался на полу. Казалось, будто в доме, составленном из бетонных кубиков, попался один с перевернутой картинкой. Промокший Сергей Сергеич, чувствуя собственное маленькое сердце едва ли не в кармане пиджака, с пронзительной грустью вспомнил, как его родная комната тоже виделась ему перевернутой вверх ногами, вещи вокруг валялись, точно упавшие с высоты, а потолок, загадочный в своей пустой и темноватой белизне, представлялся местом какой-то истинной жизни, бледной картой далекого путешествия. Морщинистые ботинки Рябкова совсем отсырели, внутри у них осклизлый холод боролся со слабой липкой теплотой, но в безлюдном шепчущем дворе было блаженно: наплывали волнами сквозь невидимый дождь свежие, тонкие запахи, черная терпкая зелень вздрагивала от капель, и Рябков решил еще немного постоять в своем заоконном раю, почувствовать себя в самой сердцевине сбывшейся мечты. Он наконец раскрыл, держа его на отлете и осторожно раздвигая шаткую конструкцию, свой слежавшийся зонт. Сразу же ночь нагнулась к нему, зашептала ближе, укромнее, Сергей Сергеич от растрепанного, с кислинкой, спичечного огонька прикурил последнюю свою, слабо висящую сигарету, затянулся вкусным дымом, размышляя, стоит ли сейчас подниматься к Катерине Ивановне или лучше спокойно выспаться и все отложить на счастливое потом. Решившись все же отложить и потерпеть, он почувствовал гордость собственной выдержкой; сердце было теперь как гвоздика в петлице, и Рябкову казалось, что любой, кто выглянет сейчас в окошко, увидит, как оно горит.

Внезапно дверь подъезда отпахнулась от резкого удара, и Рябков невольно шарахнулся в мокрые заросли, жестко огладившие на нем испорченный костюм. Катерина Ивановна с расстегнутой сумкой в охапке вновь зачем-то выскочила на крыльцо, ее мучительно составленные брови собрали лоб в атласный бантик. Осторожно, боком, она спустилась на три ступеньки, ее растерянный взгляд, далеко огибая Рябкова, устремлялся в целлофановую черноту дождя. В ее неподвижном лице, белее объявления на створе подъезда, было нечто настолько странное, что Рябков затаился, почти надев на голову зонт. Мельком он заметил, что в нестерпимом окне Катерины Ивановны опрокинутое пылание сделалось неровным: за призрачной шторой в полустертую полоску какие-то жесткие лопасти, острые тени метались, изменяя, ломая углы: в перекрестных выпадах света и теней чудилось что-то фехтовальное. Между тем лицо Катерины Ивановны разгладилось, она задумалась о чем-то, все так же прижимая к себе раздутую сумку, мелкими влажными зубами скалясь на фонарь. Внезапно спичечный коробок, который Сергей Сергеич продолжал бессознательно вертеть, обвел его беспокойные пальцы и скакнул куда-то в прутяную гущу: Рябков машинально нагнулся за ним, горстью попал в какое-то сухое гнездо прошлогодней травы и тут же увидал из-под криво вставшего зонта, как молочные ноги Катерины Ивановны, одна за другой, поспешно убрались наверх, и услышал, как двойные двери подъезда дважды сиганули по косякам. Сдерживая дрожь и зубовный перепляс, он сурово спрашивал себя, почему не окликнул, не поднялся с Катериной Ивановной в ее странноватую, но, по крайней мере, теплую квартиру, — спрашивал, только чтобы скрыть от себя ледяную дурноту, не признать, насколько ему не по себе. Оставалось одно: идти домой пешком, — а тем временем дождь из ровного стал каким-то дерганым, и собственный зонт, этот легкий неуклюжий купол, то и дело черпавший порывистого ветра, показался Сергею Сергеичу чем-то зловещим, болтающимся в воздухе помимо его парализованной воли. Когда невидимая ветка царапала по тугому шелку, словно намечая линию разреза, Сергей Сергеич пугливо нагибался и ступал в одну из ртутных луж, создававших на асфальте полуосвещенный лабиринт. Сокращая путь через дворы, Рябков оскользался на глине, как на пролитом масле, его башмаки словно попадали на расставленные в темноте запятые, и он не мог не думать, что в этой самой земле лежит и впитывает влагу свежая покойница.

Глава 23

Наутро и дальше, по мере развития из ледяной весны горячего бензинового лета — больного, с припарками тяжелых коротких дождей, удивительно быстро сваривших молодую траву в дурные колтуны, — все пошло не так, как того хотел Сергей Сергеич Рябков. Катерина Ивановна больше не спускалась к нему в мастерскую; когда Сергей Сергеич, поймав момент безлюдья в мучительно длинном, чреватом сотрудниками коридоре, пытался ее приобнять, Катерина Ивановна выворачивалась из-под руки и шла туда, куда направил ее бездумный поворот; ее несло на стену, она отталкивалась ладонью и снова клонилась к опоре, встречные благоразумно ее огибали, а Сергей Сергеич чувствовал себя обыкновенным дураком.

Не только он — многие в отделе ощущали раздражение. В первые дни ошибки, набиваемые машинисткой с каким-то близоруким ожесточением, воспринимались как приметы подобающего горя и даже приглушили разговоры о том, что на похоронах Катерина Ивановна не проронила ни единой слезы. Но с течением недель мелкий траур опечаток, идиотская задумчивость, с какою Катерина Ивановна стукала пальцем по кнопке и глядела, что выйдет, начинали смахивать на притворство, на попытку закрепить за собой право работать кое-как, и разговоры велись уже о том, что мать, в конце концов, не муж и не ребенок, и если у Катерины Ивановны не оказалось в жизни никого более значительного, то у нее просто нет и не может быть нормальных человеческих чувств. Как ни странно, именно теперь проявилось то разделение дамской и преобладающей части коллектива на «моих» и «твоих», что провели Катерина Ивановна с Маргаритой во времена стародевичьей дружбы без мужчин. Дамы, относившиеся к половине Катерины Ивановны, теперь страдали от смутного чувства, что Катерина Ивановна им должна, поскольку они из доброты к *своей* машинистке горевали за нее, безучастную, над ее внушительной матерью, похожей вместе с гробом на модель эсминца и чем-то поразительно знакомой, внушавшей робость этой иллюзией своего постоянного *присутствия* где-то с изнанки нормально налаженной жизни. Дамы, представлявшие Маргариту, больше внимания уделяли производственным промахам Катерины Ивановны и удивлялись, почему она, например, не возвращает одолженную ей на время ценную книгу по уходу за больными, принадлежащую, между прочим, руководителю группы научной организации труда. И все уже смеялись над черным платьем Катерины Ивановны, которое она носила не снимая: лопнувшее сбоку по шву, оно сидело на ней будто задом наперед, и маринадный запах пота, смешиваясь, будто в памяти, со слабым Маргаритиным жасмином, странным и точным образом воспроизводил тошноватый запах памятных всем похорон. От Катерины Ивановны буквально несло похоронами, и внешне она опустилась до безобразия: волосы ее сделались тусклыми, сумки она все время таскала расстегнутыми, будто и не знала о существовании воров, и прорехи на платье зашивала такими нитками, точно вовсе перестала видеть всякие цвета. Даже дыхание ее от тесноты шерстяного траура заметно изменилось, она как будто судорожно принюхивалась к чему-то наверху и издавала носом тонкий прерывистый свист. Рябкову уже не надо было такой невесты, даже с ее талантами и однокомнатной квартирой, — тем более поговаривали, что свихнувшаяся Катерина Ивановна постоянно видит дома мертвую мать.

Софья Андреевна и правда осталась дома, где по-житейски некрасивые, изуродованные собственной полезностью предметы обстановки обрели после завершения всяких перемен матовые, отрешенные оттенки вечности. Сознание Софьи Андреевны было не здесь, а неизвестно где, но какая-то часть ее продолжала видеть собственный земной конец и место, где она, как человек, осталась насовсем, — все, что туда попало, вплоть до чужой брошюрки, чьи буквы были для покойной, точно в лупе, велики и расплывчаты. Облик Софьи Андреевны не мог исчезнуть из ряда застывших обликов, среди которых Катерина Ивановна, из-за того что двигалась, чувствовала себя чем-то совершенно временным, не имеющим собственного места.

После того как она, вернувшись с похорон, обнаружила мать на диване, где та возилась, перебирая тонкими руками и ногами, будто увязнувшее насекомое, в душе Катерины Ивановны образовалась пустота. На другое утро, после обрывочных снов, замешенных на каких-то пьяных дрожжах, она, как полагается, поехала на кладбище. Там между мирно мреющих могил бродили грязные, в старой зимней вате, нестрашные кошки обычных цветов, тихо плясали в воздухе перезимовавшие бабочки, вытертые почти до капрона обтрепанных крыльев, привядшие гвоздики у мамы в головах были будто выпачканы томатной пастой. Мамина могила располагалась пока последней в кладбищенской застройке, дальше, за этим краем, сквозил молодой березнячок, и ощущалось что-то школьное в его белизне, в том, как каждое дерево было, словно детской рукой, удлинено и подрисовано его волнистой чернильной тенью. Катерина Ивановна вдруг подумала, что этот березняк, куда уходит укромная, словно даже не протоптанная, а чуть примятая тропинка, административно относится к кладбищу, что это и есть территория кладбища, где-то невидимо огороженная и предназначенная для дальнейшего заселения, чем бы она ни выглядела со стороны. Поняв, что не может долго стоять на *таком* краю, Катерина Ивановна поспешила домой и в горячем, с боку на бок валившемся автобусе мечтала только как следует выспаться — но дома ее тихо встретила безликая Софья Андреевна. Она сидела на диване в неглаженом халате, к тапку ее пристал отбеленный до бумаги прошлогодний березовый лист.

Безмолвная мать была в квартире не всегда. Временами от нее оставались только ровные платья в свежеисцарапанном шифоньере, чьи пустые воротники были глухо застегнуты на пуговицы, да немытая обувь в засохшей земле, уже непохожей на ту, что была под окном, — туфли и боты жались парами, словно жалели друг дружку, и особенно горевали зимние сапоги, сложившие друг на друга пустые тусклые голенища. Катерина Ивановна пользовалась для себя только одной тарелкой, чашкой, вилкой и ножом — держала их отдельно, составленными в эмалированную кастрюльку, которую никак не удавалось отчистить и в которой вечно кисла мутная вода. Если матери не было рядом, дочь, случалось, брала руками какую-нибудь полузабытую вещь — но на пыльной глади, где она стояла, сразу возникал такой болезненный и резкий след, что Катерина Ивановна спешила поставить вещь на место, как можно точнее на ее подошву, и потом старательно обходила взглядом изувеченный предметик, где от неловкой хватки оставались как бы темные синяки. Обстановка квартиры от пыли и забвения казалась все более грубой, будто картонной и в то же время делалась страшно чувствительной к любому прикосновению. От Катерины Ивановны требовалось все больше внимания, чтобы ничего не задеть, она ходила будто по канату, буквально теряла равновесие на ровном полу и за всякой мелочью, вроде ниток и таблеток, бегала к соседу Михаилу Израилевичу, угощавшему ее пригорелыми сырниками и вязкими кусочками особым образом приготовленной моркови.

У Михаила Израилевича, ставшего в последние годы очень толстым и потому сидевшего боком за кухонным столом, вновь открылся в полупустой белесой комнате зеркальный рояль, такой же громадный и прекрасный, как и много лет назад, так же отражавший лица и теснивший в углы кособокие книжные стеллажики и необыкновенно ветхую кровать, укрытую до пола байковым одеялом и превращенную завалами книг и газет в подобие муравейника. На рояле теперь занимался приходящий внук хозяина, некрасивый мальчик с большими зубами и удивительно нежной кожей, облегавшей все костлявости длинного лица. Казалось, он совсем не умел говорить, а мог только играть, он даже не разучивал урок, а просто начинал и останавливался, не веря, что эти звуки, бесплотно построенные в воздухе, вызваны всего лишь нажатием клавиш: по длинной черно-белой клавиатуре, божественно лишенной букв, его *неправильные* пальцы, как бы плохо связанные в кисти и имевшие по лишнему суставу, ходили безо всяких запинок и препятствий. Этот настороженно-тихий ребенок, вызванный на кухню ужинать, все старался перекладывать и переставлять совершенно бесшумно, словно такие вещи, как табуретка и тарелка, вовсе не должны были звучать; пока он одними губами, как лошадь, подхватывал с вилки пропитанную сладким жиром дедову стряпню, Катерина Ивановна и Михаил Израилевич сидели в совершенном молчании. Словно желая все вокруг сделать чистой видимостью, мальчик игнорировал гостью в квартире у деда, зато всегда, подламываясь в каком-то девчоночьем книксене, здоровался с нею на лестнице, чем Катерина Ивановна почему-то гордилась. Печальный Михаил Израилевич, подперев седым кулаком толстую щечку цвета вареной колбасы, жаловался ей, что в квартире родителей мальчика просто некуда поставить этот дорогой рояль, что такую концертную вещь может держать у себя только одинокий человек. Катерина Ивановна завидовала старому соседу, сторожу сокровища, завидовала внуку, не сознающему собственного счастья, — ведь она понимала, что этот ломкий тихоня, как бы старающийся все немузыкальные предметы разложить на весу, владеет роялем совсем не так, как прежние девчонки из двора, бывало, ковырявшиеся в нем безвольными мягкими пальчиками. Совершенно рухнула иллюзия, будто рояль чем-то подобен пишущей машинке, этому железному горбу, заслонившему мир; Катерина Ивановна вдруг осознала, что она давно перестала различать в машинописном фарше живые слова. Чувствуя в тяжелых руках мощную крабью сноровку ежедневной работы, Катерина Ивановна не смела даже прикоснуться к желтоватым клавишам, простиравшимся, когда она тихонько к ним садилась, на ширину директорского стола. Очевидная симметрия квартир, при которой раковина, ванна и унитаз странно удваивались с общей стеной, будто флаконы на подзеркальнике, еще больше сковывала Катерину Ивановну; она, как в отражении, путала право и лево, и ей все время казалось, что, если хочешь тронуть какой-то предмет, надо вести рукой в обратную сторону. Если бы Катерина Ивановна знала, что этот рояль, больше и чудеснее, чем легковой автомобиль, принадлежит ей по наследству от покойного отца, получившего его в подарок от хромой асимметричной женщины, неспособной принадлежать мужчине отдельно, без своего инструмента, она, быть может, не завидовала бы никому и обрела бы в зазеркалье остров реальности, освободилась бы от плена отражений, водивших ее словно на косо натянутых нитках, не давая касаться ногами земли. Может быть, отцовское наследство, порождение любви или влюбленности, в отличие от материнского, не давшегося в руки, спасло бы Катерину Ивановну, дало бы ей опору в жизни. Но она считала, что не имеет отца, и ничего от него не ждала.

Она не боялась покойной матери, тихо скользившей по комнате, и вообще не понимала, почему это люди так страшатся мертвых родственников, не имеющих ничего, кроме облика, столь подобного им самим. Материнский силуэт, видный боковым неверным зрением, казался узким и неполным, словно картинка в полураскрытой книге, он появлялся и исчезал, западал, точно между страниц, меж каких-то складок стоячего воздуха. Если же Катерина Ивановна прямо глядела на мать, та в ответ тоже поворачивала к дочери землистое лицо: были ясно видны густые, как штопка, морщинки на обвислых щеках и под двумя серебряными старыми глазами, чей экстатический отлив как-то заменял направленный взгляд. Иногда привидение садилось напротив Катерины Ивановны — вроде бы здесь и в то же время далеко, точно перспективы комнаты имели свойства перевернутого бинокля. Порою Катерина Ивановна видела в руках у матери маленькие пяльца с висящими по кругу складками ткани и грубой, будто птичья лапа, изнанкой какого-то узора: иголка с невидимой нитью ходила в воздухе, далеко вытягивая душу, и в плавных наклонах работы, согласованных с наклонами головы, было что-то оркестровое, что-то от игры на скрипке, на одной басовой хлопковой струне. У Катерины Ивановны на коленях тоже путалось кусками ветхое шитье, она и мать то и дело переглядывались, перекусывая нитки; тогда Катерина Ивановна чувствовала недостаточность зрения, точно ей на брови натянули тесную шапку.

Между нею и матерью установилась как бы магнетическая связь. Если Катерине Ивановне хотелось, чтобы мать убрала из сощуренного подглазья сухую ресничку, чья колкость чувствовалась собственным зрачком, та, будто услыхав, заводила по неуверенному кругу скомканный платок и обметала им лицо, сперва не с той, где надо, стороны, напоминая округлыми движениями умывающуюся кошку. Бывало, что мать, завороженно глядя дочери в глаза, повторяла за ней какой-нибудь жест — неустойчиво и великовато, с акцентом, будто иностранное слово. Так они переговаривались по складам на вывернутом зазеркальном языке, все более бойко, согласованно, бессмысленно, — и Катерине Ивановне вспоминалась мутная равнина с меловыми дымами на горизонте, яичница жареного снега на крышах гаражей, управляемая фигурка матери на шурупах и скатах ледяной колеи, не ведущей к зеленому баллону потерянного дезодоранта. Та идеальная точность совпадения, не достигнутая тогда при помощи яркой метки на карте местности, теперь давалась без усилий и безо всяких внешних вещей. Порой Катерине Ивановне хотелось потрогать мать, но та не давалась, тоже поднимала руку, выплывавшую из рукава, точно снулая рыбина, заслонялась ею от неуверенной дочкиной руки. Один-единственный раз Катерина Ивановна довела попытку до конца: ее ослепительно-белые пальцы соприкоснулись с материнскими пальцами-двойниками, ощутили их нечеловеческую гладкость и глубокий холод, точно мать и правда была всего лишь отражением в толстом, как семейный альбом, слюденистом от старости зеркале.

Теплыми вечерами, когда на низком солнце все принимало деревянные оттенки и в воздухе, наклонном, как чердак, плясали золотые опилки, Катерина Ивановна видела мать во дворе. Софья Андреевна никогда при жизни не сиживала без дела у подъезда — а теперь ее покатая фигура в розовом халате, словно сделанном из промокашки, то и дело мерещилась внизу, будто нарочно явленная на ровных линейках скамьи для пущей внятности и похожести на самое себя. Софья Андреевна не исчезала, даже когда Катерина Ивановна шла мимо нее в магазин: сквозь нее просвечивали, становясь слегка розоватыми, рейки скамьи и ветви крыжовенных кустов. Даже днем, по выходным, когда толсторукие хозяйки лупили что есть силы по своим бордовым негнущимся коврам и без конца чинился, выложив на газету горячие внутренности и распахнув напоказ дерматиновую мебель, старый-престарый «Москвич», Софья Андреевна все равно сидела во дворе, и место ее, на жалящей границе света и тени, почему-то никто не занимал. Иногда ее окружали явно подобные ей: Катерина Ивановна смутно узнавала в профиль старомодные лица, высоколобые, с зачесанными висками и плюшками подбородков. Все они просвечивали по-разному, сквозь одну церемонную тень ветки алели, будто кровеносные сосуды; анфас ли́ца расплывались смазанными кверху волнистыми пятнами, и узнавание, вызвавшее краткий сердечный толчок, оставалось безымянным. Все это были женщины или подобия женщин; только однажды появился среди них мужской растерянный призрак, как бы старший и несчастный брат того бородача, что когда-то убирал у гаражей весенний лед, эту битую посуду из-под молока и воды, и собственный его гаражик, как помнила Катерина Ивановна, напоминал ледяной теремок. Вместо требуемой памятью телогрейки на госте по-покойницки топорщился полосатый костюм, на скуле темнело сильно запудренное пятно. Плоская, как плавник, криво обкромсанная борода по-прежнему контрастировала с пестрой лысиной, похожей уже не на яйцо, а на голыш ноздреватого бурого камня. Катерина Ивановна почему-то подумала, что покойному мужчине *некуда* деваться; тем временем бородач, как бы жестко ограниченный с боков, поклонился Софье Андреевне и протянул зеленый баллончик, который они вместе, передавая, уронили, и баллончик долго валялся под скамейкой, забрызганный серебряным пометом пролетевшего дождя.

Никто из живых и плотных обитателей двора не замечал собрания теней, веявших весенним холодком, — хотя на этом месте намагниченные высотою солнечные пятна обретали странную горизонтальность и зыбились, как блики на воде, и оттуда порой доносились неразборчивые, музыкально бормотавшие голоса. Только однажды Михаил Израилевич, возвращаясь из булочной с голым шершавым хлебом в перекрученной сетке, вздрогнул и посмотрел туда, где стояла, поворачивая в пальцах у груди полуразвалившийся бумажный цветок, его покойная родственница. Эта утлая тень, тоньше и проще других, едва виднелась, словно деликатный шовчик в самой ткани горячего воздуха. В отличие от остальных, имевших на ногах условную черную обувь вроде калош, она стояла босиком; ее волнистые длиннопалые ступни с облупленными жемчужинами мозолей имели нечто общее с натруженным и толстым перламутром облаков, они светились в жирной, точно на масле жаренной пыли, и сквозь них проползал, шевеля соломиной, реснитчатый муравей. Словно во сне,

Катерина Ивановна понимала холодный и мятный голос соседки, повествующий, как некто, сбежав от супруги, бросил ей ее ключи в почтовый ящик, а она читала в постели и слышала, как брякнулась о железное дно тяжелая связка и вниз по лестнице запешили знакомые шаги. С тех пор она боялась запираться по ночам, призывая хоть каких-нибудь воров, и долго хранила разглаженную страничку в косую линейку и без единого слова, в которую была завернута проклятая связка. И когда она умерла, квартира тоже стояла незапертая, только надутая изнутри сквозняком из кухонного окна, через которое проникал и застилал мыльную лужу пролитой стирки, превращая ее в мохнатый коврик, тополевый пух.

Катерина Ивановна внимала ряби этих слов со своего надтреснутого балкона, соседствующего с балконом Михаила Израилевича, похожим на мусорную корзину для бумаг, и думала, что и ее входная дверь как-то перестала слушаться ключа. В последнее время, возвращаясь с работы, она, бывало, мучилась, щекоча и так, и этак перекошенный замок, а то находила дверь и вовсе незапертой, готовой от малейшего касания податься вовнутрь, волоча по полу застрявший шлепанец. Кто угодно мог войти к Катерине Ивановне — и однажды так, с шорохом сметая туфли и сапоги покойной, нарушая голубиную идиллию опустелой обуви для всех сезонов непрожитых лет, сам шурша и царапая стены огромным рюкзаком, в прихожую втерся огромный старик, несомненно живой, пахнущий лесною прелью и крепким куревом; было что-то каторжное в том, как тень его влачилась за худыми длинными ногами, делавшими с расстановкой деревянные короткие шаги. Желтые, как бивни, усы старика, его лицо с морщинистыми рытвинами старости и твердыми костями напомнили Катерине Ивановне фотографию из семейного альбома: мужчина и женщина, прислонившись к вискам ребенка, вместе, этаким сердечком-медальоном, заглядывают в черное птичкино гнездо. Голос старика, надтреснутый и шаткий, как и вся его фигура, шатавшаяся между комнатных косяков, напугал Катерину Ивановну; стянув через заморгавшее лицо трикотажную шапочку, обнажив высокий, как бы дополнительно надстроенный череп, он вежливо осведомился о проживании Софьи Андреевны, назвав ее почему-то девичьей фамилией, и Катерина Ивановна, не посмевшая сказать, что мать сидит во дворе, ответила просто, что Меркулова умерла. Перекосившись плечом, прикрыв длинноволосыми бровями замерцавшие глаза, старик осторожно ссадил с себя рюкзак и принялся выставлять из него прямо на пыльный пол тяжеленькие баночки с грибами, с какой-то водянистой ягодной жижей, вынул и рассыпал из застиранной тряпицы травяные вялые пучки. Растерянная Катерина Ивановна пригласила гостя на кухню, — и во все недолгое время чаепития с бледной накромсанной колбасой старик молчал, жуя обвислый бутерброд левой половиной проваленного рта и оберегая прямую спину от наскоков тряского холодильника. Катерина Ивановна тихо жалела, что представилась дальней родственницей, и одновременно понимала, что должна любыми путями скрывать присутствие Софьи Андреевны как свой величайший стыд, потому что сама устроила такую полужизнь, пожелав родимой матери скорейшей смерти. Почаевничав, старик разболтал атласную жижку горячего сахару, которого сыпал без счета, пустой водой из чайника, выпил одним глотком. Мягкие серые жилы на его костистых руках и зашитые на толстый выворот ветхие швы на сопревшей нательной фуфайке были страшны: Катерина Ивановна подумала, что есть что-то невыразимо жуткое в зашитой, заштопанной, залатанной одежде на старческих телах, и без того являющих сплошные нитки и рубцы, — в этом грубом подражании природе, в этой тавтологии, в карикатуре на операцию и смерть. Старик между тем торопливо собрался, накинул, сгорбившись, свой заскорузлый негнущийся плащик, с той же сутулой прискочкой набросил полегчавший рюкзак и вдруг поклонился в пояс, свесив до пола длинную руку, похожую в жестком рукаве на колено водосточной трубы. Катерина Ивановна от неожиданности ответила неловким поклоном, будто что-то уронила под ноги. Запирая за стариком удивительно легкую, маловатую для проема, словно от шкафа переставленную дверь, краем глаза замечая, что мать, держась за стенку, опасливо смотрит из комнаты, Катерина Ивановна решила больше никого и ни за что к себе не пускать, а старика найти потом, поскольку он, должно быть, и есть репрессированный дед, чьей фотографии в альбоме вполне достаточно для милицейского розыска. Однако в глубине души она понимала, что не пойдет насчет беспомощного старика ни в какую милицию, вполне способную опять его куда-нибудь засадить, и даже не сможет достать альбом, хранящийся где-то в запретных глубинах словно дустом засыпанной мебели. На полу среди неповоротливых гостинцев обнаружилась замусоленная бумажка, давшая Катерине Ивановне минутную и слабую надежду. Но там красивым, словно на прочных основах установленным почерком был записан ее же собственный адрес — и эта бумажка в ученическую клетку была ничуть не лучше соседкиного листка вообще безо всяких слов.

Глава 24

Между тем Маргарита с раздражением наблюдала, как ее хорошие планы рассыпаются в прах. Все опять развивалось само по себе — но уже в какую-то дурную, непредвиденную сторону. С тех пор как она, вернувшись поздно вечером с похорон, разбитая, с кровавыми сургучами на обеих пятках, обнаружила свекровь на соседнем балконе, где та расставляла по мокрым перилам баночки с желтоватым дождем, похожим на мочу, все сделалось враждебно и издевательски-непонятно. Непонятно было, как полуживая Комариха умудрилась перелезть через моросящую пропасть полутораметровой ширины, над которой провисала, капая посередине, слабая веревка, опутавшая чужой балкон наподобие водоросли, — непонятно было, как вообще держится на весу эта мокрая снасть, укрепленная не столько на балконном остове, сколько на этих вот баночках, на куцых стянутых стеблях каких-то мертвых цветов. За спиной Комарихи чернело, заливаясь кривыми морщинами, безлюдное окно, там что-то смутно круглилось на светлом подоконнике. Маргарита с задыхающимся Колькой бегали в соседний подъезд, беспрерывно звонили в длинную, как вагон, пустоту; наконец ближе к полуночи появились хозяева, дышащие вином и недавней ссорой, поднимавшиеся по лестнице шумно, будто какая-то инспекция. Несмотря на то что передача трясущейся старухи, наследившей в незашторенных, застигнутых в дневном раскрытом виде комнатах, состоялась в самой вежливой форме, а женщина, украшенная толстой, как батон, искусственной косой, даже поахала и предложила полотенце, оттенок ссоры неуловимо въелся и при встречах Маргариты с любезными соседями сказывался в преувеличенном достоинстве кивков и в том, что стороны теперь старались особо не задерживаться на своих балконах, ощущая их почти чужой, доступной для любопытства территорией. В конце концов соседи натянули между своим балконом и верхним частые, горящие на солнце проволоки и пустили по ним какой-то декоративный горошек, чьи белые цветы, похожие на ушастые мышиные мордочки, не давали Маргарите с удовольствием покурить, отравляя вкус сигареты сладковато-приторным запашком.

Аура ссоры, будто болезнь, пристала к Маргарите этим ядовитым зеленым летом: она со всеми говорила резко, не выносила ничьих прикосновений и, случалось, ни с того ни с сего сажала на безупречный лист хлесткую опечатку. Особенно ее бесили слухи о якобы оставшемся в квартире Катерины Ивановны призраке покойной — слухи, которые она сама пустила гулять, возмущенно передавая всем нелепые сведения из допросов, учиняемых безучастной подруге. Почему-то Маргарите в связи с привидением стало казаться, что Катерина Ивановна тайком похаживает в церковь. Раз она даже съездила с проверкой в единственный на город голубенький с золотом храм, чьи купола из троллейбуса казались хрупкими, будто елочные шары, и так же готовыми глупо разулыбаться на каждый приближаемый предмет, будь то облако или раскрывающая в воздухе объятья абсолютно черная ворона. В храме стояла едкая духота; свечи, тонкие, как макароны, продавались у входа в ларьке и мерцали россыпью огоньков, отражаясь, будто в озере, в собственных наплаканных слезах. Этот безмолвный плач, озвученный посудным дребезжанием и нытьем старушечьего хора, застывающий на кривых огарках бородами теплых капель, казался разозленной Маргарите донельзя фальшивым. Она деловито пробиралась между убогих спин, то и дело налетая на чей-нибудь внезапный задастый поклон, и из женщин видела только старух да какую-то девочку-идиотку в тугом, как бинт, белоснежном платке и грязной ситцевой кофточке, крестившуюся с неуклюжей расстановкой, словно не надеясь сразу положить щепотку в нужную точку. Сбитая с толку, чувствуя со всех сторон косые взгляды, завлекаемые плетеным узором ее нарядного платья-костюма, Маргарита протолкалась на воздух и размашисто зашагала к троллейбусу, то и дело одергивая на себе массивные подплечики, скользившие и волочившие туда-сюда легкий шелковый балахон.

Между тем Маргарита не ошибалась и разминулась с Катериной Ивановной в церкви на каких-то полчаса. Ведомая неясной и робкой надеждой, поощряемая простоватым коровьим бряканьем одинокого колокола, Катерина Ивановна завернула в храм прямо с хозяйственной сумкой, по случайному везению набитой импортным стиральным порошком. Она увидала те же спины, те же иконы в шероховатых коробчатых окладах, ту же дебильную девочку с желтой болячкой под носом, намазанной постным маслом. Но все вокруг было чужое и неизвестно как называлось. Дрожали, подпевая жирному, как сажа, басу, тонкие бабьи голоса, дрожали огоньки, все размазывалось, уплывая куда-то вбок, и Катерина Ивановна не знала, куда поставить за маму купленную у входа свечу, без огня нагревшуюся в стиснутой руке. Неожиданно она оказалась перед священником или дьяком: его костяное лицо было высоано ростом жесткой бороды, вообще не оставившей щек, выпуклые карие глаза, обведенные ржавью, равнодушно скользнули по Катерине Ивановне, — и той почему-то вспомнились новогодние детские утренники, зажженные елки, а священник, одетый не в настоящее, как артист или Сергей Сергеич во время *той* поездки, показался черным Дедом Морозом: летняя легкость его одеяния заставила Катерину Ивановну жарко покраснеть. На выходе, в церковном дворе, двумя рядами сидели и кланялись нищие, мелочь в шапках поблескивала жидко, словно водица; разочарованная душой, Катерина Ивановна положила в чью-то измятую ладонь железный рубль, легший как печать, и на улице успела увидеть широкий укачливый зад троллейбуса, увозившего Маргариту.

Маргарита, сидя в залатанном троллейбусном кресле, страдая от ворочавшегося, как весло, горячего солнца, чуяла всей натурой, что она не ошибается и Катерина Ивановна в церкви была. Не ошибалась Маргарита и в другом: Рябков действительно успел побывать в гостях у бесстыжей Верочки, наутро щеголявшей розовым, губных очертаний, синяком на том самом месте у ключицы, куда Сергей Сергеич, как помнила Маргарита по лестничным перекурам, имел обыкновение смотреть. Квартира у Верочки тоже была однокомнатная, обставленная с приятной пухлой теснотой, поспособствовавшей скорому переходу к делу. Из окна девятого этажа открывался вид на загиб того же огромного дома с медным солнечным пятном в расплавленных стеклах и с мелкой, будто жеваной зеленью у подъездов. Вид не очень понравился Рябкову, но стандартная его макетность искупалась особой, прозрачной нежностью голосов, доносимых теплым, словно чай, вечерним воздухом из глубины двора, где носились растопыренные фигурки, неуклюжие по сравнению со скоростным стреляющим мячом, и невпопад болтались насаженные на общую перекладину зеленые и красные качели. Верочка оказалась вся рыхловато-белая, будто сметана с сахаром, ее проворный язычок мог становиться то широким и теплым, как у собаки, то острым и длинным, как у змеи. Однако после из разговора выяснилось, что в квартире Верочки прописан ее разведенный муж: тут и там попадались на глаза его невнятные вещи, на стуле лежали мохнатыми лоскутами и кучей грубо смотанных клубков остатки мужниного свитера. Было буквально некуда деваться от прописанного в четырех оклеенных цветочными обоями стенах, содержавших как бы частную выставку мебели и вещиц, — и Сергей Сергеич подумал, что подразумеваемый муж ничуть не лучше призрака старухи, так же, вероятно, еще прописанной на своих квадратных метрах.

Непонятно почему, но свидание с Верочкой пробудило в Рябкове какое-то отчаянье чувств. Чем откровенней Верочка за ним ухаживала, наряжаясь на работу, как в театр, и таская ему из буфета слоеные пирожки, тем яснее он ощущал, что никому в действительности не нужен, что в целом мире ему нет иного места для жительства, кроме собственной полусгнившей и вконец опостылевшей комнаты, бывшей из-за потусторонних работ местом его наибольшего *отсутствия*. Некоторые картины, набрав от сырости какой-то критический вес, начали по одной или даже по две зараз срываться с гвоздей и с шорохом разъезжаться на полу, оставляя после себя на стенах как бы подлинные, настоящие узоры из трещин и волдырей штукатурки. В довершение никак не ладилась картина с украденной вилкой. Вещь была куда тяжелей, чем казалась на глаз, и, задуманная стоящей в банке вроде цветка, в действительности валила невысокую посуду, точно рычаг, нажимаемый невидимой рукой: стеклотара, составленная высоко на посылочном ящике, лопалась на полу со звуком и разбросом первомайского салюта, и усталый Рябков заметал в совок царапучие корявые осколки вместе с пылью и крашеными женскими волосами забытых подружек, проклиная наделавшую ему работы Катерину Ивановну. Часто стеклянная битая каша была заправлена собственной кровью Сергея Сергеича, ходившего в грязных ленточках полуоторванного пластыря; все мазки, положенные на скромный холстик, казались ему оставленными не краской, а неопрятно съеденной пищей. Попытавшись написать отдельно серебро и отдельно стекло, он понял, что не может передать гладкий и драгоценный металлический отсвет, не лишая предмет его литого веса; по мере того как композиция возникала *из* головы, этот вес странным образом нарастал и гулял по рычагу с плеча на плечо вокруг какой-то магической точки, пока наконец не стало ясно, что картина получилась не только потусторонней, но и *перевернутой*. Спеша проверить догадку, Сергей Сергеич переставил незаконченную штучку вниз головой и сразу увидал, что написалась банальная глупость: карающий двузубец, размером с хорошую молнию, падал из стеклянных дутых облаков. Не удержавшись, Рябков тремя мазками изобразил по краю банки толстую улитку стекающей капли.

Маргарите как бы гипнотическим путем передавались упадочные настроения подопечного, и, злясь на цветущую Верочку, она додумалась до того, что никому, кроме несвежего Кольки, как женщина не нужна. Льстивым напором она выпросила у одной сотрудницы последние московские журналы мод, целенаправленно пошла по магазинам и ателье. Примерки в мертвенно освещенных кабинках, когда ее, растрепанную, липкую от пота, осторожно вдевали по частям в неотглаженные нежные мешочки, а потом разнимали подправленные части, веющие тонкой опасностью невидимых булавок, — эта осторожность, мягкие короткопалые прикосновения портнихи были как намеренное замедление ее торжества. Маргарита неистово желала сделаться заметной: не просто идти в толпе, не быть, как прочие, содержимым улицы, но становиться каждый раз главной ее приметой — главенствовать, доминировать в общей картине, выделяться каждым шагом на высоких каблуках, царапавших асфальт, будто спички сухой коробок. Маргарита хотела так восполнить недостаток своего влияния, который ощущался в шаткости ее замечательного замысла осчастливить всех, кто ей сопротивлялся.

Отчасти Маргарита добилась результата: следуя указаниям глянцевых картинок, она превратила себя в цветное веретено с маленькой бурей около колен, заставлявшее робеть маленьких собачонок. Однако хлопоты и покупки, пристальное внимание к собственной персоне не вывели Маргариту в люди, как она надеялась, а, наоборот, замкнули на себе: вдруг она разучилась запросто, как прежде, выскальзывать из зеркала и глядела на свое отражение с неприятным чувством, будто сама себе преграждает дорогу, — и уход за пределы рамы не был избавлением, напротив, любое яркое пятно впереди вдруг превращалось в тупик. К тому же в доме стало ощущаться стеснение в деньгах, неожиданно не хватило до Колькиной получки, и Маргарита, занимая в отделе, чувствовала себя жертвой глупой Катерины Ивановны, чей долг, никак не складываясь в целое из мелких, почти одинаковых сумм, разрастался при смутном подсчете до бешеных четырехсот рублей. От мысли, как она могла бы их распределить, Маргарита вечерами не могла уснуть и вертелась на ветхой раскладной тахте, готовой разорваться по сгибу, будто потертая папка.

Помня, что деньги зарабатывает муж, Маргарита предъявляла ему обновы, медленно поворачивалась перед ним, поскрипывая босыми пятками по голым тертым половицам, приземистая и простоватая, точно собиралась вот так, босиком и в конфетном шелке, замывать полы. Колька глупо улыбался и кивал, не решаясь трогать руками облегавшее жену великолепие: особенно его пугали воланы, похожие на каких-то красивых тропических паразитов. Маргариты он теперь боялся побольше прежней Раи, которую иногда вспоминал — во время похода за ягодами, в белой тугой косынке с приставшей клейкой ниткой лесного сора, или на кухне, выдавливающей стакашком из большого, как телячья шкура, по всему столу раскатанного теста аккуратные пельменные кружки. Упрямые затеи Маргариты вызывали у Кольки такое чувство несвободы, точно вся его жизнь, разграфленная поверх и крупнее нормальных суток на цеховые смены и разговоры за чаем о Катерине Ивановне, происходила по приговору суда. К беспомощному Колькиному страху перед женой примешивался смех. Как ни представительна была Маргарита в пошитых платьях, как ни походила она, взятая отдельно от всего, на журнальный образец, но все так соединялось в Колькиных глазах, что окружающие вещи окарикатуривали жену: то телевизионная антенна поставит ей раздвижные рожки, то полотенце на гвозде превратится в ее грязноватые крылышки, то чемодан, пылящийся на шифоньере, наденется ей на голову в виде чудовищной шляпы с заскорузлыми пряжками и с закушенной полою старого халата в виде желтого пера. Колька даже иногда подшучивал над женой: в ее отсутствие, движимый каким-то лихорадочным вдохновением, скалясь на тяжести, съезжавшие ему на грудь, он переставлял в квартире множество вещей и готовил по углам бессмысленные на обычный взгляд ловушки, куда самопогруженная Маргарита неизменно попадала. Она искажалась там, будто в кривых зеркалах, — вещи, настороженные Колькой, буквально липли к ней, цеплялись и тянулись, передавая ее из одного издевательского объятия в другое, а Колька дрожал от ужаса и счастья, делая вид, будто слушает ее очередной сердитый и отчетливый доклад. Однако страх доставал его не только в прямой, но и в обратной связи с Маргаритой: чем дальше, тем меньше он мог оставаться один, абсолютно трезвая его душа не принимала тяжелой водки, а без Маргариты все в квартире становилось настолько трезвым и обычным, что Колька ходил и пошатывал стулья, а иногда аккуратно что-нибудь бил, после загребая осколки двумя кусками газеты и спуская их вместе с набравшимся мусором в глухое ведро.

* * *

Как назло, Маргарита частенько задерживалась, потому что решила идти до конца и назначить конкретный день, когда Сергей Сергеич придет к Катерине Ивановне и останется у нее ночевать. Понимая, что если их свести и говорить с обоими, то ничего не выйдет, Маргарита застигала их по одному и заводила разговор в форме предложения от другой стороны. На это Катерина Ивановна только мигала и отворачивалась, а Сергей Сергеич сделался надменен и горделив, говорил с иностранным акцентом и передавал для Катерины Ивановны заготовленные записки на полутора страницах, которые с достоинством вынимал из внутреннего кармана пиджака. С трудом разбирая ломаные строки, грубо утыканные знаками препинания, Маргарита понимала только, что Рябков решил поставить себя высоко, и рвала бумаги над мусорной корзиной на мелкие буквы, разлетавшиеся по полу, будто сорные семена. Изначально основанная на обмане, дата все никак не уяснялась: Сергей Сергеич без конца переносил ее назад и вперед, будто надеялся разминуться и проскочить, как проскакивают мимо заметавшегося навстречу, словно намагниченного прохожего; Катерина Ивановна, зудевшая сквозь зубы нестерпимые песенки, была согласна на все. В конце концов Маргарита запуталась сама и несколько раз переспрашивала обоих, точно ли девятого августа. Оставалось еще полторы недели; Маргарита опасалась, что за это время строптивая пара успеет пообщаться и все испортить. Однако дни летели стремительно, с круговыми обводами солнца и теней, словно исполнялся какой-то безумный вальс, а Катерина Ивановна и Рябков держались будто незнакомые. Иногда они попадались друг другу в коридоре или столовой, но старались не встречаться взглядами, и Рябков окунал нечистый дерматиновый палец в механически принимаемый борщ. Маргарита, наблюдая, вновь впадала в сомнения, точно ли они имеют в виду один и тот же день. Для верности и для праздничной атмосферы она купила обоим по бутылке сладкого вина «Узбекистон», запоздало смутившись их зеркальной встречей на белом столе и тем, что вторая бутылка, вместе с гостем, покажется лишней. Впрочем, она была уверена, что вино Рябкова до девятого не доживет.

Дома она только и могла говорить, что о предстоящем свидании этих идиотов, сама поражаясь количеству сделанного ею и растоптанного ими добра. Ее начинала всерьез раздражать кроткая ухмылка на стертой Колькиной роже, где очки болтались, будто ручка от портфеля, и она давала мысленный зарок завести себе мужчину позавиднее, чтобы ни у кого не осталось сомнений в ее способности жить. Она замечала, конечно, что свекровь подслушивает за затворенной кухонной и отворенной туалетной дверьми, настраивая их на какие-то удобные соотношения щелей, грузно застревая за двойным перекошенным укрытием, если из кухни надо было выйти в коридор. Маргарита, разумеется, не знала, что каждое слово ее Комариха воспринимает по-своему.

Старухе ровно ничего не сделалось от клейкого холодного дождя, из-за которого у Маргариты, например, неделю текло из натертого носа и гудело в голове. Выйдя от соседей в виде жеваного мокрого ошметка, Комариха на другой же день была бодра, блестела глазками и, шуруя руками по направляющей стенке, то и дело звонко била меловой ладонью в штукатурку, где от ее передвижений образовалась темная размазанная полоса. Тайна Комарихи заключалась в том, что она наконец преодолела тянувший ее за душу страх высоты. Она сама не понимала, как это у нее получилось, и не очень-то нуждалась в понимании, просто ликовала от возможности не считаться со всем окружающим и даже с невесткой, норовившей вытереть мокрой тряпкой Комарихины руки и склизкий, расползающийся рот. Комариха смутно помнила, как вынесла на балкон скользкие комья своей непрополосканной стирки, как слипшиеся тяжести переваливали через веревку и шлепались на пол, а слабая веревка увиливала — в то время как внизу, у закрытого магазина, валялись вповалку желтые доски, словно упавшие стоймя и плашмя с какой-то большой высоты. Все, что было неподвижного на растресканном и вспученном асфальте, казалось свалившимся вниз. Комариха, чтобы не прыгнуть туда же, сбросила, слепив покрепче, два или три пролившихся комка, а потом решила подтянуть веревку, лежавшую свободными петлями на овощном фанерном ящике с продавленной крышкой.

Тут случилось необыкновенное: брошенный конец веревки зацепился неизвестно где, Комариха полезла коленками на скакнувший ящик, откуда сыпанулась тонкая и черная, как корни, старая морковь, — и секунду спустя ноги Комарихи оказались на ветру, тапки слетели с поджатых пальцев, точно мотыльки, а внизу, облизнув повисшую душу горячей жутью, протекла, точно черная пиявка, странно безногая кошка. Комариха не успела ничего понять: ударившись, потом перевалившись мягким животом, она почувствовала под собой все тот же бетонный припек, дышащий влагой, словно горчичник; веревка кисло горела в ладони, и вся затекшая рука Комарихи, перевитая петлями, была измята, как это бывает после дурного сна. Однако, приподнявшись, Комариха поняла, что она уже в другом, необыкновенном месте — почти волшебном, потому что сюда она могла попасть, только перелетев по воздуху. Горчичное низкое солнце, притемненное тучей из мокрого пепла, пропитывалось не то тепловатой моросью, не то соленой испариной; на оставленном балконе заискивающе белелась эмалированная миска, вываливавшая на пол мягкие остатки луковиц, похожих на розы в красной, шелковой, тихонько улетавшей шелухе. Не было больше страха, не было расстояний; Комариха могла дотянуться до чего угодно и развесить веревку как ей заблагорассудится, по очереди на все предметы, какие только видели глаза. Удивительная легкость владела ею и требовала выражения вовне, в виде косых качелей, воздушных снастей. Комариха трудилась, создавая внутри материальной и твердой балконной решетки, за которую хваталась по очереди разными руками, другую, нематериальную, за которую нельзя было держаться, как нельзя держаться за воздух, — и хотя самой Комарихе оставалось на балконе все меньше места, веревка все не кончалась и играла в ее ладонях, будто водяная струя, пущенная из шланга; усилившийся дождь пришелся кстати, пронизав еще одной воздушной сетью пологое и сложное сооружение, и Комариха чувствовала, что дождевые нити, немного впитываясь в одежду, проходят сквозь ее невесомое тело, будто через небольшой участок темноты.

Комариха не испугалась невестки, когда она, с лицом как резко тиснутая печать, схватила ее в какой-то квадратной, внезапно зажегшейся комнате, кинула ей под ноги расхлябанные боты и потащила, тыкая в бок, сначала вниз по лестницам, ехавшим под подошвами как тракторные гусеницы, потом наверх, по ступеням почти непреодолимой крутизны, мимо знакомых почтовых ящиков и настенной грамматики с арифметикой. Старуха не забоялась криков Маргариты, предназначенных в основном подслеповатому сынку, не забоялась она и громких совещаний на кухне, во время которых невестка почти не садилась, а Колька, зажатый за столом, испытывал томление в расслабленных ногах, тоже желавших ходить, мерить счетом кухонную тесноту с ее углами и пирамидами грубо отскобленных кастрюль. Но Маргарита занимала все пространство и сливалась, как хамелеон, со всеми предметами от длинного пола до квадратного потолка, заставляя Кольку слушать смирно, точно за школьной партой. Через подвижные щелочки (надо было только не стукать дверью о дверь) Комариха слышала каждое слово и наконец поняла, что злобная невестка собирается девятого августа в пять часов прикончить учительницу, а девочку отдать какому-то Рябкову, которого сама же и ругала круглым дураком, не понимающим добра. Комариха могла бы, конечно, вызвать милицию — прямо под балконом стояли целых три милицейски-желтые телефонные будки, — но она хотела самолично застукать невестку на месте преступления и хорошенько ее напугать. По линючим Колькиным газеткам, ежедневно относимым в туалет, она принялась отсчитывать дни; буквально накануне дата оказалась оторвана и большим размокшим лопухом покоилась в ведре. От раскопок Комариху спасла кудрявая дикторша телевидения, объявившая погоду на завтра.

Глава 25

Метеопрогноз не обманул насчет жары: девятого августа город сгорал в графитовой духоте, под жестким, как бензопила, беспрерывно шуршавшим фонтаном мокли маслянистые пацаны, вылезавшие на камни, будто большие лягушки; меховые бродячие кошки лежали в узкой, как перила, тени около распахнутых магазинов, откуда несло подкопченной тухлятиной. Сергей Сергеич Рябков в белой рубашке, липнувшей к телу мылом вчерашней стирки, со злополучной бутылкой «Узбекистона» в перекошенном мешочке, тащился от одного автомата с газировкой до другого, неработающего, потом до бочки с квасом, под которой темнела пенная лужа. Всякий раз отстаивая очередь пятнистых, будто пирожки в промасленной бумаге, лоснящихся лицами сограждан, он выглатывал тепловатую жидкость, отдающую водопроводом и сразу выступавшую на теле пьяной испариной, отчего брести под серым солнцем становилось все тяжелей. Черный капроновый мешок крутился как хотел: там помимо вина лежал серебряный двузубец, с противным звуком царапавший стекло; этот иррациональный предмет от работы с ним совершенно потерял центр тяжести и вел себя будто стрелка сумасшедшего компаса, отчего мешок буквально не давал прохода измученному Сергею Сергеичу, накануне спустившему свою картину в мусорный контейнер. Он уже не мог оставаться и жить в том же месте, где висела она: впечатление было, что пол и потолок вот-вот поменяются местами, — а когда он выносил и забрасывал в зловонный чан натуго скатанный холст, то не мог отделаться от впечатления, будто в него завернуто нечто, по весу примерно равное вилке. Разумеется, Рябков не стал возвращать ворованный предмет и объясняться с его хозяйкой, очень, как выяснилось обиняками, обидчивой и чувствительной особой, не получившей к тому же очередного летнего отпуска; Сергей Сергеич про себя решил, что раз уж Катерина Ивановна сумела незаметно взять дорогостоящую штучку, то сумеет так же незаметно ее вернуть, и как раз сегодня они смогут обсудить соответствующий план.

Собственно, Рябкову надо было купить цветов. Он сунулся было в магазин, где в сырой полутьме анемичная продавщица предложила только двух уродцев в керамических горшочках, зеленых с красными прожилками, точно со своей кровеносной системой. Около вокзала, пахнувшего как один огромный туалет, Сергей Сергеич обошел неказистый рядок загорелых дачных теток, торговавших тощей молодой морковкой, шишковатыми огурцами и огородными букетами на длинных жилистых стеблях, перевязанных для крепости белыми тряпочками. Здесь ему не нравилось ничего, все цветы напоминали не глаза, но уши и рты; прицениваясь к лиловым георгинам, единственно приемлемым для случая, хоть и похожим на отварные свеклы, Рябков прикидывал, хватит у него денег на пять или на семь экземпляров. Он очень боялся нечаянно купить покойницкий букет и напоминал себе, что требуется непременно нечетное количество штук, — но тут же в его накаленной и железной от солнца голове, звеневшей наподобие кассы, семь делилось на четыре георгина для матери и три для дочери, что вместе с восемнадцатью рублями (существующими, возможно, только в голове, то есть в воображении) закручивалось звонкой арифметикой, без конца перемножаясь на уходившие от остановки трамвайные номера. Разговоры о призраке старухи, особенно охотно заводимые глупой Верочкой, падкой на сладенькое и страшненькое и понятия не имевшей, как донимает она Рябкова этим шелковым шепотком в обеденный перерыв, — разговоры эти, никак не утихавшие в отделе, возымели на Сергея Сергеича самое болезненное действие. Он поклялся никогда не видеть старухиного лица, он желал ей поскорее умереть — и теперь, чем ближе подходило на всех фонарных, вокзальных и прочих циферблатах, показывавших стрелками примерно одинаковое время, но совершенно разное направление, к назначенным пяти часам, тем яснее Рябков осознавал, что готовится к встрече не с Катериной Ивановной, а с невыселенной покойницей. Двузубец в мешке годился на крайний случай как холодное оружие — хотя невозможно было представить, какое воздействие способна оказать трясущаяся вилка на бесплотную фигуру из крашеного воздуха или на пустой, как скворечник, обшитый остатками плоти скелет. Теперь Сергей Сергеич понимал, что доигрался, мысленно представляя себя таинственным убийцей Катерины Ивановны. На этой тусклой жаре его томило, должно быть, то самое чувство, с каким классический душегуб возвращается на роковое место, думая, что сделал круг и заходит из прошлого, — и каким-то образом ворованная вилка, выделившись из всех возможных и годных предметов, самовольно превратилась в орудие *небывшего* преступления, чей тупой упор маленьким рычагом в большую тяжелую плоть, *перевес* этой плоти Сергей Сергеич ощущал вспотевшей правой кистью так же отчетливо, как, например, поворот ключа в своем висячем мордастом замке. Воображение его работало на холостом ходу; требовалось осознавать и контролировать каждое движение каждой части тела по отдельности, буквально вести себя по улице, будто куклу на нитках, чтобы не представлять свои руки и ноги делающими что-нибудь непредусмотренное, совершенно не нужное. Собственно, Сергей Сергеич уже не знал, для кого покупает цветы: мать и дочь слились для него в одно, и мысль о возможном наследственном сходстве, впервые пришедшая в его перегретую голову, заставила его покрыться ледяным эфиром. Он без сил опустился на скамейку в резкой, как стрела, тени глухого дома, пролегавшей краем и острием по проезжей части; представил, как достает из мешка двузубец, и действительно тут же достал его, знакомый до каждой смуглой завитушки по недавним усилиям написать. Теперь он ясно видел, чем остатки натюрмортов, знакомые ему как собственные руки, сходны с орудиями бытового убийства: и те и другие вещи, не будучи оружием в собственном смысле слова, уже не могли выполнять свои нормальные житейские функции и казались чем-то случайно потерянным при переходе в небытие — ключами, забытыми в квартире, в то время как хозяин ушел, захлопнул невидимую дверь и теперь не сможет вернуться домой.

Однако надо было вставать, брести, успевать к назначенному времени и как-то заканчивать всю эту историю, несправедливо измучившую Рябкова, хотевшего только тепла и скромного жилья. Он поднялся, пьяный от возгонки через тело тяжелых литров выпитой жидкости; город, будто непропечатанная газета, пачкался типографской сажей, серые тени были будто снимки и строки, просвеченные солнцем сквозь бумажную желтизну: удвоенная геометрия изнанки и лица, подчиненная линиям улиц и колонкам этажей, не имела разборчивого смысла, и минутами казалось, что стоит сделать шаг вперед, как порвешь бумагу и окажешься с обратной стороны. Все-таки Сергей Сергеич упрямо направлялся в последнее место, где еще мог купить букет до пяти часов. В переулке около кафе-мороженого, украшенного здоровенной снежинкой с одним обломанным оленьим рогом, гортанные кавказцы с усами будто ножницы и плоскогубцы торговали дивными розами в ведрах, каждое ведро стоимостью в четверть машины «Жигули». Сергей Сергеич, постоянный и нищий покупатель из-за частой смены подруг, испытывал к этим неместным людям законную мужскую враждебность: располагавшие цветами и полными карманами денег, кавказцы как бы изначально имели больше прав на женщину, которую Рябков только собирался привлечь, — и сегодня он особенно не хотел считать перед ними деньги, выбирать из всего роскошного товара привядшие цветы, такие, чей лучший день остался в прошлом. Но делать было нечего: у молодого толстого кавказца, не имевшего усов и словно накрашенного женской косметикой до сурьмяной красоты, Сергей Сергеич сторговал за пять рублей одну-единственную розу, вовсе незавидную, бледно-белую, сухую, похожую на угол растрепанного блокнота. Продавец презрительно вытряс ее из приподнявшегося на стороны куста, будто какой-то сорняк, и подал Рябкову незавернутой: шипы сразу впились в ладонь, вызвав на коже липкий озноб. На электронных часах почтамта, видных через двойную, с застрявшими трамваями, ширину проспекта, выскочило 16 : 54, и Рябков, с розой наперевес и с развязавшимся шнурком, трусливо заспешил.

Тем временем Катерина Ивановна, проведшая целый день в бессмысленной тревоге, резала колбасу. Колбаса была копченная почти до черноты, и строгать эту твердую палку было все равно что точить карандаш. Накануне Маргарита принесла еще продуктов и задымила всю немытую кухоньку своими нервными сигаретами, насовав десяток раздавленных до алого фильтра окурков в кастрюлю с подгнившим алоэ, точно любая, даже эта плесневелая земля была способна все принимать и служить для всего окончательным небытием. Того, что Маргарита натолкала в холодильник, оттеснив в глубину ледяные банки с остатками растрескавшейся сметаны, холодные бумажки с загнувшимися корками сыра и просто пустые, — всего дареного богатства, включавшего даже мензурку искусственной черной икры, вполне хватало для стола, Катерине Ивановне даже не надо было ходить за хлебом, потому что предусмотрительная Маргарита захватила и батон. Однако во все томительное время ожидания, начавшееся с предрассветного теньканья птицы в тонкой сетчатой листве, Катерина Ивановна порывалась сбежать. Чем ближе подходило к пяти часам, тем меньше у нее оставалось возможности уйти из дому, тем гуже становилось пространство, где она еще могла распоряжаться собой. Если в двенадцать ей еще хватило бы свободы доехать до центра, то позже остались только ближайшие улицы с ненужными магазинами, потом всего лишь двор, где призраки сегодня сидели смирно и просвечивали, будто огородный парничок, а худующая Любка, уткнувшись очками в роман, катала туда-сюда коляску с полугодовалой дочкой, и порой с балкона ее пронзительно окликала непомерно растолстевшая, синебровая и синеволосая мать, которую недавно у всех на глазах бросил начальственный муж, уехавший по назначению в Москву.

Целый день серебристо-тусклая от солнца Софья Андреевна почти не двигалась в ответ на суетливые движения Катерины Ивановны, тут и там нарушавшие границы оцепенения таких же тусклых, будто нарисованных вещей. Из-за беспорядка все в квартире казалось испорченным, словно перечерканным грубыми исправлениями, что подтверждали косые и глубокие царапины на мебели; вышивки крестом, по-прежнему висевшие на стенах, походили на терки. Софья Андреевна сидела на диване неестественно прямо, на коленях у нее и рядом с ней лежали неизвестно откуда взявшиеся книги и старые журналы с датами двадцатилетней и тридцатилетней давности; некоторые были повреждены огнем и походили на стопы старой копирки, у других обгорелые углы завивались рыжей бахромой, а иные, напротив, раздобрели от сырости и были волнисты, будто древесина, не содержавшая внутри ничего, кроме записи собственных лет. Нацепив отливающие ртутью очки, в действительности лежавшие на комоде, Софья Андреевна читала сохранившийся лучше многих номер «Нового мира»: бурое пятнышко, замеченное Катериной Ивановной еще в одиннадцать часов, разрасталось от страницы к странице, являя на развороте две симметричные стадии своего развития, и буквы заголовков, попадавшие в пятно, были будто насосавшиеся крови комары. По крепко сжатым материным губам, по большому расстоянию от очков до текста, словно исключенного из личного обладания и отставленного напоказ, Катерина Ивановна догадывалась, что мать читает повесть ей в осуждение, — и может, там как раз говорится о том, что нельзя приводить домой холостых мужчин и распивать вино, чтобы после все закончилось *этим,* тогда как в доме с полным фамильным правом поселилась смерть.

Но Катерина Ивановна ничего не могла поделать: жестяные ходики-пустышки, подобно абсолютно всем циферблатам, окружавшим Сергея Сергеича на размазанных жарою улицах, толкали стрелки по часовой. Потревожив и буквально сдернув с места упиравшийся комод, Катерина Ивановна достала парадную белую скатерть с истрепанной, пушистой от старости шелковой вышивкой. Ее перемятостей не могли укрыть два несоленых уродливых салата в одинаковых чашках, грубо вскрытые банки консервов, серебряная солонка с синеватыми остатками окаменелой соли, бестолковые наборы рюмок для единственной бутылки «Узбекистона», непроницаемо черневшей на солнце и бросавшей на скатерть алый прозрачный блик. Глубины комода и шкафа, куда Катерине Ивановне пришлось забираться за полотенцами, за сточенными до неправильных краев прабабкиными ложками в старинной бархатной коробке, были холодны, как погреба. Несмотря на то что мать ничего не ела с самой смерти, только, видимо, выпивала воду, удивительно быстро испарявшуюся из пожелтелого графина, все-таки Катерина Ивановна поставила на стол ее любимую тарелку с полустертыми незабудками. Почему-то ей казалось, что есть с материнской посуды будет неловко, словно с круглых зеркал. Временами Катерина Ивановна надеялась, что ничего не произойдет, просто в доме ненадолго появится чужой и образует небольшую горку *поганых* вещей. Чтобы сэкономить, она достала для Рябкова посудины, некогда относившиеся к Комарихе, — они так и хранились вместе в недрах кухонного стола, слипшиеся, будто от неразмешанного сахару, и в чайной кружке, на сером дне, было, будто маку, насыпано дохлой мошкары.

В результате хлопот стол получился такой, будто его накрывали не хозяева, а чужие, какие-то квартиранты. Помня приказание Маргариты переодеться, Катерина Ивановна включила налитой железным холодом, нехотя защелкавший утюг и добросовестно полезла в шифоньер, где первым висело материно зимнее пальто с угрюмой гладкой чернобуркой. Подвигав туда-сюда более легкие вешалки с платьями, поморгав на их полузабытую, перемятую пестроту, Катерина Ивановна сволокла одно, безрукавое, в разноцветный горошек, похожий на конфеты драже. Сгорбленно, правой рукой вперед, она залезла в него, мельком подумав, что этот бежевый лифчик Сергей Сергеич видел уже на ней у себя в мастерской. Она застегнула жесткую, как прут, противно скрипнувшую «молнию», огладилась — но вокруг холодного, неполно дышащего тела была непривычная свобода, точно Катерина Ивановна осталась незастегнутой. Зеркало, сосредоточенное больше на входной двери, показало ей, что юбка стала чрезмерно длинна и висит чуть ли не до пола, что под мышками видны обхваты лифчика, а кожа в распадающемся вырезе сделалась дряблая, покрылась окружьями серых морщин. Со смесью облегчения и безнадежности (сердце кто-то давил и мял, будто тесто для пирога) Катерина Ивановна содрала через голову, пятясь на стулья, вывернутое платье и быстро вернулась в черное, недавно стиранное, приколов к нему для очистки совести одну из тусклых материных брошек, тяжело повисшую на тупой, захватившей неловкую складку игле. Теперь оставалось только ждать. Катерина Ивановна то присаживалась на стул, боком стоявший к столу, то мерным шагом, мимо матери, внимательно глядевшей ей под ноги, выходила на рассохшийся балкон. Там близко серебрилась горячая листва, Любка в разбитой позе сидела внизу, крепко держась за поручень коляски, легши лбом на кулаки, — должно быть, дремала и резко вздрагивала, когда коляска вдруг откатывалась, вывозя из тени на свет безмятежного младенчика, похожего, с соской во рту, на щекастое яблоко с хвостиком. Катерине Ивановне казалось, что если она заранее увидит, как Сергей Сергеич идет по двору к подъезду, то успеет как-то подготовиться, унять зубовную дрожь.

Тем временем одетая на выход Комариха тоже поглядывала на часы. На ней была коричневая юбка, заколотая, чтобы не свалилась, большой английской булавкой, и алая атласная кофточка, вся висевшая на слабых, белыми нитками сосборенных швах. Злокозненная невестка долго мыла пол, обстоятельно купая тряпку, а когда она наконец убралась, вылив в унитаз тяжелое ведро воды и жидкой земли, на лучших ее позолоченных часиках, присвоенных Комарихой и положенных в карман, уже наблестело четыре; туфли Комарихи, с вечера оттертые от паутины и поставленные на виду, оказались мокрыми. Но Комариха была уверена, что сегодня ее никто и ничто не сможет задержать.

Довольно ловко разобравшись с замками (изучив заранее, какую шишку куда крутить), Комариха вылезла в подъезд. Спускаться по неясным ступеням было трудно, потому что и перила, и стена, и надписи на стене вели в обратную сторону. Преодолев размашистую качку подъездных дверей, на которых к тому же болтались какие-то белые бумажки, Комариха в первый момент не поняла, почему оказалась не на проспекте, все время видном в окно, а на дорожке среди тяжелых, будто зеленым тряпьем обвешанных деревьев. Трещины на асфальте, приподнятом снизу коленями корней, странно напомнили Комарихе собственный потолок. Она неуверенно побрела за какой-то смутно знакомой женщиной, сразу ускорившей шаг, отстала, постояла, вспоминая, между двух облупленных розовых столбов, в которые слева и справа были вделаны дегтярно-черные решетки. Сзади, дыша бензином, просигналил раскаленный автомобиль и проехал мимо, будто по слякоти, оставляя на асфальте серебристые, змеиного узора, липкие следы. В голове у Комарихи потихоньку высветлилось: кремовый сложный домище, занимавший собою целый зарешеченный квартал, соединился с другим, двухэтажным, и тут как тут оказался третий, имевший в торце подвальную мастерскую. Комариха улыбнулась, показав гнилые щепочки зубов, и неожиданно легко, ни за что не держась, заковыляла привычным, вперед на два квартала вспоминавшимся путем.

Однако все перед нею было не так. Сделалось почему-то тесно: между знакомых, подгнивших, едой и осенью пахнувших домов оказывались втиснуты незнакомые, новенькие, словно только что собранные из белых и коричневых кубиков; они занимали собой всякий прежде свободный пятачок и порою даже прирастали стенами к старым домам, соединяли их в суставы, словно стеклянистые хрящи; то и дело глубоких, просверленных уличным воздухом ноздрей Комарихи касались едкие запахи стройки. Казалось, будто она все-таки попала не туда: сквозь старые улицы и дворы, как-то сохранявшие на жаре немного пьяного и степленного холода и вспоминавшиеся будто давний сон, проступал иной, многоэтажный город: прокаленный тускловатым нестерпимым солнцем, будто шедшим через пыльное стекло, он, вероятно, располагался здесь в действительности. Этот новый город был куда как больше прежнего: в проемах улиц, спускавшихся к далекому, солонкой белевшему пруду, Комариха с оторопью видела крыши, крыши, лозунги на них, будто газетные заголовки над строчками окон, лиловое марево, полное кубиков, кубиков, белых дымов. Однако и этот огромный город лежал затерянно посреди открытого пространства, завороженного светоносными облаками, серевшими, как пятна окиси, на серебряном небе. Горизонт круглился прозрачными полосами, бу́дто край пол-литровой банки: там виднелась аккуратная выемка, вероятно для шоссе, и Комариха ногами почувствовала, что это шоссе запутанно, но неизбежно связано с улицей, которую она перегородила, встав посреди проезжей части перед жаркими мордами почти уткнувшихся в нее машин.

Все-таки она не растерялась и перешла, сопровождаемая гудками и гневными взмахами водителей, что жестикулировали у себя за стеклами, но были не опасней, чем артисты в телевизорах. Она шагала и чувствовала, что внушает встречным некоторый страх, и это бодрило Комариху, заставляло резко двигать руками, непривычно свободными от стены. Еще она смутно помнила, что дома у нее припрятано *нечто*, некий тайный документ. В действительности Колька давно присвоил Раину фотографию, потому что сам не имел ни одной и начал уже забывать мелкие, лучистые Раины черты, — получил новогодний подарок, когда Маргарита наряжала против шерсти капризную елочку, а Колька опорожнял для жены большую легкую коробку со всякими радужными шарами, откуда внезапно выпало сокровище. Комариха, конечно, этого не знала и даже не помнила, что именно у нее припрятано на верху платяного шкафа, достроенного чемоданом и коробками до потолка, но само обладание тайной делало ее сильнее прохожих, спешивших убраться с ее дороги, подхватывая на руки засмотревшихся детей. Комариха ползла от одной знакомой приметы до другой, будто насекомое по ветке, сорванной и перенесенной неизвестно куда, — но, не имея понятия, где находится, она нисколько не боялась *другого* города и смутной черты между небом и землей, оттого что та совершенно походила на полосу, вышорканную Комарихиными руками на знакомых стенах. Страх высоты и расстояния растаял навсегда, и Комариха, хотя не знала, сколько ей еще идти, продолжала перетаскивать ноги с места на место, изредка забредая по серой тропинке на дремучий газон, опутанный клейкими сединами и сажавший ей на юбку синеватые колючки. Раз ее облаяла собачонка, челкой и безумными глазами похожая на Гитлера, раз она едва не съехала в канаву и еле удержалась по щиколотки в рыхлой, подсыхающей земле. Под аркой она прошла согнувшись, трогая крупную чешую отставшей штукатурки и чувствуя некое несовпадение между входом и выходом; шарканье ее отражалось в темной высоте и звучало почему-то позади, точно Комариха за собой тащила санки. Она была уже порядком утомлена и расстроена видом новых многоэтажек, чьи маленькие подъезды с фанерными, по-собачьи брешущими дверьми все время впускали и выпускали молодых и незначительных жильцов, — но, пройдя через арку, оказалась вдруг в том самом, нужном ей дворе. От рассохшихся сараек тянуло деревянным запустением, детская площадка держала, как могла, расшатанные конструкции из железных труб, горячих, словно паровое отопление посреди жестокой зимы. Худенькая девочка в одних трикотажных трусиках, испачканных песком, качала, придавливая одной рукою к сиденью, лохматого котенка, потом котенок изловчился и спрыгнул. Тут Комариха, с трудом перехватываясь руками по какой-то детской крашеной лесенке, разломила поясницу и сразу увидала на балконе живую учительницу: черное платье ее глотало и впитывало без остатка солнечные лучи, зато лицо белело, будто эмалированное. Запоздало испугавшись, что могла и не застать учительницу в живых, Комариха помахала балкону скрюченной рукой и устремилась в раскрытый подъезд.

* * *

Катерина Ивановна тоже увидала Комариху в тот момент, когда свихнувшаяся старуха для чего-то полезла на шведскую стенку, и сразу вспомнила Маргаритин рассказ о ее путешествии с балкона на балкон, о бельевой веревке, в которой Маргаритина соседка, снимая, запуталась вместе с банками и склянками, так что веревку пришлось разрезать на несколько частей. Получалось, что Комариху теперь привлекает все решетчатое, сетчатое, протянутое в воздухе, — получалось, что она тоже умеет летать и достигать отдаленной цели, прежде для нее не существовавшей. Катерина Ивановна вдруг испугалась, что старуха при желании может прыгнуть к ней на второй этаж прямо с исшорканной и твердой, как точильный камень, игровой площадки. Страх высоты опутал ослабевшие ноги Катерины Ивановны, и она едва заставила себя окинуть взглядом двор, странно похожий на карту с горным хребтом раскопанной траншеи и алым флажком старухиной кофты: Сергей Сергеич не появлялся и опаздывал уже на пятнадцать минут.

Молясь, чтобы он опоздал еще, Катерина Ивановна поспешно вернулась в комнату. Мать, успевшая куда-то спрятать свои журналы и переодеться в черное, глядела на нее из зеркала тревожными глазами. Опять повторялось то, что было с Катериной Ивановной всегда. Она понимала, что не сможет, как не могла и в детстве, выдержать сверлящий звонок Комарихи, знающей точно, что Катерина Ивановна внутри, — чувствовала, что ей не отсидеться в ловушке, куда она попала, по-видимому, очень давно. Присутствие еще одной старухи за скудным столом, где салаты походили на кашу и искусственная икра смокла черной рыбной водой, оскорбило бы Рябкова, а Комарихины атласные лохмотья, скрепленные кое-как натыканными стежками, а может, и просто булавками, окольной логикой дали бы ему понять, что старуха здесь своя, почти что родственница. Надо было выбираться, пока не поздно, следовало оставить Комариху перед *действительно* пустой и запертой квартирой, а самой побыть на лестнице — там, куда старуха не догадается взглянуть. Безумно торопясь, Катерина Ивановна кинулась искать ключи и краем глаза увидала, что мать тоже всполошилась и мечется, мелькает тут и там в зазеркальных проемах, точно взлетевшая с карниза темная птица. Вдруг она пропала совсем; ее присутствие еще недолго ощущалось в том, как плавно, наплывом, темнели сквозь пыль серебряная солонка, кастрюльная крышка, подставка настольной лампы, но вот и они, округло перелив темноту, испустили, будто душу, ушедшее в воздух неясное пятно, и мамы не стало нигде. Вспомнив, что ключи, конечно, в сумке, а сумка в прихожей, Катерина Ивановна побежала туда и, схватив в охапку набитый до хруста кожаный мешок, принялась запихивать ноги в тупые валкие босоножки. Входная дверь, еще безмолвная, буквально испускала ужас сквозь белый немигающий глазок, ее прямоугольность с каждой двухтактной секундой набирала угрозу. Ожидая немедленно увидеть перед собой Комариху, Катерина Ивановна тихонько оттянула механизмы двух замков, потуже и послабей: к счастью, лестничная площадка была еще пуста и, свежевымытая уборщицей, светлела мокрыми следами тряпки, уводящими вниз. Катерина Ивановна быстро нагнулась, что-то, не помня что, отыскивая на полу, но секунды скакали наперебой, и она, не думая больше ни о чем, захлопнула оглушенную квартиру. Внизу, где дверь подъезда была, как всегда, распахнута и приперта здоровенным, закапанным известью камнем, чувствовался усталый зной, неясные голоса сливались с плеском листвы словно бы в звуки купания на реке, — и оттуда вдруг напахнуло невероятной свободой, возможностью идти на все четыре стороны. Но старухины шаги, с силой шоркая о каждую ступень, уже поднимались по лестнице, и Катерина Ивановна, стараясь ступать как можно легче, сделаться тенью этих шагов и этого зловещего существа, побежала наверх. Там она неловко присела на корточки, чувствуя себя выше, чем надо, на вихляющих каблуках, почему-то воскресивших сейчас детское ощущение великоватого чужого велосипеда, и, обхватив себя руками, вдруг поняла, что забыла в прихожей и сумку, и ключи. Тут же она увидала сквозь решетку совершенно белую куриную головку и венозную руку, хватавшую перила. Словно дряхлая жар-птица в ветхом атласном пере, предпочитавшая уже не летать, а тащиться, кланяясь, на полусогнутых ногах, старуха наконец залезла на площадку, постояла, опираясь в стену под звонком Катерины Ивановны, дыша под ним со свистом и странными перерывами. Катерина Ивановна приготовилась терпеливо слушать отдаленный звон в лабиринте оставленной ею пустоты, одновременно соображая, где найти в субботу вечером жэковского слесаря, заранее смущаясь перед Сергеем Сергеичем за эти поиски вместо гостеприимства. Но тут проклятая дверь, получившая после смерти матери свободу быть открытой независимо ни от каких ключей и замков, издала вопросительный скрип и, оставаясь в тени, подаваясь еще глубже в тень, растворилась в темную прихожую. Старуха, повозив и отбросив ножищами мамин узловатый половичок, проникла внутрь.

Глава 26

В прихожей, где она оказалась без приглашения, было решетчато и сумрачно, будто в отключенном холодильнике. Комариха громко поздоровалась, сразу приготовив льстивую улыбку, но ей никто не ответил. Осторожно глянув в комнату, она обнаружила накрытый стол и на нем бутылку красного вина. Давным-давно лишенная невесткой этой невинной радости, Комариха облизнулась и, ощипывая на себе лоскуточки, посмотрелась, как положено гостье, в темное, гладкой водою налитое зеркало. Пройдя, она на белой скатерти, на самом лучшем и почетном месте, увидала свой прибор, те самые тарелку и чашку с серыми остатками былой позолоты, из которых ела всегда: такая доброта учительницы, очевидно заранее знавшей, что она придет, сильно ободрила Комариху. Заглянув еще на кухню, где раковина была забита, как осенняя лужа, мягкими вареными очистками и стояло, с черными и ржавыми кругами от кипения воды, множество пустых, шершаво сохнувших кастрюль, Комариха убедилась, что учительницы в квартире нет. Старуха подумала, что хозяйка, вероятно, вышла к соседям по хозяйственной нужде, а ребенок спрятался от злодеев где-нибудь за мебелью. Приседая и притираясь щекою к желтой стене, Комариха заглянула за шифоньер, за комод: там, в щелях, черными косыми нитями паутины напоминающих распоротые швы, она увидала только разъехавшийся, посеревший от времени журнальчик да какое-то темное коромысло, основательно застрявшее. Сощуренной Комарихе померещилось, что это какая-то шашка или сабля, но, сколько она ни елозила, с кислой гримасой отворачиваясь от своей руки, по плечо ушедшей в темноту, кончики пальцев только чуть-чуть касались окаменелого крученого шелка рукояти, толкали тяжелую, словно засохшей краской склеенную кисть. Наконец Комариха устала, с трудом разогнулась и, с меловым пятном на дряблой щеке, похожей на тряпку, какою в классе только что стерли с доски большую контрольную работу, присела к столу. Только тут она обратила внимание, что мебель в комнате вся исцарапана, буквально порезана словно бы хулиганским ножом, а пыль, лежавшая везде, будто первый жирок обленившейся пустоты, сплошь покрыта ссадинами и темными синяками. Испугавшись, что невестка и ее сообщник уже побывали здесь, Комариха попыталась заесть тревогу жестким, с разорванной шкуркой колбасным кружком, размылившимся на шишковатых, сразу заболевших деснах, — и тут услыхала, как кто-то тихонько отворяет наружную дверь.

Это был Рябков, совершенно пьяный от последней кружки разбавленного кваса, выпитой на торговом углу у самого поворота во двор Катерины Ивановны, куда он вступил, точно актер на сцену, чувствуя искусственность каждого своего короткого шажка. У знакомого подъезда дрожащий воздух был странно студенист, заспанная особа, сидевшая на скамейке возле неуклюжей, как сундук, залитой солнцем детской коляски, проводила гостя подозрительным взглядом, и когда Сергей Сергеич поднялся по крутым, точно полки, ступеням на второй этаж, ему почудилось, что наверху, на лестнице, тоже кто-то есть. Катерина Ивановна сперва приняла его на слух за старика из двенадцатой квартиры и слишком поздно разглядела знакомую шевелюру и бороду, как бы поредевшую волосом от толщины раздавшихся щек. Она привстала, качнувшись на затекших ногах, и хотела окликнуть Сергея Сергеича, но тот, для чего-то ступая на цыпочках, уже увернулся в раскрытую квартиру.

То, что дверь под нужным номером оказалась приотворена на один таинственный сантиметр, Рябков воспринял как приглашение войти без шума: прежний опыт свиданий на чужих территориях, когда не следовало выдавать свое присутствие родителям или соседям по коммуналке, содержал подобные случаи, но теперь, мгновенно представив, от *кого* ему следует таиться, он почувствовал в коленях противную тошноту. В узком голом коридорчике сверху свисал угрожающий лицу Рябкова почернелый светильник, внизу, под ногами, валялось много разбитой, носатой, морщинистой обуви: из-за нее казалось, что в квартире у Катерины Ивановны собралось не меньше десяти гостей, а между тем в ушах Сергей Сергеича стояла мертвая тишина. Напротив входной двери наклонное зеркало в деревянной раме, местами истертое до дна, как бывает истерта до досок ледяная детская горка, отражало только неуверенные движения *лишней* мужской фигуры, искажая их каким-то толстым стеклянистым наплывом, и роза светилась там неясным холодным пятном. Рябков понимал, что если он сейчас не сдвинется с места, то так и останется стоять в этой нежилой прихожей, застарело пахнущей лекарством; он попытался прокашляться, издал пересохшим горлом звук, похожий на собачий лай, и, ощущая в теле зыбкую зеркальную волну, проплыл над обувью в желтую комнату.

Призрак старухи в могильных лохмотьях поднялся ему навстречу и угрожающе занес костлявую руку в распавшемся рукаве. Сергей Сергеич попятился, чувствуя спиной пустоту: только тонкая, вставшая дыбом рубаха отделяла его от неведомой, зовущей к падению пропасти. За темной против света фигурой покойницы тоже стояла *перевернутая* бездна: глубокие борозды на мебели и сорванные клочья паутины, висевшие подобно летучим мышам, показывали, что жители квартиры обитают на потолке, — и то, что происходило сейчас с Рябковым, разворачивалось на каком-то крошечном острове порушенной тверди, словно бы в падающем самолете. Покойница неуклонно приближалась, двигая ноги рывками, точно зверь на задних лапах: Сергей Сергеич ясно видел ее передние зубы, большие, как ногти, белесое пятно на лоскуте подгнившей щеки. Он понимал, что вот так и сбывается самое страшное, так и приходит к человеку сумма всех его житейских грехов. Последними остатками сознания вцепившись в остатки реальности, представленной кастрюлями и знакомой хозяйственной сумкой, Сергей Сергеич трясущейся рукой полез к себе в мешок и вытащил сперва тяжелую бутылку, которую поставил на пол, только теперь увидав такую же точно на далеком, как спасение, накрытом столе. Полегчавший мешочек сделался необычайно увертлив, рука не попадала и скользила в боковой карман с какой-то мусорной мелочью; наконец, ухватив двузубец через складки, будто свежепойманную рыбину, Сергей Сергеич отряхнул с него пустую капроновую шкурку, норовившую зацепиться, и его едва не вырвало, когда он заметил, что держит вилку, будто собирается подцепить с тарелки кусок еды.

Между тем нога покойницы, обутая точно в такую же тусклую туфлю, что во множестве валялись вокруг, подмяла оброненную розу, раздавив растрепанную белую головку. Отступив еще на один ритмический шаг, Сергей Сергеич, будто в танце, сделал шаг вперед и выбросил зажимавший оружие потный кулак. Тотчас его охватили жуткая слабость и земляной, сырой, сладковатый запах картофелехранилища, что исходил от тела покойной, шел из ее разинутого, скользкой плесенью обметанного рта. Безвольная рука, взятая в костяной зажим, заворачивала не туда, набирая чужой, кривой, ломающей силы, потом последовал удар, и Сергей Сергеич почувствовал, что кожа его вместе с нежным атласным жирком ходит по ребрам, будто ткань по стиральной доске. Вилка сбрякала на пол, чистая, едва окрашенная розовым соком, точно ею брали клубнику. Рябков, задыхаясь, зажал ладонью жгучую боль, тупо отдававшуюся в ногах и в голове, ощутил растопыренными пальцами, как расплывается теплая клякса; кровь, вытекая из набухающей боли, сама не болела и была точно посторонняя жидкость, ладонь, окрашенная ею в рыжий цвет луковой шелухи, тоже не болела от крови, но была как чужая. Боком, подчиняясь крену падающего пространства, Сергей Сергеич вывалился в коридорчик, уткнулся лицом в колючее, словно опилки, оборвавшееся с вешалки пальто, едва не захлопнул собственным весом наружную дверь, но та, покачавшись, все же выбросила его на лестницу. Скатившись, будто с горки, по перилам и по стене, Рябков оказался на улице: там его охватила мягкая, печная, душная жара, особа, что поднялась навстречу ему с перекошенной скамейки, была одета в пронзительно-синее платье, и Рябков, делая вид, что ничего не случилось, поминутно теряя и снова улавливая собственное сознание, словно нитку знакомого запаха в уплывающем воздухе, потащился к трамвайной остановке.

Катерина Ивановна услыхала сдавленный крик и, вскочив со ступеньки, где сидела на подстеленной свежей газете из собственного ящика, увидала, как Сергей Сергеич кубарем выкатился из квартиры: белая рубаха у него на боку набухла красным, жирный от крови лоскут был цвета говяжьей печени, седина на макушке торчала хохолком. Что-то помешало Катерине Ивановне закричать в ответ: медленно спускаясь и стараясь не наступить на четыре мелкие темные капли, она поняла, что все, происходившее с ней, наконец-то закончилось. Чтобы вернуться в прежнюю жизнь, ей пришлось бы как-то улаживать случившееся, а она не хотела и не могла. Во дворе соседи и незнакомые люди, имевшие все-таки что-то неуловимо знакомое в *местных* добротных лицах, покрытых розовым загаром и белой сеточкой морщин, стояли и смотрели так, что Катерина Ивановна сразу догадалась, куда ушел окровавленный Рябков. Никто не поздоровался с ней, только приходящий мальчик-музыкант, проскользнувший, как корабль на горизонте, за спинами толпы, тихо ей оттуда поклонился. Катерина Ивановна подумала, что надо вызвать из автомата милицию и «скорую помощь», но тут же подумала другое: оставленный ею дом, заросший, словно гигантской крапивой, черными тополями, не мог иметь по стандартной планировке смежных однокомнатных квартир, и квартиры эти не могли смыкаться всеми стенами сразу, не будучи в действительности одним помещением, где происходила максимум одна история. Она прощально глянула на балкон, который считала своим: там, утонув в распавшейся, до тапок провисшей газете, топтался бледный Михаил Израилевич и делал Катерине Ивановне круглые знаки толстеньким пальцем, будто накручивал номер, одновременно округляя перепуганные старые глаза.

Катерина Ивановна пошла по тротуару. Тут и там в густой и теплой пыли валялись, то орлом, то решкой, нагретые монетки: она подобрала пятнашку; тяжелый, как галька, полтинник; какую-то иностранную денежку, очень легкую, с полированным профилем; новенькую ликующую двушку; каменный черный пятак. Но все автоматы по пути, обязанные вызывать милицию и врачей вообще безо всяких монет, не давали гудков, только шипели и нашептывали в ухо что-то неразборчивое или стояли без трубок, точно старые умывальники. Между тем вокруг происходили изменения: пространство за спиной у Катерины Ивановны смыкалось, не сохраняя ни малейшего следа ее недавнего присутствия; небо над головой стало горячим и фиолетовым, будто навороченный лопатами свежий асфальт. Вывернув наугад на хлынувший ветром, точно прорвавший плотину проспект, Катерина Ивановна увидала под обдираемой, будто эскимо, афишной тумбой скорченную фигурку с черным кустиком знакомой бороды. Около нее суетились, будто чайки, растрепанные медики, тут же стояла, кое-как развернувшись и растворив воротца, «скорая помощь». Катерина Ивановна поняла, что звонить никуда не нужно, что теперь она окончательно свободна. Последней, кого она увидала, прежде чем исчезнуть навсегда, была Маргарита: в свистящем шелковом балахоне, с сединою, торчавшей с висков, будто полуоторванные папиросные бумажки, бывшая подруга выкликала свекровь по имени-отчеству, кружась и глядя на экскаваторными ковшами задранные балконы, точно старуха и в самом деле умела летать.

Катерина Ивановна не узнала, что Рябков остался жив и очень скоро залечил разорванный бок, но ничего не смог рассказать железному, как Самоделкин, милиционеру комсомольского возраста, напрочь отказавшемуся поверить в привидение. Пьяненькую Комариху обнаружили только в воскресенье вечером, когда открыли квартиру Катерины Ивановны при помощи тоже хмельного, действовавшего с большою расстановкой жэковского слесаря: старуха спала на полу, завернувшись в тряпье, выволоченное ею из открытых шкафов, что стояли с перекошенными ящиками и вывешенными флагами, точно взятые штурмом укрепления; рядом со старухой в мягком ворохе младенцем спала бутылка, которая, перекатившись, сры́гнула на платья и кофты темную струйку вина. После, прибирая в квартире, Маргарита обнаружила множество странных предметов — твердые старинные фотографии без лиц, почерневшие кольца без камней, — но не обратила никакого внимания на двузубую серебряную вилку, которую небрежно бросила с другими вилками и ложками в маловатую для нее полуразрушенную коробку. Потом все это долго стояло запертое и ничейное; по мере того как реальность исчезала под возникающей из ниоткуда непрозрачной пылью, тело пустоты обретало определенность, обрастало мягкими отложениями, затягивалось пленками и дышащими легкими из больших белесых паутин. Несколько раз Маргарита наведывалась посмотреть: среди бела дня в квартире было темно, приходилось зажигать электричество, — но единственный живой плафон ничего не освещал, только менял собственный цвет с черно-серого на тускло-желтый, выявлявший внутри какие-то грубые клочья, и издавал нестерпимый горелый запах, точно утюгом сожгли до корки лежалую синтетику.

Куда это все со временем девалось, неизвестно; Маргарите на это было, как она теперь во всеуслышанье выражалась, глубоко насрать. Она развелась с безропотным Колькой, заработавшим хронический гепатит и в одночасье пожелтевшим, будто лысая репка, и отсудила у него жилплощадь. Получились две абсолютно одинаковые бетонные квартирки на разных окраинах города. Колька с помешанной Комарихой, страдавшей теперь невероятным обжорством и пихавшей за щеки, точно конфеты, Маргаритины стекляшки, уехали в окутанный дымами заводской район, настолько бесцветный, насколько только может не иметь цветов материальный объект, и там пропали навсегда, а Маргарита поселилась с видом на сосновый лесопарк, зимой поющий, стоя и качаясь, заунывные песни, спускающий по ветру снежные хвосты, летом пахнущий водкой с нагретых пригорков, понизу полный мусора и папоротников, жестких бесплодных черничников. Скоро к Маргарите переехал с самого начала неизбежный для нее Рябков. Его осудили условно на два года за кражу бумажника, отягчавшего мирно висевший на стуле толстоплечий пиджак начальника отдела (от чего Рябков при мыслях о Катерине Ивановне не смог удержаться), уволили из института после бурного собрания коллектива, и притихший Сергей Сергеич устроился дворником. По утрам он расшваркивал синие лужи, поводя бородою вслед летающей метле, или долбил крутые, намозоленные снегом ступеньки возле овощного магазина, догола шкурил промерзлый асфальт — поздоровел, посвежел широким лицом, полюбил перемены погоды, ветреные сизые оттенки весеннего неба, утреннюю кивающую суету человеческих ног, мельтешивших, пока он не спеша перекуривал, по его недоделанной уборке. Живописью он теперь занимался редко и робко, с разрешения Маргариты, что придавало ему немного уверенности перед чистым, как стенка, холстом, — и работал большей частью по памяти, уже не стоя, а сидя на переступавшей по диагонали угловатой табуретке, имея перед глазами и на подрамнике одну пустоту.

Его еще ожидала впереди короткая и бурная слава пострадавшего диссидента, выставки в подвалах и на чужих затоптанных квартирах, где картины стояли прямо на продавленных диванах и вся обстановка, с осторожным обходом комнаты и курением на кухне в общую, переполненную топливом пепельницу, неуловимо напоминала многолюдные похороны. Его *отвернувшаяся* живопись, особенно последнего периода *невидящих глаз,* чрезвычайно интересовала глаженых и тертых иностранцев, выделявшихся среди русской публики, как большие грызуны среди разнопородных собак, белевших скобками зубов и воротничков на самых беспорядочных сборищах, — впрочем, плативших сдержанно. Маргарита, сразу усвоившая тон, превратила себя в долгополое существо с бусами до колен, выстригла острую челку и тоже стала делать авторские вещи: шишковатую, вроде картофелин, керамику на кожаных шнурках, непомерно длинные сосули из нанизанного на лески стекла, выражавшие, должно быть, тайное строение ее души. Маргарите предстояла долгая жизнь; их с Рябковым еще ожидал внезапный и безалаберный, будто понарошку, отъезд в Америку, где они вскоре расстались; Сергей Сергеич, говоривший по-английски с ужасным акцентом и считавший, что американцы еще хуже кавказцев и пролетариев, утонул в аккуратном и сером, как экран телевизора, умеренно холодном водоеме, название которого было ему неизвестно, а Маргарита снова вышла замуж — за молодого негра, напоминавшего ей любимого с детства Фантомаса, на самом деле бывшего удачливым торговцем подержанной техникой.

Об этом Катерина Ивановна не узнала, и о ней никто ничего никогда не узнал. Она пережидала благодатную, с холодным цветочным запахом и белым градом, щедрую грозу в теремке на детской площадке, а потом пошла среди радужных золотых колец, среди комьев ледяного тающего сахара туда, где небесная радуга, с преобладанием тусклой электрической желтизны, угрюмо горела в лиловом полумраке рассеянных туч. Ноги сами несли Катерину Ивановну; вокруг нее, пониже и повыше, стояли в воздухе большими буквами призывы к светлому будущему, впереди заманчиво хлопали двери магазинов, создавая впечатление, будто Катерина Ивановна направляется именно туда, — но она всего лишь наблюдала, как в двери входят другие люди, а сама шагала мимо, податливо следуя уклонам омытой, посвежевшей местности. Пока она одолевала улицы, где бывала прежде по своим обычным делам, с нею как бы не происходило ничего особенного: она еще могла вернуться, удовлетворившись прогулкой. Но вот, удивительно совпадая с отчетливой на асфальте, будто край переводной картинки, границей дождя, граница обжитого и прежней жизни осталась позади; Катерина Ивановна вступила в область повторений, где видела совершенно знакомые вещи — пятиэтажные избы хрущевок, жилые блочные сооружения как бы из детского конструктора, грязно-белые киоски «Союзпечати», милицейские стенды и стенды со старыми, точно простым карандашом нарисованными газетами, желтые бочки с квасом, заводские бетонные заборы, бумажную траву. Ничто вокруг не несло новизны и, повторяясь, отдавало бесконечностью; место прежней жизни Катерины Ивановны, державшееся на кривой решетке из нескольких перекрестков, вдруг бесследно слилось с однородным пространством и тихо кануло за спиной в небытие. Оно напоминало о себе только некой точкой симметрии с ушедшей в неизвестность Софьей Андреевной; присутствие матери до сих пор ощущалось в удлинявшихся тенях, плывших, точно водоросли по течению реки, — той самой реки, что несла Катерину Ивановну и уже не одолевала, а огибала препятствия, выбирая на земле самую лучшую, самую добрую ее морщину.

Теперь возвращение сделалось невозможно; впереди, пока неразличимая на взгляд, лежала граница судьбы. Вокруг тянулись городские окраины, изрывшие землю изображениями горного пейзажа, с отвалами шлака и глины, с древовидным бурьяном, с затопленными ямами, где над густой, как какао, водой носились тугие снаряды стрекоз, — но постепенно макет уступал пейзажу настоящему, возникшему перед глазами Катерины Ивановны в натуральную величину. Она шагала по обочине разбитого шоссе, заслоняясь от взлетающего ветра встречных машин, и видела перед собою ровную, будто разрезанная грибная шляпка, кромку соснового леса, выветренные каменные обрывы цвета овсяных хлопьев, заворот узкоколейки, где летел дымящей папироской одинокий маленький паровоз. Стемнело; нагретый пахучий лес обступил шоссе, его вершины рисовались на густой синеве двумя берегами небесной реки, словно повторявшей и подтверждавшей путь Катерины Ивановны среди электрических звезд, горевших теми же домашними цветами, что и городские окна. Иногда вдали мелькал белесым мотыльком слабый свет автомобильных фар; нырнув в неизвестную складку, он затем вырастал перед Катериной Ивановной до самых верхушек деревьев и столбов и выскакивал из-под земли парой округлившихся огней, озаряя выставленный на палке ярко-белый дорожный знак; мельком показав в салоне темные головы пассажиров, автомобиль уносился прочь — и снова наступала темнота, стволы негромко вздыхавших сосен серели впереди, будто горелые бревна, покрытые пеплом. Катерина Ивановна немного поспала в одиноком, как банька, стогу, сверху немного смокшем травяною шкуркой, внутри сухом и колком, образовавшем для нее округлое птичье гнездо. Наутро она, сориентировавшись по мягкому свороту на проселок, ночью будто ложкой подхватившему съезжавшую огнистую машинку, снова пошла вперед. Теперь она понимала, что область, всегда считавшаяся внутренней, достижима простыми усилиями пешей ходьбы. Через пару часов она опять вступила в какой-то заводской и пыльный городок, с преобладанием грузовиков над редкими легковушками, с магазинами в избах, с красным флагом, оправлявшимся, будто петух, на крыше беленого, как печка, двухэтажного строения, выходившего крыльцом прямо на дощатый тротуар. Но этот низенький населенный пункт, наперед перенявший у леса его ничейную сквозистость, был теперь для Катерины Ивановны просто частью природы, с некоторым переизбытком металла, камня и песка; лица встречных обитателей казались ей далекими и совершенно чужими. В чахлом центре, возле тусклого, окованного железом стеклянного «Гастронома», крепкие тетки в отторелых и неподходящих друг другу цветочках на ситцевых платьях и низко повязанных платках торговали молодою розовой картошкой в маленьких, словно бы детских ведерках и разновеликими банками густого, как белила, молока. Среди них Катерина Ивановна неожиданно увидала своего гвардейски усатого деда, стоявшего очень прямо перед тряпочкой с разложенными чистыми грибами, с достоинством и поклоном принимавшего деньги, только чуть-чуть опиравшегося рукою о высокий, с потертым седлом, по-лошадиному изогнувший руль велосипед. Катерина Ивановна не подошла, не поздоровалась: она была теперь как разведчик, переходящий границу, и встреча с дедом только лучше дала ей ощутить бесповоротность собственного отсутствия.

Скоро городок закончился, оказавшись маленьким, будто всего лишь нарисованным на карте. Перед Катериной Ивановной, поперек ее пути, лежало синее-пресинее шоссе, гораздо шире и глаже того, по которому она шагала до сих пор. Совершенно прямое от горизонта до горизонта, оно делило землю, как полоски делят мячик, ровно пополам — и в то же время неуловимо смещало реальность. Все дорожки и тропинки, впадавшие в него, на другой стороне продолжались поодаль и скрытно, будто примятые звериные лежбища. Казалось, что асфальтовая гладь своим течением сносит путешественника, — и там, где он мог тихонько выбраться на отлогий берег, ярко синели в цвет асфальта крупные васильки. Катерина Ивановна стояла и слушала сухой звенящий шелест, полдневные часики в высокой траве, перекрываемые взлетным шумом проносившегося транспорта. Ее волнение росло от каждого такого взлета, и она не замечала лобастый, оскаленный радиатором междугородний автобус, выраставший издали на бешеных колесах, не замечала ожидающий рядом с нею неторопливый, будто инвалидное кресло, неуклюжий тракторок, — то, чему через минуту было суждено превратиться в месиво железа и крови, стекавшей с покореженных обломков, будто плохая, жидкая краска. Катерина Ивановна глядела туда, где округлые, небесной укладки, божественно бледнеющие дали все выше поднимались, все больше набирали воздуха, раз от разу ища соединения с небом, — и последняя голубая вершина, различимая благодаря одной бесплотной кромке, уже почти достигала небесной прозрачности, доказывая, что нет непроходимой границы между небом и землей.

Ольга Александровна Славникова

ж е н с к и й   п о ч е р к

Стрекоза, увеличенная до размеров собаки

Редактор *О. С. Ляуэр*
Выпускающий редактор *Е. Д. Шубина*
Художественный редактор *Т. Н. Костерина*
Технолог *С. С. Басипова*
Оператор компьютерной верстки *И. В. Соколова*
П. корректоры *В. А. Жечков, С. Ф. Лисовский*

Издательская лицензия № 065676
от 13 февраля 1998 года.
Подписано в печать 14.07.99.
Формат 84 × 108/32.
Гарнитура Garamon. Печать высокая.
Объем 15,5 печ. л. Тираж 5000 экз.
Изд. № 1041. Заказ № 2521.

Издательство «ВАГРИУС».
129090, Москва, ул. Троицкая, 7/1.
Интернет/Home page —
http://www.vagrius.com
Электронная почта (E-Mail) —
vagrius@vagrius.com

Информацию о наших книгах
можно получить
в сети Интернет по адресам:
– www.guelman.ru/slava
(Современная Русская Литература);
– www.russ.ru (Русский Журнал);
– www.litera.ru (Литера);
– www.gazeta.ru (Газета Ру);

Отпечатано с готовых
диапозитивов
в Государственном
ордена Октябрьской Революции,
ордена Трудового Красного
Знамени
Московском предприятии
«Первая Образцовая типография»
Государственного
комитета РФ по печати.
113054, Москва, Валовая, 28.

Оптовая торговля:
Эксклюзивный дистрибьютор
издательства «Клуб 36'6»
г. Москва, Рязанский пер., д. 3, этаж 3
Тел./факс: (095) 265-13-05,
267-29-69, 267-28-33, 261-24-90
E-mail: club 36 6@aha.ru
Тел.: 523-92-63, 523-25-56
Факс: 523-11-10

Фирменный магазин
«36'6 — Книжный двор»
(мелкооптовая и розничная
торговля):
Проезд: Рязанский пер., д. 3, этаж 1
(рядом с м. «Комсомольская»
и «Красные ворота»)
Тел.: (095) 265-86-56, 265-81-93

Книжная лавка «У Сытина»:
125008, Москва,
пр-д Черепановых, д. 56
Тел.: (095) 156-86-70
Факс: (095) 154-30-40
Электронная почта: sytin@aha.ru
или info@kvest.com
Интернет-магазин:
http://www.kvest.com
Доставка в любую страну

ISBN 5-264-00088-3

женский почерк

серия книг современных
российских и зарубежных писательниц

О жизни. О любви. О человеке.

Обо всем, что тревожит ум и сердце и называется:

Настоящая Женская Проза

Людмила Улицкая	Лялин дом
Людмила Петрушевская	Настоящие сказки
Ирина Полянская	Прохождение тени
Виктория Токарева	Стрелец
Марина Вишневецкая	Увидеть дерево
Айрис Мердок	Дикая роза
Джойс Кэрол Оутс	Сад радостей земных
Франсуаза Саган	Окольные пути
Галина Щербакова	У ног лежачих женщин
Наталия Медведева	А у них была страсть...
Рената Литвинова	Обладать и принадлежать
Анастасия Гостева	Дочь самурая